युगपुरुष अंबेडकर

युगपुरुष

अंबेडकर

राजेन्द्र मोहन भटनागर

राजपाल

₹ 575

ISBN : 9788170281511

YUGPURUSH AMBEDKAR (Biographical Novel)

by Rajendra Mohan Bhatnagar

मुद्रक : जी.एस. ऑफसेट, दिल्ली

राजपाल एण्ड सन्ज़

1590, मदरसा रोड, कश्मीरी गेट, दिल्ली-110006

फोन : 011-23869812, 23865483, 23867791

website : www.rajpalpublishing.com

e-mail : sales@rajpalpublishing.com

www.facebook.com/rajpalandsons

गंगा-सी पावन
चांदनी सी निर्मल
डॉ. अंबेडकर की जीवनसंगिनी श्रीमती रामाबाई को
सादर समर्पित

महात्मा बुद्ध के बाद
यदि किसी युगपुरुष ने
धर्म, समाज, राजनीति और अर्थ के धरातल पर
क्रांति से साक्षात्कार कराने की
सत्य-निष्ठा, सद्विवेक और धर्माचरण से कोशिश की
तो वे थे—डॉ. भीमराव अंबेडकर

सूर्य-सा उनका तेजस्वी चरित्र
चंद्र-सा सम्मोहक व्यवहार
ऋषियों-सा गहन-गंभीर ज्ञान-विज्ञान
संत-सा उत्सर्ग-बल औ; शांत स्वभाव
उनके अपने समय के ऐसे साक्ष्य हैं
जो सदा सर्वदा
उपेक्षित, दलित, शोषित और निर्बल समाज को
सत्प्रेरणा, बल, साहस और प्रकाश देते रहेंगे

वे मूकनायक थे उनके
जो बेआवाज़ थे, साधनहीन और पंगु,
जो निराश्रित थे, दास और बदनसीब
जो पीढ़ियों से ढो रहे थे दूसरों का मलबा
जो यातना-गृह में जन्मते थे
जो यातना-गृह में जीते थे
जो यातना-गृह में आवारा पशु-से मरते थे।

वे नीलकंठी महादेव बनकर
सदा गरल पान कर अमृत उड़ेलते रहे !

दो शब्द

इस उपन्यास में उनके ऐसे अनेक पावन प्रसंग हैं, जिन्होंने जीवनी से बचाकर इसे उपन्यास हो जाने की सुविधा-स्वतंत्रता प्रदान की है। यह उपन्यास न केवल उनके समय की संवेदना-व्यंजना से संबद्ध है अपितु आज के जीवन की संचेतना का एक अपरिहार्य अंग भी है।

इस पावन अवसर पर मैं अपने मित्र श्री बाबू खण्डा, उपमंत्री, आयोजना और श्रम का स्मरण कर गौरव का अनुभव कर रहा हूं क्योंकि हम दोनों ने मिलकर बीकानेर में एक छत के नीचे अनेक आंदोलनात्मक संगठन मुद्राओं को अपने में जीया था और समाज को एक नयी दिशा देने की चेष्टा की थी। सत्य की यही अनिवार्यता है कि वह अकेला होते हुए भी अकेला नहीं होता, उसमें सदा संभावनाओं की सृजनानुभूतियां सक्रिय बनी रहती हैं।

अंततः मुझे विश्वास है कि यह उपन्यास वर्तमान पीढ़ी को निराशा-छाया और दिशाहीनता की गतिशून्यता से ऊपर उठाकर एक चेतन धारा से जोड़ने की दिशा में विशेष भूमिका निभा जाएगा और—'सत्यमेव जयते' से युग-पीढ़ी को जोड़ पाएगा। अस्तु।

—राजेन्द्र मोहन भटनागर

एक

गहरी रात। नितान्त शान्त। अकेली। किसी थके-हारे सैलानी-सी नयन खोले निःस्वन।

लैम्प के टिमटिमाते पीत प्रकाश में पढ़ते-पढ़ते भीमराव अंबेडकर का मन थक कर अपने-आपको घूरने लगा, किसी पेशेवर जासूस की तरह। अंधेरा कुलबुलाया। अमावस्या का सागर और प्रगाढ़ हो गया। उसने अपने से घबराकर खिड़की खोल दी। हवा का एक तेज़ झोंका आया। सम्पूर्ण तंद्रिल तन-मन को जगा गया। एक गहरी सांस ली। ऊपर सितारों-भरा आकाश किसी की प्रतीक्षा करने लगा। सामने लैंपपोस्ट के नीचे एक मरियल-सा कुत्ता बेसुध पड़ा था।

निगाहें फैलीं। राहें गुमसुम पड़ीं—कुछ न तलाश पाने की निराशा से क्षुब्ध। सन्नाटा और सन्नाटा बुनता हुआ मलबे के ढेर की शक्ल ले लेता। किसी पुराने रंग उड़े लैंडस्केप-सा लगता अपना आसपास।

धीरे-धीरे वह आसपास आंखें खोलता और बोलने की कोशिश कर नहीं बोल पाता। गूंगा सन्नाटा हाथ मलता रह जाता।

सड़क के उखड़े पलस्तर का सहारा लेती उसकी आंखें। गड्ढे उभरते। गड्ढे में से रिसते व्रण पिघलते। पारदर्शी कांच की सी मरीन लाइन्स की सड़क डांटने लगती। वह चौंक पड़ता। दूर तक टूटकर जाता पुच्छल तारा देखता रह जाता वह। लगता पुच्छल तारा नहीं, वह है। बहरा हो जाता उसका होश। उसकी नसों में जम जाता रक्त। आंखें अंधेरा बन निगल जातीं आग।

ऐसा बुखार क्यों चढ़ता है उसे। क्यों जुनून की गर्म हवाएं आक्रमण करती हैं उसपर ? वह पगला गया है। वहां कोई नहीं है सिवाय उसके। फिर वह किससे मांग रहा है उत्तर ? सिरफिरा !

पतझड़ बरस पड़ता। सांसें तेज़ हो जातीं। खून होने की सम्भावना से आतंकित अकेला आदमी अपनी परछाईं और आहट से पुरज़ोर चीख पड़ता—"नहींऽऽ !"

"नहीं" की लगातार उसी तेज़ स्वर में पुनरावृत्ति होती।

कौन हो सकता है वह ? क्यों उसे अकेले बैठा पाकर घेरता है ? उसके सामने खुले पृष्ठ पर से शब्द उठकर उड़ने लगते। वह चारों ओर से शब्दों से घिर जाता। असहाय और घायल हिरन पर टूट पड़ते पैनी चोंच वाले गिद्ध।

"नहीं, उसके साथ ऐसा नहीं होगा।" वह शब्दों को समझाता।

"जो तू है, वह तू नहीं है। जो तू नहीं है, वह तुझे होना है।...तू है तो वही...लेकिन तुझे अपना वह सिद्ध करना है।...मनवाना है सबसे कि तू है।" वह डोल जाता।

रात करवट बदलती। वह गहरी सांस लेता। क्या करे वह ? कैसे करे ? वह अकेला

है। उसका कोई साथी नहीं। शत्रु ?...वह भी अज्ञात ! चारों ओर सहारा का चीखता रेगिस्तान। डैने नुचे पक्षी-सा कराहता हुआ अंधड़ का शोर।

वह पसीने-पसीने हो जाता। पुस्तक में जो है, वह ज़िन्दगी में नहीं। फिर वह ज़िन्दगी का तरजुमा कैसे करे ? यह उसकी समझ में नहीं आता।

कितनी असहनीय पीड़ा से गुज़रना हो जाता। कुछ गमगीन दृश्य बनते-बनते बिखर जाते। शून्य आंखों के सामने ठहर जाता अपना अपरिचित आकाश लिए। सब कुछ अनपहचाना-सा लगने लगता।

''यह सब क्यों ?'' वह आंखें फाड़कर चारों ओर देखता, वहां कहीं कोई नहीं होता। फिर किससे पूछे वह ?

ओह ! त्रासद यातनाओ, क्यों बालू के घरौंदे पर डेरा डाले हो ? ओ अदृश्य चपल चपलाओ, क्यों पतझड़ी आशियाने पर निगाहें गड़ाए कौंधते हुए गर्जन कर रही हो ? रहम ...रहम...रहम।

आमीन।

इस बार उसने आंखें खोल दीं। कोई नहीं था। काली बिल्ली म्याऊं-म्याऊं करती सामने से निकल रही थी।

ऐसा कभी-कभी होता है कि पता ही नहीं चलता और बहुत कुछ अनहोना घट जाता है। किसी को पता भी नहीं चलता। स्वयं को भी नहीं।

सामने एक तरफ था नीम का पेड़। इस समय उसपर कोई चिड़िया बैठी हुई नहीं थी। किसी ने तने के चारों ओर की छाल को उपाटकर नंगा कर दिया था। इस कारण वह हरा-भरा नीम का पेड़ सूख चला था और टहनियों पर बुझी-बुझी-सी पीत पत्तियां गिरने का इन्तज़ार कर रही थीं। चिड़ियाएं कहां चली गईं ? पत्तियां पीली क्यों पड़ने लगीं ? ...यह सब उसके लिए जानना ज़रूरी था।

अब सब ओर से अपना ध्यान हटाकर पुस्तक पर केन्द्रित करने का विचार उसके मन में उठा। शब्द-अक्षर सकपका कर रह गए। वह चाहता कि वे विद्रोह करें, प्रतिसंवाद करें और अपने अस्तित्व को नज़रअन्दाज़ नहीं होने दें।

पुस्तक की खुली आंखों पर धरती-सा तिड़कता आसमान सांस रोककर आ खड़ा हुआ। शुष्क और रंगहीन आकाश। मेघशून्य।

इस समय उसके स्थान पर उसके पिता सूबेदार मेजर रामजी होते तो वह मोरो पंत, तुकाराम, मुक्तेश्वर, कबीर आदि संतों की वाणी ऊंचे पर मधुर स्वर में गा उठते—

चल कबीरा, तेरा भव सागर डेरा।...

वह स्वयं गुनगुना उठा। पल-भर में निर्झर झर उठे। पतझड़ बसन्त बन लहलहा उठा। अंधेरी निपट रात ज्योत्स्नामयी हो गई। राहें स्वयं चल पड़ीं।

चमत्कार। मंत्र। वह चकित रह गया।

उसके मन में सब कुछ घटित होता। पढ़ते-पढ़ते शब्द आंधी बनने लग जाते। वह आंधियों के साथ हो लेता। घबराकर आंख खोलता। दुःस्वप्न मिट जाते।

शब्द उसमें आंख खोलते। अपने अस्तित्व की पहचान कराते।

समय तेज़ प्रवाह-सा निकलता जा रहा था। कुछ देर बाद रात भोर के तट पर पहुंचकर खिसक लेगी। सूर्योदय होगा। सूर्य न अस्त होता है और न उदय। फिर भी, सूर्यास्त और सूर्योदय होता है। यह कैसा भ्रम-सम्मोहन है जो न होते हुए भी स्वीकारा जाता है।

अस्वीकारने का कभी मन नहीं होता। सूर्य स्थितप्रज्ञ है। शाश्वत सत्य है।

रात गई, दिन छिटका रोली-कुंकुम-सा।

भीमराव अंबेडकर के मनो-मस्तिष्क पर भयावह परछाइयों का तांडव जब-तब तेज़ हो जाता और वह तटस्थ द्रष्टा बना गहरे सोच में पड़ जाता। उसके सामने एक दृश्यबंध विलुलित होने लगता।

आदमी चाहे भी तो अपनी परछाइयों के विषदंतों से मुक्ति नहीं पा सकता।

मुक्ति पाना क्या इतना आसान है ? मुक्ति किससे ? अपने से या दुनिया से अथवा दोनों से ? पर क्यों ? मुक्ति के बाद...।''

भीमराव अंबेडकर किताब बन्द कर देता और दीपक भी बुझा देता। तभी उस मरियल कुत्ते की भौं-भौं शुरू होकर शीघ्र शान्त हो जाती। अब चारों ओर अंधेरे का समुद्र उछाल भरता नज़र आता।

अचानक रेलवे स्टेशन सामने आ जाता। पादली रेलवे स्टेशन। लैंपपोस्ट के पास खड़ा हुआ बड़ा भाई आनंदराव कुछ चिन्तित! उसके पास खड़ा एक छोटा भतीजा बेखबर।

थोड़ी देर में प्लेटफार्म खाली हो गया। भीमराव चतुर्दिक निगाहें घुमा रहा था। स्टेशन मास्टर उन तीनों की ओर देखे जा रहा था। वे तीनों सतारा से पादली और पादली से बैलगाड़ी से गोरेगांव जाते। परन्तु स्टेशन पर पिताजी नहीं आए और न उनकी ओर से कोई आदमी आया।

''तूने पत्र डाला था ना, भीम ?'' आनंदराव ने उसके पास आकर पूछा।

''हां दादा, डाला था ?'' भीमराव ने तपाक से उत्तर दिया। उसने पत्र पोस्ट भी स्वयं किया था।

''फिर... ?'' आनंदराव का इतना कहकर मुंह खुला का खुला रह गया।

''अब दादा ?'' भीमराव का पिघला हुआ स्वर था।

''इन्तज़ार करो।...आएंगे ज़रूर। न आने का प्रश्न ही नहीं है।'' आनंदराव ने ढांढ़स दिलाया लेकिन अन्दर-ही-अन्दर वह विचलित हो उठा अपनी इस बेहूदी आशंका पर--''ना आए तो !'' उन्हें पिताजी के पत्र का इन्तज़ार करना था। तब दोनों तरफ से कार्यक्रम पक्का हो जाता। लेकिन अब ?

''शायद यही ठीक है।'' भीमराव ने धीमे स्वर में कहा। अब मन को टटोला। लम्बे और खाली प्लेटफार्म को घूरा। उसे हर आहट यह एहसास करा जाती थी कि वे आ गए उसके पिता रामजी।

समय टिक्-टिक् करता तेज़ी से आगे बढ़ गया। सूरज कुछ तेज़ी पर आया। चन्द पसीने झलक आए। परेशानी बढ़ी।

''बहुत देर हो गई।'' आनंदराव ने संशय को वाणी दी।

''तो दादा...यदि पत्र नहीं मिला हो तो...तभी तो...रेल आने का समय पिताजी को मालूम है।...कुछ सूझता नहीं।...लौटना...शाम को मिलेगी रेलगाड़ी।... तब तक...।'' भीमराव कुछ गम्भीर होकर कहे जा रहा था। क्या सोचा था, क्या हो गया। सारा नशा हिरन। रास्ते-भर वह अपने छोटे-से भतीजे से हंस-हंसकर बतियाता रहा था। कैसे सुन्दर दृश्य। रेलगाड़ी की यात्रा का आनन्द। सब धराशायी। चितकबरा लगने लगा सन्नाटा ओढ़े प्लेटफार्म।

उनका भतीजा प्लेटफार्म पर दौड़ रहा था। कुछ बोल-बतिया रहा था।

वे दोनों चुप थे। भीम अहल्या बन गया था। एक शब्द उभरा–जिम्मेदारी।

"लगता नहीं कि पिताजी अब आएंगे।" आनंदराव में निराशा घिरी। उसके दिमाग ने जवाब दे दिया।

भीमराव के सामने चीन की विशाल दीवार आ खड़ी हुई। सोच ठहर गया।

तभी एक तेज स्वर ने उन दोनों की तंद्रा तोड़ दी। स्टेशन मास्टर सामने खड़ा पूछ रहा था, "कहां जाना है ?"

दोनों सकपका गए। इस बार उनका नन्हा-सा भतीजा भी सहम गया। इससे पहले ऐसा कभी हुआ नहीं था। दोनों की सिट्टी-पिट्टी गुम। कनखियों से भीमराव ने आनंदराव की ओर देखा। वे नतशिर थे। भीमराव ने साहस जुटाया और धीरे से कहा, "गोरेगांव।"

"टिकिट दिखलाओ।"

इस बार आनंदराव की चेतना लौटी। जेब से टिकिट निकालकर स्टेशन मास्टर की ओर बढ़ाते हुए कहा, "ये लीजिए।"

भीमराव की निगाहें, स्टेशन मास्टर के कोट से फिसल उसके चेचक के दाग भरे चेहरे पर जा टिकीं।

स्टेशन मास्टर की संशय-दृष्टि खुली। उससे तिलिस्म जन्मा। अधेड़ उम्र के उस नाटे आदमी को लगा कि आज कुछ करने जैसा होगा और कल के अखबार में उन तीनों के साथ उसका फोटो छपेगा। उसकी बहादुरी की चर्चाएं होंगी।

स्टेशन मास्टर का सोच किनारे आ लगा। हो न हो, ये घर से भागे हैं। तभी वे डरे हुए भी हैं और सकपकाए हुए भी। उनके साथ वह छोटा-सा लड़का...अवश्य कुछ दाल में काला है। स्टेशन मास्टर ने अपनी आवाज़ को पूर्ववत् ही कलफदार बनाकर पूछा, "ये नन्हा-सा लड़का कौन है ?"

"हमारा भतीजा, सर !" भीमराव ने कहा।

"कहां से भगाकर लाए हो ?" कड़कदार आवाज में स्टेशन मास्टर पूछ रहा था, "सच-सच बताओ।"

इस बार उनके सिर पर तेज़ हथौड़े की चोट हुई। ऐसा उन्होंने कभी सोचा भी नहीं था। भतीजे का भी सबूत देना पड़ सकता है ? क्या सबूत दें ? शिराओं में रक्त जमने लगा और ठंड से शरीर कांप उठा।

स्टेशन मास्टर ताड़ गया। निशाना फिट बैठा था। पकड़े गए। वह खुश हुआ। अब तक के उसके जीवन में दो ही बातें घर किए थीं–एक तो बिना टिकिट यात्रा करने वाले को पकड़ना और दूसरा किसी असहाय या संकटग्रस्त व्यक्ति की सहायता करना। वह इन दोनों अवसरों को कभी हाथ से जाने नहीं देता था। नौकरी की एकरसता और जड़ता ऐसे ही संवेदनशील क्षणों में चरमराकर टूटती थी और एक नया धुला आकाश इंद्रधनुषी शृंगार किए नववधू-सा शरमा उठा था।

"सुना नहीं, मैं क्या पूछ रहा हूं ?" स्टेशन मास्टर ताव खाकर बोला।

"वह हमारा भतीजा है।" भीमराव ने पहले से तेज़ और दृढ़ स्वर में कहा।

इस बार स्टेशन मास्टर संभला। उसने घूरते हुए उन तीनों की ओर देखा। कुछ देर तक जायजा लेकर उसने सिर खुजाते हुए पूछा, "और तुम दोनों ?"

"वो मेरा बड़ा भाई आनंदराव।" भीमराव ने दृढ़ता से उत्तर दिया। उनके मन में पिताजी का स्वर प्रतिध्वनित हो उठा था। उसके पिताजी ने उसको समझाते हुए कहा था,

"भीम, सदा सत्य का पालन करना, चाहे प्राणों पर बन आए। डरना नहीं। चिन्ता मत करना कि उसका परिणाम क्या होगा ? सत्य से बड़ा कोई दूसरा परिणाम नहीं है।"

"कहां जाना है ?...अभी तक गए क्यों नहीं ?" स्टेशन मास्टर का स्वर भीग उठा था।

"गोरेगांव !" भीमराव ने उत्तर दिया।

"किसके पास ?" स्टेशन मास्टर ने प्रश्न किया।

"अपने पिताजी श्री रामजी के पास। वह सूबेदार मेजर हैं।" आनंदराव बीच में बोले।

"तो जाओ।" स्टेशन मास्टर ने थके-हारे स्वर में कहा और ऐनक ठीक की।

"कैसे जाएं ?" भीमराव ने कहा।

"क्यों, जाने में क्या कठिनाई है ?" स्टेशन मास्टर के मन में पुनः मद्धिम प्रकाश कौंधा।

"पिताजी नहीं आए। उन्हें चिट्ठी दी थी।" भीमराव का मासूम स्वर था। उसके होंठों पर शिकस्त थी और उसकी आंखों में उदासी।

स्टेशन मास्टर का दिल पिघल उठा। वह आत्मीयता से भरकर बोले, तुम्हारे पास पैसे हैं क्या ?"

"हैं।" आनंदराव ने जवाब दिया।

"यदि मैं तुम्हारे लिए गोरेगांव तक बैलगाड़ी का प्रबन्ध कर दूं तो क्या तुम वहां जाना चाहोगे ?" स्टेशन मास्टर ने पूछा।

कुछ सोचकर आनंदराव ने उत्तर दिया, "हां, हम जाना चाहेंगे।"

"ठीक है, मैं बैलगाड़ी किए देता हूं।...तुम सब यहीं मेरे लौटने की प्रतीक्षा करना।" यह कहकर स्टेशन मास्टर बाहर की ओर चल पड़ा।

भीमराव आश्वस्त हुए। आनंदराव ने गहरी सांस ली। भारी पत्थर मन पर से हटा। रास्ता निकला। कितना कठोर लगता था वह स्टेशन मास्टर, पर कितना नेक निकला !

स्टेशन मास्टर लौट रहा था। पास आकर बोला, "गाड़ी का प्रबन्ध हो गया है। ...मेरे साथ आ जाओ।"

वे तीनों सामान उठाकर उसके पीछे चल पड़े। गाड़ी में बैठे। स्टेशन मास्टर ने गाड़ीवान से कहा, "पहुंचाकर मुझे बताना।...ठीक से ले जाना। बच्चे हैं, ध्यान रखना।"

गाड़ी हिचकोला खाती चल पड़ी। भीमराव का मन भर आया। कितना स्नेह, कितना प्यार ! मन की भाषा का स्वाद उसे आर्द्र किए जा रहा था। परदेश में स्वजन और वह भी अपरिचित हो तब...। उसे परीकथा का स्मरण हो आया।

बैलगाड़ी चल पड़ी थी। चलते समय उन दोनों ने आदर से उसको नमन किया था।

दोनों प्रसन्न थे। दोनों में मेघरहित आकाश मचल उठा था, किलकारी मारता हुआ।

भीमराव अंबेडकर एक सर्वथा नवीन और पावन अनुभूति से जुड़ रहा था। उसके पिताजी उसे समझाते रहते थे, "भीम, जीवन असमान परिस्थितियों में समान बने रहने का तप है। भय काल्पनिक है। वह है ही नहीं। जब विषम परिस्थितियां और भय अपने अदृश्य नुकीले विषदंत दिखलाएं तब समान बने रहना। ऐसा करने पर तुम्हें विश्वास हो सकेगा कि भय वास्तव में था नहीं...होता ही नहीं है क्योंकि तब तक भय का पहाड़ शान्त नदी बन चुका होगा और तुम्हें राहत पहुंचा रहा होगा।"

कितना सच कहा था उसके पिता सूबेदार मेजर रामजी ने !

"दादा, कितने सुन्दर पेड़ हैं ! कितने घने ! पत्तियां कितनी सुन्दर हैं ! कितनी नई ! कितनी चिकनी।" भीमराव अंबेडकर का स्वर झरने-सा झरने लगा था।

वास्तव में सामने का दृश्य बहुत सुन्दर था। घने पेड़ दूर-दूर तक दिखलाई पड़ रहे थे। उनको छूकर बह रही पवन गीत-सा गुनगुना रही थी। मन कल्पना के अंक में जा बैठा था।

घनी छांह। घना प्यार। आंखों में सरोवर और हृदय में पहाड़ी झील।

"कितना आनन्द आ रहा है ! दादा, ट्रेन से बैलगाड़ी में यात्रा करना अधिक आनन्ददायक है। सुखद है।...क्यों है न !" उसने आनंदराव को गुमसुम पाकर कहा।

आनंदराव का मन गद्गद् हो रहा था। उसने प्रसन्नचित होकर कहा, "तू ठीक कहता है।" तभी गाड़ी ने हिचकोला लिया। कदाचित् इस बार गाड़ी का पहिया किसी गहरे गड्ढे में फंसकर उभरा था। वे दोनों टकराए। दोनों में प्रसन्नता खिलखिला पड़ी।

थे दोनों ही छोटे। पर आनंदराव उससे बड़ा था। यह बात वह भूल नहीं पाता था। उसमें अकस्मात् बड़प्पन आ विराजता था।

"दादा, प्यास लग रही है।"

आनंदराव चारों ओर दृष्टि घुमाता। देखता। दूर-दूर तक कोई कुआं दिखलाई नहीं पड़ता। यथार्थतः प्यास उसे भी लगी थी।

गाड़ीवान बीच में बोल पड़ा, "आठ-दस मिनट में गांव आने वाला है। वहां पानी पी लेंना।"

उन दोनों के मन को तसल्ली होती। दसेक मिनट की बात है। गाड़ी की आवाज़ के अलावा सन्नाटा तन्ना जाता। सन्नाटे की आवाज़ पवन के साथ बहती रहती, नदी की कलकल-सी धीरे-धीरे, अथवा भ्रमरों की गुंजन-सी मधुर-मधुर।

गाड़ीवान उनसे बतियाने लगता। वह उनका नाम पूछता, उनके गांव का नाम पूछता और उनके पिताजी का नाम पूछता। उनके उत्तर देने की शैली से उसका मन गद्गद् होने लगता। वह सोचने लगता कि एक उसके बच्चे हैं, जिन्होंने ब्राह्मण के घर में जन्म लिया है, लेकिन जो पढ़ने से जी चुराते हैं और जिन्हें बात करने का सलीका नहीं आता। निस्सन्देह ये दोनों बच्चे भी ब्राह्मण होंगे। इनके माता-पिता धन्य हैं। यह सोचते हुए वह उनसे पूछ बैठता, "आप कौन-से ब्राह्मण हैं ?"

"हम ब्राह्मण नहीं हैं।"

"तो वैश्य होंगे।" उत्साह से गाड़ीवान पूछता।

तभी अंबेडकर ज़ोर से कह उठता, "दादा, कुआं !...दादा... !"

अब सबकी दृष्टि उस कुएं पर जा टिकती। गाड़ीवान बैलों को पुचकारता, उनकी धौली पीठ पर प्रेम से हाथ फेरता और उन्हें पुकारता हुआ कहता, "कालू-सालू, तुम भी तनिक विश्राम कर लो।" इसके साथ, गाड़ी रुकती। गाड़ीवान पहले उतरता। फिर वे दोनों उतरते। गाड़ीवान उनसे कहता, "जाओ, सामने कुआं है। जाकर पानी पीओ।...ध्यान रहे, बबुआ, उधर खेलने-कूदने मत लग जाना। मुझे लौटना भी है।"

"आप पानी नहीं पीओगे ?" भीमराव अंबेडकर पूछता। गाड़ीवान की प्यास प्रश्न सुनकर ही बुझ जाती। कहां उसके लड़के ! वह चीखता-चिल्लाता रहता तो भी वे पानी लेकर नहीं आते। कभी आते तो बुरा-सा मुंह करके सामने खड़े हो जाते। उसकी आंखें छलछला आईं। ये बच्चे कितने साफ और करीने से वस्त्र पहने हुए हैं और कितने शिष्ट हैं। वह

कहता, "नहीं बबुआ, तुम दोनों पी आओ, मुझे प्यास नहीं है।"

वे दोनों चल पड़ते। गाड़ीवान की दृष्टि उन दोनों पर टिकी रह जाती।

कुआं खाली पड़ा था। आनंदराव ने चारों ओर दृष्टि दौड़ाई और पाया कि कहीं कोई नहीं है। डोल-रस्सी कुएं के पास अवश्य पड़ी हुई है। आनंदराव डोल को कुएं में डालता और डोल भर जाने पर वे दोनों मिलकर रस्सी खींचते। थोड़ी देर में डोल ऊपर आ जाता। आनंदराव डोल पकड़कर एक ओर रखता। दोनों की आंखें विजय-गौरव से द्युतिमान् हो उठतीं। मानो उन दोनों ने कोई बहुत बड़ा काम किया हो।

आनंदराव, चुल्लू भर-भरकर अपने छोटे भाई भीमराव अंबेडकर को पानी पिलाता रहा। जब वह तृप्त हो गया तब उसने पानी पीना शुरू ही किया कि एक तेज़ आवाज़ ने उसको जड़ कर दिया।

वह गांव का मुखिया था। उसके साथ छह-सात आदमी थे और चार मजदूरिनें। वह मूंछों पर ताव देता हुआ पूछ रहा था, "तुम लोग कौन हो ?"

"बच्चे।" भीमराव ने कहा।

"वह तो मुझे भी दीख रहा है। मैं कोई अंधा नहीं हूं।...तुम्हारी जाति क्या है ? ...क्या ब्राह्मण हो ?" मुखिया ने पूछा।

"नहीं।" भीमराव ने दृढ़ता से उत्तर दिया।

"वैश्य हो ?" मुखिया ने पूछा।

"नहीं।" आनंदराव ने उत्तर दिया।

"तो क्या क्षत्रिय हो ?" मुखिया ने टेढ़ी आंख से उन्हें घूरा।

एकबारगी भीमराव उन सबकी गिद्ध दृष्टि से सकपका गया। मुखिया कड़कदार आवाज़ में गरजा, "जवाब क्यों नहीं देते ?"

आनंदराव ने सहमते हुए अत्यन्त धीमी आवाज़ में उत्तर दिया, "महार हैं।"

"क्याऽऽ कहा, महार हो !" मुखिया के तेवर चढ़ गए। भृकुटियां तन गईं। होंठ फड़क उठे। वह तड़ित गरजना करता हुआ बोला, "तुम शूद्र हो !... तुम्हारा ऐसा दुस्साहस कि तुम उच्च कुल के कुएं से पानी पी सको !...बेशर्म लड़को, इसकी तुम्हें ऐसी सज़ा मिलेगी कि तुम सदा याद रखोगे और कभी भूलकर भी अपनी औकात से बाहर जाने की सोच भी नहीं सकोगे।..."

भीमराव अंबेडकर की कुछ समझ में नहीं आया। मुखिया लाल-पीली आंखें क्यों कर रहा है ! उन्होंने ऐसा क्या किया है कि जिससे वह उनपर इतना बिगड़ रहा है !

आनंदराव कुछ-कुछ समझ रहा था। उसने प्रार्थना के स्वर में कहा, "हमसे भूल हो गई है, मुखिया जी, हमें क्षमा कर दें।"

भीमराव की समझ में भूल नहीं आ रही थी। वह पूछ बैठा, "दादा, हमसे कोई भूल नहीं हुई है। हमने प्यास लगने पर पानी ही तो पिया है।...पानी पीना कोई अपराध नहीं है। यदि डोल भरा होता, तो हम तो खैर इन्सान हैं, पशु-पक्षी भी पानी पी सकते थे।... चिड़ियों को तो कोई भी नहीं रोकता। वे मज़े में जहां चाहे चोंच मार देती हैं।"

"ये छुटका बहुत चालाक बन रहा है।" मुखिया ने तेज़ स्वर में आंखें तरेरकर आगे कहा, "तुम शूद्र हो।...अछूत हो।...नीच हो।...तुम्हारी जाति नीच है।"

"इन्सान इन्सान ही होता है।"

"नहींऽऽ।...इन्सान में नीच भी होते हैं तुम जैसे।" मुखिया ने इसी के साथ अपनी

मूंछों पर ताव देते हुए कहा, "जो जानवर से बदतर होते हैं।"

"यदि चिड़िया पानी पी लेती तो... ?"

सब चुप। मुखिया भी चुप। क्या उत्तर दे ! चिड़िया पानी पी लेती तो पी लेती। उनके घरों में भी वे पानी पी लेती हैं। फिर भी वह बोला, "वह पक्षी है, उसकी और बात है।"

"क्या इन्सान पक्षी से बुरा है ?"

"हांऽ...पक्षियों से भी अछूत बुरे हैं।" मुखिया बरस पड़ा।

"क्योंकि पक्षियों की एक ही जाति होती है—पक्षी !" भीमराव ने तुरन्त कहा।

"हां, होती है।" मुखिया का स्वर पहले की अपेक्षा धीमा पड़ गया।

"खुली चीज़ों को खा लेते हो, जिनपर मक्खियां बैठती हैं।" भीमराव ने पुनः उदाहरण का सहारा लिया। उसके सामने अंबेडकर नामक वह ब्राह्मण अध्यापक घूम गए जो उससे बहुत स्नेह रखते थे। वे उसे अपने खाने में से खाना देते थे क्योंकि इस बालक को खाना खाने के लिए स्कूल से बहुत दूर जाना होता था। उनका मन पसीज गया और वे अर्द्धावकाश में उसे अपने खाने में से खाना देने लगे। उन्होंने उससे एक बार कहा था, "भीमराव, जीवन में सदा सत्य और न्याय का साथ देना। उसके लिए बड़ी-से-बड़ी हानि उठानी पड़े तो उठा लेना, लेकिन सुविधा या भय से असत्य और अन्याय के सामने कभी सिर नहीं झुकाना।..सत्य वह है जिसे मन माने और जिसके मानने से किसी का अहित न हो, सबका हित हो।"

उनके ही कहने से वह अंबावडेकर से अंबेडकर हुआ था। अंबेडकर का गांव अंबावडे था। महाराष्ट्र में लोग अपना उपनाम अपने गांव के नाम पर रख सकते थे। फ़लतः भीमराव अंबावडेकर था। लेकिन उस अध्यापक ने समझाया कि उसके उपनाम के बोलने में कठिनाई आती है, अतः उनकी तरह वह भी अपना उपनाम अंबेडकर रख ले। इससे बोलने में भी सुविधा रहेगी। इस प्रकार वह बालक अंबावेडकर से अंबेडकर हो गया।

आज इस समय उसके सामने वही ब्राह्मण अध्यापक आ ठहरे थे। मानो वे उससे कह रहे हों, "अंबेडकर, तू सही है।...सत्य के लिए डरना क्या ?"

मुखिया ने कुछ देर बाद सोचकर उत्तर दिया, "सब खाते हैं।"

इस पर अंबेडकर का मुखमंडल खिल उठा। वह यही उत्तर तो उससे सुनना चाहता था। वह कहने लगा, "पता है, मक्खियां कहां-कहां बैठती हैं ?"

"चुप कर नीच बालक !" मुखिया गरम हो उठा। उसका चेहरा तमतमा उठा।

"मैं बताता हूं, मक्खियां कहां-कहां बैठती हैं।" अंबेडकर ने कुछ रुककर आगे कहना जारी रखा, "रास्ते में पड़े जानवरों के मांस पर, जोहड़ के गंदे पानी पर, मल-मूत्र पर... और...और... ।"

"चुप कर वाचाल छोकरे !" मुखिया क्रोध से चीख पड़ा।

"आप बड़े हैं, कृपया हमें क्षमा करें।" आनंदराव ने अत्यन्त विनम्रता से कहा क्योंकि उसे सवर्ण हिन्दुओं की शक्ति का पता था। वे चाहें तो कुछ भी कर सकते थे उनके साथ। वे सर्वशक्तिमान् हैं।

"मारो इस अछूत वाचाल को !" मुखिया गुर्राया और तैश में आ गया।

"नहीं मुखिया जी, नहीं।" आनंदराव ने उसके आगे हाथ जोड़ दिए। अंबेडकर को वह स्वीकार नहीं हुआ। इतने में मुखिया के आदमियों में से एक बोला, "गोली मारो मुखिया, इन अछूत बालकों को...नीच के मुंह लगने से अपनी ही जिह्वा और खराब होती है।"

''नहीं, इन कमीनों की ये मज़ाल... !'' मुखिया अपनी बात पूरी करता कि इससे पहले एक लड़का भागता हुआ वहां आया और आते ही बोला, ''काका, गांव में पुलिस आई है।''

पुलिस का नाम सुनते ही मुखिया का गुस्सा ठंडा पड़ गया और वह उन लड़कों को कोसता हुआ वहां से चल पड़ा।

थके-हारे मन से भीमराव आनंदराव के साथ लौटने लगा। अब उसे वातावरण की कोई चीज़ नहीं सुहा रही थी। उसे आनंदराव पर क्रोध आ रहा था। उसने पूछा, ''दादा, तुमने उनके हाथ क्यों जोड़े ?''

''हाथ नहीं जोड़ता तो क्या करता !'' आनंदराव ने धीमे स्वर में कहा।

''वे मारते, यही ना !'' भीमराव अंबेडकर ने कहा।

''हां, वे मारते...बुरी तरह मारते।'' आनंदराव ने खीझ-भरे स्वर में कहा।

''तो क्या होता, पिट लेते, परन्तु अन्याय के आगे सिर नहीं झुकाते।...दादा, यह आपने अच्छा नहीं किया।'' अंबेडकर बोला। उसके स्वर में पश्चात्ताप विगलित हो रहा था, तनाव ऐंठ रहा था।

''मैंने वही किया जो मुझे करना चाहिए था।'' आनंदराव के स्वर में तल्खी थी।

भीमराव अंबेडकर कुछ कहना चाहता था, लेकिन वह नहीं चाहता था कि परस्पर विवाद बढ़े। वह जानता था कि आनंदराव विषम परिस्थितियों के आगे तो पल-भर में ही समझौते का हाथ बढ़ा देता है।

वे दोनों परस्पर मौन साधे गाड़ी तक आ गए। गाड़ीवान आते ही उनपर बिगड़ने लगा और कहने लगा, ''सामान उतारो।''

''क्यों काका ?'' आनंदराव ने पूछा।

''मुझे नहीं मालूम था कि तुम लोग अछूत हो।'' गाड़ीवान ने तेज़ स्वर में कहा।

''मालूम पड़ने से क्या हुआ ?''

''अब सारी गाड़ी धोनी होगी। उसपर गंगाजल छिड़कना होगा।...ना जाने आज मैंने किसका मुंह देखा जो मेरी अक्ल पर पत्थर पड़ गए और बैठे-बिठाए धर्मभ्रष्ट होना पड़ा।'' उसके स्वरों में पश्चात्ताप की अग्नि धधक रही थी। वह पुनः ज़ोर से बोला, ''सामान उतारते हो या ... !''

''फेंक दोगे, यही ना ! मैं अच्छी तरह जानता हूं काका कि तुम ऐसा नहीं कर सकते।'' इस बार भीमराव अंबेडकर ने पारी संभाली।

''देखो काका, आधे रास्ते तक तुम हमें ला चुके हो।...अब आधा रास्ता और शेष है।'' आनंदराव ने व्यावहारिक गणित समझाने की दृष्टि से कहा, ''इतनी मेहनत की है तो उसका मेहनताना भी लो काका !''

''नहीं, मुझे कुछ नहीं चाहिए।...तुम अपना सामान उतारो।'' गाड़ीवान ने रट पकड़ ली।

''नहीं उतारें तो ?'' भीमराव अंबेडकर ने तुनककर दो कदम आगे बढ़ाते हुए कहा।

गाड़ीवान घबरा उठा। झगड़ा हुआ तो सब जान जाएंगे कि वह अछूतों को अपनी गाड़ी में बैठाकर लाया है। फिर सवर्ण लोग उसका हुक्का-पानी बन्द कर देंगे और जुर्माना अलग ठोक देंगे। वह तनिक नम्र स्वर में बोला, ''ज़िद मत करो।...कोई देख लेगा तो मेरा धंधा चौपट हो जाएगा। वे लोग मुझे जाति से भी बाहर कर सकते हैं।''

"कोई नहीं देखेगा।" आनंदराव ने कहा, "किसी को क्या पता कि हम कौन हैं ?"

"हमें यहां कोई नहीं जानता।" भीमराव अंबेडकर ने कहा, "काका, आप इतना क्यों घबराते हैं ! आप कोई पाप नहीं कर रहे, श्रम कर रहे हैं।"

"मुझे ऐसा श्रम नहीं करना।" गाड़ीवान ने इतस्ततः करते हुए कहा।

"हम सामान लेकर कहां जाएंगे ?" भीमराव अंबेडकर ने कहा।

"मुझे नहीं मालूम।" गाड़ीवान बोला।

"मालूम करो... !"

"क्या मालूम करूं ?...मुझे मजूरी नहीं करनी। मेरा पिंड छोड़ो।" गाड़ीवान ने कहा।

"तो यहां तक क्यों लाए ?" भीमराव अंबेडकर ने सोचकर कहा, "एक बात हो सकती है, आप हमें छोड़ दें, जहां से लाए थे।"

"पादली रेलवे स्टेशन ?" गाड़ीवान ने कहा।

"हां, पादली रेलवे स्टेशन ताकि वहां से हम सतारा पहुंच सकें।" भीमराव अंबेडकर ने कहा, "आधा लौटने से अच्छा होगा कि आधा आगे की ओर चलो और अपने पैसे लो।"

गाड़ीवान सोच में पड़ गया। अब जो होना था, वह हो चुका। थूक बिलोने से भी क्या लाभ ? उसे चुप देखकर आनंदराव बोला, "हमारी बात मान जाओ, काका !"

"एक शर्त है।"

"क्या ?" आनंदराव ने पूछा।

"गाड़ी तुम्हें हांकनी होगी।"

"गोरेगांव के अन्दर गाड़ी नहीं जाएगी।"

"यानी हमें गोरेगांव से बाहर उतरना होगा ?"

"हां।...बोलो, मंजूर है ?"

"मंजूर है।" भीमराव अंबेडकर बीच में ही बोल पड़ा।

"तो हांको गाड़ी।"

अब आनंदराव बैलों की पूंछ मरोड़कर गाड़ी हांक रहा था। गाड़ीवान पैदल गाड़ी के पीछे-पीछे चला आ रहा था। भीमराव सोच रहा था कि लोगों के विचार कितने दोषपूर्ण और संकीर्ण हैं ! बड़े होकर वह इस दुर्व्यवस्था का बड़े ज़ोर-शोर से विरोध करेगा और लोगों के ज्ञान पर जमी पपड़ी को उतार फेंकेगा।

"गोरेगांव आ गया।" गाड़ीवाला बोला, "गाड़ी रोको।"

आनंदराव ने गाड़ी रोक दी। भीमराव अंबेडकर को शैतानी सूझी। उसने पूछा, "अब लौटोगे कैसे ?"

"उससे तुम्हें क्या ?" गाड़ीवान बोला।

"उससे बहुत कुछ है।" भीमराव ने कहा, "अब गाड़ी कौन हांकेगा ?"

"पहले गाड़ी धोई जाएगी।"

भीमराव अंबेडकर ने चतुर्दिक् दृष्टि डालते हुए कहा, "आसपास कहीं पानी नज़र नहीं आता है।"

"थोड़ी दूर पर है।"

"वहां तक गाड़ी कौन ले जाएगा ?" भीमराव अंबेडकर ने तपाक से प्रश्न किया। इस समय उसका चेहरा खिल गया था। चोर की दाढ़ी में तिनका वाली स्थिति में आ फंसा था गाड़ीवान। प्रश्न उसका समीचीन था। कौन ले जाएगा तालाब तक गाड़ी। उसे ही ले

जानी पड़ेगी। उसने कहा, "तुम्हें क्या, कोई भी ले जाए।"

"इसका मतलब हुआ कि हाथी के दांत दिखाने के और होते हैं और खाने के और।" भीमराव अंबेडकर ने उसे छेड़ा।

"अब चलो भी।" आनंदराव गाड़ीवान के पैसे देकर बोला। भीमराव अंबेडकर आनंदराव के साथ सामान उठाकर चलने लगा और रह-रहकर वह पीछे मुड़कर भी देखता रहा।

गाड़ीवान कुछ निश्चय नहीं कर पा रहा था। अन्ततोगत्वा अब गाड़ी तो उसे ही हांकनी होगी। लेकिन उसने उन बच्चों से गाड़ी हांकने से स्पष्ट इनकार कर दिया था।

गाड़ीवान ने देखा कि वे दोनों बच्चे मुड़ चुके हैं। अब वह किसी की दृष्टि में पकड़ा नहीं जा सकता। वह यह सोचता हुआ प्रसन्न हो उठा।

भीमराव अंबेडकर रुक गया।

"क्या बात है भीम ?" आनंदराव ने पूछा।

"दादा, मैं जानना चाहता हूं कि अब वह क्या कर रहा होगा !...वह गाड़ी तालाब तक कैसे ले जाएगा !"

"मारो गोली उस गाड़ीवान को।...सीधे-सीधे आगे बढ़ो !" आनंदराव ने डांट-भरे स्वर में समझाते हुए कहा।

"मेरे अच्छे दादा !...बस एक बार...। हम उसकी निगाह से ओझल हो चुके हैं। अब वह स्वयं गाड़ी हांक रहा होगा।" भीमराव ने मिन्नत के स्वर में कहा।

आनंदराव के मन में भी यही जिज्ञासा थी। उसने कहा, "चलो, देखें।"

दोनों लौट पड़े नुक्कड़ पर आकर वे दोनों ठहर गए। आनंदराव ने कहा, "आगे भी बढ़ो।"

धीरे-धीरे दोनों नुक्कड़ से मुड़े। अंबेडकर खुशी से चीख पड़ा, "दादा, वही गाड़ीवान है।"

"हां भीम, वही गाड़ीवान।"

"अब स्वयं गाड़ी हांक रहा है।" अंबेडकर ने कहा, "कितने डरपोक हैं ये लोग !"

"निस्सन्देह।"

"गाड़ीवान...ओ...गाड़ीवान !" भीमराव अंबेडकर गला फाड़कर पूरी शक्ति से चिल्लाया।

गाड़ीवान के मन को 'ब्रेक' लग गया।

"खुद गाड़ी चला रहे हो ?" भीमराव अंबेडकर ने पुरज़ोर आवाज़ में कहा।

गाड़ीवान पल-भर को रुका। फिर उसने थके-हारे बैलों के पांच-छह चाबुक जमा दीं। बैल गाड़ी को ले भागे। गाड़ीवान ने पीछे मुड़कर भी नहीं देखा। वह गाड़ी दौड़ाता हुआ आंखों से ओझल हो गया।

"यह वास्तविकता है, दादा !"

"है !" आनंदराव ने हुंकारी भरी।

"कैसा दोगलापन है !" भीमराव अंबेडकर ने कहा।

"जमाना ही ऐसा है।"

"नहीं, यह हमारी कमज़ोरी है।" भीमराव अंबेडकर ने धीरे से कहा।

आनंदराव कुछ नहीं बोला। बोलता भी क्या ! पर लड़े-झगड़े कौन ? शक्ति कहां है ?

वह ऐसे समाज को बदलेगा। उसे पाप-पंक से बाहर निकालेगा। यह सोचते हुए भीमराव उठ खड़ा हुआ। ऐसे अनेकानेक प्रश्न उसकी अन्तरात्मा को बेचैन कर देते थे जिनका उत्तर उसके पास नहीं था। किससे पूछे वह उनके उत्तर ? कौन देगा जवाब ?

भीमराव के सामने से सारे दृश्य हट गए। वह भयावह अन्धकार राक्षस की तरह आगे बढ़ता गया। उनके छूने से पानी अपवित्र हो जाता है। गाड़ी अपवित्र हो जाती है !

देर रात को वे गोरेगांव पहुंचे। पिता रामजी से उसने पूछा, "हम अछूत क्यों है ? अछूत कौन होता है ?"

"आनंदराव ने सारी कहानी सुना डाली। रामजी ने उन सबको भोजन कराया। घर के हाल जाने और सो जाने का आदेश दिया। भीमराव डर रहा था कि इतनी रात को पूजा की बात न उठ जाए। खाने से पूर्व पूजा-वंदना होना उसके परिवार का स्थायी चरित्र बन गया था।

रामजी से तो कोई उत्तर नहीं मिला। भीमराव को अचरज हुआ। कहां तो वे अंग्रेजी अनुवाद, अक्षरों के उच्चारण और व्याकरण इतनी बढ़िया शैली में समझाते थे कि एक-एक बात उसकी समझ में बैठती चली जाती थी और कहां आज एक साधारण-से प्रश्न पर गहरा मौन साध लिया !

भीमराव की आंखों में नींद का नामोनिशान नहीं था। व्यक्ति को स्वयं क्लेशों और कठिनाइयों को जीतकर जीने की राह बनानी है। उसपर चलते चले जाना है। लेकिन अभी राह मिली कहां ? यही कारण था कि पढ़ते-पढ़ते वह मानो भीष्म पितामह की तरह शर-शय्या पर जा पड़ता था, लेकिन वह भीष्म की तरह महाभारत के अन्त की प्रतीक्षा नहीं करता होता। वह उसमें ज़िन्दगी तलाशता होता।

भीमराव रात-दिन पढ़ता और ढूंढ़ता कि सत्य क्या है ? जीवन क्या है ? समाज क्या है ? वह जानता था कि घर की आर्थिक स्थिति अच्छी नहीं है। फिर भी उसके मन में पुस्तक पढ़ने की प्यास बुझती नहीं। वह भोजन की राशि से पुस्तक खरीदना पसन्द करता। रामजी कभी उसे रोकते नहीं। लगातार उसका हौसला बढ़ाते हुए कहते, "तू इतना पढ़ कि उन प्रश्नों का मुंहतोड़ जवाब दे सके जो आज अंधेरी दुनिया में ले जाते हैं और बदबू और सीलन भरे कमरे में बन्द कर देते हैं। उनके लिए सूरज का कोई अर्थ नहीं है। चांदनी वे जानते नहीं।"

वे चौंके। यह उसे क्या हो जाता है कि वह वर्तमान में से गायब होकर अतीत की भीतरी तहों में उतरता जाता है। वहां से लौटता है तो भारी मन से बुझा-बुझा। एकदम आज की तरह किसी दुःस्वप्न को याद करता हुआ। व्रण छिल जाते। टीस सालती। वह यही सोचते रह जाते।

अब रेलवे स्टेशन् ओझल हो रहा था। न गाड़ीवान वहां था। वहां था छोटा-सा कमरा और वह। उसके सामने थी पुस्तक।

दो

भीमराव सामाजिक और धार्मिक अन्याय और अत्याचार के कारण खोजते रहते। आज़ादी चाहने वाले अपनों के प्रति कितना जुल्म ढा रहे हैं, वह किसी से छिपा नहीं था।

दो हजार वर्ष से चले आ रहे सवर्ण हिन्दुओं के छल-प्रपंच की पोल खोलकर उपेक्षित और अछूतों को उनका सामाजिक सम्मान दिलाकर समान धरातल पर लाना चाहते थे। इसके लिए निरन्तर प्रयत्न करते और अपंग समाज को सामर्थ्यवान् बनाना चाहते थे।

आज अकस्मात् आकाश बादलों की चपेट में आ गया था। दिन को अंधकार-रूपी दैत्य ने निगल लिया था। अचानक वर्षा तेज हो गई।

भीमराव अंबेडकर खिड़की से वर्षा से खेल को देख रहे थे। बूंदें नृत्य कर रही थीं। पानी भरने लगा था। सड़क डूब चुकी थी। बिजली गरज-गरज पड़ती थी।

एक बालक कागज की नाव पानी में उतार चुका था। नाव दक्षिण दिशा में बढ़ने लगी थी। बूंदें लगातार उस पर ताबड़तोड़ आक्रमण करती जा रही थीं। अचानक नाव परनाले के नीचे आ गई। परनाले की तेज और मोटी धार ने उस नाव को बुरी तरह दबोच लिया। भीमराव को लगा कि उसकी इहलीला समाप्त हो गई। वह अब दूसरी ओर देखने लगा।

वह बालक अचानक ताली बजा उठा। भीमराव का ध्यान उसकी ओर गया। वह दक्षिण दिशा की ओर देख रहा था। भीमराव ने भी उधर देखा। वह नाव परनाले की गिरफ्त से उभर चुकी थी। इतने में उस बालक की मां आ गई और उसे डांटते हुए घर के अन्दर ले गई। भीम का हृदय अभिभूत हो उठा। धीरे-धीरे वह अतीत के गलियारों में उतरने लगे।

भीमराव को आज अपनी माता भीमाबाई का स्मरण सताने लगा। वह बहुत सुंदर और समर्पित स्वभाव की अति मधुर गायिका भी थी। कबीर गाती तो सब मंत्रमुग्ध हो जाते। उसका रंग गोरा, घुंघराले लंबे बाल, दिपदिप दीप-सी जगमगाती आंखें और चमकता भाल उसके सरल चित्त की भंगिमाओं से सदा महकता-महकता रहता था।

वह मितभाषी थी। वह कबीरपंथी घर से थी। थाने के मुरवाड़ गांव की रहने वाली थी। उसका घर संपन्न था। वह गंभीर स्वभाव की थी।

अंबेडकर के चित्त पर उसकी सरलता, सहजता और विद्वत्ता का गहरा प्रभाव था। सिद्धार्थ गौतम कैसे बने और कबीर अनपढ़ होकर पंडित जगत् को लताड़ बता सके, इसके सम्बन्ध में उसकी स्थापनाएं दूसरों से भिन्न थीं। उसकी पहुंच और सहज में शुरू होकर सहज में जा मिलती थी।

"अंबे, कितनी बार कहा है, तुझे सिद्धार्थ बनना है, तुझे कबीर बनना है। वे महापुरुष अपने आस-पड़ोस के बालक-बालिकाओं को मारते नहीं थे।...शक्तिशाली और स्वस्थ होना अच्छी बात है, लेकिन उसका दुरुपयोग करना बहुत बुरी बात है।" भीमाबाई उसे अपने पार्श्व में बैठाकर अत्यंत स्नेह से समझाती और कभी-कभार उसके सिर पर हाथ भी फेरने लगती।

"मेरी अच्छी मां !" अंबेडकर मचलते हुए उससे पूछते, "क्या मैं सिद्धार्थ-कबीर बन सकता हूं ?"

"एक शर्त पर।"

"वह क्या, मां ?"

"तू मारना-पीटना छोड़ दे तो !" भीमाबाई भोले मन से समझाती, "मारने-पीटने से विद्या याद नहीं रहती।"

"अच्छा, मां, अब मैं किसी को मारूंगा-पीटूंगा नहीं।" अंबेडकर विश्वास दिलाते। मां प्रसन्न हो जाती। लेकिन अगले ही दिन अंबेडकर की फिर शिकायत आ जाती। वह कहती,

''अंबे के पिताजी, आज उसकी अच्छी तरह खबर लेना। बुलवाया है, अभी आता ही होगा।''

''मुझे एक जरूरी काम से बाहर जाना है।'' रामजी छाता उठाते हुए कहते।

''जानती हूं, तुम उससे कुछ नहीं कहोगे।...उसके सामने भीगी बिल्ली बन जाओगे। तुम्हारे इसी लाड़-प्यार से वह बिगड़ता जा रहा है।'' भीमाबाई कहती रहती और वह चुपचाप खिसक लेते।

''आने दो आज उस अंबे के बच्चे को...या तो मैं रहूंगी अथवा वो।...सारे मुहल्ले की नाक में दम कर दिया है इस अदने से लड़के ने !'' भीमाबाई बड़बड़ाती रहती। बलराम और आनंदराव उसको पकड़कर सामने लाते। वह पूछती, ''अंबे, फिर वही शैतानी ! रात को ही तो कान पकड़कर उसके सामने तूने कहा था कि अब से मां...सुबह होते ही सब भूल गया !...आज मैं मिटाती हूं तेरे इन हाथों में मचल रही खुजली को।'' इसके साथ वह उसे मारने लग जाती। मारती ही जाती। वह पिटता रहता। न भागता और न रोता। मात्र बुत बना पिटता ही रहता। वह थक जाती। उसकी आंखें भर जातीं। सारा दिन मन मसोसकर घर के काम में लगी रहती।

अंबे उसके पास नहीं आता। रात होने पर सारे काम-धंधे से अवकाश पाकर वह उसके पास आती। आकर उसके सिर पर हाथ फेरने लगती। वह कुछ नहीं बोलता। अपनी मां का सीधा हाथ अपने हाथ में लेकर, जिस हाथ से उसने उसे पीटा था, प्यार करता। वह पूछता, ''मां, तेरे हाथ में चोट तो नहीं लगी ?''

भीमाबाई का संतोष का बांध टूट जाता और दोनों की आंखों से गंगा-जमुना बह पड़ती। वह प्यार से उसे अपनी छाती से लगा लेती। कुछ देर बाद वह उसे समझाती, ''तू रोज रात विश्वास दिलाता है और सुबह से वही करने लगता है, जिसके न करने का तूने विश्वास दिलाया था।...क्यों करता है रे ? क्या मिलता है इससे तुझे ? कौन-सी इससे तेरी नेकनामी होती है ?...फिर भी तू मानता नहीं।...इसी से दम भरता है अपनी मां से प्यार करने का ?''

''बस मां, अंतिम बार क्षमा कर दो। फिर से ऐसा कुछ भी नहीं करूंगा, जिससे तेरे मन को दुख पहुंचे।'' अंबेडकर धीरे-धीरे कहता।

''तू बात करने में तो अच्छे-अच्छों के कान काट देता है, परंतु अपनी गलत आदत से बाज नहीं आता।'' भीमाबाई उसे नये सिरे से समझाने का प्रयास करती।

''अब ऐसा नहीं होगा, मां !'' अंबेडकर फिर कान पकड़ता।

''तू कान पकड़ने का अर्थ जानता-बूझता भी है या यों ही फैशन के जोम में कान पकड़ लेता है !'' भीमाबाई उसे आड़े हाथों लेती हुई कहती।

भीमराव अंबेडकर सोच में पड़ जाता। कुछ देर बाद कहता, ''मां, फिर से ऐसी गलती नहीं करूंगा।''

''शब्दों में !'' भीमाबाई व्यंग्य करती।

''नहीं, मां, अब से ऐसा कभी नहीं होगा।''

''तू समझता है कि तू क्या कह रहा है ?''

''हां, मां !'' भीमराव अंबेडकर सिर हिलाकर कहता।

''ऐसा तू हर बार समझा है।''

''इस बार नहीं।''

''क्यों, इस बार क्या बात है ?'' भीमाबाई उसकी पीठ सहलाते हुए पूछती। वह

जानता था कि मां ने उसे पीटा अवश्य है, लेकिन चोट उसके मन को लगी है। वह उसकी पीठ नहीं, अपने मन को सहला रही है।

वह क्या उत्तर देता ! हर बार उसने यही उत्तर तो उसे दिया था। अब वह उसे कैसे विश्वास दिलाए कि इस बार वह जो कुछ कह रहा है वही करेगा !

उसको चुप पाकर भीमाबाई ने उससे कहा, "अंबे तू अपनी मां की बात नहीं मानेगा और इसी तरह अपने पड़ोसियों से उसकी छीछालेदर होने देगा तो मैं मर जाऊंगी। सारा टंटा खत्म हो जाएगा।...फिर तुझे कोई पीटने-कहने वाला भी नहीं रहेगा। तू आजाद हो जाएगा।...जो जी में आएगा, करता घूमेगा।"

भीमराव अंबेडकर ने बीच-बीच में मां को बहुत टोका-रोका, लेकिन उसकी भावना का बांध टूट चुका था, इसलिए उसे कोई अवरोधक रोक नहीं सका। वह कह रही थी, "तू यही चाहता है तो अब ऐसा ही होगा।"

"ना, मां, तू ऐसा कभी मत सोचना। ...तुझे मेरी सौगन्ध।" भीमराव अंबेडकर मां की हथेलियों पर प्यार जताने लगता।

"तूने सौगंध लेना भी सीख लिया रे ! ...इत्ती छोटी उमर में इत्ता बड़ा झूठ !" भीमाबाई बिफर पड़ी। उसमें ईषद् क्रोध उबाल भरने को हुआ। उसका ध्यान दीवार पर टंगे कबीर के चित्र पर गया। वह अंदर ही अंदर कहने लगी, 'सुन रहे हो, बाबा, इस वाचाल की बात ! कितना बिगड़ गया है !........अभी से सौगंध की बात करने लगा है।.....इसे सद्बुद्धि दो। अपनी शरण में लो, प्रभु !......इस पर दया करो।" उसकी जड़ता तब टूटी जब अंबेडकर ने उससे पूछा, "मां, क्या सौगंध लेना बुरा है ?"

"हा...हां, बुरा है।...बहुत बुरा है।"

"लेकिन-मां... !"

"तू लेकिन-वेकिन कुछ मत कह।"

"पर क्यों, मां ?.......बताओ, मां, मैंने सौगंध लेकर क्या अपराध किया ?" अंबेडकर ने तड़पकर कहा और उसकी ओर टकटकी बांध कर देखने लगा।

"तू अपराध-अनपराध में अन्तर जानता होता तो ऐसा कभी नहीं करता।...बस, अब तू चुप कर, तेरे लिए यही उपयुक्त है।" भीमाबाई का गौरवर्णीय मुखमंडल तमतमा उठा था। उसकी बड़ी-बड़ी आंखों में से स्फुर्लिंग निकल रहे थे। परंतु भीमराव अंबेडकर की कुछ समझ में नहीं आ रहा था कि मां उसकी सौगंध लेने पर इतनी क्यों उखड़ उठी है। वह मां की व्यथा को और सहज नहीं कर सका। वह तड़पकर बोला, "मैं कुछ नहीं जानता, मां, पर तू तो सब कुछ जानती है, तू बता कि सौगंध लेकर मुझसे क्या अपराध बन पड़ा है ?...मां, मैं उस अपराध का प्रायश्चित्त करूंगा, मां ! पर मां... !"

"सौगंध तो मैं भी तुझे दिला सकती थी, परंतु मैंने ऐसा नहीं किया, क्योंकि मैं जानती थी कि तेरी उमर अभी सौगंध लेने की नहीं है।"

"क्यों मां ? क्या सौगंध लेने की भी कोई उमर होती है ?" भीमराव अंबेडकर पूछता।

"उमर तो नहीं होती, अंबे, लेकिन स्थिति और प्रकृति अवश्य होती है।"

"क्या मतलब, मां ?"

"तू वह बात अभी नहीं समझेगा।"

"क्यों नहीं समझूंगा ?" अंबेडकर ज़िद पकड़ जाता, "तू समझा तो मां, तेरा नालायक पुत्र सब समझ लेगा।"

"क्या खाक समझ लेगा !" भीमाबाई ने चिढ़कर कहा और उठना चाहा तो अंबेडकर ने उसका हाथ पकड़ लिया। वह जानती थी कि बुद्धि में तो वह अपनी उमर वालों से कहीं बड़ा है.......बहुत बड़ा है। एक बार जो सुनता-पढ़ता है, वह उसे तुरन्त याद हो जाता है। अंततोगत्वा उसको उसके पिता मराठी, अंग्रेजी और गणित पढ़ाते हैं। उन्हें वह खूब समझता है। अंबेडकर ने कहा, "बता ना, मां !" इसके साथ ही उसने अपनी मां का हाथ अपने सिर पर रख लिया।

"अच्छा, बाबा, अच्छा। बताती हूं। ध्यान से सुनना और सुनकर गुनना। यह नहीं कि इस कान से सुना और उस कान से निकाल दिया।"

भीमाबाई ने उसे शिवाजी के बचपन की कहानी सुनाई, जिसे उसने बड़ी तल्लीनता से सुना। फिर उसने समझाया, "अंबे, शब्द ही ब्रह्म है।...इनके साथ खिलवाड़ करना ठीक नहीं, क्योंकि ये खिलवाड़ करने वाले को ही डस लेते हैं।...ये अक्षर से बने हैं। अक्षर जो कभी क्षर नहीं हो।"

"शब्द कभी नहीं मरते, मां ?" भीमराव पूछते।

"हां, अंबे, कभी नहीं।" भीमाबाई कहती।

"वे अमर हैं ?"

"हां, अंबे !"

"हमारे देवता भी अमर हैं ?"

"नहीं जानती।" भीमाबाई कहती।

"क्यों ?"

"हां, अंबे ! उन्हें मैंने कभी देखा नहीं। उनके बारे में मात्र सुना है।......शब्दों को देखा है, सुना है और उनको व्यवहार में लाकर परखा भी है।...लगा है कि वे कभी नहीं मरते। वे सदेह होते हुए भी अदेह हैं।...लेकिन उनका व्यवहार जटिल है।...अनाड़ी को वे डस लेते हैं। एक बार काले नाग का डसा बच भी जाए, परंतु उनका डसा पानी नहीं मांगता।" भीमाबाई बोलती जा रही थी, "उनसे छेड़छाड़ करना ठीक नहीं। वे तब तक किसी से कुछ नहीं कहते जब तक आगे आकर कोई उन्हें छेड़ता नहीं।"

"लेकिन मैंने मां...... !"

"तूने उन्हें छेड़ा है।"

"कैसे, मां ?"

"तू नहीं जानता कि तू किन शब्दों का प्रयोग कर रहा है !...क्यों कर रहा है ? ...नहीं करता तो क्या होता ?...घर में बराबर प्रार्थनाएं होती रहती हैं, लेकिन मैं देखती हूं कि तेरा मन उनमें नहीं रमता।...आंखें ज़रूर बंद कर लेता है परंतु तेरा मन कहीं और भटक रहा होता है।...ऐसा है कि नहीं ?" भीमाबाई समझाकर प्रश्न करती।

"हां, मां, तू ठीक कहती है।" अंबेडकर की चोरी पकड़ी जाती। वह झिझक से भर उठता। वह समझ रहा था कि उसके मन को घर में कोई नहीं पकड़ पा रहा रहा है।

"शब्दों का प्रयोग बहुत सोच-समझकर करना चाहिए।...तूने अभी-अभी सौगंध उठाई। सोचा, इस समय तो कम-से-कम तू मां के मन को तसल्ली दिला देगा। कल की फिर कल देखी जाएगी। आज आने वाला कल नहीं है। अंबे, मनुष्य को यह सोच ले डूबता है।...शब्दों से व्यक्तित्व उभर कर आता है। उससे व्यक्ति के चरित्र का पता चलता है। ...पर..." भीमाबाई रुक-रुककर कहती जा रही थी। वह समझ रही थी कि उसके कहने

का उस पर कोई प्रभाव बनने वाला नहीं है। फिर भी, कहना तो है। कदाचित् उसे सद्बुद्धि मिल जाए।

घर में सन्नाटा बह रहा था किसी हिमनद-सा अंदर ही अंदर ! पहले की अपेक्षा तनाव की गांठें खुलती जा रही थीं। एक प्रकार की सहजता वातावरण को काठिन्य से उबार ले जाने का प्रयास कर रही थी।

अंबेडकर का मन हलका लगा था। उसके चित्त पर से धुंध हट रहा था। उसे उपने किए पर पछतावा हो रहा था। उसने धीरे-धीरे कहा, "मां, तू कितना जानती है !"

"पगले, मैं कुछ नहीं जानती।...मनुष्य को निरन्तर जानते रहने के लिए उत्सुक बने रहना चाहिए।...मनुष्य का ज्ञान, चाहे वह कितना अधिक जानता हो, पर अत्यल्प है।" भीमाबाई ने उसे समझाया, "सब कुछ किताबों में नहीं लिखा है। उनसे बाहर जो फैला पड़ा है, जानना उसे ही है।"

"सच, मां ?" भीमराव भोलेपन से पूछते।

"पर तुझे तो मारधाड़ से फुरसत नहीं है।...चैन से पल-भर के लिए बैठने का समय भी नहीं है। फिर, अंबे तू उसे कैसे पढ़ पाएगा जो बाहर लिखा-पढ़ा है ?"

अंबेडकर की समझ का विस्तार हुआ। उसकी भ्रांति मिटी। भीमाबाई उसे बता रही थी, "फलदार वृक्ष सदा झुकता है, गहरा जल कभी छिछला नहीं होता है और महान् व्यक्ति कभी उद्दण्ड नहीं होता।"

"सच है, मां ! मैं तेरे शब्दों का अक्षरशः पालन करूंगा।" भीमराव अंबेडकर ने उत्सुकता से भरकर कहा, "सौगन्ध का अर्थ सौगंध ही होगा। सौगंध टूटेगी नहीं।...देख लेना मां, आगे से वह नहीं होगा जिससे तेरे मन को दुख पहुंचे।"

"पगले, मां के मन को नहीं, तेरे मन को सुख मिले, वही करना।" भीमाबाई ने उसे समझाया। कुछ रुककर वह उससे आगे कहने लगी, "तेरे मन को जो ठीक लगे, वही करना। मन विकल्पों में जीता है और आत्मा संकल्प में। तेरा चित्त जिससे संकल्पी हो, वही करना ...समझ में आया कुछ ?...नहीं आया। तुझे अभी से कैसे आएगा, तू शिवाजी जैसा दृढ़चित बालक तो है नहीं, ना !" भीमाबाई में संत बोलने लगते।

"आ गया, मां ! सब समझ में आ गया।...अब तू, देखना तेरा यह नटखट बेटा, तुझे शिवाजी बनकर दिखाएगा।" भीमराव अंबेडकर ने विश्वास से भरकर कहा।

"ठीक है, ठीक है।......पहले तू मारना-पीटना छोड़ दे।" भीमाबाई ने तनिक प्रसन्न होकर कहा।

भीमराव अंबेडकर ने संकल्प किया कि वह मां की कल्पना जैसा बनकर दिखलाएगा। अभी मां को उसकी बात का विश्वास नहीं होगा क्योंकि उसने उसके विश्वास को निरन्तर छला है। भीमाबाई उसके पास से उठकर जा चुकी थी। भीमराव अंबेडकर बदलने लगा। उसने मारना-पीटना छांड़ दिया। भीमाबाई को बहुत आश्चर्य हुआ यह सोचकर कि माह जा रहा है लेकिन अंबेडकर की शिकायत लेकर उसके पास कोई भी नहीं आया। माह पर माह व्यतीत हो गए परंतु किसी आस-पड़ोसी ने अंबेडकर की शिकायत नहीं की। उसका मन प्रसन्न हो उठा। उसने खीर बनाई। खीर अंबेडकर को पसंद थी।

भीमाबाई ने बड़े प्रेम से अंबेडकर को खीर परोसी। उसे मनुहार करके खिलाई। अंबेडकर ने कहा, "मां, क्या तू मुझे गौतम बुद्ध बनाना चाहती है ?"

"क्यों अंबे, ऐसा क्यों कहा ?"

"मां, गौतम सुजाता की खीर खाकर ही बुद्ध बने थे।" अंबेडकर ने मुस्करा कर कहा।

"ना रे, तू गौतम बुद्ध मत बनना। वे तो राज, परिवार, पत्नी, पुत्र और समस्त सुखों को छोड़कर संन्यासी बने थे।...तुझे संन्यासी नहीं बनना।" भीमाबाई ने तनिक भौंहें त्रियक कर कहा।

"तू कहती है तो संन्यासी नहीं बनूंगा-बस, अब तो प्रसन्न !" अंबेडकर ने तुरंत कहा। भीमाबाई प्रसन्न हो उठी। उसका मन आशीर्वाद दे उठा। अब वह अंबेडकर की प्रशंसा करती नहीं अघाती थी।

अंबेडकर मन लगाकर पढ़ता। पढ़े हुए पर सोचता। उसके मस्तिष्क में नये-नये प्रश्न उठते। जाति क्या है ? धर्म क्या है ? वह अन्य बच्चों से विद्यालय में अकेला क्यों बिठलाया ? वह भीमाबाई से प्रश्न करता, "मां...मां...हम अछूत हैं ?"

भीमाबाई कोई उत्तर नहीं देती। वह पुनः वही प्रश्न करता। भीमाबाई उठकर जाने लगती। अंबेडकर को लगता कि अवश्य वह और उसका परिवार अपराधी है। वह पूछता, "मां, अछूत कौन होता है ?"

"कुछ नहीं, मेरे लाड़ले !"

"फिर मुझे अछूत कहकर अपमानित क्यों किया जाता है ?" अंबेडकर कहता होता, "तू अवश्य मुझसे कुछ छिपा रही है।"

"नहीं तो, अंबे, कुछ भी तो नहीं।" भीमाबाई उसे विश्वास दिलाने के लिए कहती परंतु अछूत शब्द से उसके मन-वन में दावाग्नि सुलगने लगती। यह सच था कि वे अछूत हैं। उच्च हिन्दू उन्हें छूना भी पाप समझते हैं। वे उनकी परछाईं से भी घृणा करते हैं।

"मां, झूठ ना बोलना। हमारे परिवार से अवश्य कुछ ऐसा-वैसा बना है, जिससे हम अछूत हुए। हमें छूना पाप समझा गया।" अंबेडकर कहने लगता।

"ना रे, ऐसा कुछ नहीं हुआ।...तेरे पिताजी ब्रिटिश फौज में दूसरे ग्रेजेडियर रेजीमेंट के सूबेदार मेजर हैं। उन्हें यह रेंक फौजी स्कूल में हैडमास्टर होने से मिला था।...मेरे छह चाचा भी फौज में सूबेदार मेजर थे।......मेरे पिता भी सूबेदार मेजर थे।......फिर भला, हमसे या हमारे परिवार से क्या पाप हो सकता था !...हम लोग वीर हैं। योद्धा हैं। शिक्षित हैं।" भीमाबाई उसे समझाने का प्रयास करती।

"इस पर भी हम अछूत हैं, मां !" अंबेडकर के स्वर में नमी आ जाती।

भीमाबाई चुप रह गई।

"इसीलिए मुझे कक्षा में अलग बिठाया जाता है। ...मेरे साथ कोई नहीं खेलता। ...हम नीच हैं ना, मां ?" अंबेडकर गले में पड़े फंदे को निकालता हुआ कहता।

"तू इन बातों पर अपना सिर मत खपा। पढ़। पढ़कर गुना...इन बातों के लिए पूरी जिंदगी पड़ी है।...पढ़-लिखकर इन बातों पर खूब सोचना। निर्णय लेना।" भीमाबाई प्रत्युत्तर में कहती। उसका हृदय भर आता।

"मां, हमसे इतनी नफरत क्यों ?"

"सब ठीक हो जाएगा, समय आने दे।" भीमाबाई उसे तसल्ली दिलाती।

"समय कब आएगा।" भीमराव प्रश्न करते।

"जल्दी ही आएगा।" भीमाबाई उसे आश्वस्त करती।

"वह समय अब तक क्यों नहीं आया, मां ?" भीमराव सोचकर पूछते।

"परंतु अब आएगा।....अवश्य आएगा। मेरा मन कहता है। मां का मन कभी झूठ

नहीं बोलता। तू विश्वास कर।''

''पर कैसे ?''

''तू लाएगा। जैसे कबीर लाया था।...'' भीमाबाई तेजी से कहती।

''कबीर से क्या हुआ ? अछूत तो आज भी हैं ही।'' अंबेडकर कहता।

''उनमें चेतना लानी है। आज की सामाजिक व्यवस्था को बदलना है।...लगता है अब कुछ होगा।'' भीमाबाई बड़बड़ाते स्वर में ऐसे कहती मानो अपने-आपसे बात कर रही हो।

''पता नहीं, मां !'' भीमराव के स्वर में निराशा होती।

''विश्वास पर यह दुनिया कायम है रे, तू निराश मत हो।'' भीमाबाई उसे समझाती।

''मां, अछूत भी हिन्दू है ?''

''हां, हिन्दू हैं।''

''फिर भी उनमें भेद है ?''

''नहीं होना चाहिए। ...यही ना !''

''पर है।'' भीमराव सोचते हुए कहते।

''है तो।'' भीमाबाई सत्य का समर्थन करती।

''कोई आवाज़ क्यों नहीं उठाता ?''

''अब तू उठाएगा।'' भीमाबाई प्रसन्न होकर कहती।

''मैं, मां !'' साश्चर्य भीमराव मां की ओर देखते रह जाते।

''हां, तू मेरे लाल !'' भीमाबाई का स्वर सुदृढ़ होता।

''पता नहीं।'' उखड़े हुए स्वर में भीमराव कहते।

''मुझे पता है, अंबे क्योंकि मैं तेरी मां हूं।''

''मां को सब पता होता है क्या ?'' भोलेपन से भीमराव पूछते।

''हां, मां को सब पता होता है।'' भीमाबाई कह तो जाती लेकिन फिर बहुत देर तक सोचती रहती। उसे क्या पता है ? कुछ भी नहीं। लेकिन इसके अतिरिक्त उसके पास दूसरा कोई रास्ता भी नहीं था।

भीमराव अंबेडकर कछुए की भांति अनेक प्रश्नों को समेटकर धूप में आ बैठता। उसकी कुछ समझ में नहीं आता। वह सोच के क्षितिज पर आ ठहरे अंधेरे के पार देखना चाहता, परंतु उसे कुछ नजर नहीं आता। तट से बहुत दूर का सकपकाता हुआ अंधेरा उसमें अजगर की भांति कुंडली मारकर आ बैठता। वह कुछ समय तक जड़ता से भरकर संज्ञाशून्य-सा हो जाता।

अचानक व्रण नासूर बन जाता। भीमाबाई एक बार बिस्तर क्या पकड़ती, उठने का नाम नहीं लेती। वह पीली पड़ जाती। उसका मुखमंडल उदासी से भरा नज़र आता। वह एकदम कृशकाय हो जाती।

गोरेगांव से रामजी आ जाते। इलाज होता, परंतु रोग जोर पकड़ता जाता।

''मां...मां... !'' बहुत धीमे से आवाज में अंबेडकर पुकारता। भीमाबाई उसे निहारती। उसकी असहाय आंखें निस्तेज होतीं। उसके रक्तहीन होंठ हिलते परछाईं की तरह।

''मां, बहुत पीड़ा होती है ?''

वह मुस्कराकर रह जाती। कुछ कहती नहीं। उसमें पीड़ा सिहर जाती।

''तू ठीक हो जा, मां...जल्दी ठीक हो जा।'' यह कहते हुए भीमराव का गला भर जाता।

भीमाबाई कबीर की फोटो की ओर अपलक निहारती रह जाती। मानो कबीर ही उसे ठीक करेगा।

"मां, सिर दबाऊं ?" भीमराव पूछता।

भीमाबाई सिर हिलाकर मना कर देती, परंतु अंबेडकर मानता नहीं और उसका सिर दबाने लग जाता। दबाता ही रहता उससे उसके मन को सुकून मिलता।

"बस कर, अंबे !" भीमाबाई उसके छोटे-छोटे हाथों को अपने हाथ में ले लेती। उसकी ओर जिज्ञासा-भरी दृष्टि डालती और अपना दुःख बिसराकर मुस्कराने लगती।

"तू महान् बनेगा, अंबे, यह मेरा आशीर्वाद है।"

"मुझे महान नहीं बनना।"

"भाग्य के लेख को कौन मिटा पाया है, जो तू... !" कहते-कहते भीमाबाई रुक जाती।

"बस तू ठीक हो जा, मां, !...मैं समझ लूंगा, मैं महान् हो गया।" अंबेडकर कहता।

"तू कुछ नहीं समझेगा, अंबे !" भीमाबाई अपना निर्णयात्मक वाक्य उछाल देती।

"मुझे कुछ नहीं समझना।" भीमराव तनिक क्रोध और प्यार से कहता।

"तू जिद्दी है।" भीमाबाई अपना निर्णय सुनाती।

"शायद। ...वास्तव में तूने ठीक कहा है मां, मैं जिद्दी हूं।"

"जाकर पढ़।...बहस छोड़।" भीमाबाई आदेश के स्वर में कहती।

"अभी पढ़कर ही तो आया हूं, मां !"

"ज़रा अपने पिताजी को तो बुला।"

भीमराव अंबेडकर बाहर जाता। पिताजी आते। भीमाबाई कुछ कहना चाहती। वह प्रयत्न करती लेकिन कह नहीं पाती। उसके मुख-मंडल पर पीड़ा उभर आती।

"क्या बात है, बाई ?" रामजी पूछते।

वह मुस्कराने का प्रयास करके रह जाती। उसकी मुस्कराहट में पीड़ा गहरा उठती।

"डॉक्टर बुलवाता हूं।" रामजी कहते।

भीमाबाई सिर हिलाकर रोक देती।

"तू नहीं समझती है।" रामजी का मन फफक पड़ता।

"नहीं।" वह बहुत धीमे स्वर में कहती।

"डॉक्टर को बुलवा लेता हूं।" रामजी जोर देकर कहते।

"नहीं।" भीमाबाई घर की आर्थिक स्थिति से भली प्रकार परिचित थीं।

भीमराव अंबेडकर की आंखों में आंसू आ घिरते।

भीमराव अंबेडकर की बहन मंजुला और तुलसी उसे संभालते। आनंदराव पिताजी का संकेत पाकर डॉक्टर को बुलाने चला जाता।

तुलसी के छूने से अंबेडकर की आंखों में गरम-गरम आंसू टपक पड़ते।

भीमाबाई उसे अपने पास बुलाती। उसके सिर पर हाथ फेरती। उसके आंसू पोंछती। टिमटिमाती आंखों से उसकी ओर देखती। धीरे से वह कहती, "महान् बनने वाले बच्चे कभी रोते नहीं। ...तू कभी मत रोना।" उसका हाथ रामजी के हाथ में देकर कहती, "ध्यान रखना।" इसी के साथ वह गहरी सांस लेती और एक ओर लुढ़क जाती। उसकी गरदन तकिये से नीचे आ जाती। रामजी उसकी नब्ज देखते। तुलसी गंगाजल लाती। चम्मच से वह दो बूंद उसके मुंह में डालती।

डॉक्टर आ जाता। सब दूर हट जाते। वह नब्ज देखता। भीमाबाई की आंखों की पलकें बंद करता और अंग्रेजी में कहता, "शी इज नो मोर।"

रामजी अवसन्न रह जाते।

बलराम अंबेडकर का सबसे बड़ा भाई बाहर की ओर जाता है। डॉक्टर लौट पड़ता है।

संपूर्ण घर चित्रलिखित-सा रह जाता है। सन्नाटा ऐंठने लगता।

मंजुला रो पड़ती है।

तुलसी जोर-जोर से रोने लगती है और बीच-बीच में कहती भी जाती है, "हाय मां ...मां...मां... !"

"क्या !"

"मां नहीं रही।"

"उसे बाहर ले जाओ।"

"नहीं, मैं बाहर नहीं जाऊंगा।" भीमाबाई की ओर देखता। पास आकर वह कहता, "मां...मां....मां...बोलो, मां...एक बार बोलो, मां...देखो, तुम्हारा अंबे, मां !...हां...हां....हां अंबे, मां ! ...प्रतिज्ञा करता हूं....तुम चाहती हो ना...तो वह अवश्य महान् बनेगा।...शिवाजी जैसा महान्।...पर बोलो तो मां...एक बार।" अंबेडकर बराबर कहता जाता। रामजी उसकी कातर आवाज सुनकर रो पड़ते। सब रो रहे थे अब।....अंबेडकर उन सब को रोता हुआ देखकर रो पड़ा था।

मां को श्मशान घाट ले जाया गया। वह चिता में जल गई। भीमराव अंबेडकर की समझ में आ गया कि मां के ना रहने का क्या अर्थ है।

भीमराव अंबेडकर का दिल टूट गया। वह गुमसुम हो गया। अब उसका पढ़ाई में भी मन कम लगता था। वह घर से बाहर अधिक रहता था। उसे हर समय अपनी मां की याद सताती रहती थी। कई बार उसे लगता था कि मां उसके सिरहाने बैठकर उसके बाल सहला रही है। उसे मां का बाल सहलाना बहुत अच्छा लगता था। वह थोड़ी देर कुछ नहीं कहता। उसके कोमल-कोमल हाथों का जादुई असर अनुभव करता रहता। जब वह पलटकर देखता तब उसका बाल-मन तड़प उठता, क्योंकि न पीछे मां होती और न उसके कोमल-कोमल गोरे हाथ। वह तुरंत ठूंठ बन जाता। उसकी संवेदनशीलता हिमानी आकाश-सी उस पर आच्छादित हो जाती और वह जोर से आंखें मींचकर अपने को अपने आपसे ही ऐसे ओझल कर देना चाहता जैसे कोई योद्धा अपनी एक टांग को अपने शरीर से इसलिए अलग कर देना चाहता है जैसे उसे उसी के कारण अपमानित होना पड़ा था। वह क्या करे ? वह आवाज लगाने का पुरजोर प्रयत्न करता और पुकारना चाहता, 'मांऽऽ....मांऽऽ....तू कहां है ?....सामने क्यों नहीं आती ?...तेरा महान् बेटा...हां...हां....मां, तेरा अंबे, देख ले, महान् बनने के चक्कर में क्या से क्या बन गया है।....तू आ, मां !...अपने अंबे को बचा ले, मां. ..बचा ले, मां...बचा ले, मां !' लेकिन वह पुकार नहीं पाता, हांफने अवश्य लगता।

अंबेडकर अपने अंधेरों से घबराकर रह जाता। उसकी देह बिना दौड़-धूप लिए पसीने-पसीने हो जाती। वह अंदर-ही-अंदर टूटता जाता। उसे लगता कि वह कई दिनों से सोया नहीं है। उसकी आंखों में किसी ने तेजाब डाल दिया है। वह तड़प उठता। निरर्थक वीरान रास्तों पर दूर तक निकल जाता अपना रास्ता टटोलने।

तीन

समय रेगिस्तान में उड़ती आंधी-सा सांय-सांय करता आंखों के सामने निकलता जाता परंतु वह हाथ नहीं आता। हवा के चिह्न बालू के मैदान पर लहराते रह जाते लेकिन हवा को पकड़ नहीं पाते। सब कुछ पूर्व जैसा ही था। वही आकाश, वही धरा, वही समुद्र, वही लोग, वही बस्ती और परेल में पुरानी चाल (बंबई में एक मजदूर बस्ती) सब कुछ वही का वही था। लेकिन अंदर से वह सब उलटा-पुलटा था। ऐसा क्यों होता है कि आदमी वही होता है जो पहले था लेकिन उसका मन एकदम बरसाती मेघों की तरह भरा-भरा और क्षण-क्षण में बदलता रहता है ! रामजी सोचते। केवल गरीबी अकेला कारण नहीं हो सकती।

रामजी को लगता कि भीमाबाई की चमकती-मुस्करातीं आंखें उसका पीछा कर रही हैं और कभी-कभी उसकी वही सुंदर आंखें अट्टहास भी लगा उठती हैं। उसके सामने ठहरा हुआ आकाश वात्याचक्र-सा नाचने लगता है। वह घबरा जाता है। पर क्यों ? वह किससे घबराया ? कुछ भी तो अप्रिय घटित नहीं हुआ।

रामजी सोच के सोपान उतरने लगते एक के बाद एक। विगत झाड़-झंखाड़-सा उलझकर रह जाता उसके वर्तमान को घुमावदार चक्कर में। वह यह भी निश्चित नहीं कर पाते कि वह वर्तमान को अतीत क्यों हो जाने दे रहे हैं ! अतीत चुक जाता है। वह चुका हुआ होता है। मात्र राख। उसमें अग्नि का ताप नहीं होता है। वह ठंडी राख होता है। ...तो क्या उसका वर्तमान ठंडी राख नहीं बन चुका है ? वह तो ठंडी राख ही है। नहीं-नहीं, उसका वर्तमान ठंडी राख नहीं है...कदापि नहीं है। वह यह सोचते हुए हांफने लगते।

अब रामजी का मन पूजा-पाठ में नहीं लगता। वे कबीर, तुकाराम को पूर्व की तरह अपने से नहीं दोहरा पाते। उनका मन उखड़ा-उखड़ा रहता। वे सोचते रहते और अपनी सोच को कोई दिशा नहीं दे पाते। अचानक उनकी समूची सोच हाथ से छूटे कांच की तरह जमीन पर गिरकर बिखर जाती। वे अनुभव कर रहे थे कि अंबेडकर नई मां के आने से ज्यादा ही उखड़ गया है। वह घर में टिकता ही नहीं है। उसकी दृष्टि में घर उपेक्षा का कारण बनता जा रहा है। वे नहीं चाहते कि अंबेडकर का पढ़ाई से भ्रम टूटने लगे। वे लोग मिलिट्री सेवा में नहीं होते तो उनको ही पढ़ने का वातावरण कहां मिलता। सेना में सैनिकों और उनके बच्चों को पढ़ाने का एक अनिवार्य वातावरण था। प्रत्येक पल्टन के लिए अलग स्कूल था। सैनिकों के लिए योग्य शिक्षक तैयार कराने के लिए पूना में एक नार्मल स्कूल था।

रामजी ने भी पूना के ही स्कूल में शिक्षक बनने का प्रशिक्षण किया था और उसी के आधार पर वे एक सैनिक स्कूल में अध्यापक बने थे। वे चाहते थे कि भीमराव अंबेडकर खूब पढ़े और पढ़-लिखकर किसी अच्छे पद को प्राप्त करे। इधर अंबेडकर का पढ़ाई से ध्यान हटता जा रहा था। वह इस अभाव का अनेक बार अनुभव कर चुके थे; परंतु वे उससे बात करने की हिम्मत अपने आपमें नहीं जुटा पा रहे थे। हारकर वे एक दिन अंबेडकर से कह बैठे, "अंबे, लगता है कि आजकल तुम्हारा मन पढ़ाई में नहीं लग रहा है।"

अंबेडकर कुछ देर सोच-विचारकर उत्तर देते, "हां, पिताजी !"

"पर क्यों ?"

अंबेडकर के पास इसका कोई उत्तर नहीं था और वह यह नहीं कह सकता था कि

उसका प्रमुख कारण उसकी नई मां है।...दूसरे, वह अपनी मां की स्मृति नहीं भुला पा रहा था। तीसरे, वह यह नहीं देख सकता था कि उसकी नई मां भीमाबाई के आभूषण पहने। इससे वह अंदर-ही-अंदर घुटता जा रहा था। रामजी ने पूछा, "पढ़ाई में मन नहीं लगने का कारण ?"

इस बार अंबेडकर सकपका गया। उत्तर देना आवश्यक लगता क्योंकि रामजी के मुखमण्डल पर आवेश और क्रोध अधिकार जमाने लगता। वह खंखार कर कहता, "पिताजी, मां की याद आती है।"

"तो ?" रामजी की आंखों में क्रोध होता।

"फिर पढ़ा नहीं जाता।" भीमराव सहज उत्तर देता।

"पर क्यों ?" जोर देकर रामजी उससे पूछते।

"मन उदास होने लगता है। कुछ सूझता नहीं, पिताजी !" वह कहता।

"मन को बांधो, अंबे, अन्यथा, एक दिन ऐसा आएगा कि मन तुम्हें बुरी तरह से बांधकर या तो जलती आग में ढकेल देगा अथवा तुम्हारी बोली लगवा देगा और तुम बाजार में रखी मात्र एक वस्तु बनकर रह जाओगे।" रामजी उसे समझाने लगते, परंतु उसकी समझ में कुछ नहीं आता।

भीमराव अंबेडकर चुपचाप बुत बना रामजी की बातें सुनता रहा। उसने कोई प्रतिवाद नहीं किया। उसकी मां की मृत्यु के बाद यह बातचीत उन दोनों में पहली बार हो रही थी। रामजी कह रहे थे, "लगता है, तुम कुछ समझना नहीं चाहते।"

"नहीं तो।" भीमराव अंबेडकर चौंककर कहता। यथार्थ स्थिति यही थी कि वह कुछ समझने का प्रयास नहीं कर रहा था। उसे नहीं लगता था कि अब कुछ समझना शेष है। खाली-खाली लगता था दिमाग। भारी-भारी लगता था हृदय।

"कोई बात नहीं है, अंबे, कभी-कभी ऐसा भी होता है। सदा मन एक सा नहीं रहता। उसमें लगातार उतार-चढ़ाव आता रहता है।...यह चिंता करने की बात नहीं है। उस पर आंख बनाए रखने की आवश्यकता है।...परिस्थितियां बदलती हैं तब प्रायः ऐसा होता है। ...परंतु धीरे-धीरे व्यक्ति को सामान्य होने का प्रयत्न करते रहना चाहिए।...मैं तुमसे इतना ही चाहता हूं, अंबे !" रामजी ने हथियार डालते हुए धीमे स्वर में कहा।

भीमराव अंबेडकर सोच रहा था कि उसे डांटा जाएगा। बुरा-भला कहा जाएगा। भविष्य के लिए चेतावनी दी जाएगी। ऐसा वह कई दिनों से मन ही मन निश्चय कर चुका था। उसने यह भी निश्चय कर लिया था कि ऐसा हुआ तो वह डटकर विरोध करेगा। लेकिन ऐसा कुछ भी नहीं हुआ। उसका दिमाग सातवें आसमान से एकदम नीचे उतर आया। उसको लगा कि उसकी दिशा गलत थी। उसके पिताजी आज भी उतने ही अच्छे हैं जितने पहले थे। आज पहली बार उसे अपनी मां के न रहने की कसक पर मरहम लगता अनुभव हुआ। उसे मुक्त आकाश में मुक्त पक्षी डैने फैलाए उड़ता स्पष्ट दृष्टिगोचर हुआ। अंदर से वह पानी-पानी हो गया था। उसे अपनी जड़ता पर क्रोध आ रहा था।

रामजी कह रहे थे, "सत्य जानना चाहते हो और जिंदगी को समझना चाहते हो तो पढ़ो और सोचो।...पढ़ाई कभी खत्म न होने वाला एकाकी पथ है। इस पर आजीवन चलते रहो तो भी रास्ते का अंत आने वाला नहीं।...तुम्हें ऐसे ही रास्ते पर आगे बढ़ना है, बेटे !"

"जी पिताजी !" भीमराव अंबेडकर ने पूरे मन से कहा।

"तुम समझदार हो। सामान्य लड़कों से बहुत ऊपर हो।...एक बार तुमने अपनी मां

के सामने सौगंध ली थी और उसके बाद तुममें जमीन-आसमान का परिवर्तन आ गया था। तुम्हारी मां की आत्मा प्रसन्न हो गई थी। वह अपने में फूली नहीं समा पा रही थी। आज मैं तुम्हें उस सौगंध से मुक्त करता हूं और तुमसे अपेक्षा करता हूं कि तुम उस मां के लिए जिस प्रेरणा से जुड़े थे, आज उसकी हुतात्मा के लिए जुड़ो।...मुझे आशा है कि तुम समझ रहे होगे कि तुम्हें अब से क्या करना है ?" रामजी ने अत्यंत स्नेह और दुलार से बहुत स्पष्ट बात कही और उसे सोचने के लिए खुला आकाश, दिशा दी और मार्ग प्रदान किया।

"धन्यवाद, पिताजी, भविष्य में आपको मुझसे पीड़ा नहीं पहुंचेगी।...मैं भटक गया था। मेरे सामने कोई रास्ता नहीं था।...अब रास्ता दिखलाई पड़ गया।" भीमराव अंबेडकर के स्वर में आर्द्रता घिर आई थी और वह अपने भीतर से प्रकीर्ण होने वाले प्रकाश की अनुभूति करने लगा था। 'तमसो मा ज्योतिर्गमय' का अनहद नाद उसे सुनाई पड़ रहा था।

रामजी उठकर बाहर चले गए। भीमराव अंबेडकर यथास्थान बैठे-बैठे सोचते रह गए न घटने वाली के बारे में। तब उसका मन घायल पक्षी की भांति तड़प रहा था। वे रात-दिन बहुत चिंतित रहते थे। वे सुन चुके थे कि बंबई पहुंचकर वे अपना भाग्योदय कर पाएंगे। पिताजी दूसरी शादी कर चुके थे और तब सतारा रहते थे। अंबेडकर को नई मां नापसंद थी।

भीमराव अंबेडकर ने योजना बनाई थी कि बंबई जाया जाए। बंबई जाने के लिए रुपये-पैसे का जुगाड़ बैठाना भी उसके लिए कम सिर-दर्द नहीं था। पैसा आए तो कहां से ?

काश ! भीमराव अंबेडकर पक्षी होते तो वह कब के घर से भाग निकले होते। वे हार गए थे अपने आप से लड़ते-लड़ते। बहुत सोचा-विचारा। एक योजना बनी कि चाची का बटुआ चुराया जाए। पर कैसे ? बटुआ तो चाची के कमर में बंधा रहता था। चाची सोती वह जगता रहता। दबे पांव चाची की खटिया तक आता। चाची की कमर से बंधा बटुआ उसके सामने घूमने लगता। सांस रोककर वह आगे कदम बढ़ाता। ऐन मौके पर चाची करवट बदल लेती। सारा प्रयास विफल हो जाता। वह खीझ से भर उठता।

इस तरह वह लगातार तीन रात जागता रहा लेकिन तीनों रात वह चाची का बटुआ नहीं चुरा पाया। यद्यपि वह भाग्य से कर्म को अधिक महत्त्व देता था लेकिन इस बार वह भाग्य पर आ टिका। क्यों चाची ऐन मौके करवट ले लेती है ? कैंची से बटुए की डोर काट सके तो...।

चौथी रात। आकाश टिमटिमाते तारों से भरा था। अंधेरा आपस में बतिया रहा था। चाची रह-रहकर खर्राटे भर रही थी। खर्राटों का स्वर कभी चलती ट्रेन-सा तो कभी इंजन की सीटी-सा वातावरण में फैल जाता।

भीमराव अंबेडकर की दृष्टि कबीर के चित्र से टकरा रही थी। घर में दीया टिमटिमा रहा था। अमावस्या की गहरी अंधेरी रात स्वप्न में डूबी हुई यदाकदा ईषद् स्मित भर उठती थी। वह चौंक पड़ता था।

चौर्य-कर्म में रात होना कोई सहज काम नहीं है। भीमराव अंबेडकर ने इससे पहले चोरी करना तो दूर रहा, कभी इस संबंध में सोचा तक भी नहीं था।

वह डरते हुए कदम उठाता। रुकता। चारों ओर देखता। सन्नाटे को चीरते हुए खर्राटों से वह अंदर ही अंदर कांप जाता था। उसे अपनी परछाईं से भय लगने लगता था।

चाची गहरी नींद में सोती थी फिर भी क्या पता कि वह जाग जाए। यह संभावना

उसको डरा जाती थी। कहीं चोरी पकड़ी गई तो... ! उसका सिर घूम जाता था। क्या सोचेंगे संत जैसे स्वभाव के उसके पिता ? क्या सोचेंगे घर-बाहर के सब लोग ? पास-पड़ोसी, मित्र-दोस्त, क्या सोचेंगे ? यही न कि अंबेडकर चोर है ! मां नहीं रही तो दण्ड भोग रहा है वह ! सौतेली मां, उसे ढंग से खाना भी नहीं देती अन्यथा इससे पहले उसने कभी चोरी करने की बात सोची तक नहीं थी। वह हांफने लगता।

वह बंबई तो जाएगा ही। उसके अलावा अन्य कोई रास्ता नहीं है। यह सोचता हुआ वह आगे बढ़ गया। इस बार चाची ने करवट नहीं ली। वह खर्राटे बराबर लेती रही। बटुआ लटका हुआ था। उसने मन-ही-मन कबीर को नमन किया आंखें बंद कर चाची का बटुआ बड़ी आसानी से निकाल लिया। उसने देखा कि चाची बराबर खर्राटे भर रही है। वह बटुआ लेकर बाहर आ गया। उसने चारों ओर देखकर इतमीनान की सांस ली। बटुआ खोला तो सिर पकड़कर बैठ गया।

भीमराव अंबेडकर को अपने किए पर बहुत ग्लानि हुई। बटुए में मात्र दो पैसे निकले। दो पैसे के बल पर बंबई नहीं जाया जा सकता था। उसे चोरी नहीं करनी चाहिए थी। उसे लगा कि उसकी मां की चमकीली बड़ी-बड़ी आंखें उसका पीछा कर रही हैं। उसे डांटते हुए मानो वह कह रही हैं, "तू, अंबे, इतना गिर गया कि चोरी करने लगा !... तुझे चोरी करते हुए लज्जा का अनुभव नहीं हुआ !...तूने अपने सीने पर कैसे इतना बड़ा पत्थर रख लिया !...ओह !....धिक्कार है मुझे कि मैं तेरी मां बनी !....छिः छिः छिः...तूने अपनी मां के दूध को लजा दिया !"

"नहीं, मां, नहीं !" अंबेडकर मन-ही-मन चीख उठा। यह उसे क्या हो गया था ! वह कैसे भरमा गया था ! पतन ! महा पतन !...अधःपतन !

परंतु कुछ नहीं हुआ। किसी को कानोंकान खबर नहीं पड़ी। वह निष्कलंक बना रहा। लेकिन वह मन की दृष्टि से ऐसा पकड़ा गया था कि लाख कोशिश करने पर भी उसकी पकड़ से छूट नहीं पाता था।

वह पिताजी के सात्विक व्यवहार से मर्माहत हो उठा था। वह इतना गलत क्यों सोच गया ? नहीं, उसे अब से अपना हर निर्णय बहुत सोच-विचारकर लेना होगा। वह जी लगाकर पढ़ेगा और अच्छे से अच्छा बनने की कोशिश करेगा। रात घिर आई थी। उसकी नई मां दीया-बत्ती करने लगी थी। उजाले ने आंखें खोल दी थीं। अंधेरा सकपकाया था।

चार

बंबई आकर रामजी का परिवार लोअर परेल की डबल चाल में रहने लगा था। वहां अछूत और पद्दलित परिवार ही प्रायः रहते थे। अंबेडकर को पहले मराठा हाई स्कूल में भरती करवाया और फिर कुछ महीने बाद उसे एलफिन्स्टन हाई स्कूल में। वहां वे मन लगाकर पढ़ने लगे।

वह हावर्ड की इंग्लिश रीडर और तर्खडकर-कृत अनुवाद की तीन पुस्तकें पढ़ चुका था। वह पाठ्य-पुस्तकों के अतिरिक्त अन्य बहुत-सी किताबें भी बड़े चाव से पढ़ता था। पढ़ने में वह अपने साथियों से बहुत आगे था।

रामजी को पेंशन में मात्र पचास रुपल्ली मिलते थे। लेकिन वे अंबेडकर की पुस्तकीय

अभिरुचि में ज़रा सी भी कोताही नहीं होने देते थे। नई पुस्तक लेने के लिए रुपये दे देते थे। इसके लिए वे मन में ज़रा सी भी खिन्नता नहीं लाते थे। अंबेडकर कहता रह जाता था, "पिताजी, ये पुस्तकें या इनमें से कुछ पुस्तकें अगले माह में ला दीजिए।"

रामजी उसकी ओर देखते। हालांकि घर की आर्थिक स्थिति बहुत खराब थी। खाने-पीने का बंदोबस्त भी बहुत मुश्किल से हो पाता था। एक कमरा था। उसी कमरे में घर का सारा सामान था—ट्रंक, बरतन, ईंधन, रसोई घर आदि। वहीं अंबेडकर पढ़ता भी था। वे समझ गए थे कि अंबेडकर सब कुछ जानने लगा है। वे बोले, "अंबे, तुम्हें संकोच नहीं होना चाहिए। घर की स्थिति तुमसे छिपी नहीं है। परंतु तुम यह भी अच्छी तरह जानते हो कि तुम्हारी पढ़ाई में मेरे जीते-जी कोई रुकावट नहीं आ सकती।...तुम्हें और मुझे, तुम्हारी मां की आंखें बराबर देखती रहती हैं। वे तुझे महान् बनता देखना चाहती थी। तेरी महानता के रास्ते में कोई अड़चन आएगी तो ये आंखें मुझे घूरेंगी। ...तू पढ़। खूब पढ़। पहाड़-सी पुस्तकें पढ़ डाल। ...तू रुपये-पैसे की चिन्ता मत कर।"

अंबेडकर कुछ नहीं बोल पाता। वह चुपचाप नीची निगाहें किए बैठा रहता। वह जानता था कि इस कारण वे गहने बेच डालते थे, सामान गिरवी रख आते थे और सूद पर रुपये-पैसे उधार ले आते थे। परंतु उनके मुखमंडल पर शिकन की एक रेखा नहीं उपजती थी। वे सहज बने रहते थे। समय सांप-सीढ़ी-सा गुजरता रहा। आर्थिक तंगियां बराबर बनी रहीं। लेकिन कोई काम रुका नहीं।

अंबेडकर उमर से अधिक, बहुत अधिक बड़ा होता जा रहा था। वह हर बात और हर घटना का विश्लेषण करने लगा था। वह दूर तक सोच जाता था। तर्क-शक्ति का उसमें विस्तार हो रहा था। कल्पनाएं उसमें आधार ढूंढ़ रही थीं।

अंबेडकर फर्श पर चटाई बिछाकर सोता था। दीये की मद्धिम लौ में वह पढ़ता था। लैंप था नहीं। चिमनी तब होती नहीं थी। रामजी ने कई बार चाहा उसके लिए एक लैंप खरीद लाएं, परंतु सदा जेब जवाब दे जाती और वे मन मसोसकर रह जाते थे।

एक कमरे में सारी गृहस्थी सिमटी हुई थी। पढ़ने के लिए समझौता पिता-पुत्र के मध्य हुआ था। रोज अंबेडकर जल्दी सो जाता था। पिताजी उसे रात के दो बजे उठा देते थे और अंबेडकर दिन चढ़े तक पढ़ता रहता।

अंबेडकर को पढ़ने में बहुत आनंद आने लगा था। उसके अन्तश्चक्षु खुलने लगे थे। उसका संबंध सर्वथा एक नई दुनिया से जुड़ने लगा था। जीवन का तिलिस्म खुलता हुआ वह अनुभव करने लगा था। हालांकि कभी-कभी सुबह उसकी आंखों में काजल-सी नींद फैलने लगती थी तथापि, वह तुरंत सावधान हो जाता था और मुंह पर छपके मारकर पुनः तरोताजा हो जाया करता था।

एलफिन्स्टन हाई स्कूल वह पहुंचा। कक्षा कक्ष में उसके प्रति भेदभाव रखा गया। वह अलग बैठाया गया। वह बैठा। न कैसे बैठता ! उसके मन में तो अनन्त ज्ञान की प्यास जग चुकी थी। उसके लिए वह कुछ भी करने और सहने को तैयार था।

अंबेडकर की बहुत इच्छा थी कि और लड़कों की तरह उसे भी कुछ लिखने के लिए श्यामपट्ट पर आमंत्रित किया जाए। वह हर बार हाथ उठाता लेकिन उसे निराशा ही हाथ लगती।

आज उसका भाग्य चमक गया। श्यामपट्ट पर उसे बुलाया गया। सब लड़कों के कान खड़े हो गए। अंबेडकर का मनचीता होने जा रहा था। आज वह भी श्यामपट्ट पर लिख

सकेगा। वह धीरे-धीरे सिर झुकाए आगे बढ़ा। श्यामपट्ट उससे कुछ ही कदम आगे था। कि विद्यार्थियों ने शोर मचा दिया। अंबेडकर खड़ा का खड़ा रह गया।

"क्या बात है ? सब एक साथ क्यों चीखने लगे हो ?" अध्यापक ने पूछा।

उनमें से एक लड़के ने खड़े होकर कहा, "श्यामपट्ट के पीछे हम लोगों के टिफिन रखें हैं।"

"तो ?" अध्यापक ने उन सब की ओर देखा।

"सर, हमारे खाने के डिब्बे हैं।" उसी लड़के ने धीमे से कहा।

"तो ?" अध्यापक ने पुनः प्रश्न-मुद्रा बनाकर उनकी ओर देखा।

"सर, अंबेडकर...सर... !"

"क्या सर-सर लगा रखी है ! ...कुछ स्पष्ट कहो।" अध्यापक ने सक्रोध कहा।

"सर, वह अछूत लड़का है।" एक लड़के ने साहस से उत्तर दिया।

"हमें अपने टिफिन उठा लेने दीजिए।"

"वह श्यामपट्ट छुएगा तो..."

"टिफिन में रखा खाना हमारे काम का नहीं रहेगा।"

"सर, मेरी मां मुझे नहलायेगी। गंगाजल छिड़केगी और बरतन को आग में डालकर तपाएगी। धोएगी।"

"सर, हमें भूखा रह जाना पड़ेगा।"

"ठीक है।...अपने-अपने टिफिन श्यामट्ट के पीछे से उठा लो।" अध्यापक ने आदेश के स्वर में कहा और स्वयं एक ओर खड़ा हो गया।

विद्यार्थियों ने देखते ही देखते अपने टिफिन श्यामपट्ट के पीछे से उठा लिए।

कक्षा के अधिकांश विद्यार्थी मन-ही-मन मुस्करा रहे थे। अंबेडकर के मन में उनकी मुस्कराहट कांटे-सी चुभ रही थी। लेकिन वह विवश था। यह भेद क्यों ? हिंदू तो वह भी है, फिर ऊंच-नीच कैसी ? क्यों ?

भीमराव अंबेडकर खून का घूंट पीकर रह गया। वह आगे बढ़ा। अब उसके मन में श्यामपट्ट पर लिखने का उत्साह नहीं रह गया था। फिर भी वह आगे आया। श्यामपट्ट पर लिखा और सही लिखा।

आज अंबेडकर को एक नया पाठ पढ़ने को मिला। आज उसमें एक नया आग्नेय प्रश्न उभरा।

"ऊंच-नीच का भेद करने वाला कौन है ?" यह प्रश्न लेकर वह एक अध्यापक के पास आया। वह अध्यापक ब्राह्मण था और अछूत के प्रति तुच्छ विचार रखता था। वह जल-भुनकर बोला, "तू अछूत है और मैं ब्राह्मण।"

"तो ?"

"तू नीच है...।"

"और आप ऊंचे हैं !"

"हां—ठीक समझा।" वह अध्यापक बोला, "तू महार है। तुझे पढ़ने-लिखने से क्या ! ...आखिर तू रहेगा तो नीच का नीच न !"

"सऽर," अंबेडकर ने तेज आवाज में कहा, "पढ़-लिखकर मैं क्या करूंगा, यह जानना आपका काम नहीं है।"

"तो क्या जानना मेरा काम है ?" उसने पूछा।

"मेरा सिर।" आवेश में उसने कहा।

"वाचाल लड़के, तमीज से बात कर !" वह अध्यापक भूखे शेर की तरह गरजा।

"तमीज से ही बात कर रहा हूं, सर !"

"क्या यही है तेरी तमीज, महार बालक ?"

"सर, ध्यान रखें, यदि भविष्य में कभी आपने मेरी जाति का उल्लेख करके चिढ़ाने का प्रयत्न किया तो उसका परिणाम बहुत बुरा होगा।" अंबेडकर ने जोर की आवाज में कहा। अध्यापक सकपका गया।

"तू कल का छोकरा, हमें देखेगा !...एक बार फिर कहना।"

"अच्छा बाबा, अच्छा।" कहकर अंबेडकर चलता बना।

"ठहरो, तुमसे एक बात करनी है।"

"क्याऽ ?"

"तुम पढ़ने में व्यर्थ समय नष्ट कर रहे हो।" अध्यापक ने उसे सलाह दी।

"आपको क्या ?"

"इससे व्यवस्था टूटेगी।"

"अब कौन-सी चल रही है जिसके टूटने का डर है ?" अंबेडकर ने निर्भीकता से उत्तर देते हुए कहा, "सर, आप ऐसे बीज मंत्रों को हवा न दें अन्यथा इस हवा से जो आग सुलग उठी है, वह आग धधककर स्वर्ग से अहम् को जलाकर राख कर देगी।"

वह ब्राह्मण अध्यापक चौंक पड़ा। उसने ध्यान से अंबेडकर की ओर देखा। उसे लगा कि अंबेडकर नहीं, प्रच्छन्न ज्वालामुखी है। उसमें लावा पिघल-पिघल कर बाहर आने का मार्ग तलाश कर रहा है। वह बोला, "जाओ, अंबेडकर, जाओ।"

विद्यार्थियों ने देखा। कुछ ने सुना। अंबेडकर का स्वर तेज होता गया था। जयंत विडवालकर उसके पास आया। उसने पूछा, "क्या बात थी ?"

भीमराव अंबेडकर ने सारी कथा सुना डाली। उससे पूछा, "अध्यापक होकर वह ऊंच-नीच का भेद रखता है। उपहास करता है। अध्ययन के प्रति उदासीन हो जाने की बात करता है।...क्या यह चरित्र एक अध्यापक का हो सकता है ?...मुझे लगता है कि हमारे समाज को दलदल में ढकेलने वालों में ऐसे अध्यापक भी हैं।" अंबेडकर के विद्रोह में चिंतन की चिनगारी आ जुड़ी थी और वह आग का चरित्र बनने लगी थी। उसके मन की आंधी को जयंत विडवालकर ने स्पष्ट अनुभव किया था।

जयंत विडवालकर अंबेडकर से दो कक्षा ऊपर पढ़ता था। वह अंबेडकर के विचारों से बहुत प्रभावित था। कम ही विद्यार्थी अंबेडकर से बात करते थे, लेकिन जो करते थे, वे अपने गम्भीर अध्ययन के आधार पर।

भीमराव अंबेडकर क्रिकेट और फुटबॉल का प्रायः कप्तान चुना जाता था। यह बात ऊंची जाति वाले हिंदू विद्यार्थियों को रास नहीं आती थी, लेकिन वे कुछ कर नहीं पाते थे, क्योंकि अंबेडकर केवल इन दोनों ही खेलों में न केवल बढ़िया प्रदर्शन करता था अपितु वह अपने कप्तान होने की भूमिका का निर्वाह बहुत सूझ-बूझ, गहन दृष्टि और परिपक्व बुद्धि से करता था, जिससे जीतती उसकी टीम ही थी। वह जीतने वाले कप्तान की दृष्टि से देखा जाता था। वह अत्यंत सटीक निर्णय लेता था। उसके जिस निर्णय का प्रारंभ में विरोध होता था, बाद में वही निर्णय उचित सिद्ध होता था।

यह सब सोचकर जयंत ने कहा, "जहां अध्यापक राष्ट्रनिर्माता है, वहां वह राष्ट्र की

गरिमा और उसके स्वाभिमान और उसके सम्मान के पतन में सबसे बड़ा भागीदार भी हैं। ...कितना सच कहा था उस दिन.... !'' आगे वह कह नहीं पाया। एक सूत्र उसके हाथ से निकल चुका था। वह सोचता हुआ अटक गया।

अंबेडकर ने याद दिलाया, ''स्वामी नित्यानंद जी ने शायद कहा था...।''

जयंत को याद आ गया। विद्यालय में स्वामी नित्यानंद का भाषण हुआ था। वह बोला, ''हां-हां, उन्होंने ही कहा था...।'' कुछ देर सोचने के बाद आनंद की तरंग में वह बहता हुआ बोला, ''संत और अध्यापक किसी देश की दृष्टि हैं, उसका वर्तमान हैं और उसका भविष्य।...जब ये दोनों या दोनों में से एक अन्याय और अत्याचार के प्रति आंख मूंद लेता है तब वह समाज ऐसी नौका में बैठा हुआ अनुभूत होता है जो भंवर में फंस चुकी हो और डूबने की प्रतीक्षा कर रही हो।...जिस देश का संत और अध्यापक अपने तप से गिर गया, अपने स्वाभाविक गुणों से च्युत हो गया और अन्याय तथा अत्याचार की अंधड़ आंधी में बह गया, वह देश उसी दिन से चरित्र की अक्षय संपत्ति से हाथ धोने लगेगा। उसका वर्तमान झुलसने लगेगा और उसका भविष्य विध्वंस की प्रतीक्षा करने लगेगा।...इस देश के पतन और विदेशी आक्रांताओं के जमघट का कारण वह भी है।...अन्याय और अत्याचार सरकार और उसके कानून से नहीं, संत और अध्यापक से उदात्त चरित्र, चट्टानी मनोबल और बलिदानी कार्यों से रुकते हैं। उनके शिष्य रोकते हैं।...हर अध्यापक के अंदर यदि एक चाणक्य विराजता हो तो उससे अनेक चंद्रगुप्त खड़े किए जा सकते हैं।'' उसका चेहरा तमतमाने लगा था। उसकी बड़ी-बड़ी आंखों से स्फुर्लिंग निकलने लगे थे।

''सच कहा था उन्होंने, जयंत !''

''लगता है, ऐसे अध्यापकों के प्रति हमें कुछ करना चाहिए।'' जयंत ने सोचकर आगे कहा, ''भेदभाव को हवा ये देते हैं।...शक्ति को ये तोड़ते हैं।....तूने ठीक ही किया जो उस अध्यापक को चेता दिया।''

''मुझे ऐसा नहीं करना चाहिए था।'' भीमराव अंबेडकर ने धीरे से कहा।

''पर क्यों नहीं करना चाहिए था ?'' जयंत ने दीवार पर चढ़ रही छिपकली की ओर देखते हुए पूछा।

''क्योंकि वह मौके की ताक में रहने वाला अध्यापक है। वह पढ़ाता कम है....।'' अंबेडकर ने उत्तर दिया।

''जो पढ़ाता है, वह भी व्यर्थ।....'' जयंत तुरंत बोल पड़ा।

''उसे पढ़ाना आता कहां है ?''

''यह भी सत्य है।'' जयंत ने समर्थन किया।

''वह मेरी बात से चिढ़कर कोई-न-कोई अनर्थ रचेगा।'' अंबेडकर ने आशंका व्यक्त की।

''हम उसका उत्तर देंगे।'' जयंत ने उसे विश्वास दिलाया।

''यही होगा।'' भीमराव अंबेडकर ने आसमान की ओर देखते हुए अन्यमनस्क भाव से कहा।

''कुछ मत सोचो-विचारो।'' जयंत का स्वर था।

''सोचना-विचारना और वह भी ऐसे अध्यापक के लिए....कदापि नहीं, जयंत, कदापि नहीं।'' भीमराव अंबेडकर ने दो टूक उत्तर दिया।

छुट्टी की घंटी बजने लगी। वे दोनों चल पड़े। उनकी दिशाएं अलग-अलग थीं लेकिन

उनके सोच की राह करीब-करीब एक थी। वे अलविदा हुए। भीमराव अंबेडकर के सामने एक राह खुली। वह इंसाफ की राह थी। वह उसका हाथ पकड़कर आगे-आगे लिए जा रही थी और वह उसके साथ चल पड़ा था।

पांच

ओले पड़कर चुके थे। कर्फ्यू लग गया था। घर में कोई नहीं था सिवाय भीमराव अंबेडकर के। उसे बहुत जोरों की भूख लग रही थी और खाने के लिए कुछ नहीं था। कनस्तर खाली। आटा भी नहीं। सुबह की बची कोई रोटी भी नहीं। उसके पास पैसे भी नहीं।

अंदर ही अंदर भूख तांडव कर उठी। अंबेडकर ने पानी पीया। खूब पीया। मन कुछ हल्का हुआ। वह एक किताब उठाकर पढ़ने लगा। मन नहीं लगा। उसने वह पुस्तक बंद कर दी। कापी निकाली। उस पर वह लिखने लगा—"रोटी पाना मनुष्य का जन्मसिद्ध अधिकार है।....आजादी की रोटी के बिना कोई अर्थ नहीं है।....उसे पकड़ो जिसने तुम्हारी रोटी छीनी है वही तुम्हारी आजादी को गिरवी रखने वाला गिद्ध है।...उससे अपनी आज़ादी छुड़ानी है तो पहले दो जून के लिए रोटी का प्रबंध करो।...यहां का आम आदमी रोटी की तलाश में मारा-मारा घूमता रहता है। फिर भी उसे भरपेट रोटी नहीं मिलती। वह भूखा सोता है। ऐसे व्यक्ति से आजादी की बात करना उसकी गरीबी का अपमान करना है।" इतना लिखकर उसने उसे दो बार पढ़ा। फिर सोचा। फिर पढ़ा। वह लगातार पढ़ता ही रहा।

केवल सोचते रहने से क्या होगा ? कुछ करना चाहिए।...क्या करना चाहिए ?....कुछ भी।...कुछ भी क्या ?...

इसी समय रामजी का प्रवेश हुआ। वे भीगे हुए थे। छाते के अंदर किसी वस्तु को सुरक्षित लाए थे।

"कब आया ?" अंदर प्रवेश कर रामजी ने पूछा।

"अभी-अभी।" भीमराव अंबेडकर ने धीमे स्वर में उत्तर दिया।

"क्या खाया ?" रामजी ने प्रतिप्रश्न किया।

"लिखने बैठ गया, पिताजी !" भीमराव ने पेट की अग्नि को छिपाते हुए कहा।

"झूठ बोलता है !" रामजी के स्वरों में ममता-भरा प्यार था।

"ज़ी नहीं....।" भीमराव अंबेडकर का झूठ पकड़ा गया था।

"क्या, जी नहीं ?" रामजी ने तेज स्वर में कहा।

"झूठ नहीं।" अंबेडकर हकलाया। लज्जित भी हुआ।

"तेरा चेहरा बता रहा है।" रामजी के स्वर में प्यार था।

"क्या ?" अंबेडकर ने तनिक घबराकर कहा।

"कि तुझे बहुत जोरों की भूख लगी है। तूने सारा घर छान मारा है।... कहीं कुछ नहीं मिला है।...हारकर तूने गिलास पर गिलास पानी भर-भरकर पिए और खाली किए लेकिन भूख कम नहीं हुई।" रामजी ने मुस्कराकर कहा।

भीमराव अंबेडकर को आश्चर्य हुआ कि उसके पिताजी उसके मन की बातें कैसे जान गए ? घर में तो वे थे नहीं। दरवाजा बंद था। फिर उनको सब बातों का पता कैसे चला ?

"क्या सोच रहा है ?" रामजी सहज भाव से पूछ रहे थे।

"कुछ नहीं।" भीमराव असोचे कह गए।

"फिर झूठ !" रामजी के मन से ममता छलक पड़ी थी।

भीमराव अंबेडकर चुप। कहता क्या ! जो कहा था, वह सत्य था। डरावना सत्य...भूख...और रोटी का रिश्ता !

रामजी मुस्कराए। परंतु अपनी विवशता पर दुःखी भी हुए।

क्या वे भूखे नहीं हैं !....हैं तो वह मुस्कराए क्यों ? क्या कोई भूखा आदमी मुस्करा सकता है ? अंबेडकर ने बहुत ध्यान से पिताजी की ओर देखा। उसे लगा कि उस मुस्कराहट के पीछे गहन पीड़ा की अंतःछाया है, एक टूटता सन्नाटा है और विवशता का आक्रोश है, जिसे वे उसके सामने आने देना नहीं चाहते हैं।

"क्या सोच रहा है ?" रामजी ने पूछा।

"कुछ भी नहीं।" भीमराव ने कहा।

"क्यों रे, क्या आज तू कोई 'डे' मनाने के 'मूड' में है ?" रामजी ने पूछा।

अंबेडकर चौंक पड़ा। कैसा 'डे' ? किसका 'डे' ? आज तो कोई 'डे' है नहीं। होता तो स्कूल में अवश्य मनाया जाता। वह पूछ बैठा, "पिताजी, कैसा 'डे' ?"

" 'डे' कैसा ? 'डे' डे यानी दिन।"

"पर....।" कहकर वह रुक गया।

रामजी कहकहा लगा उठे जो उनकी प्रकृति के प्रतिकूल था। वह बोले, "झूठ बोलने का 'डे', और कैसा ? तू लगातार झूठ के चौके पर चौके जड़ता जा रहा है।....है न !"

भीमराव अंबेडकर गंभीर होकर बोला, "हां, पिताजी !"

"जानता हूं रे।" रामजी का स्वर आर्द्र हो उठा था।

"झूठ बोला।" भीमराव ने आत्म-समर्पण कर दिया।

"गरीबी से शर्म आ गई ! उससे आंख मिलाने की हिम्मत नहीं हुई !...उसकी बदसूरती से डर गया ! पगले, वह डरने की वस्तु नहीं है और न घबराने अथवा शरमाने की। वही हम जैसों का धर्म है, ईमान है और हमारी जीवन-भर की वही कमाई है...वही हमारा स्वाभिमान है। उसी से हमारी पहचान है।" रामजी कहते गए। वह सुनता रहा। उसकी समझ में एक-एक शब्द आता रहा। उसने पहले अपने पिताजी के ऐसे तेवर नहीं देखे थे और ऐसा सोच नहीं जाना था।

भीमराव अंबेडकर के सामने बैसाख की नंगी धूप जिद्दी लड़की-सी आ पसरी थी।

रामजी कह रहे थे, "अंबे, गरीबों के वेद, उसकी गीता, उसकी बाइबिल और उसकी कुरान मात्र रोटी है।...व्यवस्था का अर्थ भी यही है कि वह गरीबी मिटने नहीं दे। वह मिट गई तो फिर व्यवस्था की आवश्यकता कहां रहेगी ?....मैंने कितनी बार भूखे रहकर अनुभव किया कि गरीबी कितनी गरीब है, कितनी विवश है और कितनी निर्लज्ज है।....इसीलिए तो, अंबे, मैं चाहता हूं, तू खूब पढ़, समझ और मनन कर ऐसा रास्ता तलाश कर जिससे अस्सी प्रतिशत से अधिक जनता को सुकून मिल सके।"

भीमराव अंबेडकर के मन में अपने पिताजी के प्रति आदर भाव और बढ़ गया। वह नत हो गया। कहां तो गौतम के पिताश्री ने गौतम को मार्ग तलाशने के लिए अवरोधक

खड़े किए थे। माया का जाल फैलाया था और उन्हें चोरी से अपने गन्तव्य के लिए जाना पड़ा था और कहां उसके पिताजी उसे उस मार्ग पर जाने की अनुमति ही नहीं, प्रेरणा भी दे रहे हैं !

"ले डबल रोटी खा।" रामजी ने डबल रोटी उसकी ओर बढ़ाते हुए कहा।

तश्तरी में डबल रोटी पड़ी हुई थी। भीमराव उसे देख रहा था। उसे वह अजनबी-सी नज़र आ रही थी।

"सोचे मत, डबल रोटी खा।" रामजी इतना कहकर चाय बनाने लगे।

वे कहते रहे, "भूख को मलाई-लड्डू नहीं सूखी रोटी चाहिए !...जिन्होंने भूख को बाज़ार दिया है, वे शरारती लोग हैं। दरअसल वह भूख की तस्करी कर रहे हैं।....उनका वश चले तो वे....।" इतने में चाय में उबाल आ गया। डेगची उतार ली। चाय छानी। दो कपों में डाली। बड़े प्यार से एक कप अंबेडकर की ओर बढ़ाते हुए कहा, "इसे लंच और डिनर दोनों मानकर स्वीकार करो, अंबे !"

"मुझे स्वीकार है, पिताजी !" भीमराव अंबेडकर में साहस लौट आया।

"तो शुरू करो।" रामजी ने प्रसन्न होकर कहा।

दोनों चाय 'सिप' करने लगे।

दोनों के बीच चाय और डबल रोटी अपनी दास्तान सुनाती रहीं। दोनों में एक नदी बहती रही सन्नाटा ओढ़कर। दोनों में एक अनुभूति प्रगाढ़ होती रही भूख से मुक्ति की। ....भूख की गुलामी सबसे निकृष्ट और भयावह गुलामी है।....भूख से मुक्ति की युक्ति निकाले बिना आजादी की लड़ाई का कोई अर्थ नहीं है। वह इस दिशा में पहल करेगा। जरूर करेगा।

"मैं अच्छे अंक पा लेने को पढ़ाई नहीं समझता, अंबे !...पढ़ाई का अर्थ होता है, उसका साक्षी यह जीवन बने, जिसने पढ़ाई की हो।...पढ़ाई प्रमाण-पत्र या उपाधियों में समेटने के लिए नहीं है, वह जीवन से व्यक्त होने के लिए है।....मेरी इच्छा है, उसकी महक तुमसे फूटे।" रामजी ने इसके बाद चाय का एक घूंट लिया।

"प्रयत्न करूंगा, पिताजी !" भीमराव अंबेडकर ने आश्वासन देते हुए कहा।

"निस्संदेह तुम अपने प्रयत्न में सफल होगे।....इसे मेरा आशीर्वाद समझना, अंबे !" रामजी का कंठ भर आया था। उनके सामने अमरकोट के वे लम्हे घूम गए थे, जिनमें मुगल सम्राट हुमायूं के पास अपने पुत्र अकबर के जन्म पर बांटने के लिए कुछ नहीं था, सिर्फ कस्तूरी के। निस्संदेह हुमायूं की जिंदगी का वह टूटा-बिखरा दर्पण कभी उसकी आंखों से ओझल नहीं हुआ होगा। उस दर्पण ने टूट-बिखरकर सैकड़ों हुमायूं के हमशक्ल खड़े कर दिये होंगे। यह तो गरीबी की बानगी है कि वह जब नंगी होती है तब राजा-महाराजा, सेठ-साहूकार, वजीर-दरबारी आदि किसी को नहीं छोड़ती है। सबको अपने से सहज जोड़ लेती है।

भीमराव अंबेडकर डबल रोटी खाकर कुछ-कुछ तृप्ति का अनुभव करने लगा। ऐसी तृप्ति का जो उसकी अनुभूति में पहली बार आई थी। उससे उसमें तंद्रा नहीं फैली और न कसक गई। वह अकेले बाहर खड़े गिरते पानी की लय को पार्श्व संगीत की तरह सुनता रहा। रामजी उठ चुके थे। वे छतरी उठाकर फिर बाहर निकल गए थे। खामोशी टपक रही थी—बाहर वर्षा थी अंदर आग !

छः

एलफिंस्टन हाई स्कूल का मुख्य द्वार। आते-जाते विद्यार्थी। हंसते-मुस्कराते विद्यार्थी। निश्‍चिंत और मस्त विद्यार्थी। प्रातः सूरज से निकलती किरणों से दमदमाते विद्यार्थी।

वह स्कूल नहीं, मंदिर था।

इतने विद्यार्थी प्रतिदिन प्रातः ही निकल पड़ते हैं, शोध के अनुसंधान में और सच के ध्यान में।

भीमराव अंबेडकर को वहां हर मोड़ पर गतिरोधक का सामना करना पड़ता। वह करता। परंतु कब तक ?....आखिर कब तक ?

''कोई बात है ?'' जयंत पीछे से आकर पूछता।

''कोई खास नहीं।'' भीमराव अंबेडकर उत्तर देता।

''तो भी ?'' जयंत उसको कुरेदता।

''सोचता हूं संस्कृत लूं।'' भीमराव अंबेडकर कह जाता।

''अच्छा विचार है।'' जयंत उसका समर्थन करता।

''पिताजी भी यही चाहते हैं।''

''अपनी संस्कृति को जानना है तो संस्कृत आनी जरूरी है।'' जयंत कहता, ''इसमें इतना सोचना क्या है ? जाकर नाम लिखा दो।''

''हां, अब यही करता हूं।'' गहरी सांस लेकर भीमराव अंबेडकर ने कहा और आगे बढ़ गया।

लोनी हवा का झोंका भीमराव अंबेडकर को एक नई ताज़गी से भर गया। समुद्र का यही तो लाभ था कि जब जी चाहता वह अपनी संदेशवाहिनी लोनी हवाओं को भेज देता और देखते ही देखते सारे बंबई में छा जातीं।

भीमराव अंबेडकर मुस्कराया। कभी-कभी मुस्कान स्वतः फूट पड़ती है यायावर की भांति अनचाहे और असमय।

भीमराव अंबेडकर ने संस्कृत के पंडितजी को प्रणाम किया और नत शिर हुए खड़ा रहा। पंडितजी एक विद्यार्थी को समझा रहे थे, ''तुम संस्कृत अवश्य लो। ब्राह्मण और संस्कृत-विहीन...नहीं...नहीं, ऐसा कभी नहीं।...संस्कृत देवभाषा है।...''

''ठीक है।...सोचूंगा, सर !'' कहकर चला गया। अब संस्कृत के अध्यापक जो पंडितजी के नाम से प्रसिद्ध थे, अकेले खड़े थे, परंतु उन्होंने अंबेडकर से कुछ नहीं पूछा कि वह वहां क्यों खड़ा है।

भीमराव अंबेडकर को अब ऐसी उपेक्षाएं झिंझोड़ती नहीं थीं क्योंकि वह ब्राह्मण अध्यापकों की उपेक्षाओं का अभ्यस्त हो चुका था और वह उनसे कुछ सीखना चाहता था। उसमें अनंत ज्ञान की पिपासा हिलोरें ले रही थी। वह सदा डरता था कि कोई द्रोण उसे एकलव्य की भांति नकार न दे। उसने इस विषय पर अपने अध्यापक से पूछा था, ''सर, जब द्रोण उसके आचार्य थे ही नहीं, उन्होंने उसे कुछ सिखलाया ही नहीं, तब उन्हें दक्षिणा मांगने का क्या अधिकार था ?''

''नहीं था।'' अध्यापक ने असोचे जल्दी में उत्तर दे दिया।

''तो फिर उन्होंने उससे अंगूठा क्यों मांगा ?''

"गलत।" उस अध्यापक ने अनभ्यस्त स्वर में कहा।

"गलत क्यों, सर ?" उसने तर्क पैना किया।

"क्योंकि दक्षिणा देने का प्रस्ताव एकलव्य ने उठाया था।" उस अध्यापक के स्वर में दृढ़ता थी।

"इससे क्या उन्हें... !" उसने विचारने का अवसर दिया।

"यही ना कि क्या अंगूठा मांग लेना चाहिए था ?"

"हां, सर !" उसने स्वीकारात्मक ढंग से सिर हिलाया।

"शिष्य को भावुक नहीं होना चाहिए।" उस अध्यापक का तेज स्वर था।

"आचार्य द्रोण निर्दोष हैं, सर ?" उसने भावुकता से पूछा।

"हां...बिल्कुल निर्दोष हैं।" उस अध्यापक ने तेजी से कहा।

"वह क्यों, सर ?" उसने पूछा।

"क्योंकि वे उसके माध्यम से एक पाठ पढ़ाना चाहते थे, अंबे !" उस अध्यापक ने कहा।

"वे क्या पाठ पढ़ाना चाहते थे ?" अंबेडकर ने अचरज से अध्यापक की ओर देखते हुए पूछा।

"यही कि शिष्य को अकारण अधिक भावुक नहीं होना चाहिए। अति हर चीज की बुरी है।" उस अध्यापक ने कहा।

"गुरुदक्षिणा तो आचार्य ने स्वयं मांगी थी।"

"तो क्या हुआ ! एकलव्य की आचार्य-भक्ति मूर्ति के प्रति हो सकती थी लेकिन आचार्य द्रोण के प्रति नहीं। उनसे उसे क्या मिला था, अंबे, सिवाय उपेक्षा, अनादर और नकार के !....वह चाहता तो आचार्य को सबक सिखा सकता था।...तुम ऐसी गलती मत करना, अंबे, अन्यथा इतिहास तुम्हें कभी क्षमा नहीं करेगा।" उस अध्यापक ने मानो मस्तिष्क-रेखाएं पढ़ते हुए कहा।

"मुझे सर....अंबे को !" साश्चर्य अंबेडकर ने पूछा।

"तुमसे मतलब, अंबे, शिष्य से। वह कोई भी शिष्य हो सकता है।...हां, अंबे, वह तुम भी हो सकते हो।...प्रश्न होने या न होने का उतना नहीं है, जितना होने की लगन का है, उसके लिए तपस्या का है।...स्मरण रहे, बाधाएं मार्ग प्रशस्त करती हैं।" उस अध्यापक ने इतना ही कहा और आगे बढ़ गया।

भीमराव अंबेडकर ने साचरज उसकी ओर देखा और देखता ही रह गया। वह अध्यापक स्कूल में स्पष्टवादिता और मितभाषी होने के लिए प्रसिद्ध था। प्रायः वह किसी से कम ही बात करता था।

भीमराव अंबेडकर की तंद्रा तब टूटी जब संस्कृत पढ़ाने वाले अध्यापक कक्षा में चले गए। वह पूरे कालांश उनके लौटने की प्रतीक्षा करता रहा। वह जानना चाहता था कि वेदों में क्या है ? संस्कृत ही उनके जानने की एकमात्र कुंजी थी।

वे अध्यापक बाहर आए। अंबेडकर कुछ दूर तक उनके साथ चला। उनको रुकता न पाकर उसने कहा, "सर...सर... !"

वे नहीं रुके। चलते ही गए।

कुछ तेज स्वर में भीमराव अंबेडकर ने पुनः कहा, "सर....सर.... !"

इस बार वे रुके। उनके चौड़े और गोरे माथे पर तिलक लगा हुआ था। उनके होंठ

कुछ बाहर को लटक आए थे। उनकी आंखें छोटी और कुछ-कुछ अंदर को धंसी हुई थीं। वे घूरते हुए बोले, "कुछ कहना है क्या ?"

"जी, सर !" भीमराव अंबेडकर ने झुककर अत्यन्त विनीत स्वर में कहा।

"कहो।" संस्कृत अध्यापक का स्वर तनिक कर्कश और उखड़ा हुआ था।

"सर, मैं संस्कृत लेना चाहता हूं।" भीमराव अंबेडकर ने अत्यंत विनम्रता से कहा।

उस अध्यापक ने उसे ऊपर से नीचे तक ध्यान से देखा और व्यंग्य से मुस्कराकर बोला, "यह सलाह तुम्हें मौलाना ने दी होगी।"

"जी नहीं।" भीमराव अंबेडकर ने धीरे से कहा।

"तो.... ?" वह कुछ सोचते हुए बोले, "वह नालायक कौन है, जिसने तुम्हें मेरे पास भिजवाया है ?"

"किसी ने नहीं, सर !" भीमराव अंबेडकर ने घबराकर कहा।

"तुम झूठ बोल रहे हो।"

"रत्ती-भर भी नहीं, सर ! मैं सच कह रहा हूं।" अंबेडकर ने गंभीर होकर कहा।

वह कुछ देर सोचता रहा। कुछ स्मरण-सा करता रहा। फिर बोला, "तुम क्या इस विद्यालय में नये आए हो ?"

"नहीं, सर !" भीमराव अंबेडकर ने कहा।

"तो क्या ? तुम्हें मेरे बारे में किसी ने नहीं बतलाया ?"

अंबेडकर चुप रह गया। उसे उसके बारे में किसी ने नहीं बताया था।

"मैं ब्राह्मण हूं।"

"जी, हां !" भीमराव अंबेडकर ने कहा।

"और तुम ?" उसने क्रूर दृष्टि से उसे देखते हुए पूछा।

"महार, सर !" भीमराव अंबेडकर ने तुरन्त कहा।

"कौन महार ?"

"जाति है, सर ?"

"क्या जाति है ?" उसने मुंह बिगाड़कर पूछा।

"महार, सर ?"

"जानता हूं।....तभी तुम इतने मूर्ख नजर आए।" उसने कहा।

"क्यों, सर ?" भीमराव अंबेडकर ने साश्चर्य से पूछा।

"जानते हो, महार कौन होते हैं ?" उसने आंखें चढ़ाकर तनिक तेज स्वर में कहा, "तुम पहले अपने को जानो।"

"इसीलिए तो आपकी शरण में आना चाहता हूं।" भीमराव अंबेडकर ने अत्यन्त विनम्रता से झुककर कहा।

"मेरी... !" उसने होंठ चबाते हुए कहा, "तेरा इतना दुस्साहस !...तुझे यह पट्टी किसने पढ़ाई है ?"

"किसी ने नहीं, सर !"

"फिर वही बात !" उसने बिगड़ते हुए कहा।

"सत्य कह रहा हूं।" भीमराव अंबेडकर ने कहा।

"तुझे क्या मालूम है कि सत्य क्या होता है ? तुझे मालूम भी कैसे हो, क्योंकि तेरा यह विषय भी नहीं है।....यह तो ऋषियों की भाषा है, इसे वे ही जान सकते हैं, अन्य कोई

नहीं।....और तू तो कभी नहीं। कदापि नहीं।'' उनके नथुने फड़क उठे थे। उनके माथे पर बल पड़ गए थे। वे कुछ विकृत लग रहे थे।

''सर, मुझे संस्कृत....।'' वह इतना ही कह पाया कि उनके तेवर चढ़ गए और वे पल-भर में आग-बबूला हो उठे। कहने लगे, ''मेरे जैसा ब्राह्मण तुझ जैसे को संस्कृत कक्षा में बैठने देगा, यह तूने कैसे अनुमान लगा लिया ? बहुत चाहा कि इशारे से बात समझ में आ जाए, लेकिन तेरी मोटी बुद्धि के वह भी पल्ले नहीं पड़ी। जड़ की तरह अड़ गया। ...आज से पहले कभी किसी शूद्र ने संस्कृत पढ़ी है जो अब तू पढ़ेगा ?''

''पढ़ी है।'' भीमराव अंबेडकर ने तेज स्वर में पुनः कहा, ''सर......पढ़ी है।''

''क्याऽऽ कहा !'' उनका रूप परशुराम हो गया।

''हां....हां, पढ़ी है।...महाकवि वाल्मीकि ने...आदिकवि वाल्मीकि ने।'' अंबेडकर ने साधिकार कहा।

''अंबेऽऽ.... !'' वह अति ऊंचे स्वर में बोले।

''मैं बहरा नहीं, सर ! धीरे बोलिए।''

''अब तू जा सकता है।'' उसने तेजी से कहा।

''एक बार पुनः विचार कर लीजिए।...मैं संस्कृत पढ़ना चाहता हूं।....मैं अपनी संस्कृति को जानना चाहता हूं। आपकी बड़ी कृपा होगी। मुझे शूद्र होने का दण्ड न दीजिए।'' भीमराव अंबेडकर धीरे-धीरे कहता जा रहा था।

''नहीं का मतलब नहीं। शूद्र के लिए संस्कृत पढ़ना, उसी तरह निषेध है जैसे मंदिर में जाना।...तुम फारसी ले लो।'' इतना कहकर वह चल पड़े। अंबेडकर मूर्ति बना उनको जाते हुए देखता रह गया।

भीमराव अंबेडकर की यह एक और हार हुई। शूद्र क्या होता है ? ये कौन हैं ? फिर वे हिंदू क्यों हैं ? एक धर्म के दो व्यक्तियों के बीच इतना भेदभाव क्यों ? एक स्वामी और दूसरा दास क्यों ? ब्राह्मण भी हिंदू है और महार भी हिंदू है, पर दोनों में जमीन-आसमान का अंतर है।

भीमराव अंबेडर अन्दर ही अन्दर घुटता रहा। वह पाठ्य-पुस्तकों की अपेक्षा अन्य पुस्तकें अधिक पढ़ता था। वह जानना चाहता था कि शूद्र हैं तो क्यों ? किसने बनाया है उन्हें शूद्र ?

भीमराव अंबेडकर प्रायः जयंत को इस संवाद के लिए आमंत्रित करता था। उस दिन लौटते हुए वह जयंत से एक प्रश्न कर बैठा, ''हम आजादी क्यों चाहते हैं ?''

''स्वतंत्र होने के लिए ?''

''क्यों स्वतंत्र होना चाहते हैं ?''

''ताकि दासता के नारकीय जीवन से मुक्ति मिल सके।'' जयंत ने कहा।

''हमें पराधीन किसने बनाया ?''

''अंग्रेजों ने।'' जयंत ने इस बार मुस्कराकर तनिक व्यंग्य से उत्तर दिया क्योंकि अंबेडकर ने उससे जो प्रश्न किए थे, वे अति सामान्य थे।

भीमराव अंबेडकर उसका उत्तर पाकर उछल पड़ा। जयंत ने पूछा, ''आज क्या बात है, अंबे ?''

''मुझे अपने प्रश्न का उत्तर मिल गया, जयंत !...बहुत दिनों से मैं इस प्रश्न के उत्तर की तलाश में था।...कुछ समझ में नहीं आता था कि क्या करूं ? कैसे करूं ?...किससे पूछूं ? कोई बताने वाला नहीं था। दम घुटता था, जयंत !...अछूत या शूद्र की भी कोई जिंदगी

है ?...नरक भोगते हैं वे। वे दासानुदास हैं।...नहीं हैं क्या ? तू मुझे ही देख लेना। मैं क्या हूं ?'' भीमराव अंबेडकर प्रसन्न चित्त होकर अन्तर्व्यथा व्यक्त करता जा रहा था। उसके स्वर में कसक थी, चोट थी और पीड़ा थी।

जयंत ने कहा, ''तू ठीक कहता है, अंबे !''

''तू मेरी जगह होकर सोच तो ज़रा।''

जयंत तनिक सकपकाया। अंबेडकर कहने लगा, ''मेरी भी कोई जिन्दगी है !...नहीं है, ना !''

जयंत चुप रहता।

''कुछ तो बोल, मित्र !''

''तू ठीक कहता है।'' जयंत कहता।

''मुझे आजादी चाहिए।'' भीमराव अंबेडकर ने दृढ़ता से कहा।

''सारा देश यही चाहता है।'' जयंत कहता।

''मैं कुछ और चाहता हूं।'' भीमराव अंबेडकर ने फैसला सुनाने की भूमिका बनाई।

''क्या चाहता है ?'' जयंत ने साश्चर्य उसकी ओर देखते हुए पूछा।

''देश को आजादी मिल गई तो क्या अछूतों को भी आजादी मिल जायेगी ?''

''कैसी आजादी ?'' जयंत पूछता।

''जैसी आजादी इस समय सारा देश चाह रहा है।'' भीमराव अंबेडकर ने गम्भीर होकर कहा।

''क्या सारा देश आजाद होने का अर्थ ही हम सबको आजादी मिल जाने से नहीं है ?....'' जयंत सोचता हुआ कहता।

''नहींऽ....'' अंबेडकर कहता, ''इसमें फर्क है ?''

''क्या फर्क है ?'' जयंत पूछता।

''हम दासों के दास हैं।''

''वो कैसे ?''

''हम शूद्र हैं या अछूत। इस अर्थ में हम सवर्ण हिन्दुओं के दास हैं। सवर्ण हिन्दू ब्रितानिया सरकार के दास हैं। हम भी उसके दास हैं। हुए ना दासों के दास !'' अंबेडकर समझाते हुए कहता और इसी के साथ खुश हो लेता।

''तो यह रही है आज की उपलब्धि।'' जयंत भी उसकी प्रसन्नता में हाथ बंटाते हुए कहता।

''जी हां, जयंत !''

''तब ?'' जयंत पूछता।

''तब क्या ?'' भीमराव अंबेडकर कहता।

''क्या करोगे ?'' उसकी ओर देखता रह जाता।

''सवर्ण हिन्दू ब्रितानिया सरकार से आजाद होना चाहते हैं और हम सवर्ण हिन्दुओं से। वे जो तरीका ब्रिटिश सरकार से मुक्त होने के लिए प्रयोग में लाएंगे, वही तरीका हम भी उनसे मुक्त होने के लिए लाएंगे, जिन्होंने हमें अछूत या शूद्र कहकर अपना दास बना रखा है ?....क्यों, कैसा रहेगा ?....फिर देखते हैं कि ब्राह्मण कैसे हम पर हुक्म चलाते हैं।....आजादी हमारा भी जन्मसिद्ध अधिकार है।'' भीमराव अंबेडकर ने तर्क को एक के ऊपर एक करके जमाया और अपनी सोच पर वह मुग्ध हो उठा।

जयंत भी प्रसन्नता से भर उठा। वह कहने लगा, "मैं भी, अंबे, अनेक बार अपने दिमाग पर जोर डाल चुका हूं। मुझे भी कोई रास्ता नजर नहीं आया।....मेरी पूरी सहानुभूति तुम्हारे साथ है।....वास्तव में तुमने बहुत सटीक रास्ता चुन लिया।....तुम अवश्य अपने लक्ष्य में कामयाब होगे।" इसके साथ वह रुका। अब मोड़ आ गया था। दोनों के रास्ते अब इस जगह से अलग-अलग होते थे।

दोनों ने अपने-अपने रास्ते पकड़ लिए। भीमराव अंबेडकर आज बहुत खुश था। उसके हाथ छिपा हुआ खजाना लगा था। उसको रास्ता बहुत सुहावना लग रहा था। आसमान गा उठा था। धरती झूम रही थी। वह यह भी समझ रहा था कि यह काम अभी भी सरल नहीं है। सवर्ण हिन्दुओं को यह आघात बर्दाश्त नहीं होगा। वे भी दुरभिसंधि रचेंगे। मानसिक रूप से अछूत सदियों से पीछे हैं। उनके भी यह बात सरलता से गले नहीं उतरेगी। वे भी एकदम तैयार नहीं होंगे। उनको भी तैयार करना होगा। इस तैयारी का लाभ सवर्ण हिन्दू उठाएंगे। वे चाल चलेंगे। वही चाल चलेंगे जो ब्रितानिया सरकार हिन्दुस्तान को गुलाम बनाये रखने के लिए चल रही है।....वे भी बांटेंगे। वे भी हमें आपस में लड़ाएंगे।...

अंबेडकर ने निश्चय किया कि उसके लिए पूरी तैयारी करने की आवश्यकता है। सोच-समझकर कदम उठाना होगा। वह यह सोचते हुए घर आ लगा। आज घर के दरवाजे पर ताला लटका हुआ था।...ताला भी आज ही लगाना था। आज वह अन्य दिनों की अपेक्षा जल्दी भी आ गया था। वह इधर-उधर देखने लगा। बाहर बच्चे खेल रहे थे। वह उन बच्चों की ओर देखता रहा, जिनकी देह पर फटे हुए पुराने कपड़े थे। उनके पांव और और हाथों पर मैल की परतें जमी हुई थीं। वे गेंद-बल्ला खेल रहे थे। बार-बार उनकी गेंद नाली में जाती थी। वे नाली से गेंद हाथ डालकर निकालते थे। उन्हें नाली में हाथ डालने से घिन नहीं लग रही थी। क्यों लगे ? मल भी उनके घर के लोग सिर पर ढोते हैं। वे तो सूअर की जिंदगी इंसान के रूप में जी रहे हैं। उनकी दृष्टि को खोलना सहज नहीं है। इससे थोड़ा-सा निराश अवश्य हुआ लेकिन बहुत जल्दी उसने अपने को संभाल लिया। आदमियों से बने जानवरों की आदमी बनाने की यात्रा निसंदेह बहुत टेढ़ी खीर है, जटिल है और त्रासद है परन्तु असंभव नहीं है। सदियों से पराजित लोगों को जय की मानसिकता के लिए तैयार करना वर्षों का तप चाहिए।

रामजी आ गए थे।

भीमराव अंबेडकर भी उनके पीछे-पीछे घर में आ गया।

रामजी आज बहुत थके हुए थे अतः वे सुस्ताने लगे। भीमराव अंबेडकर भी हाथ-मुंह धोकर सुबह की रखी रोटी पर प्याज रखकर एक तरफ बैठ गया। आज कोई सब्जी नहीं थी। आज प्याज ही उनके लिए सब्ज़ी थी। उसने गहरी सांस ली और रोटी के टुकड़े पर प्याज रखी। आज प्याज़ को और दिनों की तरह मुंह से काटने का मन नहीं हो रहा था। वह चुपचाप एक कोने में बैठा भोजन करता रहा। कुछ बोला नहीं।

सात

दोपहर ढलान पर थी।

सूर्य में ऊष्मा नहीं थी। तीन दिन तक घनघोर वर्षा हुई थी। जगह-जगह रास्ते बंद हो गए थे। बंबई का सारा यातायात बिगड़ गया था। सड़कों पर पानी चल रहा था।

आकाश में अब भी बादल डटे हुए थे लेकिन उनके बीच सूर्य भी दमक रहा था। सीलन-भरे मकानात अजीब-सी दुर्गंध दे रहे थे। लोगों के चेहरे पर मिला-जुला प्रभाव था।

रामजी ने भीमराव अंबेडकर को पुकारा और पास आने पर उससे पूछा, ''क्या सोचा ?''

भीमराव अंबेडकर ने वास्तव में कुछ सोचा ही नहीं था। सोचता भी क्या ? अभी वह मैट्रिक में मात्र उत्तीर्ण हुआ था। 750 में मात्र 282 अंक ही तो प्राप्त किए थे।

भीमराव अंबेडकर अपने को बहुत योग्य मानता था। कहां गई उसकी योग्यता ? वह कम अंक प्राप्त करने के कारण बहुत दुःखी था। किसी से कुछ नहीं कहता था।

रामजी ने कहा, ''तुम हमारी जाति के गौरव हो, अंबे !.....मैं जानता हूं कि तुम बहुत दुःखी हो।....यही ना कि तुम्हें बहुत कम अंक प्राप्त हुए हैं।.....लेकिन तुम कमज़ोर विद्यार्थी नहीं हो। तुमने अपने कोर्स की पुस्तकों के अतिरिक्त कितना अधिक पढ़ा, उसका प्रभाव भी तुम्हारे परीक्षा परिणाम पर पड़ा है।....तुम आगे की योजना बनाओ। पीछे की बात छोड़ो।''

''वही मैं कर रहा हूं।'' भीमराव अंबेडकर मद्धिम स्वर में कहते।

''लेकिन उसके साथ......।''

''पिताजी !'' भीमराव अंबेडकर इतना ही कह पाते कि रामजी कहने लगते, ''तेरी शादी मेरी आंखों के सामने हो जाए, यह मेरी दिली तमन्ना है।''

''मुझे आगे पढ़ने दीजिए।''

''शादी उसमें रुकावट सिद्ध नहीं होएगी।'' रामजी कहते।

''बाल विवाह !'' भीमराव अति मद्धिम स्वर में इतना ही कह पाते।

''तू नहीं जानता।'' रामजी का स्वर था।

''परंतु जानना अवश्य चाहता हूं।''

''क्या ?'' रामजी उससे पूछते।

यही कि अभी से गृहस्थी का झंझट क्यों ?''

''तेरे कहने से एक दफे तो मंगनी तोड़ दी थी और महारों की पंचायत से मिला दण्ड भी पाया था।'' रामजी ने सहजता से कहा।

''वह भी कल की ही घटना है।''

''लेकिन इस बार मैंने उन्हें वचन दे दिया है।'' रामजी ने लेटे-लेटे कहा और इसके साथ करवट बदल ली। सामने आले पर रखी भीमाबाई की फोटो पर उनकी निगाह गड़ी हुई थी। काश ! वह होती। यह सब काम चुटकियों में हो जाता। आज उन्हें उसकी याद इस तरह गहरा उठी थी जिस तरह से सावन में गहराते सघन काले मेघ। मन कितना छोटा होता है। उसके रहते हुए उन्हें इस तरह कभी निराश होकर और अपने आपको अलग लेकर बैठने का अवसर ही नहीं आया। वह घोर से घोर परिस्थितियों में सदा मुस्कराती रहती थी। वह कहती रहती थी, ''सुनते हो, जीवन धूप-छांव है।....सुख तभी है जब दुःख को अतिथि मानकर उसका स्वागत करो।....इस देश में हर दिन तो त्योहार है।''

''उपेक्षा, अनादर और दुतकार है।.....मैं सेना में नहीं होता तो और भी जलालत भोगनी पड़ती।....'' रामजी कहते।

''क्यों भोगनी पड़ती ?'' भीमाबाई मुस्कराकर कहती।

"हम अछूत हैं। नीची जाति के शूद्र हैं।...इसलिए, समझी कुछ या... !" रामजी ताव खा जाते। उसका सिर चकराने लगता। तब सेना में भी महारों की भरती बंद का हुक्म हुआ था उस समय बम्बई हाईकोर्ट के न्यायाधीश और प्रसिद्ध समाज सुधारक रानाडे ने गवर्नर को तत्संबंध में एक विज्ञापन दिया था। वह किस्सा अत्यंत कष्टदायक था।

"नीच, अछूत, शूद्र आदि जो कुछ समझे जाते हैं तो हम उनके कारण।....हम अपने में अछूत नहीं हैं।....और ध्यान से देखो तो यह कलमुंहा रोग हम अछूतों में भी है। अछूत अछूत को नीचा समझता है। क्या यह खोट नहीं है ?" भीमाबाई ने शरबत से भरा गिलास उसकी ओर बढ़ाते हुए कहा, "जरा ठण्डे हो लो जी। आज गरमी भी बहुत पड़ रही है और ऊपर से ये बादल—न बरसें और न छाती पर से हटें—बराबर छाती पर मूंग दलते रहते हैं।"

रामजी दो घूंट शरबत पीने पर सचमुच ठण्डे होने लगते। उसके हाथ में जादू था। क्या शरबत बनाया था उसने कि वाह ! उसके हाथ गोरे ही नहीं थे, जादूगर भी थे। रामजी कहते, "बहुत बढ़िया है शरबत.....बहुत उम्दा।"

"चिन्ता नहीं करो, एक गिलास और है।...पर यों झूठी तारीफ मत करो...अन्यथा... ।" भीमाबाई प्यार से नाराज होने का उपक्रम करती।

"तो ये.... ।" कहकर वह शरबत से भरा गिलास उसके होंठों पर लगा देते। वह बच्चों की तरह झल्लाती रह जाती। वह कहती, "बड़े वो हो जी !.....बच्चों की तरह.... ।" उसकी धोती पर फैल गया होता थोड़ा-सा शरबत। वह उसे पानी से साफ करने के लिए उठना चाहती तो रामजी उसकी कलाई थाम लेते और वह कनखियों से उनकी ओर देखती हुई छुईमुई-सी होने लगती। वह कहती, "छोड़ो भी।"

"नहीं।...अभी नहीं।" रामजी जिद्द करते।

"जरा शरबत के धब्बे.... ।" वह पूरा वाक्य नहीं बोल पाती कि रामजी उसे अपनी तरफ खींचकर कहते, "शरबत के धब्बे नहीं होते, पगली ! वह शरबती प्यार होता है जिसे धोया नहीं जा सकता। समझ रही है !"

"अंबे... !" वह कहती।

रामजी झट से उसे छोड़ देते। वह छिटककर दूर खड़ी हो जाती और मुस्कराने लगती। तब उसकी बड़ी-बड़ी आंखें, उसका नूरी चेहरा और उसके शरबती होंठ सब एक साथ ऐसे मुस्कराते होते कि बरसात के बाद आकाश में खूब बड़ा और चटकीले रंगों वाला इन्द्रधनुष। वह उसे देखते रह जाते। सदाबहार सौन्दर्य मिला था उसे।

यह सब सोचते हुए आज रामजी का मन भर आया और आंखें नम हो गईं।

घर में पिता-पुत्र ही थे। उनके बीच था सन्नाटा। धूप नहीं थीं। बरसात भी नहीं थी। लगातार बनी रहने वाली नमी थी। नमी आत्मीय संवाद को चुपके-चुपके कुतरती जाती है। पता होते हुए भी व्यक्ति विवश होता है। वह पूछ रहे होते, "तू बहुत नाराज है, अंबे !"

"पिताजी... !" मानो अचानक पियानो पर हाथ पड़ गया और हृदय के सभी तार एक साथ झंकृत हो उठे हों। वह भाव-विह्वल हो उठा।

"बेटे, तेरी मां तो है नहीं जो तुझे मना लेती। तेरे पिता ने वह अधिकार खो दिया है।" रामजी का गला भर्राने लगता।

"पिताजी... !" बहुत धीमे स्वर में अंबेडकर कठिनाई से कह पाता।

"मुझे दूसरा विवाह नहीं करना था।"

"पिताजी... !" अंबेडकर घबरा जाता।

"मुझे कह लेने दे, पुत्र ! मेरे मन पर यह प्रसंग पहाड़ बनकर तना हुआ है।...बड़ी-बड़ी संतान थीं।...उनके दिल पर क्या बीतेगी, यह मैंने कभी नहीं सोचा।...उससे किसी को क्या मिला !...अंबे, कुछ भी नहीं। मुट्ठी में दबी रेत बराबर रेत ही रहेगी, वह कभी पसीजेगी नहीं। ...रेत...खारा समुद्र...रेत...।" रामजी दोहराते रहे। उनका चेहरा दूसरी ओर था।

भीमराव अंबेडकर घबरा उठा था। दीया-बाती का समय हो चला था। वह उठकर दीया जलाना चाहता था तो रामजी ने रोकते हुए कहा, "आज अंबे अंधेरा ही रहने दे। यही सच है। इसे जलाना नहीं पड़ता।....यह जैसा है वैसा ही सदा रहता है। यह कभी छलता नहीं।...दिल के बहुत नज़दीक है। सबके लिए समर्पित है।...उजाला जो इससे परहेज करता है अन्त में यह उसे भी बड़े प्यार से आगोश में समेट लेता है।...यह अंधेरा सबका साथी है, पक्का साथी है और जन्म-भर का साथी है, उजाला और चांदनी का क्या दो-चार दिन के भी साथी नहीं।"

भीमराव अंबेडकर सुन रहा था। उसका मन भर आया था। स्वतः ही उसके हाथ रामजी की ओर बढ़ गए और वह उनके पांव दबाने लगा। वे उसे रोक नहीं पाए। वे चुप बने रहे। यदाकदा भीमाबाई उसको थका पाकर उनके पांव दबाने लगती थी। उनकी सारी थकान मिट जाती थी और वे पल-भर में ताजगी से भर उठते थे।

"अंबे, यह जिंदगी समुद्र है। जैसे समुद्र में पता नहीं क्या-क्या है और कैसा-कैसा है, वैसे ही इस जिंदगी में भी है।...इसे समझना मुश्किल है। यह वही समझ सकता है जो इसे समझना छोड़कर इसका हो जाए।...यह बहुत मुश्किल है। अच्छे-अच्छे ऋषि-मुनि भी इससे हारे हैं।...एक साधारण व्यक्ति यदि इसका हो जाए तो वह कबीर बनकर समय के भाल पर सदा सूर्य-सा दमकता रहेगा।" वे आंखें बंद किए लेटे रहे। कभी-कभी ना कुछ करने की इच्छा भी कितनी सुकून पहुंचाती है। उठने का मन ही नहीं कर रहा था। अंधेरा बना रहे, यह जी चाह रहा था। सब कुछ नियमबद्ध नहीं हो सकता। कदाचित नियम-भंग की मानसिकता नये नियम की जन्मदात्री बनना चाहती हो, कौन जानता है ! जब छटपटाहट भीतर ही भीतर उपजती ही जाती है तब अवतार होता है-भावना का भी और आकार का भी। भावना जब आकार ग्रहण कर लेती है तब आकार की रहती है परन्तु अन्ततोगत्वा वह चाहती यही है कि आकार भंगिमा टूटे और वह पूर्णवत् होकर निराकार होकर अनन्त आकाशों में एक साथ खुले मन से यायावर की भांति विचरण करती रहे, निर्बाध और बिना रोके-टोके। वह जैसे पानी, जैसे पवन। मुस्काए जैसे मधुमास का प्रसंग। उड़े जैसे सावन की मेघावलियां। गाए जैसे एकांत निर्झर का अन्तरंग पल-प्रतिपल। सोए जैसे हिमालय की कोई सन्नाटा ताने झील। निहारे जैसे चांदनी की सद्य स्मित-भरी आंखें। कितनी कविता उठ रही थी उस जर्जर तन में ! कैसा फैल रहा था कुहरा-सा जिंदगी का सरगम !

"बस, अंबे, बस।"

"पिताजी.... !" भीमराव अंबेडकर ने रामजी को अपनी ओर मोड़कर कहा, "आप दुःखी हैं !"

"नहीं तो।...पगले दुःखी वे होते हैं, जिनके पास सपने होते हैं।...मेरे पास तो कोई सपना नहीं है।" यह कहते हुए रामजी का कंठ भर्राने लगा था।

भीमराव अंबेडकर ने अनुभव किया उस टूटने की ध्वनि का जो ध्वनिशून्य बनी रहती है किसी तपस्वी के बंद नेत्रों-सी। उसमें हिम के खण्ड के खण्ड तैर उठे। हिमानी नद ने घूंघट हटा लिया। संवाद की आवश्यकता नहीं रही। शब्दों ने निशब्दता धारण कर ली।

और तूफान झेलने की शक्ति अंबेडकर में नहीं रही। वह मात्र इतना ही कह पाया, "पिताजी, आपकी आज्ञा शिरोधार्य है।"

रामजी ने जैसे सुना नहीं। वह पुनः सुनना चाहते थे। पर कैसे ? सुना, भीमाबाई ! वह मान गया। वे उठे। दीया-बाती की। फिर बाहर को चल पड़े बिना कुछ कहे। अंबेडकर ने जैसे सब कुछ देखा लेकिन कुछ नहीं देखा। उसे आज खोए हुए पिताजी मिले थे, जिनकी उसे कब से तलाश थी। क्या हर बालक के माता-पिता होते हुए भी इस तरह खो जाते हैं ?...और जब मिल पाते हैं तब... !

आठ

कभी-कभी सच भी सपने जैसा लगता है। मधुर सपने जैसा। कहीं सपने भी तो सच नहीं हैं। भ्रम होता है तब जब भ्रम को भरमाता है भ्रम ! दूसरों को भ्रम में डालने वाला जब स्वयं भ्रम में फंसता है तब उसे भी काटता है भ्रम का व्रण ! लेकिन भ्रम जब मधुरता पालने वाला होता है तब भ्रम में फंसने का पता ही नहीं चलता भ्रम को और वह स्वयं डूबता जाता है अपने ही भ्रम में। जीवन को कभी ऐसे भी जीना पड़ता है।

बहारों और खुशियों को जब अपनी वास्तविकता मालूम पड़ती है, तब वे उस सत्य से घबरा उठती हैं।

बंबई का भायखला मच्छी बाज़ार। भीड़-भरा बाज़ार। बहुत कम सोता था। अनिद्रा का रोगी। सदा दुर्गन्ध में जीता। करवट बदले पड़ा रहता।

दुकानें बंद हो चलीं। एक-एक करके थोड़ी देर के लिए सभी दुकानें बंद हो गईं। रात ने चादर तानकर सोना चाहा पर ट्रैफिक सोने दे तब ना !

ट्रैफिक के गुजरते-गुजरते तो जब-तब वह सो जाया करता था। कुछ नहीं तो पल दो पल के लिए झोंका ले लिया करता था। लेकिन आज रात तो उसे लगा कि फिर से भायखला मच्छी बाजार लग गया है। वही चैं-चैं...मैं-मैं। वही ऊंची आवाज। कम सुनने वालों की बस्ती।

नाटक शुरू।

यह नाटक नहीं है, जिंदगी है, वास्तविक जिंदगी। जिंदगी का भी सर्वोच्च शिखर।

और जिंदगी क्या है ? इसके बारे में जानने से ना जानना अच्छा। जिंदगी है ही ना जानने के लिए।

बराती आ रहे थे। आते जा रहे थे।

घराती भी थे।

वहीं मायका था, वहीं ससुराल।

फिर नाटक क्यों नहीं ! भायखला मच्छी मार्किट (बाजार) मंच था। पात्र आते-जाते नाटक शुरू होने की तैयारी में जुटे थे। मंच पर पर्दा नहीं था। दर्शक ही पात्र थे। पूर्व अभ्यास (रिहर्सल) भी और नाटक का मंचन भी।

भीमराव अंबेडकर सोच रहा था क्योंकि वह इस नाटक का धीरोदात्त पात्र था। खलनायक इसमें कोई नहीं था। यह नाटक पाश्चात्य शैली में दुःखांत था और भारतीय शैली में सुखांत। यह अनुभव सामाजिकों के लिए छोड़ दिया था। वे जैसा चाहें अनुभव करें।

यों तो नाटक करने वालों से पूछा तो वे एक ही बात कहेंगे कि नाटक कैसा भी हो लेकिन उनको सदा त्रासदी में जीना पड़ता है। दूसरे को स्वयं में जी लेना कितना कष्टदायक होता है, इसका अनुभव जननी के अलावा अन्य किसी के पास नहीं होता है।...और कुछ होता है तो नाटक में अभिनय करने वालों के पास।

मच्छी मंडी अब विवाह-स्थल बन चुकी थी। एक कोने में थे लड़की वाले और दूसरे कोने में थे लड़के वाले। सब कुछ जल्दी-जल्दी में हो जाना चाहता था।

क्यों न होता। मंडी वालों ने उन्हें ताकीद कर दी थी कि जो कुछ करना है, वह दिन निकलते-निकलते हो जाना चाहिए। बाजार समय पर ही खुलेगा।

फेरे कहां पड़ें ? यह चिन्ता का विषय था। वहां कोई ऐसी जगह नजर ही नहीं आ रही थी, जहां फेरे हो सकें। आखिर दूल्हा और दुल्हन परिक्रमा तो लेंगे ही अग्नि की !

सब में घुलती चिंता शादी से अधिक फेरों के स्थान को खोजने पर आ अटकी थी।

वह विवाह क्या जिसमें समस्या न उठे ! अनुभव की आंखों की अन्तर्दृष्टि भी तभी खुलती है। उस वक्त बताने वाला मौज में होता है और जिसे बताया जा रहा है वह गैरहोशी। उसकी समझ में नहीं आता कि वह क्या करे क्योंकि वह अकेला श्रोता होता और कथावाचक होता कोई अन्य।

कथावाचक अपनी ज्ञान-गंगा पर स्वयं ही मुग्ध हो उठता है। उसे लगता है कि वह भी किसी मतलब का आदमी है। उसकी जिंदगी में ऐसे ही अवसरों पर जीने की सार्थकता प्रकट होती है।

तभी एक बौना, भारी आवाज का चतुर व्यक्ति चिल्लाया, "वह देखो नाला।"

सबकी निगाहें गंदे नाले की ओर घूम गईं। कोई बोला, "पगला गया है क्या ?"

दूसरा बोला, "विवाह से गंदे नाले का क्या संबंध ?"

"सम्बन्ध है।" उस बौने आदमी ने गंभीरता से कहा।

"क्या सम्बन्ध है ?" एक ने ऊंचे स्वर में पूछा।

"वही जो गंगा का नाले से है।...गंगा नाले को गंगा बना देती है, लेकिन सैकड़ों नाले एक गंगा को नाला नहीं बना पाते।" इतना कहकर उस बौने आदमी ने विजय गर्व से सबकी ओर देखा। सब चकित-से थे—किंकर्त्तव्यविमूढ़।

"आखिर तुम्हारा क्या मतलब है ?" पीछे से एक आवाज आई।

इस बार वह बौना आदमी मंद-मंद मुस्कराया। वह खंखारकर बोला, "इस नाले पर एक थड़ा देख रहे हैं।

सबकी निगाहें थड़े पर ठहर गईं।

"वहां पडेंगे फेरे।" वह सिंह गर्जना करता हुआ बोला।

सब चुप। सबकी निगाहें नत।

लड़की का पिता तो था नहीं। होता तो भी क्या कर लेता ! वहां कोई दूसरी जगह नहीं थी जहां पर फेरे की रस्म अदा की जा सकती। वही इस समय फेरों के लिए सबसे उपयुक्त जगह नजर आने लगी।

एक ने कहा, "लावां की रस्म वहीं होनी चाहिए।"

"मण्डप के लिए वही स्थान नजर आता है।" दूसरे व्यक्ति ने गम्भीरता से कहा, "समय जाया मत करो, जो करना है जल्दी करो।" एक साथ ही उसने चारों ओर देखा।

सबके ऊपर दिन निकलने की तलवार लटकी हुई थी। निर्धन की शादी का यही

तो यथार्थ-बोध था।

विवाद समाप्त हो गया। लेकिन वर्षा समाप्त हो जाने के बाद भी फिसलन अवश्य कुछ के मन में थी।

भीमराव अंबेडकर का विवाह नौ वर्षीय रामाबाई से हो रहा था। वह स्वयं सत्रह वर्ष के थे।

रामाबाई के पिता भिक्कू दापोली में कुली का काम किया करते थे। वह उसकी दूसरी पुत्री थी।

निर्धनता कितनी गूंगी होती है ! बोलने की स्वतंत्रता होते हुए वह बोल नहीं सकती।

भीमराव अंबेडकर का मन हो रहा था कि वे कह दें कि पर्दा गिरा दिया जाए। नाटक समाप्त। विवाह सम्पन्न। पर बिरादरी ! उसका डर ! पंचायत की उसकी दहशत !

क्यों झेले जा रहे हैं असमय के इन व्रणों को ? कौन उत्तर देगा इन विष-बुझे प्रश्न-शरों का ? सब निरुत्तर थे।

फिर एक साथ धूम-धमाका शुरू हुआ। हलचल शुरू हुई। सब प्रश्न ठहरे। गीत फूटे। हंसी-ठट्ठा गूंजा। बातें चल पड़ीं। आवाजें टकरायीं। रिश्ते चमके। चित्त की चितवन लरजी।

सुगंध महकी। गाली गाई जाने लगी।

लगने लगा विवाह का वातावरण। तब न वहां नाला रहा और न मच्छी मंडी। वहां रहा दो जिंदगियों का सदा-सदा के लिए गठबंधन का पावन उत्सव। विवाह गंगा हो रहा था और नाला निर्मल।

फेरे लिए जाने लगे। मंत्रोच्चारण शुरू हुए। सबकी आंखें ठहरीं। चितवनें उठीं। चहक-महक की गहमागहमी स्मित भर उठीं।

लड़की सुन्दर है। सुशील। लाजवंती। भोली-भाली। सरल-चित्त। रूपवती। यों अनेक विशेषणों की बौछार होने लगी।

रामजी को मानो पुरस्कार मिल गया। वे तृप्त हो गये। उनके मन से डर जाता रहा। वह आशंका कूच कर गई।

भीमराव अंबेडकर के मन में न उल्लास-आनंद था और न उपेक्षा भाव। वह तटस्थ बना ज़िंदगी को सामने से गुजरता हुआ मन ही मन अनुभव कर रहा था। जो हो रहा था, वह सब स्वीकार था उसे। वही मानो उसकी नियति थी।

भीमराव अंबेडकर यह अवश्य सोच रहा था कि पिताजी ने यह ठीक किया जो एक पितृविहीन पुत्री से उन्हें जोड़ दिया। अभावों की ऊष्मा अन्तःकरण को बांध लेती है क्योंकि उसमें पहाड़-से दुःखों को प्रसन्नता से झेल लेने की अभूतपूर्व क्षमता होती है।

भीमराव अंबेडकर के जीवन का वसन्त पर्व रात्रि के अंधेरे-उजालों के गलियारों और गंदे नाले को साक्षी मानकर शुरू हुआ। उनकी समझ में शूद्र होने का मंत्र स्वतः अपना दर्शन उद्घाटित करने लगा। किसी धर्म-जाति के पास शूद्र होने की अभिव्यक्ति कितनी निरीह हो सकती है, यह बात वे जान सके। कोई धर्म-समाज शूद्र क्यों पालना चाहता है ?

भीमराव अंबेडकर को दहेज के रूप में एक बाटी मिली और सुन्दर तथा सुशील पत्नी।

रामजी प्रसन्न थे।

अभी दिवस फूटने की तैयारी कर रहा था। बराती लौटने को तत्पर थे। गाड़ी आई। दूल्हा-दुल्हन बैठे। बरात रवाना हो गई। उधर मंडी में आवक-जावक प्रारंभ हो गई।

नौ

जीवन-यात्रा अब शुरू हुई थी। यह तय करना था कि जीवन को किस दिशा में ढकेलना है। यथास्थिति स्वीकार करनी है या यथास्थिति को उलट देने का प्रयास करना है।

भीमराव अंबेडकर ने मैट्रिक की थी, यह बात अछूतों के लिए विजय गर्व जैसी थी। बम्बई के अछूतों ने अंबेडकर के सम्मान में एक सभा आयोजित की थी जिसमें मराठी भाषा के विख्यात लेखक कृष्णजी अर्जुन केलुस्कर सम्मिलित हुए। वह शिक्षाशास्त्री भी थे और प्रधानाध्यापक भी। उन्होंने उस सभा में अंबेडकर के प्रति दिशा निर्देशित वाक्य कहे थे। धीरे-धीरे वे उससे प्रभावित हुए और उन्होंने अपनी एक नवीन पुस्तक 'गौतम बुद्ध का जीवन चरित्र' अंबेडकर को भेंट की। उसे अंबेडकर ने पढ़ा और जाना कि जीने का अर्थ क्या है ? क्यों जीना चाहिए ?

कृष्णजी अर्जुन केलुस्कर ने उनसे एक बात कही थी, "अंबेडकर, तुम्हें निश्चित कर लेना चाहिए कि तुम किसके लिए जीना चाहते हो और कैसे जीना चाहते हो।...अपनी आगे की पढ़ाई भी उसी के हिसाब से जारी रखनी चाहिए।"

क्या वह आगे पढ़ पाएगा; यह प्रश्न भीमराव अंबेडकर के मन को झकझोर जाता था। इसी कारण वह अभी विवाह नहीं करना चाहता था। लेकिन अब क्या होता है ? घर की आर्थिक स्थिति टूटी हुई थी। कोई दिशा सामने नहीं थी। लेकिन इतना अवश्य था कि उसमें कुछ करने की उत्कृष्ट आकांक्षा थी।

यह भी वह सुनिश्चित कर चुका था कि वह अपनी दयनीय स्थिति के लिए संघर्ष करेगा। अंत तक लड़ेगा। उसे नहीं पता था कि यह लड़ाई उसे कैसे करनी होगी और उसका क्या परिणाम होगा ?

परिणाम की उसे चिन्ता भी नहीं थी। उसे चिंता थी तो शूद्रों को सम्मान से जीने का अधिकार दिलाने की और बंधुआ मजदूर वाली मानसिकता से उबरने की। वह चाहता था कि इस तिलिस्म का पर्दाफाश कर दे, जिसमें वह और उसके भाई-बहन दर्दनाक पीड़ा से गुजर रहे हैं। वह जातीय युद्ध छेड़ना चाहता था, लेकिन उससे पहले वह उस षड्यंत्र का पता लगाना चाहता था जिसके कारण वे लोग शूद्र योनि में पड़े थे।

"अंबे, मुझे कुछ आशा है कि तू कुछ कर सकेगा।" रामजी सोचते हुए धीरे-धीरे कहते।

"आज्ञा दीजिए, पिताजी !"

"आज्ञा मेरे से नहीं, अपने मन से लो, मेरे पुत्र !"

"क्या लूं ?" भीमराव अंबेडकर पूछते रह जाते है।

"जो लेना चाहो।" रामजी कहते।

"क्या लेना चाहूं, क्या नहीं—इस समय कुछ समझ में नहीं आ रहा है।" अंबेडकर वास्तविकता पेश करते।

"यही स्थिति उचित निर्णय लेने की है।" रामजी उसे बताने लगते, "इसी स्थिति से राह फूटेगी। प्रातः होगा।"

"कैसे ?" भीमराव अंबेडकर साचरज पूछते।

"अंबे, ऐसी स्थिति में ही प्रश्न उत्तर बन जाते।...रास्ता न पाना ही रास्ता बन जाता है।" रामजी ने उसे समझाने का प्रयत्न किया।

भीमराव अंबेडकर कुछ-कुछ समझ रहे थे। लेकिन बहुत कुछ उनकी समझ से बाहर था। जो समझ रहे थे वह भी स्पष्ट नहीं था।

भीमराव अंबेडकर कुछ समझना-समझाना चाहता था। समझ-सोचकर ही वह कोई कदम उठाना चाहता था। उसके लिए वह पहले सामर्थ्यवान् बनना चाहता था। अपने-आपको योग्य सिद्ध करना चाहता था। बिना अपनी योग्यता प्रमाणित किए वह कैसे किसीसे अपनी बात मनवा सकता था ? कौन मानता उसकी बात ? क्यों मानता ? पहले कुछ बनो तब कुछ करो, ये गुरुमंत्र बिना किसी गुरु-आचार्य के उसकी मन-आत्मा को उद्वेलित कर रहा था।

"अंबे, तू कुछ कर सकता है !" रामजी का स्वर पिघले हुए कांच की तरह उसके मन की घाटियों में उतरकर फैलने लगता।

भीमराव अंबेडकर को कुछ-न-कुछ अवश्य करना है। उसे लगता कि इस धरती पर उसके जन्म का कुछ अर्थ है। उससे कुछ अपेक्षाएं हैं।

उसे अपने लिए नहीं, किसी मकसद के लिए जीना है, तभी उसका जन्म एक शूद्र के घर में हुआ है। जिस तरह उसका विवाह सम्पन्न हुआ, वही उसकी वेदना का कारण है। शूद्र और गरीबी जिस समाज की सम्पन्नता का दर्शन हो, षड्यन्त्र हो और ताकत हो, यह समाज जीवन के प्रति कितना उदासीन और निर्मम हो सकता है, यह समझाने की आवश्यकता नहीं है। क्या चोर-लुटेरों का भी कोई समाज होता है ? फिर यह समाज कैसा ?

"बोलता नहीं, अंबे !" रामजी अपना सारा प्यार उंड़ेलते हुए कहते जाते।

"जरूर कुछ-न-कुछ करूंगा। परंतु..... !" वह इतना कहकर अटक जाता।

"पर क्या ?" रामजी पूछते।

"पहले मैं उसके योग्य बनूं।"

"तो बनो। कौन रोकता है !" रामजी जोश में आ जाते।

"ठीक है....ऐसा ही होगा, पिताजी, मैं खूब मन लगाकर पढूंगा।...श्रीकृष्ण केलुस्कर ने मुझे अपनी लिखी पुस्तक 'गौतम बुद्ध का जीवन-चरित्र' भेंट की थी।...पिताजी, कॉलेज में प्रवेश लेने की सलाह उन्हीं की है।"

रामजी तत्काल मान गए। उनसे श्रीकृष्ण केलुस्कर भी मिल चुके थे। उन्होंने आश्वासन दिया था कि भीम की पढ़ाई के लिए वह महाराज गायकवाड़ से छात्रवृत्ति दिलवा देंगे। उनके लिए इतना ही पर्याप्त था। भीमराव अंबेडकर भी इन दिनों इसी उधेड़-बुन में लगे हुए थे कि कॉलेज में वे पढ़ना शुरू कर दें, चाहे जैसा भी हो लेकिन उनका यह स्वप्न पूरा हो।

दस

एकदम अपरिचित आकाश, अपरिचित धरती और अपरिचित जन-समुदाय। एक नया और ताजगी-भरा संसार। कोई अपना नहीं। अनपहचानी डगर। खामोशी। एकांत। धुंध नहीं। मात्र यादगार जो परिचित और अपरिचित विभाजन को दर्शाती।

भीमराव अंबेडकर के पूर्व चित्र-धब्बे-बिंब चकित। एक उड़ान में अन्तर। लंबी दूरी पर बसा उनका मानस-चित्र उस कविता की तलाश में ही छटपटा रहा था जो उनके मन में थी लेकिन जिसे समझ पाना तब उनसे संभव नहीं हो रहा था।

विचार जब कविता में उतरने के लिए उद्वेलित होने लगते हैं तब उस जन्म की संभावना होने लगती है, जिसके लिए प्रतीक्षातुर रहता है उपेक्षित, पीड़ित और अभागे संसार की व्यथा के लिए।

कविता के नूपुर सुन रहे थे भीमराव अंबेडकर—एकदम गहरे और स्पष्ट। उनके सोच के डैने आश्चर्यचकित थे। कदाचित् वे उड़ना भूल जाएं।

एक भीड़-भड़क्कम वाली तंग गली जो गंदी नालियों से घिरी हुई एक बदसूरत गाली को जी रही थी अपने में, वह इस समय यहां नहीं थी। घृणा, उपेक्षा और अपंग मानसिकता के चाबुक खा-खाकर जो चेतना शून्य पड़ी थी सदियों से, वह अब आंख खोलकर सभीत अवलोक रही थी छन-छन आने वाले लयात्मक प्रकाश की इन्द्रधनुषी किरणों को।

अब सन्नाटा काट नहीं रहा था। अब एकांत आक्रोशमयी मुद्रा में नहीं था। अब वही तो भीमराव अंबेडकर है। वह जो अब आदमकद आईने के सामने खड़ा हुआ अपने को अपलक घूरता जा रहा है परन्तु पहचान नहीं पा रहा है कि वह वही है जो वह पहले था। क्या आदमी इतनी जल्दी बदल सकता है ? क्या सूरत का अपना कोई अर्थ नहीं है ?

एक व्यक्ति जो था, वह अब नहीं है। है वही लेकिन वह यह मानने के लिए तैयार नहीं है। क्यों ? कौन बताए ? वह स्वयं अपने से सवालिया मुद्रा में कहता, 'यह भी धरती है। यहां भी लोग बसते हैं। फिर उस धरती पर जो इसी धरती का ही एक अंग है, इतनी मैली-कुचैली, बदसूरत घिनौनी और अपंग क्यों ? क्यों इतनी तंग-दिल, नफरत-भरी और क्रूर ? क्यों इतनी असमान, भेदवाली और विषदायिनी ?

भीमराव अंबेडकर में उठा ज्वालामुखी प्रश्नाकुल मुद्रा में स्तब्ध !

उसे स्मरण होने लगे वे दिन जब लोअर परेल की डबल चाल में अपने परिवार के साथ रहता हुआ अध्ययनरत रहता था। वहीं ईंधन का ढेर, चूल्हा, रसोईघर, स्नानागार, शयन-कक्ष और अध्ययन-कक्ष सब एक कमरे में। वह जल्दी सोता। रात के दो बजे उसे रामजी जगा देते। वे बिना चिमनी के लैंप की पीली रोशनी में सुबह तक पढ़ता रहता था। वह जमीन पर एक रजाई के ऊपर सोता था। सिर के पास अनाज पीसने की चक्की होती थी और पांव से टकराती बकरी।

रामजी की आर्थिक स्थिति ठीक नहीं थी। वे बराबर सोचते रहते थे कि कम-से-कम दो कमरों का मकान हो, जिसमें एक कमरा भीमराव का शयन कक्ष व अध्ययन-कक्ष हो। उन्होंने इम्प्रूवमेंट ट्रस्ट चाल नंबर एक की मंजिल पर दो कमरे किराए पर लिए—कमरा नं. 50-51।

अब वे एलफिन्स्टन कॉलेज में पढ़ रहे थे। घर की हालत खस्ता हो चली थी। श्रीकृष्ण केलुस्कर आगे आए। वे ताड़ गए थे कि भीमराव आर्थिक संकटों से घबरा रहा है और कभी भी कॉलिज को अलविदा बोल सकता है। केलुस्कर ने एक दिन, संध्या ढलते वक्त पार्श्व में आकर पूछा, "आजकल कहीं खोये-खोये रहते हो, भीम, आखिर क्या बात है ?"

भीमराव अंबेडकर टाल जाना चाहते थे, लेकिन पुनः जोर देकर केलुस्कर कहने लगे, "आर्थिक संकट मंडराने लगा है क्या ?...या यहां कॉलिज में भी सवर्ण शैतान पीछा कर रहे हैं ?...छिपाना नहीं।...तुम चाहो तो भी छिपा नहीं सकते क्योंकि तुमने सदा सत्य बोलने

का प्रण किया है।"

भीमराव ने धीमे स्वर में बमुश्किल इतना ही कहा, "हां, यह सच है।"

"तो आओ मेरे साथ।" कहते हुए श्रीकृष्ण केलुस्कर आगे बढ़ गए।

"पर कहां ?" भीमराव अंबेडकर ने उनके साथ चलते हुए पूछा।

"जहां मैं चलूं वहां।...तुम्हें मेरे पर विश्वास तो है न !" चलते-चलते केलुस्कर ने यकायक रुककर पूछा और मुड़कर देखा। भीमराव कुछ सोच रहे थे। जीने के लिए धन कितना जरूरी है। पर वह आए कहां से ? वह इस तिलिस्म को नहीं समझ पा रहे थे। चुपचाप केलुस्कर के पीछे चलते जा रहे थे।

"यह आप कहां लिए जा रहे हो ?" एक महलनुमा भवन में प्रवेश करते समय वह ठिठककर पूछ बैठा। चारों ओर हरियाली ही हरियाली। आलीशान भवन। दरबान। मोटर गाड़ी।

"तेरे भाग्य का फैसला कराने।" श्रीकृष्ण केलुस्कर ने तनिक तेज परंतु आत्मीय स्वर में कहा।

"और यहां—इस स्वर्ग में !" भीमराव अंबेडकर ने सपाट कह डाला।

"हां—और यहां...इस स्वर्ग में...और कोई सवाल ?"

भीमराव चुप हो गया। उसकी चेतना के तार एकबारगी झंकृत होकर रह गए। उसके सामने चिमनी में से झांकती दिपदिप आंखें मुस्करा उठीं।

"प्रणाम करो...महामहिम महाराजा सियाजीराव गायकवाड़ को।" श्रीकृष्ण केलुस्कर ने स्वयं प्रणाम करते हुए कहा। महाराजा गायकवाड़ उन दिनों बंबई में आए थे।

भीमराव अंबेडकर की सारी देह में सन्नाटा दौड़ गया। उन्होंने प्रणाम किया।

"कौन है यह ?" महाराजा सियाजीराव गायकवाड़ ने पूछा।

"भीमराव। महार है। एलफिन्स्टन कॉलेज में स्नातक कक्षा में पढ़ता है।" श्रीकृष्ण केलुस्कर ने कहा।

"आपका शिष्य है ?" महाराजा सियाजीराव गायकवाड़ की आंखें भीमराव की चमकदार आंखों और चौड़े तेजस्वी माथे पर टिकी हुई थीं।

"हां, महाराजाधिराज, मेरा पुराना शिष्य है।" श्रीकृष्ण केलुस्कर ने विनम्रता से कहा।

"क्या चाहते हैं अध्यापक जी ?"

"परीक्षा, महाराजाधिराज !" श्रीकृष्ण केलुस्कर ने अत्यंत विनम्रता से नतशिर होते हुए कहा।

"कैसी और किसकी ?" महाराजा सियाजीराव गायकवाड़ ने सहज होकर कहा।

"भीम की।....उसकी योग्यता की।" श्रीकृष्ण केलुस्कर ने कुछ सोचकर उन्हें स्मरण कराया, "आप किसी होनहार परिश्रमी अछूत विद्यार्थी की सहायता करना चाहते हो ना ...आपने घोषणा की थी कि....।"

महाराजा सियाजीराव गायकवाड़ को वह सभा स्मृति में कौंध गई, जहां उन्होंने यह घोषणा की थी। वह संभलकर बोले, "तो ?"

"यह वही विद्यार्थी आपके सामने खड़ा है—जो अछूत भी है और प्रतिभा संपन्न, बेहद परिश्रमी और कर्मठ भी।" श्रीकृष्ण केलुस्कर का भारी स्वर था।

"ओह !" इस पर महाराजा सियाजीराव गायकवाड़ ने गहरी सांस ली। ध्यान से पुनः भीमराव की ओर देखा। भीम नतशिर था और अन्दर-ही-अन्दर घबरा रहा था। उसके पांव

कांप रहे थे और वह वहां से भाग जाना चाहता था। तभी उन्होंने पूछा, "परीक्षा के लिए तैयार हो जाओ, भीम ?"

भीमराव लड़खड़ा गया। फिर भी उसके मुंह से निकला गया, "जी, महाराज !"

"ना पास हुए तो ?" महाराजा सियाजीराव गायकवाड़ का स्वर था।

भीमराव अंबेडकर कुछ देर के लिए अचानक बुत बना रह गया। श्रीकृष्ण केलुस्कर ने आंखें तरेर कर उसकी ओर घूरा। उसे याद आ गया कि वे उसे उसके भाग्य का फैसला कराने वहां लाए हैं। हार गया तो सब कुछ जाएगा और जीत गया तो....उसकी आंखों के सामने उदित होता सूर्य घूम गया। वह बोल पड़ा, "प्रश्न कीजिए, महाराज !"

महाराज सियाजीराव गायकवाड़ इस बार चक्कर में पड़ गए। कनखियों से उन्होंने निहारा और पाया स्वाभिमान से युक्त एक तेजपुंज। एकदम निडर और निश्शंक। कुछ ही पलों में उसने अपने आपको संभाल लिया था और अपने में अपनी मां की दिव्य मूर्ति को आशीर्वाद देते हुए पाया था।

"व्यक्ति ही समाज बनाते हैं। क्या यह कहना उचित है ?" महाराजा सियाजीराव गायकवाड़ ने भीमराव से यह प्रश्न किया। इससे पहले उन्होंने उसके विषय और रुचि की जानकारी प्राप्त कर ली थी।

प्रश्न गूढ़ था। स्वयं श्रीकृष्ण केलुस्कर चक्कर में पड़ गए थे कि इसका क्या उत्तर होगा।

भीमराव अंबेडकर कुछ पल के लिए ठहर गए। गहरे सोच में पड़ गए। कहां से उत्तर शुरू करें और कैसे करें ? उनके दिमाग में समाज और व्यक्ति तथा व्यक्ति और समाज तेजी से चक्कर लगा उठा था। वे गणित फैलाकर बार-बार चूक रहे थे।

महाराजा सियाजीराव गायकवाड़ अपने प्रश्न पर प्रसन्न थे। उन्होंने बैठने का रुख बदला और केलुस्कर की ओर शांत परंतु किंचित् अनमनी मुद्रा से देखा।

भीमराव अंबेडकर खंखारकर कहने लगे, "यह कथन, श्रीमान, बहुत सतही है।... कारण, वर्गों के मिलने से बनता है समाज।...वर्ग-संघर्ष के सिद्धान्त में कुछ अतिश्योक्ति संभव है परन्तु यह सच है, कि समाज के अन्दर वर्ग होते हैं। उन वर्गों के आधार अलग-अलग हो सकते हैं, जैसे आर्थिक, सामाजिक आदि। परन्तु व्यक्ति सदैव समूह का सदस्य होता है। यह सार्वकालिक सत्य है कि...।"

महाराजा सियाजीराव गायकवाड़ ने बीच में टोकते हुए पूछा, "हिंदू समाज पर भी क्या यह सिद्धान्त लागू होता है ?"

अब तक भीमराव में आत्मविश्वास लौट आया था। वह पूर्ण विश्वास के साथ कह उठे, "हिन्दू समाज भी इस नियम का अपवाद नहीं हो सकता। हम जानते हैं कि वह अपवाद नहीं था।...इससे जाति के उद्गम में भी हमें काफ़ी सहायता मिलती है। तब हमें इतना निश्चित करना होगा कि किस वर्ग ने सबसे पहले अपने को जाति के रूप में स्थापित किया। क्योंकि वर्ग और जाति निकटवर्ती संकल्पनाएं हैं और कालांतर में ही दोनों अलग-अलग होती हैं। बन्द या जमा हुआ वर्ग ही जाति है।...जाति मनु से पहले अस्तित्व में थी। ब्राह्मणों ने जाति-संस्था बनाई।"

"जाति-व्यवस्था को क्या उचित माना जा सकता है ? क्या इसमें सुधार करके नये समाज की नींव रखी जा सकती है ?" महाराजा सियाजीराव गायकवाड़ का अगला प्रश्न था। भीमराव के उत्तर की गम्भीरता का अनुभव उन्हें होने लगा था। यह प्रश्न उनकी

जिज्ञासा का था।

भीमराव ने सहज ढंग से कहा, "जाति-व्यवस्था अत्याचार और शोषण का मूर्तरूप है। जब तक जाति, धर्म और लिंग के भेदभाव को मिटाकर सभी व्यक्तियों को समान महत्त्व देने के सिद्धान्त के आधार पर नवीन व्यवस्था या ढांचा नहीं खड़ा किया जाता तब तक जाति-प्रथा में सुधार करने से कोई लाभ नहीं हो सकता।"

महाराजा सियाजीराव गायकवाड़ उसके इन विचारों को सुनकर गद्गद् हो गए। उन्होंने प्रसन्नता व्यक्त करते हुए कहा, "तुम पास हुए, भीम !" तुरंत केलुस्कर की ओर मुखातिब होकर बोले, "तुम्हारा शिष्य निस्संदेह प्रतिभा का धनी है और तटस्थ विश्लेषक है।...मैं सहायता करने को तैयार हूं।...बताओ, क्या सहायता चाहिए।"

"भीम अपनी पढ़ाई जारी रख सके...कुछ ऐसा प्रबंध हो जाए तो...।" श्रीकृष्ण केलुस्कर ने कहा।

"पच्चीस रुपये माह की छात्रवृत्ति इसी माह से शुरू की जाती है।...क्यों, ठीक है ?" महाराजा सियाजीराव गायकवाड़ ने पूछा।

भीमराव अंबेडकर की मनःस्थिति इस खुशी को संभाल नहीं पा रही थी। क्या ऐसा भी संभव हो सकता है ? यह बात उसकी सोच-परिधि के बाहर की थी। जो हुआ वह चमत्कार था। उसके पार्श्व में बैठे आचार्य श्रीकृष्ण केलुस्कर साक्षात् कबीर थे। आचार्य वे भी हैं जो सोच के द्वारों को बंद करके दकियानूसी घेरे में पड़े हुए हैं और किसी नेक कार्य में हाथ डालना नहीं चाहते, क्योंकि ऐसा करने से उन्हें परंपराएं रोकती हैं, उनका धर्म अनुमति नहीं देता और उनके मन में उसके लिए कोई प्रेरणा व उत्साह नहीं होता। केलुस्कर जैसे अध्यापक हज़ारों में से एक हैं जो अपने शिष्य को नेक और सच्चे रास्ते पर डालने के लिए अपने-आपको बिना किसी की परवाह किए, झोंक देते हैं।

आचार्य केलुस्कर ने ही तो उससे कहा था, 'भीम, यदि सिर कटाने से सचाई सिद्ध होती है तो एक बार नहीं, जितनी बार जन्म मिले, उसके लिए सहर्ष सिर कटा डालना चाहिए क्योंकि जो सिर सच्चाई के नाम पर भेंट हो गया, वह सिर अमर हो जाएगा।" कितना सच कहा था।

एलफिन्स्टन कॉलेज के सवर्ण हिन्दू प्राध्यापक और विद्यार्थी उससे कतराते थे। यहां तक कि वे उससे चर्चा-परिचर्चा करना भी अपना अपमान समझते थे। उसे हिकारत की दृष्टि से देखते थे और उसको फटकारने के अवसर की तलाश में रहते थे। एकमात्र उसके हिस्से आती थी नफरत और नफरत। ऐसे प्रतिकूल और असहनीय वातावरण में उसे अंग्रेजी के प्रोफेसर मूलर और पर्शियन के प्राध्यापक के. बी. इराणी स्नेह देते थे। दोनों प्राध्यापक उसकी प्रतिभा से अत्यंत प्रभावित थे। प्राध्यापक इराणी ने उसे अध्ययन के लिए अपना कमरा दिया था और पुस्तकें भी। प्राध्यापक मूलर बहुत उदार, सज्जन और विद्वान थे। वे उसे पहनने के लिए कपड़े और पढ़ने के लिए पुस्तकें देते थे।

भीमराव का स्वाभिमानी मन पहली बार प्राध्यापक मूलर से कपड़े लेते हुए कितना झिझका था और कैसा शर्म से गड़ा जा रहा था। प्राध्यापक मूलर कह रहे थे, 'मिस्टर अंबेडकर, इट इज माई प्लेजर।...मैं एक प्रतिभावान् छात्र की मदद करने के लिए प्रसन्नता से भर उठा हूं।...मैं दया नहीं कर रहा और न तुम्हारी गरीबी का उपहास कर रहा हूं। ...मैं मानव-धर्म का पालन कर रहा हूं और यही अपेक्षा तुमसे रखता हूं कि तुम भी इस धर्म का पालन करोगे और किसी योग्य तथा सामर्थ्यवान् अंबेडकर को इस धर्म से जोड़ने

के लिए स्वयं मेरी तरह प्रेरणा बनोगे।...प्लीज टेक इट एण्ड एन्जॉय।...तुममें एक महान् आत्मा छिपी बैठी है, वही तुम्हारे संकल्पों को समाज में स्थापित करेगी। माई फेवरेट स्टूडेंट ...रिमेम्बर माई वर्ड्स।..तुम्हारा मार्ग प्रशस्त हो।...तुम्हारा सूरज धुंध-भरे आसमान पर चमके। गॉड ब्लैस यू।'' कैसी अमृतमयी वाणी थी ! कितना मधुर संगीत था एकदम चर्च में होने वाली प्रार्थना-सा !

सब एक-से नहीं हैं। भले और नेक इंसान भी हैं। अच्छे इंसान भी हैं। क्या यह धर्म नहीं है ? वह धर्म कैसे हो सकता है जो नेक काम से इंसान को रोके और गलत कार्य के लिए प्रेरित करे ? उसकी मां भीमाबाई ने उसे समझाया था, ''भिवा, तू यों क्यों नहीं सोचता है कि तुझे उन सवर्ण साथियों के साथ नहीं बैठना है। उनसे बात नहीं करनी है। ...तू अपने को इतना योग्य क्यों नहीं बनाता कि उन्हें तुझसे बात करने के लिए विवश होना पड़े !''

''पर हम भी हिंदू हैं, मां !''

''इसमें क्या संदेह है !'' भीमाबाई कहती।

''वे भी हिन्दू हैं—सवर्ण भी, मां !''

''हां, वे भी हिन्दू हैं।...तो ?'' इस बार भीमाबाई उसके मुख की ओर देखती जिस पर काली बदलियां लहराती होतीं।

''हमारा-उनका धर्म एक है।''

''हां, भिवा, धर्म भी एक है, लेकिन... !'' भीमाबाई इतनी ही कह पाती।

''लेकिन क्या, मां ?''

''यही ना कि हम अछूत क्यों हैं ? वे हमसे परहेज, घृणा और फासला क्यों रखते हैं ?'' भीमाबाई सहज ही कह जाती।

''हां, यही मां !'' भीमराव उत्सुक होकर आगे पूछते, ''क्या ऐसा हमारे धर्म में है, मां ?'' उसकी बड़ी-बड़ी आंखें अपनी मां पर टिक जातीं।

उसकी मां साक्षात् देवी थी। एकदम शांत चित्त और धर्मपरायण। भक्ति उसका शृंगार था, सतीत्व था और जीने का आधार था। कबीर की धारा उसकी धमनियों में बह रही थी। सत्य के अतिरिक्त वह कुछ जानती नहीं थी। वह गंगा बन निसृत होने लगी, ''भिवा, ऐसा हमारे क्या, किसी भी धर्म में नहीं है।''

''फिर मां ?''

''फिर क्या ?'' भीमाबाई दोहरा जाती।

''ऐसा क्यों हैं ?''

''सच है।...फिर झूठ क्यों हैं, भिवा ? क्या तूने कभी सोचा ?...नहीं ना !'' भीमाबाई कहती होती, ''जो है उसकी अवहेलना करना, उपेक्षा करना और अनादर करना और जो नहीं है, उसकी स्थापना में जुट जाना, उसे मनवाना और उसकी इज़्ज़त करना...इसी से धर्म के स्थान पर अधर्म को लाने का षड्यंत्र हो रहा है। जो तुझे, भिवा, अनुभव हो रहा है और जिसकी तू वजह जानना चाहता है, वह यह है।''

''सब जानते हैं, मां !''

''हां, सब जानते हैं, पर सब डरते हैं।''

''क्यों मां ?''

''इसलिए कि इससे उन्हें जो सुविधाएं मिली हैं, वे छिन सकती हैं।...भिवा, सारी

अव्यवस्था डर से है।...अग्नि का स्वभाव सब जानते हैं कि ताप है और पानी का स्वभाव बहते रहने का है। इसी तरह धर्म का स्वभाव मानव को मानव से जोड़ने का है। किसी भी धर्म का स्वभाव मानव को मानव से अलग करने का नहीं है। जैसे अग्नि ताप से संबंध नहीं तोड़ सकती और पानी बहने से, वैसे ही धर्म मानव को मानवता से जोड़ने से। ताप के बिना अग्नि नहीं, बहते रहने के बिना पानी नहीं और मानव को मानव से जोड़ने के बिना धर्म नहीं।...पानी बहेगा नहीं तो सड़ेगा और धर्म जोड़ेगा नहीं तो अधर्म होगा।...भिवा, तुझे तो अपने से धर्म प्रकट करना है।''

''हां, मां, तू कहती है तो प्रयत्न करूंगा।''

''उनसे भी घृणा नहीं जो तुझसे घृणा करते हैं।'' भीमाबाई याद कराती।

''नहीं, मां...कभी नहीं।''

''उनसे भी प्यार करना है।''

''हां, मां...उनसे भी।'' भीमराव दोहराता।

''प्यार सबसे करना है।''

''हां, मां सबसे।''

''यही धर्म है।''

''हां, मां, यही धर्म है।''

''तो आओ गाएं, भिवा !'' भीमाबाई कहती।

भीमराव को लगता कि दैवी आत्मा उसे आदेश दे रही है। वह साक्षात् धर्म है। उसे उसका अनुसरण करना है। उसके पीछे-पीछे चलना है।

''एक बार की बात है। संत ज्ञानेश्वर बहुत क्रुद्ध हुए। उन्हें भिक्षा में कुछ नहीं मिला। खाली झोली लेकर लौटे। वे क्रोध में थे। झोंपड़ी में घुसे और उन्होंने उसका दरवाजा अंदर से बंद कर लिया।'' भीमाबाई ने इतना कहकर भीमराव की ओर देखा। वह तल्लीन होकर सुन रहा था। उसका मुखमंडल शांत था, चित्त स्थिर और आंखें अर्द्धोन्मीलित। वह उसी क्रम में कहने लगी, ''अनेक जने आए पर उन्होंने दरवाजा नहीं खोला। न उन्होंने कोई जवाब दिया। उनके बड़े भाई निवृत्तिनाथ आए। वह बोले—''ज्ञानदेव, इतना क्यों रूठ गये हो ?''

इस बार उन्होंने उत्तर दिया—''लोग हमें क्यों सताते हैं ? हमने उनका क्या बिगाड़ा है, भैया ?''

''ज्ञान, इतना क्रोध उचित नहीं।'' निवृत्तिनाथ ने तेज स्वर में कहा—''क्रोध विवेक का अपहरण कर लेता है, ज्ञान !''

''मुझसे अब और नहीं सहा जाता, भैया ! माता-पिता गए। अब मैं भी जाता हूं। न रहेगा बांस, न बजेगी बांसुरी।...सारा दुःख हमारा ही तो है। इसलिए हमने निर्णय ले लिया है।''

ज्ञानेश्वर और उनके भाई-बहिन संन्यासी पिता विट्ठलपंत और माता रुक्मिणी की संतानें थीं। इस कारण उनके उपनयन संस्कार में कठिनाई पैदा हुई थी, क्योंकि विट्ठलपंत पत्नी को छोड़कर श्रीपादस्वामी से संन्यास धर्म में दीक्षित हुए थे। उन्हीं स्वामी ने विट्ठलपंत को पुनः गृहस्थ-धर्म में प्रवेश करने की आज्ञा दी। एक संन्यासी का पुनः गृहस्थाश्रमी बन जाना लोगों को रास नहीं आया अतः लोगों ने उनका बहिष्कार कर दिया। वे उन्हें सताने लगे। फलतः वे गांव से बाहर सिद्धवेट स्थान पर झोंपड़ी डालकर रहने लगे।

वहीं उनकी चारों संतानें रहने लगीं—निवृत्तिनाथ, ज्ञानदेव, सोपान और मुक्ताबाई।

उन्हें संन्यासी की संतान कहकर गांव कष्ट देने लगा।

विट्ठलपंत सोचते कि धर्माचरण के विरुद्ध उठाया उनका कदम उनकी संतान के कष्ट का कारण क्यों बने ?

विट्ठलपंत ने आलंदी के ब्रह्मवृंद से प्रार्थना की कि वे उनके बच्चों का यज्ञोपवीत करवा दें।

आलंदी के ब्रह्मवृंद ने स्पष्ट इंकार कर दिया। विट्ठलपंत ने पुनः करबद्ध प्रार्थना की—"आप हमें दण्ड दीजिए। वह हमें शिरोधार्य होगा। परंतु इन बच्चों को धर्म में लीजिए। इनका यज्ञोपवीत संस्कार करवाइए।...नाथ, मैं विनती करता हूं।"

बहुत सोच-विचारकर ब्रह्मवृंद ने कहा—"क्या आप इस अपराध का प्रायश्चित्त करना चाहते हैं ?

"हां नाथ !" विट्ठलपंत ने त्वरा से कहा।

"देहान्त ही इसका प्रायश्चित्त होगा—क्या कर सकोगे ?" ब्रह्मवृंद ने गम्भीर होकर कहा और उसकी ओर कनखियों से देखा।

"सहर्ष !" विट्ठलपंत ने बिना एक पल गंवाए तुरंत कह डाला।

परिणामतः विट्ठलपंत और रुक्मिणी बाई ने नदी में अपने प्राण त्याग दिये। परंतु गांव वालों ने उन लोगों को कष्ट देना बंद नहीं किया। इसीसे आज ज्ञानदेव ने क्रोधावेश में आकर झोंपड़ी के किवाड़ अंदर से बंद कर लिए थे।

निवृत्तिनाथ ने पुनः कहा—"क्या तुम अपने बड़े भाई के आदेश का पालन नहीं करोगे ?"

ज्ञानदेव ने उत्तर नहीं दिया। तभी मुक्ताबाई वहां आ पहुंची। उसे सारी जानकारी मिली। उसने कुछ देर सोचा और फिर वह गा उठी—

सारा विश्व हो जाए क्रोध से आग
तो बनना चाहिए हमें पानी
जो सह लेता है—लोगों के अपराध।
दांत जिह्वा को यदि काटे
तो क्या कोई भी फेंक सकता है
अपने दांत उखाड़कर ?
मेरे भ्राता, शांति से लो काम,
द्वार खोलो
स्वयं को तारकर
विश्व को तारो
खोलो ज्ञानेश्वर
द्वार खोलो।[1]

इतना सुना कि तत्काल ज्ञानेश्वर ने द्वार खोल दिए।"

---

1. विश्व रागे झाले वन्हीं। आपण सुख ह्वावे पाणी
योगी पावन मनाचा। सही अपराध जनांचा
जीभ दातांनी चावली। कोणे बत्तीशी पाडिली
इतुके ऐकुनि शांती धरा। ताही उघड़ा ज्ञानेश्वरा
आयल तरुनी विश्व तारा। ताही उघड़ा ज्ञानेश्वरा

भीमराव अंबेडकर देख रहे थे कि उनकी मां की आंखों से आंसू झर रहे थे और उनके गोरे चेहरे पर तेज प्रदीप्त हो रहा था। वह कुछ देर सोचता रहा। फिर उसने पूछा, "मां, संत ज्ञानेश्वर को गांव वाले कष्ट क्यों देते थे ?"

"क्योंकि वह संत था, धर्म का आचरण करता था और सारे संसार का शुभ चाहता था।" भीमाबाई ने धीरे-धीरे कहा।

"ये सब तो शुभ कार्य हैं।"

"संसार उन्हें नहीं मानता।"

"पर क्यों, मां ?"

"इसलिए, भिवा, कि वह स्वयं बुरा बन चुका होता है।" भीमाबाई समझाने लगती, "भिवा, सत्य पथ पर हर एक नहीं चल सकता।...समाज में जब असत्य मार्ग पर चलने वालों का बहुमत होता है तब अत्याचार, अन्याय, अधर्म, शोषण, दुष्कर्म आदि की आंधी चल पड़ती है और सदाचार, न्याय, धर्म सत्कर्म आदि का लोप हो जाता है।"

"आज भी ऐसा ही हो रहा है, मां !"

"हां, अंबे, तू ठीक कहता है।"

"और भिवा।"

"वह भी,...अंबे...वह भी, भिवा।" कहकर वह मुस्कराने लगती। भीमराव अंबेडकर उठकर बाहर की ओर जाते हैं। भीमाबाई चुपचाप यथावत् बनी रहती है, पाषाणमूर्ति। कितनी खुमारी होती है उसकी आंखों में। वह मन-ही-मन संत ज्ञानेश्वर को प्रणाम कर उठ बैठती है। इस समय उसके अंग-अंग में शैथिल्य उमंग उन्मादिनी बनकर विलुलित हो रही होती !

भीमराव अंबेडकर सोते से उठ बैठते। वहां कोई नहीं होता। दिवा-स्वप्न में भौंचक्के से रह जाते वह।

इस तरह उन्होंने बी. ए. भी उत्तीर्ण कर लिया। यदाकदा वे एलफिंस्टन कॉलेज जाते और लौट आते। आगे क्या करें, यह महाप्रश्न उनके सामने था। पिताजी रहे नहीं थे। घर का सारा बोझ आनंदराव उठा रहे थे। घर की हालत अच्छी नहीं थी। वे अध्ययन जारी रखना चाहते थे, लेकिन उसके लिए कोई रास्ता नजर नहीं आ रहा था।

यदाकदा रामाबाई अवश्य टोक देती थी। वह कहती, "अब कुछ कीजिएगा,...जेठजी अकेले घर की गाड़ी खींच रहे हैं।"

"नौकरी की तो थी—बड़ौदा राज्य की फौज में लेफ्टीनेंट पद पर।"

"कितने दिन की !"

"मुश्किल से पन्द्रह दिन।"

"और पगार मिली मात्र आठ दिन की।" रामाबाई ने कहा।

"काश, मैं पिताजी की इच्छानुसार बंबई में नौकरी कर पाता !" भीमराव अंबेडकर का मन भारी हो उठा।

"अब कीजिएगा !" रामाबाई ने धीरे से कहना जारी रखा, "पिताजी की हालत एकदम बिगड़ जाने से आपको आना पड़ा था ना बड़ौदा से।"

"और सूरत उतरकर उनके लिए हम मिठाई न खरीदते तो एक दिन पहले बंबई आ जाते।...हम आए और वे चल दिए।" उनका स्वर आर्द्र हो उठा।

"आखिर पीठ पर हाथ फेर कर आशीर्वाद देकर गए।...शायद आप में ही उनके प्राण अटके हुए थे।" रामाबाई ने विचारते हुए कहा।

"तार...किसका है ?" इसी वक्त तार आ गया था। सारे घर की निगाहें तार पर थीं। भीमराव उछल पड़े। बड़ौदा महाराजा ने अमेरिका अध्ययन हेतु जाने के लिए छात्रवृत्ति स्वीकृत कर ली थी। शर्त थी कि वे वहां विद्याध्ययन में अपना सारा समय लगाएंगे और वहां से लौटने पर दस वर्ष तक बड़ौदा राज्य की सेवा करेंगे। उन्होंने इस प्रकार के इकरारनामे पर हस्ताक्षर कर दिए।

इससे पहले वे बंबई में बड़ौदा महाराज से मिल चुके थे और अपने अंग्रेजी भाषा के कौशल से उन्होंने महाराजा का मन जीत लिया था। उन्होंने आवेदन-पत्र भी उनके आदेश पर ही भरा था। आगे-से-आगे एक नया रास्ता खुलता जा रहा था और वे तटस्थ बने देख रहे थे। जो हो रहा था, वह उनकी सोच से परे था। उन्हें बंबई से एस. एस. सरडोना पानी के जहाज से 15 जून, 1913 को कोलंबिया जाना था। वे इसी स्वप्न में डूबे रहते थे रात-दिन। इसके लिए वे महाराजा बड़ौदा का हृदय से आभार व्यक्त कर रहे थे मन-ही-मन।

ग्यारह

भीमराव अंबेडकर अमेरिका में कोलंबिया विश्वविद्यालय में पढ़ते हुए कोलंबिया विश्वविद्यालय के पुस्तकालयाध्यक्ष और प्रोफेसर आर. ए. सेलिंगमन से प्रभावित हुए थे और उनके दिल को जीत लिया था उनके अनवरत अध्ययन व्यवसन ने। 20-20 घण्टे पढ़ते थे वे। दो चपाती, एक मीट का टुकड़ा और कॉफी के एक कप से वह अपनी क्षुधा बुझा लिया करते थे। विश्वविद्यालय के पुस्तकालय में सुबह से लेकर उस समय तक बने रहते थे जब तक वह बन्द नहीं हो जाता था।[1] कई बार दोपहर को कुछ नहीं खाते। भूख लगती लेकिन वह ज्ञान की पिपासा से अधिक तेज नहीं होती।

पुस्तकें पढ़ने का इतना जबर्दस्त शौक देखकर प्रो. आर. ए. सेलिंगमन एक दिन, दोपहर को, उनको अपने साथ भोजन करने का निमन्त्रण दे आए।

उनके सामने गोरे रंग का हृष्ट-पुष्ट और चुस्त नवयुवक शान से आकर खड़ा हो गया। पास खड़ी दो युवतियां उसे देखकर मुस्कराने लगीं। प्रो. सेलिंगमन ने आंख उठा ऊपर की ओर देखा तो वे भी मुस्करा उठे और स्वागत करते हुए बोले, "आइए, मिस्टर अंबेडकर।"

"ये मिस मैक्सी हैं, एक कपड़े की मिल में डिजाइनर हैं और वह मिस जेनी, शतरंज चैम्पियन।" उन दोनों की ओर देखते हुए प्रो. सेलिंगमन ने कहा, "मि. अंबेडकर...स्कॉलर ...भारत का राष्ट्रीय अंश' का शोधकर्ता।"

"आइए।" भूरी आंखों वाली उस लड़की ने कहा जिसके हाथ में फैल्ट हैट था और जिससे मिस जेनी कहकर मिलवाया गया था।

अब सब राउंड टेबुल के चारों ओर बैठे हुए स्वाद से भोजन का आनन्द ले रहे थे।

इतने में वहां लाला लाजपतराय आ गए। वे प्रो. सेलिंगमन के गहरे मित्र थे। सेलिंगमन ने तुरन्त स्वागत करते हुए कहा, "लालाजी, मि. अंबेडकर ग्रेट स्कॉलर...और..." लाला लाजपतराय की ओर संकेत करके वे बोले, "महान् राष्ट्रवादी...'इंडियन होम रूल लीग ऑफ अमेरिका' के संस्थापक।"

---

1. नेशनल डिवीडेंड ऑफ इंडिया (थीसिस) छपा 'ब्रिटिश भारत में राज्यीय पूंजी का विकास' नाम से।

"गुड, सेलिंगमन,...मि. अंबेडकर चाहें तो हमारे से जुड़ सकते हैं।...हमारी संस्था की ओर से कुछ-न-कुछ काम शुरू कर सकते हैं।" यह कहकर लाला लाजपतराय ने भीमराव अंबेडकर की ओर देखा। वे गहरे सोच में डूब गए। सेलिंगमन ने मौन साधे रहना ठीक ही समझा क्योंकि प्रश्न सीधा भीमराव अंबेडकर से था।

"मिस्टर अंबेडकर, अपने देश को आजाद कराना है। इसके लिए हम सबका कुछ-न-कुछ फर्ज बनता है।...आप भारतीय हैं। विद्वान हैं।...अपनी मातृभूमि के लिए कुछ करो।...क्या ऐसे शुभ कार्य में आप मदद करना पसंद नहीं करेंगे ?" लाला लाजपतराय ने अपनी बात स्पष्ट कर दी और मेज पर कुहनी टेककर जेनी की ओर देखने लगे जो बात पर मैक्सी से तर्क कर रही थी।

"मैं आपसे सहमत हूं, लालाजी !"

"फिर, हां क्यों नहीं ?"

"मैं यहां पढ़ने आया हूं।" भीमराव अंबेडकर गम्भीर स्वर में कहते।

"पढ़ने वालों ने कॉलिज भी छोड़ दिए हैं।"

"हो सकता है।"

"हो नहीं सकता, हुआ है, मिस्टर अंबेडकर !" लाला लाजपतराय ने दृढ़ता से कहा और अपनी प्रदीप-सी जलती आंखों से चारों ओर देखा।

"मैं मानता हूं।"

"फिर... ?"

"मैं उन विद्यार्थियों में से नहीं हूं जो कॉलेज छोड़ बैठे।...मैं महार हूं—अछूत, लालाजी ! आप सवर्ण हिन्दू हैं, यह अच्छी तरह जानते हैं कि एक अछूत का कोलंबिया में अध्ययन करना संभव नहीं।...यह तो उदारवादी महाराजा बड़ौदा सियाजीराव गायकवाड़ की कृपा से हुआ है। उन्होंने मुझे छात्रवृत्ति प्रदान की।...इस कारण मैं यहां सिर्फ अध्ययन करते रहना चाहता हूं। अपने आपको और अपने वर्ग को समझना चाहता हूं।" भीमराव अंबेडकर का यह कहते हुए चेहरा तमतमा आया था।

"साथ में, आप यह भी कार्य करते रह सकते हैं।" लाला लाजपतराय का सुझाव था। वे बोतल से पानी पीने लगे थे।

जेनी बीच में बोल पड़ती, "हमारे यहां भी बुजुर्ग हब्शियों की गुलामी के लिए कुछ अमेरिकन स्टुडेंट्स आवाज उठाते रहते हैं। समझ में नहीं आता कि रोशनी और आवाज के अंदाज के साथ धड़कने वाली जिंदगी को कैद क्यों किया जाता है...कौन है जो धारावाहिक आनंद के स्रोत को अकेले पी जाना चाहते हैं। उन्हें सूली पर क्यों नहीं चढ़ा दिया जाता है, जिससे यह बेहूदा किस्सा खत्म हो।"

मैक्सी भाव-विह्वल हो उठती। वह चित्रकारी के साथ काव्य में भी गहरी रुचि रखती थी। प्रेम में असफल रही थी इसलिए उसने एकांत को अपना जीवनसाथी बना लिया था। वह कहने लगी, "जेनी से मैं सहमत हूं।...क्या हवा, क्या पानी, क्या आसमान, क्या आग और क्या धरिणी...कोई भी तो गुलाम नहीं। पक्षी पक्षी को गुलाम नहीं बनाता और जानवर जानवर को गुलाम नहीं बनाता। फिर इंसान इंसान को क्यों गुलाम बनाता है ?" उसके मन-सागर के तल में असंख्य भग्न पोत कुलबुलाने लगते परकटे पक्षी से। स्पंज गोताखोरों की तरह वह भी अपने में डूबे खंडित जलपोतों की अनुभूति से घिरने लगती।

भीमराव अंबेडकर कहते, "लालाजी, हम दोहरे गुलाम हैं—पहले सवर्ण हिन्दुओं के

और फिर अंग्रेजों के। हम किससे पहले स्वतन्त्र हों, मेरे सोच का केन्द्रीय बिन्दु यह है।''

''मातृभूमि को आजाद कराओ।''

''गोकि ब्रिटिश सरकार से भिड़ जाओ ?''

''बेशक।'' लाला लाजपतराय कहते।

''फिर... ?'' भीमराव अंबेडकर प्रश्न जड़ देते।

''फिर सब स्वतन्त्र।'' लाला लाजपतराय तसल्ली से कहते।

''हम भी ?''

''आप भी।''

''कैसे ?'' भीमराव अंबेडकर की बड़ी-बड़ी आंखें फैल जातीं। उनके नथुनेपुट फड़कने लगते।

''जैसे अमेरिका है, इंगलैंड है, जर्मनी है और कैसे।...जेनी है, मैक्सी है और प्रो. सेलिंगमन हैं जैसे।'' लाला लाजपतराय सधे हुए स्वर में कहते और अपने को पुरातत्त्वज्ञों के चक्रव्यूह से बाहर आता हुआ अनुभव करते।

''यहां अछूत नहीं हैं...हम जैसे, जिनके छूने से इन्सान अपवित्र हो जाता है, तालाब कलंकित हो जाता है, हवा प्रदूषित हो जाती है और धर्मग्रन्थ अशुद्ध हो जाते हैं।'' भीमराव अंबेडकर भग्न पोतों का उत्खनन करने लगते। उनकी आवाज ऐंठने लगती। उनके सुर्ख होंठ भट्टी बन जाते।

''मानता हूं।'' लाला लाजपतराय की आवाज ऐंठ जाती।

''फिर भी आप चाहते हैं कि...।''

''पहले देश आजाद हो जाए, फिर घर की समस्याओं का निराकरण करेंगे।'' लाला लाजपतराय कहते।

''हमारे देश के गुलाम होने का भी यही कारण है, लालाजी; क्यों फिर वह गलती दोहरायी जाए ?'' भीमराव अंबेडकर जिरह को धार देने लगते। सामने वाला चमकने लगता।

सेलिंगमन बीच-बचाव करवाते हुए कहते, ''लालाजी, मिस्टर अंबेडकर अभी इस मूड़ में नहीं हैं। दरअसल उनकी ज्ञान-पिपासा गहरी है। वे बीस-बाईस घंटे पढ़ते हैं।...आप किसी और को इसका सदस्य बनाएं तो मैं समझता हूं, ज्यादा ठीक रहेगा।''

''मेरी रुचि मिस्टर अंबेडकर में बनी है। मैंने डॉक्टर गोल्डन वैसर अंथ्रापॉलॉजी सेमीनार में 'भारत में जातियां, उनका गठन, प्रारम्भ और विकास' के बारे में प्रो. मिल्टन से सुना था।'' वे गद्‌गद् होकर बता रहे थे, ''उसमें एक जबर्दस्त खोज की है मिस्टर अंबेडकर ने।...यही कारण है....तुम्हें तो मिस्टर सेलिंगमन ज्ञात ही है कि मैंने यहां उन भारतीयों को इस संस्था से जोड़ा है जिन्हें अपनी मातृभूमि से गहरा प्यार है और जो उसके लिए कुछ कर गुजरने की तमन्ना या आरजू रखते हैं।'' इस बार लाला लाजपतराय का वक्तव्य गम्भीर, सटीक और करुणापूरित था। उनकी आंखों में चमक थी और उनके मुखमंडल पर सात्विक भावों का मेला था परन्तु स्नेहिलता लिए।

भीमराव अंबेडकर को वह शोधपत्र नहीं बल्कि वे यादें सताने लगीं जो उनकी चेतना की नींद हराम कर देती हैं और उनसे जीने का सुख छीन लेती हैं। उनके सामने बंबई की चाल एक कौरिडोर की तरह घूम जाती है, जिसमें आधे-अधूरे लोग, तकलीफजदा बीमार, रीढ़ की हड्डी शून्य, खांसते, दफन होते निरीह प्राणी। बिना सीढ़ियों की मंजिल को बिसूरती डबडबाई आंखें मोतियाबिंद-सी विषाद-भरी टिमटिमाती रह जाती हैं, रेगिस्तान में बादलों के

जमघट को ठहाका लगाकर गुजरते देखते किसान-सी। सुख सामने खड़ा मुस्कराते हुए चिढ़ाता रहे तो उस सुखेच्छु की क्या हालत होगी जो उस स्थान को बचपन से देखता हुआ बुढ़ापे की दहलीज पर आ खड़ा हुआ हो और जिसके सारे अंजर-पंजर कीर्तन कर रहे हों ! विषाद की इन भुतही छायाओं से घिरा सुख के उस इंपल्स का कैसे अनुभव कर सकता है, जिसे उसके मित्र जैकब ने ढांढ़स बंधाते हुए समझाया था। उसने अपने गहरे काले घुंघराले बालों में उंगली फंसाकर अपनी कंजी आखों को उसके सपाट चेहरे पर टेकते हुए कहा था, "अंबे, हम कुछ भी हैं, कितने भी कष्ट में हैं पर...।" इतना कहकर वह रुका था और उसने अपने घुंघराले बालों से अपनी उंगलियां निकालकर उन्हें आजाद करते हुए अत्यन्त भाव विह्वल होकर आगे कहा था, "अंबे, इन क्षणों में भी सुख के क्षण आते हैं।...सुख एक इंपल्स है। वह बिजली की तरह आता है और गुजर जाता है।...हमें उसे हासिल करने के लिए कुछ-न-कुछ ऐसा करना पड़ता है, जिससे वह क्षण हमारी जिंदगी का एक मकसद बनकर सदा हमारे साथ रहे। खासकर उन भयावह और तकलीफदेह क्षणों में जब हमें जीने से इतनी निराशा हो चुकी हो कि हम मौत की छाया तले हमेशा-हमेशा के लिए दफन हो जाना चाहते हों, तब वह सुख का एक इंपल्स उस कष्ट-कारा से मुक्ति दिला सकता है। ...मेरे दोस्त, इस मंत्र को कभी नहीं भूलना।"

सचमुच वह चाहकर भी न जेकब को भूल पाता और न उस मंत्र को। उसकी यादगार उसे भटकते हुए रेगिस्तान में भी एक छोटी-सी झील के किनारे ला खड़ा करती है और उससे उसके जिस्म में हल्की-सी फुरफुरी दौड़ जाती है।

लाला लाजपतराय उसे गहरे सोच में डूबा पाकर थोड़ा-सा 'रिलैक्स' देने की दृष्टि से कहते हैं, "वक्त देता हूं, जल्दी नहीं है, सोचकर उत्तर दे देना, मिस्टर अंबेडकर !"

"सोच लिया है, लालाजी !" भीमराव अंबेडकर गर्दिश की भूल-भुलैयों से बाहर आकर, नदी का तट पाकर ठण्डी गहरी सांस लेते हैं और रंग बिखेरते आसमान की ओर एक पल देखकर कहते हैं, "मैं न वहम में रहना चाहता हूं और न वहम में किसी को रखना चाहता हूं। मुझे मालूम है, लालाजी, अपना मकसद और उस मकसद तक पहुंचने का रास्ता, फिर मैं कहीं बीच में रुकूंगा नहीं।...अभी जेनी ने कहा था बुजुर्ग हब्शियों की आजादी को लेकर लड़ने वाले अमेरिकन छात्रों के बारे में, मैं बताना चाहता हूं कि उनमें से कई मेरे मित्र हैं और वे मुझे प्यार करते हैं, इज्जत भी देते हैं। मैं चाहता तो उनके मकसद से जुड़कर अपना नाम भी यहां की पत्र-पत्रिकाओं में आने लायक बना सकता था। वे भी मुझे अपने साथ रखना चाहते थे।...लेकिन लालाजी, नहीं, मेरे जमीर ने मुझे रोक लिया और मैंने जो कुछ अपने मित्रों से उस समय कहा था, उसे ही आज आप सबकी उपस्थिति में दोहरा रहा हूं।" वह कुछ रुका। उसने गहरी सांस ली। मैक्सी की घूरती हुई आंखों को कनखियों से निहारा जो उसकी चेतना पर छिपकली-सी स्थिर हो गई थी। निष्कंप वातावरण की सनसनाहट का जायजा लेकर वह फिर कहने लगा, "मैंने उनसे कहा था—मित्रो, आप लोग जिस महान् उद्देश्य के लिए संघर्ष-पथ पर निरंतर बढ़े जा रहे हैं, उससे मुझे आन्तरिक प्रसन्नता है।...मैं भी आपकी तरह का ही हूं, लेकिन अभी तक मैंने उस महान् लक्ष्य की प्राप्ति के लिए रास्ता नहीं चुना है या चुन पाया हूं। मैं उस रास्ते की तलाश में जिंदगी की हर सांस और उसके लम्हे को जीता हूं।...क्या आप मुझे इस ईमानदारी के लिए अपने विश्वास का साक्षी बनाकर साथ रखना पसंद करेंगे कि आप जिस महान् लक्ष्य के लिए चल पड़े हैं, उसके लिए एक साथी अपने आपको हर तरह से तैयार कर रहा है। वक्त आने

पर वह भी चल पड़ेगा और हो सकता है कि वह भागकर उस महान् लक्ष्य पर सबसे पहले पहुंच जाए, जिसके लिए उसके साथी उससे पहले चल पड़े थे।...मेरी दृष्टि में पहल करने का दिनांक उतना महत्त्वपूर्ण नहीं है जितना पहल करने से पहले की सुदृढ़ तैयारी और मजबूत संकल्प। कभी भीड़ संकल्प नहीं देती, वह तो किसी एक व्यक्ति में अंदर की गहराइयों की मजबूत पकड़ से हिमालय-सा बनकर उभरता है, फिर उसे कोई नहीं डिगा सकता—न तूफानी हिमानी आंधी, न ज्वालामुखी और न धरती को चीरकर रख देने वाला भूकम्प।...मुझे आशा है, अब मुझे कुछ और कहने की जरूरत नहीं है।"

पूर्ण विराम। आंधी-अंधड़ समाप्त। आकाश एकदम साफ और उन अमेरिकन पात्रों की जोर से तालियों की बादलों जैसी गड़गड़ाहट। हुर्रे का तेज स्वर और हाथों से लहराते दीवानगी के परचम। उनके बीच भीमराव अंबेडकर। "जैकब, जहां भी हो, सुन लो, अंबे का धन्यवाद। उसने सुख के उस इकलौते इंपल्स को पकड़ लिया है, जिसका तुमने कभी जिक्र किया था थके-हारे क्षणों में....हां, तुमने ही किया था।" वह यह कहता हुआ भाग खड़ा होता है समुद्र की ओर और पीछे-पीछे लहरों-सी उछलती-मचलती आती है वह भीड़ जो बुजुर्ग हब्शियों की आजादी के लिए संघर्ष कर रही थी।

सेलिंगमन ने देखा। सबने महसूस किया उस गोरे नवयुवक के चेहरे को देर से उगने वाला सूर्य समय से पहले उगकर मुस्करा रहा है और भेड़ चराने वाला गड़रिया बांसुरी की धुन के पीछे बिना आगे-पीछे की सोचे चलता चला जा रहा है सब उठ खड़े हुए। भीमराव अंबेडकर चलने लगा तब थोड़ा-सा आगे चलकर मैक्सी रुकी और उससे पूछने लगी, "विषाद तुम्हें भी अकेले जीने के लिए आश्वस्त कर चुका है, अंबेडकर ?"

भीमराव अंबेडकर रुकते। देखते। उसकी आंखों में चमकते विषाद की दिव्य रेखाओं से बनते 'प्रिज्म' को। वह कहते, "कभी सोचा नहीं, मैक्सी !...शायद इसका कारण समय का अभाव रहा होगा।...दूसरे, मुझे यूनानी देवताओं की प्रतिमाओं में कभी दिलचस्पी नहीं रही।...क्या उचित होगा उसके बारे में कुछ कहना जिसे मैं जानता-महसूसता नहीं ?"

मैक्सी में झरने फूट पड़ते। वह गद्‌गद् हो उठती। वह अपने अधरों पर बायस की पंक्तियों को याद करती हुई कहती, "यू आर सो ग्रेट...अंबेडकर,...मुझे तुम से मिलकर बहुत खुशी हुई।" उसने आंखें झपकाकर देखा। उसके चेहरे पर गुलाब खिल आए थे और उसकी झील-सी आत्मा किसी बेहद खूबसूरत शिशु की ओर देख रही थी जो अपनी मां की गोद में मांद भर रहा था और उसके लंबे रेशमी बालों को अपने नन्हें हाथ से पकड़कर अपनी ओर खींच रहा था। वह झरने की दूर से आती हुई आवाज में बोली, "मैंने इतना ईमानदार व्यक्ति पहले कभी नहीं देखा—एकदम साफ दिल का और तमाम तंगदिलियों से मुक्त.... जो उसके अंदर, वही उसकी जिह्वा पर।...निःसंदेह मुझे आप जैसे दोस्त पर गर्व है, अंबेडकर !"

भीमराव अंबेडकर के हृदय में सदा सहारा का रेगिस्तान अंधड़-आंधियों को लिए रेगिस्तानी पोत में यात्रा करता हुआ चिलचिलाती धूप और आग बरसाते सूर्य की ओर मुखातिब होता रहता था, वह नहीं जानता था काव्यमयी निर्झरों के सुकून की ज्योत्स्नोज्वल सुर बालाओं की रुनन-झुनन को। उसने सहज कह दिया, "आपके पवित्र अलफाज के लिए आपका शुक्रगुजार हूं।...लेकिन मेरे पास वक्त नहीं और कुछ सोचने का, सिवाय अपने और पुस्तकों से उलझे रहने के।"

सन्नाटा चिल्लाया, 'भेड़िया आया।' मेमने नन्हें-नन्हें पांव से दौड़ पड़े।

उन दोनों में से कोई नहीं समझ सका कि क्या हुआ, सिवाय इसके कि मैक्सी ने प्यार-भरी आंखों का समुद्र उलट दिया और रेगिस्तान दूर से देखता रह गया। तब सूर्य डूब चुका था और अंधेरा चार्ज संभालकर ड्यूटी देने लगा था।

वह चली गई तो रामाबाई सामने आ खड़ी कार्ल मार्क्स की 'दि कैपीटल' खुली पुस्तक पर। भीमराव अंबेडकर ने आंखें मलीं। आंखें तेजी से झपकाईं। फिर देखा तो उनमें रामाबाई की विदा देते समय की मासूम सूरत उभर आई। वह इतनी छोटी थी कि प्यार का इजहार नहीं कर सकती थी, लेकिन वह आंखों को जल भर लाने से नहीं रोक सकती थी। वह अपने गुलाबी मुखमंडल पर स्पंदनों की आहट को गुज़रने से नहीं रोक सकती थी। वह अपने रक्तिम अधरों को फड़फड़ाने से नहीं रोक सकती थी। कितनी कसक थी उसके चेहरे पर कि वह सारे रास्ते समुद्र की नमकीन हवाओं के बीच एक उसकी अमलतासी याद के सहारे अपने में खुशनुमा मौसम को पाते रहे। आज फिर वही सामने है किताब के हर पृष्ठ पर। वह भादों की रिमझिम-रिमझिम में भीगती रहे। उनका ध्यान तब चेता जब उन्हें सामने खड़े व्यक्ति ने चेतावनी दी, "पुस्तकालय बंद हो रहा है।"

वे हड़बड़ा कर उठे। वह व्यक्ति जा चुका था। प्रायः वह अधेड़ व्यक्ति जो बुढ़ापे की दहलीज पर कदम रख चुका था और जिसके बाल सफेद धूप से पक रहे थे, पहले भी एक-दो बार पूछ चुका था, "साहब, दिन-रात आप इन पुस्तकों में खोए रहते हैं, बीच में तनिक आराम कर लिया कीजिए। कुछ नाश्ता भी।...आज मैंने आपके लिए आमलेट तैयार किया है।...चलिए, इंकार मत कीजिए।...नहीं तो हम बुरा मान जाएंगे।...साहब, हमारे कोई लड़का नहीं है। पत्नी थी, वह हमें छोड़कर किसी अन्य पुरुष के साथ रहती है। हम एकदम अकेला है समंदर के बीचोंबीच डूबे पोत सा, जिसके मलबे की तलाश करने की भी किसी को याद नहीं आती।" वे उसे पाकर गद्‌गद्‌ हो उठे। सीलन-भरे शहर में, लगातार दिन-रात बरसते रहने के बाद मानो बादलों को पीछे ठेलता हुआ हल्का ताप लिए सूर्य-शावक की झिलमिलाती आंखों की ऊष्मा से उसको सुकून मिल रहा हो, उसे ऐसा अनुभव हुआ।

वह मुस्कराया। किताबों की सुगंध के झोंकों से अमराई के झूमते वन की महक पाकर वह अपनी सुध-बुध खो बैठा। उसके कितने मित्र हैं—सच्चे मित्र—जो कुछ अपेक्षा नहीं रखते, सदा उसके व्रणों को मरहम की अनुभूति से जोड़ते हैं। वह किताबों के वन-उपवन में अकेले, बिना राह पूछे, चलते-बढ़ते चले जाते और वहां की मानसिकता के एहसास से मेघ-शावकों के झुंड से घिरे रहकर अंदर-ही-अंदर इंद्रधनुषीय मुस्कान के अमृत का पान करते हुए नहीं अघाते, नहीं थकते और नहीं विश्राम पाते। चलते चले जाते। मानो पुस्तकें नहीं, वे उनके साथ चल रहे अबोध बालक-बालिकाएं हों जो उन्हें अपने बीच पाकर झूमते-गाते चलते चले जा रहे हों। मंजिल की किसे परवाह ! मार्ग के सुगंध के बहकते प्राणों को पाकर वह निहाल हो लिया करते थे अपने में। उनमें दूर से आती पियानो की मधुर ध्वनि या जल-तरंगों की उन्मादी लहर सदा मुस्कराकर अपने पास बुलाने का संकेत देती रहती थी, जिसके अज्ञात और सदृश्य संकेतों पर वे बिना रुके, बिना सोचे और बिना थके, निरंतर चलते रहते थे।

ओह ! पुस्तकालय का प्रकाश आंखें मलता झपकी ले उठा है। वे एक नजर इस आलीशान पुस्तकालय पर डालते जो दुनिया के बेमिसाल महलों से ज्यादा सुंदर और सुकून देने वाला एक अत्यंत मोहक तिलिस्म लगता था उन्हें। जहां वे अपने समस्त दुखों, कष्टों, विषादों और वर्जनाओं को ऐसे बहा देते हैं जैसे गंगा घाट पर दीपमालाएं। उनको लगता कि यह इकतरफा संवाद और मूकाभिनय का निर्बाध और निरंतर अभ्यास उनमें विपरीत

स्थितियों के त्रासद संसार से लड़ने के लिए एक जागरूक योद्धा तैयार कर रहा है। समस्त दिग्‌दिगंत में बज रहा है नैसर्गिक और सम्मोहक संगीत, उनके उत्पीड़न की धरा पर नव स्वप्नाकांक्षाओं के प्रदीप जलाने की तैयारी में।

सैरगाहों का मेला देवदार, चीड़ आदि वन-सा उनमें खड़ा हो जाता और सिर घुटाए, गहरे लाल, पीले वस्त्र पहने तिब्बती लामा उसमें से गुजरने लगते और दूर से लहराते सीढ़ीदार खेतों के नजदीक मनमोहक गुफाओं से युक्त कॉलोनियों की सुरमई आंखें मुस्करा उठतीं सूखे मेवा, नारियल, पटइन कपड़ों आदि से बेजोड़ और अत्यंत कलात्मक बंदनवार से सजी हुई।

वे बाहर खड़े-खड़े मन के आकाश में उड़ रहे थे। अब पुस्तकालय पूरी तरह बंद हो चुका था और हलकी रोशनी उस सोते हुए शिशु-सी लग रही थी, जिसका चेहरा गोल और लाल सुर्ख था और जिसकी सौम्य आंखें खुली हुई मुस्करा रही थीं।

वे लौट पड़े। पैदल ही लौट पड़े पैसों का हिसाब लगाते हुए। घर भेजने की बात सोचते। इस माह के अंत में त्यौहार आ रहे हैं। इस बार रुपये अधिक भेजने होंगे।...पता नहीं रामाबाई कैसे घर-खर्च चला रही होगी ? उसने तो पत्र में लिखाया था—अपना पूरा-पूरा ख्याल रखना। परदेश है, दो पैसे ज्यादा ही प्राप्त होने चाहिए। यहां सब ठीक चल रहा है।...अब तक आपके भेजे रुपयों में से मैं पांच सौ रुपये बचा चुकी हूं। फिर, चिन्ता क्यों ? कभी-कभार ज्यादा खर्च हो सकते हैं। आपको किताबें खरीदने और भूखे रहने का शौक है। कृपा कर पहला शौक जरूर पूरा करना, लेकिन भगवान के लिए दूसरा शौक छोड़ देना। ...दिमाग को किताबों की जरूरत जितनी होती है, उतनी ही जरूरत शरीर को अच्छे भोजन की होती है।

हम अनपढ़ हैं, पता नहीं ठीक लिखा पा रहे हैं या नहीं।...हमने पढ़ना शुरू किया है। पत्र पर हस्ताक्षर देख रहे हैं, यह हमने खुद किए हैं।...हम ज्यादे नहीं पढ़ सकेंगे। पढ़ाई से डर लगने लगता है। पता नहीं, आप कैसे इतनी मोटी-मोटी पुस्तकें पढ़ लिख लेते हो।

हमने कुछ गलत लिख दिया हो तो माफ करना—हम पढ़े-लिखे तो हैं नहीं, और न हममें कोई खास अकल-तजुरबा ही है।...पता नहीं, हम आपको याद आते हैं या नहीं। पर हमें तो...समझ गये होंगे जी।...

वे कितनी बार पढ़ें उसके पत्र को। हर बार पत्र के सामने वह आ खड़ी होती। घूंघट में मुस्कराती उसकी बेहद खूबसूरत आंखें उन्हें डांटती होतीं। कहती होतीं—"हमें इस तरह तंग किया या सताया तो हम सचमुच कुट्टी कर लेंगे...वह कहते...सचमुच कुट्टी कर लेंगे आप, कंठ छू कर।"

"नहीं...जी...हम भला क्या कुट्टी करेंगे !...हमें तो आपसे डर लगता है जी !"

"क्यों जी !"

"जहां आप जा रहे हैं, वहां एक से एक सुंदर जादूगरनी रहती हैं।...आदमी का क्या ? ...फिर हम ठहरे, गंवार, बिन मां-बाप के...आपके लायक भी तो नहीं हैं जी।" रामाबाई की आंखें भर आतीं। उसके अरुण कपोल सुर्ख हो जाते। उसका हृदय कांपने लगता। नासिका पुट फड़क कर सिमट जाते।

"कहीं अब कंठ छूकर मत कह देना कि... ।" भीमराव अंबेडकर का स्वर गलित और आर्द्र होने लगता। वे उसे बांहों में ले लेते। वह लता-सी झूल जाती आंखें बंद किए। वे भारी मन से कहते, "कसम झूठे खाते हैं, रामू !...पर हम झूठे नहीं हैं, कभी होंगे भी नहीं

...हम अपने सिर की कसम...''

''नहीं...नहीं...ऐसा नहीं....।'' वह तड़प उठती। उसकी आंखें झरने लगतीं।

''कसम से हम किसी की ओर नजर उठाकर नहीं देखेंगे।...तुमसे सुंदर और सुशील साथी हम हजार जन्म भी लें तो नहीं मिलेगा।...स्त्री का सौन्दर्य उसकी लज्जा है, रामू !'' भीमराव अंबेडकर की आंखें भी झर उठतीं। वे एक-दूसरे के आंसू पोंछते।

सब कुछ तो सामने आकर चलचित्र-सा चल पड़ता है हृदय-पटल पर मूक फिल्म-सा। ऐसे क्षणों में उनकी अक्ल बिस्तर पर बांधने लगती और खाली लैंडस्केप पर अदृश्य चित्रकार चुपचाप रंग जाता एकदम उदास, गीले और शांत।

पता नहीं चला कि कैसे उन्होंने इतना लंबा रास्ता तय कर लिया और मुकाम के सामने आ खड़े हुए। ऐसे ही पता नहीं चलेगा कि कब वह एक लंबा, बहुत लंबा, बीहड़, वीरान और हिंस्र पशुओं के अंदेशों से भरा रास्ता तय कर गए और अपने मुकाम के सामने आ खड़े हुए हैं। वर्तमान अतीत के अनन्त सागर की गोद में सोता हुआ भविष्य को नन्हीं लहर पल्लवों से सदा आमंत्रित करता रहता है। वैसा ही उन्हें करते जाना है। यह सोचकर वे दरवाजा खोलते और एक गहरी सांस लेते। फिर टाई की नॉट ढीली करते और सूट-बूट उतारकर चूड़ीदार पायजामा और कुरता पहन लेते। ऊपर से गाऊन फिर बिस्तर पर बैठ जाते पांव लटकाकर किसी नये सोच की तैयारी में।

बारह

आज का दिन बहुत उदास है। सूरज फुनगियों पर से अपने रंग-बिरंगे कपड़े समेटता हुआ खुश नहीं था—दूसरे दिनों की तरह। भीमराव अंबेडकर जुलाई, 1913 के तीसरे सप्ताह में न्यूयार्क पहुंचे थे। वहां कोलंबिया विश्वविद्यालय में प्रवेश लिया था और विश्वविद्यालय के छात्रावास में हरप्ले हॉल में रहे थे। वहां का भोजन और व्यवस्था रास नहीं आई तो वे कॉस्मापॉलिटन क्लब, 554 वेस्ट, 114 स्ट्रीम में रहने लगे। बाद में वे अपने पारसी मित्र नवल भटेना के साथ रहने लगे और आज उस अमेरिका को छोड़ रहे थे, भारी मन से और करुणा के सागर में गोते खाते हुए। जून, 1916 था। इतना लंबा समय एक झटके में उनसे हाथ छुड़ाकर अलग-थलग हो जाना चाहता था।

वे अमेरिका नहीं आते तो वे कुछ नहीं जान पाते और कदाचित् उनकी समझ की खिड़कियां भी नहीं खुल पातीं। वे जा रहे थे तो एक सदाबहार याददाश्त की कुनकुनी धूप जेहन में समेटकर।

वे लौट रहे थे ख्याति और योग्यता की बेशकीमती सौगात लेकर। 'ब्रिटिश भारत में राज्यीय पूंजी का विकास' (थीसिस) जिसे उन्होंने जब लिखा था तब नाम दिया था—'नेशनल ड़िविडेण्ड ऑफ इंडिया ए रिस्टोरिक एण्ड एनोलिटिकल स्टडी' का, अपने आप में एक महान् ग्रन्थ था। उससे उनके प्रो. सेलिंगमन उनसे बहुत खुश थे और उन्होंने ही महाराज बड़ौदा को एक सशक्त और असरदार पत्र लिखा था, जिससे बड़ौदा महाराजा ने उनकी एक साल की छात्रवृत्ति और बढ़ा दी थी। इसी खुशी को लेकर वे लंदन जा रहे थे, जहां वे बैरिस्टरी के लिए 'ग्रेजइन' में और अर्थशास्त्र के लिए लंदन स्कूल ऑफ इक्नामिक्स एण्ड पॉलिटिकल साइंस में अध्ययन करेंगे। उनके मन में बेहद खुशी थी कि

उन्हें ऐसा सुन्दर अवसर मिल रहा था, जिसकी उन्होंने कल्पना भी नहीं की थी। उनको डी. एस. सी. करने की अनुमति प्रोफेसर ने दे दी थी।

प्रो. सेलिंगमन ने उनकी पी-एच. डी. थीसिस की भूमिका में यह लिखा था कि जहां तक उनकी जानकारी है, कहीं भी इतना विस्तृत और गहरा शोध नहीं हुआ है। उनका यह निष्कर्ष बहुत महत्त्वपूर्ण सिद्ध हुआ कि किसी क्षेत्र के व्यक्ति इसलिए संतुष्ट और शांत नहीं बने रह सकते हैं कि उन्हें अच्छे प्रबंध का लाभ पहुंच रहा है।

वे अपने उन मित्रों को याद करते रहे, जिन्होंने उन्हें विदाई पार्टी दी थी, और जिनके साथ वे वहां रहे थे। बुकर टी. वाशिंगटन ने शिक्षा द्वारा नीग्रो को आजाद करवाया था। उनके शिष्यों से उनकी खासी जान-पहचान थी। वे भी अपने देश में शोषण के दुष्चक्र में फंसे और सामाजिक अत्याचार और अन्याय की दलदल में धँसे पीड़ित लोगों को बाहर लाना चाहते थे और चाहते थे कि वे मुक्त होकर जीने की बराबरी का हर क्षेत्र में अनुभव करें।

उन्होंने अपने पारसी मित्र नवल भटेना से कहा था, जब उनका जहाज छूटने वाला था, "मित्र, मैं अपने देश में, अपने वर्ग के लिए ऐसा कुछ अवश्य करुंगा जिससे वे सदियों की गुलामी से मुक्ति पा सकें और सम्मान से जीवनयापन कर सकें।"

"श्योर, अंबेडकर, श्योर !"

"यह तुम कैसे कह रहे हो, भटेना ?"

"तुम्हें अपने पर विश्वास नहीं है क्या ?"

"क्यों नहीं है ?"

"तुम साथ में रहे हो। मैंने तुम्हें नजदीकी से जाना-समझा है। तुम्हारी अठारह-अठारह घण्टे के अध्ययन की तपस्या देखी है।...वह तपस्या जरूर एक न एक दिन रंग लाएगी। ...पता नहीं तब तुम्हें हमारी याद आएगी या नहीं।....न आए तो भी मित्र, जो तुम करोगे, वह मेरे लिए फख्र का कारण बनेगा।...अलविदा मित्र... ।"

जहाज 'वार्निंग' दे रहा था। वे 'डेक' की ओर बढ़ गए। कुछ ही देर बाद अंतिम वार्निंग हुई। भीमराव अंबेडकर की निगाहें किसी को ढूंढ रही थीं।

वे उछल पड़े।

सेलिंगमन आ पहुंचे थे। हाथ हिला रहे थे। उनके साथ मैक्सी जो स्कार्फ हिला रही थी। सेलिंगमन ने जोर से कहा, "यात्रा मंगलमय हो।"

मैक्सी ने एक पत्र पत्थर के साथ फेंका जो जहाज के एक कर्मचारी के पास आकर गिरा। जहाज चल पड़ा था। अमेरिका छूट रहा था। एक शानदार और ऐश्वर्य-संपन्न देश। जहां उन्होंने पाया था बराबरी का एहसास और मुक्त वातावरण।

अब तट दिखलाई नहीं दे रहा था। अब चारों ओर गहरा समुद्र था और नमकीन हवाएं थीं। वे अपने स्थान पर आ बैठे थे। तभी वह पत्र लाकर एक कर्मचारी ने उन्हें दिया। पत्र पर उनका नाम लिखा था।

वे कुछ देर अन्यमनस्क-से बने रहे ऐसा तब भी हुआ था जब वे पहली बार अमेरिका की धरती पर पहुंचे थे—एक जगमगाता स्वप्नों जैसा शहर उनको एकदम अपरिचित और भय पैदा करता हुआ अनुभव हो रहा था। कौन था वहां उनका ? वे वहां किसके सहारे आए थे ? सात दिन तक वे हरप्ले हॉल में रहे थे। वहां का वातावरण उन्हें अच्छा नहीं लगा था। भोजन भी वहां का रास नहीं आया था। परंतु वे करते तो क्या ? तब भी वे अन्यमनस्क होकर इसी तरह एक कोने में बैठ गए थे।

उनके सामने से युवक-युवतियां हाथ में हाथ डाले निकल गए थे। लेकिन उन्होंने उनमें दिलचस्पी नहीं ली। कुछ दिनों में वे यहां मशहूर हो गए कि उन्हें किताबों के अलावा किसी से प्यार नहीं है। उनको भी यह जानकर संतोष हुआ था कि उन सबसे अपने आप ही पीछा छूट रहा है, जिनसे उन्हें पीछा छुड़ाना पड़ता। वे भीड़ से दूर होते गए और अपने को अपने आप में बंद करके पुस्तकों की भीड़ में खो गए।

अब उनका मन हुआ कि वे मैक्सी का पत्र अवश्य पढ़ें। आखिर वह उनके बारे में क्या सोचती-लिखती है। सभी इस समय कुछ-न-कुछ पढ़ने में मशगूल थे। उन्होंने भी मैक्सी का पत्र खोला और पढ़ना शुरू कर किया—

प्रिय मित्र अंबेडकर,

मैं कल ही दक्षिण अमेरिका से लौटी हूं। वहां मेरी मुलाकात एक अन्य भारतीय विद्यार्थी से हुई थी। उसका नाम है—जयप्रकाश नारायण। वह बिहार का रहने वाला है। मैंने आपकी उससे चर्चा की थी।

यहां आज प्रो. सेलिंगमन से अचानक मुलाकात हो गई। पता चला, आप जा रहे हैं। अपनी अब तक मात्र पांच-सात मुलाकातें हुई होंगी और वह भी नुक्कड़ मुलाकातें ही थीं। लेकिन जिनसे मुझे लगा कि मैं एक नेक ख्यालों के आला दिमाग से मुलाकात कर रही हूं।

मुझे अच्छा लगा कि आपका यह कहना कि अमेरिका ऐश्वर्य में डूब रहा है और ऐश्वर्य जीने का लक्ष्य कभी नहीं हो सकता।

याद है आपने कहा था, "मैक्सी, मैं यहां अमेरिका देखने नहीं, समझने आया हूं। ...दरअसल इंसान का तिलिस्म यहीं आकर खुलता है। नीग्रो को आजादी देकर अमेरिका ने अच्छा किया है परंतु निर्बंधन आचरण की छूट देकर ठीक नहीं किया।"

आप बोलते थे तो वे प्रायः उद्धरण होते थे या सूत्र। आपने कहा था कि धर्म जीवन की धुरी है।

मुझे अच्छा लगता था आपसे मिलकर। उस दिन बहुत अच्छा लगा जब आपने कहा था, "मैक्सी, काश, मनुष्य यह नहीं भूल पाता कि वह मनुष्य है। यही बात तो लगातार मनुष्य को मनुष्य बने रहने की ओर खींचती है।"

"सच, अंबेडकर।"

"एक सच और भी है।"

"वह क्या ?" मैंने आंखें झपकाकर पूछा था।

"तुम बहुत उदास हो।...प्यार मनुष्य को कमजोर नहीं बनाता है। मैं नहीं जानता कि प्यार क्या है ? क्योंकि मैंने कभी प्यार किया ही नहीं। विवाह हो गया तो पत्नी आ गई। हमारे देश में पत्नी पर पति का सर्वाधिकार होता है और जहां सर्वाधिकार होता है, वहां प्यार नहीं होता।"

मेरे में दिलचस्पी जगी थी। मेरी आंखें फैलकर आपकी कनपटी पर जा चिपकी थीं। आप कह रहे थे, "मैंने अपनी पत्नी से प्यार किया है, करता हूं और करता रहूंगा। उसी की ताकत से मैं यहां आया हूं और अपने जीवन को एक लक्ष्य के लिए तैयार कर रहा हूं।...हमारे यहां प्यार साधना का दूसरा नाम है और कुर्बानी उसका उदाहरण है, मैक्सी !"

मैं सकते में आ गई थी। आखिर आप कहना क्या चाहते हैं, यह जानने के लिए मैंने पूछा था, "तो इसका मतलब ?"

"हमारे यहां भाई-बहिन का रिश्ता पवित्र और गहरा होता है। भाई पर बहिन की रक्षा का उत्तरदायित्व होता है। आप इजाजत दें तो मैं आपको बहिन बना सकता हूं।"

मेरी आंखें चमक उठी थीं। मैंने तत्काल कहा था, "खुशी से अंबेडकर ! मेरा कोई भाई भी नहीं है।...और होता तो वह आप जैसा तो कभी नहीं होता।"

"फिर हम आपको एक सलाह दे सकते हैं।"

"क्यों नहीं ?...अवश्य दीजिए।"

"तो आप अपनी निराशा की जलकुंभी को काट फेंको। एक जीवन की नई शुरुआत करो और पत्थर हुए शहर से दूर निकल जाओ। नई चेतना से भरकर कुछ नया और अविस्मरणीय कार्य करो। किसी से मत पूछो। पूछ सको तो अपने मन से पूछो। उसकी गहराइयों में उतरकर पूछो।"

मैं दक्षिण अमेरिका इसीलिए ही गई थी। मैं वहां छोटे-छोटे बच्चों को पढ़ाने लगी हूं और उनको कुदरत से जोड़कर चलने लगी हूं। इसमें मुझे बहुत आनंद मिल रहा है और लग रहा है कि पत्थर हुए शहर से बाहर आकर संवेदनाओं के संसार में फिर से जी उठूंगी।

इस सबका सारा श्रेय आपको ही जाता है, मेरे अपरिचित मित्रों में से सबसे अपरिचित मित्र...

आप जा रहे हैं अपनी बहिन को छोड़कर। बहिन याद नहीं रही किताबों के बियाबान जंगल में।

कोई बात नहीं, भाई ! मुझे रत्ती-भर अफसोस नहीं है क्योंकि मैं आपको विदा करने पोर्ट तक आ रही हूं। मेरी समस्त हार्दिक मंगल कामनाएं सदा आपके साथ हैं। कभी मन बने, सुकून मिले और वक्त हो तो पत्र देते रहना।

यह बड़ा विचित्र संसार है जिसमें व्यक्ति अपने को जानने के लिए आता है और अपने को भूलकर चला जाता है। आप उनमें से नहीं हैं जो सिर्फ अपने आपको जानने तक सीमित हैं, बल्कि आप उन दूसरों को भी जानना चाहते हैं जो अपने को भुला बैठे हैं।

आपने ही तो कहा था—ससीम ही असीम होता है। जब वह दूसरों के दुःखों को अपनाकर उनमें खुशियां भरने लगता है तब वही ससीम असीम हो जाता है। उसकी सीमाएं टूट जाती हैं।

सीमाएं रहती हैं तो व्यक्ति कैद में रहता हुआ एक कैदी को दोहराने लगता है। आकाश सीमारहित होते हुए भी एक सीमा में है...कुछ ऐसी सीमाएं मानव-जगत् के लिए अपरिहार्य हो सकती हैं।

कोई कुछ भी कहे, सोचे या न सोचे, लेकिन मैं सोचती हूं : प्रोफेसर सेलिंगमन इसके गवाह हैं कि आप वही सोचते हैं जो मनुष्य के नाते उसे हर समय सोचते रहना चाहिए कि वह अकेला मनुष्य नहीं है, उसके साथ करोड़ों-करोड़ मनुष्य भी हैं। सोच का यह व्यवहार सदैव मंगलकारी सिद्ध होगा और यही उसकी हदबंदी भी हो जाएगी जो उसे अनंत में ले जाकर मुक्त कर देगी।

अच्छा, मित्र-भाई, अलविदा....अलविदा...

फिर मिलेंगे इस आशा के साथ, अलविदा।

आपकी मित्र बहिन

स्फूर्तिदायिनी हवा का एक तरोताजा झोंका विश्वविद्यालय की लड़कियों के ठहाके-सा

आया और सामने अपने मगरूर प्रोफेसर को आता देख आसमान में गरज के साथ चमकी बिजली-सा अदृश्य हो गया। भास्कर की तपिश में मिठास घोलता हुआ वह झोंका देर तक उस सुहाग-भरी सुर्ख मांग की तरह दिपदिप दमकता रहा जो पहली बार, शादी के बाद मायके में लौटी हो और अपनी प्यारी-प्यारी सहेलियों से घिरकर उन्हें अपनी दूधिया मोहक-सी मुस्कान से आंखों-ही-आंखों में कुछ समझा रही हो।

भीमराव अंबेडकर के मन में किसी कुलवधू का अभिजात गौरव उसकी जलतरंग बिखेरती पायल की झनन-झुनन-सा लहराने लगा था।

मैक्सी साड़ी बांधकर आ खड़ी हुई थी उसके सामने; एकदम कश्मीर में जन्मी-पली सुरकन्या-सी, नाभि से नीचे साड़ी बांधे हुए। साड़ी भी ठेठ बनारसी थी बारीक कामवाली नवदुल्हन की मेंहदी रची हथेलियों-सी। उसकी आंखों में सैलानी युवतियों का गुलाबीपन समुद्र की लहरों-सा ठहाका मारकर मचल रहा था। उसके सुर्ख होंठों पर ठहर गए थे पलाश के गहरे मादक सुर्ख फूल। माथे पर उसने बिंदिया लगाई हुई थी और वह भी सुर्ख लाल। गेसुओं को कृत्रिम केश जोड़कर गूंथा हुआ था और उसकी चोटी नितंबों से नीचे लहरा रही थी किसी सर्पिणी की बीन पर मस्त होती मुद्राओं में। उसने अपने पांवों में महावर रचाया हुआ था। त्रिभंगी मुद्रा में खड़ी हुई, छरहरी देह की वह कोमलांगिनी दुनिया को बता रही थी।

उस दिन, जबकि दिनांत हो चला था और सूर्य फैल्ट हैट लगाकर अपनी उंगलियां नचाकर गुडबाई कर रहा था, वह स्वप्नपरी बनी सामने बैठ चुकी थी बिना इजाजत। पुनर्सृजित संकल्पनाओं को आमंत्रण देती उसकी बेहद मोहक अंदाजी मुख-मुद्रा हृदय को उद्वेलित कर रही थी। उन्होंने ही उससे कहा था, "सुंदर अति सुंदर !"

"सच...पर क्या ?" मैक्सी ने अपनी सुराहीदार गरदन हल्की-सी घुमा दी थी किसी कैमरामैन को एक गुदगुदाने वाला पोज़ देने के लिए।

"भारतीय नारी की वेशभूषा और शृंगार की जीती-जागती तस्वीर।"

"और... ?"

"नारी अस्मिता की देवी का भव्य और अनिंद्य सौंदर्य।" भीमराव अंबेडकर में काव्य की सघन अनुभूतियां महक उठीं प्रथम सावन की घटाओं-सी।

"रूप भरो, रंग भरो...मृदंग और ताल के संग। इंद्रधनुषीय स्वप्न भरो,...गजरा और गाज के संग..." वह गा उठी थी।

"क्या है, मैक्सी ?"

"सुनेंगे, भाईसाहब, तो आप भी हमारी दाद दे उठेंगे।" मैक्सी आज बहुत खुश थी और बहुत मस्त। वह मेघों को तड़ित् बन ललकारती रही थी बारंबार।

वह मुस्करा रही थी कजरारे नेत्रों से। अलोचपूर्ण शारीरिक भंगिमाओं के साथ वह किसी सम्राट की इकलौती पुत्री-सी गौरव-गरिमा अभिमंडित होकर सद्यः खिले सुमन-सी अन्यतम लग रही थी। वह साड़ी का पल्लू ठीक उरोजों के पास से खींच कर लाल रंगे अंगूठे से फर्श को सहला रही थी।

भीमराव अंबेडकर स्थितप्रज्ञ बने निहारते रहे बसंताकांक्षाओं के दिपदिप दमकते शृंगार सौंदर्य को। उन्हें लगा कामनाएं इंद्रधनुषीय होकर हर आते-जाते यायावार को उसकी यात्रा के लिए शुभकामनाएं दे रही हैं।

वह चमक उठी, "आज भी आइएगा।"

"कहां ?"

"रंगशाला में।"

"क्यों ?"

"हम एक नाटक कर रहे हैं।"

"क्या बनी हैं उसमें आप ?"

"जो हम आपको इस वक्त नजर आ रहे हैं, वही।" मैक्सी ने अपने अधरों को पियानो की तरह छेड़ दिया।

"एक भारतीय राजकुमारी !"

"एकदम ठीक।...हम राजकुमारी बने हैं।...जानते हैं, आज फाइनल रिहर्सल का अंतिम दिन था।" इतना कहकर वह रुक गई थी। उसका अनिंद्य सौंदर्य नाटक के बाद मेकअप उतार रहा था। उसका स्वर भारी हो गया था और वह आगे कह रही थी, "आज के दिन हमारी शादी हुई है।"

"किससे ?"

"राजकुमार से—नाटक में।" मैक्सी की आंखें डबडबा आई थीं।

"ओह !" भीमराव अंबेडकर ने व्यथा-भरे मन से कहा।

"हमने सोचा, आपको 'सरप्राइज' दें। सीधे मंच से आपके पास आ गए। ठीक नहीं लगा क्या ?" मैक्सी का स्वर आर्द्र हो गया और उसके बड़े-बड़े नयन, जिनको मेकअप से सजाया गया था, सजल होकर झुक गए।

"हम आएंगे, मैक्सी...हम जरूर आएंगे। तुम...।" वह कुछ सोचते हुए रह गए।

"हम भारतीय वेशभूषा में कितने शालीन, भव्य और सौम्य हो उठे हैं न ! यह जादू हमारी पोशाकों में नहीं है !...हमें आज बहुत अच्छा लग रहा है। पता नहीं क्यों ?" मैक्सी क्षितिज के पार झांक रही थी और उस शून्यता को ढक लेना चाहती थी जो उसके हृदय को सदा विषाद से द्वन्द्वित करती रहती थी।"

"तुम बहुत प्यार करती थीं उससे ?"

मैक्सी सामान्य साड़ी में बिना मेकअप किए उनके सामने मौन आ खड़ी होती थी। उसकी सम्मोहक आंखों में मेघ घिर आते घने श्यामल रेशम से।

"हमें यह प्रश्न नहीं करना चाहिए था ?—सॉरी, मैक्सी—रिअली सॉरी !" भीमराव अंबेडकर कहने लगते।

मैक्सी ने कुछ नहीं सुना। मानो समुद्र की जोर-जोर से उछाल भरती लहरों की तेज़ आवाजें अचानक एक साथ गरज उठी हों और कहीं कुछ और सुनाई नहीं पड़ रहा हो। वह अपने को संभालकर कहती, ...हां,...हमने बहुत प्यार किया था...सिर्फ प्यार...। उसने भी जताया था....पर हम शादी बनाना मांगता था।...उसे शादी से नफरत थी। एक दिन हमने उसे नीचे जाने का रास्ता बताते हुए कह डाला था, "प्यार यहां बिकता नहीं है, अहमक बैनन, अब तुम जा सकते हो।...फिर कभी इधर आने का मन में ख्याल मत करना।... वह चला गया। वह कभी इधर नहीं आया—उसका कोई पता-ठिकाना नहीं। हम भारतीय साहित्य को पढ़कर और संस्कृति-संस्कार से जुड़कर मन में एक वैसा ही स्वप्न बना बैठा था।...सच, अंबेडकर भाई, हमें अच्छा लगा—आपने कहा था न कि...बहिन भाई की पत्नी की...।" वह मस्तिष्क पर जोर देती।

"भौजाई...भौजी...भावज...कुछ भी कह सकती हो, होती हैं।"

"हमारी भौजी को ननद का प्यार देना।...देंगे न !...हमारी हृदय की ख्वाहिश है...

काश, हम कभी आपके मुल्क आया तो अपनी भौजी को 'सरप्राइज' देगा आज की तरह ...एकदम अनूठा 'सरप्राइज'।'' मैक्सी ने गरदन नीचे किए हुए ही बहुत धीरे-धीरे कहा और वह किसी शरत्कालीन नदी के गुनगुनाते स्वर में डूब गई।

फिर वह वहां रुकी नहीं। उन्होंने रोका भी नहीं। रोकना मुनासिब भी नहीं समझा था। जब वह आई थी तब वे शिवनाक गौनाक जमेदार को लिखे गए पत्र का अंतिम अनुच्छेद पढ़ने वाले थे।

उसके जाने के बाद वे कुछ देर सोचते रहे जिंदगी के उस सफरनामे के सीरियल के बारे में जो हर बार छलावा देकर भाग जाता था। किसी देश के स्त्री-पुरुषों के बारे में एक राय कायम कर लेना एकदम गलत है। किसी भी देश के स्त्री-पुरुष हों, उनमें प्यार की एक अदृश्य नदी बहती रहती है, जो उन्हें आपस में एक पवित्र और निष्पाप जीवन के लिए सदा आमंत्रित और प्रोत्साहित करती है।

अब वे अंतिम अनुच्छेद के वे अंश जो पढ़ने से रह गए थे, पढ़ने लगे थे—यही सही नहीं है कि मां-बाप शिशु को मात्र जन्म देते हैं, भविष्य नहीं। मां-बाप अपने बच्चे का उज्जवल भविष्य बना सकते हैं। यदि हम इस सिद्धान्त को मानने लग जाएं तो अति शुभ दिन देखने में विलम्ब नहीं हो सकता और यदि हम लड़कों की तरह लड़कियों की शिक्षा की ओर ध्यान देने लग जाएं तो वह शुभ दिन और भी जल्दी हमें नसीब हो सकता है।

इसके बाद उन्होंने वह पत्र मोड़ा और लिफाफे में रखकर बंद कर दिया। अब उस पर वे पता लिख रहे थे बहुत धीमे-धीमे मोतियों जैसे अक्षर बनाकर।

एक बार फिर वे चौंके। इस बार भी अनेक दिन-रात मात्र घण्टों में सिमट आए थे यादों के सहारे और नयी पुस्तकों को पढ़ते हुए सूचना दी जा चुकी थी कि लंदन आ रहा है।

उन्हें 'रिसीव' करने वाला कोई नहीं होगा। सैकड़ों हाथ हिलेंगे, अनेक लोग गले मिलेंगे और अनेक सिर्फ चुंबन लेंगे बेहद शाइस्तगी और शालीनता से। एक वे हैं, सिर्फ अकेले, शून्य आकाश की तरह एकदम दूर तक, जहां तक दृष्टि जाती आसमानी रंग से मौन ! उनका जहाज लंगर डाल चुका था। यात्री उतर रहे थे और दूर से प्यार के परचम लहरा रहे थे। इस वक्त सब जल्दी में थे। वे भी जिनको इस यात्रा के दौरान दोस्त बना लिया था, हैलो करते हुए तेजी से आगे निकले जा रहे थे। बहुत कम थे जिन्हें जल्दी नहीं थी और लंदन की सुहावनी धरती पर उतर जाने की हसरत नहीं थी। तभी किसी का एक कागज गिरा। उन्होंने उसे उठाकर आवाज दी, ''भाई साहब, आपका कागज।''

किसी ने आवाज नहीं सुनी। इस वक्त किसको फुरसत थी कि कोई पीछे देखने की जहमत उठाता। उन्होंने एक बार समुद्र में फेंकने से पहले उस गुड़मुड़ी पुरजे की परतें खोलीं और खोलकर देखा। उस पर लिखा था—

ऐ प्यारे-प्यारे, हिमानी से निष्पाप दोस्त,
आज तेरी बहुत याद आ रही है
सैलानियों के बीच बेहद अजनबी लोगों को पाकर
और किन्हीं दो तरुण मन को छेड़छाड़ करते हुए देखकर
बहुत प्यार आ रहा है
तुम्हारी भोली सूरत पर
बेइन्तहा आरजू मचल रही है

तुम्हारे कदमों के साथ कदम मिलाकर चलने की।
ऐ मेरे प्यारे दोस्त,
मुकाम आ गया बिना दस्तक दिए
औ, तुम तेल खतम होने वाली लौ के साथ
बहुत-बहुत याद आ रहे हो,
यह जानते हुए कि तुम कभी नहीं आओगे।

आगे कुछ लिखा था, जिसे काट दिया गया था और जो पढ़ा भी नहीं जा सकता था। जिसके हाथ से वह पुरजा गिरा था, वह अधेड़ युवक था और उसके बाल कंधे पर झूल रहे थे। उन्होंने कोशिश की थी कि वह कहीं नजर आ जाए। वे अपने मकसद में कामयाब हुए। वह कहवा के घूंट ले रहा था। उन्होंने उसके पास आकर कहा, ''एक्सक्यूज मी, जैंटलमैंन...यह तुम्हारा पुरजा।''

उसने कहवे का दूसरा घूंट भरा और बिना उस पुरजे की ओर देखे, बड़ी लापरवाही से कह दिया, ''सॉरी, यंगमैन, यह पुरजा मेरा नहीं है।'' वे अब क्या करते, लौट लिए एक थकान-भरा असफल प्रयास करके आहिस्ता-आहिस्ता। अब आसमान पर बड़ी काली-काली कूंचियां लिए एक सड़क छाप दस्ता गहरा कोलतारी रंग बड़ी निर्ममता से पोतना शुरू कर चुका था, बिना इसकी परवाह किए कि रोशनी में नहाए इस शहर को उसका नोटिस लेने की कतई चिन्ता नहीं है। तभी जोरदार एक कहकहा युवक-युवतियां का बेबाकी मिसाल बनकर उठा और देर तक देखने-सुनने वालों को अपनी ओर आकृष्ट करता रहा। वे आगे बढ़ गए बिना उस ओर देखे जिधर से वह कहकहा जलवा बनकर उठा था।

तेरह

हर सुवह, हर शाम एक-सी बात, एक-सा मिजाज, मौन रहने की आदत और सलीके से जीने की तमीज...बहुत कुछ था जो वहां के खुले वातावरण की अन्तरंगता को बांधे हुए था। यह लंदन था, कोलंबिया नहीं। हर चीज का एक खास और परंपरा से जुड़ा सहज तरीका था जो तरीकों पर आस्था नहीं रखनेवालों के लिए परेशानी का कारण हो सकता था।

भीमराव अंबेडकर को लंदन में आए पांचवां महीना गुजर रहा था। वे उस तलाशी को नहीं भूल पा रहे थे जो अमेरिका से इंग्लैंड पहुंचते ही ली गई थी। सब जा रहे थे, उन्हें कोई नहीं रोक रहा था। सिर्फ सात-आठ भारतीय पुरुष और तीन स्त्रियां थीं उनमें। गाड़ी उन पर आकर ठहर गई थी क्योंकि उन्होंने ढेर सारी किताबें अपने सामान में भर रखी थीं।

सबकी दृष्टि में वे एक खतरनाक किस्म के आदमी बनते जा रहे थे।

''कोट उतारो।''

''लीजिए उतार दिया।'' ठण्ड कहां चूकने वाली थी, उसने आक्रमण कर दिया।

''कृपया जल्दी कीजिए, ठण्ड थपेड़े मार रही है।'' भीमराव अंबेडकर ने कहा।

खुफिया विभाग के इंचार्ज ने अपनी मोटी-मोटी आंखों से उन्हें घूरा। उसने अपना निचला मोटा होंठ चबाया और बिना कुछ कहे एक तरफ फेंकते हुए कड़कदार आवाज में

कहा, "बूट खोलो।"

"कोट क्यों फेंका ?" भीमराव अंबेडकर ने तिलमिलाकर कहा।

वह कुछ नहीं बोला।

उन्होंने बूट के फीते खोले और बूट उनकी ओर बढ़ा दिए।

इस बार उस खुफिया इंचार्ज की दृष्टि टेढ़ी थी क्योंकि उसे आशा के विपरीत उनसे कुछ नहीं मिला था और उसका गहरा संदेह एकदम गलत सिद्ध हुआ था। उसने कठोर शब्दों में कहा, "चलो...आगे बढ़ो।"

उन्हें बुरा लगा। अमेरिका की अपेक्षा इंग्लैंड उन्हें कम रास आया। परंतु उनका उद्देश्य अध्ययन को जारी रखना था। वहां भारतीयों की उपेक्षा की जाती थी। उन्हें हीन दृष्टि से देखा जाता था। वे इसे अनुभव कर रहे थे। फिर भी वे सब सहते थे। इस सबकी ओर उनका ध्यान जाता नहीं था। इसी का यह परिणाम था कि वे अपने प्रोफेसरों की दृष्टि में सम्मान के पात्र थे। उनके मित्र यद्यपि कम थे तथापि उनको इज्जत की दृष्टि से देखते थे।

आज ठण्ड बढ़ चुकी थी। मौसम के तेवर भी चढ़े हुए थे। बादल गरज उठते थे। वे कभी आसमान की ओर और कभी सड़क पर फिसलती रोशनी की ओर देख रहे थे। उन्होंने तेजी से डग भरने शुरू कर दिए थे। डर था कि कहीं वर्षा न होने लगे। टैक्सी लेनी पड़ी तो पैसे व्यर्थ खर्च होंगे। वे एक पैसा भी व्यर्थ खर्च नहीं करना चाहते थे। उनकी अपनी विवशता थी। बिजली इस बार जोर से कड़की और बहुत तेज चमकी। मानो सारा लंदन उस प्रकाश की चपेट में पल-भर के लिए आ गया हो, उन्हें ऐसा लगा।

वे थके-हारे पैदल ही लौटे थे। उनकी चाय पीने की इच्छा हो रही थी। कमरे में वे अकेले ही थे क्योंकि उनका मित्र पुनः फ्रांस गया हुआ था। वह रीयूनियन में था। वह एक छोटा-सा अत्यन्त रमणीक द्वीप था।

बड़ौदा से पत्र आया कि उनकी छात्रवृत्ति बन्द कर दी गई है। वे इकरार के अनुसार बड़ौदा पहुंचें। दस वर्ष तक बड़ौदा राज्य की सेवा करने का बौंड उन्होंने भरा था।

वे सन्नाटे में आ गए। उनकी कनपटी की नसें तनने लगीं। उनका माथा दुःखने लगा। अपूर्ण शिक्षा पाकर लौटने से क्या लाभ ? वे घबराए। उनकी एक ही सिफारिश थी प्रो. कैनन। उन्होंने लंदन विश्वविद्यालय को लिखा और विश्वविद्यालय ने यह भी स्वीकार कर लिया कि वह 1917 से लेकर चार वर्ष की अवधि तक अपनी अधूरी पढ़ाई पुनः शुरू कर सकते हैं।

वे विवश थे। उनकी आंखों में रीते बादल धूप के स्वप्न चुराकर घिर आए थे। फिर लौटना था बिना कोई तीर मारे। बरसाती मौसम उनको उसम से भर रहा था। वे अपनी पुस्तकें व सामान को मैसर्स टॉमस कुक एण्ड संस को सुरक्षित पहुंचाने की जिम्मेदारी सौंप चुके थे। स्वयं वे ट्रेन से बूलेन से मार्सलीज पहुंचे और वहां से कैसर-इ-हिन्द से भारत लौट रहे थे अरमानों में रेगिस्तान भरे हुए।

उनका कहीं मन नहीं लग रहा था। समुद्र की बदहवास लहरें आपे से बाहर हो चली थीं और तेज हवा बरछे से आक्रमण कर रही थी।

समुद्र आग उगल रहा था। प्रथम महायुद्ध की गतिविधियां बहुत तेज हो चुकी थीं और समुद्र की यात्रा खतरों और जोखिम से भरी थी। क्या वे सारा जीवन इसी प्रकार दूसरों के हाथ की कठपुतली बने अपनी एक नन्हीं-सी आकांक्षा पूरी नहीं कर सकेंगे ? क्या उनके

मन में चल रही आंधी कभी शमन नहीं पाएगी ? क्या मेचक मेघावलियों में उठता बिजलियों का गरजन भरा उन्माद धरती को कभी सुकून नहीं देगा ?

"ठहरो !",

भीमराव अंबेडकर पीछे मुड़े। उधर कोई नहीं था। समुद्री तूफान आक्रामक बन चुका था। वे अंदर लौटने लगे थे अपने केबिन में। उसी वक्त उनके मन पर बिजली चमकी और महाकवि शेक्सपीयर की पंक्तियों को समवेत स्वर में दोहराने लगे, 'कभी मनुष्य-जीवन में एक ऐसी हिलोर भी आती है, जो तूफान से बचाकर मंजिल तक ले जाती है।"

"सच।"

फिर उन्होंने चारों ओर देखा—कहीं कोई नहीं था। हवाएं चीख रही थीं। जहाज डगमगा रहा था। आखिर तो वह विशाल समंदर है, उसका क्या कहना ? उसका मिज़ाज़ बिगड़ते देर नहीं लगती। न मालूम, उसके विशाल हृदय-प्रदेश की अनंत गहराइयों में कितने-कितने बड़े और आलीशान आकांक्षा-पोत समाए हुए हैं ? ओह ! गहरे विषाद से घिरकर वे अंधेरों में राह टटोलते, टकराते, गिरते-पड़ते, फिर उठते और आगे बढ़ने लगते। शायद इसे ही जिंदगी का सफरनामा कहा जाता था।

चौदह

इस समय भारत में स्वदेशी आंदोलन का जोर था। ब्रिटिश सरकार प्रथम विश्वयुद्ध के विपरीत परिणामों से भी चितिंत थी और मानस बना रही थी कि भारत में ब्रिटिश साम्राज्य के एक भाग के रूप में स्वशासनी संस्थाओं का क्रमानुसार निर्माण किया जाए ताकि उत्तरदायी सरकार के निर्माण की दिशा में प्रयत्न संभव हो सकें। क्रांतिकारी शक्तियां भारत को स्वतंत्र कराने के लिए सशक्त कार्यवाहियां कर रही थीं। भारत में ब्रिटिश शासन की पकड़ ढीली पड़ रही थी और उसके विरुद्ध कई ओर से जनमानस तैयार हो चुका था। मांटेगू स्वयं भारत आए थे। उन्होंने स्थिति का जायजा लिया था और पहली बार अछूतों की मांग मद्रास की पंचम कवली अभिवर्ती अभियान संघ ने उनके सामने रखी।

भीमराव अंबेडकर जब भारत पहुंचे तब भारत में अंग्रेजों की सत्ता को उखाड़ फेंकने का प्रयत्न तेज था और अछूतों में किंचित् आक्रोश की लहरों का रेला यदाकदा शरद् ऋतु में आई मेघमालाओं-सा आसमान में नजर आने लगता था।

महाराजा बड़ौदा ने उनको अर्थमंत्री बनाने का निर्णय ले रखा था क्योंकि वे अमेरिका-इंग्लैंड में उनकी ख्याति और चमकती योग्यता से बहुत प्रभावित हुए थे। इससे पूर्व उन्होंने उन्हें सैन्य सचिव की जिम्मेदारी सौंपनी चाही ताकि वे अर्थ-विभाग की बारीकियों से गुजरते हुए रियासत के अर्थतंत्र की पुनर्स्थापना, पुनर्व्यवस्था और पुनर्रचना करने में सक्षम हो सकें।

बड़ौदा में रियासत के कर्मचारी स्टेशन पर भीमराव अंबेडकर का बड़ी धूमधाम से स्वागत-सत्कार करें, यह आदेश महाराजा बड़ौदा ने जारी किया था। भीमराव अंबेडकर के अनुभव के अनुसार दस वर्ष तक रियासत में नौकरी करना आवश्यक था अतः वे बंबई पहुंचते ही मानस बना चुके थे कि अब उन्हें बड़ौदा रियासत में अपनी जिंदगी के स्वर्णिम दिन गुजारने हैं।

वे बंबई आए तो उनका स्वागत-सम्मान हुआ। उनकी योग्यता की प्रशंसा की गई। घर में रामाबाई से तीन वर्ष की समयावधि की जो जानकारी मिली, उससे उनकी आंखों में आंसू आ गए। वे विचलित होकर कह उठे, "रामू, तुमने हमें यह सब क्यों नहीं लिखा ? ...तुमने इतने कष्ट उठाए !..तुम्हारी यह दशा ! यह घर है क्या ! ओह ! कितना बड़ा अपराध !" मन ही मन वे कहते रहे, 'अधूरी शिक्षा और यह प्राणलेवा स्थिति। उनके कानों में एक भिखारिनी की हृदय हिला देनी वाली दयनीय आवाज अनुगूंजने लगी।

वे बड़ौदा कैसे पहुंचे ? धनाभाव। उधार किससे लें ? याद आया, जिस जहाज से उनका सामान आ रहा था, वह डूब गया था अतः वह मैसर्स थॉमस कुक एण्ड सन्ज के यहां पहुंच गए, जहां से आपको अपने सामान और पुस्तकें नष्ट हो जाने का छः सौ रुपया मुआवजे के रूप में मिला। इससे उनके मन को तसल्ली हुई। वे 20 सितम्बर, 1917 को बड़ौदा के लिए रवाना हो गए।

उनके मन में एक ही विचार घर किए था कि अपनी अधूरी शिक्षा पूरी करने के लिए धन-संग्रह करें और जल्दी से जल्दी उपाधियां प्राप्त करें।

वे एक रियासत के सैन्य सचिव होकर जा रहे थे, यह उनके लिए बहुत सम्मान की बात थी। उनकी बिरादरी के लिए गौरव की बात थी कि एक महार बड़ौदा रियासत में सैनिक सचिव बनकर जा रहा था। उनके साथ ही उनके बड़े भाई आनंदराव भी थे।

रामाबाई ने चलने से पूर्व समझाया था, "हमने सुना है...आप अमेरिका और लंदन की बात कर रहे हैं।...ध्यान रखना, अब आप भारत में हैं जहां अछूतों के साथ गुलामों से भी बदतर व्यवहार किया जाता है। और आप भी एक अछूत हैं।"

"तो ?" भीमराव अंबेडकर ने पूछा। अब तक उनमें एक स्वतंत्र चेतना और समता घर कर चुकी थी अतः वे अपने को एक अलग धरातल पर खड़ा पा रहे थे।

"हमारा मतलब है, ऊंचे हिन्दू हमें स्वीकार नहीं करेंगे क्योंकि उनकी नाक बहुत लम्बी और ऊंची है।"

"फिर ?"

"वहां किसी से उलझना नहीं जी !...भूल जाना कि आप किसी रियासंत के सैनिक सचिव हैं।"

"क्यों भूल जाऊं ?...बनाया गया हूं।...किसी की सिफारिश से नहीं, स्वयं महाराजा बड़ौदा ने मुझे इस योग्य माना है। केलुस्कर जी ने महाराजा बड़ौदा से बात की थी। वे शीघ्र उन्हें अपना अर्थमंत्री बनाएंगे।" उनके युवा मन में उल्लास था, उत्साह था, और उमंग थी।

वे ट्रेन में बैठे हुए सोच रहे थे कि अभी तक भारत की स्त्रियां दुनिया में बहुत पीछे हैं। उनके सोच को ग्रहण लगा हुआ है। वे अशिक्षित हैं। उनमें शिक्षा की ज्योति जगानी है।

यद्यपि उन्हें अपनी सौतेली मां के प्रति अब कोई शिकायत नहीं थी तथापि वह उनकी मां का स्थान नहीं ले सकती थी।...भीमाबाई का ममत्व सागर से गहरा और विस्तृत था। उसमें सदा क्षीर सागर उछालें लेता रहता था। उनकी सौतेली मां बीमार थी। वे उससे मिलकर लौट रहे थे। जब उनकी मां उनसे बिछुड़ी थी तब वे मात्र छहेक वर्ष के थे।

बड़ौदा स्टेशन आ गया।

भीमराव अंबेडकर ने चारों ओर देखा। वहां उन्हें ऐसा कोई व्यक्ति नजर नहीं आया

जो उन्हें रियासत की ओर से लेने आया हो।

आनंदराव और उन्होंने मिलकर सामान उतारा। उनके पास सामान क्या था सिवाय ढेर सारी पुस्तकों के। वे कुछ देर तक प्लेटफार्म पर रुके।

"चलें।" आनंदराव निराश स्वर में बोले।

"कोई आता होगा।"

"अभी तक नहीं आया।"

"शायद कोई और व्यवस्था की गई हो।" अंबेडकर ने धड़कते हुए दिल से कहा। हालांकि स्टेशन पर रियासत की ओर से किसी व्यक्ति को न पाकर उनका माथा ठनका था तथापि वे अपने को संभाल रहे थे।

एक घण्टा बीत रहा था प्लेटफार्म पर खड़े-खड़े। उनका मन सकपकाया। स्टेशन मास्टर से मिलकर सामान वहीं प्लेटफार्म पर सुरक्षित जगह रखवा दिया गया। स्टेशन मास्टर षर उनका कोई प्रभाव नहीं पड़ सका क्योंकि वह भी सवर्ण हिंदू था।

वे सचिवालय पहुंचे। उन्हें वहां के वातावरण में कानाफूसी की दुर्गन्ध किसी जले कपड़े-सी आ रही थी। हर कोई उन्हें देखकर मुंह फेर लेता था। उन्होंने आनंदराव से कहा, "भैया, लगता है गोरेगांव वाली दुर्घटना यहां भी घटने वाली है।"

"क्या मतलब ?" आनंदराव ने पूछा।

"महार।" भीमराव अंबेडकर ने दबी जुबान में कहा।

"महार क्या ?" आनंदराव ने आश्चर्य से देखा।

"अछूत।"

"अभिशाप।" आनंदराव को गोरेगांव गाड़ी से पहुंचने का संस्मरण याद आने लगा। गाड़ीवान ने दुगुने पैसे लिए तब कहीं जाकर उसका सवर्णीय संस्कार संतुष्ट हुआ। हालांकि गाड़ी उन्होंने ही हांकी थी।

"ताज्जुब है कि हमसे आगे हमें जातीय अभिशाप स्वागत-सत्कार करता हुआ खड़ा मिलता है।...पर क्यों ?" वे बोले, "कब खतम होगी यह घृणा। इसी घृणा ने हिंदू धर्म और इस देश को बद से बदतर स्थिति में ला पटका है।...आगे का पता नहीं क्या हो !"

वे स्यिासत के मुख्यमंत्री से मिले। उन्होंने अपनी व्यथा समझायी। वे बोले, "फिलहाल निवास आपको स्वयं तलाशना होगा, रियासत मजबूर है।"

"मैं बड़ौदा से अपरिचित हूं।" उन्होंने तर्क दिया और प्रार्थना की, "कृपया आप इसमें मदद करें।"

"कोशिश करके देखता हूं लेकिन कोई आश्वासन नहीं दे सकता।" मुख्यमंत्री ने ऊपरी मन से कहा और अन्दर-ही-अन्दर मन में दोहरा लिया, 'ये भारत है, विलायत रिटर्न अछूत...यहां इन्हें भी तो सवर्णों की जूतियों के नीचे रहना होगा जैसे मलबे के नीचे कीड़े-मकौड़े।"

आनंदराव दिन-भर होटल-मकान ढूंढते रहे परंतु उन्हें न किसी होटल में जगह मिली और न किसी ने उन्हें मकान ही दिया किराये पर। सबने टका-सा जवाब दे दिया, "यहां अछूतों के लिए कोई जगह नहीं है।"

"अछूत भी इंसान हैं।"

"होंगे।"

"मेरा छोटा भाई यहां सैन्य सचिव होकर आया है।" आनंदराव ने रौब डालते हुए

बताया।

"जानते हैं।"

"फिर भी..... ?"

"वह महार है।"

"पर है तो सैन्य सचिव !"

"कितने दिनों के लिए ?"

"कम-से-कम दस वर्षों के लिए।"

"वह पहले यहां दस दिन तो गुजार ले।"

"क्यों... ?"

"क्योंकि महार अछूत हैं।" उस होटल के मालिक ने दृढ़ता से कहा।

"तो क्या हुआ ! हैं तो वे भी इंसान ही।"

"क्या घूरे में सूअर को लेटते देखा है ?"

"जुबान को लगाम दो, होटल मालिक !"

"बेहतर हो, आप अपना रास्ता नापें।"

"दिन-भर वे इस प्रकार की खरी-खोटी और कड़ुवी बातें सुनते रहे। उनका जी भर आया। इंसान का इतना अपमान और वह भी उनसे गए-बीते इंसानों द्वारा ! ओह !

रात को दोनों ने सलाह-मशविरा किया। दोनों चितिंत। रास्ता कोई नहीं। दूनी राशि देने पर भी कोई राजी नहीं हुआ। वे दोनों घबरा गए।

भीमराव अंबेडकर को रात-भर नींद नहीं आई। वे अमेरिका को याद करते रहे। सुबह कार्यालय में पहुंचे। काम शुरू किया।

"ये क्या है ?"

"फाइलें।" उसने तेजी से ऊंचे स्वर में कहा।

"तुम चपरासी हो।"

"तो ?"

"फाइलें मेज पर रखा करो।....दूर मत फेंका करो....समझे !"

"नहीं समझे।'

"क्या मतलब ?"

"मैं ब्राह्मण हूं।"

"तो ?"

"आप महार।"

"फिर ?"

"हमारे महाराजा की अक्ल मारी गई है।"

"जूती पांव में ही शोभा देती है, न कि सिर पर।"

"तुम्हारी ये हिम्मत !" अंबेडकर तेज स्वर में बोले।

"हमारी ही नहीं, यहां सबकी यही राय है।"

"पानी लाओ।"

"ये हमारी डयूटी नहीं है।"

"मैं मुख्यमंत्री से शिकायत करूंगा।"

"तो क्या होगा ? तुम महाराजा से शिकायत करो, हमारी सेहत पर उसका कोई प्रभाव

नहीं पड़ेगा।...नये सचिव बाबू, दो अक्षर अंग्रेजी के पढ़-लिख जाने से कोई अछूत सवर्ण नहीं हो जाएगा।...कान खोलकर सुन लो—यहां रहोगे तो न रहने का स्थान मिलेगा, न होटल में भोजन। हम इसी तरह दूर से फाइल फेंकते रहेंगे। पानी खुद जाकर पीना पड़ेगा....यहां सिवाय घृणा और अपमान के अतिरिक्त आपको कुछ नहीं मिलेगा।...मेरी सलाह मानो तो सही-सलामत जैसे आए हो वैसे ही चुपचाप लौट जाओ...नहीं तो आपकी अपनी जान के भी लाले पड़ सकते हैं।...यहां आपकी कोई मदद नहीं करने वाला है—न मुख्यमंत्री और न कोई अन्य अफसर।..." वह धीरे-धीरे सारी बात सहजता से कह गया।

वास्तव में वहां की हालत जैसी उसने कहा था, वैसी ही थी। उनको वहां कोई सम्मान नहीं देता था—उनके मातहत अधिकारी और बाबू भी। वे क्या करें ? वे पुनः मुख्यमंत्री से मिले और उन्होंने उनसे सारी ज्यादतियां बताईं। वे बोले, "मिस्टर अंबेडकर, यह आपका जातीय मामला है, इसमें मैं आपकी कोई मदद नहीं कर सकता।"

"और निवास के लिए... !"

"मजबूर हूं।...हां, एक बात और याद दिलाना चाहता हूं...।" मुख्यमंत्री ने आंखें तरेरकर उनकी ओर देखा।

"क्या ?"

"मेरा संकेत समझने की कोशिश करो। भूल जाओ कि आप अमेरिका होकर आए हो। यह भारत है। यहां की परंपरा और नियम-कायदों का पालन करना ही आपका धर्म है।...हां, तो मैं पुनः आपका ध्यान क्लब की ओर ले जाना चाहता हैं।" मुख्यमंत्री ने भारी-भरकम आवाज में कहा और उपेक्षा की दृष्टि से देखा।

"यही कि मैं क्लब नहीं आया करूं ?"

"हां, अब वे मुसलमान अधिकारी भी आपत्ति कर रहे हैं और पारसी अधिकारी भी।"

"मैं सैन्य सचिव हूं।"

"इसमें कोई शक नहीं है।"

"फिर ?"

"आप सवर्ण हिन्दू या पारसी अथवा मुसलामान तो नहीं हैं।" मुख्यमंत्री यथार्थ की धरा पर उतर आए।

"इंसान भी नहीं हूं क्या ?"

"मैं बहस नहीं करना चाहता।"

"परंतु मैं चाहता हूं।"

"आप मर्यादा का उल्लंघन कर रहे हैं मिस्टर अंबेडकर !"

"मर्यादा आपने भंग की है।"

"आप आरोप लगा रहे हैं ?"

"वस्तुस्थिति बताकर अपने लिए जो सुविधाएं चाह रहा हूं जो एक सैन्य सचिव के लिए जरूरी हैं।" भीमराव अंबेडकर ने दृढ़ता से कहा और दाहिना पांव बायें पांव पर रखा।

"वह मैं सुन चुका हूं।"

"लेकिन किया कुछ नहीं है।"

"जो मेरे हाथ में नहीं है, वह मैं नहीं कर सकता।" मुख्यमंत्री ने तेज स्वर में कहा।

"फिर मुझे महाराजा की सेवा में उपस्थित होना ही पड़ेगा। भीमराव अंबेडकर ने पैंतरा

बदला।

"उसके लिए मैंने कभी रोका नहीं है।...धमकी देना चाहते हो तो वह तुम्हारी भूल है।...मुझे अच्छी तरह मालूम है कि आगे क्या होगा।"

"ठीक है।" कहते हुए भीमराव अंबेडकर उठकर खड़े हो गए। मुख्यमंत्री ने कुछ नहीं कहा। वे टुकुर-टुकुर उन्हें जाते हुए देखते रहे।

भीमराव अंबेडकर सेंट्रल पुस्तकालय गए। वहां से पुस्तकें लीं और दोनों भुजाओं में पुस्तक दबाए वे सराय में आ गए। इस सराय में उन्हें इसलिए स्थान मिल गया था क्योंकि उन्होंने अपना परिचय एक पारसी के रूप में दे दिया था। वह सराय मात्र पारसियों के लिए ही थी।

वे खाना खाकर, थोड़ी देर आराम करने के बाद कार्यालय जाया करते थे। आज अभी खाना खाकर चुके थे। पलंग पर लेट गए। वह सोच रहे थे कि इस तरह एक अछूत किस तरह अपने अस्तित्व के लिए संघर्ष जारी रख सकता है ! न उसका उद्धार पद कर सकता है और न विशेष योग्यताएं। उनकी पढ़ाई-लिखाई का सवर्ण हिन्दुओं पर कोई असर नहीं था।

और तो और पारसी व मुसलमान अफसर भी उनके अस्तित्व पर प्रश्न चिह्न लगाने लगे। आखिर इतनी जलालत क्यों ? सवर्ण हिन्दुओं की दृष्टि में अपने धर्म के योग्य, साफ-सुथरे और चरित्रवान् व्यक्ति का कोई आदर-सम्मान नहीं, जबकि एक गैर धर्म के व्यक्ति के लिए इज्जत है। यह विरोधाभास क्यों ? क्या यही वास्तव में सनातन धर्म है ? क्या यही वास्तव में इस धर्म की सहिष्णुता, बड़प्पन, सहृदयता, करुणा-अहिंसा और प्रेम की मिसाल है ?

वे यह लड़ाई कैसे जारी रख सकेंगे ! उनके लिए स्वतंत्रता एकमात्र एक स्वप्न है। वे देश के स्वतंत्र होने के बाद भी उन नारकीय यातनाओं के बर्बर आक्रमण के शिकार होते रहेंगे, जिनके वे आज हो रहे हैं। यदि देश अपनी इन समस्याओं से छुटकारा पाए बिना स्वतंत्र हो गया तो स्वतंत्रता इसे कभी नसीब नहीं होगी और यह किसी राजनीतिक साजिश का शिकार होकर शेष जीवन त्रासद-विषाद के अजनबी और अदृश्य रौरव में गुजारने के लिए विवश होगा।

ओह ! इसके साथ ही वे घबराकर उठे खड़े हुए और घड़ी की ओर देखकर फिर बैठ गए, अभी तो समय है।

महाराजा बड़ौदा को वे पत्र लिख चुके थे, लेकिन उन्हें उसका उत्तर नहीं मिला। मुख्यमंत्री किसी को समझाते हुए इस ढंग से कह रहा था ताकि वह सुन सके। वार्ता इस प्रकार चल रही थी—

"कब तक यह पाप-छाया रियासत पर मंडराती रहेगी ?" किसी ने भारी मन से शिकायत की थी।

"ज्यादा दिन नहीं। स्थितियां पैदा की जा चुकी हैं, अब पक्षी तड़प उठा है।"

"उसने महाराजा को पत्र लिखा है।"

"ऐसे वह हजार पत्र भी लिखे तो उससे होना कुछ नहीं है।...महाराजा का साहस नहीं है कि सवर्ण हिंदुओं के विरुद्ध कोई निर्णय ले सकें।...होगा वही जो हम-तुम चाहेंगे।" मुख्यमंत्री धीरे-धीरे उसे समझा रहे थे।

"ठीक है।"

‘‘वह ‘टेप’ बंद हो गया। उन्हें भी लगा कि वे यहां रह नहीं सकेंगे और महाराजा इस क्षेत्र में उनकी कोई मदद नहीं कर सकेंगे। वहां का सारा वातावरण अछूतों के प्रति घृणापूर्ण है और विषैला है। वे क्या सोचकर आए थे, क्या भुगतना पड़ रहा है उन्हें ? जीवन में कभी असत्य की शरण में वे नहीं गए, लेकिन वहां उन्हें सराय में जगह पाने के लिए पारसी बनना पड़ा। यह असत्य उनको बेचैन कर देता था। कभी-ना-कभी तो यह भेद खुलेगा तब क्या होगा ? कैसे सामना, कर सकेंगे वे उन भयावह तेवरों का ?

अब वे अमेरिका से आए नवल भटेना का पत्र पढ़ने लगे थे। उसने इस बात का अफसोस जाहिर किया था कि उन्हें इंग्लैंड से अधूरी तालीम छोड़कर आना पड़ा। एक जगह उसने लिखा था—

तुम्हारा सैन्य सचिव हो जाना भी कदाचित् तुम्हारी आर्थिक और सामाजिक स्थिति तो सुदृढ़ करेगा ही, साथ में तुम्हारा राजनीतिक प्रभाव-क्षेत्र भी कायम करेगा। इसके लिए दिली मुबारकवाद।

काश, फिर कभी मिल सकें,

तब तक के लिए...

वे इतना ही पढ़ पाए थे कि उनके दरवाजे पर दस्तक पड़ने लगी। एक नहीं, अनेक थापें एक साथ। उनका माथा ठनका। क्या माजरा है ?

वे उठे। धीरे-धीरे दरवाजे की सिटकनी खोली। दरवाजा एक धक्के से खुल गया।

कुछ लोग हाथ में लाठी लिए थे। कहीं हंगामा हो गया क्या ? वह यह सोचकर उनसे पूछने जा रहे थे कि एक अधेड़ उम्र का लंबा-चौड़ा व्यक्ति उनसे पूछने लगा, ‘‘आप, भीमराव अंबेडकर हैं ?’’

‘‘जी हां।’’

‘‘बाप का नाम श्री रामजी सकपाल है ?’’ उसने कड़कदार आवाज में कहा।

‘‘जी, हां।’’

‘‘निवास—परेल की इम्प्रूवमेंट ट्रस्ट चाल का कमरा नं. दो ?’’

‘‘हां।’’ भीमराव अंबेडकर ने चकित होकर पूछा, ‘‘बात क्या है ?’’

‘‘तुम हिंदू हो ?’’

‘‘हां, हिन्दू हूं।’’

फिर पारसी क्यों बने ?’’

‘‘वह...बात....।’’ भीमराव अंबेडकर हकलाने लगे।

‘‘तू सैन्य सचिव भी है ?’’ उस व्यक्ति ने संबोधन घृणात्मक ढंग से किया।

‘‘हूं।’’ भीमराव अंबेडकर ने अत्यन्त मद्धिम आवाज में कहा।

‘‘तू पढ़ा-लिखा भी है।’’

‘‘हां, हूं।’’

‘‘विलायत से लौटा है।’’

‘‘जी, यह भी सच है।’’

‘‘फिर झूठ बोलते हुए तुझे शर्म महसूस नहीं हुई ?’’ वह व्यक्ति मेघ-गर्जना कर उठा।

भीमराव अंबेडकर चुप।

‘‘यह सराय केवल पारसियों के लिए है।’’

‘‘हां, है।’’

"फिर तूने हमारी सराय को अपवित्र क्यों किया ?" तूने इतनी बड़ी हिमाकत क्यों की ?" वह व्यक्ति बांहें चढ़ाकर, लाल-पीला होते हुए पूछ रहा था।

भीमराव गर्दन झुकाए चुप खड़े थे भीगी बिल्ली बने।

"तू अछूत है कुत्ते !"

"वह तिलमिला गए।

"तूने हमारी सराय नापाक क्यों की ?"...तुझे तो तेरे धर्म वाले पास नहीं बैठने देते हैं।...तू अपने मंदिर में नहीं जा सकता।...तू सवर्ण हिन्दुओं के तालाब से पानी नहीं भर सकता।...तू क्या सैन्य सचिव है ? तेरे पास जो चपरासी है, वह तुझे पानी तक नहीं पिलाता है...फाइलें तेरे मुंह पर मारता है।...तुझे तेरे धर्मवालों ने ठहराना पाप समझा।...अरे, कमबख्त, कुछ तो ख्याल करता...हम तो विधर्मी हैं।...तूने हमारे साथ यह धोखा क्यों किया ?...जालिम, ऐसा ही धोखा करना था तो किसी सवर्ण हिन्दू, धर्मशाला, होटल या मकान वाले के साथ करता बामन बनकर।" वह तेज आवाज में भिगो-भिगोकर चाबुक उसकी नंगी आत्मा पर फटकार रहा था।

"मारो, काफिर को मारो !" भीड़ में से एक पारसी नवयुवक का मुस्कराता हुआ तेज स्वर आया।

भीमराव अंबेडकर के काटो तो खून नहीं। उनका गोरा और रक्तिम चेहरा सफेद फक्क। उनकी आंखें लानत बीनती उस युवती-सी थीं जिसकी इज्जत ठीक चौराहे पर सरे आम लूट ली गई हो और वह पत्थर बनी आंखों से अपनी नंगी देह के कटे-फटे अंग को देखकर जड़ हो गई हो। उनकी अक्ल पर घड़ों पानी पड़ चुका था। फिर भी, वे खड़े हुए थे किंकर्त्तव्यविमूढ़ बने। इतनी नंगी जलालत इससे पहले उन्होंने कभी नहीं भोगी थी।

"काफिर की औलाद, अब अपना बोरिया-बिस्तर उठा और तुरंत रफूचक्कर हो जा, नहीं तो मजहब के ये लोग तुझे इतना मारेंगे कि तू अपने को पहचान भी नहीं पाएगा !" वह लंबा-चौड़ा अधेड़ व्यक्ति सीना ताने कमरे में घुसकर चारों ओर देखने लगा।

"मुझे क्षमा कर दीजिए, आप लोग।...वाकई मुझसे अपराध बना है—बहुत बड़ा अपराध।"...भीमराव अंबेडकर की आंखें छलछला आई थीं और कंठ अवरुद्ध हो गया था। पैंट में उनके पांव कांप रहे थे और आत्मा उनको धिक्कार रही थी। वह मानो कह रही हो—झूठे, कमीने, तुझे अपनी ईमानदारी पर बड़ा नाज था।...हराम की नहीं, हलाल की रोटी खाने का दावा भरता था।...तू तो जानवर से भी गया-बीता है।...तेरी भी कोई इज्जत है—इज्जत तो इज्जतवालों की होती है...तेरी आंखों का पानी तो उतर चुका है !

"खड़ा-खड़ा क्यों शुतुरमुर्गी अन्दाज बनाए है, नामुराद !...सामान उठा और गधे के सींग की तरह गायब हो जा।"

"मुझे आठ घण्टे का समय दे दीजिए।...आपकी बड़ी कृपा होगी।" भीमराव अंबेडकर ने हाथ जोड़कर कहा।

कितने वज्र-सी आंखें उन्हें हिकारत से घूर रही थीं। वे धरती में गड़े जा रहे थे। उनके जीवन में इससे बड़ा अशुभ दिन और कोई नहीं हो सकता। वे गर्दन झुकाए, आंखें नीची किए और पश्चात्ताप से घिरे कांप रहे थे।

"नहीं, इतना समय नहीं दिया जा सकता।"

"तुम धूर्त हो, तत्काल बाहर निकलो।" एक-दूसरे व्यक्ति ने कहा।

"हाथ पकड़कर बाहर निकाल दो।" तीसरा व्यक्ति अकड़कर बोला।

"ठीक है, मैं सामान बांध लूं इतना वक्त दीजिए।" भीमराव अंबेडकर ने भर्राए हुए कंठ से कहा।

"जल्दी कीजिए, नहीं तो हमारे आदमी जो बाहर खड़े हैं, तुम्हें ही सामान की तरह बांधकर किसी अंधे कुएं में फेंक आएंगे।"

"सामान बांधकर कहीं और स्थान तो खोज सकूं, इतना समय तो दीजिए। आपकी कृपा होगी।" वह आर्द्र स्वर में बोला।

"नहींऽऽ....।" उस हट्टे-कट्टे अधेड़ व्यक्ति ने गरज के साथ कहा, "सामान उठाओ और यहां से फूटो।"

"ठीक है।"

वे सामान समेटने लगे। उनका मन गहरे अंधेरे कुए में डूबता जा रहा था। उन्होंने असत्य क्यों बोला ? यदि रहने के लिए निवास नहीं मिल रहा था तो वे एक प्रार्थना-पत्र महाराजा गायकवाड़ के नाम भेजकर बंबई लौट जाते, क्योंकि वह इस संबंध में उनसे पहले एक बार मिल भी चुके थे। उन्होंने भी मुख्यमंत्री की भांति आश्वासन ही दिया था, जो आज तक पूरा नहीं हुआ। यह सोचकर वे सामान बांध चुके थे। उन्होंने कई जगह प्रयत्न किया कि उन्हें नहीं तो कम-से-कम उनका सामान रख लेने दिया जाए, लेकिन वह भी संभव नहीं हो सका।

हारकर वे अंधेरे में खुद अपना सामान लेकर प्लेटफार्म पर आए और स्टेशन मास्टर साहब को राजी कर सामान एक तरफ रख दिया। फिर वह सचिवालय पहुंचे। वहां उन्हें एक तार मिला कि घर आ जाओ। वे वहां से लौट पड़े और एक पेड़ के नीचे खड़े होकर जी-भर रोए। उनमें घुटन गहरा गई थी। उनका चेहरा उतर गया। मुख्यमंत्री ने इस समय उनसे मिलने से इन्कार कर दिया। वे आंसू पोंछकर पैदल, बिना कुछ खाए, स्टेशन की ओर चल पड़े।

स्टेशन आ गया। रात हो चुकी थी। बल्ब जल रहे थे लेकिन उनके सामने अमावस्या का घना गहरा अंधेरा था। वह गुमसुम स्टेशन से दूर टहलते रहे। थकने लगे तब प्लेटफार्म पर आए और सामान के पास बैठ गए। समय बहुत मद्धिम गति से खिसक रहा था। मानो कर्फ्यू के समय में कोई क्रांतिकारी आंख बचाकर निकल जाना चाहता हो। आकाश साफ था और हवा थमी हुई थी। वे पानी पीकर आए और बिस्तर पर बैठ गए—एक अछूत धूर्त्त के विशेषण से जुड़कर। अछूतों को चाहिए कि वे संतान पैदा ही नहीं करें। इसी बीज मंत्र से अछूत दुनिया के मानचित्र से ओझल हो सकेंगे।...स्वयं दासानुदास तो है, अभिशप्त है और पशु से बदतर जीवन जी रहा है। कम-से-कम और दास तो जीते-जी मरने के लिए पैदा मत करो। बंद करो यह पैदावार..। शायद वह जोर से यह नारा लगा बैठते कि इतने में ट्रेन आ गई और वे उसमें जा बैठे।

ट्रेन जा रही थी, वे सामान से लगे सो रहे थे, बच्चे की तरह दुनिया से बेखबर होकर। मध्य रात्रि थी। सभी सो रहे थे। कम्पार्टमेंट में एकदम शांति थी। सिर्फ कम्पार्टमेंट में एक नीला बल्ब टिमटिमा रहा था क्योंकि शेष बल्ब फूटे-टूटे हुए थे। पता नहीं, किसने कहा था कि स्वदेशी आंदोलनकर्त्ताओं ने एक अंग्रेज को ट्रेन में चढ़ते हुए गोली मार दी थी। कुछ इसी तरह की भारी-भरकम खबरें फुसफुसाहट के स्वर में उभरकर निस्तब्ध हो गई थीं। इसी से कम्पार्टमेंट की संवेदनशीलता भयांतक की चपेट में आ गई थी।

पन्द्रह

अंधेरी रातें मायावी रूप धारण कर बढ़ने लगी थीं। चांदनी रात भी अंधेरी रात लगने लगी थी। सन्नाटा हरदम खूंटे से बंधा हुआ हुंकारता रहता था। छींट-सी रात मुस्करा उठती थीं।

सौतेली मां बीमार चल रही थी। आखिर थी तो वह भी मां ही। पिताजी रहे नहीं थे। आनंदराव घर संभाले हुए थे। घर की हालत बिगड़ी हुई थी।

श्रीकृष्ण केलुस्कर उन्हें समझा रहे थे, ''अंबेडकर, तुमने बौंड भरा है। नौकरी तो करनी पड़ेगी या राशि लौटानी पड़ेगी।''

''नहीं...नहीं...नहीं...कभी नहीं... !'' वे चीख-से पड़े थे मानो सोते हुए बालक ने कोई भयानक स्वप्न देखा हो।

''मानता हूं कि तुम्हें वहां बहुत कष्ट भोगने पड़े, अपमान सहना और हर क्षण अंदर-ही-अंदर कुढ़ते रहना पड़ा। अब पुनः प्रयास करेंगे। महाराजा को सारी व्यथा सुनाएंगे।'' श्रीकृष्ण केलुस्कर कहते।

''मैं पहले भी महाराजा से मिला था।''

''अब मेरे साथ मिलोगे।''

''क्या होगा ?''

''वे प्रगतिशील विचारधारा के हैं और छुआछूत नहीं मानते हैं, यह तो तुम्हें मालूम है न ?'' वे पूछता।

''मालूम है।''

''यही भी याद है कि उन्होंने तुम्हें बाहर पढ़ने के लिए छात्रवृत्ति भी दी है और बाद में एक साल के लिए तुम्हारी छात्रवृत्ति बढ़ाई भी थी।''

''तो क्या हुआ ?''

''इसका अर्थ यह है कि वे तुम्हें छोड़ना नहीं चाहेंगे।''

''फिर ?''

''फिर यह है कि वे तुम्हारे लिए निवास की व्यवस्था करेंगे।...समझ में आ रहा है न, अंबेडकर !'' वह तनिक तीखे स्वर में बोले।

''सब आ रहा है, परंतु...।''

''किंतु, परंतु को मारो गोली, अक्ल से काम लो। सदा एक से दिन नहीं रहेंगे। और फिर तुम किसी श्रेष्ठ लक्ष्य के लिए काम कर रहे हो।...रही अपमान की बात...उसके लिए, मैं नहीं मानता कि तुम दोषी हो। परिस्थितियां अच्छे से अच्छे व्यक्ति को विवश कर देती हैं।'' श्रीकृष्ण केलुस्कर ने अपनी कॉफी खतम करने की लिए प्याला उठाया।

''आप मेरी जगह होते तो ऐसा कभी नहीं कहते और न ऐसी सलाह देते। बात शब्दों की नहीं है उस रौरव को भोगने की है जो मैंने भोगा है।'' भीमराव अंबेडकर का मन तड़प उठता। वे पागल-से होने लगते।

''यदि महाराजा ने नोटिस दिया तो क्या तुम छात्रवृत्ति लौटा पाओगे ?''

इस बार भीमराव अंबेडकर सोच में पड़कर पूछ बैठे, ''ऐसा हो सकता है क्या ?''

''क्यों नहीं हो सकता है ?'' श्रीकृष्ण केलुस्कर ने आगे कहा, ''वहां तुम्हारे विरोधी भी हैं—खासकर मुख्यमंत्री, वह ऐसी कार्यवाही शुरू करवा सकता है।''

वे चुप रह गए। उन्हें अपना कद बहुत बौना होता प्रतीत हुआ...उनके सामने एक बिना रीढ़ का इंसान फांसी के फंदे में झूल गया, जिसकी सिर्फ गर्दन बाहर निकल आई थी। उसकी जीभ पहले ही काट डाली गई थी। वह जन्मांध अलग था।

"देखो, तुम मेरे साथ महाराजा से मिलने चलो। फिर सब ठीक हो जाएगा।...वहां प्रोफेसर जोशी मेरे मित्र हैं। हम उन्हें पत्र लिखेंगे। इस बार तुम उनके घर ठहरोगे।" श्रीकृष्ण केलुस्कर ने उन्हें समझाया। वे मान गए।

उनके साथ वे महाराजा बड़ौदा से मिले। उन्होंने पुनः आश्वासन दिया। वे फिर बड़ौदा के लिए ट्रेन में बैठ गए। यदि वे प्रो. जोशी के यहां ठहर गए तो सवर्ण हिन्दुओं की भी आंखें खुल जाएंगी और वे भी उनके वर्ग के प्रति उचित व्यवहार कर पाएंगे।

बड़ौदा आ गया। ट्रेन रुकी। प्रो. जोशी स्टेशन पर नहीं आए बल्कि उनका एक सेवक पत्र लेकर आया और उनकी ओर पत्र बढ़ाकर चला गया। उसने कुछ कहा नहीं। वे ट्रेन से नीचे उतर आए। सामान उतार लिया। उन्होंने पत्र पढ़ना शुरू किया। उसमें गिनती की चार-पांच पंक्तियां लिखी हुई थीं। उसमें लिखा था—

कृपया वे घर नहीं पधारें। मैं छुआछूत नहीं मानता, परंतु मेरी पत्नी प्राचीन विचारों की है। उसे आपका यहां ठहरना पसन्द नहीं है।

वे जैसे बंबई से गए थे वैसे ही वहां से लौट आए। अचरज, पढ़ा-लिखा और प्रोफेसर जैसा शीर्षस्थ समाज भी छुआछूत की गहरी दलदल में फंसा हुआ है। मुक्ति दिलाने वाला ही जब परतन्त्र है तो फिर उससे मुक्ति की आशा करना व्यर्थ है, भ्रम है और धोखा है। उन्होंने महाराजा बड़ौदा को सारी स्थिति से अवगत कराकर उनसे प्रार्थना की थी कि वे भी उन्हें अपने अनुबंध से मुक्त करें ताकि अपने लिए वे कहीं और सेवा तलाश कर सकेगा।

इधर सिडेनर्हेम कॉलिज ऑफ कामर्स एण्ड इकनॉमिक्स में उनकी प्रोफेसर के रूप में नियुक्ति, लार्ड सिडेनर्हेम की सिफारिश पर हो गई थी। वे लंदन में थे तब से लार्ड सिडेनर्हेम को जानते थे। यह कॉलिज जब वे वहां गवर्नर थे तब उनके नाम से बंबई में स्थापित हुआ था। अब उनको चार सौ पचास रुपये प्रति माह वेतन मिलने लगा। बहुत जल्दी वे कॉलिज में इतने विख्यात प्रोफेसर सिद्ध हुए कि अन्य कॉलिज के विद्यार्थी उनके कालांश में अनुमति लेकर बैठने लगे। परंतु कालिज के सवर्ण प्रोफेसरों—विशेषतया गुजराती प्रोफेसरों ने उनके द्वारा स्टाफ के लिए रखे गए बरतन से पानी पीने पर सख्त एतराज उठाया। वाह री ! जलालत-भरी ज्ञानेश्वरी पीढ़ी के विज्ञानी पुरोधा ! उन्हें लगा कि सच जो कभी थकने वाला नहीं था, वह भी अब थक चुका है, बूढ़ा हो गया है और मानवता को उम्र-कैद की सजा उसके अनुयायियों ने बेखौफ सुनाकर उसे अंधेरी कोठरी में बंद कर दिया है। उसके जंगी द्वार की कुंडी पर मोटा ताला जड़कर ताली दलदली तालाब में फेंक दी है।

भीमराव अंबेडकर मानव-व्यवहार के ऐसे अन्तर्द्रष्टा बन चुके थे कि वे उस सबको उधेड़ देना चाहते थे, जो सफेद कॉलरीय पीढ़ी आरोपित कर समाज को सत्य का सामना करने से बचा ले जाना चाहती थी और निष्क्रियता तथा असंवेदनशीलता का बेअसरदार वातावग्ण बनाना चाहती थी। सारे कुंओं में भांग पड़ी हुई थी। सब एक ही थैली के चट्टे-बट्टे थे।

इसी समय उनके भाई आनंदराव की अचानक अपनी ससुराल में मृत्यु हो गई। वे बीमार थे और हवा-पानी बदलने के लिए वहां गए हुए थे। अब क्या था कि घर-गिरस्ती का सारा भार सीधे उन पर आ गया जो घर-गिरस्ती के समाजशास्त्र और अर्थशास्त्र से

एकदम अपरिचित थे।

महाराष्ट्र में कोल्हापुर के छत्रपति साहू महाराज अपनी रियासत से छुआछूत का भूत मिटाना चाहते थे और इसके लिए अछूतोद्धार आंदोलन चला रहे थे। सामाजिक और आर्थिक अन्याय तथा अत्याचार से पीड़ित अछूत वर्ग यथार्थतः जीने का हक द्रौपदी की तरह बलात् हार चुका था।

वे संपर्क में आए थे उन छत्रपति साहू महाराज के जिन्होंने अपनी रियासत में अछूतों के लिए निःशुल्क शिक्षा, छात्रावास और भोजन की व्यवस्था की थी, उन्हें अपने प्रशासन में नियुक्ति दी और अपने हाथी का महावत एक अछूत रखा था। दात्रोश पंवार ने उनकी उनसे मुलाकात करवायी थी।

ज्ञान का विज्ञान से परिचय दोनों के काम आया और एक पाक्षिक पत्र का सुप्रारंभ हो गया। उसका नाम रखा 'मूक नायक'। मराठी के इस पाक्षिक को संभाला स्वयं भीमराव अंबेडकर ने, परंतु उस पर संपादक के स्थान पर नाम गया पांडुरंग नंदराम भटकर का जो महार जाति के थे और अकोला के केलाब्ली गांव के थे।

'मूक नायक' को उन्होंने अछूतों का बेचूक हथियार बनाना चाहा जो सवर्ण हिंदू समाज की कुंभकर्णी नींद को भंग कर सके।

वे उसमें अग्र लेख लिखने लगे। 'मूक नायक' के पहले अंक में उन्होंने अपने अग्र लेख में लिखा कि हिंदू समाज ऐसा गुंबद है जो है तो कई मालाओं का, परंतु जिसके पास न कोई सीढ़ी है और न द्वार। अतः जो व्यक्ति जिस माले में पैदा हुआ, उसी में मर जाएगा।

उन्होंने दूसरे अग्र लेख में लिखा था कि भारत को मात्र स्वतंत्र करवाना ही महत्त्वपूर्ण नहीं है, अपितु धार्मिक, सामाजिक और राजनीतिक समानता भी उसके लिए अत्यन्त अपरिहार्य है ताकि वह एक उदात्त राष्ट्र बने।

सुर्खियों में थी उनकी हृदयाग्नि। उन्होंने पुरजोर आवाज में कहा था—यदि ब्राह्मणों को ब्रिटिश सरकार रास नहीं आती, वे उसका विरोध करते हैं और उस पर भरपूर आक्रमण करते हैं तो क्या वे समझते हैं कि अछूत उनके शासन को बर्दाश्त कर पाएंगे ? यदि कभी शासन उन्हें मिला तो जितना विरोध ब्राह्मण ब्रिटिश सरकार का करते हैं, उससे हजार गुना विरोध वे ब्राह्मण सरकार का करेंगे जो पूर्णतया न्याय-धर्म पर आधारित होगा।

आग ! आग !! आग !!! भयावह आग ! सवर्ण हिन्दू समाज जल-भुन गया। कोई उनके सामने खुली चुनौती पेश कर रहा था।

भीमराव अंबेडकर एक भयावह आग का नाम है। क्या विचार और क्या कर्म—दोनों अकाट्य और दोनों उदात्त ! विरोध करे तो कोई कैसे ?

मान गांव की एक सभा में, जिसकी अध्यक्षता स्वयं छत्रपति साहू महाराज कर रहे थे, उन्होंने कहा था, "भाइयो, अंबेडकर के रूप में आपको आज एक रक्षक मिल गया है। मुझे विश्वास है कि वह छुआछूत की बेड़ियों से आपको आजाद कराएगा।...मात्र इतना ही नहीं, एक दिन, जैसा मेरी अन्तरात्मा कहती है, वे महान् नेता बनेंगे, उनकी सुख्याति संपूर्ण भारत में फैलेगी और उनकी विद्वत्ता का सब लोहा मानेंगे।"

उनकी बढ़ती हुई ख्याति सवर्ण वर्ग को फूटी आंख नहीं सुहाई और वह उन पर आक्रमण करने की धारदार योजना बनाने लगा। उन पर बड़ौदा महाराजा से प्राप्त छात्रवृत्ति की धनराशि लौटाने का इसलिए नोटिस दिया गया क्योंकि उन्होंने बड़ौदा स्टेट से किए गए इकरारनामे का पालन नहीं किया था। तद्विषयक पत्र (नोटिस) सिडेनर्हेम कॉलिज के

प्रिंसिपल, बंबई के शिक्षा-विभाग और एक प्रसिद्ध मजदूर नेता को पत्र भेजते हुए प्रार्थना की थी कि वे उनसे वह राशि वापस दिलवाएं अन्यथा विवश होकर उन्हें न्यायालय की शरण में जाना पड़ेगा।

इससे वे परेशान हुए परंतु वे कोई जवाबी आक्रमण नहीं कर सके, सिर्फ प्रिंसिपल के सामने वास्तविक स्थिति रखने के। पता नहीं कि इस पत्र का ही यह प्रभाव पड़ा कि उनकी अस्थायी प्रोफेसर पद पर की गई नियुक्ति रद्द कर दी गई। इसी कॉलिज में एम. सी. छागला भी अस्थायी प्रोफेसर थे। उनकी पुनः नियुक्ति नहीं हुई क्योंकि वे राजनीति में भाग लिया करते थे। उन्होंने यह तर्क अंबेडकर पर भी लगाया था कि वे भी राजनीति में भाग लेते हैं। इसका परिणाम यह हुआ कि अंबेडकर की भी पुनः नियुक्ति नहीं हुई।

नौकरी गई तो उन्हें अपने अधूरे अध्ययन को पूरा करने की चिन्ता हुई और वे अपने मित्रों से—नवल भटेना, महाराजा कोल्हापुर—सहायता लेकर इंग्लैंड रवाना हो गए।

रामाबाई ने साहस बंधाया। उसने विदा करते हुए कहा था, "आप घर की चिन्ता कतई मत करना। यहां हम हैं। सब देख लेंगे। कम में गुजर कर लेंगे।"

"परंतु घर कैसे चलेगा।"

"इसकी चिन्ता नहीं जी। एक महान् कार्य के लिए अनेक छोटे कार्यों की उपेक्षा की जा सकती है।...और फिर कितने दिनों की बात है।...आपको..."

"नहीं, ना। कंठ छूकर नहीं।" भीमराव अंबेडकर ने कहा।

दोनों के मुखमण्डल पर लालिमा दौड़ गई। एक पवित्र प्रेम की अनुभूति ने दोनों को दबोच लिया। पता नहीं दोनों में से किसने कहा था, "यह प्यार है जो हर मोड़ पर सबसे आगे आ खड़ा होता है।"

"तुमने कुछ कहा क्या ?" रामाबाई पूछती।

"यही प्रश्न मैं तुमसे करने वाला था।" भीमराव अंबेडकर ने धीरे से कहा।

वे जानते थे कि रामाबाई पर वे कितनी बड़ी जिम्मेदारी डालकर जा रहे हैं—नन्हा-सा पुत्र यशवंत था, जेठ का परिवार था और वह अकेली। लेकिन अन्य कोई रास्ता नहीं था।

सोलह

वे लंदन पहुंच गए। फिर से उन्होंने लंदन स्कूल ऑफ इकनॉमिक्स एण्ड पॉलिटीकल साइंस में अर्थशास्त्र का अध्ययन शुरू कर दिया और 'ग्रेज इन' में बार-एट-लॉ का।

यहां भी उनके पास बड़ौदा राज्य से पत्र आने लगे थे जिसकी ओर उन्होंने कोई ध्यान नहीं दिया। वे अपने आपको पूर्णतया अध्ययन-मनन के प्रति समर्पित कर चुके थे।

उन्होंने जाना था कि निर्धनता सबसे बड़ा अपराध है। इस समय वे दो ही क्षेत्रों में युद्ध छेड़े हुए थे—एक अध्ययन के क्षेत्र में और दूसरा मितव्ययता के क्षेत्र में। तभी तो वे अपनी चुड़ैल मालकिन के दुर्व्यवहार को कड़ुवा घूंट समझकर पी जाते थे। क्या करें ? वे विवश थे। किसी भी मूल्य पर वे अध्ययन से विमुख नहीं होना चाहते थे। वे सब सह लेते थे चुपचाप—बिना विद्रोह किए।

उस रात तो हद हो गई। वे बीस-बीस घंटे पढ़ते थे। उनका रूम पार्टनर चकित था कि वे अपने को मारकर अध्ययन के पीछे दीवाने हो गए हैं। वह तो समय पर सो जाया

करता था, अतः उस रात भी वह सो चुका था।

वे अध्ययन में गहरे डूबे हुए थे। उन्हें अपने आस-पास कोई नजर न आता था और न कोई याद सताती थी। वे इतना जानते थे कि उन्हें कुछ करके दिखलाना है—अछूत पीड़ा को मिटाना है। यही भावना उनकी अंदरूनी शक्ति थी। लेकिन उस रात मालकिन ने उनके ध्यान को झकझोर दिया।

एक तो करेला और वह भी नीम चढ़ा। उन्हें जहां रहने को स्थान मिला, उसकी मालकिन एक डरावनी महिला थी, जिसमें ममता लेशमात्र भी नहीं थीं। वे घर लौटते हुए डरते थे और उसका सामना करने से सदा बचते रहना चाहते थे।

वहां उनको मिला था—एक प्यारा मित्र अस्नोडकर। वह भी उस मालकिन की बदसूरती से घबराता था और उसके सामने सदा सिर नीचा किए शुतुरमुर्ग की तरह बैठता था।

"सो गए क्या ?" बूढ़ी परंतु तेज कर्कश आवाज हवा को नये कपड़े की तरह चीर जाती।

"नहीं।"

"कौन ?"

"अंबेडकर, मैडम !"

"क्या कर रहे हो ?"

"पढ़ रहा हूं।"

"जासूसी उपन्यास मत पढ़ा करो। इनसे बुरे और डरावने स्वप्न दीखते हैं। आंखें और सेहत खराब होती है।...अब सो जाओ।" उसकी आवाज भीमराव अंबेडकर को ऐसी लगती मानो किसी ने उनके कानों में कांच पिघलाकर डाल दिया हो और वे गूंगे होने के कारण चीख नहीं पाए हों। हर समय, हर बात पर उसका टोकते-रोकते रहना या उपदेश पिलाते रहना उन्हें बहुत बुरा लगता था। हालांकि वे अपना अधिकांश समय लंदन विश्वविद्यालय के पुस्तकालय, इंडिया ऑफिस पुस्तकालय आदि में बिताया करते थे तथापि वह महिला घर में घुसते ही टर्राना शुरू कर देती थी। उसकी बेसुरी आवाज और भौंडी शक्ल में वह महिला कम आदमी अधिक नजर आती थी। पैसे के अभाव में वे न बाज़ार जाते, न सिनेमा और न किसी अच्छे होटल में। अमेरिका में रहते हुए वे भोजन पर किया जाने वाला खर्च मात्र एक डालर और दस सेंट में चलाते थे और लंदन में वे एक माह में कुल आठ पाउण्ड की मामूली राशि में अपना पूरा खर्च चलाते थे।

उनका अधिकांश समय लंदन म्यूजियम में बीतता, जहां कार्ल मार्क्स, मेजिनी, लेनिन आदि ने लम्बी तपस्या की थी। उनको उनकी याद आती और वे आर्द्र हो उठते। वीर सावरकर ने भी वहीं अध्ययन किया था। वे वहां प्रायः पैदल घूमते थे। घर से पुस्तकालय और पुस्तकालय से घर या कभी-कभी घूमने निकल जाते किसी पार्क में...यह था उनका रोजनामचा।

एक भारतीय मित्र ने उन्हें पापड़ों का एक टिन दिया था। वही उनका रात का पक्का साथी था। अस्नोडकर की अचानक आंख खुली। उसने देखा कि भीमराव अंबेडकर एक प्लेट में रखे पापड़ में से थोड़ा-सा टुकड़ा तोड़कर खा रहे हैं। उनके पास चाय से भरा प्याला रखा हुआ था। अस्नोडकर ने ललचायी हुई आंखों से उनकी ओर देखा। दरअसल वह यदाकदा पापड़ खा चुका था। उसे पापड़ अच्छा लगा था। आखिर उसने पापड़ मांग ही लिया।

भीमराव अंबेडकर ने उसे पापड़ देते हुए कहा, "चाय पीओगे, अस्नोडकर ?"

"थैंक्स, अंबेडकर।" अस्नोडकर कहता, "क्या एक बात पूछूं ?"

"हां, पूछो।"

"तुम इतना क्यों पढ़ते हो कि तुम्हें अपनी सेहत का भी ध्यान नहीं रहता ?"

भीमराव अंबेडकर मुस्कराकर कहते, "सेहत तुम बनाओ और पढ़ मुझे लेने दो।"

"नहीं, अंबेडकर, अपने पर इतना जुल्म मत करो।" अस्नोडकर पापड़ चबाता कहता।

"तुम नहीं जानोगे कि मुझे अभी कितना संघर्ष करना शेष है।...शायद मेरी पूरी जिंदगी इस तरह कट जाए और तो भी लक्ष्य के नजदीक नहीं पहुंच पाऊं। मुझे उसका रत्ती-भर गम नहीं होगा क्योंकि मेरा लक्ष्य एक वर्ग-विशेष को सदियों की गुलामी से मुक्त कराना है।...दरअसल हमारी स्थिति भारतवर्ष में बहुत दयनीय है। हम दासों के दास हैं। ...बस, दोस्त, यही वजह है कि...।"

"एस युअर विल, डीअर।" वह इतना कहकर सोने का उपक्रम करने लगता।

रात्रि के दस बजे से उनके अध्ययन का दौर शुरू होता था। रात में वे उसी महिला के यहां भोजन करते थे। वह डरावनी महिला भोजन के साथ उन्हें थोड़ा-सा मक्खन और कुछ बिस्कुट भी दे दिया करती थी ताकि उसकी शिकायत न हो।

जब वे पढ़ते-पढ़ते भूख से व्याकुल हो उठते थे तब चाय व पापड़ से अपनी गुजर-बसर करते और अपने मन को समझाते, "तेरे भाग्य में यही सब है। इसी से संतोष कर।...तूने बेंजामिन फ्रेंकलिन का नाम सुना है। वह भी तेरी तरह बहुत गरीब था परंतु वह मितव्ययता और परिश्रम के प्रति न्यौछावर था। उसने अपने लक्ष्य को प्राप्त किया था। ...बताओ, तुम्हें अपने मकसद में सफलता चाहिए या गलियारों में आवारा पिल्ले की सी आजादी।'

वे इस तरह अपने आपको समझा लेते थे। कुछ दिनों से वे जर्मनी जाने का कार्यक्रम बना रहे थे परंतु धनाभाव उन्हें कचोट रहा था। कोई रास्ता नजर नहीं आ रहा था। हारकर उनके सामने वह पारसी मित्र नवल भटेना आ ठहरा जिसके साथ वे कोलंबिया विश्वविद्यालय में पढ़ते थे।

नवल भटेना एक मालदार मित्र था और उनका पक्का दोस्त था। वे यदाकदा उसको पत्र लिखकर सहायता ऋण के रूप में मांग लिया करते थे। आज भी वे उसको पत्र लिखने बैठ गए। अस्नोडकर फ्रांस गया हुआ था। वे आज अपने कमरे में अकेले थे। उन्होंने पत्र लिखना शुरू किया। थोड़ा-सा लिखकर वे सोचने बैठ गए कि पत्र कैसे शुरू किया जाए ! उन्होंने लिखा—मित्र, मुझे क्षमा करना, कोई अन्य रास्ता नहीं है, इसलिए...वे इसे काट देते। उधार मांगना उसके लिए, पहले लिखे पत्रों की तरह पुनः लिखना, उनको रास नहीं आया। वे बौने होने लगते। कहीं उसने इंकार कर दिया तो... ?

उनके मस्तिष्क में सनसनाहट-सी दौड़ जाती थी। वे साहस बटोरकर पुनः लिखने की सोचते। क्यों न सोचें। उसने उन्हें चलते हुए कहा था, 'मि. अंबेडकर, लगता है तुम मुझे भूल जाओगे।'

'नहीं, मि. भटेना, ऐसा कभी नहीं होगा।'

'क्योंकि तुम्हारा स्वभाव संकोची है।'

'तो ?'

'तुम एक महान् कार्य में लगे हो।'

'पता नहीं।'

'मैं जानता हूं, महसूस करता हूं....तुम जरूर एक श्रेष्ठ कार्य करोगे जिससे तुम्हारा यह छोटा-सा मित्र गौरव से फूला नहीं समाएगा।' नवल भटेना उनके कंधे पर धौल मारता हुआ मुस्कराकर कहता।

'आपकी शुभकामनाओं के लिए...।'

'नो....नो...धन्यवाद नहीं, मि. अंबेडकर।' वह बीच में ही टोक देता।

भीमराव अंबेडकर चौंक पड़ते।

नवल भटेना सिर खुजाता हुआ कहता, 'मेरे मन में भी एक ललक है। मैं भी तुम्हारे साथ हाथ बंटाना चाहता हूं, परंतु वह मेरे लिए संभव नहीं है।...क्या करूं ? तुमने साथ रहकर मेरी सुप्त आत्मा को जगा दिया है।....एक वायदा करो अंबेडकर !....करोगे या...'

भीमराव अंबेडकर ने नवल भटेना की ओर देखा। उसके गोरे मुख पर एक वितृष्णा का भाव होते हुए भी विषाद की छाया का एक धूपई टुकड़ा आ ठहरा था। वह बोले, 'कहो दोस्त, मैं वायदा तो नहीं कर सकता क्योंकि मैं झूठ बोलना नहीं चाहता। हां, विश्वास दिला सकता हूं कि पूरी कोशिश करूंगा....निभा सकूंगा।....इसे एक दोस्त का कौल समझ सकते हो....'

नवल भटेना मुस्कराकर बोला, 'तुम बहुत गंभीर हो गए हो मित्र !...गुजारिश यह है कि तुम एक पाक रास्ते की ओर बढ़ रहे हो। यदि तुम्हें कभी अपने उद्देश्य की पूर्ति के लिए धन की जरूरत महसूस हो तो मुझे लिखना मत भूलना। मैं भी वायदा नहीं कर रहा हूं, परंतु यह यकीन से कहना चाहूंगा कि मुझे तुम्हारा पत्र पाकर बड़ी खुशी होगी और उससे ज्यादा खुशी तुम्हारी मांग को पूरा करके होगी।'

उसने कितनी बार मदद भी की थी। वे यह सोचकर पत्र लिखने लगे।

"प्रिय भटेना,

यकीन कर सकते हो तो करो कि मैं आपको यह पत्र लिखते हुए अत्यंत संकोच का अनुभव कर रहा हूं। मैं यह अच्छी तरह महसूस करता हूं कि वह बोझ जो मैं तुम पर डालता हूं, सिवाय परम मित्र के और कोई बर्दाश्त नहीं कर सकता। मुझे विश्वास है कि मेरे बार-बार रुपये-पैसे मांगने से तुम्हारी आर्थिक स्थिति नहीं डगमगाएगी और न हमारी मित्रता में कोई व्यवधान पैदा होगा। तुम ही तो मेरे एकमात्र अभिन्न मित्र हो।...

दो हजार रुपये भेज दोगे तो मैं जर्मनी विदेश मुद्रा, जिसके चंद दिनों में महंगी होने की उम्मीद है, खरीद सकूंगा।...मेरा जर्मनी जाना बहुत जरूरी है।"

और यादों की कुनकुनी धूप के साथ पत्र को पूरा कर गए।

वह पत्र पोस्ट करके बहुत संतोष अनुभव कर रहे थे। इस बीच मैक्सी का एक पत्र और आया था, जिसमें यह सूचना भी थी कि वह दक्षिणी अमेरिका में है और उसकी मुलाकात जयप्रकाश नारायण से होती रहती है। वे वहां पार्ट टाईम नौकरी करके अपना खर्च निकाल लेते हैं। जाने क्या सोचकर उसने यह लिखा था।

वे नौकरी नहीं कर सकते थे। उनके पास समय ही कहां है ? पी-एच. डी. उन्हें कोलंबिया विश्वविद्यालय इसलिए एवार्ड नहीं कर सका क्योंकि वे उसकी टंकित या मुद्रित प्रतियां प्रस्तुत नहीं कर सके। हां, उनके उस कार्य को पी-एच. डी. के लिए स्वीकार कर लिया गया था।

इसी बीच, वे लंदन म्यूजियम से लौटे। आज उनका मन कुछ भारी था और हरारत-सी

अनुभव हो रही थी। आकाश में कई दिनों से अचानक मेघ सैनिक छावनी बनाए हुए थे।

वे पैदल लौटे थे। थक गए थे। उनकी इच्छा चाय या कॉफी पीने की हो रही थी। वे अपनी मकान मालकिन से इस संबंध में कुछ कहना चाहते थे कि उसकी कर्कश आवाज उन्हें सुनाई पड़ गई। वह किसी किरायेदार से झगड़ रही थी।

वे अपने कमरे में पड़ी चारपाई पर आकर लेट गए। उनका अंग-अंग टूट रहा था और दर्द से सिर फटा जा रहा था। बेचैनी अलग बढ़ रही थी। उन्होंने ऐसे वक्त में जब वे पहले भी बीमार हुए थे, अपनी मालकिन की आत्मा के लिए शांति की प्रार्थना की थी। इस पर भी उन्हें अनुभव यही हुआ था कि उन्हें तबाही से कोई नहीं बचा सकता। उन्हें लगता कि यदि स्वर्ग है तो शैतान वहां अवश्य होगा।

वे वहां रहते हुए ज़रा-सी भी फिजूलखर्ची नहीं कर रहे हैं। एक-एक पैसा दांत से भींचकर खर्च कर रहे हैं। अर्द्ध-पेट भोजन करके अपना गुजारा कर रहे हैं।

वहां उनका अपना कौन है ? दूर-दूर तक रेगिस्तान, तेज हवाएं और चिलचिलाती धूप।

इसी समय मालकिन के नौकर ने आकर उन्हें एक पैकिट और एक पत्र दिया।

पैकिट में पुस्तकें थीं। उनकी आंखों में रोशनी आ गई। उनके मन को बहुत सुकून मिला। वे उठ खड़े हुए। उन्होंने पानी पीया।

मालकिन का नौकर फिर आया लेकिन देवदूत बनकर। उसके पीछे-पीछे मालकिन भी वहां आ गई। वह वहां आते ही बोली, "अंबेडकर, कॉफी पीओ और यह टेबलेट निगल जाओ।"

भीमराव अंबेडकर को चक्कर आने लगे। वह हकलाकर पूछ बैठे, "यह सब आपको किसने कहा ?"

"तुमने नहीं।" उसकी आवाज में कड़कपन था।

"जानता हूं, मैडम, कि मैंने नहीं कहा।"

"परंतु कहना चाहिए था। तुमने गलती की है अंबेडकर, गौड से मुआफी मांगना कि ऐसी गलती फिर न हो।...हमें इसने—अपने सरवेंट ने कहा कि.... !" मालकिन इतना ही कह पाई और लौट पड़ी।

वे उसे सॉरी कहना भी भूल गए। दरअसल वे हक्के-बक्के रह गए थे। अभी वह जिसके लिए प्रार्थना करते हुए शैतान से उसकी तुलना कर रहे थे, वह एक यह भी रूप रखती थी—मां का।

उन्होंने गरमागरम कॉफी पी। टेबलेट ली और कुछ राहत महसूस की। इसके बाद वे पैकेट खोलने लगे। उसमें दो पुस्तकें निकलीं—एक पुस्तक थी मराठी के विख्यात नाटककार गड़करी का नाटक और दूसरी पुस्तक थी मेककुल्लॉक कृत 'रिकार्डीज वर्क्स'। ये पुस्तकें उन्होंने मंगवाई थीं क्योंकि लंदन में उन्हें कहीं नहीं मिली थीं। उन्हें नाटक पढ़ने का बहुत शौक था। उन्हें लगता था कि नाटक ज़िंदगी का जीवंत हिस्सा है। उसके बिना समाज को समझा नहीं जा सकता।

इसके बाद उन्होंने पत्र खोला। पत्र शिवतारकर का था। पुस्तकें उसी ने भेजी थीं। पत्र के कतिपय अंश इस प्रकार थे—

आपका यह लिखना मेरा पथ-प्रदर्शक बना कि जो पुस्तक पुस्तकालय और पुस्तक विक्रेता के पास नहीं मिले, वह प्रायः कबाड़ियों के पास मिल जाया करती है। यही हुआ।

'रिकार्डीज वर्क्स' वहीं से मिली है।

आपका कथन सही था। श्री भटकर जिसे आपने 'मूक नायक' का संपादक बनाया था, अब अपने आपको बहुत बड़ा आदमी मानता है और आप अन्यथा मत लीजिए, वह आपको महत्त्व नहीं देता है। वह आत्म-प्रशंसा के अंधेरे में डूबा हुआ अहमवादी हो गया है। फिलहाल उससे अपेक्षा करना मुझे नहीं लगता कि कुछ कारगर होगा।

घर में सब ठीक-ठाक है। भाभी जैसे-तैसे, दुखम्-सुखम् गिरस्ती की गाड़ी खींचे जा रही हैं। इस पर भी वे प्रसन्न रहती हैं, और ईश्वर से आपके लिए दुआएं मांगती रहती हैं।

पत्र समाप्त हुआ था।

कुछ देर तक वे अन्यमनस्क-से बैठे रहे। व्यक्ति के व्यवहार पर सोचते रहे। 'मूक नायक' 'मराठी साप्ताहिक' उन्होंने 1 जनवरी, 1920 से शुरू करवाया था ताकि दलितों की आवाज बुलंद की जा सके।

महाराजा कोल्हापुर की कुछ आर्थिक सहायता से उसे निकाला था और संपादक के नीचे नाम दिलवाया था अपनी जाति के महार पाण्डुरंग नंदराम भटकर का। वे उसके लिए अग्रलेख लिखते थे और कभी-कभी किसी दुर्घटना को सविस्तार पेश भी वही करते थे। वे सोचते थे कि समाज को जगाए रखने का सबसे बड़ा हथियार कोई है तो वे पत्र-पत्रिकाएं हैं और उसे डुबोने का भी कोई कारण है तो उसमें पत्र-पत्रिकाओं की भागीदारी को अनदेखा नहीं किया जा सकता है।

वे लंदन में बैठे हुए 'मूक नायक' के प्रति बराबर चिंतित थे और अपने अत्यन्त व्यस्त समय में से उसके लिए कुछ समय निकाल कर कोई लेख तैयार कर दिया करते थे। भटकर उसे कई अंकों में देता ही नहीं था और देता भी था तो अग्रलेख के रूप में नहीं। इसके लिए उन्होंने स्वयं उसे लताड़ा भी था लेकिन उस पर लताड़ का कोई असर नहीं हुआ। आदमी इतनी जल्दी क्यों बदल जाता है ? उसे क्या मिलता है इस प्रकार बेशर्म और कायर हो जाने से ? उसकी आत्मा क्या उसे इस दुष्कृत्य के लिए दुतकारती नहीं है ?

वे मानव-व्यवहार का बहुत गहराई से अध्ययन कर रहे थे और उसके विवित्र आचरण का पता लगाना चाह रहे थे क्योंकि उनकी यह दृढ़ मान्यता थी कि आचरण-व्यवहार निर्लज्जता और कापुरुषता खोखले समाज की बीमार देन है, जिससे तत्कालीन समाज कष्ट, असुविधाओं और अंधेरे में पड़कर सदा आपस में टकराता फिरता है।

'प्रॉविसियल डीसेंट्रलाइजेशन ऑफ इम्पीरियल फाइनेंस इन ब्रिटिश इंडिया' पर उन्हें मास्टर ऑफ साइंस की उपाधि मिल चुकी थी। 'द प्रॉब्लम ऑफ द रूपी' भी वे पेश कर चुके थे लंदन विश्वविद्यालय को—डी. एस. सी. के लिए।

वे कुछ दिन पूर्व वहां आए थे बॉन (जर्मनी) से। वहां वे जर्मनी और फ्रेंच सीख रहे थे और साथ ही बॉन विश्वविद्यालय में प्रवेश की तैयारी कर रहे थे कि इसी बीच प्रो. एड्विन कैनन का पत्र आ गया कि वे तुरंत आएं। उनके परीक्षक ने उनके प्रबन्ध पर सारांश बदलकर पुनः थीसिस पेश करने का नोट दिया है।

वे बॉन से चले आए। पुनः अपनी थीसिस देखने लगे, उन्हें अपने निष्कर्ष सही लगे। उन्होंने लंदन स्कूल ऑफ साइंस के प्रो. हेरॉल्ड जे. लॉस्की से इस संबंध में सलाह- मशविरा किया। वे कहने लगे, "मि. अंबेडकर, ब्रिटिश साम्राज्यवादी विचारधारा की शल्य चिकित्सा आपने अपनी थीसिस में की है और उसके उपरांत निष्कर्ष भी बहुत क्रांतिकारी पेश किए हैं।"

"क्या यह मैंने कोई गलती की है, प्रोफेसर लॉस्की ?" भीमराव अंबेडकर ने पूछा।

"यह मैंने कब कहा है ?"

"तो फिर ?"

"प्रो. कैनन ने जो कहा है, उस पर ठण्डे दिल से विचार करो, डी. एस. सी. उसी से संभव है, अन्यथा तुम्हारी यह थीसिस खटाई में पड़ जाएगी।...यह निर्णय तुम्हें लेना है कि तुम अपने इस परिश्रम को सार्थक बनाना चाहते हो या...।" प्रो. हेरॉल्ड जे. लॉस्की ने कहा।

"यानी सारांश बदलूं ?"

"यह मैं नहीं जानता।" प्रो. हेराल्ड जे. लॉस्की ने कहा।

वे यह सोचकर अपनी थीसिस में परिवर्तन करने में जुट गए कि बाद में वह अपने नजरिये और निष्कर्षों को पुनः सामने ला सकेंगे और तब परीक्षकों की भी अग्नि-परीक्षा हो जाएगी।

वे डॉक्टर हो चुके थे पी. एच. डी. लेकर और 'ग्रेज इन' से बॉर-एट-लॉ। उनके पास पैसे का अभाव हो गया था। लौटना उनकी विवशता बन चुका था। बिना डी. एस. सी. लिए। वे अपनी थीसिस पर पुनर्विचार कर आवश्यक संशोधन तथा परिवर्द्धन करेंगे परंतु भारत जाकर।

एक बार फिर वे हताशा से घिर गए। उनके मनसूबे अधूरे थे। वे क्या करते ?

मि. अस्नोडकर जो उनका 'रूममेट' था, कहने लगा था, "मि. अंबेडकर, आप निराश क्यों हो रहे हैं ? उपाधि से बड़ा आत्म-विश्वास है। वह आप में है।"

"मेरी थीसिस पर परीक्षकों ने गलत रिमार्क्स लगाए हैं, मि. अस्नोडकर !"

"यह बात तुम जानते हो न ?"

"हां।"

"लेकिन वे नहीं जानते जिन्होंने तुम्हारी थीसिस की परीक्षा की है।"

"'यह सरासर गलत है।"

"नहीं, मि. अंबेडकर, यह भी सही है उनकी दृष्टि में, जैसी तुम्हारी दृष्टि में, वह गलत है।....दोनों की दृष्टियां अलग-अलग हैं।....इसमें उत्तेजित हो जाना उचित नहीं है।. ....अपने देश में जा रहे हो, वहां पुनः अपनी थीसिस परखना और संशोधन कर पुनः प्रस्तुत कर देना।...मुझे विश्वास है कि तुम डी. एस. सी. जरूर होगे।....तुम्हारी जिंदगी में एक दिन ऐसा भी आएगा जब कि तुम्हें विश्वविद्यालय उपाधि देकर स्वयं को सम्मानित करेंगे।" अस्नोडकर ने तेजी से कहा।

जहाज पर सवार होने की अन्तिम चेतावनी मिल चुकी थी। अब और रुकना संभव नहीं था। वे जहाज की ओर बढ़ चले। उनका मित्र अस्नोडकर हाथ हिला-हिलाकर उन्हें विदाई देता रहा। जहाज चल पड़ा। वह लौट गया। भीमराव अंबेडकर फिर चारों ओर से पानी से घिर गए और अंधकार के अथाह सागर में प्रकाश-किरण तलाश करने लगे। एक गहरी सांस ली और अपने केबिन में लौट आए। बाहर मौसम भी खराब होने की तैयारी पूरी कर चुका था। कप्तान ऐसी चेतावनी भी दे चुका था।

सत्रह

गहरी रात। शांत। किसी थके-हारे यायावर-सी निद्रा-निमग्न। उस रात में लैंप के पीले टिमटिमाते प्रकाश में पढ़ते-पढ़ते भीमराव अंबेडकर का मन थककर अपने आपको अवलोकता। अंधेरा कुलबुलाता। कोई छोर हाथ नहीं आता। वे घबड़ाकर खिड़की खोल देते। हवा का एक तेज व ताजा झोंका आता। वे बाहर झांकते। लैंप पोस्ट के नीचे एक मरियल-सा कुत्ता सोता होता। राहें गुम-सुम होतीं। एक अजीब सन्नाटा पड़ा होता किसी मलबे के ढेर-सा और किसी पुराने रंग उड़े चित्र-सा अवसन्न होता उसका आसपास। पेड़ की पत्तियां तक नहीं हिल रही थीं। पवन को सांप सूंघ गया था। सब कुछ था बेहद अकेला, अनजाना, अनकहा, अपरिचित और दहशत-भरा।

सिर्फ रिसते घाव से शब्द। अचेत हुए भाव। कुल मिलाकर वे नहीं दे पा रहे थे कोई अर्थ, अपना स्वर और अपना राग।

उनके देखते-देखते कितना कुछ बदल गया था लेकिन अछूत वर्ग के प्रति किसी के मन में ईमानदारी युक्त सहानुभूति नहीं थी। आजादी की लड़ाई में यह अछूतोद्धार का आंदोलन और उनका स्वतंत्रता, समानता और भ्रातृत्व का नारा मात्र दिखावा नहीं था, अब वह कुछ करना चाहता था और उसके लिए वह बड़ी-से-बड़ी कुर्बानी देने को एक स्वर से तैयार था।

भाग्य से उसे भीमराव अंबेडकर जैसा विद्वान्, निष्ठावान्, संकल्पशील और त्यागी पुरुष मिला था जो समस्त अमानवीय तत्त्वों के विषैले मन्तव्यों की पोल खोल रहा था।

वे अनुभव कर रहे थे कि सवर्ण हिन्दू देश की स्वतन्त्रता की मांग को सर्वोपरि महत्त्व देते हुए उनको अपने अधिकारों के लिए मांग उठाने से रोकना चाहते थे।

वे निर्धन भी थे और रोजगार के प्रति चिंतित भी। उनके मन में यह बात घर कर गई थी कि मानव-धर्म की स्थापना करना और शोषण-विमुक्त जन-जीवन को बनाना ही उनके जन्म लेने का अर्थ है। नौकरी करके वे यह सब नहीं कर सकते हैं। उनके इस निर्णय ने ही उन्हें प्रोत्साहित किया था कि वे जीने के लिए मरने की चिंता नहीं करें और वहीं करें जिससे उनकी आत्मा को शान्ति मिले और मूक जन-मानस को न्याय और सम्मान मिले।

उनका मन कल्पना बुनता हुआ उनसे संवाद करने लगा। आत्मालाप करते हुए वे उन बुजुर्ग हब्शियों को याद करने लगते थे, जिनको अमेरिका ने हाल ही में आजाद किया था। व्यक्ति के लिए ही आजादी कितनी आवश्यक है। बिना इसके तो उसे अपने जीवित रहने होने का अनुभव नहीं हो सकता। वे एक स्वच्छंद दबाव-रहित अप्रदूषित और सम्मोहक वातावरण की कल्पना करते-करते इतने दूर निकल जाते थे कि वे अपने को भी भूल बैठते थे और अतीव आनंद की अनुभूतियों से भर उठते थे।

शुरू से ही भीमराव आसमान में उड़ते पक्षियों को निहारा करते थे और उनकी लम्बी उड़ान को अपलक दृष्टि से देखा करते। उनका मन पक्षी बन जाता था। तभी उन्हें परेल में अपने मकान के पास रहने वाले पड़ोसी का वह पिंजड़ा याद आने लगता था, जिसमें उसने एक तोते को कैद कर रखा था। वे पिंजड़ा खोलकर उसे उड़ा देना चाहते थे। लेकिन वे ऐसा कभी नहीं कर सके।

गरीबी से लड़ते-लड़ते वे अपने आसपास की दुनिया से बेखबर रह जाते थे। वे दो विद्यार्थियों की ट्यूशन करते और उसके साथ स्टॉक्स और शेयर्स के व्यापारियों को परामर्श

देने के लिए उन्होंने एक कार्यालय खोल लिया। इससे उनको आशा थी कि अच्छी आय हो सकेगी। शुरू-शुरू में कुछ-कुछ आशा के अनुरूप हुआ भी, परंतु बहुत जल्दी उनको उनके अछूत होने को पता चल गया। अब कौन व्यापारी उनके पास आता ! लिहाजा बड़े मन से खोला वह कार्यालय बन्द करना पड़ा। लेकिन वे हारे नहीं। एक महान् उद्देश्य के लिए छोटे-मोटे कष्टों से हंसकर गुजरना उनकी आदत बन गई थी। वे जान चुके थे कि गरीबी और वह भी एक अछूत के लिए कितनी जानलेवा हो सकती है। एक तो करेला, उस पर भी नीम चढ़ा।

रात-रात भर वे पढ़ते। बीच-बीच में किताबों के पृष्ठों पर अछूत को सवर्ण जाति का अभिशाप ढोते पाते। सदियों से कोल्हू के बैल की तरह कंधों पर जुआ उठाए, रुकने पर अपनी नंगी पीठ पर चाबुक की मार सहती और फिर भी किसी-से शिकवा-शिकायत नहीं करने वाली उस अछूत बिरादरी के दर्द से वह अन्दर-ही-अन्दर चीख पड़ते। सिर दोनों हाथों से पकड़कर बैठे रह जाते। उनको लगता कि उनका सिर नहीं, वह एटम बम है जो फूटने वाला है। वह फूटेगा तो सारे अभिशापों की व्यथा से मुक्त करा जाएगा।

पढ़-लिखकर और अमेरिका जैसे देश में रहकर वे जो देख व जान पाए, उससे उनके मन में जो आंधी उठने लगी थी, उससे वे चाहकर भी अपने आपको समझा-मना नहीं सकते थे। यही उनकी लाचारी थी जो उन्हें अन्दर-ही-अन्दर विद्रोहाग्नि से जलाती रहती थी। वह कैसा समाज है जो अपनी स्वतन्त्रता का अलख जगा रहा था और अपने भाइयों को आजाद करना नहीं चाहता ! कैसी हिंदू आबादी का एक तिहाई भाग गुलामों से बदतर जीवन जी रहा है। वे स्वयं कुछ होकर भी उपेक्षित हैं। उनकी योग्यता और उनका चमकदार व्यक्तित्व इसलिए उपेक्षित, अपमानित और अभिशापित है कि वे अछूत हैं। कैसी जानलेवा बीमारी है यह अछूत शब्द जो उन्हें जन्म से लग जाती है और जिसके कारण उनसे मानव होने का हक छीन लिया जाता है। उन्हें पशुवत् जीवन जीने के लिए विवश किया जाता है।

यह सोचते हुए भीमराव का मस्तिष्क झंकृत हो उठता था। उनकी धमनियों में रक्त तेजी से बहने लगता था। वे उत्तेजित हो उठते थे। पर किस पर ? उनकी मेज पर पुस्तकें खुली रहती थीं और कागजों पर पैन। वहां सन्नाटा होता था। यदाकदा हवा का ताजा झोंका आता था जो उनकी एकांत यातना को सहला जाता था। उनके सामने से एक रेंगता हुआ कीडों का लम्बा काफ़िला निकला जाता था। उनको याद आता था—ईसा मसीह का क्रूस पर लटका हुआ वह शरीर जिसके हाथ-पांव आदि से लहू टपक रहा था और जिसके आंख-नाक-कान आदि पर गिद्धों के होते निर्बाध-निर्दय आक्रमण। जनता मूक बनी अपने समय के महात्मा गांधी को जिंदा मर जाते हुए नम दृष्टि से देखे जा रही थी और आसमान बादलों से रहित होकर रेगिस्तानी शून्यता का धधकता हुआ एक पिंड मात्र रह गया था। ऐसे नाजुक और क्रूर क्षणों पर जनता मूक क्यों रह जाती है ? क्यों समय के साथ सच का समर्थन नहीं कर पाती है ? कौन रोकता है उसे ? उसमें ज्वारभाटा फूटता और ज्वालामुखी पिघलकर फूत्कार उठता है ? वह किससे पूछे ? कौन देगा उसे इन आग्नेय प्रश्नों का उत्तर ? अब एक ईसा मसीह का प्रश्न नहीं है बल्कि करोड़ों की संख्या में सदियों से क्रूस पर लटकी जनता का प्रश्न है जो मर-मरकर पुनः क्रूस पर लटकाकर जिन्दा रहते हुए वीभत्स मृत्यु-दंशों के तीखे प्रहारों को सहते हुए मूक बनी रहती चित्र के समान।

भीमराव यह सोचते हुए कुर्सी से उठ खड़े होते और उस छोटे-से कमरे में टहलने लग जाते। उनकी मुट्ठियां भिंच जातीं और भौंहें तन जातीं। सारा शरीर अकड़ने लगता।

उनकी सांसें तेज हो जातीं। इस प्रकार अपने से लड़ते हुए, वे थक जाते और पास में मेज पर रखे पानी से भरे गिलास को उठाते और गटगट कर एक सांस में चढ़ा जाते।

उनको घेरते वे तन्हां लम्हे जो कुछ घंटे पहले वे जुहू पर व्यतीत करके आए थे। तब वे सोच रहे थे कि समय और समुद्र की लहरें दोनों में कितना साम्य है, भीमराव जुहू समुद्र तट पर अकेले बैठे सोच रहे थे। अंततोगत्वा लहर की हृदयाकांक्षा क्या है ? क्या वह तट से टकराकर लौट जाने को ही अपने जीने का एकमात्र लक्ष्य मानती है ? आते समय उसमें कैसा उद्दाम उत्साह, अदमित उल्लास और उच्च स्वर में जय निनाद सावन की घनी घटा-सा उमड़ता होता है और तट से टकराकर लौटते समय कैसा पराङ्मुख भाव, पराजय शून्य चीत्कार और अरण्य रुदन सिमट आता है ! 'नहीं....नहीं....मैं लहरों जैसा नहीं....' उनमें एक आवाज उठी और उनके हृदयाकाश पर चपला-सी कौंध गई। वे उठ खड़े हुए। उनके सामने इम्प्रूवमेंट ट्रस्ट की वही चिर-परिचित चाल आ ठहरी। तीन मंजिला चाल। हर एक माले में एक कमरे के अस्सी मकान। हर माले पर दो नल और दो शौचालय। मजदूरों की अभाव वाली वह चाल ! अछूतों की शरण स्थली !

भीमराव के सामने देश-विदेश के अनेक अविस्मरणीय चित्र उभरने लगे। अकेले नवमेघ-सा मन खरगोश-सा उछालें भरता उनके सामने से गुजर जाता और फिर से रह जाता रेगिस्तान का अछोर विस्तृत मैदान। अछूत जीवन का गहरा जाता सद्यः विधवा-सा घुटन-भरा अवसाद ! 'खामोश, यहां एक युवा लाश जिंदा होने वाली है' का टंगा रह जाता एक पुराना साइनबोर्ड।

भीमराव चाल की ओर न मुड़कर सोशल सर्विस लीग की इमारत की ओर अनायास कदम बढ़ा उठते, जहां उनका कार्यालय था ? अकेले में जब वे आंखें बंद किए समुद्र की गहराई में उतरते चले जाते तब धीरे-धीरे धब्बों भरा महासमुद्र रोता हुआ आत्मव्यथा का कंधा थाम लेता। हर व्यक्ति में समुद्र है, उसकी व्यथा है और सन्नाटे की विवशता है किसी पंगु की दौड़ लगाने की बलवती आकांक्षा-सी।

एक शब्द चीर जाता उनका आसमानी दिल—अछूत ! हिरोशिमा अणु प्रहार से मर्माहत होकर असंख्य ज्वालामुखी-सा मायावी आग उगलने लगता।

वे वकालत करते। साथ में नेतृत्व भी। उनका अधिक समय समाज के कार्यों में चला जाता। वे आमदनी का स्थायी स्रोत तलाश कर रहे थे। डा. आर. पी. परांजपे ने एलफिंस्टन कॉलेज, बंबई में उन्हें प्रोफेसरी पद देने की इच्छा जाहिर की तो उन्होंने उनके प्रस्ताव को विनम्रता से अस्वीकार कर दिया था।

भीमराव अंबेडकर को अनुभव हो रहा था कि नौकरी और समाज-सेवा दोनों में से एक का उन्हें चयन करना होगा। हालांकि उनकी वकालत चमक उठी थी। पूना के ब्राह्मणों ने गैर ब्राह्मण नेताओं (वागढ़े, जेघे, और जवालकर) पर मुकदमा दायर किया था क्योंकि इन तीनों नेताओं ने एक परचा प्रकाशित किया था, जिसमें लिखा गया था कि भारत को तबाह करने के लिए ब्राह्मण जिम्मेदार हैं। ब्राह्मणों की ओर से उस समय के प्रसिद्ध वकील भोयत्कर थे। इस मुकदमे में भीमराव ने गैर ब्राह्मण नेताओं को विजय दिलवायी थी। इस विजय से उनकी व्यक्तिगत और सामाजिक स्थिति पर्याप्त सुदृढ़ हुई थी।

प्रारंभ में भीमराव अंबेडकर की वकालत बहुत ठंडी थी। अछूत होने से वकीलों को भी वे पसंद नहीं थे। मुवक्किल आते नहीं थे। कचहरी में उनको बैठने तक के लिए कुर्सी नहीं मिली थी। कुर्सी भी उन्हें जिनवाला की सहायता से मिली थी। वे कचहरी जाते और

खाली हाथ लौट आया करते थे। रामाबाई स्वाभिमानी पत्नी थी। उन्हें निराश और थका हुआ पाकर कहती थी, "मन छोटा नहीं करना। सब दिन एक-से नहीं रहते।"

"पर...।" भीमराव इतना ही कह पाते। पानी पीकर पूरा दिन निकाल देना, किसी के आगे हाथ नहीं पसारना। बच्चों का भी भूखे रह जाना। यह सब उनके पौरुष और प्रयत्नों का गला दबाने लगता था। वे अपने आपसे विद्रोह कर उठते थे। वे पूछते थे, 'ईश्वर, यदि तू है तो यह सब क्यों ? नेक, मेहनतकश और ईमानदार व्यक्ति के साथ ऐसा क्यों कि उसे दो जून की रोटी नसीब नहीं ? वह अपने परिवार का भरण-पोषण नहीं कर सके।..योग्य भी हूं। अनेक योग्य से अकेला योग्य ! पर मिल रहा है मुझे अपमान, उपेक्षा, घृणा और दुतकार ! ओह ! यह सोचते हुए उनका सिर चकराने लगा।

रामाबाई ने पास आकर उनके सिर पर हाथ रखा। उनके बालों में अपनी पतली उंगलियों को फंसाकर उन्हें सहलाना शुरू कर दिया। धीमे स्वर में वह कहने लगी, "यह हमारी परीक्षा की घड़ी है। हमारे धैर्य और साहस की परीक्षा है।...विपरीत समय में संशय, धैर्य, शांति और स्थिर विवेक नहीं खोना चाहिए क्योंकि इन्हीं से अनुकूल समय हमारे द्वार पर दस्तक देगा।"

"पर कब ?...रामू, कभी नहीं !" भीमराव का आर्द्र स्वर पिघल पड़ता। उनकी आंखों के सामने भूख आ खड़ी होती। अच्छा हुआ जो एक-एक करके रमेश और गंगाबर का काल कलवित हो गए।...इसके बाद हुई दोनों संतानों इंदु और राजरत्न का भी उन्हीं की तरह बचपन में साथ छोड़ जाना।...यह तो विधाता ने ठीक ही किया।...वे चारों और होते तो उनका पेट कहां से भरता ? वे भूख से बिलखकर उसकी आंखों के सामने दम तोड़ देते...तब ?...अब तो एक मात्र संतान यशवंत राव ही है...उसके लिए रोटी का प्रबंध नहीं...। वे चीख से पड़ते, "रामू, ईश्वर नहीं है !"

"उसे मानने या न मानने से क्या ! वही तो हमारे जीने का विश्वास है। वही हमारी अक्षय पूंजी है।...ना...ना....उसे नहीं खोना। उस पर विश्वास जमाए रखो। सब ठीक होगा। रामाबाई मन-ही-मन हाथ जोड़कर प्रभु से प्रार्थना करने लगती, "तू क्षमा करना।...परेशान हैं। ध्यान मत देना कि वे क्या बोले ! क्षण-भर का क्रोध है, आवेश है, रोज की तरह शांत हो जाएगा !"

भीमराव रामाबाई का हाथ पकड़कर उसे अपनी ओर खींच लेते और ध्यान से उसकी ओर देखते। वही सौम्य मुखमंडल ! वही शांत चित्त ! वहीं रूपाकर्षण ! वही बड़ी-बड़ी आंखें में गुलाबीपन ! कहीं शिकवा-शिकायत नहीं ! किसी पर दोषारोपण नहीं। एकदम मीरा

"ऐसे क्या देख रहे हो, जी !" रामाबाई हाथ खींचने का प्रयत्न करती हुई कहती।

"अपने आपको, रामू...अपने आपको !...तूने कहां से पाई है ऐसी भक्तिसाधना कि जिस आंधी में बड़े-से-बड़े जड़मूल उखड़ गए हों, उसमें तू एक नन्हें पौधे की तरह मौन खड़ी रह जाए !" भीमराव गहराई में उतरकर सोचते हुए कहते।

"यही तो वह है जिसे अभी तुम मानने से इन्कार कर रहे थे।" रामाबाई की आंखों में मादकता गहरा गई। उनके सामने दुल्हन रामाबाई आ खड़ी हुई। एक प्रश्न उनके मन को बींध गया, 'कहां से पाया है उसने इतना विश्वास जिसे कोई नहीं तोड़ पाता...ना विषम से विषम परिस्थितियां और ना भयावह मेचक झंझा ! कोई तर्क उसके विश्वास के सामने नहीं ठहर पाता ! आखिर ऐसा क्यों ? वह विद्रोहिनी क्यों नहीं और वह क्यों ? क्या वास्तव में ईश्वर है ?'

ईश्वर न भी हो तो... ! कहीं उसके मन में उठ रही आंधी का कारण यही तो नहीं है। दोनों एक ही विषम परिस्थिति से घिरे लेकिन एक में तूफान और दूसरे में चिरशांति।

रामाबाई कह रही थी, "अधिक मत सोचा करो। जो है, उसे मानो। उसके होने में विश्वास करो। उसका स्वागत करो। जो नहीं है उसे सोचकर अपने आपको परेशान करने से क्या लाभ ? चलो, उठो, हाथ-मुंह धोओ।"

"फिर ?" भीमराव ने पूछा।

"भजन गाऊंगी।"

"भजन !" भीमराव ने चौंककर पूछा।

"इसमें हैरानी कैसी !...क्या मैं बुरा गाती हूं ?" रामाबाई ने साड़ी का पल्लू ठीक करते हुए उनकी ओर कनखियों से देखा। भीमराव घबराकर बोले, "नहीं तो, तुम तो बहुत ही मधुर गाती हो, रामू !...गाते हुए एकदम मीरा लगती हो।"

"गाते तो हम हैं, ये मीरा बीच में कहां से आ टपकती है ?" रामाबाई मुस्कान बिखेरती कहती।

भीमराव चकित रह जाते। पढ़ाई का सारा गुमान ढेर हो जाता। इतनी सरल सहजता ! मुख पर क्रोध नहीं। कोई प्रतिकूल प्रतिक्रिया नहीं। जैसे कुछ हुआ ही न हो। सदा-से वह अपने इसी निश्छल और प्राकृत सद्व्यवहार से उनका अशांत चित्त शांत करती आ रही है। उसमें विद्रोह की आंधी क्यों नहीं उठती !

पुत्र गए। पुत्री गई। राजरत्न को सबसे अधिक प्यार करती थी। वे भी उस पर अपने प्राण उंड़ेलते थे। वह भी नहीं रहा। कैसा हृदय टूटा था। छन्नी हो गया था।...चार सुंदर-रूपवान और शुभ बच्चे दफन कर आए।...यदि वे जीवित रहते तो भविष्य उन पर होता। उनकी मृत्यु पर विचार करते कलेजा धक्-सा रह जाता है। अब वे चुक-से रहे हैं। जैसे सिर पर से मेघ गुजर जाते हैं, ठीक वैसे ही दिन झटपट गुजरते जा रहे हैं। अब आनंद नहीं रहा। बाइबिल का स्वर गूंज उठता है...तुम पृथ्वी का आनंद हो। यदि वह धरती का त्याग कर दे तो फिर पृथ्वी आनंदमयी कैसे रहेगी ? तब उन्हें यही अनुभव होता रहा था। उसकी मृत्यु के बाद उनका जीवन ऐसा रह गया है जैसे तृण-कांटों से भरा कोई उपवन।[1] वे जाने कहां खो जाते थे और क्या-क्या सोचा करते थे ? तब भी रामाबाई विचलित नहीं हुई और उसने उन्हें बड़ी सहजता से कह डाला, "जाने वालों के लिए दुःख क्यों ? पागलपन क्यों ? जाना सच है। अंतिम सच। फिर उसके लिए मातम-गम क्यों ?...जबकि हम उसके जाने का कारण नहीं हैं, यह जानते हुए भी...।"

भीमराव बीच में बोल पड़ते, "हां-हां, यह जानते हुए भी....वह हमारा प्राण था।... जीने का आधार था ! आखिर क्यों तुम्हारे ईश्वर ने उस निर्दोष को हम से छीना ? क्यों वह हम पर प्रहार पर प्रहार करने पर तुला है ? है कोई जवाब इसका तुम्हारे पास, रामू ?"

"तुम हर चीज का जवाब क्यों चाहते हो ?" रामाबाई ने मद्धिम स्वर में कहना जारी रखा, "हर बात का जवाब नहीं होता। उसका जवाब खोजने में समय नष्ट नहीं करना चाहिए। जो हुआ, हो गया। उसके लिए हम जिम्मेदार तो नहीं हैं...फिर सोचना क्यों ? और ज़रा-ज़रा सी बात पर ईश्वर बीच में क्यों ? उस पर बिगड़ना क्यों ?...आखिर तुमने उसके

---

1. द्रष्टव्य—डा. अंबेडकर का अपने मित्र दत्तोक पवार को 16 अगस्त, 1926 को राजरत्न की असामयिक मृत्यु पर लिखा पत्र।

लिए क्या किया है ? उससे अपेक्षाएं क्यों ?...अपने को संभालो। जो रह गया, वही सच है, उसे मानो।''

कितनी तटस्थ होकर कह गई रामाबाई ! जैसे उसे कहीं खरोंच-चोट नहीं। अकेले में रो लेती है लेकिन किसी पर अपना दुःख प्रकट नहीं होने देती।

''फिर जा खोए समुद्र की गहराइयों में...क्यों जी ?'' रामाबाई ने उन्हें चेताया। उनके सामने से अतीत के चित्र ओझल हो गए। वे पुनः टकटकी बांधे रामाबाई की ओर देखने लगे। स्त्री-पुरुष से शक्तिशाली होती है, वे यह अनुभव करने लगे। उसने कभी उनके मार्ग में रुकावट पैदा नहीं की। स्वयं दुःख सहे। बच्चों को पाला। क्या है, क्या नहीं, इसकी चिंता से उन्हें जहां तक हुआ, नहीं जोड़ा। वे कह उठे, ''रामू, तुम मेरी गुरु हो। जो मैं देश-विदेश में पढ़कर और दिन-रात मोटी-मोटी पोथियां पढ़कर नहीं जान सका, वह सब तुमसे स्वतः ही प्रकट हो जाता है।''

''मेरी तारीफ नहीं...तारीफ करनी है तो उसकी करो जो हमारे होने के मूल में हैं।'' रामाबाई की आंखें सजल हो आई थीं। रात-दिन अध्ययनरत रहते थे। वे और पुस्तकें दोनों ही पर्याय बन चुके थे। इतना पढ़ने-लिखने के बाद भी उन्हें स्वीकारा नहीं जा रहा था, इसका उसे बहुत दुःख था।

''तुम्हारा ईश्वर, रामू !'' तनिक व्यंग्य से भीमराव ने कहा। वे रामाबाई को प्रायः प्यार से 'रामू' या 'रामो' नाम से पुकारते थे।

''मेरा ही क्यों ? वह आपका भी ईश्वर है। हम सबका ईश्वर है।...ना मानो तो भी वह है।...उस पर विश्वास करो, यही मेरी उससे प्रार्थना है कि वह आपको अपनी शरण में ले।'' रामाबाई धीरे-धीरे कहती जाती और अपने मन को संभालती जाती।

इस बार भीमराव कुछ नहीं कहते। सिर झुकाए बैठे रहते। सोचते रह जाते कि पुरुष के लिए पत्नी के होने का कितना बड़ा महत्त्व है। उसमें एक संसार है। संसार की सूत्रधारिणी वही है।

''जो लिखा है, वह होगा। सोचोगे तो भी होगा।...उस पर भरोसा रखो। वह करतार है।'' रामाबाई सहज ढंग से कहती हुई कहीं खो जाती।

''भीमराव मुस्करा उठते।

''क्या बात है ?'' वह चौंककर पूछती।

मेरी करतार तुम हो।'' भीमराव कहते। वे जानते थे कि पैसे की तंगी से बचने के लिए उसने अपने जेवर बेचने में कभी ज़रा-सी भी हिचकिचाहट नहीं की। यहां तक कि किसी को कानोंकान खबर तक नहीं होने दी। पढ़े वे और गुनी वह। वे बोले, ''तुम अभी भजन सुना रही थीं ना !''

''सुनोगे ?'' रामाबाई मुस्कराकर पूछने लगती।

''हां सुनूंगा।'' भीमराव सहज ही कह जाते। वास्तव में वह आत्मविभोर होकर पिक कंठ से जब भजन सुनाने लगती तब मन भजनमय हो झूम उठता।

वह गाने लगती–

''सब घट देखा माणिक मौला,
कैसे कहूं मैं काला बवला।....''

भीमराव उसकी ओर देखते रह जाते। कैसी अद्भुत साधना कि वह स्वयं भजन बन जाती। उसके प्राणों का तार-तार झंकृत हो उठता। वह न राग जानती थी और न रागिनी।

जो कुछ उसने अपनी मां से पाया था, उसे वह सहज प्रकट हो जाने देती।

भीमराव को क्या मालूम था कि उनके विदेश जाने पर उसने कैसे जीवन काटा ? किसके सहारे काटा ? तब उसने अपने एकांत से लड़ने के लिए भजनों का सहारा लिया भजन से उसे आत्म-शान्ति मिली थी और जीने की डगर। वह उसी डगर पर चल पड़ी थी एकदम अकेली और निराश्रित।

भीमराव उसे देखते रह गए। उनका हृदय भर आया था। उनकी आंखें आर्द्र हो उठी थीं। वे अंदर चले आए। रामाबाई अहल्या-सी वहीं बैठी रह गई जड़वत्।

कहां से पाई थी यह विपुल भक्त रस की अक्षय संपदा ! वह पूछ रही थी, "जानते हैं यह भजन किसका है ?"

"नहीं, रामू !"

"जानना चाहेंगे ?"रामाबाई पूछती। उसकी बड़ी-बड़ी आंखों में दीपक मुस्कान भर उठते।

"अवश्य।" भीमराव कहते।

"संत ज्ञानेश्वर का।" रामाबाई कह जाती एक सांस में स्थिर चित्त होकर।

"संत ज्ञानेश्वर का ! क्या उन्होंने हिंदी में भी....।" भीमराव अंबेडकर इतना ही कह पाए। वह तुनककर बोली, "हां, हिंदी में। उत्तरी भारत की यात्रा के समय मराठी-भाषी संत ज्ञानेश्वर हिंदी में गा उठा।...संत का हृदय भाषा नहीं, जाति-पांति नहीं, धर्म-बिरादरी आदि कुछ न मानता।...न भाषा-विचार समझता। वह पवन होकर बहता। कुसुम होकर जीता।"

भीमराव अंबेडकर आंखें फाड़कर देखते रह जाते। क्या वह रामाबाई ही है ?

"ऐसे क्या देखते हो ?" रामाबाई लजाकर पूछती।

"तुम तो....।" कहते-कहते वह रुक जाते।

"संतों की भाषा नहीं, हृदय होता है।...जाति-धर्म नहीं, मानुष होता है।...मानुष ही परमात्मा होता है।"

"तुझसे किसने कहा ?" वह पूछते।

"चोखा महार ने।"

"क्या कहा ?" वह जानना-सुनना चाहते।

"सुनाऊं उसका एक अभंग ?" रामाबाई पूछती। उसका भोलापन भीमराव के हृदय को मोह लेता। वह कहते, "हां, रामू, सुनाओ।"

संत ज्ञानेश्वर भक्ति के समुद्र थे। उनमें अनेक संत नदियां आ मिली थीं। ये संत जाति से नाई, कुम्हार, माली, ढेड़ (महार), सुनार आदि थे, जिन्होंने जाति-धर्म की बेड़ियों को तोड़कर गंगा बहाई थी जन-प्राणों में, उपेक्षित मनों में। चोखा महार गा उठता है—

जोहार माय बाप जोहार।
तुमच्या महाराचा मी महार।
बहु भुकेला जाहलों।
तुमच्या उष्ट्साठीं आलों।।
बहु केली आस।
तुमच्या दासाचा मी दास।

चोखा म्हणे पाठी।

आणली तुमच्या उष्ट्यासाठी।।

भीमराव अंबेडकर इस भाव-गंगा में बहने लगे। दासों का दास। अछूतों से भी अछूत। झूठा खाना उसका धर्म। दरवाजे पर खड़ा रहने वाला वह दास। ओह ! कितनी करुणा, कितना मर्म !

रामाबाई का हृदय उसके आर्द्र नयनों में आषाढ़ के मेघों की तरह घिर आया था।

भीमराव ने वह जाना जो पोथियों में नहीं है। तर्क से परे है। अनुभूति से भाषित है। हर मानव के चित्त का अमृत है।

"कभी पंढरपुर की यात्रा की। उसके जुलूस में गए। प्रतिवर्ष एकादशी...आषाढ़ी एकादशी को पंढरपुर को जाने वाला जुलूस...भक्तों का उत्सव। वारकरी पंथ।" रामाबाई ने अपनी भक्ति की गठरी को खोला।

भीमराव का ज्ञान अवाक् रह गया। कुछ नहीं जानने वाली सब कुछ जानती है। जो जानना चाहिए, वह जानती है। इस समय रामाबाई साक्षात् तीर्थ हो गई। उसके चित्त के इंद्रधनुष उसकी मुस्कान में उतर आए। अब दुःख-अवसाद कहां रहा। एक राह दृग्गोचर होने लगी।

भीमराव अंबेडकर भक्ति-भाव से गद्‌गद् हो उठे। वे मूक थे। उनका हृदय निःस्वन था। उनके चित्त की स्तब्धता प्रहरी बनी अवलोक रही थी।...मैं दासों का दास ...तुमच्या दासाचा मी दास...धन्य है तू चोखा महार...तू धन्य है ! अभिभूत हुए वह मन-ही-मन उस अभंग को दोहराते रहे—एक बार नहीं, बारंबार !

अठारह

"अभी आए नहीं कि जाने का कार्यक्रम बना डाला।" रामाबाई ने सिर पर से खिसक आई धोती को संभालते हुए कहा और भीमराव अंबेडकर की ओर क़नखियों से देखती रही। उसे लग रहा था कि वे पहले से कमज़ोर हो रहे हैं और थके-से भी दिखाई पड़ रहे हैं। 18-20 घंटे काम करना, पढ़ना और समय-असमय भोजन करना रामाबाई की दृष्टि में उनके कमज़ोर होने और थकने का कारण था। रात देखते, न दिन; तीज देखते, न त्यौहार; जहां संकट मंडराता या दुर्घटना घटती, वे जा पहुंचते। विदेश से ऊंचीं तालीम लेकर क्या इसलिए आए थे कि दर-ब-दर ठोकर खाते घूमें ? वे सोचती थी, जैसा और सब उसके भाग्य की सराहना करते हुए कहते थे कि लौटकर आने पर वे किसी ऊंचे ओहदे पर लग जाएंगे—जज बन जाएंगे या डिप्टी कलेक्टर अथवा प्रोफेसर। फिर रुपये-पैसे की कमी का क्या काम ! रौब-रुतबा भी होगा और लक्ष्मी घर में आ बिराजेगी। ठाठ होंगे। मोटर-गाड़ी होगी। आलीशान बंगला होगा। नौकर-चाकर होंगे। परंतु ऐसा कुछ नहीं हुआ। वे सरकारी नौकरी के पक्ष में नहीं थे।

हाईकोर्ट के वकील के रूप में अच्छी धाक जम गई थी। वे पैरवी बहुत बढ़िया ढंग से करते थे और मुकदमे भी जीतते थे। उन्हें प्रांतीय सरकार ने बंबई काउंसिल का सदस्य भी नियुक्त किया जाना था परंतु उन्हें बाहर आने-जाने से फुरसत नहीं थी। वे अपने लोगों पर होते अन्याय और अत्याचार को सहन नहीं कर पाते थे। वे उनकी पैरवी के लिए झट

तैयार हो जाते थे।

रामाबाई ने टेबिल पर नाश्ता लगा दिया। वह बोली, "आप नाश्ता कीजिए।...कितने थक गए हो। ज़माने का दर्द अपने ऊपर ले लिया है।...इतना सारा काम आपकी अकेली जान पर है।...कुछ कम काम किया करो।...अपने सहायक बना लो।...आखिर ऐसा कब तक चलेगा !"

"जब तक तुम साथ दोगी, रामू !...मैं कुछ नहीं कर सकूं यदि तुम्हारा साथ मुझे नहीं मिले।" भीमराव अंबेडकर ने बिस्कुट कुतरते हुए, मेज़ के नीचे टांग फैलाकर कहा।

"इन चिकनी-चुपड़ी बातों से काम नहीं चलेगा।...हर बार आप मुझे इसी तरह टाल जाते हो।" रामाबाई ने बनावटी नाराजगी व्यक्त करते हुए कहा और उनकी ओर अत्यंत भाव-भरे मन से देखा।

नमकीन मुंह में डालते हुए कहा, "कब बनाया, रामू, यह नमकीन ?...बहुत स्वादिष्ट है।"

आंखें नीचे झुकाते हुए वह बोली, "परसों...आप आने वाले थे।...पर आए आज और अब..." रामाबाई ने धीरे-धीरे कहा और मन-ही-मन उनके प्रति नत होती गई।

"रामू, तुम मेरा कितना ध्यान रखती हो !...मैं सदा तुम्हारा आभारी रहूंगा।" कॉफी का घूंट लेने के बाद भीमराव अंबेडकर ने कहा, "इतनी बढ़िया कॉफी बनाने लगी हो तुम, रामू !...धन्यवाद !"

"तुम ऐसी ऊटपटांग बातें करके मुझे पगला दोगे। कोई अपनी पत्नी का भी क्या धन्यवाद देता है ?...मैं जो हूं, मुझे वही रहने दो जी !...बस, और कुछ मत कहो।...यह मेरी विनती है जी !" रामाबाई ने आर्द्र कंठ से कहा। उसका हृदय भर आया था। वह उनके बूट खोलने लगी। भीमराव अंबेडकर तुनककर बोले, "यह क्या करती हो, रामू ?...थोड़ी-सी जगह स्वर्ग में हमारे लिए भी छोड़ दो।"

"शुभ-शुभ बोलो जी !...यह क्या कि घर में दो पल को आए नहीं कि स्वर्ग-नरक की बातें करने लगे !" रामाबाई उनके सीधे पांव के फीते खोल देती।

"पत्नी पति के बराबर होती है, समझी !...फिर, तुम मेरे बूट क्यों खोलोगी ?"

भीमराव अंबेडकर कहते।

"ये बराबरी की बातें आप दूसरों को समझाया करो या भाषणों में किया करो, घर में नहीं।...घर और चौराहे में अन्तर होता है—समझे कि... !" रामाबाई ने तनिक तेज़ी से कहा और इसी के साथ उनके पांव से दूसरा बूट भी उतार दिया।

"समझ में आ गया जी, यह घर है।...वो क्या है कि भाषण देते-देते मैं यह भूलने लगा हूं कि यह चौराहा नहीं है।" भीमराव अंबेडकर मुस्कान दबाकर कहते। कितनी सरल हृदय की पत्नी मिली है ! सब कुछ अपने पति पर न्यौछावर कर देना चाहती है। इसी से प्रसन्न रहती है। वह कॉफी का अन्तिम घूंट लेकर बोले, "यह बात है...।"

"क्या बात है ?"

"तुम मानती हो कि जो जैसा कर्म करेगा, उसे वैसा ही फल मिलेगा !" भीमराव अंबेडकर ने कहा।

कुछ सोचकर वह कहती, "हां...तो ?"

"अमीर गरीब को सताएगा तो अगले जन्म में गरीब अमीर होगा और अमीर गरीब—पूर्व-जन्म का फल तो हर एक को भोगना ही पड़ता है।" भीमराव अंबेडकर बिस्कुट

कुतरते हुए कह जाते।

"सच है।"

"तो फिर यह भी सच है कि अगले जन्म में तुम मेरी जगह होगी और मैं तुम्हारी जगह—यानी तुम भीमराव और मैं रामू... !" भीमराव अंबेडकर शरारत से छेड़ते हुए कहते।

"नहीं जी, कभी नहीं...मैं हर जन्म में आपकी दासी बनना चाहूंगी।...ऐसा-वैसा आप मत सोचा करो।...कभी नहीं।" रामाबाई ने भारी और गीले मन से कहा।

"चलो जी, आप कहती हैं तो ऐसा-वैसा नहीं सोचूंगा। परंतु सोचूंगा ज़रूर।...सिर्फ तुम्हारे बारे में...।" भीमराव अंबेडकर ने रामाबाई की ओर कनखियों से ताकते हुए कहा।

"जाओ, हाथ-पांव धो लो, कपड़े बदल लो। मैं भी रसोईघर में जाकर भोजन की तैयारी कर लूं।" रामाबाई इतना कहकर उठने लगी।

भीमराव अंबेडकर ने अनुभव किया कि वह कितनी अधिक उनके प्रति समर्पित और आस्थावान् है !

वे उठकर मेज़ पर रखी चिट्ठियां देखने लगे। दूर-दूर से आई चिट्ठियों में मानव-मन की गहरी पीड़ा थी। अमरावती के अंबादेवी मंदिर, मसड, मालाबार, नासिक आदि से आई चिट्ठियों में सवर्ण हिंदुओं, विशेषकर ब्राह्मणों की काली करतूतों का दर्द-भरा किस्सा था। वे पढ़ते-पढ़ते आपे से बाहर होने लगते।

"पानी गरम करके गुसलखाने में रख दिया है। नहाना चाहो तो नहा सकते हो।" रामाबाई कहती हुई बाहर की ओर चली जाती।

"ठीक है। तुम कहती हो तो नहा लेता हूं।" भीमराव अंबेडकर चिट्ठियां एक तरफ रखकर गुसलखान की ओर चल पड़ते। दो बाल्टी गरम पानी। वाह ! नहाने का आनन्द आ जाएगा। वे मन-ही-मन खुश हो लेते। प्यार कितना गूंगा होता है !

वे खूब नहाते। वे चूड़ीदार परन्तु ज़रा खुला पायजामा पहनते। ऊपर कढ़ाईदार एकदम भकाभक सफेद कुरता डालते। वे सिर के बालों में खोपरे का तेल रगड़कर आईने में अपने आपको निहारते। एकदम चमकदार काले बाल ! सौम्य चेहरा।

भीमराव अंबेडकर का चित्त एकदम स्फूर्ति से भर गया। उनकी देह हलकी-फुलकी हो गई। वे वहां से सीधे कुरसी पर आ धमके। उनकी चेतना में बंबई विधान परिषद् में होम मेंबर जे. ई. बी. हेटसन से झपट के कतिपय अंश उभर आए। पुलिस में अछूतों की भर्ती को लेकर उन्होंने प्रश्न उठाया था। आश्चर्य प्रकट करते हुए उन्होंने तीखा प्रश्न किया था कि जब पुलिस भर्ती में अछूतों पर कोई प्रतिबंध नहीं है तब अछूतों की पुलिस में भर्ती क्यों बंद है ? बेचारा हेटसन एक-बारगी घबरा गया था क्योंकि वे जानते थे कि यह सब पुलिस कमिश्नर ने सवर्ण हिन्दुओं के प्रभाव में आकर किया है। वह थोड़ी देर तक थूक गटकता रहा। फिर बोला, "यह एक वृहत् विषय है। मैं इस संबंध में मात्र इतना ही कह सकता हूं कि भर्ती पर कोई प्रतिबंध नहीं है परन्तु फिर भी कुछ क्रियात्मक कठिनाइयां हैं, जिनको परिषद् का प्रत्येक सदस्य भली भांति जानता है।" उनका इशारा सवर्ण हिंदुओं की ओर था।

उन्हें आश्चर्य होता था कि जो स्वयं साम्प्रदायिक हैं, वे उन पर यह आरोप लगाते हैं। जब वे उनका पर्दाफाश करने लगते थे तब वे तिलमिलाते थे और उनसे कोई तर्कपूर्ण उत्तर नहीं बनता था। उन्होंने सीधे के. एम. मुंशी पर आरोप लगाया था कि वे साम्प्रदायिक हैं क्योंकि वे बंबई विश्वविद्यालय के स्नातकों से यह कहकर वोट मांगा करते थे कि वे

गुजराती हैं अतः गुजराती स्नातकों का वोट उन्हें मिलना चाहिए। वे पूछ रहे थे, "क्या मुंशी साहब बताने का कष्ट करेंगे कि यदि यह साम्प्रदायिकता नहीं है तो साम्प्रदायिकता क्या होती है ?...राजनीतिज्ञों की जहां स्मरणशक्ति बहुत कमज़ोर होती है वहां उनकी पाचन शक्ति भी। फिर भी...पाखंड और दंभ से सिर उठाने में वे पीछे नहीं रहते।" छक्के छूट गए थे के. एम. मुंशी के। दो बार रूमाल से मुंह पर आया पसीना पोंछ चुके थे। असत्य आचरण और मिथ्या दोषारोपण करने वालों को वे कभी क्षमा नहीं करते थे, चाहे वे कितने भी दबदबे वाला इंसान क्यों न हो !

मराड से आए पत्र को वे पढ़ने लगे। पत्र दमदार था, जिसमें अनेक वाक्य रेखांकित किए गए थे। मराड नगरपालिका ने 1924 में यह प्रस्ताव पास किया था जिसमें सार्वजनिक स्थान पर जाने की अछूतों को स्वतंत्रता प्रदान की गई थी और अब 1927 में नगरपालिका ने अपना यह प्रस्ताव वापस ले लिया। इस घटना ने आग में घी का काम किया। एक तो मराड के चौवदार तालाब से जहां से पारसी, ईसाई, मुसलमान आदि पानी भरते थे, वहां से सवर्ण हिंदू अपने अछूत बन्धुओं को पानी नहीं भरने देते थे। कौन पूछे हिंदू धर्म के पुरोधाओं, पुरोहितों और ठेकेदारों से कि वे अपने धर्म के लोगों के प्रति इतने असहिष्णु, कठोर और क्रूर क्यों हैं ? उस पत्र में लिखा था :

आपकी 'बहिष्कृत भारत' की मार्मिक अपील से अछूत समाज को नवीन दिशा और चेतना मिली है। आपका एक-एक शब्द हमारे लिए जीवन-मंत्र बन गया है। आपने इस मृत समाज को पुनर्जीवित करने का जो कार्य हाथ में लिया है, वह महत्मा बुद्ध की याद दिलाता है। यह कथन आपके साहस और पवित्र आत्मा का द्योतक है—"जीवन को लटकाए रखना और कौओं की तरह सहस्रों वर्ष जीवित रहना इस जगत् में जीवित रहने का एकमात्र ढंग नहीं है। वास्तव में जीवन को सत्यता, आदर या देशभक्ति जैसे उदात्त आदर्शों की संप्राप्ति के लिए उत्सर्ग द्वारा अजर-अमर बनाया जा सकता है। अनेक महापुरुष मानवीय अधिकारों के लिए अपने जीवन का उत्सर्ग कर चुके हैं। फलहीन दरख्त की तरह व्यर्थ जीने की अपेक्षा किसी महान् लक्ष्य और मंतव्य के लिए भरपूर युवावस्था में ही अपने जीवन को न्यौछावर कर देना कहीं बेहतर है।'—मेरे जीवन के लिए यह संदेश इतना प्रेरणादायक हुआ कि मैं, जिसने कभी किसी सार्वजनिक सभा, किसी विचारमंच आदि के लिए कार्य करने की सोची तक नहीं, न केवल अपना नाम 'बहिष्कृत हितकारिणी सभा' में दर्ज करवा रहा हूं अपितु अपने जैसे सैकड़ों नौजवानों का नाम भी इससे जोड़ रहा हूं और साथ ही ऐसा करते हुए मैं प्रसन्नता का अनुभव भी कर रहा हूं, क्योंकि जीने का यकीनन यही मकसद है।

मैं उस दिन की प्रतीक्षा अत्यन्त बेसब्री से अपने साथियों सहित कर रहा हूं जबकि आपके प्रथम बार दर्शन करूंगा और मराड के चौवदार तालाब के लिए होने वाले सत्याग्रह में भाग लूंगा।

जय अंबेडकर। सश्रद्धा प्रमाण सहित,

आपका सेवक
वी. वी. शिवतारकर

बहुत देर तक वे इस पत्र को देखते रहे। उन जैसी मोतियों जैसी बड़ी-बड़ी लिखावट। गहरा आत्म-विश्वास। ऐसे सैकड़ों नवयुवकों के उन्हें पत्र मिल रहे थे, जिससे उनमें नवस्फूर्ति, नवोत्साह, नव उमंग और नव साहस सावन के बादलों के समान उमड़ने-घुमड़ने लगता था।

उन्होंने पास की खिड़की खोल ली। हवा का एक तेज़ झोंका आया। सारे शरीर को

अपने में जज्ब कर गया। थोड़ी देर बाद उन्होंने खिड़की बन्द कर दी। सोचने लगे कि मानव-इतिहास की यह कैसी विडम्बना है कि वह चाहकर भी अच्छे जीवन को आत्मसात् करने की अपेक्षा निष्कृष्ट जीवन को अपनाता है ! इसमें धर्म भी पूर्ण सहयोगी बनता है और समाज के सुसंस्कृत जन भी आंखें बन्द करके उसकी जड़ों को सींचने का पाखंड करते हैं ! कथनी और करनी की असमानता और विरोधाभास वे लोग कैसे हज़म कर लेते हैं ?

"बहुत चिंतन-मनन हो गया। कृपया अब पेट-देवता को भी कुछ अर्पण कर दो।" रामाबाई ने प्रवेश के साथ कहा और मेज़ पर बिखरी पुस्तकों, पत्रिकाओं और पत्रों के ढेर को उठाकर पलंग पर रखने लगी।

"अरे भाई, यह क्या अन्याय करती हो ?"

"आपको उठते-बैठते, सोते-जागते, हर समय ये ही दो शब्द घेरते रहते हैं–अन्याय और अत्याचार।" रामाबाई उनकी एक नहीं सुनती और मेज़ साफ़ कर देती।

"कृपया...।"

"कुछ कृपया-वृपया नहीं। जानते हैं जो अपने ऊपर अन्याय और अत्याचार करते हैं, वे दूसरे को अन्याय और अत्याचार से कभी मुक्ति नहीं दिला सकते।" रामाबाई जोश में कह जाती। जब-तब ही उसमें डायलॉग मारने की इच्छा सिर उठाती थी।

"बहुत खूब, रामू, बहुत खूब !"

"चापलूसी से मनुष्य का नैतिक पतन होता है।" रामाबाई दूसरा फिकरा फेंक देती।

"माशा अल्लाह...जवाब नहीं।...तो जनाब की पढ़ाई ज़ोरों पर है।" भीमराव अंबेडकर ने अचरज से उसकी ओर देखते हुए आगे कहा, "हमारी बिल्ली, हमसे ही म्याऊं !...खैर, जो भी हो, रामू, मज़ा आ गया।...तुम मेरी पथ-प्रदर्शिका बनती जा रही हो।" यह कहते हुए वे उसके दोनों वाक्यों को दोहराते रहे। फिर कुछ गम्भीर होकर बोले, "तुम तो जानती ही हो, रामू, मेरे पास वक्त कहां है ? काम सिर पर कितना है ? मन अध्ययन-व्यायाम में रमता है और...।"

"दीन-हीन की सेवा में, यही ना !" रामाबाई बड़े प्यार से कहती, "वह सब ठीक है, मुझे उस पर नाज़ है।...परन्तु मैं यह बेइन्साफी भी तो पसंद नहीं कर सकती कि आप अपने शरीर से ही शत्रुता करने लगें।"

"ऐसा नहीं है, रामू !"

"हर अन्याय और अत्याचार करने वाला यही कहता है।" रामाबाई उनकी ओर अपलक दृष्टि डालते हुए पूछती, "अब जवाब दो।"

भीमराव अंबेडकर, जो अपनी हाज़िर जवाबी और व्यंग्य के लिए उस्ताद मान लिए गये थे, यहां आते ही चुप। यह कैसा सम्मोहन है ! उनका मोटी-मोटी पोथियों को पढ़ना बेकार ! क्या बात छेड़ी है ? उसका उनके पास कोई उत्तर नहीं है ?

"एक समय में एक काम, यह आपने ही नारा दिया है न ?" रामाबाई पुनः प्रश्न करती।

भीमराव अंबेडकर सोचते हुए उत्तर देते, "बेशक।"

"आप कहां इस सिद्धांत का पालन करते हैं ?"

"वह कैसे ?"

"आत्म-मंथन करो।"

"तुम आखिर क्या कहना चाहती हो ?"

"सुनोगे ?"

"हां।"

"तो सुनो।" खंखार वह गंभीर हो जाती। उसे अच्छा लगता उनके सामने गंभीर होना और रुक-रुककर, थोड़ा-सा अटककर सिर खुजाते हुए बात करना। प्रायः विद्वानों की यही चिर-परिचित अदा है कि अपने को सामने से हटाकर पीछे या आगे ले जाओ और फिर उन तारों को झंकृत कर उठो। वह अन्दर ही अन्दर उनका डूबता हुआ चेहरा और खामोश होकर छटपटाती मुस्कान का अजीब आनन्द लेते हुए समझाने लगती, "क्या शरीर और मन का आपस में संबंध है ?"

"है।" वह बोलते।

"गहरा या उथला ?"

"गहरा।"

"मन की खुराक किताब, पत्र-पत्रिकाएं, सोचना-विचारना...यही है या... ?"

"यही।"

"शरीर की खुराक अच्छा और पौष्टिक भोजन समय पर है या नहीं ?"

"है, भाई, है।" भीमराव अंबेडकर तनिक झल्लाकर उत्तर देते।

"आप विरोधी हैं या पक्षधर ?"

"जो समझो।"

"आप क्या समझते हो ?"

"कुछ नहीं।"

"झूठ।"

"क्यों...कैसे ?"

"क्योंकि राजनीतिज्ञों का हाज़मा खराब होता है और स्मरणशक्ति कमज़ोर...है ना ?"

इस पर भीमराव अंबेडकर अपनी हंसी नहीं रोक पाए। वह खुलकर हंसने की आदत से मजबूर थे। क्या बात है ? तभी मि. शिंदे ने उनसे कहा था, "डॉक्टर, एक बात तो बता !"

"क्या भाई ?"

"सीक्रेट है।"

"तो ?"

"घूरे मत, डॉक्टर, यह विधान परिषद् नहीं है, यार का झोंपड़ा है।" शिंदे ने कहा। 'पूछ भी...।

"तुम्हें ऐसे गहरे व्यंग्य-बाण चलाना किसने सिखाया है ?"

यह सुनकर भीमराव अंबेडकर इतनी ज़ोर से हंसे कि शिंदे की पत्नी घबरा कर उनके कमरे में आ गई। भीमराव अंबेडकर ने उन्हें देखते ही कहा, "भाभी, मेरे यहां से चले जाने के बाद शिंदे से यह मत पूछना कि भीम को हंसी का दौरा पड़ता है क्या ?" इस पर मिसेज़ शिंदे भी ज़ोर से हंसी थी।

जब श्रीमती शिंदे वहां से चली गईं, तब पुनः शिंदे ने अपना प्रश्न दोहराया। वे चुप रह गए। क्या उत्तर देते ? मि. शिंदे खुद ही बोले, "तुम्हारे सब मित्रों से मैं परिचित हूं, उनमें से किसी में यह कला नहीं है। तब सोचता हूं...सोचता जाता हूं लेकिन कुछ नहीं सूझ पाता। हारकर एक व्यक्ति पर निगाह ठहरती है।'

'किस व्यक्ति पर ?"

"तुम उसे बखूबी जानते हो।'

"कौन है वह ?"

"तुम किसका नाम लेना चाहोगे ?"

"पहेलियां मत बुझाओ।"

शिंदे सी. आई. डी. अफसर की दृष्टि से उसे घूरते हुए कहता, "वह व्यक्ति जो तुम्हारे सबसे अधिक नज़दीक हो...वो...कौन हो सकता है ?...याद आया तो मिस्टर अंबेडकर सुन लो...वह व्यक्ति और कोई नहीं, जनाब की ही धर्मपत्नी यानी हमारी प्यारी-प्यारी भाभी हैं। क्या बढ़िया सरसों की सब्जी बनाती हैं और बाजरे की रोटी...ऊपर से घी... वह भी खुले हाथों से... ।...देख यार, तू मुझे बहकाना मत और न मुझे अपने इस प्रश्न का तुझसे उत्तर चाहिए क्योंकि उत्तर तेरा चेहरा दे चुका है।"

कितना सच कहा था शिंदे ने ! इस वक्त वे रामाबाई की ओर देखने लगे थे, हंसी रोककर, और वे कहने लगे थे, "शिंदे सच कहता था।"

"क्या ?"

"यह तुम उसी से पूछ लेना।"

"उससे क्यों, तुमसे क्यों नहीं ?"

"क्योंकि उसी ने कहा था।"

"क्या कहा था ?"

"तुम मेरी शक्ति हो।"

"झूठ।"

"कभी-कभी सच को झुठलाते हुए तुम कितनी सुंदर लगती हो, रामू,... तुम्हारी झील-सी शांत आंखों में थका-हारा भटका राही कितना सुकून पाता है... !"भीमराव अंबेडकर में जब-तब काव्य आंख खोलने लगता था और वह अत्यंत भावुक हो उठते थे। उनका हृदय हिमालय की तलहटियों में भ्रमण करने लगता था। ऐसे क्षणों में स्वयं रामाबाई उनमें एक दिव्यपुरुष के दर्शन करती थी।

इस समय वह व्रीड़ानत हो उठी। उसकी पलकों के नीचे नवमेघ शावक आ दुबके।

"तुम यह चाहती हो कि मैं खाना खाते समय किताबों, ख़तोकिताबत से दूर रहूं और अपना ध्यान पूर्णतया खाने पर रखूं तो मैं अपने प्रति अन्याय और अत्याचार से मुक्त हो सकूंगा।... है न ?" भीमराव अंबेडकर का हृदय भर आया और वह यह नहीं समझ पाए कि उन्होंने ऐसे क्या पुण्य कर्म किए थे जो उन्हें अन्नपूर्णा मिली। कितना ध्यान रखती है ! वे आत्म-विभोर होकर बोले, "खाना लगाओ।"

"यहीं लगाऊं ?"

"जहां तुम चाहो, वहीं लगाओ।"

"मेरा मन रखने के लिए अपने मन को मारकर कहते हो जी...नहीं...नहीं, जैसा आपका मन कहे, वैसा करो।—मुझे आप पढ़ते हुए भी खाना खाते अच्छे लगते हो।" रामाबाई उनके मन को ज़रा-सा भी आघात लगे, यह नहीं चाहती थी क्योंकि उनको आघात पहुंचाने वाले बाहर के लोग बहुत हैं।

भीमराव अंबेडकर ने उसको अपनी बांहों में ले लिया और दार्शनिक मुद्रा बनाकर बोले, "रामू, मैं इस नतीज़े पर पहुंचा हूं कि हर पुरुष की सफलता के पीछे तुम जैसी महान् स्त्री होती है।"

"यहीं खाना लेकर आती हूं।" रामाबाई उनकी बांहों से मुक्त होकर बोली।

भीमराव अंबेडकर उसे भारी मन से निहारते रह गए। वह चली गई। उसकी सुगंध से उनका मन भर उठा।

वह लौटी थाली में भोजन लिए। थाली मेज़ पर रख दी। वह बोली, "रोटी गरम-गरम खिलाऊंगी।...हालांकि तुम्हारे लिए यह सज़ा होगी, पर हो।"

भीमराव अंबेडकर की रुचि गरम या ठण्डे खाने में नहीं थी। खाने के प्रति वे लापरवाह थे।

उन्होंने थाली की ओर देखा–अरहर की दाल पर खूब घी। मूली की भाजी भी। चटनी। बेसन में तली हुई मछली के पांच-छः टुकड़े। वाह ! यह उनकी पसंद का खाना था।...उनका मन उछल पड़ा। उनको लगा जैसे वह कई माह बाद भोजन कर रहे हैं। अन्यथा तो उनके सामने जो भोजन आ जाता था, उसे वे बिना सोचे जीम लेते थे। शरीर को शक्ति के लिए भोजन ज़रूरी है, भोजन के प्रति उनका यही दृष्टिकोण था। परंतु जब वे रामाबाई के सामने होते तब उनकी एक नहीं चलती और उस समय उनका भोजन से तादात्म्य हो जाता था। वह खाना भी अधिक खा जाते थे जबकि मधुमेह रोग के कारण उनकी खुराक बहुत कम रह गई थी।

रामाबाई बाजरे की रोटी लेकर आई।

भीमराव अंबेडकर आज खाने के प्रति अधिक सजग थे। इतने प्रेम से मां के बाद उन्हें पत्नी ही खाना खिलाती थी। वही बहुत मीठा था। वह लौटने से पूर्व कहती गई, "चावल भी हैं।"

भीमराव अंबेडकर ने चाव से कुछ ज्यादा ही खाना खा लिया था। वे उठे और पलंग पर आ लेटे। पास में मेज़ खींच ली और पत्र पढ़ते रहे। एक पत्र था जो चौवदार तालाब से पानी न भरने के संबंध में था। उसमें लिखा था–

आप आएंगे तभी कोलाबा ज़िले की महानगरपालिका को अपनी करनी का पता चलेगा। सूबेदार सवादकर, अनन्तराव, सुरबा टिपनिस आदि कार्यकर्ता 19 व 20 मार्च, 1927 को जनसभा को कामयाब बनाने के लिए रात-दिन एक किए हुए हैं। अत्यंत प्रेरणाप्रद वातावरण बन रहा है।

मेरी प्रार्थना है कि सारे हिंदुस्तान में हिन्दुओं की इस भेदभाव-नीति को खत्म करने के लिए सारे देश में मोर्चाबंदी शुरू हो जाए और स्वतंत्र होने पर एक अभिनव भारत सामने हो, जिसमें सब भारतवासी हों। उनमें कोई भेदभाव और असमानता न हो। आप इस कार्य को अंजाम तक ले जा सकते हैं। हम सब आपके साथ हैं।

जय अंबेडकर

आपका

जे. के. विडवालकर

एक अन्य पत्र में लोकमान्य तिलक द्वारा की गई उनकी आलोचना पर तीव्र प्रतिक्रिया ज़ाहिर की गई थी।

वे सोच रहे थे कि जो कुछ वे कर रहे हैं, उसका लोगों के दिलोदिमाग़ पर असर हो रहा है।

रामाबाई आई। पलंग पर बैठ गई।

"खाना खा लिया है न ?" भीमराव अंबेडकर ने पत्र को रखते हुए पूछा।

“जी...आज कुछ ज़्यादा ही खा लिया है।” रामाबाई ने जवाब दिया।

“वह क्यों ?”

“आप होते हो तो खाना बहुत स्वादिष्ट लगने लगता है।” रामाबाई ने उनके पांव दबाते हुए कहा।

“यह क्या करती हो, रामू ” भीमराव अंबेडकर ने पांव खींचने की कोशिश करते हुए कहा।

रामाबाई ने उनकी कोशिश नाकामयाब करते हुए मुस्कुराकर कहा, “यह आपकी कोर्ट नहीं है जी...यहां पैरवी का जादू सिर चढ़कर नहीं बोल सकता है...थोड़ा-सा समय मिला है।...घुटने और पिण्डलियों में दर्द को अकेले और चुपचाप झेलते ही रहते हो। किसी से कह भी नहीं पाते।...कम-से-कम जब-तब अपनी इस दासी को सेवा का मौका दे दिया करो। ...आप नहीं जानते, दर्द आपको होता है और अनुभव मुझे। आप तो दूसरों के दुःख-दर्द दूर करते-करते इतने थक जाते होंगे कि आपको अपने दर्द की अनुभूति ही नहीं होती होगी। ...लेकिन मैं तो...।” उसका हृदय आर्द्र हो रहा था।

भीमराव अंबेडकर का मन भी आर्द्र हो उठा। वह गद्‌गद् कंठ से बोले, “इतना प्यार मत कर, रामू, कि...।”

“कि क्या ? आप बहुत काम करते हैं। सबको न्याय दिलाते हैं।...सबको आदर दिलाते हैं।...सभी को दुःखों से मुक्त करने का उपाय ढूंढते हैं।...वो काम है या यह...दो मिनट उन पांवों को छू लेना जो सबको सुख देने चल पड़ते हैं।” रामाबाई पांव दबाती हुई कहती जाती है। मुख पर आ रही एक लट को पीछे करती और आनंद से भर जाती।

भीमराव का मन दूसरा पत्र उठाने का नहीं करता। इन क्षणों में वह अपने आप में खो जाते और अद्‌भुत सुखानुभूति से जुड़ जाते। मन एकांत की शरण में होता। कैसा सुखद लगता ! दुनिया की कोई आल-बाल उनको नहीं घेरती।

रामाबाई को एकांत के इन क्षणों में जब भीमराव अंबेडकर सिर्फ अपने में होते, डॉक्टर नहीं होते, बैरिस्टर नहीं होते और न किसी सभा-सोसायटी-परिषद् के सदस्य, तब बड़े अच्छे लगते। उनका गोरा व आकर्षक चेहरा, उस पर बड़ी-बड़ी प्यारी अबोध आंखें, अधर में सिमट आया सरगम का मौन स्वर, करीने से कटे-छंटे बाल और चौड़ा वक्ष उसको बहुत प्रिय लगता। वे एक उच्च अधिकारी जैसे रौबदार लगते थे। काश ! वे किसी उच्च जाति में हुए होते तो उनको इतना संघर्ष नहीं करना पड़ता और देश के प्यारे और बड़े नेता बन गए होते।

“जानते हो जी...।” कहकर रामाबाई उनका ध्यान अपनी ओर खींचना चाहती। वे सहज मुस्कान बिखेरते हुए उसकी ओर गहरी निगाहों से देखते और देखते ही रह जाते।

“क्या देखते हो जी !”

“तुम अभी कुछ बता रही थीं।”

“हां...।” रामाबाई कुछ याद करती हुई कहती।

“बताओ।”

“जानते हो, मैं आपके पांव क्यों दबाती हूं ?”

“क्यों ?”

“इसलिए कि आपके पुण्य में से मुझे भी कुछ मिल जाए।” रामाबाई मुस्कुराकर कहती।

“सब तुम्हारा ही है, रामू !...मेरा कुछ नहीं है।...जो कुछ है, वह तुमसे ही है।” भीमराव अंबेडकर धीरे-धीरे कहते रहते। वह पांव दबाती रहती।

"एक बात पूछूं ?"

"पूछो।"

"क्या सचमुच हम हिंदू हैं ?"

"क्यों ? तुम्हें इसमें संदेह क्यों है ?"

"यों ही...।"

"फिर भी...।"

"इतनी उपेक्षा और नफरत जो मिलती है।" रामाबाई कहते-कहते उनकी ओर देखने लगती।

"ये उपेक्षा और नफरत सदियों से इकट्ठी होती रही है।" भीमराव अंबेडकर उसे समझाने लगते, "अच्छी जगह से भगाया, मरों का मांस खाने के लिए विवश किया, रास्तों-सड़कों पर जाने से रोका, गंदा रहने के लिए मजबूर किया, गंदे काम कराए...कहने का अभिप्राय यह है कि शनैः-शनैः हम लोगों को इतना तोड़ते गए कि हम लोगों के सोचने की शक्ति कूच कर गई और हम लोग अपनी दीन-हीन अवस्था को पूर्व कर्मों का फल मानकर चुपचाप उसे झेलने लगे। उससे हम पशु से भी बदतर स्थिति में जा पहुंचे।...हम यह भी भूल गए कि हम इंसान हैं।"

"यह कितना बड़ा अधर्म हुआ !"

"वे इसे धर्म मानते हैं।"

"कौन उनका सामना करता ?...जो करता, उसे वहीं ढेर कर देते।" रामाबाई ने कहा, "आप अब उनके सामने आ खड़े हुए हो।"

"मैं भी उनमें से एक हूं।"

"और मैं नहीं हूं क्या ?"

"इसीलिए कुछ करना चाहिए।"

उससे सब सुधर जाएगा क्या ?"

"सदियों से डाला गया मलवा पल-भर में तो उठने से रहा, लेकिन एक बात ज़रूर है कि इससे सवर्ण हिंदुओं के कान भी खुल जाएंगे और आंख भी। उन्हें सोचना पड़ जाएगा जैसा ब्रितानिया हुकूमत को सोचना पड़ रहा है कि वह करे तो क्या करे ?...रामू, हमारी कोशिश है, इसके एक नयी परंपरा पड़ेगी और धीरे-धीरे इस नरक से भी मुक्ति मिलेगी।" भीमराव अंबेडकर ने समझाते हुए कहा। कमर सीधी करने की गरज़ से तकिये-पर-तकिया रखा और थोड़ा ऊपर की ओर सरक गए।

"पुनः मराड जाओगे न ?"

"हां।"

"आगे क्या होगा ?"

"किसका ?"

"उनका जो चौवदार तालाब से एक बार पानी ले चुके थे परन्तु जिन्हें फिर से पानी लेने से रोक दिया।" रामाबाई ने जिज्ञासा प्रकट की।

"छुआछूत की एक दीवार गिरकर ही रहेगी।"

"छुआछूत तो इनमें भी है।"

"इनमें किन में ?"

"अछूतों में भी।...इनमें भी ऊंच-नीच है।"

"हां है।"

"फिर उसके लिए ?"

"सारे सामाजिक ढांचे में धीरे-धीरे या तेजी से परिवर्तन लाना होगा।...तब नया समाज बनेगा।"

"मराठी में एक कहावत है, सुनी होगी।"

"कौन-सी ?" भीमराव अंबेडकर ने अनुभव किया कि रामाबाई पढ़ने में मन लगा रही है। उससे भी ज़्यादा सोचने पर ज़ोर दे रही है। उसके मन में भी प्रश्न कुलबुला उठे हैं। वह भी उत्तर जानना चाहती है।

"वह कहावत है—राजा उदार झाला आणि हातीं फुटका भोपड़ा दिलां।"[1]

यह सुनकर भीमराव अंबेडकर ज़ोर से हंस पड़े। कुछ देर बाद हंसी रुकने पर बोले, "तुम तो मुझसे भी सुंदर पैरवी कर लेती हो, आगे से तुम भी मेरे साथ चला करना—एक और एक दो नहीं, ग्यारह होंगे।"

"मुझे लीडर नहीं बनना है।"

"तो क्या बनना है ?"

"कुछ भी नहीं बनना। जैसी हूं, मैं वैसी ही ठीक हूं।" रामाबाई ने दूसरा पांव दबाना शुरू करते हुए कहा।

"काश ! मैं भी वैसा रह सकता।"

"आपको बहुत ऊपर उठना है। इस देश को जगाना है, बनाना है और दुनिया को कुछ करके बताना है, मेरे लिए बस इतना काफी है।" रामाबाई ने कहा।

"बस, अब पांव दबाना बंद करो।...कितनी देर हो चुकी है। नींद भी आंखों में बिस्तर लगाना चाहती है।" भीमराव ने यह इसलिए कहा ताकि वह भी आराम कर सके। सारे दिन गृहस्थी में उलझी रहती है।

रामाबाई उठ खड़ी हुई। वह जानती थी कि उनकी नींद का समय एक दफे गुज़र गया तो उनको फिर नींद आना बहुत मुश्किल होता था, क्योंकि वे पूरी रात पन्ने पलटते ही काट देते थे और सुबह देर से उठते थे। उसने कमरे की बत्ती गुल की और बाहर आ गई। थोड़ी देर में उन्हें गहरी नींद आ गई।

उन्नीस

आज अपेक्षाकृत दूसरे दिनों से गरमी तेज़ थी। कोर्ट से घर जाएं और वह भी मात्र भोजन के लिए, यह बात भीमराव अंबेडकर के कभी गले नहीं उतरती थी। रामाबाई ने खूब समझाया और अंत में टिफिन तैयार करने की बात कही, लेकिन वे ऐसे किसी प्रस्ताव पर राज़ी नहीं हुए। वे बराबर दोपहर का भोजन कोर्ट में होने पर होटल में ही करते रहे। हालांकि भूख लगने पर उसे दबा पाना उनके लिए बहुत मुश्किल था। कई बार तो उन्हें

---

1. राजा इतना उदार और दयावान् हुआ कि उसने हमारे हाथों में कड़वा तूंबा रख दिया और वह भी टूटा-फूटा हुआ।

ऐसे स्थान और ऐसे समय भूख लगी, जब वहां भोजन में उन्हें रोटी और प्याज़ से ही संतोष करना पड़ा। जब वे अकेले रह जाते और दिमाग बेहद थका होता तब उन्हें इन बातों का ख्याल आता और वह बच्चों की तरह के इस स्वभाव पर बहुत प्रसन्न हो लेते। एक बार उनसे रामाबाई ने कहा था, "शरीर ठीक रहेगा तो मन-बुद्धि भी ठीक काम करेगी। ...आप आ जाया करें, गरम-गरम भोजन का स्वाद अपना है।"

उनकी पड़ोसिन धूपा ने भी उन्हें समझाते हुए कहा था, "बेटा, तू ज़िद मत कर। तेरी ज़िद से बहू भूखी रह जाती है।...दोपहर का भोजन घर में ही आकर लिया कर, यह मेरी आज्ञा है।" वे धूपा की बहुत इज़्ज़त किया करते थे क्योंकि वह उनके लिए मां जैसी थी और उनके परिवार की पूरी देखभाल किया करती थी। उन्होंने सीधे रामाबाई से पूछा, "तुम दोपहर का भोजन क्यों नहीं लेतीं, रामू ?...शायद तुम सोचती होगी कि मैं भी भूखा रह जाता हूं, जबकि तुम यह अच्छी तरह जानती हो कि मैं किसी भी सूरत में भूखा नहीं रह सकता।...परंतु अब रहना पड़ेगा !"

"नहीं स्वामी, ऐसा अन्याय कभी नहीं करना।" रामाबाई का हृदय पिघलकर बह पड़ा। सितार के तारों को छेड़े जाने के समान उसमें कुछ-न-कुछ हुआ।

"मुझे यह बात रह-रहकर सताएगी कि रामू ने भोजन नहीं किया होगा।...फिर खाना सामने रखा भी हुआ हो तो कौर मुंह तक नहीं जा सकेगा।...थाली छोड़कर उठ जाना पड़ेगा।...सिर्फ पानी पीकर रह जाना पड़ेगा।" भीमराव अंबेडकर अपनी पत्नी से इतना प्यार करते थे कि वह उसके लिए कुछ भी कर सकते थे, यह अनुभव रामाबाई को हो चुका था।

इस बार जब वे घर में आए तब रामाबाई चारपाई पकड़े हुए थी। उसे 103° ज्वर था। उससे बोला नहीं जा रहा था। वे चौंक पड़े। क्या करें ?...उन्होंने पहले ठंडे पानी का कपड़ा कुछ देर तक उसके माथे पर रखा और फिर डॉक्टर को बुलाने चल पड़े।

बंबई के मौसम का क्या भरोसा ! अभी खुश, अभी नाराज़। पल-भर में धूप और पल-भर में बरसात। मूसलाधार वर्षा होने लगी। रामाबाई ने उन्हें रोकते हुए कहा, "वर्षा रुक जाने दो। तब तक मेरे पास ही बैठो। इससे मुझे बहुत आराम मिलेगा।...आप भी तो डॉक्टर हो जी। फिर किसी दूसरे डॉक्टर को क्यों बुलाया जाए ?"

इस पर वे हंसते रहे। रामाबाई भी मुस्करा उठी। सचमुच रोग छूमंतर हो गया। वह भीमराव अंबेडकर का हाथ अपने हाथ में लेकर बोली, "मैं ऐसे ही रहूं।"

"क्या मतलब ?" भीमराव अंबेडकर ने उस पर प्रश्न-भरी दृष्टि डाली।

"बीमार !" रामाबाई ने गंभीर होकर कहा।

"क्यों ?" भीमराव अंबेडकर ने पूछा।

"कम-से-कम आपके पास होने का सुकून तो मिलता रहेगा, स्वामी !" रामाबाई के नयनों में बादल घिर आए थे। उसकी पलकें आर्द्र हो उठी थीं।

वे उसके सिर पर ठंडे पानी की पट्टियां रखना भूल गए। उनका हृदय डूबने लगा। क्या वे अपनी पत्नी का बिलकुल खयाल नहीं रखते हैं ? यदि वे अभी नहीं आते तो ! उनका हृदय समुद्र की उत्ताल लहरों-सा उछल पड़ा।

वर्षा रुकने में नहीं थी। उसकी मुद्रा आक्रोशित थी और वह बीच-बीच में गरज उठती थी, चमक पड़ती थी। बिना गरजन के जब वह चमकती थी तब उन्हें यशवंत के शिशु रूप का ध्यान आ जाता था क्योंकि वह भी सोते-सोते चौंक पड़ता था या हंसने लगता था, तब

वह उन्हें समझाती हुई कहती थी, "बैमाता हंसा रही है।"...उसका छाती पर से हाथ हटाती हुई कहती, "अब नहीं डरेगा-चौंकेगा।" वे उसकी बाल-सुलभ चेष्टाओं को मंत्रमुग्ध होकर देखते रहते, कुछ नहीं कहते।

वे उसके पास से उठे। उसने टोका भी कि डॉक्टर को बुलाकर नहीं लाना है। वह यों ही ठीक हो जाएगी। जानती थी कि वे डॉक्टर को लाए बिना मानेंगे नहीं तो पुनः कहती, "वर्षा थम जाने दो।...तुम भी बीमार पड़ गए तो फिर...।'

वे मौन बने रहते। रसोई में लग जाते। चीज़ें तलाशते और दो कप गरमा-गरम चाय तैयार कर लेते। चाय लेकर लौटते। रामाबाई उन पर गरम होने लगती, "तो आप तीमारदारी की प्रशिक्षण ले रहे हैं ! पता नहीं क्या कुछ ज़ुल्म ढाए होंगे आपने ?"

"किस पर ?" भीमराव अंबेडकर पूछते।

"बेचारी रसोई पर।" रामाबाई कहती। वे फिर हंसने लगते। इस बार रामाबाई उनसे भी ज़ोर से हंसती और देर तक हंसती जाती। वे चौंककर उसकी ओर देखते और पूछते, "क्या बात है, रामू ?"

वह उनकी ओर देखती और फिर हंसने लगती। वे पुनः पूछते, "क्या कुछ है ?"

"पहले आईने में अपना मुंह देखकर आओ।" रामाबाई कहती और मुस्करा उठती।

वे जाते। आईने के सामने जाकर खड़े हो जाते। चौंक पड़ते। उनके गोरे चेहरे पर कालौंछ लगी होती। उनके कपोल पर काला टीका। वे ज़ोर से हंस पड़ते और मन-ही-मन अपने बावरची होने का आनन्द लेते। उन्हें कहावत याद आती—जिसका काम उसको ही साजे, दूसरा करे तो पागल बाजे।—उन्होंने लौटकर कहा, "रामू, चाय तो पीकर देखो।... दिल तो तुम्हारे लिए चाय बनाने में लगा हुआ था।—चाय ज़रूर मन जैसी होगी।" उन्होंने रामाबाई को सहारा देकर उठाया और चाय उसके होंठों से लगा दी। उसने चाय का प्याला अपने हाथ में ले लिया।

"फिर हंसना होगा क्या ?"

"क्यों ?" रामाबाई ने उनकी ओर ध्यान से देखा, "अरे मुंह तो धो आओ !"

"चाय गड़बड़ हुई तो... ! भीमराव अंबेडकर ने अपना प्याला भी उठा लिया था।

"छि...छि...ऐसा सोचते हो ! तुम्हें ऐसा नहीं करना चाहिए था।...ये काम औरतों के हैं !" रामाबाई चाय का घूंट लेकर प्रसन्न हो जाती।

"सारे होटलों में ये काम मर्द करते हैं।" भीमराव अंबेडकर ने उत्तर दिया।

"कितनी बढ़िया चाय बनाई है !" रामाबाई ने डबडबायी आंखों से उनकी ओर देखते हुए कहा, "मैं कितनी भाग्यशालिनी हूं कि...।"

"आगे कुछ नहीं कहना, रामू...कुछ नहीं।" भीमराव अंबेडकर उसे रोक देते।

जब वे विदेश में पढ़ रहे थे तब यदाकदा दबी हुई चर्चा यह उठ जाती थी कि विदेश में मेम का जादू ज़रूर चल जाता है और उधर से प्रायः हिंदुस्तानी युवक सरेआम हाथ में हाथ थामे चलने वाली मेम लेकर लौटता है। दो-एक बार वह डर गई थी जब उनके पत्र माह गुज़र जाने पर भी नहीं आए। वह पति का प्यार पाकर निहाल हो रही थी। वास्तव में चाय बहुत बढ़िया बनी थी।

अब वर्षा थम रही थी। भीमराव अंबेडकर ने छाता उठाया और चलने लगे। बीच में ही टोक दिया, "जाते समय टोकना नहीं।" उनका यह टोटका एक प्रकार से कवच का काम करता था।

रामाबाई कुछ नहीं बोल सकी। उसकी बड़ी-बड़ी आंखें मौन थामे बरसने लगीं। वह बहती रहीं। प्यार का कितना एहसास आत्मीय और स्थायी होता है कि वह भूले नहीं भुलाया जा सकता। वह सुख मर्म में उतरकर रन्ध्र-रन्ध्र में समा जाता है। वह सुख सदा श्वास-श्वास में मलयानिल-सा बहता रहता है।

तभी तेज़ गरजती हुई बिजली चमकी। उसने देखा कि वर्षा फिर मूसलाधार होने लगी है। अभी वे रास्ते में ही होंगे। सड़कों पर पानी भर रहा होगा लेकिन वे कहीं बीच में रुकेंगे नहीं, चलते चले जाएंगे। रुकना उनसे बन नहीं सकता। वे रुकने वाले आदमी भी नहीं है।...हे भगवान् ! उन्हें अपनी कतई चिंता नहीं है। भीगेंगे तो भीगते रहेंगे। उससे बचेंगे नहीं। वे बचें भी कैसे ? बचना उनसे हो नहीं सकता। बचने को तो वह अकर्मण्यता मानते हैं। उनकी दृष्टि में जीने का मंत्र है संपूर्ण शक्ति से जूझना और लक्ष्य-प्राप्ति न होने तक बराबर जूझते जाना।

पानी अन्दर आने लगा। वह उठी और दरवाज़ा बंद करके लौट आई। तनिक वह वहां रुकी। वर्षा रौद्र रूप धारण किए हुए थी। उसने गहरी सांस ली। उसका शरीर तेज़ हवा के झोंके से कांप गया। उसके अधर नवपल्लव से थिरक-कर अवसन्न रह गए।

उसकी अवचेतना में पुनः दरवाज़े पड़ने की आशंका घूम उठी। वह चाहती थी कि वर्षा होने तक वे नहीं लौटें। लेकिन उसके चाहने से क्या ? वे कब मानने वाले हैं ? वह डॉक्टर लेकर लौट आए। ऊपर से नीचे तक वे तरबतर हो रहे थे। वह क्या करे ! कैसे समझाए उन्हें ! उसने तो घूंघट खींच लिया था। डॉक्टर देखता रहा। डॉक्टर ने एक परचे पर दवाओं के नाम लिख कर उन्हें समझा दिया कि दवाएं कैसे देनी हैं और कितने-कितने घण्टे बाद ! डॉक्टर लौटा तो वे भी ज्यों-के-त्यों बाहर चले गए। वह उन्हें रोक नहीं सकी। रोकती भी तो वे रुकते नहीं। भीगे हुए चले गए।

वर्षा रौद्र रूप धारण किए हुए थी। वे ज़रूर मेडीकल स्टोर से दवा लेकर ही लौटेंगे।

डॉक्टर जा चुका था।

वे पारसी मेडीकल स्टोर से दवा लेकर लौटे और आते ही पानी भरा गिलास सामने रखकर बोले, "लो, ये टेबलेट गटक जाओ।"

रामाबाई ने उनकी ओर तीखी नज़रें डालीं और रूखा-सा जवाब दे दिया, "मुझे नहीं खानीं ये दवाएं।"

"क्यों भला ?"

"कहा कि नहीं खानी तो नहीं खानी। इसमें क्यों से मतलब ?'

"देखो, तुम्हारे लिए तो हम...।"

"मूसलाधार पानी में भीगते गए, यही न !"

"हां...तो ?"

"किसने कहा था कि जान-बूझकर बीमार पड़ो ?"

"बीमार !"

"और नहीं तो क्या ?...मैं कौन-सी मरने वाली थी जो इतनी मूसलाधार वर्षा में... !"

"चुप भी कर, रामू ! मरें तेरे दुश्मन।" भीमराव अंबेडकर ने बीच में टोकते हुए कहा।

"जब मैं मर रही होऊंगी तब आप मेरे पास नहीं होंगे। समझे !" रामाबाई ने झल्लाकर आगे कहा, "अब तो कपड़े बदल लो।"

"नहीं।" भीमराव अंबेडकर बोले।

"नहींऽऽ !" वह चीख पड़ी। फिर धीरे से, प्यार से उसने पूछा, "क्यों, नहीं ?"

"पहले टेबलेट गटको..."

"नहीं गटकूं तो ?"

"फिर मैं जैसा हूं, वैसा ही रहूंगा।"

"ना बाबा, ना। आपसे भगवान् भी नहीं जीत सकता।...लो बाबा, गटक ली टेबलेट।" रामाबाई ने पानी भरा गिलास चढ़ाकर कहा।

वे मुस्करा उठे और सीधे कपड़े बदलने चले गए। उन्हें हलकी-सी ठण्ड अनुभव होने लगी थी। झटपट कपड़े बदले। आनन-फानन में एक चाय और बनाई और दो कप भरे।

"फिर चाय ?"

"इस बार अपने लिए।"

"क्या मतलब ?"

"मतलब सीधा-सा है कि इस बार हमें ठंड लग रही थी।" भीमराव अंबेडकर ने कहा।

रामाबाई का हृदय आर्द्र हो उठा। मन-ही-मन वह प्रार्थना करने लगी, 'हे प्रभु, हर जन्म से मेरा पति इन्हें ही बनाना। सारी दुनिया के दर्द समेटकर चलने वाला इंसान घर की पीड़ा भी हरे बिना शांत नहीं बैठ सकता।...कोई गुमान नहीं...कोई चिंता नहीं कि वह काम उनके करने लायक है या नहीं।"

भीमराव अंबेडकर घर की दुनिया में उतर गए थे। कार में बैठे हुए वे अतीत से जा जुड़े थे।

पी. एन. राजभोज ने उन्हें टोकते हुए कहा था, "डॉक्टर साहब, याद है कि पहली बार मैं मराड-कांड में ही घायल हुआ था और पंद्रह दिन तक अस्पताल में पड़ा रहा था। तब अधिकार दिलाने की बात थी और अब पुनः अधिकार दिलाने का प्रयत्न है।"

"चिंता मत करो, वीर चोटों से नहीं घबराते हैं।....ये चोटें कोई अर्थ नहीं रखती हैं। चोटें तो वे हैं जिन्हें हज़ारों साल से खा रहे हैं और जिनके लिए न कोई अस्पताल है और न कोई मरहम ! चोट खाते-खाते अब हमारा चरित्र एक चोट का होकर रह गया है।" भीमराव अंबेडकर ने समझाया।

"इस बार मराड के हिंदू सावधान हैं।"

"वे सावधान होते तो चौवदार तालाब को शुद्ध करने का ढोंग नहीं रचते !" भीमराव अंबेडकर ने कहा।

"देखते हैं कि अब क्या करेंगे ?" पी. एन. राजभोज ने धीमे स्वर में बैठने का रुख बदलते हुए कहा।

"वे वही करेंगे, जो हम चाहेंगे।...यह निर्णय तो हमारा है।" अनंतराव बीच में बोल पड़े।

"सवर्ण हिंदू और उनके नेता चुप हैं।" सवादकर कह रहा था।

"वे चाहते हैं कि असवर्ण सदा उनके गुलाम बने रहें।" जब कांग्रेस आज़ादी का प्रस्ताव ब्रिटिश सरकार के सामने रखती है तब वे भी चुप रहते हैं।...वे क्यों बोलें, उन्हें बोलना होगा तो उसी तरह और उसी भाषा में बोलेंगे जिस तरह और जिस भाषा में मराड के सवर्ण हिंदू बोले थे—पंडाल में शांतिपूर्वक खाना खा रहे अपने लोगों का उन्होंने खाना खराब कर दिया था और डंडों से सिर फोड़ डाला था। मराड के बाज़ार और गलियों में जहां भी अछूत मिले, उन पर आक्रमण कर दिया। निहत्थों को मार कर उन्होंने बहादुरी का प्रदर्शन किया था।" पी. एन. राजभोज तनिक आक्रोश में आकर बोला। उसका चेहरा

लाल हो उठा। उसकी भौंहे तन गई थीं।

"दूर-दूर से अपने लोग वहां पहुंचे थे।...गुजरात और महाराष्ट्र के तो प्रायः प्रत्येक गांव का वहां प्रतिनिधित्व गया हुआ था। एकदम शांत जलसा।...अधिकारों के प्रति प्रथम चिनगारी। रोष ! पहली बार इतनी बड़ी संख्या में असवर्ण लोग। उनमें से अनेक के कंधों पर तौलिये थे और उनमें रोटियां बंधी हुई थीं।...सारा मराड चकित था।" सोन कवितकर कहता जा रहा था।

"सभास्थल कैसा सजा हुआ था ! जो देखता, वह चकित रह जाता। वहां के स्थानीय देवता वीरेश्वर के नाम पर रखा गया था उस पंडाल का नाम।" बालू जयकर ने यादों की घाटियों में उतरते हुए कहा।

"वहां पेय जल नहीं था। पेय जल हिंदुओं से चालीस रुपये में खरीदा था। वाह रे, सवर्ण हिंदुओं, प्याऊ लगाने वालो...पशुओं के लिए पेय जल की व्यवस्था करने वालो, करुणा-दया के अवतार !" सोन कवितकर कहता जा रहा था।

भीमराव अंबेडकर को वहां दिया अपना अध्यक्षीय भाषण याद आने लगा। उनके खड़े होते ही पंडाल तालियों की गड़गड़ाहट से गूंज उठा था।

उन्होंने अपने भाषण में सेना में अछूतों की भरती न करने के निर्णय को दुर्भाग्यपूर्ण बताया था। वहां तालीम की व्यवस्था रहती थी। सेना में मुख्याध्यापक अछूतों में से भी हुआ करते थे। ब्रिटानिया सरकार ने वह हक उनसे छीनकर उनकी कौम के साथ बेवफाई की थी। वे यह सोचते हुए तिलमिला उठते थे। उन्होंने अछूतों को समझाया था कि वे ऐसा काम करें जिससे उनकी संतान उनसे अच्छी स्थिति में आ सके। स्वतंत्रता उपहार में नहीं मिलती है, उसके लिए संघर्ष करना पड़ता है। आत्म-उन्नति किसी के आशीर्वाद से संभव नहीं है, उसके लिए स्वयं प्रयास, संघर्ष और अथक श्रम करना होता है। वे चाहते थे कि अछूत आत्मोत्थान के यज्ञ में जुट जाएं।

कैसा मार्मिक था उनका अध्यक्षीय भाषण ! एक-एक शब्द तीर की तरह मर्म को बेधता जा रहा था।

"20 मार्च, याद है न !" बालू जयकर बोला।

"एक अभूतपूर्व अभियान। डॉक्टर साहब ने कहा था—हम अपने अधिकार का उपयोग करने अवश्य जाएंगे, लेकिन तुममें से हर एक स्त्री-पुरुष को शांति बनाए रखनी है।...कैसा उठा था वह अभियान ! आगे-आगे डॉक्टर साहब और उनका कुत्ता। पीछे हज़ारों की संख्या में असवर्ण हिंदू। इतिहास में घटने जा रही अद्वितीय घटना।...चार-चार कतार में शांत भाव से चला जा रहा था वह जुलूस। सवर्ण हिंदू हाथ मलते हुए चुपचाप खड़े देख रहे थे।...सर्वप्रथम कुत्ते ने चौवदार तालाब का पानी बड़े मन से पिया, फिर डॉक्टर साहब ने आचमन किया। तदुपरांत अन्य सभी लोगों ने। सबकी बांछें खिल उठीं। सबके सीने चौड़े हो गए। वर्षों की प्यास आज बुझी थी। सवर्ण हिंदू खून का घूंट पीकर रह गए थे। उनकी सारी हेकड़ी धरी-की-धरी रह गई थी।" अनंत राव ने कहा।

"अब वे पानी कहां से लेंगे ? चौवदार तालाब तो अशुद्ध हो गया था। क्या करें ? कैसे करें ?...उनकी कुछ समझ में नहीं आ रहा था। बदला तो लेना था, कुछ गुंडे तत्त्वों को उन्होंने इकट्ठा कर यह अफवाह फैला दी थी कि असवर्ण अब वीरेश्वर मंदिर में प्रविष्ट होने जा रहे हैं। फिर क्या था कि आग लग गई।...हिंदू रोष में आ गए और डंडे लेकर पंडाल की ओर चल पड़े। वहां सभी अछूतों की बुरी तरह से पिटाई कर दी।...पुलिस इंस्पेक्टर

डॉक्टर साहब के पास आया। डॉक्टर साहबं तब प्रवासी बंगले में अपने साथियों के साथ बातचीत कर रहे थे। पुलिस इंस्पेक्टर ने उन्हें सावधान किया। सारी स्थिति से अवगत कराया।...डॉक्टर साहब पंडाल की ओर भागे। रास्ते में उन्हें भी घेर लिया था लेकिन उन्होंने तत्काल इस बात का खंडन कर दिया कि उनका इरादा वीरेश्वर मंदिर में जाने का है। ...बस...सब चुप।'' बालू जयकर ने याद करते हुए सारा दृश्य समझा दिया।

भीमराव अंबेडकर के पास सत्य शोधक आंदोलन के दो प्रमुख नेता जवालकर और जाधो आए थे। वे उनकी सहायता करना चाहते थे। जैसे ही उन्होंने यह कहा था कि वे अपने सत्याग्रह से सवर्ण हिंदुओं, विशेषकर ब्राह्मणों को निकाल दें तो वह उन पर बरस पड़े और बोले, ''मुझे उनसे भी सहायता चाहिए। वे भी हमारे आदरणीय मित्र हैं, शत्रु नहीं।'' ये बातें अनंतराव के दिमाग में तरोताजा हो रही थीं। वे सोच रहे थे कि भीमराव अंबेडकर असमानता, छुआछूत और भेद-भाव मिटाने के लक्ष्य को लेकर मानव-धर्म की स्थापना की ओर कदम बढ़ा रहे हैं, जिसमें पूरे मानव-समाज का हित निहित है। उनका यह कहना कि दक्षिण अफ्रीका की रंगभेद नीति का विरोध करने वाले कांग्रेसी और सवर्ण हिंदू समाज अपने समाज के अत्यंत कष्टदायक असवर्ण वर्ग के प्रति इतने क्रूर, अनुदार, असहिष्णु, आक्रामक और दयाशून्य क्यों हैं ? उनकी समझ में इसका कोई कारण नहीं आ रहा था। बालू जयकर ने सबका ध्यान अपनी ओर खींचने के लिए कहा, ''मड़ाड सभा में भी तो वे ही प्रस्ताव पारित हुए थे जो बंबई विधान सभा में एस. के. बोले के नाम से हुए थे—सरकार तथा हिंदू समाज से आग्रह किया गया था कि वे अछूतों को उनके नागरिक अधिकार दिलाने में उनकी मदद करें, उन्हें नौकरियां दें, अछूत विद्यार्थियों की भोजन व्यवस्था करें और अपने मरे जानवरों को स्वयं दफनाएं।...इसमें बुरा क्या है ?''

''बुरा कौन कहता है ?...वे भी नहीं।...लेकिन वे व्यवहार में नहीं उतरते। वे रूढ़िवादी हैं, अंधविश्वासी और कठोर।'' अनंतराव ने सोचकर जवाब दिया।

''इस तरह कितनी शक्ति और समय इसमें ज़ाया हो रहा है जबकि हमें चाहिए ब्रितानिया सरकार से आज़ादी !...खंडित आज़ादी से क्या होगा ? कौन फिर मदद करेगा सदियों से समाज का शाप झेलते आ रहे अछूतों की ?...यह प्रश्न देश की आज़ादी से छोटा नहीं है। इसका कद उसके बराबर है...बल्कि कई अर्थों में उससे बड़ा भी।'' सोनू कवितकर ने रास्ते में चल पड़ी इस परिचर्चा की सोच को केन्द्रित करने के प्रयास से कहा और उड़ती निगाह अपने पास वालों पर डाली।

थोड़ी देर के लिए सब शांत हो गए थे। सूरज आसमान के केन्द्रीय स्थल पर आने की चेष्टा में था। हवा खामोश थी। गरमी का एहसास बढ़ चला था। पसीना चिपचिपा रहा था। ऊपर से यह बौद्धिक चर्चा वातावरण को और गरमा रही थी। तभी सुधाकर बोले ने कहा, ''जीवन को विवश करने वाले तत्त्व असामाजिक और अमानवीय हैं। यह जानते हुए सारे वातावरण को कुहराच्छन्न बनाया हुआ है उन लोगों ने जिनके पास समाज के पुरोधा होने का प्रमाण-पत्र है।...ऐसा सदियों से हो रहा है और आगे बंद हो जाएगा, इसकी भी कोई गारंटी नहीं है।...मुझे लगता है कि आगे इसका रूप बदल जाएगा, पर होता ज़रूर रहेगा क्योंकि मानव का राक्षस दूसरों को अपने अधीनस्थ रखने में आनंद की मृगतृष्णा की अनुभूति पाता रहता है। उसके ज़ेहन में अधीश्वरी का विष ऐसा फैला हुआ है जिससे उसकी मुक्ति चाहने पर भी आज तक संभव नहीं हुई है और न आगे होने की संभावना प्रतीत होती है।''

वातावरण दार्शनिक भंगिमा का अनुभव करने लगा। इस बार उसने गहरी डुबकी लगाई थी। सोनू कवितकर ने जिज्ञासोन्मुखी होकर नहले पर दहला दे मारा, "मिस्टर बोले, तब हमें लौट जाना चाहिए।"

सुधा फुलपाकर जो बहुत देर से उनकी चर्चा को गंभीर होकर सुन रही थी और अध्यापिका होने के नाते उनकी प्रतिक्रियाओं का भी मन-ही-मन जायज़ा ले रही थी, उसे सुधाकर बोले की बात में सार नज़र आया और वह सोनू कवितकर की बात को हज़म नहीं कर सकी। अपनी उड़ती हुई लट को, पिन से दबाते हुए वह सहज होकर बोली, "लौटना कभी संभव नहीं होता है, मि. कवितकर, चाहो तो भी नहीं।...चलना ही होता है, जैसे अब हम चल रहे हैं।...लौटे वे भी नहीं हैं जिन्होंने चौवदार तालाब को गंगाजल से पवित्र किया था, मंत्रों से पुनः सबर्ण हिंदुओं के पीने योग्य बनाया था। वह भी आगे बढ़ने की ही एक समान प्रक्रिया है जिससे हम भी अलग नहीं हुए हैं। फिर से चौवदार तालाब का पानी अछूतों के लिए उपलब्ध कराना उनकी प्रक्रिया की ही प्रतिक्रिया है, जो निश्चित ही होनी थी और कोई रास्ता भी नहीं था। क्या तुम कोई और रास्ता सोच सकते हो ?"

सोच को झकझोर डाला सुधा फुलपाकर ने। गाड़ी ने हल्का-सा हिचकोला खाया। गरम हवा का एक झोंका आया। कुछ नहीं सूझा। प्रश्न जटिल था। इस बार भीमराव अंबेडकर का मन हिला। उन्हें अच्छा लगा कि सत्याग्रहियों में नव वैचारिक प्रवाह उमंगित हो उठा है और उसको छूकर आने वाली गरम हवा ठंडी होकर आ रही है। वे बोले, "आप क्या सोचती हैं कि जो रास्ता सोचा जा सकता है, वह रास्ता उससे ज़्यादा भिन्न होगा जो कि सोचा जा चुका है !...मुझे ज़्यादा ज़रूरी यह लगता है जो शायद तुम्हें कम या गैर ज़रूरी भी लग सकता है कि उस राहगीर का विश्वास नहीं खोना चाहिए जिसने रास्ता पहचानकर उस पर कदम बढ़ा दिया है—विश्वास को अंधविश्वास नहीं बनने दो, चिंतन पथरा न जाए और आधा सूखकर मात्र बालू न रह जाए, इसका पूरा-पूरा ख्याल रखना व्यक्ति और समाज दोनों का नैतिक दायित्व है। समाज में जीने का हक ही व्यक्ति तब पा सकता है जबकि वह समाज की ओर निरंतर मुखातिब बना रहे—प्रवाह से कट कर अलग-अलग पड़ा पानी सड़ता है। आज हम चाहे सवर्ण हिंदू हों या असवर्ण हिंदू, दोनों ही सड़ांध में जी रहे हैं और उसकी खबर तक का नोटिस लेने से एतराज करना चाहते हैं। प्रवाह दस्तक दे उठा है, उसका नोटिस लेना होगा तभी काम चलेगा। नहीं तो जीवित होते हुए मृत्यु का शाप ढो रहे हैं और ढोते जाएंगे।...क्या फर्क है, हममें और उनमें, हम मरों का मांस खाने के लिए विवश हैं और वे जीवितों का मांस उधेड़ रहे हैं—कैसी दुविधाजनक जड़ता है कि जिसका स्वीकार भी गले नहीं उतरता—किसी कौम की यह दयनीय स्थिति उसे एक साथ कई मोर्चे पर तोड़ने तथा टूटने का अनुभव कराएगी और आज भी करवा रही है।...यही सब सोच के लिए ज़रूरी है। यही उसकी ताज़ा खुराक भी है, जिससे स्वस्थ सोच तरानों की लय पर थिरकता आनंद के स्रोत की दिशा में आगे बढ़ जाता है।" उनका गौर मुखमंडल तमतमाने लगा था। उनकी आंखें चमक उठी थीं।

सुधा फुलपाकर के ज़ेहन को सुकून मिला था क्योंकि कोरी वर्णनात्मकता माहौल को अपने में जज़्ब नहीं कर पा रही थी। वह चाहती थी कि भीमराव अंबेडकर से भी अपने सोच का समर्थन या असमर्थन जो कुछ भी संभव हो, पाए। वह पुनः बोली, "मुझे लगता है कि धर्म तभी अधर्म बनने की दिशा में आगे बढ़ने लगता है, जबकि वह सत्ता की महत्त्वाकांक्षा की तृष्णा को अन्दर ही अन्दर पकाना शुरू कर देता है।...धर्म तृष्णा जीवियों

से अधर्म बनता है। फिर उसमें सहांशी एक गिरोह को जन्म देते हैं और जिससे सेश्वरीय दाल पकाने की ठेकेदारी शुरू कर देते हैं। सब गड्डमड्ड हो जाता है।...आज चाहे ईसाई हों, सिख हों, मुसलमान हों...कोई भी हों और किसी भी धर्म का मानने वाला हो, इस दोज़खी दरिये में से उसे गुज़रने के लिए विवश होना पड़ रहा है।...आज सब जन्म से धर्म में हैं, अपने विश्वास और चुनाव से शायद ही कोई हो।...विचारों के सातत्य, संगीत और स्थिरता के प्रति उसमें शून्यता है।... हर पिछली गलती जुड़-जुड़कर गलतियों का परिणाम बनती है।...धर्म के पीछे ये ही तत्त्व इकट्ठे होकर उसे अधर्म में जीने का धार्मिक विश्वास या अंधविश्वास जुटा देते हैं।...मुझे लगता है कि एक प्रक्रिया है, जिसको उपेक्षित करके हम प्रक्रियाविहीन अराजकता का आतंक किसी खौफनाक भूत-सा समाज पर स्थापित कर देते हैं। उस भयातंक जड़ता से हृदय-सरोवर सूखने लगता है, कोरा रेगिस्तान विकास के नाम पर सामने आ ठहरता है और मृग-मरीचिका पागल हिरन की तरह भागने लगती है, हांफने लगती है और उस सत्य को बताने से पहले रेगिस्तानी ताबूत में दफन होकर रह जाता है निष्प्राण।''

एक लम्बा वक्तव्य सत्याग्रहियों को आंख बचाने के लिए प्रेरित करने लगा। यह बहस जिसमें उनकी साझेदारी, जिससे वे स्वयं डरने लगे थे, उनकी शून्यता को उजागर कर सकती है। सबने धैर्य से काम लिया और मौन व्रत-सा ले लिया। भीमराव अंबेडकर ने कहा, ''मुझे आपके विचारों ने प्रभावित किया है। चूंकि मैं पूर्णतया लोकतांत्रिक प्रक्रिया का सहचर हूं, इस नाते भी, मैं यह कहना चाहूंगा कि चिन्तन-क्रम की अबाधता स्वयं अपने आप में एक लोकतांत्रिक साझेदारी है और मुझे आशा है कि तुम इस दिशा में किसी से पीछे नहीं हो। ...तुममें जीने का एक सुकून है, ईश्वर की दया नहीं।''

झटके से गाड़ी रुकी। अनंतराव बोले, ''मुकाम आ गया है, डॉक्टर साहब !''

''दासगांव है न ?''

''हां।''

''यहां से महाड...''

''कोई पांच मील है...''

तब तक हजारों सत्याग्रहियों ने डॉक्टर अंबेडकर का जयनाद करना शुरू कर दिया। भीमराव अंबेडकर अपने दो सौ साथियों के साथ नीचे उतरे। उतरते ही उन्हें फूलों की मालाओं से लाद दिया। उन्होंने उन्हें रोका। उनसे कहा, ''यह स्वागत-सम्मान की शैली राजतांत्रिक है, हमें इससे भी मुक्त होना है। संघर्ष के लिए किसी सम्मान की ज़रूरत नहीं है, वह स्वयं में अपना सम्मान है।...इस प्रतिष्ठा-सम्पन्न समाज के उस वर्ग को जिसे असवर्ण कहकर अपमानित, शोषित और उपेक्षित बनाया गया है, जिसको सोने के आभूषण, रंगीन और चमकदार बॉर्डर वाली धोती, तिल्लेदार पगड़ी पहनने, सवर्ण हिंदुओं की विवाह-शादियों में बिना मज़दूरी के काम करने और उनकी जच्चा-बच्चा की निःशुल्क टहल-चाकरी करने के लिए विवश किया जाता रहा है, अन्यथा उन्हें गांव छोड़ने के लिए तैयार रहना पड़ता था—उससे यह अपेक्षा नहीं होनी चाहिए कि वह अपने संस्कारों में उन्हीं बीजों को बोने लगे, जिनसे संघर्ष करने के लिए उसने सत्याग्रही चोला धारण किया है।''

भीमराव अंबेडकर की बात सुनकर अनेक जन ठिठके खड़े रह गए—एकदम स्तब्ध। उनके हाथ में मालाएं थीं। उनके कंधे पर कपड़े में बंधी रोटियां थीं। उनकी आंखों में लम्बे अकाल के बाद घिरी घन-घटाओं का रंग था। उनकी देह पर मामूली कपड़े थे। उनके मन

में आकांक्षाओं का ज्वार-भाटा था। सुधा फुलपाकर, जिसने अपने श्यामवर्णीय और इकहरी देह को खादी की मोटी किनारीदार धोती में लपेटा हुआ था और जिसके मुखमंडल पर गहरा आत्मविश्वास नज़र आ रहा था, जिसकी आंखों में संकल्प-सुमन सुवासित हो रहे थे और जिसके पारदर्शी अधरों पर गरिमा अभिमंडित मुस्कान सिमट नववधू के अवगुण्ठन-सी ठहरी हुई थी, आगे बढ़कर झुके और म्लान चेहरों को संबोधित कर कहने लगीं, "आगे आओ, डरो या सकपकाओ नहीं, तुम बोल नहीं सकते, तुमने आज तक आकांक्षाओं का उत्सव नहीं मनाया, तुम कद में ऊंचे होते हुए भी सदा बौने होने के एहसास से दबे रहे...अब मत झिझको...स्वागत में कभी आदेश नहीं चलता है, मन का आवेश ज्वार-भाटे-सा उमड़ता है ...उसे मर्यादा प्रसिद्ध सागर भी नहीं रोक पाता है...जिसमें तुम लोग अपने लिए कभी नहीं जी सके...आज से अपने लिए भी जीना सीखो...अपने मन में कुछ कर गुज़रने का हौसला पैदा करो...उस चमत्कार को जिओ...फूल-मालाओं के मान को मत लजाओ—डॉक्टर अंबेडकर के हृदय-प्रदेश पर उन्हें लहराने दो, उनकी शोभा बढ़ाने दो...आगे आओ...आओ... ।" उसने स्वयं एक माला लेकर उनके हाथ में थमा दी। फिर उस वृद्धा को वह आगे लाई, जिसके कन्धे से लगा एक बच्चा था और उसे बच्चे के हाथ में एक माला थी। बालक से वह बोली, "बेटे, बाबा को माला पहनाओ।" वह वृद्धा ठिगनी थी। बालक को उठाने पर भी उसके नन्हें हाथ उनके सिर तक नहीं पहुंच पा रहे थे। सुधा फुलपाकर इस दृश्य का आंखों ही आंखों में आनन्द ले रही थी। अन्य लोग चित्रलिखित-से खड़े रह गए थे। किसी की समझ में नहीं आ रहा था कि अब क्या होगा। पल-भर के लिए समय ठहर गया था।

कैसा अनुपम दृश्य था—प्रकाश को प्रकाश लख रहा था। आनन्द के सम्मुख आनन्द था। भीमराव अंबेडकर के मन में मां भीमाबाई का चित्र बना। फिर उसमें से स्वर फूटा—

विश्व रागे झागे वन्हीं। आपण सुखे व्हावे पाणीं
योगी पावन मनाचा। सही अपराध जनांचा
जीभ दातांनी चावली। कोणे बत्तीशी पाडिली।
इतुके ऐकुनि शांति धरा। ताही उधड़ा ज्ञानेश्वरा
आपण तरुनी विश्व तारा। तारी उघड़ा ज्ञानेश्वरा।[1]

मां उसे ज्ञानदेव की कहानी सुनाती थी, जब वह स्कूल से उपेक्षित, अनाहत और अन्याय के शिकार होकर लौटते थे, तब वे न किसी से बात करते थे और न खाना खाते थे।

मां कहती थी—ज्ञानदेव को गांव वाले फिर कष्ट देने लगे। एक दिन ज्ञानदेव गांव से खाली हाथ लौटे। उन्हें एक चुटकी आटा नहीं मिला। क्रोध में दरवाज़ा अन्दर से बन्द कर लिया। खाली झोली को एक तरफ पटक दिया।

निवृत्तिनाथ को ज्ञात हुआ। वे आए। उन्हें पुकारा। द्वार खोलने का आग्रह भी किया। परन्तु ज्ञानदेव ने उनकी एक नहीं सुनी। वे उन्हें समझाने लगे, "ज्ञानदेव, इतना क्यों रूठ गए ?"

सक्रोध ज्ञानदेव ने कहा, "गांव वाले हमें इतना क्यों सताते हैं ?"

"परन्तु, ज्ञान, इतना गुस्सा ठीक नहीं।"

---

1. संसार क्रोध के कारण आग बन जाए तो हमें पानी बन जाना चाहिए। पवित्र-हृदय योगी लोगों के अपराध बर्दाश्त कर लेता है। दांत जिह्वा को यदि काटते हैं तो क्या कोई दांतों को उखाड़ फेंकता है ! मेरे भाई, तनिक शांति से काम लो, द्वार खोलो,। स्वयं को तार कर संसार को भी तारो। खोलो ज्ञानेश्वर, द्वार खोलो।

"क्या करूं, मुझसे बर्दाश्त नहीं होता। पिता गए। मां गई। अब मैं भी जाता हूं—शायद यही उचित है।"

"पर द्वार तो खोलो।"

इस पर वह चुप। इतने में वहां सोपान और मुक्ता आ गए। उन्होंने प्रार्थना की परन्तु बेकार। अंत में मुक्ता गा उठी—विश्व रागे झाले वन्हीं...।

"वह गीत, मां, जो अभी आपने गाया था।" स्वतः भीमराव अंबेडकर बोले।

'हां, वही गीत।"

"फिर क्या हुआ ?"

"तुम बताओ, क्या होता ?"

भीमराव का गोरा गोल-मटोल चेहरा सोचने लगता और उनकी बड़ी-बड़ी आंखों में चमक लहरा उठती। वह गीत का सारा आशय लागने के बाद पूछते, 'मां, ज्ञानदेव तो भक्त थे...महान् संत न ?"

"हां, रे, हुए तो हैं।"

"तो गीत सुनकर उन्होंने दरवाज़ा खोल दिया होगा, मां !...है न, मां ?"

भीमाबाई एकबारगी उनकी ओर देखती। फिर बड़े प्यार से कहती, "तुझे ईश्वर बुरी नज़र से बचाए।...मेरे लाड़ले, ऐसा ही हुआ था।"

इस समय वह सारा दृश्य उनके सामने आ ठहरा। वे झुक गए। उस बालक की सहायता करते हुए वह माला अपने गले में डाल ली। सबने करतल-ध्वनि से उनका स्वागत किया। फिर वह माला उन्होंने उस बालक के गले में डाल दी। सब झूम उठे।

सुधा फुलपाकर चलने लगी। भीमराव अंबेडकर ने उसे रोकते हुए टोका, "आप !"

"मैं सुधा फुलपाकर, एक अध्यापिका।...आपका नाम बहुत सुना था। पता चला, आप साथ हैं।...सहयात्री होकर जीने से अपने को नहीं रोक सकी इसलिए अध्यापकीय भूमिका निभा बैठी। ...भूमिका ठीक निभाई न, डॉक्टर साहब ?" सुधा फुलपाकर ने सहज मुस्कान बिखेरते हुए कहा। उसकी श्यामल देह आरक्त हो उठी। उसकी आंखों में चपला कौंध उठी। वह धीमे से पुनः बोली, "मुझे चलना है।"

"कहां ?"

"मेरा घर यहीं है।"

"दासगांव।"

"इसके पास।"

"सत्याग्रह का मार्ग पसन्द नहीं आया ?"

"क्यों ?"

"फिर आप भी... !"

"शायद अभी नहीं, मुझे वक्त चाहिए।...मैं वही करती हूं जो मेरी आत्मा चाहती है। ...मेरी आत्मा संगीत में डूब जाने का आदेश देती है।..." सुधा फुलपाकर ने गुनगुनाते हुए स्वर में कहा, "अत्ता कि अत्तनो नाथो।"

"महात्मा बुद्ध—मनुष्य स्वयं ही अपना स्वामी है।' भीमराव अंबेडकर उसके उत्तर से प्रसन्न हो उठे थे।

"जी हां।"

"बुद्ध को जीने की कोशिश में हो।"

"कह नहीं सकती।" सुधा फुलपाकर ने संक्षिप्त-सा उत्तर दिया।

"कभी सोचिए।"

"सोच लिया।"

"क्या ?"

"अगली बार जहां आपकी सभा होगी, वहां वंदना गीत मैं गाऊंगी।...क्यों, इजाज़त है ?" सुधा फुलपाकर ने गद्‌गद होकर कहा।

"प्रतीक्षा रहेगी। भीमराव अंबेडकर को इस समय अपनी पुत्री की याद हो आई। वह लौट रही थी। अब उनका ध्यान सामने खड़े सत्याग्रहियों पर गया।

सत्याग्रही शांत चित्त थे। उनकी आंखों में स्वाभिमान का जज़्बा था। वे निडर और कुछ कर गुज़रने का इरादा लिए हुए थे।

भीमराव अंबेडकर को इससे बड़ी प्रसन्नता हुई और गद्‌गद होकर कहने लगे, "बहिनो, भाइयो,...आपमें से कुछ तो मेरे पिता और मां की उम्र के भी हैं,....निस्संदेह वे श्रद्धा के पात्र हैं। जैसाकि आप जानते हैं कि हमें मराड यहां से पैदल चलना है। सबको बताना है कि हम न्याय चाहते हैं, समानता का अधिकार चाहते हैं और धार्मिक शोषण से मुक्ति चाहते हैं। सवर्ण हिंदुओं ने पुनः चौवदार तालाब पर पानी भरने से हमें रोका है। आश्चर्य तो इस बात का है कि उन्होंने तालाब को पवित्र भी कर लिया है। लेकिन इस तालाब से मुसलमान, ईसाई आदि पानी भरते हैं...और तो और कुत्ते-गधे आदि पशु भी पानी पीते हैं।...उनसे यह तालाब कभी अपवित्र नहीं हुआ।...यह तालाब अपवित्र हुआ अपने ही सहधर्मियों से।...अभी सवर्ण हिंदुओं ने उसे पवित्र किया है और अब हम उसे पुनः शुद्ध करेंगे—यह क्रम चलता रहेगा। सवर्ण हिंदुओं की यह दलील कि संसार में सब जगह दलित वर्ण है। अतः यहां भी है, यह गलत है। इंग्लैण्ड में इस वर्ग को 'सब मर्जेंटैंथ' कहते हैं जो वहां की जनसंख्या का दसवां भाग है—उससे क्या यह स्वीकार कर लिया जाए कि भारत की कुल जनसंख्या का छठवां भाग जो दलित है, दलित ही बना रहे ? नहीं मित्रों, ऐसा नहीं होगा। हम दलित जन्मे हैं, विवश थे, परन्तु दलित होकर मरेंगे नहीं, यही हमारा संकल्प है।...अब हम सब उस जगह के लिए प्रस्थान करेंगे, जहां से हम अपने होने और सम्मान तथा स्वाभिमान से जीने की घोषणा करेंगे—अर्थात् महाड।"

सब कतारबद्ध हो चल पड़े।

नारे लगाए। फिर प्रयाण-गीत गाते चलते रहे, चिलचिलाती धूप में और चिपचिपाती गरमी में। इतनी बड़ी संख्या में एक अभियान की शुरुआत और वह भी पदयात्रा के साथ, निस्संदेह अद्‌भुत थी।

भीमराव अंबेडकर को लग रहा था कि ज्योति-यात्रा का यह दृश्य महात्मा बुद्ध की संघ यात्रा-सा अनुपम और सहज है, कम-से-कम मृतप्राय लोगों में अपने होने की चेतना तो जगी, उनमें कुछ कर गुज़रने की उत्कृष्ट लालसा तो जन्मी और इतनी बड़ी संख्या में एकजुट होकर चलने का हौसला तो पैदा हुआ।

इतिहास के खाली पृष्ठ हवा के तेज़ झोंकों के साथ उड़ रहे थे, वे छटपटा रहे थे, वे आमंत्रित कर रहे थे कि उन पर कोई आगे आकर इन उभरते और प्राणवान क्षणों को लिपिबद्ध करे, जिन क्षणों में देश का सम्पूर्ण सोया हुआ इतिहास जन-चेतना की अमराई बानगी को सहज रूप से प्रस्तुत कर रहा है।

मराड शीघ्र ही आ गया, वस्तुतः यह जादू इसलिए अनुभव हुआ क्योंकि पांच मील

का रास्ता अत्यन्त जोश से उठ रहे प्रयाण गीतों में पता ही नहीं चला और लगा कि यह लम्बी यात्रा पलक झपकते ही पूरी कर ली। महाड में एकत्र सत्याग्रही डॉक्टर अंबेडकर की जय-जयकार से धरती-आसमान एक कर उठे। सबमें अतीव उत्साह था, उत्कट त्याग-भावना थी और हिमालयी दृढ़ संकल्प था।

सारा वातावरण इंद्रधनुषी हो गया। सबके चेहरों पर से सदियों से जमी गर्द हट गई और एक सर्वथा नया इंसान उठता हुआ पुरज़ोर आंधी-सा सामने आता दृग्गोचर होने लगा। आंधी का स्वर पागल हाथी-सा चिंघाड़ रहा था। सब सुन रहे थे परन्तु सब भीगी बिल्ली-सी चुप थे।

भीमराव अंबेडकर उठते हुए जुनून की अनुभूति में डूब रहे थे। उनकी देह का रन्ध्र-रन्ध्र तेज़ हवाओं के तूफानी गीत सुनता हुआ मगन होता जा रहा था। यहां से एक नए पर्व का प्रारंभ हो रहा था। जन-मंगल की स्वर-लहरियां अंगड़ाई ले रही थीं। दिवसोदय की पृष्ठभूमि तैयार हो रही थी और याद दिला रही थी उस बीचमंत्र की जिसने यह उद्घोष किया था कि जहां चाह है, वहां राह है।

पुलिस अधीक्षक ने भीमराव अंबेडकर के पास आकर कहा कि वे पहले ज़िलाधीश से मिल लें। जनमंच ने समझा कि पुलिस अधीक्षक उन्हें गिरफ्तार करके ले जाने के लिए वहां प्रस्तुत हुआ है। जन-मंच के तेवर तेज़ हवा में उड़ते रंगीन परचम से बिगड़ गये और वह बुलन्द आवाज़ में कह उठा–

"जो हम से टकराएगा,
चूर-चूर हो जाएगा !"
"डॉ. अंबेडकर हमारा परचम है,
हमारे जीने का सहचर है !"
"जो उसे गिरफ्तार करेगा,
वह मिट्टी में मिल जाएगा।"

भीमराव अंबेडकर जन-भावना में उमड़ रहे, सावन की घन-घटा-से उन्माद को समझकर सबको सम्बोधित कर कहने लगे, "मित्रो, ज़िलाधीश महोदय ने मुझे बुलाया है। वह ज़िले के मुखिया हैं। उनके आग्रह-निवेदन को स्वीकार करना हमारा विनम्र शिष्टाचार है। मित्रो, पुलिस अधीक्षक मुझे गिरफ्तार करने नहीं, ज़िलाधीश की ओर से पैगाम लेकर यहां उपस्थित हुए हैं। मैं उनके साथ जा रहा हूं, शीघ्र लौटता हूं, तब तक व्यवस्था बनी रहे और पंडाल में आप लोग पहुंचे।"

एक बार फिर जयनाद से आकाश गूंज उठा। भीमराव अंबेडकर ज़िलाधीश से मिले। ज़िलाधीश ने उन्हें बताया कि चौवदार तालाब को सवर्ण हिंदुओं ने अपनी निजी संपत्ति बताया है और दावा ठोक दिया है। ऐसी सूरत में सत्याग्रह तब तक नहीं किया जा सकता जब तक कोर्ट से कोई फैसला नहीं हो जाता।...मेरी प्रार्थना है कि आप कानून-व्यवस्था बनाए रखने में हमारी सहायता करें और सत्याग्रह के इरादे को तब तक के लिए स्थगित कर दें जब तक कोर्ट अपना कोई फैसला नहीं सुना देता।

भीमराव अंबेडकर ने तुरन्त जवाब दिया, "मिस्टर मजिस्ट्रेट साहब, वह स्थान किसी या किन्हीं की निजी संपत्ति कैसे हो सकता है, जिसका प्रयोग मुसलमान, पारसी और सवर्ण हिन्दू करते हों ?"

"आप स्वयं बैरिस्टर हैं, मेरे से भी अच्छी तरह यह आप जानते हैं कि दावा हुआ

है तो कोर्ट का फैसला हुए बिना कोई ज़ोर-ज़बरदस्ती नहीं की जा सकती। व्यवस्था की अपनी मजबूरी है। कृपया इसलिए...।"

"आप यह भी तो सोचिए, स्वयं पुलिस अधीक्षक देखकर आ रहे हैं कि दूर-दूर से आई जनता, जिसका हृदय बल्लियों-सा उछल रहा है और जो अपने अधिकार को पाने के लिए कुछ भी कर सकने को पागल हो उठी है, उसे ऐसे वक्त में जाकर यह कह पाना कि सत्यग्रह इसलिए शुरू नहीं किया जा सकता क्योंकि उसके साथ कानूनी अड़चन है, मेरे से कतई संभव नहीं होगा।" भीमराव अंबेडकर ने तपाक से कह डाला।

वास्तव में वे बहुत ही संवेदनशील और नाजुक क्षण थे। मजिस्ट्रेट ने पुनः कहा, "मैं जानता हूं, डॉक्टर अंबेडकर, यह बहुत विषम स्थिति है। लेकिन हमें मिल-जुलकर इस स्थिति को संभालना है। शहर काले अंदेशे में है, कभी कुछ भी हो सकता है।...इस सन्दर्भ में मेरी आपसे प्रार्थना है कि आप मुझे अपने मंच से अपने लोगों से बात करने का अवसर दें। मैं उन्हें समझाने का प्रयास करूंगा।...जो नतीज़ा बनेगा, उसके लिए हमें अपने आपको तैयार करना पड़ेगा। ...प्लीज़, थिंक ओवर इट।"

भीमराव अंबेडकर ने सोचते हुए कहा, "ठीक है, आप पधारिए, आपका स्वागत है। ...परन्तु ख्याल रहे कि कोई ऐसी बात न उठ जाए, जिससे मंच विद्रोह कर उठे।...आप जानते हैं कि बाढ़ से निबट पाना कितना कठिन होता है।...जन-भावना का अपना महत्त्व है, वह बना रहे, मेरी भी आपसे यह प्रार्थना है।"

"डोंट वरी, डॉक्टर अंबेडकर, मैं पूरा-पूरा ध्यान रखूंगा।...आई होप...आपको पूरा कॉपरेशन मिलेगा।

वे चल पड़े। उलझन में थे। सत्याग्रह नहीं हुआ तो ? एक महाकाव्य जैसा प्रश्न उन्हें घेरने लगा। वे लोकतांत्रिक संरचना के विश्वासी भी थे। अमेरिका, इंग्लैड का समाज और उसकी व्यवस्था उन्हें रास आ चुकी थी। उन्हें अमेरिका की व्यवस्था से बहुत बल मिला था। वे नहीं चाहते थे कि सरकार के सही होने पर उसकी मंशा के प्रतिकूल कुछ किया जाए। मामला कोर्ट में है तो फैसले की प्रतीक्षा करना लोकतांत्रिक मांग हैं। आग्रह का अर्थ यह नहीं है कि वह सत्य के नाम पर दुराग्रही बन जाए। वे यह भी समझ रहे थे कि उनको अपने लोगों की स्वभाव-शैली को लोकतान्त्रिक बनने का प्रशिक्षण भी ऐसे अवसरों पर ही देना है।

साथियों ने जिरह की और कहा था कि ज़िलाधीश मंच पर आए तो मंच जनमंच नहीं रहेगा।

उन्होंने समझाया, "ज़िलाधीश भी हमारे समाज का एक अंग है। वह हमसे बात करना चाहता है। उसका लक्ष्य है कि उसके जिले का 'लॉ एण्ड ऑर्डर' नहीं बिगड़े, शांति रहे और प्रशासन में ज़्यादा विश्वास पैदा हो।...याद रखिए, जब प्रशासन पर से आस्था उठने लगती है तब कोई-सा भी तन्त्र हो, चाहे राजतन्त्र हो या लोकतंत्र, जन-विरोधी होने लगता है। जिस तंत्र ने जनता का विश्वास खो दिया, वह तंत्र ताबूत बन जाता है।...प्रशासन को सहयोग देना भी जन-नागरिक का फर्ज़ बनता है।"

वे जान रहे थे कि उनकी यह बात उनके साथियों के गले नहीं उतर रही है। लेकिन उन्हें इस बात की कतई चिन्ता नहीं थी कि एकत्र की गई भीड़ उनको भी नकार सकती है। भीड़ का मनोविज्ञान लगभग भेड़ जैसा ही होता है। लोकतन्त्र भीड़ का तमाशा नहीं है। कोई भी लुभावना व्यक्तित्व भीड़ एकत्र कर उसका नाजायज़ और गलत इस्तेमाल कर

सकता है मोहतन्त्र किसी तन्त्र में जन्मे, फूले और फले, वह होगा सदा जनता को गुमराह करने वाला। यह सोचते हुए वे अपने साथियों को समझाने लगे, "मित्रो, यह मत भूलो कि हम अपने लोगों के मानसतंत्र का कायाकल्प करने की दिशा में आगे बढ़ रहे हैं और हमें उन्हें लोकतांत्रिक व्यवस्था के लिए भी तैयार करना है—अन्यथा कोई राजनीतिक षड़यन्त्र आज नहीं तो कल अपने व्यक्तित्व के छलावे में लेकर इस उमंगित, जोशीली और कुछ कर गुज़रने की तमन्ना वाली भीड़ को सदा के लिए अपना गुलाम बनाकर सोने के पिंजरे में बन्द कर सकता है।...तब क्या होगा इस स्वप्नाकांक्षी दलित भीड़ का—कुएं से निकलकर खाई में गिरेगी। उसको फिर से नवीन शोषण-चक्र से गुज़रते हुए अपने न होने की इसी मानसिकता से जुड़ना पड़ेगा, जिसके विरुद्ध आज यह भीड़ इकट्ठी हुई है। लोकतन्त्र परचम फहराने या नारे लगाने से नहीं, बल्कि उसकी लोकशैली के मर्यादित उन्मुक्त व्यवहार-कर्म को स्थापित करने से अनुभूत होगा, जिसमें व्यक्ति की चेतना सामाजिक धर्म संविदा से जुड़कर एकता, बराबरीं, स्वतन्त्र और पारस्परिक एहसास को उत्तरोत्तर बढ़ाती जाएगी।.. .यदि यह नहीं हुआ तो लोकतन्त्र लोकचेतना को अपनी मुट्ठी में कर लेगा और परतन्त्र मूलक अनुभूतियों की शाप-छायाएं मंडराने लगेंगी।...इसलिए हमें नई राह बनानी है, खोजनी है और जन-मन को सही दिशा में ले जाने के लिए—उसकी निरन्तर और त्वरा गति से चेष्टा करनी है।"

सबने सुना। उन्हें लगा कि सच्चाई की अनुभूति से वे जुड़ रहे हैं, बिना पूर्णतया समझे।

"लोकतन्त्र को बाजीगरों, तांत्रिक, मायावियों, तमाशबीनों की ज़रूरत नहीं है, जहां इनका बोलबाला होगा, वहां कुछ भी हो परन्तु लोकतन्त्र नहीं होगा।" भीमराव अंबेडकर ने अपने साथियों की मानसिकता में टूट रहे सम्मोहन को बिखरने से रोकने के लिए आश्वस्त करना चाहा था कि लोकतन्त्र कोई जुआ नहीं है—फिर कैसी हार, कैसी जीत ! उसमें तो जन-चेतनामूलक धर्म-कर्म गंभीरता से निर्वाह करता हुआ समाज को अतःसलिला से बराबर संबद्ध बनाए रखता है।"

पंडाल आ गया।

वे सब उतरे।

सबके चेहरे पर सोच के डूबने का विज्ञापन था। भीमराव अंबेडकर पूर्ववत् सहज मुस्कान से जन-मन को आश्वस्त करते रहे। आकाश क्षितिज पर छोटे-छोटे इन्द्रधनुष मेघ-शावकों से आंख-मिचौनी खेलते हुए वे बेहद खुश थे। वे नहीं यह जानते थे जो वहां कंधों पर सूखी रोटी लटकाए बड़े मन से आए हैं, क्यों आए हैं ? वे इतना जानते हैं कि सवर्ण हिंदू वर्ग को वे अपने होने की सूचना दे सकेंगे। पानी भर सकेंगे उनके उपेक्षित, दलित और शोषित भाई और फिर यह सिलसिला चल पड़ेगा तो एक लहर उठेगी, एक वातावरण बनेगा, जिसमें वे अपने को स्थापित कर सकेंगे और जीने का अधिकार पा सकेंगे दूसरों की तरह का, बराबरी का, स्वाभिमान वाला।

पंडाल खचाखच भरा हुआ था। कहीं भी तिल धरने के लिए जगह नहीं थी।

सवर्ण हिन्दुओं ने तो उन्हें जलसा करने के लिए भी कोई जगह नहीं दी थी। यह जगह उन्हें एक मुसलमान ने दी थी। सवर्ण हिंदू दुकानदारों ने कोई भी सामान उन्हें बेचने से इनकार कर दिया था। सारी व्यवस्था बाहर से करनी पड़ी थी परंतु व्यवस्था एकदम बढ़िया और चित्ताकर्षक थी।

मन झील में अठखेलियां कर रही नौकाओं-सा प्रसन्नता से भरा हुआ था। लहरों पर पुलकता जा रहा था।

भीमराव अंबेडकर का भव्यतम स्वागत-सत्कार हुआ। उन पर सबकी निगाहें टंगी हुई थीं।

जब लौटने पर उन्होंने अपने साथियों के साथ भोजन किया था तब उन्हें एक शुभ चित्त की समग्र अनुभूति हुई थी। सबमें से एक-एक करके हर एक गुज़र रहा था जैसे हर पल एक होते हुए भी सबसे अलग अपनी अहमियत स्थापित नहीं कर सकता, ठीक वैसे ही उनमें एक-एक व्यक्ति समग्र बनकर उभर रहा था। वहां कोई अकेला नहीं था। समवेत स्वर था।

अब भीमराव अंबेडकर मंच पर पहुंच चुके थे। सारा पंडाल उनकी जय-जयकार से गूंज उठा था, जिसे वह नहीं चाहते थे परन्तु जिससे बचने का उनके पास कोई रास्ता नहीं था, एक अन्दरुनी मजबूरी थी जो बराबर उन्हें दबाती और बेचैन करती रहती थी।

माइक के सामने वे आए। उन्होंने चारों ओर देखा। अनुभूति-विह्वल हो उठे। उनके नेत्र भर आए। उनके सामने से छपटपाते इतिहास के गूंगे पृष्ठ फड़फडाने लगे। हवा तेज़ होकर नथुने फुलाने लगी। एकदम सन्नाटा, सबकी दृष्टि गौर वर्ण के, चौड़े भाल वाले और बड़ी-बड़ी चेतनमयी आंखों वाले भीमराव अंबेडकर पर थी जो मौन साधक की मुद्रा में हज़ारों हृदय की धड़कन को अपने में से गुज़रता अनुभव कर रहे थे। उन्होंने कहा, "वीरो, आपको इतनी बड़ी संख्या में, एक नेक तथा पवित्र इरादे के लिए, संगठित हुआ देखकर मेरा मन आपको नमन करता है और यह विश्वास दिलाना चाहता है कि हम सब मिलकर कोई ऐसा कदम नहीं उठाएंगे जिससे अकारण व्यवस्था बिगड़ जाए, क्योंकि व्यवस्था हमारे-आपके लिए है, उसका अपने में कोई अस्तित्व नहीं है।...माननीय ज़िलाधीश इस मंच से हम सब आपका स्वागत करते हुए अपना संदेश एक व्यवस्थापक की दृष्टि से देना चाहते हैं। अतः मैं उनको आमंत्रित कर रहा हूं; वे आएं और अपनी बात कहें।"

करतल ध्वनि गूंजी। ज़िलाधीश का मंच पर आना किसी की समझ में नहीं आ रहा था कि ऐसा क्यों हो रहा है ? ज़िलाधीश माइक तक पहुंचे। उन्होंने चारों ओर देखा–रंग बिरंगे मन में दृढ़ इरादों को संजोए, शांत भीड़। भीड़ की दृष्टि उन पर छिपकली जैसे दीवार पर चिपकी दीखती है, वैसी थी। वह खंखारने के बाद बोले, "बम्बई विधान परिषद् के अनुसार सार्वजनिक तालाब और विद्यालय सबके लिए खुले हैं। परन्तु बारह हिन्दुओं ने यह दावा प्रस्तुत किया है कि चौवदार तालाब उनकी निजी संपत्ति है।"

वह इतना ही कह पाए थे कि पंडाल का मानस आक्रोशी हो गया और परशुराम मुद्रा में हाथ ऊपर उठाकर, मुट्ठी हवा में तानकर और चीखते हुए स्वर में एक साथ बोल पड़ा, "यह झूठ है। असत्य है।"

"यह सवर्ण हिन्दुओं की एक चाल है।"

"आज से पहले तो कभी ऐसी बात उठी नहीं।"

"यह सब हमारे खिलाफ की गई एक घिनौनी साज़िश है–षड़यंत्र है।" एक व्यक्ति ने खड़े होकर कहा।

"हम इसे नहीं मानेंगे, कभी नहीं मानेंगे।"

भीमराव अंबेडकर ने हाथ से इशारा किया कि वे चुप हो जाएं। ज़िलाधीश इस उठे बवंडर से समझ रहे थे कि मामला बहुत संगीन है। धीरे-धीरे बलबलाहट निथर कर बैठ

गई और ज़िलाधीश पुनः कहने लगे, "दोस्तो, इसलिए आपको कोर्ट के फैलने का इन्तज़ार करना चाहिए। इससे पूर्व हुए सत्याग्रह के अवसर पर जिन लोगों ने आप पर आक्रमण किया था, उन्हें दंडित किया जा चुका है। यदि आप लोग, मैं नहीं समझता हूं कि आप ऐसा करेंगे, भी कानून का उल्लंघन करने लगेंगे तो आप भी दंड के भागीदार होंगे। एक मित्र के नाते मैं आपको सलाह देता हूं कि आप कोर्ट के फैसले तक अपना सत्याग्रह स्थगित कर दें और अपना यह जलसा जिसके लिए आप लोग दूर-दूर से आए हैं, जारी रखें, अपनी बात करें।... धन्यवाद।"

ज़िलाधीश अपनी अपील कर लौट आए। वे जाते समय भीमराव अंबेडकर से कहते गए, "मुझे उम्मीद है, जिसे आप जैसा मार्गदर्शक मिला हो, वह अवश्य कानून और व्यवस्था की मर्यादा को क़ायम रखकर हमारी मदद करेगा।...इसके लिए मैं पहले से ही धन्यवाद देकर जा रहा हूं, डॉक्टर साहब !"

ज़िलाधीश जा चुका था। अब मंच पर सबकी निगाहें भीमराव अंबेडकर पर थीं कि वे क्या कहते हैं। उन्हें वे क्या आज्ञा देते हैं। एक अजीब सन्नाटा तन गया था। सबके सामने एक प्रश्न था, जिसका सही उत्तर किसी को भी नहीं मालूम था। सब परीक्षार्थी थे। भीमराव अंबेडकर धीरे-धीरे उठे और कहने लगे, "वीरो, मुझे इस बात की बेहद प्रसन्नता है कि आप अपने अधिकारों के लिए और अपनी प्रतिष्ठा के लिए तीव्र-से-तीव्र संघर्ष करने को तैयार हैं। लेकिन संघर्ष में कूदने का निर्णय आपको बहुत सोच-समझकर लेना चाहिए। सावधान, आग में इसलिए नहीं कूद पड़ो क्योंकि ऐसा करने के लिए मैं आपसे कहता हूं। आप इस मोर्चे में तभी शामिल हों जबकि आप ऐसा करना उचित मानते हों। हमें ऐसे ही शूरवीरों की ज़रूरत है जो छुआछूत को खतम करने के वास्ते अपने प्राणों की भी बाज़ी लगा सकें। यदि ज़िलाधीश की बात सुनकर भी आप लोग मोर्चा लगाने के प्रति दृढ़ चित्त हों तो मोर्चा लगाएं...याद रखें कि दुनिया में बड़ी उपलब्धियां कठोर संघर्ष के बिना प्राप्त नहीं हो सकी हैं।"

भीमराव अंबेडकर जैसे ही चुप हुए वैसे ही पंडाल में अति उत्साह भरे शब्दों में सुनने को मिला, "हम तैयार हैं।...हमें अपने प्राणों का मोह नहीं।...वे जाते हों, तो जाएं परन्तु मोर्चा अवश्य लगे।"

"हम विजय चाहते हैं।"

"हम तनिक भी हतोत्साहित नहीं हैं।"

"हम कड़ी-से-कड़ी परीक्षा देने के लिए तैयार हैं।...हमें अपने अधिकार चाहिएं।"

"हमें सम्मान चाहिए।"

"हमें स्व-धर्म में स्थान चाहिए।"

"अब हम पीछे नहीं हटेंगे।"

"हमारा एक ही नारा है—
करेंगे या मरेंगे।
परन्तु पीछे नहीं हटेंगे।"

असीम उत्साह उत्ताल तरंगों-सा मचल रहा था। मंच पर विद्वान नेता विचार में डूबे हुए थे।

तभी एक स्वर आसमान चीर गया। वह स्वर था—"चौवदार ताल पर आज कब्जा करेंगे या मर ज़ाएंगे।"

"अब हमें कोई नहीं रोक सकता—
न पहाड़ न समुद्र, न कोई दीवार।"

जन चेतना अंगड़ाई ले उठी थी। पंडाल गूंज रहा था। सबके मन में नवीन जागृति थी। कई प्रस्ताव पारित हुए। वे हिंदू धर्म ग्रन्थ जो सामाजिक विषमता का प्रचार करते हैं, उनकी एक प्रस्ताव द्वारा निंदा की गई। इसका समर्थन श्रीमती गंगूबाई सावंत, बी. के. गायकवाड़, एन. टी. यादव आदि ने पुरज़ोर शब्दों में किया। एक प्रस्ताव शिवतारकर ने रखा कि मौलिक अधिकारों की घोषणा की जाए। भाऊराव गायकवाड़ ने इसका समर्थन किया। समता, स्वतंत्रता और भाई चारे की मांग की गई।

वह अति संवेदनशील समय उत्तेजना के बीच से गुज़र रहा था। सबके मन में आक्रोश था, जिसे जोश थामे हुए महत्त्वपूर्ण प्रस्ताव तक ला रहा था।

उन हिंदू धर्म ग्रन्थों पर आक्रोश इस सीमा तक उठा कि सर्वसम्मति से यह तय हुआ कि आज और कुछ नहीं तो कम-से-कम 'मनुस्मृति' को जलाया जाए। इसी ग्रन्थ ने उन्हें शूद्र बनाया है।

रात सिमट आई थी। दिशाओं की बांहों में।

पंडाल के ठीक सामने गड्ढा खोदा गया था। एक ब्राह्मण 'मनुस्मृति' के अन्यायपूर्ण अंशों को पढ़ने लगा। वह रुककर 'मनुस्मृति' का अगला श्लोक बोला—

उचिछष्टअन्नं दातव्यं जीर्णाति वरनानि च।
पुलाकाश्रैव धान्यायं जीर्णश्चैव परिच्छयाः।।

वह ब्राह्मण कुछ रुककर बताने लगा, " 'मनुस्मृति' के अध्याय दस, श्लोक 25 का अर्थ है—सेवा परायण शूद्र को झूठा अन्न, पुराने कपड़े, असार धान्य और फटा-पुराना कपड़ा देना चाहिए।...इसी के 129वें श्लोक में कहा गया है कि राजा का कर्त्तव्य है कि वह शूद्र को किसी प्रकार धन-प्राप्ति नहीं करने दे। क्योंकि ऐसा करने पर शूद्र ब्राह्मण को सताएगा। ...एक अन्य श्लोक में कहा गया है कि यदि शूद्र ब्राह्मण, क्षत्रिय और वैश्य को पापी कहे तो उसकी चीभ कटवा दो।...यह है हमारी धर्म-संहिता, जिससे हम उपेक्षित, शोषित और पीड़ित हुए हैं।'

"ऐसे ग्रंथ को जला डालना चाहिए।"

"इसका रहना पाप है।

"यह ग्रंथ नहीं, शाप है।"

"इसको मिटा दिया जाए।"

"यह ब्राह्मणों का षड़यंत्र है।"

"यह दुनिया का सबसे निष्कृष्ट ग्रंथ है।"

सबने तरह-तरह की फब्तियां कसीं। 'मनुस्मृति' अभी तक उस ब्राह्मण के हाथ में थी।

"देखते क्या हो, इसे जला डालो।"

" 'मनुस्मृति' खोदे गए गड्ढे में दफना दी गई। माचिस जलाई। जलती हुई तीली 'मनुस्मृति' को दिखा दी गई। उसने लपककर आग पकड़ ली और देखते-देखते वह जलकर राख हो गई।

गगनभेदी आवाज़ उठी—

"सवर्ण हिन्दुओं का धर्म ग्रन्थ 'मनुस्मृति' जला दिया गया...जला दिया उसका

पन्ना-पन्ना।...मिटा दिया उसका नामोनिशान।...कर दिया उसको राख।...अब कहीं नहीं रहेगा उसका नामोनिशान। अब कहीं नहीं रहेगा उसका शोषण संताप।''

चारों ओर जोरदार अट्टहास गूंजने लगा।

यह तो चौवदार तालाब का पानी पीने से भी अधिक महत्त्वपूर्ण घटना घट गई। दिशाएं चौंक पड़ीं। एक ऐतिहासिक कार्य सम्पन्न हुआ।

सुबह जब सवर्ण उठेगा तब पढ़ेगा एक ही अग्नि समाचार कि उनका धर्मग्रन्थ अछूतों ने जला डाला। इसके लिए कौन कोर्ट-कचहरी में जाएगा ? कौन दावा पेश करेगा ? कितना बड़ा काम...अनेक चौवदार तालाबों से बड़ा काम ! एक ऐतिहासिक महत्त्व का काम जो कभी नहीं मिट पाएगा, जिसे गंगाजल या गो मूत्र कभी पवित्र नहीं कर सकेंगे और जिसका कोई उत्तर नहीं दिया जा सकेगा।

भीमराव अंबेडकर ने अनुभव किया कि इस घटना ने दलित मन को एकदम पलट दिया और उनमें विजयश्री की लहर दौड़ गई। वे उछल पड़े। मानो आज होलिका दहन हुआ हो या रावण को जलाया हो, उन्होंने ऐसा अनुभव किया।

कितनी बड़ी घटना हो गई ! भीमराव अंबेडकर सतर्क हो गए और सभी साथियों से कहने लगे, ''मित्रो, अब हमें बहुत सावधानी बरतनी है। सवर्ण हिंदू बौखला उठेंगे। उनमें भी एक आग धधकेगी और वे भी इसके जवाब में हमारे लोगों को नुकसान पहुंचाएंगे। ...हमें उससे कतई उत्तेजित नहीं होना और न इस सम्बन्ध में बढ़-चढ़कर कोई चर्चा करनी है। हमें इन्साफ चाहिए, हमने अन्याय का विरोध किया है, यह हमारा कर्त्तव्य है, इंसान होने का अधिकार है।''

सबने सुना। सबमें अतीव उत्साह था। इस कारण उन्होंने जो सुना, वह न सुनने के बराबर था, क्योंकि अब तक आठ हजार सत्याग्रहियों ने अपने नाम लिखा दिए थे संघर्ष के लिए। इधर कानूनी अड़चन सामने आ खड़ी हुई थी। सभी नेताओं ने सत्याग्रहियों की भावनाओं को उभारा था, उत्तेजित किया था और आक्रामक बनाया था। उधर ज़िलाधीश उनसे पुनः मिल चुका था। उसने समझाया था कि निषेधाज्ञा अलग लगी हुई है, यह मामला कोर्ट में है अतः कानून अपने हाथ में न लें।

भीमराव अंबेडकर यह भली प्रकार जानते थे कि कानून तोड़ने के परिणाम अच्छे नहीं होंगे और उन्हें ऐसी सूरत में आगे बढ़ाना चाहिए। वे अपने संतुलित विचारों को व्यक्त करते हुए कहने लगे, ''आप बड़े बहादुर लोग हैं। वे व्यक्ति जो अपने अधिकारों के लिए प्राण तक न्यौछावर करना चाहते हैं, निस्सन्देह उन्नति करेंगे। परन्तु अब ऐसी स्थिति बन गई है कि सत्याग्रह छेड़ने से पहले आपको अनेक बार सोचना पड़ेगा।...आप जानते हैं कि गांधीजी ने सत्याग्रह किया था, जिसे हिन्दुओं का समर्थन प्राप्त था, लेकिन हमें सवर्ण हिन्दुओं से कोई आशा नहीं है। इन कारणों से हमें सरकार का कोपभाजन नहीं बनना चाहिए।''

भीमराव अंबेडकर ने देखा कि उमंगित और उल्लसित जनता का मुख-मंडल उदासीन होने लगा है और एक प्रकार का कील दिया सन्नाटा जड़ीभूत हो उठा है। वह साहस कर उनसे बात करने लगे, ''आप इससे यह मत सोचने लगना कि यदि हम सत्याग्रह स्थगित करते हैं तो इसका अर्थ यह नहीं समझ लेना चाहिए कि इससे हम झुक गए हैं या अपमानित हो रहे हैं।...मेरे भाइयो, जहां तक मेरा सम्बन्ध है, मैं तीनों प्रकार के खतरों का सामना करने के लिए तैयार हूं।...वे तीन खतरे हैं—कानून को तोड़ना। एक वकील की हैसियत से मैं

बताना चाहूंगा कि नियम तोड़ने का अर्थ है जेल जाने की संभावना को स्वीकार करना।"

"हमें जेल से डर नहीं है।"

"हम मरने को भी तैयार हैं।"

"हमें चौवदार तालाब में प्रवेश करना है।"

"हमें उसका पानी स्पर्श करना है।"

"हमें सवर्ण हिन्दुओं को जवाब देना है।"

भीमराव अंबेडकर ने उनकी आवाज़ में घुमड़ उठी उत्तेजना को पहचाना। उनकी जगह कोई भी होता, वह कदापि पीछे हटने के लिए तैयार नहीं होता। वह खंखारकर तेज आवाज़ में कहने लगे, "भाइयो, सत्याग्रह स्थगन का अर्थ कदापि यह नहीं है कि हमने संघर्ष से मुंह मोड़ लिया है। संघर्ष तो उस समय तक जारी रहेगा जब तक हम चौवदार तालाब पर अपना अधिकार नहीं जतला देते हैं।"

सब एकदम शांत मानो उसे चेतना को अचानक सांप सूंघ गया हो। वह बोले, "कुछ तो जवाब दो। फिर भी आप लोग जो निर्णय लेंगे वह मुझे मान्य होगा।...कानून तोड़ने का मन कर रहा हो तो सबसे पहले मैं कानून तोड़ूंगा।...मुझे आपकी खामोशी नहीं, प्रसन्नता चाहिए। मुझे किसी की परवाह नहीं, डर नहीं, जो आप निर्णय लेकर उठते हैं, वह मुझे स्वीकार है।....मैंने निर्णय नहीं, सुझाव दिया है। यदि सुझाव पसन्द नहीं आया तो कोई बात नहीं। निर्णय तो अभी हम सबको लेना शेष है और वह अभी यहीं लेना है।"

इस बार भीड़ में हलचल हुई। चेतना की लहर उठी। मन आर्द्र हुआ। बारह नेताओं में से आठ भीमराव अंबेडकर के पक्ष में हो गए। भीड़ में से एक स्वर उठा, "फिर हमें क्या करना चाहिए ?"

"जनता तय करेगी।"

"नहीं, आप बताएं, डॉक्टर साहब !"

"जुलूस निकालें और अपने हक की बात उठाएं। समाज को अपने इरादों से अवगत करवा दें कि कोर्ट के फैसले के बाद हम पुनः अपना हक प्राप्त करके रहेंगे।"

भीमराव अंबेडकर ने धीरे-धीरे समझाया।

"हमें मंजूर है।"

आवाज़ में जोश नहीं था। कम लोगों की आवाज थी। भीमराव अंबेडकर ने कहा, "मन में कुछ नहीं रखना चाहिए, जो चाहते हो बताओ, लेकिन अधूरे मन से नहीं, पूरे मन से और पक्के इरादे से।...दृढ़ता से।...ज़रा-सा भी संकोच हमें महंगा पड़ सकता है जैसे छोटा-सा सूराख नौका के लिए घातक सिद्ध होता है।... आप अपना मत खुलकर रखिए—खुले मंच का यही अर्थ होता है।"

इस बार एक व्यक्ति ने कहा, "यदि फैसला 12 सवर्ण हिन्दुओं के पक्ष में हुआ तो ?"

"ऐसा नहीं हो सकता।"

"मुकदमा चलेगा तो...।"

"मुकदमा मात्र एक रुकावट है और इससे अधिक उसका कोई महत्त्व नहीं है।" भीमराव अंबेडकर ने जवाब दिया, "इसके लिए मैं आपको पूर्णतया आश्वस्त कर सकता हूं।"

"जूलूस ठीक है।" समवेत स्वर पंडाल में गूंज उठा।

"जुलूस।" पुनः स्वर गूंजा।

"ठीक है।" भीमराव अंबेडकर ने सभा को जुलूस में बदलने का आदेश दे दिया।

जुलूस उभरने लगा। सारे मराड में जुलूस छा गया। सवर्ण हिंदू अपनी दुकानें बंद करके बाज़ार से गायब हो गए। जो सड़कें कर्फ्यू वाला दृश्य पेश कर रही थीं, अचानक उन पर समवेत स्वर गूंज उठा।

सारा मराड बंद।

सवर्ण हिंदू डर गए। कहीं ईंट का जवाब पत्थर न हो। आग भड़क न उठे।

मराड के निकट हो रही खुदाई में बौद्ध काल की मूर्तियां निकली थीं। भीमराव अंबेडकर वहां भी गए थे। वहां से वे रायगढ़ गए जो शिवाजी की राजधानी थी। रात को वे रायगढ़ किले में ही सोए। सुबह वहां से अपने मुकाम के लिए लौट पड़े।

इस घटना के पंख उग आए। सारे भारत में इसका ज़िक्र होने लगा। 'मनुस्मृति' को जलाए जाने से सवर्ण हिंदू, उनमें भी ब्राह्मण विशेष नाराज़ और आक्रोशित थे। उधर भीमराव अंबेडकर ने चौवदार तालाब से अछूतों के पानी लेने का दावा कचहरी में पेश कर दिया था।

वे सुर्खियों में आ चुके थे। उनको अच्छा लग रहा था। उससे सुकून मिल रहा था। उन्हें एक नया रास्ता नज़र आने लगा था। घर पहुंचकर उन्होंने रामाबाई को बिना पूछे ही बता दिया था सब कुछ। रामाबाई की दृष्टि में महान् अंबेडकर घूम गए थे। उसने कुछ नहीं पूछा। सिर्फ उसने इतना समझा कि जो हुआ है, वह होना ही चाहिए था। शायद उससे कुछ राहत मिले और संघर्ष की दिशा कुछ चमक उठे, जिससे उसके पति को सुकून मिल सके और एक नया जज़्बा भी।

बीस

समय की तख्ती पर अमर अक्षरों से मानव जाति के अन्यतम संघर्ष का इतिहास लिखे जाने के लिए उतावला हो रहा था। भारत अंग्रेज़ों से मुक्त होना चाहता था और अछूत सवर्ण हिन्दुओं से। सवर्णों का साम्राज्यवादी प्रभुत्व समाप्त करने की दिशा में नए-नए कदम उठ रहे थे। गुलामी से मुक्ति ही मानव-अधिकार की प्रमुख आवाज़ थी। यदि सवर्णों ने देश को आजाद करा लिया तो तत्कालीन छह करोड़ अछूतों को आज़ादी कैसे मिलेगी ? यह बात डॉ. भीमराव अंबेडकर ने सबको भली प्रकार समझा दी थी कि आज़ादी की राजनीतिक हिस्सेदारी में सबको बराबर का अथवा आनुपातिक लाभ मिले। हिंदू धर्म में सवर्ण लोग उनकी इस बात से बेहद चिढ़ रहे थे।

एक धर्म के लोगों के बीच धार्मिक समानता और सम्मान सबके साथ एक-सा हो। सामाजिक अधिकार सबके बराबर हों।

अछूतों को मानवाधिकार चाहिए, वह मांग बड़े ज़ोर-शोर से गूंज उठी थी।

सवर्ण हिंदू चिंतित थे। अछूतों की मांग उचित थी। एक धर्म और समाज में दोहरा चरित्र कैसे ?

समुद्र तट पर खड़े भीमराव अंबेडकर सोच रहे थे कि समुद्र की असंख्य लहरों के जोश की तरह उन्हें अछूत वर्ग में वह चेतना पैदा करनी होगी जिससे वे भयमुक्त होकर

गर्जना कर सकें और अपने जीने के हक मांग सकें।

एक काला दिन, जिसके दर्शन किए थे साइमन कमीशन ने—3 फरवरी, 1928 को बम्बई में। पूरा भारत बन्द था उस दिन और एक ही आवाज़ थी—'साइमन कमीशन वापस जाओ।' कमीशन की सहायता के लिए सेलेक्ट कमेटी बनी : केन्द्रीय असेम्बली द्वारा निर्वाचित सदस्यों में से। भीमराव अंबेडकर बम्बई प्रान्त से चुने गए। उन्होंने अछूतों के लिए पृथक् निर्वाचन का प्रश्न पुरज़ोर शब्दों में उठाया था।

भीमराव अंबेडकर अन्दर-ही-अन्दर एक आग के दरिया का अनुभव कर रहे थे। वे बम्बई के राजकीय कानून महाविद्यालय में प्रोफेसरी भी कर रहे थे और साथ-साथ समाज-सेवा भी। दलित जाति शिक्षण समिति की स्थापना कर उन्होंने दलितों के लिए शिक्षा-व्यवस्था क़ी ओर ध्यान दिया था और सरकार का ध्यान भी इस ओर खींचा था। वे जानते थे कि अछूत जाति जब तक अध्ययन की ओर प्रवृत्त नहीं होगी तब तक ज़ोर-ज़बर्दस्ती वे प्राप्त मानवाधिकार उनकी रक्षा नहीं कर सकेंगे। वे स्वयं स्कूलों की अछूतों के प्रति उपेक्षा और अपमान के जीते-जागते उदाहरण थे। वे सोच रहे थे कि यदि उन्होंने अपनी बात खुले मंच से उठाई और सवर्ण हिन्दुओं को चेताया तो उन पर अनुकूल प्रभाव पड़ सकता है और वे समय रहते अपने में परिवर्तन कर सकते हैं।

अछूतों को जनेऊ धारण करवाकर उन्होंने हिंदू धर्म के सवर्ण पुरोधाओं को एक खुली चेतावनी दी थी। उन्होंने घोषणा की थी कि सवर्ण हिंदू व्यवस्था में लोकतांत्रिक परिवर्तन करने की दिशा में आगे बढ़ें अन्यथा यह सोचा जा सकता है कि अछूत उस धर्म में क्यों रहें जिसमें उनके साथ पशुओं जैसा व्यवहार किया जाता है।

भीमराव अंबेडकर के मन में अतीव उत्साह था और जोश। वे अन्दर ही अन्दर काव्यमयी यात्रा का अनुभव कर रहे थे—जो सहज था, उसे व्यवस्था असहज क्यों बनाये हुए है ?

दादर में गणेशोत्सव की धूमधाम से तैयारी हो रही थी कि दादर की गणेशोत्सव सभा के अध्यक्ष ने समाज समता संघ को निर्देशित किया कि उस उत्सव में कोई अछूत नहीं आ सकेगा। पर क्यों ? उत्सव सार्वजनिक है तो उन पर अंकुश क्यों ? उस जगह तो अछूत का प्रवेश एकदम वर्जित था, जहां गणेश की मूर्ति की स्थापना की जानी थी।

भीमराव अंबेडकर ऐसे सार्वजनिक अवसरों की तलाश में रहते थे और वे ऐसे अवसरों का भरपूर लाभ उठाना चाहते थे ताकि सवर्ण हिंदू का जड़ हो चुकी सोच सक्रिय हो सके और वह ज़िद को छोड़ने के लिए तैयार हो सके।

समाज समता संघ को यह चुनौती स्वीकार करनी पड़ी। मूर्ति स्थापना स्थल पर अछूतों का पूर्णतया निषेध किया गया। इस चुनौती का उत्तर देने के लिए सैकड़ों की संख्या में उस स्थल के चारों ओर अछूत इकट्ठे होने लगे। पुलिस उनकी संख्या और सुदृढ़ इरादों को देखकर चिन्तित होने लगी। उसे लगा कि अवश्य वहां कुछ घटकर रहेगा।

तनाव की आषाढ़ी घटाएं तेज़ी से घिरने लगी थीं। इसी समय वहां भीमराव अंबेडकर पहुंच गए। बाहर खड़ी भीड़ ने अपने प्रिय नेता का जय-जयकार कर स्वागत अभिनन्दन किया। उन्होंने उत्तेजित भीड़ को शांत करते हुए कहा, "हमें अच्छा वातावरण बनाए रखना है। गणेशोत्सव को शालीनता से मनाने देना है। मैं जब तक उत्सव के प्रबन्धकों से बातचीत करके आता हूं तब तक आप लोग शांति बनाए हुए जहां हैं, वहीं खड़े रहेंगे।"

उधर उत्सव के प्रमुख प्रबन्धक भी एक ओर आ गए। भीमराव अंबेडकर ने उनसे

कहा, ''हम भी गणेश-पूजन का स्वागत अभिनन्दन करते हैं, पुजारी जी, साथ ही आपसे प्रार्थना करते हैं कि आप इस उत्सव का आनन्द सबको लेने देंगे, किसी को रोकेंगे नहीं।''

''परन्तु, यह हमारा उत्सव है।'' प्रमुख पुजारी ने तेज़ स्वर में कहा, ''हम इस उत्सव में हर एक को सम्मिलित नहीं होने देंगे।''

''परन्तु अपने धर्म वालों को तो...वह तो स्वाभाविक भी है।'' भीमराव अंबेडकर ने कहा, ''यह हिंदू धर्म का उत्सव है और सार्वजनिक उत्सव है... फिर...।''

''अछूतों को इसमें सम्मिलित नहीं होने देंगे, यह हम पहले ही घोषणा कर चुके हैं। फिर यह वर्ग ज़बर्दस्ती क्यों करना चाहता है ?''

''क्योंकि वे भी हिंदू हैं आप सबकी तरह और गणेश जी उनके भी देवता हैं।'' भीमराव अंबेडकर ने अत्यन्त सहज ढंग से कहा।

''वे अपना उत्सव अलग मनाएं।''

''क्यों अलग मनाएं ?'' भीमराव अंबेडकर ने नम्रता से प्रश्न किया, ''हिंदू अपने उत्सवों में सम्मिलित नहीं हो सकेंगे तो फिर वे हिंदू कैसे ?''

''आज तक ऐसा नहीं हुआ है।'' एक अन्य पुरोहित ने कहा।

''प्रश्न आज तक होने या न होने का नहीं है, प्रश्न है कि क्या होना चाहिए ? तर्कसंगत क्या है ? कृपया विचार कीजिए कि उत्सव हर्ष और उल्लास के लिए आयोजित किए जाते हैं, उनमें किसी के लिए भी निषेधाज्ञा क्यों ? क्या प्रसन्नता पर भी पाबन्दी लगाना उचित है !'' भीमराव अंबेडकर ने धीरे-धीरे सतर्क होकर अपनी बात समझाने का प्रयास किया और बढ़ती हुई भीड़ का जायजा लिया। उनका नाम सुनते ही वहां भीड़ बढ़ चली थी।

''गणेश जी हमारे हैं।''

''देवता तो सबके होते हैं, पुजारी जी, जैसे अग्नि, आकाश, धरा, वायु और पानी। वायु हम सबको छू रही है और हम सब एक साथ सांस ले रहे हैं तथा एक साथ सांस छोड़ रहे हैं। क्या इस समय किसी अछूत द्वारा निकाली गई सांस से आप बच सके हैं ? ...क्या आकाश को बांट सकते हैं ? क्या सूरज-चांद के प्रकाश को बांट सकते हैं ?...नहीं ना ! फिर छुआछूत कैसी ? क्यों ? जब प्रकृति किसी के साथ छुआछूत नहीं मानती, तब आप क्यों उसके लिए लक्ष्मण रेखा खींचते हैं ?...'' भीमराव अंबेडकर ने अपने तर्कों से उनकी चेतना को कुरेदना शुरू किया।

''लेकिन...'' वह पुजारी बोला, ''अगर गणेश स्थापना-स्थल तक वे सम्मिलित नहीं हों तो उनका क्या बिगड़ जाएगा ?''

''और सम्मिलित हो गए तो आपको, पूजा-स्थल और गणेश प्रतिमा को क्या नुकसान पहुंचेगा ?'' भीमराव अंबेडकर ने प्रतिप्रश्न किया।

गणेश उत्सव प्रबन्ध-समिति चकित होकर उनकी ओर देखती रह गई।

भीमराव अंबेडकर ने आगे समझाया, ''आप लोग बढ़ती हुई भीड़ देख रहे हैं। वह पागल हो रही है और उत्तेजित हो रही है।...आपका नकार देना उनको कुछ भी निर्णय लेने के लिए विवश कर सकता है। क्या आप अपने देवता गणेश के उत्सव में विघ्न पैदा करवाना चाहते हैं जबकि गणेश विघ्न-विनाशक देवता हैं ?''

''नहीं...कदापि नहीं।''

''तो सज्जनो, मेरी प्रार्थना पर ध्यान दीजिए। पंडाल में उनको भी आ जाने दीजिए।

...न जाने कब से वे लोग इस दिन की प्रतीक्षा में सिर झुकाए खड़े हुए हैं !...उनके धैर्य की भी सोचिए। वे भी तो आपके बन्धु हैं। आप में से हैं।...हम सबको मिलकर सौहार्दपूर्ण वातावरण बनने देने में सहायता करनी चाहिए।...कृपया ज़िद छोड़िए।...यही शुभ रहेगा इस समय।''

पल-भर के लिए वे लोग सोच में पड़ गए। अब तक हज़ारों की संख्या में वहां अछूत एकत्र हो चुके थे। वे सबके सब शांत थे। सभी निर्णय की प्रतीक्षा में थे।

''यदि हम कुछ व्यक्तियों को पंडाल में आने दें तो ?'' पुरोहित ने कहा।

''कुछ व्यक्तियों का चयन करना असंभव है।...भीड़ को वही निर्णय पसंद आता है, जिसमें सर्वहित होता दीखता है। इन अति संवेदनशील क्षणों में कोई ऐसा कदम नहीं उठाएं जिसका हम लोगों को बाद में पछतावा बना रहे।...कृपया मेरी बात मान जाइये, वही युक्तिसंगत भी रहेगा।'' भीमराव अंबेडकर ने आग्रहपूर्वक कहा और भीड़ की ओर देखा।

प्रधान प्रबंधक बोला, ''डॉक्टर साहब, आपकी बात ठीक लग रही है।...बाहर खड़ी भीड़ पंडाल के अन्दर आ सकती है। लेकिन भीड़ संयम बनाए रखे ताकि सवर्ण हिंदू बिगड़ न पड़ें अन्यथा यहां कुरुक्षेत्र होता नज़र आएगा।''

''बहुत-बहुत धन्यवाद, आभार। आपने जो उदाहरण कायम किया है, उसके लिए मैं और अन्य मेरे भाई-बांधव आपके प्रति कृतज्ञता ज्ञापित करते हैं।''

भीमराव अंबेडकर चुपचाप, गंभीर मुद्रा बनाए और सिर झुकाए लौट आए। भीड़ का माथा ठनका।

''क्या निर्णय हुआ ?'' भीड़ में से एक नौजवान का स्वर तेज़ी से उभरा।

भीमराव अंबेडकर ने थूक गटककर भीड़ को जहां की तहां बैठ जाने का संकेत किया। कुछ देर में भीड़ बैठ गई। भीमराव अंबेडकर ने खखारकर गला साफ करने के बाद कहा, ''प्रिय साथियों, यहां प्रश्न जीत या हार का नहीं है। यहां प्रश्न व्यवस्था का है, मान-सम्मान का है।...आपसी मतभेदों की खाई पाटने में समय लगेगा, परन्तु धीरे-धीरे वह पट जाएगी। ...ध्यान रहे, जीत की खुशी का पागलपन वातावरण को चटका जाता है और प्रायः दंगे शुरू हो जाते हैं।...मेरी आप लोगों से प्रार्थना है कि ऐसा इज़हार नहीं करें जिससे सामने वालों को लगे कि वे हार गए हैं।...कोई शोर नहीं, कोई जय नहीं और न कोई खुशी का नारा उठे। सब कुछ शांत बना रहे। अपनी दृष्टि में विजेता का भाव नहीं पैदा होने दें, यही शुभ, अनुकूल और सौम्य होगा।...आप लोग पंडाल में जा सकेंगे।...लेकिन शांति से और उनके बड़प्पन का सम्मान करते हुए...कोई जय नहीं, नारा नहीं।''

सब मौन बैठे रहे।

'पंडाल में उतने ही लोग जाएं, जितने आसानी से उसमें आ सकें। थोड़े-थोड़े करके वहां लोग जाते और जाकर वहां से लौटते रहें।'' भीमराव अंबेडकर ने उन्हें आदेश दिया।

अब तो गणेशोत्सव में नव प्राण का संचार हो उठा। सारा कार्यक्रम अत्यन्त शालीनता से चला। बारंबार गणेशजी की जय से आकाश गूंज उठा।

भीमराव अंबेडकर की यह देखकर आंखें भर आईं कि उनके भोले-भाले लोग श्रद्धा से बारम्बार नत हो रहे हैं। उनका सुदामावत् हृदय गद्गद हो रहा है। वे धन्य हो उठे हैं। उनके हाथ जुड़े के जुड़े हुए हैं। उनके दीन-हीन चेहरों पर दिव्य प्रकाश जगमगा रहा है। उनकी कितनी पुरानी आकांक्षा पूरी हो रही थीं और वे गणेशजी की दर्शनानुभूति का आनन्द ले रहे थे। कितने भोले हैं वे लोग ! कितने सरल-सहज ! वे स्वयं ही सवर्ण हिन्दुओं से

दूर बने रहे, उन्होंने उन्हें शिकायत का कोई अवसर प्रदान नहीं किया।

भीमराव अंबेडकर का इस प्रकार की घटनाओं से उत्साह बढ़ रहा था और उन्हें लग रहा था कि हिंदू धर्म में आवश्यक सुधार तथा परिवर्तन संभव हो सकेगा। उन्हें बड़ा अजीब लगता था जब हिंदू नेता दक्षिण अफ्रीका की रंगभेद नीति की कटु आलोचना करते थे और अपने यहां सवर्ण और अवर्ण में भेदनीति अपनाते थे। उन्हें लगा कि उनकी गुलामी का कारण भी यही परस्पर भेदनीति है जो लगातार उन्हें कमज़ोर बनाती गई और अब भी बनाए जा रही है।

अमरावती के अम्बादेवी मंदिर में दलित वर्ग के प्रवेश का सवाल उठा। दलित जाति परिषद् ने वहां एक सभा का आयोजन किया। उस सभा की अध्यक्षता भीमराव अंबेडकर ने की, उसके स्वागताध्यक्ष थे डॉ. पंजाबराव देशमुख। भीमराव अंबेडकर ने सभा को संबोधित किया। उन्होंने अपील की कि जलाशय और मंदिर-प्रवेश पर से प्रतिबन्ध उठा लेने चाहिए क्योंकि वे भी हिंदू हैं और उनका भी समानाधिकार बनता है। मंदिर समिति के अध्यक्ष जी. एन. खापर्डे ने मंदिर के ट्रस्ट को मिला नोटिस लिया। उस पर गम्भीरता से विचार किया और उन्होंने तीन माह का समय मांगा ताकि तब तक वे अपेक्षित सौहार्द तथा सद्भावपूर्ण वातावरण बनाने के लिए प्रयत्न कर सकें और आपसी वैमनस्य के धुएं को नहीं उठने दें। मंदिर प्रवेश कार्य समिति ने खापर्डे के सुझाव को मान लिया।

भीमराव अंबेडकर चाहते थे कि धार्मिक और सामाजिक परिवेश में अपेक्षित परिवर्तन की प्रक्रिया तेज़ हो, लेकिन अहिंसात्मक ढंग से। गांधीजी अंग्रेजों को भारत से बाहर करना चाहते थे। वे देश को आज़ादी दिलाने के लिए दांडी यात्रा का प्रारम्भ कर चुके थे। भीमराव अंबेडकर धार्मिक-सामाजिक स्वाधीनता के लिए अहिंसात्मक कदम उठाने का पक्का मन बना चुके थे। क्यों न बनाते, वे स्वयं भी तो अत्याचार का शिकार हुए थे ! बम्बई सरकार ने दलित वर्ग की समस्याओं को सुलझाने के लिए एक त्रि-सदस्यीय समिति गठित की थी, जिसमें डॉ. सोलंकी, ए. व्ही ठक्कर के साथ डॉ. भीमराव अंबेडकर भी थे। अछूत विद्यार्थियों को कक्षा-कक्ष में न बैठाकर बाहर बरामदों में बैठने के लिए विवश होना पड़ता था। डॉ. भीमराव अंबेडकर सदस्य की हैसियत से कई विद्यालयों में गए तो उन्हें विद्यालय में प्रवेश नहीं करने दिया। वे क्या करें, क्या नहीं ! सवर्ण हिंदू उन पर लगातार आक्रमण कर रहे थे। उनकी कोई सुनने वाला नहीं था। पूर्व खानदेश की यात्रा करते समय चालीसगांव रेलवे स्टेशन पर उतरे। वहां उनका स्वागत हुआ लेकिन उन्हें गंतव्य स्थान तक पहुंचाने के लिए कोई तांगे वाला तैयार नहीं हुआ। बड़ी मुश्किल से एक तांगे वाला इस शर्त पर तैयार हुआ कि वह तांगा नहीं चलाएगा। वह तांगे के साथ-साथ पैदल चलेगा। तांगा चलाने के लिए एक अछूत तैयार हुआ। अब भीमराव अंबेडकर तांगे में बैठ गए। तांगा हिचकोले खाता चल पड़ा। तांगे के पीछे-पीछे उनके भक्तगण चलने लगे, भागने लगे।

रास्ते में एक गड्ढा आया। पहिया उस गड्ढे में जा धंसा। अनाड़ी तांगे वाला स्थिति को नहीं संभाल सका और उसका परिणामं यह हुआ कि तांगा उलट गया। भीमराव अंबेडकर गिर पड़े। उनके दायें पांव की एक हड्डी टूट गई और कई जगह खरोंच आई। बचपन के घाव हरे हो गए जब वे लोग बैलगाड़ी से यात्रा कर रहे थे। और कब तक हिंदू धर्म के सवर्ण पुरोधा उनको यातना देते रहेंगे ? जब वे इतना पढ़-लिखकर देश-विदेश में ख्याति अर्जित कर और हर प्रश्न का अनुकूल उत्तर देने की योग्यता रखने के बाद भी अपने 'स्टेटस' को कायम नहीं रख पा रहे हैं तब समान्य और अनपढ़ अछूत की स्थिति का अनुमान लगाना

क्या कठिन है ? उनको यह सोच लगातार चिंतित किए हुए था।

उनके स्मृति-पलट पर अछूत होने की अनेक यातनाएं अंकित थीं, जिनके स्मरण से कभी-कभी वे आपे से बाहर हो जाया करते थे। अब कुछ ठोस कदम उठाना होगा और दलित वर्ग को सिर पर कफन बांधकर मैदान में उतर आने के लिए आह्वान करना होगा।

एक प्रस्ताव सामने आया था कालाराम मंदिर में दलित वर्ग का प्रवेश। नासिक स्थित यह मंदिर रामकथा से जुड़ा हुआ है। यहीं वह पंचवटी है, जहां श्री राम ने बनवास का समय व्यतीत किया था। यहीं रावण की बहिन शूर्पणखा की नाक काटी गई थी और यहीं से सीता का अपहरण रावण ने किया था। इस मंदिर में श्रीराम की काले पत्थर की भव्यमूर्ति विराजमान है। इस मनमोहक मूर्ति के दर्शन केवल सवर्ण हिंदू ही कर सकते थे। असवर्ण हिन्दुओं को इसके बारे में केवल सुनकर सन्तोष करना पड़ता था।

रामनवमी के दिन यहां एक पखवाड़े का लक्खी मेला जुड़ता है। काले पत्थर के श्रीराम को रथ में बैठाकर सवर्ण हिंदू गोदावरी में स्नान कराने ले जाते हैं। दलित वर्ग हिंदू होने के नाते चाहता था कि वह भी रथ को खींचने में भागीदार बने, गोदावरी के मुख्य घाट पर स्नान करे और मंदिर में प्रवेश पा सके।

भीमराव अंबेडकर ने खूब सोच-विचारकर यह निर्णय लिया था कि सोते हुए सवर्ण हिंदू वर्ग को इस माध्यम से जगाने का प्रयास किया जा सकता है। इसके लिए एक समिति बनी। नासिक के अछूतों ने यह समिति बनाई, जिसका सचिव मुकर्रर किया गया भाऊराव गायकवाड़ को। उन्होंने मंदिर के ट्रस्टियों से विनम्र निवेदन किया कि 2 मार्च, 30 तक मंदिर के द्वार दलित वर्ग के लिए भी खोल दिए जाएं ताकि वे भी अपने भगवान् के दर्शन कर सकें। यदि ऐसा निश्चित तारीख तक नहीं किया गया तो इसके लिए सत्याग्रह छेड़ने के अलावा उनके पास कोई दूसरा रास्ता नहीं रहेगा।

सब तरफ हलचल मच गई।

भीमराव अंबेडकर ने उसी सत्य के आग्रह का ही सहारा लिया था जिसका गांधीजी ने दांडी यात्रा शुरू करते हुए लिया था। दोनों के लक्ष्य भी समान थे—गांधीजी देश को अंग्रेज़ी हुकूमत से आज़ाद कराना चाहते थे और भीमराव अंबेडकर सवर्ण हिंदुओं से असवर्ण हिंदुओं को मुक्त कराना चाहते थे। दो सत्याग्रह आंदोलन एक साथ, एक ही लक्ष्य के लिए देश में प्रारम्भ हुए थे।

कट्टरवादी हिंदू कुछ सुनने को तैयार नहीं थे। सीधी कार्यवाई का दिन आ गया—2 अक्तूबर, 1930। उस दिन रविवार था। सत्याग्रह समिति के आह्वान पर कोई पंद्रह हज़ार कार्यकर्ता और अनेक ख्यातिप्राप्त नेता वहां पहुंच चुके थे—राजभोज प्रधान, वी. जी. खैर, देवराज नाईक, शिवतारकर, पतितपावन दास और भीमराव अंबेडकर। यह जानते हुए भी कि तनाव बढ़ चुका हैं और सत्याग्रह की पूरी तैयारियां की जा चुकी हैं, मंदिर में एकत्र पुजारी-पुरोहित और पुरोधा अपनी ज़िद पर अडिग बने हुए थे। वे टस से मस नहीं होना चाहते थे।

आज का प्रातः तमतमाया हुआ था। दिशाओं के नासिका पुट फड़क रहे थे और गोदावरी का पावन जल हिलोरें ले-लेकर भक्तगणों को आमंत्रित कर रहा था।

दिन के दस बज रहे थे। मंदिर की ओर से कोई प्रत्युत्तर नहीं मिला था। आगे की कार्यवाही सुनिश्चित करने के लिए एक सभा आयोजित की गई। उसकी अध्यक्षता भीमराव अंबेडकर ने की। एक ही बात घूम-फिरकर सामने आ रही थी—सत्याग्रह किया जाए। दोपहर

होने लगी। सभा को कुछ समय के लिए विश्राम दिया गया ताकि लोग भोजनादि कर सकें। दिन के डेढ़ बजे पुनः सभा आरम्भ की गई।

सभास्थल खचाखच भर गया। भीमराव अंबेडकर ने सबके विचार सुनकर अपना अध्यक्षीय भाषण शुरू किया। वे सारी परिस्थितियों और उठाए जाने वाले भावी कदमों को ध्यान में रखते हुए अत्यन्त शालीनता से, संतुलित भाव-भंगिमा के साथ एक-एक शब्द तोल-तोलकर बोल रहे थे। उन्होंने कहा, "एक न एक दिन हमें इस आग में कूदना है तो आज और अभी उसके लिए हम क्यों न तैयार हो जाएं। यह कुर्बानी का समय है। कुछ पाने के लिए बहुत-कुछ छोड़ने का हौसला होना चाहिए।"

सारी सभा एक स्वर से चिल्लाई, "हम तैयार हैं। हमें आदेश दीजिए।...हम करेंगे या मरेंगे।...पीछे नहीं हटेंगे।"

"हम सब जुलूस के रूप में यहां से मंदिर तक जाएंगे लेकिन अनुशासनबद्ध होकर और बिना किसी नारेबाज़ी के।...एकदम शांत और कतारबद्ध।" भीमराव अंबेडकर का इतना कहना था कि अन्य नेताओं ने इसके लिए तत्काल व्यवस्था प्रारम्भ कर दी।

सबसे आगे बैंड बाजा था जो मिलिट्री टाइप बैंड जैसी धुनें निकाल रहा था। उसके पीछे लेझीम और दांड पट्टा के जत्थे, बालचर, समता दल के सदस्य, लगभग पांच सौ महिलाएं और हजारों अछूत भाई थे।

भीमराव अंबेडकर जुलूस का नेतृत्व कर रहे थे। मीलों लंबा जुलूस एकदम अनुशासनात्मक ढंग से काला राम मंदिर की ओर बढ़ रहा था। सारा नासिक चिंतित था। पता नहीं आज क्या होकर रहेगा ? हिन्दुओं के मन में भी अनेक शंकाएं थीं। पुलिस भी जुलूस के साथ चल रही थी। वह कुछ नहीं तय कर पा रही थी कि उसे क्या करना चाहिए।

नासिक के इतिहास में इतना लंबा और शांत जुलूस पहली बार निकल रहा था। मंदिर में प्रवेश कैसे होगा ? कौन रोकेगा ? प्रवेश हुआ तो नासिक में दंगे उठ खड़े होंगे। नासिक की देखा-देखी सारे भारत में दंगे खड़े हो जाएंगे। स्थिति बहुत बिगड़ जाएगी। उधर गांधीजी की डांडी यात्रा पर भी इसका असर पड़ सकता है।

पुजारी और मंदिर के शुभचिंतकों की राय थी कि किसी भी कीमत पर अछूतों को मंदिर में घुसने नहीं दिया जाए। दोनों ओर से तलवारें म्यान से बाहर निकल आई थीं।

भीमराव अंबेडकर सोच रहे थे कि अपनी उदारता, दया, करुणा आदि के लिए सुविख्यात हिंदू धर्म अपने ही धर्म-भाइयों के प्रति इतना अनुदार, क्रूर और तंगदिल क्यों है ? मात्र मंदिर में प्रवेश के प्रश्न को लेकर इतना जड़ एवं निर्मम आचरण ! वह देश स्वाधीनता पाने के बाद क्या न्याय कर सकेगा, कैसे लोकतांत्रिक आस्था के प्रति समर्पित रहेगा और कैसे सत्य-साधना के यज्ञ को कार्य रूप में परिणत कर सकेगा ?

वह जुलूस आगे बढ़ा जा रहा था—एक मूक-प्रदर्शन, धर्मास्था के प्रति मूक समर्पण और मात्र मंदिर-प्रवेश की आकांक्षा लिए ! पराधीन भारत में जब उनके धर्मावलम्बी सवर्ण असवर्णों पर इतना अत्याचार करने पर तुले हुए हैं तब स्वतंत्र भारत में वे उनके प्रति कितने क्रूर हो जाएंगे ?

अब जुलूस काला राम मंदिर के सामने जा पहुंचा था। भीमराव अंबेडकर ने देखा कि मंदिर के सभी द्वार बंद हैं और चारों ओर पुलिस है। दो सिटी मजिस्ट्रेट, पुलिस कप्तान (अधीक्षक), ज़िलाधीश आदि वहां उपस्थित थे। भीमराव अंबेडकर ने संकेत किया पतितपावन दास को कि वे मंदिर के द्वार खोलने के लिए आवाज़ लगाएं।

"आदरणीय पुजारी, पुरोहित और महंतो, आपके भाई बाहर खड़े हैं, उन्हें श्रीराम के दर्शन करने दें—द्वार खोलें।...अपने भाइयों को अपनाएं।" पतितपावन दास की ऊंची आवाज़ चारों ओर गूंज गई।

"हमारे पूजनीय भाइयो, हमें श्रीराम के दर्शन का लाभ लेने दो।" देवराव नाईक ने कहा, "हमें क्षमा करो, क्षमाशीलो ! हमें अपनाओ और सत्य सनातन धर्म की ध्वजा फहराओ।"

सत्याग्रही कीर्तन कर उठे—हरे रामा, रामा-रामा हरे-हरे। बीच-बीच में समवेत स्वर से गगन गूंज रहा था—जय सीता माता, जय श्रीराम।

हथियारबंद पुलिस की निगाहें थीं कभी जिलाधीश की ओर और कभी पुलिस कप्तान रेनाल्ड की ओर। ज़िलाधीश ने संयत स्वर में परन्तु आदेश की भाषा में कहा, "आप सब लोग लौट जाएं, मंदिर के द्वार बंद हैं।"

"माननीय ज़िलाधीश, हम लौटने के लिए नहीं, अपने भगवान् के दर्शन करने आए हैं। भगवान् केवल उनका ही नहीं, हम सबका है और यह मंदिर सार्वजनिक है, किसी व्यक्ति-विशेष की संपत्ति नहीं। आप हमारी मदद कीजिए, सत्य का साथ दीजिए, यह हमारी आपसे प्रार्थना है।" भीमराव अंबेडकर ने अत्यंत विनम्रता और सम्मान से कहा। वे जान रहे थे कि सरकारी व्यवस्था ऐसे अवसर की तलाश में रहती है जबकि वह डटकर शक्ति का प्रयोग कर सके।

पुलिस अधीक्षक रेनाल्ड, जो इस समय मंदिर के मुख्य द्वार पर खड़ा हुआ था, तेज़ स्वर में चीख पड़ा, "सट्टाग्रहियों, तुम्हारा यह आंदोलन...स्ट्राइक अब हम खतम होना मांगता है। बहोट देर हो गया। डोर बंद है। मटलब साफ़ है...आपको लौट जाना मांगटा है।...नो स्ट्रगल।...नो स्ट्राइक...नो सट्टाग्रह...नो जय राम...जय सीटा माई।...प्लीज़ गो बैंक...बेकार टाइम वेस्ट नहीं।...प्लीज़...अब आप जा सकटा है...हम झगड़ा-फसाद नहीं देखना मांगटा।"

"हम यहां झगड़ा-फसाद के लिए नहीं आया है, रेस्पेक्टेड मिस्टर रेनाल्ड !...हम दर्शन करने आया है।...यह हमारा 'होली' मंदिर है। हमको दर्शन करने से कोई नहीं रोक सकता। हमारी आपसे गुज़ारिश है...प्रेयर है, आप हमारी मदद करें, होली मंदिर के द्वार खुलवाएं। ...मंदिर के प्रबंधक-पुजारियों को समझाएं...मूर्ति काले पत्थर...आ मीन...ब्लैक स्टोन की है. ..उसके दर्शन करने से उसका कुछ नहीं बिगड़ेगा और न मंदिर को कोई नुकसान पहुंचेगा। ...प्लीज, मिस्टर रेनाल्ड, हैल्प अस।" शिवतारदार ने गुहारदार परन्तु बुलन्द आवाज़ में कहा।

"वो लोग मन्दिर का द्वार नहीं खोलटा। हम क्या करें ? हम सलाह देना मांगता है कि होली प्लेस झगड़ा-फसाद के लिए नहीं होटा, प्रेयर-प्रार्थना के लिए होटा है—आप लोग लौट जाओ, यही इस समय ठीक है।" रेनाल्ड कहता जा रहा था और हथियारबंद पुलिस की ओर देखता जा रहा था। बंदूक ताने खड़ी थी चारों ओर पुलिस !

भीमराव अंबेडकर ने इस संवेदनशील क्षणों का ज़ायज़ा लिया और यही उचित समझा कि इस वक्त मंदिर पर से जमाव हटा लिया जाए।...हो सकता हे अपनों में से...हो सकता है सवर्ण हिंदुओं में से कोई...या कुछ गुंडे कोई गलत काम शुरू कर बैठें और बंदूकें गरज उठें। पलक झपकते ही पूजास्थल कुरुक्षेत्र बन जाएगा। इस तरह उनका नेतृत्व भी चरमरा सकता है। यह सोच-समझकर भीमराव अंबेडकर ने आदेश के स्वर में कहा, "भाइयो और बहिनो, आदरणीय रेनाल्ड साहब, मजिस्ट्रेट साहब आदि ने ठीक ही कहा है। हम लोग यहां प्रार्थना के भाव लेकर आए हैं। श्रीराम भगवान् हैं। वह सब देख-समझ रहे हैं।...वह भी

हमारी-आपकी मदद करेंगे।...हमें यहां से भगवान् श्रीराम का स्मरण करते हुए गोदावरी घाट की ओर चल पड़ना चाहिए।"

रामभक्तों की वे टोलियां, तिलक-छापे लगाए पुरज़ोर समवेत स्वर में आवाज़ लगा उठीं—जय-जय श्रीराम...पतितपावन श्रीराम...भक्तों के हृदय-सम्राट श्रीराम...जनमन के पावनकर्ता श्रीराम...आपकी जय...जय जय श्रीराम !

एक रामभक्त ने ऊंची आवाज़ में आलाप शुरू किया। ढोलक पर थाप पड़ी। वह गा रहा था।

"एक भरोसो, एक बल, एक आस बिश्वास।
एक राम घनश्याम हित चातक दलित समाज..."

सारा जन-मन उस मुधर कोकिल-कंठी आवाज़ पर मंत्रमुग्ध हो उठा। पांव थिरके, मन झूमा और भक्त मन से ऊंची आवाज़ उठी—"जय-जय राम...जय श्रीराम...।"

जुलूस कालाराम मंदिर से लौट पड़ा। कालाराम मंदिर की देहरी तक पहुंच जाना उनके लिए कम गौरव की बात नहीं थी। अनेक जन तो प्रथम बार मंदिर के द्वार के दर्शन कर रहे थे। उनके मन में मां सीता की स्मृति गूंज रही थी। वहीं तो बनवास में रहे थे श्रीराम, सीता और लक्ष्मण। कितना पावन स्थान ! कितना रमणीक स्थान ! सबका मन राममय हो उठा था।

भीमराव अंबेडकर अपने लोगों की भक्तिमयी भावना से ओतप्रोत हो रहे थे। वे अत्यन्त भाव-विह्वल हो उठे थे। वे भक्ति की अपरिमित शक्ति से गद्‌गद हो रहे थे। बारम्बार उनका हृदय श्रद्धावनत हो रहा था। भारत का कैसा समाज है जो समस्त दुःखों को भूलकर भक्तिमय हो उठता है और अनंत आनन्द की अमृतमयी तरंगों पर नाच उठता है। यह शक्ति उन्होंने और कहीं नहीं अनुभव की थी। मंदिर तो एक 'मिथ' था जिसका भ्रम तोड़ना ज़रूरी था ताकि असमानता, छुआछूत, ऊंच-नीच आदि भेदाभेद की दीवारें गिर सकें और एक सर्वव्यापी आनन्दालोक की लोकरंजक अनुभूति सबको होने लगे।

श्रीराम के प्रति कैसी अद्‌भुत श्रद्धा थी कि स्वयं श्रीराम सामने आ जाएं तो उन्हें भक्त हुनमान की स्मृति घेर ले और वे सबको गले से लगा लें।...धर्मसत्ता राजसत्ता से कितनी बड़ी और महत्त्वपूर्ण है, यह उन्हें अनुभव हो रहा था।

गोदावरी घाट पर पहुंचकर जुलूस सभा में बदल गया। उसमें राजभोज, नाईक, शिवतारकर आदि ने अपने विचार प्रस्तुत किए। अन्त में भीमराव अंबेडकर ने रामभक्तों से कहा, "प्रियजनो, यह आंदोलन की शुरुआत है। हर आंदोलन के साथ यही होता है। महात्मा गांधी की दांडी यात्रा के साथ भी यही हुआ है। हमें घृणा को प्रेम से जीतना है। असत्य पर सत्य की विजय के लिए त्याग का मार्ग अपनाना है। जड़ ज़िद को सविनयी चेतना से सक्रिय करना है। हमें किसी दूसरे को नहीं—अपने-आपको जीतना है। किसी भी विषम से विषम परिस्थिति में सत्य, अहिंसा और प्रेम-पथ से हटना नहीं है। हमारा कोई शत्रु नहीं है। न हमारी किसी से लड़ाई है और न हम किसी को नीचा दिखलाना चाहते हैं।...सवर्ण हिंदू यह क्यों भूल जाते हैं कि श्रीराम ने उपेक्षित और जनजातियों को अपने गले से लगाकर उनकी शक्ति से रावण का विनाश किया था !...हमें तब तक यह आंदोलन-सत्याग्रह जारी रखना है जब तक काला राम मंदिर के द्वार स्वेच्छया सवर्ण हिंदू असवर्ण हिंदूओं के लिए नहीं खोल देते। आप लोगों को इस आंदोलन-सत्याग्रह को एक माह या इससे ऊपर भी चलाना पड़ सकता है। आपको अपने धैर्य, बुद्धि, विवेक और संयम

को नहीं खोना है। यह आपकी परीक्षा की घड़ी है।" इसके बाद देवराव नाईक ने नारे लगाए–

"द्वार खुलेंगे।"

"हर बार खुलेंगे।"

"सबके लिए।"

बारंबार खुलेंगे !"

"रामभक्तों का यह नारा है

कालाराम मंदिर हमारा है।"

पतितपावन दास कीर्तन करवा रहे थे–

"जय जय राम

जय सियाराम..."

देर रात तक कीर्तन होता रहा। सारा वातावरण राममय हो गया। चहुं ओर जय सीताराम की ध्वनि महक उठी। मंदिर में सन्नाटा था और बाहर 'जय राम' का उद्घोष था।

नासिक के प्रबुद्ध जन चिंतित थे। उन्हें लग रहा था कि टकराहट हुई तो सैकड़ों लोगों को अपनी जान से हाथ धोना पड़ सकता है और हज़ारों की संख्या में लोग घायल हो सकते हैं। श्रीराम के नाम पर ऐसा भयावह युद्ध ! नासिक के लोगों ने रात को एक सभा आयोजित की। सभा की अध्यक्षता डॉ. कुर्तकोटी ने की। एक वृद्ध का मत था, "राम मंदिर के नाम यह कलंक मत लगने दो। सबके लिए मंदिर खोल दो।"

"जो यहां आए हैं, वे हमारे भाई हैं। उनके लिए मंदिर के द्वार खुलवा दो।" एक अन्य व्यक्ति का मत था।

"नहीं, ऐसा कभी नहीं होने देंगे।...दलित लोगों के मंदिर-प्रवेश से मंदिर अपवित्र हो जाएगा। फिर यहां कोई नहीं आएगा।...यह सब डॉक्टर अंबेडकर का नाटक है। वह दो अक्षर क्या पढ़-लिख गया है कि किसी को कुछ समझता-मानता ही नहीं है और लोगों की धार्मिक भावनाएं सदा भड़काने का प्रयास करता है।...वह हिंदू-धर्म का शत्रु है। उसने 'मनुस्मृति' की होली जलवायी थी। वह हिंदू-धर्म को भ्रष्ट करना चाहता है।...हमारे जीते जी ऐसा कभी नहीं होगा।" रामजी लाल द्विवेदी की गम्भीर आवाज़ उस सभा में गूंज उठी। सब स्तब्ध रह गए।

डॉ. कुर्तकोटी ने उस सन्नाटे और कशमकश को बेधते हुए खखारकर कहा, "नासिक के संभ्रांत नागरिको, हम भावुकता में या ऐंठ में कोई निर्णय नहीं लें। यह बिंदु अत्यन्त संवेदनशील है। ज़रा-सी उत्तेजना सदाशयता का हृदय चीर सकती है।...मन्दिर पूजास्थल है और सार्वजनिक स्थल है।...असवर्ण भी हिंदू हैं। वे मंदिर में दर्शन करने आए हैं, उन्हें दर्शन कराकर हमें बड़प्पन का परिचय देना चाहिए। इस समय हमारे लिए यही करणीय है।"

डॉ. कुर्तकोटी का इतना कहना था कि उनके ऊपर बाईं ओर से जूते-पत्थर आने लगे और कुछ गुंडों ने तेज़ आवाज़ लगाते हुए कहा, "मारो...मारो...इनकी ये हिम्मत कि हमारे ही घर में आकर दादागिरी करें !...मारो-मारो।" सारी सभा घबराकर उठ खड़ी हुई। अब चारों ओर से जूते-पत्थर आ रहे थे। लोग भाग खड़े हुए। सभा समाप्त हो गई। डॉ. कुर्तकोटी घायल हो गए। पुलिस तमाशबीन की तरह खड़ी रही। उसने कुछ नहीं किया।

देर रात तक भीमराव अंबेडकर अपने साथियों से सलाह-मशविरा करते रहे।

प्रभुदास का कहना था, "सुबह पुनः जुलूस निकाल जाए।"

"शायद अब यह सम्भव नहीं हो।" भीमराव अंबेडकर ने कहा।

"पर क्यों ?" देवराव नाईक ने प्रश्न किया।

"सुबह तक शहर में दफा 144 लगा दी जाएगी, ऐसी पूर्ण संभावना है।...शंकराचार्य का अपना प्रभाव है। सवर्ण हिंदू वर्ग के उच्च्य पदाधिकारी और सेठ-साहूकार का भी प्रभाव काम में आएगा। वे लोग दंगा-फसाद कराकर हमारे सत्याग्रह कार्यक्रम को लक्ष्य-भ्रष्ट कर सकते हैं। हमको अत्यन्त सतर्क रहना है।" भीमराव अंबेडकर सोच-सोचकर बोल रहे थे।

"फिर भी, सत्याग्रह जारी रखना है।" प्रभुदास का स्वर था, "अब पीछे नहीं हटना है।"

"परन्तु लड़ना नहीं है और न ललकारना है। विरोध करना है परन्तु शांतिपूर्वक, अहिंसात्मक ढंग से और प्रार्थना के स्वर में।" भीमराव अंबेडकर ने धीरे-धीरे कहा और कुछ सोचने के बाद वह आगे बोले, "मंदिर तक जत्थे भेजे आएंगे। जत्थों में 125 पुरुष और 25 महिलाएं रहेंगी। ये सब मंदिर के चारों द्वार पर प्रतिदिन बारी-बारी से बैठते रहेंगे। प्रत्येक दिन नया जत्था जाएगा।"

"यह ठीक रहेगा।" पतितपावन दास ने समर्थन किया।

"यदि दफा 144 लगा दी गई तो ?" शिवतारकर बोला। सबकी निगाहें भीमराव अंबेडकर पर ठहर गईं।

वे बोले, "फिर तो एक सौ गज की परिधि में कोई भी जत्था नहीं घूम सकता। कालाराम मंदिर के आसपास घूमने वालों को पुलिस कारागार में डाल देगी।...मुझे लगता है कि ऐसा ही होकर रहेगा।"

सब चिंतित हो उठे। शिवतारकर बोले, "कुछ तो करना होगा।"

"क्या कर सकेंगे ?" पतितपावन दास का चेहरा लटक गया था। सब अपने आपको संकट में घिरता पा रहे थे।

श्यामाबाई बोली, "इसमें चिंता की क्या बात है, गाते-बजाते एक-एक, दो-दो करके मंदिर के चारों द्वार पर पहुंच जाएंगे।" श्यामाबाई गुजरात के काठियाबाड़ की रहने वाली थी और भजन गाने में उसका कोई जवाब नहीं था।

भीमराव अंबेडकर ने कुछ देर बाद कहा, "श्यामाबाई, मुझे तुम्हारी राय पसंद है। इससे सांप भी मर जाएगा और लाठी भी नहीं टूटेगी।...लगने दो दफा 144 !...फिर यदि पुलिस किसी को पकड़ती है तो उसे पकड़ने दो। हम लोग हज़ारों की संख्या में हैं, फिर चिंता क्यों ? आदमी और भी आ जाएंगे। बस, यह तय रहा। अब और कुछ नहीं सोचना।" वे चुपचाप उठ खड़े हुए। उनके बाद सब उठ गए। अब सब चिंतामुक्त थे। सब कल की प्रतीक्षा में चल दिए। सबके चित्त पर से एक बोझ उतर गया। शिवतारकर और पतितपावन दास को जत्थे बनाने का काम सौंप दिया गया।

रात हुई। रात गई। दिन होने की सूचना मिल गई। एक सकपकाई हुई सुबह घूंघट उठाना चाहती थी।

एक टोली उठी। गोदावरी में स्नान कर वह आगे बढ़ी। ढोलक-मंजीर बजाती-गाती चल पड़ी।

समय उसे सांस थामे देखता रह गया।

उस टोली की मुखिया श्यामाबाई थी। वह कोकिल-स्वर में गाती थी और भक्तिभाव

में सराबोर होकर नाच उठती थी। वह कीर्तन करवा रही थी—

"हरे रामा, रामा-रामा हरे-हरे..."

बीच-बीच में वह बोल पड़ती थी—"ज़ोर से बोलो। अंत में राम-नाम ही काम आएगा। उसका नाम श्रद्धा से लो। एक वही सच है एक वही आदि-अंत है। उसका नाम लेने से लंगड़ा नदी पार कर जाता है, अंधा देखने लगता है।...उसकी महिमा अपरम्पार है। उसका वरदहस्त होने पर डर कैसा और किससे ?...मैं भजन उठाती हूं और टेक में सब साथ दीजिए।"

श्यामाबाई गुनगुना उठी। उसके पांवों में बिजली डोलने लगी। वह गा रही थी। राहगीर रुककर उसे निहारे जा रहे थे। वह गौरवर्णा थी। उसके नाक-नक्श फबते थे, आंखें बड़ी-बड़ी थीं। वह गा रही थी—

"अब कैसे छूटै नाम रट लागी।
प्रभुजी तुम चंदन हम पानी। जाकी अंग-अंग बास समानी।..."

गाते-गाते वह अपने साथियों को लिए मंदिर के द्वार के सामने जा पहुंची। द्वार बंद थे। पुलिस वाले मंत्रमुग्ध हो रहे थे। अब वह नाच भी उठी थी। इकहरी उसकी देह, लचकदार उसकी कमर और थिरकते उसके चरण सबको सम्मोहित कर रहे थे। कोई कह रहा था—"साक्षात् मीरा लगती है।"

"इन दलितों में मीरा !" दूसरे ने कहा, "तेरा दिमाग तो ख़राब नहीं हुआ है !"

"रैदास क्या दलितों में नहीं हुआ ?" पहले वाले ने कहा, "ईश्वर की किरपा जिस पर हो जाए, वही मीरा, वही रैदास, वही कबीर।"

"तुझे क्या पागल कुत्ते ने काटा था जो तू घर-घर उसकी प्रशंसा करता घूमने लगा ?" तीसरे ने पूछा।

"सूरज को सूरज कहना क्या अपराध है ?"

"चुप भी कर।"

"कोई चोरी की है ?"

"तुझे ब्राह्मण जाति से बाहर कर देंगे।"

"कर दें, मुझे ऐसे ब्राह्मणों की चिंता नहीं है जो सच कहने और सच को मानने से डरते हों।" उसने तेज़ स्वर में कहा और फिर सिर झटककर बोला, "वह नाच रही है। सच्ची भक्तिनी है। कैसा मधुर कंठ है, कैसा मधुर भाव और कैसा मधुर चित्त ! उसने अपना सब कुछ प्रभुचरणों में समर्पित कर दिया लगता है। वह धन्य है।"

"तू अपनी आदत से बाज़ आ जा...नहीं तो..."

वह चुपचाप वहां से खिसक गया।

देर रात को वह वहां से लौटी। सारे नासिक में श्यामाबाई की चर्चा थी। स्वयं पुलिस अधीक्षक रेनाल्ड ने सिटी मजिस्ट्रेट से कहा था, "भजन...क्या गाटी है ? कितना भाव में डूबती जाटी है !...यह धरम भी क्या कमाल का 'रिलीजन' है ! कितना दिलचस्प धरम है ! ...फिर इन लोगों के लिए मंदिर का द्वार बंद क्यों ?"

"सच...वह जहां भजन गाएगी, वहीं मंदिर बन जाएगा।...उसे सुनकर मंदिर में जाने वाला वहीं रुक जाएगा।" सिटी मजिस्ट्रेट ने जवाब में कहा।

"वह यहां बनी रही तो धरम उसकी ओर मुड़ जाएगा, लगटा है।" पुलिस अधीक्षक रेनाल्ड ने कहा।

सवर्ण हिंदुओं में से अनेक श्यामाबाई के पक्ष में हो चले थे, लेकिन उन्हें जाति से बाहर होने का भी डर बना हुआ था। वे खुलकर सामने आने की हिम्मत नहीं रखते थे।

इस तरह दिन-पर-दिन बीतने लगे। जगत्गुरु शंकराचार्य ने भी बैठक की परंतु कोई मार्ग नहीं सूझा। सत्याग्रह शांतिपूर्वक चल रहा था और मंदिर बंद था।

सवर्ण हिंदुओं ने दलित वर्ग को खाने-पीने का सामान देना बंद कर दिया था। ज़रूरत और रोज़मर्रा की चीज़ें उन्हें वहां नहीं मिल पा रही थीं। परेशानियां बढ़ रही थीं परंतु सत्याग्रह लाख कठिनाइयों के बाद भी तनिक कमज़ोर नहीं हो पाया था।

सवर्ण हिंदू और कालाराम मंदिर के पुजारी-प्रबंधकों के सामने दिन-पर-दिन नई कठिनाइयां आ रही थीं। रात को मंदिर में एक बैठक हुई। कारण था, नवरात्र आ रहे थे। रामनवमी को मंदिर से रथ निकलना था, जिसमें श्रीराम विराजमान होते थे। बैठक में मंदिर के ट्रस्टी भी सम्मिलित हुए।

समस्या विचारणीय थी। मामला धर्म का था और दो वर्गों में ठन चुकी थी। 9 अप्रैल को रथ यात्रा निकली थी और 6 अप्रैल आ गया था। समय बहुत कम बचा था।

पुजारी ने कहा, "रथयात्रा तो निकलेगी।"

"तो दलित वर्ग जो एक महीने से अधिक समय से बाहर पड़ा है, मंदिर में भी अवश्य प्रवेश करेगा और इस पर मार-काट मच जाएगी।" ट्रस्टियों में से एक ने कहा।

"इस बार रथ यात्रा न निकाली जाए तो ?" एक अन्य ट्रस्टी ने अपने विचार रखे।

"तो सवर्ण हिंदुओं की नाक कट जाएगी और जगह-जगह थू-थू होगी।" पुजारी बोले जा रहा था, "लोगों की हिंदू-धर्म पर श्रद्धा नहीं रहेगी।"

"फिर क्या करें ?"

"जगत्गुरु शंकराचार्य भी विवश हैं।"

"यहां विवश कौन नहीं है—सब ही विवश हैं। यह सब डॉक्टर अंबेडकर के कारण हो रहा है।"

"श्यामाबाई ने भी लोगों का मन जीत लिया है।"

"बकझक बंद करो—मतलब पर आओ।" एक ट्रस्टी कह रहा था, "पुलिस को पक्ष में लो।—शासन को काबू में लाओ। बिना इसके कुछ भी संभव नहीं हो सकता।"

"सिटी मजिस्ट्रेट साहब से मिलें। वे दोनों में समझौता कराने के पक्ष में हैं।"

"कैसा समझौता है ?"

"वह पता नहीं।"

"फिर चुप करो।"

"कोई सिटी मजिस्ट्रेट से तो मिले।"

"कोई लाभ नहीं।"

"तुम उससे मिल चुके हो क्या ?"

"नहीं।"

"व्यर्थ की मत फेंको।"

"फिर आप जानो।"

"एक बार हम सब ट्रस्टी मिलकर देखें। शायद मजिस्ट्रेट हमारी मंशा समझ सकें।" एक ट्रस्टी का स्वर था।

"कोई लाभ नहीं।"

"क्यों ?"

"क्योंकि वह भी दलित वर्ग के प्रति सहानुभूति रखने लगा है।"

सिटी मजिस्ट्रेट ने उसकी बात का समर्थन करते हुए कहा, "डॉक्टर अंबेडकर एक ज़बर्दस्त और मौलिक चिंतक है। उसकी योजना है, पहले अपने समाज को उन्नत, विकासोन्मुखी और स्वस्थ बनाओ, तब राजनीतिक हक़-हकूक की बात उठाओ। सुदृढ़ और लोकतांत्रिक चेतना से संबल समाज ही राजनीतिक चेतना को अपने द्वारा अभिव्यक्त कर सकता है।...यह प्रयास उसका इसी दिशा में है।"

रेनाल्ड कुछ देर तक सोचता रहा। तंबू की चारदीवारी में बैठे-बैठे वह भी सोच रहा था कि इस देश के समाज की आंतरिक व्यवस्था अत्यंत पेचीदा और किन्हीं अर्थों में अत्यंत विचित्र है। बिना धार्मिक-सामाजिक आज़ादी के प्राप्त की गई राजनीतिक आज़ादी उनको राजनीतिक शूद्र बना देगी। कई दिनों से वह 27 दिसंबर, 1927 को हिंदुओं के धर्मग्रंथ मनुस्मृति को जलाने और नये धर्म को चुनने संबंधी उनके दिए वक्तव्यों पर विचार कर रहा था। क्या वह पुरोहित परंपरा की धज्जियां उड़ाने वाला जनमत का मारटन लूथर तो नहीं बन रहा है ! उसकी वाणी में जोश है। परंतु विवेक-संगत, उसकी योजनाओं में क्रांति है परंतु रक्तहीन, उसकी चेतना में शक्ति का आह्वान है परंतु मानवाधिकार से परे नहीं। उसने अपने बैठने का रुख बदला। हवा के एक ताज़े झोंके ने उसका स्वागत किया। वह बोला, "ज़रूर, वह जो सोचटा है, वही करता है। बात का वह पक्का इंसान है। हिंसा नहीं मांगटा।...लव देटा है...ह्यूमेनिटी उसके केन्द्र में होता है।...वही उसकी पावर है।...हम समझटा है, उसी से इस प्रॉब्लम का हल निकल सकटा है...देखिए, शाम को मंदिर ट्रस्टी आटा है। आप बाट करेगा, हम सुनेगा कि वह क्या चाहटा है...शाम भी होने को है।"

"ओ. के., मिस्टर रेनाल्ड।...यही ठीक रहेगा।"

"एक बाट बटा सकटा है... ?" इतना कहकर उसने सिटी मजिस्ट्रेट की ओर देखा।

"क्या ?"

"टुमको कौन दोषी लगटा है ?"

सिटी मजिस्ट्रेट सोच में पड़ गया। प्रश्न अहम् का था। घुमावदार भी था। यकायक उत्तर देना कठिन था। फिर उसने इस तरह सोचा भी नहीं था। वह संभलकर बोला, "इसके उत्तर में समय लगेगा।...एकदम न्यू सिचुएशन है। कुछ नहीं कह सकता।...हां, इतना अवश्य है कि वह दुःख से सुख को अपनाने की जगह, सुख से दुःख को अपनाना चाहता है।"

इसी समय खबर मिली कि ट्रस्टी लोग आ चुके हैं। सिटी मजिस्ट्रेट ने रेनाल्ड की ओर देखा। रेनाल्ड समझ गया कि वह उनके बीच में नहीं रहे। वह खखारकर गला साफ करने के बाद बोला, "आप जाएं। बाट करें।...ठीक समझें तो बाद में बटाएं कि क्या होना मांगटा है अब ?"

सिटी मजिस्ट्रेट उठकर अपने कैंप में आ गया। थोड़ी देर बाद उसने ट्रस्टियों को वहीं बुलवा लिया। वे आए। अभिवादन कर, संकेत पाने पर, कुर्सियों पर वहीं बैठ गए। उसने पूछा, "क्या विचार है आपका ?"

"रामनवमी सिर पर आ गई है।"

रथयात्रा कैसे निकलेगी ?"

"कुछ कीजिए, श्रीमान्, यह हमारी परंपरा के निर्वाह का प्रश्न है—उसकी प्रतिष्ठा का है।...कुछ भी गड़बड़ हुआ तो देश जल उठेगा।" एक ट्रस्टी ने विचार प्रस्तुत किए।

"कौन जलाएगा देश ?" सिटी मजिस्ट्रेट ने उन सबको घूरते हुए तनिक ऊंची आवाज़ में पूछा, "यह सब आप लोगों की हठधर्मी से होगा।...आपको लोगों की चिंता नहीं है, धर्म और परंपरा की चिंता है। धर्म और परंपरा लोगों से ऊपर नहीं है। वह तो उनके लिए है, न कि...धर्म और परंपरा के लिए वे हैं।"

"यह आप क्या कहते हैं ?....सा'ब, धर्म हमारे प्राण हैं।"

"तो फिर ज़िद छोड़ो।"

"कैसी ज़िद ?"

"दलित भी हिंदू हैं।"

"हां, सा'ब...हैं तो वे भी हिंदू।"

"फिर उन्हें मंदिर में प्रवेश करने दो।"

"लेकिन वे अछूत हैं।"

"किसने बनाया है उन्हें अछूत ?...कह दो ब्रितानिया सरकार ने उन्हें अछूत बनाया है ! हर दोष उसी पर थोपना तुम सब लोगों को खूब आता है।" सिटी मजिस्ट्रेट की आवाज़ कड़कदार हो उठी। उसके चेहरे पर आक्रोश की लालिमा छा गई। वह कहता रहा, "याद रखो, जब कभी तुम्हारा शासन हुआ, देश की आज़ादी के बाद, तब तुम्हारा शासन ऐसी व्यवस्था नहीं दे पाएगा जैसी आज दी जा रही है।...तब तुम आज से ज़्यादा उग्र और आक्रामक होगे।...जानते हो क्यों ? ...क्योंकि तुम्हारे सोच को लकवा मार गया है और तुम्हारी नीयत अधार्मिक है।"

"पर सर, हम तो आपकी शरण में आए हैं।"

"क्यों ?...धर्म को शासन की शरण क्यों ?...वह धर्म लूला-लंगड़ा है, जिसे शासन के सहारे चलना-फिरना पड़ता है।...धर्म सूर्य-चंद्र जैसा है—उजाला देने वाला।...वह आज खुद ही अंधेरे में पड़ा रोशनी की एक किरण को तरस रहा है। क्यों ? क्योंकि आप जैसों ने उसे अधर्म बना दिया है।...शासन का यह कितना दुरुपयोग हो रहा है कि एक माह से वह उन लोगों की हिफाज़त करने में लगा हुआ है, जिनका फर्ज़ दूसरों की हिफाज़त करना बनता है।...ईश्वर के लिए आप लोग हठधर्मी छोड़ें !...कहीं ऐसा ऊपर से फरमान न मिल जाए कि हमें उन लोगों को ज़बर्दस्ती मंदिर में प्रवेश कराना पड़ जाए।" सिटी मजिस्ट्रेट ने बाज दृष्टि उन पर डाली। वे सब यह सुनकर सन्नाटे में आ गए। उन्हें डर भी था कि ब्रितानिया सरकार डॉ. अंबेडकर से प्रभावित है क्योंकि वह राजनीतिक आज़ादी से पहले सामाजिक, धार्मिक और आर्थिक आज़ादी की बात करता है। फिर वह दलित वर्ग को अपनी ओर खींचे हुए है, वह गांधीजी से ज्यादा प्रसिद्ध दलित वर्ग में हो चुका है। वे सब घबरा गए। उनमें से एक ने कहा, "सर, रथयात्रा निकलवा दीजिए, यह हमारी प्रार्थना है।"

"हमारी प्रार्थना भी सुन लीजिए कि डॉ. अंबेडकर को राज़ी किए बिना कुछ नहीं हो सकेगा।...कुछ करना चाहते हो, दिल से करना चाहते हो, तो तुम्हें डॉ. अंबेडकर से समझौता करना होगा।" सिटी मजिस्ट्रेट ने दो टूक फैसला सुना दिया।

"कैसा समझौता ?"

"वह आप सोचें, बताएं।"

"इसके अलावा क्या और कोई रास्ता नहीं है ?"

"एक माह से ऊपर हो गया। आपका मंदिर बंद है। वे लोग मंदिर-प्रवेश चाहते हैं।

राज़ी हो तो बोलो, अभी वह भी आएगा।''

''उसे भी बुलाया है ?''

''अधीक्षक रेनाल्ड ने।...वह भी समझौता चाहते हैं। धर्म की समस्या शक्ति से नहीं, मिल-बैठकर विचारों के आदान-प्रदान से सुलझ सकेगी, ज़िद छोड़ोगे तो बात बनेगी। यही एकमात्र रास्ता है।'' सिटी मजिस्ट्रेट ने कहा।

वे सब सोच में पड़ गए। वे एक-दूसरे की ओर देखकर चुप रह जाते थे। अंततोगत्वा पुजारी बोला, ''हमें आप कुछ स्पष्ट संकेत-आदेश दीजिए सा'ब ! यह राम-नौका तो आपको ही पार लगानी है।''

''उन्हें मंदिर में जाने दो।''

''रथयात्रा के बाद...।'' पुजारी ने कहा।

''रथयात्रा से पहले क्या मिलेगा उन्हें ?''

''क्या मिले ?'' पुजारी ने पूछा।

''रथयात्रा में रथ कौन खींचेगा ?'' सिटी मजिस्ट्रेट ने सब कुछ जानते हुए भी पूछा।

''हम लोग सा'ब !'' पुजारी ने उत्तर दिया और रामनामी चादर को ठीक से ओढ़ लिया।

''इसमें उन लोगों को भी जोड़ लो।'' सिटी मजिस्ट्रेट ने उनकी ओर कनखियों से देखा और सामने रखे पेपरवेट को उंगलियों से घुमाना शुरू कर दिया।

''यह कैसे संभव है कि रामजी के रथ को वे लोग हाथ लगाएं, जिनके स्पर्श मात्र से हमें नहाना पड़ता है ?'' एक ट्रस्टी ने प्रार्थना के स्वर में कहना ज़ारी रखा, ''कृपया कुछ और उपाय कीजिए।''

''तुम बताओ।''

वे फिर चक्कर में आ पड़े। उनके सामने कोई उपाय था ही नहीं। सिर खुजाकर पुजारी ने कहा, ''रथ को एक ओर से वे लोग खींचे और दूसरी ओर से हमारे नवयुवक, तो... !''

इस बार सिटी मजिस्ट्रेट की आंखों में बिजली दौड़ गई। एक ट्रस्टी बीच में बोल पड़ा, ''पुजारी जी, यह आप क्या कह रहे हैं ?''

''जो मुझे पहले कह देना चाहिए था...रथयात्रा निकलना शायद इससे संभव हो जाए। ...यह सब भी, हमारे सा'ब की कृपा से ही हो सकेगा।'' पुजारी के स्वर में दृढ़ता थी और आशा भी।

''मैं बात करूंगा !''

''कि मिस्टर रेनाल्ड बात करेंगे ?''

''मैं मिस्टर रेनाल्ड तक आपका प्रस्ताव पहुंचा दूंगा।'' सिटी मजिस्ट्रेट ने धीरे से कहा।

''हम आश्वस्त हो जाएं, सा'ब !''

''डॉ. अंबेडकर से बात हो जाने पर...''

''वह...जाने कैसे डॉक्टर बन गया है !...यह सब मुसीबत उसी की खड़ी की है। पता नहीं क्या-क्या सोचता रहता है...डरता भी नहीं...सरकार से भी नहीं।...सा'ब लोगों से भी नहीं।...काश, उसे हुज़ूर किसी दफा में फंसाकर कुछ बरसों के लिए अंदर डलवा देते तो सारे धर्म-संकट टल जाते।'' बहुत देर से एक ट्रस्टी जिसके सिर पर ढूंढ़ने से ही कोई बाल

मिल सकता था, बैठ हुआ मन-ही-मन यही बड़बड़ा रहा था। वह बोल पड़ा, "इस पर जो खर्च-पानी हो...।"

"मैन...होश में तो हो ?" सिटी मजिस्ट्रेट ने उसे फटकारते हुए कहा, "ऐसे ही लोगों ने धर्म की नौका को डुबोया है।...अब आप लोग सब जा सकते हैं।"

"फिर सा'ब...उत्तर ?"

"वह कल मिलेगा।"

"तो हम आश्वस्त होकर जा रहे हैं, सा'ब !" पुजारी ने उठते हुए कहा।

सिटी मजिस्ट्रेट शान्त बना रहा। वे सब हाथ जोड़ते हुए बाहर चले गए। वह वहां से रेनाल्ड से मिलने चला गया। उसने वहां डॉ. भीमराव अबेडकर और उनके साथियों को आमंत्रित कर रखा था।

सिटी मजिस्ट्रेट ने अपनी भूमिका के बारे में विस्तार से समझा दिया। बात बन निकलेगी, उन्हें यह आशा होने लगी थी। एक डर अवश्य था कि कहीं डॉ. अंबेडकर कोई अन्य प्रश्न नहीं उठा दें।

इसी समय डॉ. भीमराव अंबेडकर ने पतितपावन दास, शिवतारकर, देवराव नाईक आदि के साथ प्रवेश किया। परस्पर अभिवादन हुआ।

रेनाल्ड ने बात शुरू करने से पहले कॉफी मंगवा ली। उसके साथ इधर-उधर की बातें होती रहीं। कुछ देर बाद डॉ. भीमराव अंबेडकर ने पूछा, " मिस्टर रेनाल्ड, आपने कैसे याद किया ?"

सोचटा रहटा कि कुछ हो, रास्टा निकले। आप अपनी जगह ठीक हैं। फिर यह आपका धार्मिक मामला है। हम कोई राय नहीं बना सकटा।...परसों राम-नवमी है... 'फेस्टीवल' है...राम के जन्म का दिन।...रामा यानी युअर होली गॉड का बर्थ-डे है।...ऐम आई करेक्ट, डॉक्टर ?" रेनाल्ड ने भूमिका बनाई।

"मि. रेनाल्ड, आपकी जानकारी के लिए मैं आपको धन्यवाद देता हूं।...इसमें हमें क्या करना है ?" भीमराव अंवेडकर ने सिटी मजिस्ट्रेट की ओर देखकर पूछा। रेनाल्ड सिगार निकालकर सिटी मजिस्ट्रेट, डॉ. भीमराव आदि की ओर सिगार केस बढ़ा देता है। कोई सिगार नहीं लेता। वह सिगार का एक कश लेकर पूछता है, "आपको एक अवसर मिल सकता है !"

"कैसा अवसर ?" देवराव नाईक ने पूछा।

"रामनवमी को रथयात्रा निकलेगी।" सिटी मजिस्ट्रेट ने पांव पसारकर कहा, "पर कैसे ? आपका यह धरना-सत्याग्रह..."

"मंदिर-प्रवेश के साथ उठ जाएगा। यह तो अति उत्तम रहेगा कि श्रीराम के जन्मदिन पर ऐसा हो।" भीमराव अंबेडकर ने शांत भाव से कहा। वे सूट पहने हुए थे और उसीसे मैच खाते रंग की टाई।

रेनाल्ड ने सिटी मजिस्ट्रेट की ओर देखा और बोला, "आप लोग श्रीराम का बर्थ-डे मनाना मांगटा है कि नहीं ?"

"व्हाई नाट, मिस्टर रेनाल्ड !"

"सिटी मजिस्ट्रेट साहब की 'ट्राई' से कुछ बाट बनी है। अब हम आपका कोपरेशन मिलना मांगटा, डॉक्टर साहब !"

"हुक्म कीजिए।" भीमराव अंबेडकर ने कहा।

"वह सब सिटी मजिस्ट्रेट साहब बटाएगा।...प्लीज़ डॉक्टर साहब को भी बटा दीजिए।"

इस बार सिटी मजिस्ट्रेट ने भीमराव अंबेडकर की ओर ध्यान से देखा और धीरे से कहा, "हमने मंदिर के ट्रस्टियों से बात की है। पुजारी जी से भी बात की है। उन्हें समझाया है। वे हमारी बात मान गए हैं।...आप भी हिंदू हैं। वे भी हिंदू हैं। श्रीराम का जन्मोत्सव आप दोनों मिलकर मनाएं तो अच्छा रहे। इससे बातचीत के लिए आगे रास्ता बने। वातावरण में थोड़ी नरमी आए।...मुझे आशा है कि आप इस अवसर पर सहयोग करेंगे !"

"कैसा सहयोग ?"

"रथयात्रा में सहयोग।"

"क्या रथयात्रा निकल जाने दें।" देवराव नाईक बीच में बोल पड़े।

"ज़रूर, मिस्टर नाईक ! जनता को आनन्द का मौका ज़रूर दीजिए।...आपकी टराहट से रथयात्रा क्यों रुके ?" सिटी मजिस्ट्रेट उनके मन को टटोल रहा था।

"हमें मंदिर में प्रवेश चाहिए।" शिवतारकर ने कॉफी का प्याला मेज़ पर रखते हुए कहा। वे कॉफी ठण्डी करके पीते थे।

"दैट इज़ एनअदर पॉइंट।...टू द पॉइंट विचारें तो इस वक्त श्रीरामनवमी के उत्सव पर बात हो सकती है सिर्फ।" सिटी मजिस्ट्रट ने सहज ढंग से अपना निर्णय सुनाते हुए कहा, "सीधी बात यही है।"

"और मंदिर-प्रवेश पर नहीं ?" पतितपावन दास ने कहा।

"हां, मिस्टर दास, वह अभी नहीं लेकिन उसके लिए 'होली पाथ' टैयार होना मांगटा है। वह नज़र आटा है, कम-से-कम मुझे तो।" इस बार सिगार को ऐश-ट्रे पर रखकर रेनाल्ट ने कहा, "फ्री माइंड से बाट करो। समझे; इसमें भी कोई-न-कोई भलाई हो सकटी है।"

"बिना मंदिर-प्रवेश और भलाई !" शिवतारकर ने साचरज बैठने का रुख बदलते हुए कहा।

"रथयात्रा में योगदान होगा।" सिटी मजिस्ट्रेट की बड़ी-बड़ी आंखें सब पर घूम गईं। उनमें चमक दौड़ गई।

भीमराव अंबेडकर अपनी ओर से हाथ खींचने के पक्ष में नहीं थे। उन्होंने स्थिति का जायज़ा लिया। इसके बाद वह बोले, "रथयात्रा में वे लोग रथ को लेकर चलेंगे ?"

"एकदम करेक्ट।" रेनाल्ड ने बैठने का रुख बदला और पूछा, "उसको आप भी लेकर चलना मांगटा है क्या ?"

भीमराव अंबेडकर ने अपने साथियों की ओर देखा। वे चकित-से थे क्योंकि यह बात उन्हें सम्भव होती प्रतीत नहीं हुई। शिवतारकर बोले, "क्या हम लोग रथ के...आई मीन श्रीराम जी के रथ को हाथ लगाने का सौभाग्य पा सकेंगे ?"

"मे बी..."सिटी मजिस्ट्रेट ने अभी तक रहस्य को रहस्य ही बना रहने दिया।

"आप लोग क्या चाहटा है ?" रेनाल्ड ने पूछा।

"सिर्फ रथ में हाथ लगाने से क्या होगा ?" पतितपावन दास ने सौदेबाज़ी के अंदाज़ में कहा।

"तो किससे होगा—श्रीराम की रथयात्रा न निकलने देने से कुछ होगा क्या ?" सिटी मजिस्ट्रेट ने कहा।

"आप लोग श्रीराम बर्थ-डे को सेलिब्रेट नहीं करना मांगटा क्या ?" रेनाल्ड का स्वर था।

"हम चाहते हैं, परन्तु...।"

"नो परन्तु, मि. शिवतारकर !...खुशी का दिन है, खुशी से मनाइए।" रेनाल्ड की ओर कनखियों से देखते हुए सिटी मजिस्ट्रेट ने कहा।

"आप कहिए, मिस्टर रेनाल्ड, हमें क्या करना चाहिए ?"

"रथयात्रा को निकलने देना चाहिए।...नो डिस्प्यूट। युअर ग्रेट लार्ड का बर्थ-डे है। क्यों नहीं आप सब मिलकर इसे सेलिब्रेट करटा ?" रेनाल्ड ने कहा।

"रथ छू सकेंगे हम लोग ?" भीमराव अंबेडकर ने कहा।

"रथयात्रा के रथ को आप केवल छूएंगे ही नहीं बल्कि रथ को एक ओर से आप भी खींचेंगे।" सिटी मजिस्ट्रेट ने अनुकूल वातावरण बनता हुआ देखकर रहस्य को उन सब पर प्रकट कर दिया।

"ऐसा हो सकेगा क्या ?" शिवतारकर ने अचरज से सिटी मजिस्ट्रेट और रेनाल्ड की ओर देखते हुए पूछा।

"आप लोगों को हम पर भरोसा है न ?"

"क्यों नहीं !"

"तो बात पक्की ?"

"पक्की।" भीमराव अंबेडकर ने कहा, "रथ को एक ओर से हमारे आदमी खींचेंगे।"

"सात से दस आदमी।" सिटी मजिस्ट्रेट ने कहा।

"और शेष... ?"

"दूर से दूसरों की तरह देखते रहेंगे।"

"पास नहीं आ सकेंगे ?"

"नहीं।" सिटी मजिस्ट्रेट ने कहा, "पास आने से सारी व्यवस्था बिगड़ जाएगी।... कुछ भी अनहोनी बात हो सकती है।... आप अपने में से चुनींदा सदस्य ले लीजिए।"

पल-भर के लिए सबके सब चुप रह गए। भीमराव अंबेडकर ने अपना संदेह प्रकट करते हुए कहा, "हमें मंजूर है, परंतु एक आशंका है ?",

"वो क्या ?"

"ऐसा होगा नहीं।"

"उन लोगों ने वचन दिया है।"

"वे चालाकी करेंगे।" भीमराव अंबेडकर ने कहा।

"कैसे करेंगे !...हम भी वहां होंगे।"

"यह मैं नहीं जानता, सिटी मजिस्ट्रेट साहब !"

"यकीन तो करना होगा।"

"श्रीराम के रथ को छूना, उसको लेकर चलना मंदिर-प्रवेश से अधिक महत्त्वपूर्ण है। ज़रूर यह उनकी कोई नई चाल है।" भीमराव अंबेडकर ने सहज ढंग से सोचते हुए कहा।

"हमसे वायदा किया है।" सिटी मजिस्ट्रेट ने अपना पुरज़ोर विश्वास प्रकट किया, "वे हमसे झूठ बोलेंगे क्या ?...मैं नहीं समझता कि प्रतिकूल कुछ होगा।"

"डाउट मन से, माइंड से दूर करना होगा, मि. अंबेडकर।...प्लीज़ फौलो मी।...धर्म के फेस्टीवल में झूठ क्यों होगा ?...आखिरकार वे भी रेस्पांसिबल होली परसन्स हैं।" रेनाल्ड ने उखड़ती स्थिति को संभालने का प्रयत्न किया।

शिवतारकर बोला, "डॉक्टर साहब, बीच में एस. पी. साहब और सिटी मजिस्ट्रेट

साहब हैं, हमें उन पर भरोसा कर लेना चाहिए।''

''शायद यह एक अच्छी शुरुआत हो।'' पतितपावन दास का स्वर सधा हुआ था।

''मुझे जो प्रतीत हो रहा है, वह प्रकट कर चुका हूं। रहा निर्णय का प्रश्न तो वह सबकी राय से ही होगा।'' भीमराव अंबेडकर ने कहा।

''इसका मतलब हुआ कि आप लोग निर्णय अभी नहीं ले सकेंगे।'' सिटी मजिस्ट्रेट ने थूक गटककर कहना जारी रखा, ''जबकि हमें उनको जवाब आज़ ही देना है।''

टाइम बहोट कम है, डॉक्टर अंबेडकर !'' रेनाल्ड बोला।

''ज़रा सोचने दीजिए।'' भीमराव अंबेडकर ने जवाब दिया।

''आप लोग पास वाले टैंट में जाकर सोच-विचार कर सकते हैं...वहां आप लोगों के अलावा कोई नहीं होगा।'' सिटी मजिस्ट्रेट ने उन्हें परामर्श दिया।

''ठीक है।'' कहकर वे लोग वहां से उठकर पास वाले टैंट में चले आए।

उन लोगों ने कुछ समय अनकहे ही बिता दिया। शिवतारकर बोला, ''डॉक्टर अंबेडकर जी, आपको इसमें क्या संदेह है ?''

''यहां के हिंदू इतने उदार आचरण का परिचय नहीं दे सकते !'' भीमराव अंबेडकर ने जवाब दिया।

''रामनवमी सिर पर आ खड़ी हुई है। वह दबाव भी है और दूसरे इन अधिकारियों ने भी उन्हें आड़े हाथों लिया दीखता है, अन्यथा वे रथ छूना तो दूर देखने भी नहीं देते।'' देवराव नाईक ने अपने अनुमान का विश्लेषण करते हुए किसी पैरवी करते वकील के अंदाज में कहा।

''यह वे लोग अच्छी तरह से जानते थे।...मुझे आशंका यही है कि कहीं वे किसी चाल से हमारी महीने-भर की...उससे भी अधिक दिन की...मेहनत पर पानी न फेर दें और हम पश्चात्ताप से घिरकर रह जाएं।'' भीमराव अंबेडकर ने शांत और सहज होकर उत्तर दिया।

''इस समझौते से हमारे लोगों में जागृति और स्फूर्ति पैदा होगी ?'' पतितपावन दास ने कहा।

''अवश्य होगी, इसमें संदेह की गुंजायश ही नहीं है।'' शिवतारकर ने जोश के साथ कहा।

''इस बात पर समय गंवना ठीक नहीं है।...मेरी राय में तो यह प्रस्ताव मान लेने में कोई बुराई नहीं है।'' देवराव नाईक ने जोर देकर कहा।

''काश, यह घटना घट सके।''

''ज़रूर घटेगी।''

''ठीक है।''

''तो चला जाए।'' शिवतारकर का स्वर था।

इसके बाद सब वहां से लौट पड़े। सिटी मजिस्ट्रेट और पुलिस अधीक्षक को अपनी सहमति देकर पूछने लगे, ''क्या अभी उनकी स्वीकृति लेना शेष है ?''

''नो।'' रेनाल्ड ने कहा, ''वे लोग अपनी राय बटा चुके हैं।''

''गुडनाइट !''

''गुडनाइट !''

वे लोग वापस हो लिए। आगे के कार्यक्रम निश्चित करने का भार देदराव नाईक पर डाला गया।

भीमराव अंबेडकर चुपचाप मन-ही-मन एक ही प्रार्थना करते आ रहे थे—हे प्रभु ! तू इन भोलेभाले, निश्छल और पवित्र आत्माओं को दुखी मत करना। इनका दिन पहले से ही टूटा हुआ है। इससे पहले इन लोगों ने कभी ऐसा सपना नहीं देखा।...ये सवर्ण धार्मिक छल कर सकते हैं क्योंकि झूठ और ढोंग उनके जीने का आधार है। तू दयालु है, प्रभु, इन पर दया करना।

भारी मन से भीमराव अंबेडकर सोच रहे थे। उनका माथा यह सोचकर ठनक रहा था कि सवर्ण हिंदुओं का मन इतनी जल्दी बदल नहीं सकता। वे उनके प्रति इतने उदार नहीं हो सकते।

रात गहरा उठी थी। हवा में हलका-सा शीत का स्पर्श था। दिशाएं शांत थीं। गोदावरी कलकल करती बह रही थी। भीमराव अंबेडकर उसके तट पर चलते चले जा रहे थे एक अछूत-मन की गहरी, क्रूर पीड़ा लिए।

इक्कीस

गोदावरी बहती हुई ऐसी लग रही थी कि किसी छोटी और अबोध बालिका के पांव में उसकी मां ने बड़े चाव से अपने पांव से पाज़ेब उतारकर बांध दिए हैं और वह बारंबार पाज़ेब की रुनन-झुनन का आनंद लेते हुए मतवाली होती भागी जा रही है। उसका पानी छल-बल करता हुआ किसी शरारती शिशु-सा मचल रहा था।

भीमराव अंबेडकर आज तड़के ही गोदावरी के तट पर आ खड़े हुए थे और नयनाभिराम प्रकृति के दर्शन से अभिभूति होते जा रहे थे। उन्हें रह-रहकर यह विचार घेर रहा था कि असत्य का आचरण सदाचार की परिभाषा बन आतंक को समाज में स्थापित कर चुका है।

उन्होंने अपने पांव से जूते उतारकर एक ओर रख दिए थे। अब वह नंगे पांव गोदावरी की सोनी माटी पर घूम रहे थे। इस समय वह नासिक बस्ती से बहुत दूर थे। चारों ओर गहरा सन्नाटा था। पवन का मन मचल रहा था।

वह गोदावरी के कच्चे घाट के पास पांव नदी में डालकर आनंद-निमग्न हो गए। नन्हीं-नन्हीं लहरें उनके पांवों में गुलगुली मचा रही थीं। उनकी सारी देह आनंद कंप के झोंकों से गद्‌गद्‌ हो रही थी।

यह कैसा पागलपन है कि गोदावरी के अमुक तट पर केवल सवर्ण जाति के लोग ही नहा सकते हैं, असवर्ण जाति के नहीं। उनके मन में एक शरारती विचार नव तरंग-सा नई उमंग लेकर उभरा।

हो सकता है कि पुजारी, पुरोहित आदि आगे गोदावरी के जल का आचमन कर कुल्ला कर रहा हो तो क्या उनके पांव से स्पर्शित जल से बच सकेगा ? कौन-सा वह विधि-विधान हो सकता है जो गोदावरी के जल को बांट सके ? हवाओं को किसने बांटा है ? उनके स्पर्श पाकर हवा चारों ओर बहती रहती है। वह मंदिर में भी जाती है। उसे कौन रोक सकता है ? कैसे रोक सकता है ? फिर ये बाहरी रोकथाम किसलिए ? यह उपद्रव क्यों ? कौन समझाए धर्म के मुनियों को ? कौन जगाए जगे हुए सोने वालों को ?

सब कुछ कितना रमणीक है ! कैसा प्रशांत परिवेश है—न उसमें घृणा है और न द्वेष।

कहीं कोई पापमयी छाया नहीं। कहीं कोई राक्षस नहीं। माय़ा का नाम नहीं। सब ओर जीने का धर्म है, प्यार का प्रफुल्लित सुवास-सा रंग है। उनका चित्त काव्यमय हो उठा। उनके मन में संगीत गुंजन करने लगा। उनके अरूणाभ चरण थिरक उठें।

वह भाव-विह्वल हो अंतरंगता के साथ गोदावरी के निर्मल-चंचल जल पर कविता उकेरने लगे थे—

"निर्मल गगन का चिर कौमार्य वैभव
प्रशांत पड़ा नासिक का सुप्त शिशु-सा मन
कहीं कोई अवरोधक नहीं
गोदावरी के सदय-पटल पर
मंगल़-गान का स्वर अविचलित, मधुर और निःस्वन
पढ़ रहा है मंत्रों को अन्तर्मन
और दे रहा है मधुकंपन के अजर-अमर क्षण !
कैसा सुवासित दृश्य का अंतरंग
भोर होने से पहले ही
समझा ही है जग-जग को
जीवन-गति के मंगल-छंद
आओ, उतर आओ।
इस क्षण
अनाहट चरण धर
अरे मंगलमय, अति उदार औ' पावन
जग के अतिशय मन भावन
अंतरंग, सर्वव्याप्त सघन
खोलकर
रोमिल-रोमिल समय के पंख
भर दो
नए गगन को
नई धरा को
अमृतमयी प्रेमिलता से।"

वह खंडित काव्य के सहारे जी रहे थे साधना के अदृश्य और अनमोल क्षण। जिजीविषा के लिए उठी तरंग उन्हें अपने साथ ले जा रही थी कहीं दूर, बहुत दूर !

किसने भर दिया है ऐसा विष ? कौन है अशांत क्षणों का मायावी राक्षस ? सब एक हैं। सब समान हैं। कौन काट सकता है पानी को ? कौन बांट सकता है हवा को ?

भीमराव अंबेडकर ने अनुभव किया कि गोदावरी का सुवास उनके रोम-रोम में कलकल कर उठा है। उनकी आंखों से जलधारा बह उठी। विश्व कितना बड़ा मंदिर है ! वसुंधरा कितना बड़ा रथ है ! ब्रह्मांड कितना बड़ा राम है ! उसे छोड़कर कहां अटककर शूल निकालने बैठ गया है पागलपन मानव मन का ! दिशाओ, चेता दो, उठा दो उसके आत्मबल को और कह दो, सारे भेदभाव शैतान की योजना के परिणाम हैं ! शैतान नहीं होते हुए भी अपने होने के दावे करता जा रहा है और हम उसे आत्म-रक्षा का लाभ देते जा रहे हैं। ऐसा क्यों है ?

रामनवमी की पूर्व संध्या पर समय के हृदय-पटल पर खींचा गया संधि-पत्र का रूप-रेखांकन मधुरता से भर दे सारे व्रण, सारे घाव ! क्या असंभव है राम तेरे लिए, बशर्ते तू ही है एकमात्र अखिल ब्रह्मांड के होने का आधार ! यह रामायण अलिखित होकर भी लिख जाएगी सर्जक के चिर-स्मृति सोपान !

अब उनसे वहां बैठना संभव नहीं हुआ। उनका हृदय गुदगुदा उठा। वे उठ खड़े हुए और हाथ जोड़कर प्रार्थना करने लगे, "आज राम, तुम्हारा जन्म दिन है। मैं तुम्हारी सर्वप्रथम आराधना कर रहा हूं।...तुम्हारे नाम से चल पड़ा यह व्यापार बंद हो। एक सर्वव्यापी मंगल गीत का सुप्रारंभ आज से हो। सबको सुबुद्धि देना, विकारों का शमन करना और नव कर्मों के प्रति समर्पित करने का हौसला देना।...प्रभु, मुझसे प्रार्थना करनी नहीं आती। कैसे आती, प्रभु, तुम्हारी इस सृष्टि में मुझे पग-पग अकारण शाप सहने पड़े हैं। बचपन से आज तक मेरे हिस्से अपमान के पहाड़ आए हैं। उन्हें झेला है तेरा नाम लेकर !...आज भी तेरे नाम का सहारा है।...तुम अपने जन्म-दिवस पर हमें यह छोटी-सी सौगात अवश्य देना अन्यथा तेरे सबसे प्यारे, सबसे नज़दीक और सबसे दुलारे तेरा नाम लेकर अश्रुपूरित नेत्रों से शाम की काल रात्रि को आजन्म भोगते रहेंगे।...क्या यह तुझे अच्छा लगेगा ?...आज प्रश्न हमारे अस्तित्व का नहीं, आज तुझे अपने होने का साक्ष्य देना होगा, प्रभु !...तूने सीता की पवित्रता का साक्ष्य मांगा था, आज तुझसे ये नन्हे-नन्हे अबोध प्राण तेरे होने का साक्ष्य मांग रहे हैं। देखना है, आज तू क्या देता है। अपने होने को सिद्ध करता है या परंपरित भ्रम के घटाटोप की भूलभुलैयों में ओझल होकर अपने को बचा ले जाने का ढोंग करता है...कोई जाने या न जाने, कोई सुने या न सुने, कोई देखे या न देखे, कोई प्रमाण बने, लेकिन यह सच है कि आज मैंने तुझे ललकारा है, तुझे मेरी ललकार का जवाब देना है !

सुन रहे हो—धरती और आकाश ! देख रही हो दिशाओं ! तुम साक्षी हो इस पावन संवाद के !

भीमराव अंबेडकर का मन पुकार उठा सत्य का आदि-अनादि अमर-अजर नाम ! आज उनकी यह पूजा थी। स्वयं श्रीराम ने रावण को मारने के लिए महाशक्ति का वरण किया था ! अपने प्यारे नेत्र महाशक्ति के चरणों में चढ़ाने के लिए वे तनिक नहीं झिझके थे। उस शक्ति के विराट् जगतपति से प्रार्थना है कि वह रावणीय शाप से मानव का उद्धार कर उसे अपनी शरण में ले—विश्व-मंगल से उसके रोम-रोम को भर दे। गा उठें दिशाएं, आरती उतारे धरिणी, सुमन बिखेरे आसमान और गोदावरी का तट एक बार फिर मंगल से झूम उठे।

भीमराव अंबेडकर धीरे-धीरे लौट पड़े थे मन संभाले, हृदय को लिए चुपचाप।

अब पौ फटने को थी। दिशाएं सचेत हो चली थीं। पशु के गले में बंधी घण्टियां बजने लगी थीं। कहीं-कहीं से चक्की चलने की आवाज़ आ रही थी।

एक अति सौम्य प्रातः का आगमन मन को सिंदूरी कर रहा था। सत्य अवगुण्ठन उठा मुस्करा रहा था। जीवन का मादक अध्याय मुखर हो उठा था।

मंदिर में घंटियां बज उठी थीं।

यदाकदा मार्ग चल पड़े थे ऊंघते हुए। वीणा के प्रशांत तारों पर वाङ्मयी ने धीमे से उंगलियों का स्पर्श दिया था। लहरा उठा था गोदावरी का मनांचल ! थिरक उठे थे। लहरों के पांव में अदृश्य पायल के नूपुर !

गोदावरी नहीं, काव्य निसृत हो रहा था। प्रकृति के रोम-रोम में भर गया था प्रार्थना

का अजर-अमर स्वर ! सचमुच भीमराव अंबेडकर काव्यमय हो उठे थे इन क्षणों में विषाद का कहीं कोई नाम नहीं था। एक स्वप्न था जो जीने का मंत्र बनकर चतुर्दिक मुस्कुरा रहा था।

वे अपने कक्ष में आकर बैठ गए। श्यामाबाई ने आकर उनसे पूछा, "आज बहुत तड़के ही कहां निकल गए थे, आप ?" बहुत दूर जा पहुंचे थे क्या ?"

श्यामाबाई देख रही थी भीमराव अंबेडकर में से एक नये और भक्त शिरोमणि अंबेडकर को उगते सूर्य की तरह आकाश-मंच पर या नये तारों की तरह गगन के बीचोंबीच उभरते हुए। उनका चित्त झील की तरह शांत था। उनकी आंखों में प्रभात की रश्मियां थीं। उनके ललाट पर ज्योति दमक रही थी।

भीमराव अंबेडकर ने जूते खोल कर एक ओर सरकाते हुए कहा, "श्यामा, आज रामनवमी है।"

"हां, डॉक्टर साहब, रामलला का जन्मोत्सव है।" श्यामाबाई धीमे से कहती। लगता, अचानक किसी ने जलतंरग के हृदय को छोड़ दिया है और देर तक वह मृदुल ध्वनि पहाड़ी नाले-सी अनुगूंजती रही हो।

"तू क्या सोचती है, श्यामा ?"

"किस बात के लिए ?"

"राम के जन्मोत्सव पर रथयात्रा के बारे में।"

अब श्यामाबाई खिलखिला पड़ी। उसका मुखमंडल सद्यः चमकी चपला-सा द्युतिमान् हो उठा।

"क्या बात है, श्याम ?" भीमराव अंबेडकर ने अपने चारों ओर देखकर पूछा।

"आप जैसा सरस्वती पुत्र रथयात्रा के बारे में कैसे सोच लेता है और वह भी इतने सरल-सहज ढंग से ?" श्यामाबाई का कोकिल गा रहा था।

"क्यों, इसमें क्या खास बात है ?"

श्यामाबाई पुनः मुस्कराकर बोली, "है, डॉक्टर साहब, बहुत बड़ी बात है।"

"क्या ?"

"राम ने यहां पंचवटी बनाई थी।...सीता माता, लक्ष्मण भैया श्रीराम के साथ यहीं रहे थे।...यह बहुत बड़ी पुण्यभूति है।...वे यहां पैदल घूमे-फिरे थे, रथ में नहीं।...लेकिन यहां के लोगों की मति मारी गई है जो उन्हें रथ में बिठालकर गोदावरी लाते हैं, स्नान कराकर पुनः स्थापित करते हैं।...इससे हंसी आ गई, डॉक्टर साहब !" श्यामाबाई ने मुस्कराते हुए कह दिया।

भीमराव अंबेडकर की आंखें फटी की फटी रह गईं। इतनी बड़ी बात और इतने सहज ढंग से वह कैसे कह गई ? उसके चेहरे पर उन्होंने कभी थकावट नहीं देखी और न कभी भारी मन का अनुभव किया। वह सदा सहज बनी रहती है—एकदम बहती हुई किसी एकांत नदी-सी।

"तूने ठीक कहा है, श्यामा !"

"मैं नहीं जानती, डॉक्टर साहब !"

"क्यों ?"

"जानना भी नहीं चाहती।"

"क्यों ?"

"क्योंकि गलत से मेरा कभी पाला ही नहीं पड़ा है। जो है, सो है।...जिसे हृदय में उतार लिया, उसे अब क्या जानना...जानना दरअसल मुझसे होता भी नहीं है...उसे जानने के बाद फिर और किसे जानना ?...वह है बड़ा नटखट। दूसरे को फंसाकर स्वयं कदंब की डाल पर जा बैठता है और वहां से चटकारे ले-लेकर नज़ारे देखता रहता है।...मन-ही-मन मुस्कुराता रहता है। उसकी लीला वही जाने।...अपरंपार है उसकी माया।...उसके काम में व्यक्ति का दखल नहीं। उसके बारे में, डॉक्टर साहब, सोचना भी व्यर्थ है।...वह तो मन में समा गया तो फिर कुछ जानना-पूछना नहीं।...उसे श्रद्धा से रिझाया जा सकता है और भक्ति से थामा।...इससे ज़्यादा क्या कहूं ! कुछ भी कहना छोटे मुंह बड़ी बात होगी।" श्यामाबाई आत्म-विभोर होकर काव्य-पाठ कर रही थी। उसके मुख-मंडल पर अद्भुत आत्मतोष था। साक्षात् शांति स्रोत को वह अपने में अभिव्यक्त कर रही थी।

भीमराव अंबेडकर के सामने अपनी मां भीमाबाई आ खड़ी हुई थी। उनका गौर वर्ण, चमकता माथा, गोल-गोल आंखें, उन आंखों में भोलापन लिए लालिमा, पतले अरुणाभ अधर और सद्यः खिले गुलाब का आकर्षण सदा उन्हें आ घेरता था और पूछता था, "क्या अंबे, आज भी स्कूल से प्यासा ही लौटा है ?'

वह कुछ नहीं बोलता। बस्ता एक तरफ पटककर मुंह फुला लेता।

भीमाबाई अपने घुंघराले काले बालों की उस लट को जो प्रायः ढीठ बालक-सी माथे पर लहराने लगती थी, डांटते हुए पीछे हटाती हुई कहती, 'तू अपनी मां से नाराज़ है क्या, अंबे !" वह प्यार से उनके बालों में अपनी तन्वी उंगली डालकर उन्हें सहलाने लगती। वह चिढ़कर कहता, 'रहने दे, मां ! छेड़े मत।' इसके साथ ही वह मुंह घुमा लेता।

'क्या आज फिर किसी ने नल नहीं खोला या तुझे बांस से बहता पानी पीना अच्छा नहीं लगता !...कुछ तो बोल, यों मुंह को गुब्बारा बनाए कब तक रूठा रहेगा ? और क्या होगा उससे ?...चल उठ, कुछ खा-पी ले और गुस्सा थूक दे।' वह प्यार से झिड़कती होती।

'ऐसा क्यों होता है, मां ...हमें किसने अछूत बनाया है ?...मां, उसका नाम बता, मैं बड़े होकर उसे गोली मार दूंगा।...सब बच्चे नल से सीधे पानी पीते हैं। हम नल को छू तक नहीं सकते।...आखिर क्यों, मां ?' वह आग्रहात्मक आक्रोश से पूछता।

"जब तू पढ़-लिखकर बड़ा आदमी बन जाएगा, भिवा, तब तू सब कुछ जान जाएगा।" भीमाबाई अपनी गोद में उसका सिर रखकर सहलाने लगती।

"पढ़-लिखकर क्या आदमी बड़ा बन जाता है, मां !"

"हां अंबे; केवल बड़ा ही नहीं, बहुत बड़ा आदमी।' भीमाबाई उसे समझाने लगती।

"आसमान जितना बड़ा, मां ?" वह सरल हो जाता।

"हां, अंबे आसमान जितना।"

"मैंने तो इतना बड़ा कोई आदमी नहीं देखा, मां !' वह इतना कहकर अपनी आंखें मां पर टिका देता।

"भिवा, तुझे तो इतना बड़ा आदमी बनना है। फिर तू देखेगा कैसे ?" भीमाबाई उसका मन बहलाने लगती।

"तब तो मैं खूब पढ़ूंगा, मां...ढेर सारा।"

'ज़रूर पढ़ना, भिवा !"

"फिर तो मां, बांस से पानी नहीं पीना पढ़ेगा ?" वह सरल चित्त होकर पूछता।

"नहीं।"

"न हम फिर अछूत रहेंगे ?"

'नहीं।"

"सच मां।"

"एकदम सच, अंबे ! सोलह आने सच।" वह अछूत की पीड़ा का गरल पीती जाती और उससे छिपाती जाती। उसके सामने अपनी शादी का दृश्य आ ठहरता। फिर भी मुस्कुराने की कोशिश करती रहती। दुःख को सुख से जीने का यही तो अचूक तरीका है।"

"तो नाश्ता दे, मां ! बहुत ज़ोर की भूख लगी है।" वे मचलकर कहते और उसीके साथ गोद से उठ खड़े होते।

आज अनायास श्यामाबाई के रूप में उनके सामने अपनी मां आ खड़ी हुई थी। वह उसे घूर-घूरकर देखते रहे थे।

"ऐसे क्या देख रहे हो, डॉक्टर साहब ?"

"कुछ नहीं।...बस यों ही एक याद की बदली घिर आई थी। उसी में उलझकर रह गया था...थोड़ी देर के लिए...पता नहीं, कभी-कभी मुझे क्या हो जाता है कि मैं लाख चाहकर भी अपने में नहीं रहता।" भीमराव अंबेडकर की आंखें छलछला आई थीं।

"ऐसा ही होता है कभी-कभी...।" श्यामाबाई अनजाने की कह जाती।

भीमराव अंबेडकर मौन रह जाते पाखुड़ी पर आ ठहरी ओस बूंद-से।

"भजन सुनोगे, डॉक्टर साहब ?"

"ज़रूर सुनूंगा, श्यामा !"

"तो सुनो...भजन क्या कहता है, जानो...वह क्या चाहता है, वैसा करने का प्रयास करो—फिर भवसागर पार।" श्यामाबाई सहज-सहज बरसती बूंदों की झरी लगा देती। वह धीरे-धीरे आंखें बंद-सी करके गुनगुनाने की मुद्रा बनाती जाती। उसके अरुणाधर हिलते। उसका कंठ थिरकता। सुकंप लहर-सी उठती और समूचे वातावरण को मधुरार्द्र कर जाती।

भीमराव अंबेडकर स्वप्नलोक में उतर जाते। उन्हें कुछ पता नहीं रहता। वे सब कुछ विस्मृत कर बैठते। अजीब सम्मोहनावस्था होती उनकी।

इसी समय पतितपावन दास का प्रवेश होता है। वह ताली बजाकर श्यामाबाई की तारीफ कर उठते हैं, "ईश्वर यहां है, इस समय है—वह मंदिर, गुरुद्वारे, गिरजा, मस्जिद में नहीं है।...धन्य हैं, आप श्यामाबाई !...आपको देख-सुनकर व्यक्ति सारे दुःख दर्द भूल जाता है। उसे एक नाम याद रह जाता है—हरि का नाम।"

"एकदम तैयार होकर आए हो, पतितपावन दास !" भीमराव अंबेडकर दुनिया में लौट आते हैं।

"आज मंदिर चलना है ना !"

"हां, चलना है।"

"चारों ओर यही चर्चा है...।"

"क्यों, यही चर्चा है ?"

"आज हम लोग भी रथ खींचेंगे।"

"फिर ?"

"आनंद गमक उठेगा।" पतितपावन दास झूमकर कहता है, "सारे दरिद्र दूर हो जाएंगे।" उसकी आंखों में आने वाला इंद्रधनुषीय बन नाच उठता है। वह आगे कह रहा होता है, "वे क्षण कितने रोमांचक होंगे ? उनके बारे में कुछ सोच नहीं जा रहा है।...सदियों

की प्यास है...चातक को आज स्वाति की बूंद का अनुभव होगा। उसके मन-प्राण गा उठेंगे।''

''ठीक है वह सब।'' कविता छोड़ो पतितपावन दास, यथार्थ में आओ।'' भीमराव अंबेडकर कहते हैं और उन लोगों के भोलेपन को अपलक निहारते रह जाते हैं। इतने आनन्दित-रोमांचित होते उन्होंने उन्हें कभी नहीं देखा था। एकदम बाल-मन-सा सहज और निश्छल भाव अनुप्रेरित उनका आचरण व्यवहार किसको सम्मोहित नहीं कर लेगा !''

''आप भी चलने की तैयारी कीजिए।''

''मैं चलती हूं।'' कहती हुई श्यामाबाई चली गई। उसके तुरन्त बाद देवराव नाईक ने प्रवेश के साथ ही सूचना दे डाली, ''इस बार रामनवमी का जन्मोत्सव अभूतपूर्व होगा। जिधर नज़र डालो, उधर मोद की मोद। सचमुच रामलला का पुनर्जन्म होने वाला हो, ऐसा लग रहा है।...जगह-जगह गीत-फुहार, भजन मनुहार...भक्ति-भाव का प्रदर्शन...एकदम मेला ...अद्‌भुत मेला।...आनंद का अखंड साम्राज्य।''

''चलो, अच्छा है।'' भमीराव अंबेडकर ने गहरी सांस छोड़ते हुए भारी मन से कहा।

''लगता है, आप प्रसन्न नहीं हैं !'' पतितपावन दास ने उनके चेहरे के भाव पढ़ते हुए कहा।

''आप सब प्रसन्न हैं, मेरे लिए सबसे बड़ी यही प्रसन्नता है।'' भीमराव अंबेडकर बोले।

''आप नहीं हैं ना प्रसन्न ?'' देवराव नाईक ने उनकी ओर पैनी दृष्टि डालते हुए कहा।

''मंदिर-प्रवेश, रथयात्रा में हाथ बंटाना आदि मात्र औपचारिकताएं हैं धर्म की, धर्म नहीं। ना उससे कोई गहरा सरोकार है।...यदि एकाधिपत्य का दुर्ग तोड़ना है और भेदभाव की दीवार गिरानी है तो उसके लिए ऐसे अवसरों का ही लाभ लेना होगा।'' भीमराव अंबेडकर धीरे-धीरे, रुक-रुककर कहते जा रहे थे, ''धर्म की ठेकेदारी बन्द करनी ज़रूरी है अन्यथा धर्म सर्पिणी के समान अपने नवजात शिशुओं को चट कर जाएगा।''

''तो फिर इतना झंझट-झमेला क्यों ?''

''क्योंकि इसी से एकाधिराज का आतंक खत्म होगा और चेतना की ओर मानव बढ़ सकेगा।...यह मात्र खोखा है, अभी इसमें प्राण-प्रतिष्ठा करनी बाकी है।...आप लोग बातचीत कीजिए, मैं भी तैयार होता हूं।'' भीमराव अंबेडकर इतना कहकर उठे और अन्दर के कक्ष की ओर चले गए।

''चलो, पहला गढ़ तो जीता।'' पतितपावन दास ने कहना जारी रखा, ''नाईक साहब, यह बहुत बड़ी बात है।...इससे काफी लोगों में जागृति आएगी।...आखिर सवर्ण हिन्दुओं की नींद तो टूटी।''

''दास साहब, इससे हमारे लोगों के मुरझाए हुए चहरों पर रौनक आ गई है। वे खुश हैं।'' देवराव नाईक ने तीली से दांत कुरेदते हुए सगर्व कहा।

''देर आए पर दुरुस्त आए, इसकी भी खुशी है।''

''सुबह का भूला शाम को लौट आए तो वह भूला नहीं कहलाता।''

''लीजिए, शिवतारकर जी भी आ गए।...''

''स्वागत है, भाई शिवतारकर जी !'' वे दोनों यह कहते हुए उठ खड़े हुए।

''आप दोनों भी स्वागत के पात्र हैं, दास जी और नाईक जी !'' शिवतारकर ने कहा।

''और क्या समाचार है ?'' पतितपावन दास ने पूछा।

“सब ठीक है।...नासिक की सवर्ण बस्तियों में कुछ-कुछ सन्नाटा है।” शिवतारकार ने बताया, “शायद सवर्ण हिन्दुओं का एक वर्ग इस निर्णय से प्रसन्न है।”

“वो तो होना ही चाहिए।” देवराव नाईक इतना ही कह पाए थे कि राजभोग का पदार्पण हो गया।

“क्या गपशप चल रही है ?” राजभोज ने आते ही पूछा।

“राम जन्मोत्सव के लिए तैयारी पर चर्चा हो रही है।...आप बताओ, बाहर का क्या समाचार है ?”

“पुलिस फोर्स की दो ठसाठस भरी हुई गाड़ियां अभी आई हैं।...शहर सकपकाया लगता है।”

“क्या मतलब ?”

“शायद वे लोग अपने निर्णय से अप्रसन्न हैं।” राजभोग ने थूक गटककर आगे कहा, “दुकानें भी बंद हैं।..जो खुली हुई हैं, वे हमारे लोगों को कोई सामान नहीं बेच रही हैं।”

“इतने बड़े फैसले में इतना-सा तो होगा ही, अन्यथा वे लोग अपनी नाराज़गी कैसे प्रकट करेंगे ?” राजभोग ने पैरवी की।

“तुम ठीक कहते हो राज, कुछ का मुंह फुलाना भी अच्छा सगुन है।...खट्टा-मीठा तो सदा चलता आया है।” देवराव नाईक अपनी कुरसी पर पूरे झूल गए।

“अपने लोग... ।”

“शांति सेना... ।”

इस पर सब ज़ोर से हंस पड़े।

“तुम शांत रहना, शिवतारकर !”,

“क्यों भाई, शिवतारकर को चुप रहने के लिए क्यों कह रहे हो ?” राजभोग ने पूछा।

“क्योंकि वह अपने को बांधकर नहीं रख सकता।”

“बांधना क्या ज़रूरी है ?”

“हां, बहुत ज़रूरी है।...खास कर आज तो यह बहुत ज़रूरी है।” देवराव नाईक ने मुस्कराते हुए कहा।

“बस्ती कोई होकर आया है क्या ?” राजभोग ने पूछा।

“क्यों, क्या वहां मरने जाना है ?”

“ऐसा क्यों ?”

“कुछ सवर्ण हिन्दू तनिक-सा अवसर पाकर टूट पड़ेंगे। वे इस मौके की तलाश में हैं कि किसी तरह झगड़ा हो जाए।...लेकिन हमें उन्हें ऐसा कोई अवसर नहीं देना है।” देवराव नाईक ने कहा, “ऐसे नाजुक और संवेदनशील क्षणों में बहुत संयम से विनीत होकर रहना है।”

“हम सबको अच्छी तरह बारंबार समझा चुके हैं। खिसियाई बिल्ली खंभा नोंचे वाली स्थिति है उन लोगों की।” भोजराज ने बतलाया, “स्वयंसेवक तैयार हैं।...और सब तैयार होने में हैं।...खाने की सामग्री बंबई से आ गई है।...बहुत लोगों ने आज व्रत रखा है।”

“तिलक-छापे भी कइयों ने लगा लिए हैं।”

“रोकना चाहिए था, राज !”

“यह सवर्ण हिन्दुओं की आंखों में खटकेगा और वे मरखनी गाय से बिदक जाएंगे।” देवराव नाईक ने समझाते हुए कहना जारी रखा, “उन सबको समझाओ, वे सब अपने में

रहें। मर्यादा ही कवच है, उसे नहीं तोड़ें।...राज, तुम जाकर उन्हें संभालो। शिवतारकर और दास, आप लोग भी अपने प्रभाव का इस्तेमाल कर स्थिति नियंत्रण में लाएं।...मैं डॉक्टर साहब को लेकर आता हूं।"

एक बार सब ठगे-से रह गए। उन्हें कुछ सूझा नहीं। राजभोज ने ही यह सलाह दी थी कि अच्छे-अच्छे कपड़े पहनकर तिलक-टीका लगाकर कालाराम मंदिर की ओर चलना ताकि कोई सवर्ण हमारी ओर उपेक्षा की दृष्टि से नहीं देखे। स्वयं भीमराव अंबेडकर ने उन्हें अनेक बार यह सलाह दी थी कि वे लोग साफ-सुथरे रहें, अच्छे कपड़े पहनें और अच्छे घर में रहें। घर साफ-सुथरे हों। देखने में अच्छे लगें। पहले उनको अपनी पहचान बनानी होगी। वे गंदे क्यों रहते हैं ? वह इसी तरंग में उन लोगों को चेता गया और तैयार हो गए। अब वह उन्हें कैसे क्या कहें ? वह भारी मन से अन्य लोगों के साथ वहां से चला गया।

देवराज नाईक वहां अकेला रह गया। डॉक्टर भीमराव अंबेडकर के पलंग के सिरहाने अनेक मोटी-मोटी पुस्तकें रखी हुई थीं। उनके ऊपर पैड पड़ा था, जिस पर कुछ लिखा हुआ था। उनके अक्षर बड़े-बड़े और अति सुन्दर थे। वे मोतियों-से चमक रहे थे। वह उनके पास तक नहीं आया, दूर से ही बैठा-बैठा देखता रहा।

वह याद कर रहा था भीमराव अंबेडकर द्वारा सुनाया हुआ महात्मा बुद्ध का वह उपदेश जो उन्होंने अपने अत्यंत नज़दीक के शिष्यों को तब दिया था जब वे मृत्यु-शय्या पर पड़े हुए थे। उन्होंने कहा था, 'न तो मैं और न दूसरा कोई तुम्हें कुछ बता सकता है। किसी पर आश्रित मत रहो। अपना धर्म (निर्वाण) स्वयं प्राप्त करो।" वह सोच रहा था कि वे किसी पर आश्रित रहने के पक्ष में नहीं हैं। वे चाहते हैं कि यदि कोई ईश्वर है तो अच्छे बनकर उसे तुम प्राप्त करो और मान लीजिए ईश्वर नहीं है तो अच्छा बनना स्वयं उत्तम है। वही अब मंदिर-प्रवेश और रथयात्रा का रथ खींचने के लिए आगे आए हुए हैं क्योंकि वे जानते हैं कि जो होता प्रतीत हो रहा है, उसको पाना कठिन है।

भीमराव अंबेडकर बाहर निकल आए। वे स्वयं माथे पर तिलक लगाए हुए थे और एकदम पुजारी जैसे नज़र आ रहे थे। उनका भव्य ललाट सूर्य की तरह द्युतिमान हो रहा था। उनकी आंखों में अरुणाई उतर आई थी। वह साक्षात् वाङ्मयी के पुत्र लग रहे थे।

"आपने... !" कहते-कहते देवराव नाईक रुक गया—"यह क्या हो रहा है ? भोजराज को कैसे रोकें ?"

"क्या बात है, नाईक ?"

"आपने...माथे पर... !"

"क्या है माथे पर... ?"

"तिलक, डॉक्टर साहब, तिलक !"

"तो क्या हुआ ?"

"कुछ नहीं हुआ क्या ?"

"चौंक क्यों रहे हो ?"

"बस, यों ही।"

"तुम भी लगा लो, नाईक !"

"मैं भी लगा लूं ?"

"हां नाईक, तुम भी।...तुम्हें कोई आपत्ति है क्या ?" भीमराव ने पूछा।

"नहीं तो... !"

"है, नाईक है...आपत्ति है।...होनी भी चाहिए।...वह ठीक भी है...लेकिन यह चंदन का तिलक है नाईक, दिमाग को बहुत शांति पहुंचाता है।...यह वह तिलक-छापा नहीं है जिसका बहिष्कार करने के लिए महात्मा कबीर ने कहा था।...यह ढोंग नहीं है।...फिर आज हम सवर्ण हिन्दुओं के साथ रथ खींचेगे...वह भी श्रीराम जी का रथ...इसलिए मैंने जनेऊ भी धारण कर लिया है अपने आप।" इतना कहकर वह जनेऊ दिखाने लगे। उनका चित्त प्रसन्न था। इसके लिए कब से तरसते आ रहे थे दलित-वर्ग के मन-नयन ! कदाचित् किसी को भी आशा नहीं थी कि खाई इतनी जल्दी पट जाएगी कि रक्त एवं अपमान के छींटे कहीं नज़र नहीं आएंगे।

"चलें !" देवराव नाईक ने कहा।

"कहां चलना है, नाईक ?"

"पहले गोदावरी घाट के नज़दीक जहां हजारों आंखें पलक-पावड़े बिछाए आपके आने की प्रतीक्षा कर रही हैं।...सब वहीं गए हैं, भोजराज, शिवतारकर आदि सब !"

"लेकिन सामने के रास्ते से नहीं।"

"तो फिर ?"

"पीछे से, दूर खड़े होकर जानें कि जन-मन क्या विचार बना रहा है ?"

"ठीक है।"

दोनों पेड़ों की ओट होते हुए ठीक उस भीड़ के पीछे जा पहुंचे जो अधिकांश बैठी हुई और कुछ लोग आपस में झड़प रहे थे।

एक कह रहा था, "तिलक लगाना शुभ है।"

"स्वयं श्यामाबाई तिलक लगाए हैं।"

"लेकिन डॉक्टर साहब, यह सब ढोंग नहीं चाहते थे।" भोजराज ने कड़कदार आवाज़ में कहा।

"इसमें ढोंग कैसा ?"

"यह हमारे हिंदू होने का प्रतीक है।"

"जैसे यह हमारी चुटिया।" एक ने खड़े होकर अपनी लंबी-मोटी चुटिया दिखला दी।

इस पर सबके सब ज़ोर से खिलखिला पड़े और उनमें से कइयों ने अपनी चुटिया संभालकर इत्मीनान किया।

"मैंने तो जनेऊ भी पहना है।"

"किसने पहनाया ?"

"कौन पहनाता ?" कहकर उसने सबकी ओर देखा। सबको मानो सांप सूंघ गया था। वह प्रश्न ही ऐसा था जिसका उत्तर किसी के पास नहीं था।

"मैं बताता हूं उस सौभाग्यशाली का नाम।" इतना कहकर उसने चारों ओर निगाहें दौड़ाईं। भक्तजनों की गरदनें भी उधर घूम गईं लेकिन वहां कोई नहीं था। वह बोला, "पहनाता कौन ?...खाना कौन खिलाता है ?...स्वयं खाना पड़ता है। स्वयं न खायें तो भूखे मरें। इसी तरह जनेऊ भी मैंने स्वयं पहना है, किसी ने पहनाया नहीं। मन ने मंत्र पढ़े, हृदय ने आशीर्वाद दिया और हो गया यज्ञोपवीत संस्कार !"

सबमें दो प्रकार की प्रतिक्रियाएं हुईं—तीन-चौथाई से अधिक लोगों ने उसका समर्थन किया और शेष ने ऐसा करना कठिन नहीं माना। यह कर्म तो ब्राह्मणों के हाथ से शोभा देता है, उनका यह मत था।

"यदि किसी ब्राह्मण को पता चल गया तो लेने के देने पड़ जाएंगे।" एक व्यक्ति ने खड़े होकर कहा।

"यह अच्छा नहीं किया। गरदन में मोटा धागा लटका लेना जनेऊ पहनना नहीं होता।"

"तो जनेऊ पहनना कैसे होता है ?"

"ब्राह्मण मंत्र पढ़कर जनेऊ को संस्कार देता है।"

"देता होगा।...मैं बहुत-से ऐसे ब्राह्मणों को जानता हूं जिन पर कुछ नहीं आता। फिर भी, वे जनेऊ पहनाने का संस्कार पूरा करते हैं।...ऐसों से जनेऊ पहनने का क्या अर्थ ? ...फिर तो स्वयं जनेऊ पहनने में बुराई क्या है ?" एक वृद्ध ने सोच-सोचकर धीरे-धीरे कहा।

"जनेऊ ना पहनें तो... ?"

"ना पहनो।"

"फिर..."

"फिर क्या ?"

"कुछ नहीं होगा क्या ?"

"कुछ भी नहीं होगा।"

"व्यर्थ में झंझट क्यों पालें ?"

"किसने कहा है कि व्यर्थ में झंझट पालो !"

"हमने तो जनेऊ पहन डाला।" एक व्यक्ति ने जोश में आकर कहा, "अब कुछ भी हो, हमें तनिक भी चिंता नहीं।...ना लाभ का मोह है और न अभिशाप का भय।"

बात में बात चल निकली। स्वर भड़क उठे। नथुने फूलने लगे। आंखें लाल हुईं। अब लगने लगा कि आपस में ये लोग अप्रिय घटना घटा सकते हैं। इस वक्त भीमराव अंबेडकर धीरे-धीरे उभरकर सामने आ गए।

"सर्वप्रिय नेता भीमराव की...जय !"

"तेजस्वी नेता भीमराव अंबेडकर...जिंदाबाद !"

जैसे ही जनता उनके स्वागत-अभिनंदन में उठने लगी वैसे ही भीमराव अंबेडकर ने कहना शुरू किया, "भाइयो और बहनो, मैं आपकी चर्चा को सुन रहा था। प्रश्न तिलक लगाने, जनेऊ पहनने, मंदिर में प्रवेश करने आदि का नहीं है। प्रश्न है अपने अस्तित्व का, समानता का और स्वाभिमान-सम्मान का !...आज मंगलमय दिन है। धर्म के इतिहास में स्वर्णाक्षरों से लिखा जाने वाला दिन है।...सब समान हैं, सब आदर के पात्र हैं...वे भी जो तिलक लगाए हुए हैं या जनेऊ पहने हुए हैं और वे भी जिन्होंने न तिलक लगाया है और न जनेऊ पहना है।...आज हम सब निहत्थे और शुद्ध मन से कालाराम मंदिर के द्वार के पास तक पहुंचेंगे। उनमें से जिनके नाम नाईक जी यहां सुनाते हैं, रथ खींचने के लिए मेरे साथ आगे आएंगे। शेष सारे लोग वह दृश्य सांस रोके देखते हुए यह अनुभव करेंगे कि रथ हममें से कुछ लोगों ने नहीं, सबने मिलकर एक साथ खींचा है...एकदम शांत बने रहेंगे। मन का हुलास मन में ही रखेंगे। मुझे आशा है कि आप आज जिस मनोहर रूप में यहां उपस्थित हैं, सदा उससे भी सुन्दर रूप में बने रहेंगे।"

उन्होंने अपनी बात पूरी की। आसमान फिर जयनादों से गूंज उठा। नाईक ने रथ खींचने वालों के नाम बताए। और उन्हें आगे आकर खड़ा होने का निर्देश भी दिया। क्या खूबसूरत नज़ारा महक उठा था कि सबके सब अवाक् देखते रह गए थे। प्रायः सभी नवयुवक

हृष्ट-पुष्ट और तेजस्वी, ज्योति-सी जगमगाती उनकी आंखें, अंगारे-से उनके होंठ और हिमालय-से उनके हौसले।

"श्यामाबाई हम सबको पुनः तिलक कर विदा करेगी।" देवराज नाईक ने विनम्र स्वर में कहा।

श्यामाबाई अपनी जगह से उठीं। भीड़ को निहारा। सहज मुस्कराई। आगे बढ़ी। बढ़ती गई।

चतुर्दिक नीरवता !

सबकी आंखों में दिव्य-रूप डोल उठा। श्यामाबाई ने हाथ जोड़कर कहा, "एक भजन सेवा में है। सबके लिए है, मेरे लिए भी। सुनें, समझें और गुनें।"

श्यामाबाई चुप।

भीड़ सन्नाटे में।

दिशाएं स्तब्ध।

श्यामाबाई गुनगुना उठी—

"कबीर मन निरमल भया, जैसे गंगा नीर।
पाछा लागै हरी फिरे कहत कबीर-कबीर..."

इसके बाद ही वह फिर गा उठी संत ज्ञानेश्वर का गीत—

"सोई कच्चा वे नहीं गुरु का बच्चा
दुनिया तजकर खाक रमाई, जाकर बैठा वन यों..."

सब मंत्रमुग्ध, चित्रलिखित-से आत्म-विभोर, आनंद-निमग्न, रसधारा में बहे जा रहे थे अत्यंत प्रसन्नमन ! पल पर पल व्यतीत हुए, चेतना बेसुध-सी, मन स्थिर और आत्मा रासरंग-लीन !

भीमराव अंबेडकर चल पड़े।

उनके पीछे रथ खींचने वाले हृष्ट-पुष्ट नवयुवक।

फिर महिलाएं और शेष पुरुष समाज !

सब चले पड़े थे—एक के पीछे एक—गाते मन, झूमते तन, इठलाते अंग-अंग। कैसा सुंदर काफिला ! कितना रमणीय दृश्य ! विजय-प्रयाण का विशाल मन लिए हर्षोल्लास से !

बाईस

दिन उभरकर ठहरा गया था। सूर्याभा निर्मल जल-फुहार-सी चित्त को डावांडोल बनाने वाली अब मुस्करा रही थी।

दिशाओं के मंगल मौन-गीत समीर के पंखों पर शोभायमान चंचल हरिणि-मन से, चौकड़ी भर रहे थे नवोन्माद से।

नासिक का घर-घर चेतना का द्वार बन इठला रहा था अपने में अपने आप !

चौराहों पर मेला ! राम-जन्म का शोर !

टोलियों पर टोलियां, रंग-विरंगे लिबास में, बेसुधी के बहते हुए आलम में स्मित भर महक उठी थीं विश्वमोहिनी की प्रथम मुस्कान-सी।

चहल-पहल शिखर छू रही थी।

औरतों में, युवतियों में और बच्चियों में ललक की दीप्ति का शृंगार खुल-खुल पड़ रहा था—संभाले नहीं संभल पा रहा था अग-जग के पार निखिल का वैभव !

धर्म-ध्वजा लहरा रही थी। गा-गाकर अमिय अनश्वर, अतीन्द्रिय और अनिंद्य गीत ! अनिश बहक रहा था गंगा का मन !

आज कहीं धर्म-चर्चा थी।

कहीं धर्म-गाथा का सार चल रहा था।

वाचालों की उड़ बनी थी। शेष शांत सुन रहे थे अवाक् हुए। दिव्य आत्माओं की रुनन-झुनन निर्बाध, निर्बंध और नमित स्वर-सी बहक रही थी। दिव्यांचल के अन्तर्मन में।

चैत माह। रामनवमी का दिन। हिंदुओं का प्रसिद्ध तीर्थ-स्थान नासिक। नासिक में रामधन की हवेली। उसमें जुड़े भक्तराज। उनमें थे कई नवयुवक और कई अधेड़। तीन बुजुर्ग भी। बुजुर्ग में काका नाम से प्रसिद्ध शिवजी।

पहले एक नवयुवक ने कहा, ''दो सप्ताह तक चलने वाले आयोजन की राम-नाम सत्य, काका,...और आप फिर भी कह रहे हैं कि सब्र से काम लें।...इन दलितों की इतनी हिम्मत कि... !''

''इन लोगों ने इन्हें मुंह लगाया है।'' दूसरा नवयुवक बोल रहा था, ''पांव की जूती कभी सिर पर शोभा नहीं देती।''

''सांप को दूध पिलाने का अंजाम सामने है।'' तीसरे नवयुवक ने कहा, ''तीन रात काली कीं नतीजें में टें-टें फिस्स। इन टुच्चों का यह दुस्साहस कि रथ खींचें !...हमारे रामजी को अपवित्तर करें !...मां कसम, काका, सिर पर खून सवार है...।''

''तुम डॉक्टर अंबेडकर...।'' शिवजी इतना ही कह पाए कि पहला नवयुवक गरज उठा, ''वो महार का बच्चा...दो शब्द अंग्रेजी के क्या बोल लेता है कि...है तो पांव की जूती।. ..उसकी गिटपिट को मिट्टी सुंघाना बहुत जरूरी है... वह पगला रहा है।...उसका दिमाग सातवें आसमान पर है।''

''इस फालतू बहस से क्या मतलब !...रथयात्रा की तैयारी पूरी होने को है...वे स्साले मुंह धो-धोकर आने वाले हैं।...वे रथ खींचेंगे...।'' दूसरे नवयुवक ने ताब खाकर कहा, ''कैसा कलियुग है, अछूत रथ खींचना तो दूर सोच भी नहीं सकता था।''

एक वृद्ध व्यक्ति ने खखारकर कहा, ''ऐसा पाप हमने कभी पहले नहीं देखा।...अस्सी से ऊपर उमर जा पहुंची है लेकिन ऐसा अधर्म पहले कभी नहीं हुआ। लगता है कि सवर्ण हिंदुओं ने हाथों में चूड़ियां पहन ली हैं।...हमारे बाप तो उनके गली में से निकल जाने पर पानी छिड़कवाया करते थे।...कौन अवर्ण है, कौन नहीं।...इसके लिए पेशवाओं के जमाने में इन चमारों को गले या कलाई में काला धागा बांधे रहना पड़ता था।...आज तो ये लोग मंदिर पर पहुंच रहे हैं। रथ खींचने।...थू-थू...क्या सोचेंगे, स्वर्ग में बैठे हमारे बुजुर्ग !...यही ना कि उनकी औलाद ने उनका नाम डुबो दिया !...कितनी दुखेगी उनकी आत्मा ! फिर किस मुंह से कर सकेंगे हम उनका श्राद्ध !...अभी-अभी तो श्राद्ध पक्ष गया है।...यही संकल्प लिया है क्या ?...मैंने तो फैसला किया है कि मैं सदैव के लिए नासिक छोड़ जाऊंगा।...जहां धर्म नहीं, वहां रहना बेकार।''

उस वृद्ध का स्वर गीला हो गया था। उसकी डिबिया-सी आंखें जो अंदर को धंसी हुई थीं और जिनके नीचे गहरा कालापन उभर आया था, डबडबा उठी थीं। नवयुवकों का खून खौलने लगा था। उनमें से तीसरा नवयुवक दहाड़ा, ''आप कहीं नहीं जाएंगे, बाबा !

धरम अपवित्तर नहीं होगा। वे हरामज़ादे रथ को हाथ नहीं लगा सकेंगे।...उनमें से रथ की ओर जो बढ़ेगा, उसकी टांगें तोड़ दी जाएंगी।...बाबा, देखना कि उनकी कैसे मिट्टी पलीत होती है कि वे चूड़े जीवन में फिर कभी नासिक जाने का नाम नहीं ले सकेंगे।"

"पुजारी...मंदिर के ट्रस्टियों ने...।"

"उन्होंने कुछ नहीं किया है।...उन्होंने वही प्रपंच रचा है, जिसकी जरूरत थी।..."

"समझौता तो... !"

"उन नमकहरामों से समझौता, जो हमारी गलियों में से नहीं गुज़र सकते थे ! कभी नहीं, काका, कभी नहीं।" पहले नवयुवक के चेहरे पर खून उतर आया था। उसका रंग गोरा था और वह मज़बूत कद-काठी का दिलेर नवयुवक लग रहा था। उसके होंठ कांपने लगे थे।

"सब इंतज़ाम हुआ है,...काली ने गुंडे बुलवा लिए हैं, तुम नौजवानों को गुस्सा करने की कोई ज़रूरत नहीं। टके में बहुत ताकत है।...कुछ इनके लोगों को भी फोड़ा है।...जिसकी लाठी उसकी भैंस, यह कहावत हमारे बुज़ुर्गों ने गहरे अनुभव के बाद सही की है।...तुम लोग शांत रहो। किसी को कुछ पता नहीं चले...नहीं तो अंग्रेज़ी कुत्ते भौंकने लगेंगे।" तीसरे वृद्ध का दृढ़तायुक्त स्वर था।

"लेकिन...।"

"तुम लोग अभी बच्चे हो। तुमने अपने पुजारी और मंदिर के ट्रस्टियों को क्या दूध पीता बच्चा समझ रखा है ! वे लोग महाकांइयां हैं...उन्होंने छत्तीस घाट का पानी चख रखा है।...जो होगा, वह अभी सामने आएगा।" वही वृद्ध समझाने लगा।

"अंग्रेज़ कप्तान और पुलिस की भीड़ ?"

इस पर वह वृद्ध ज़ोर-ज़ोर से हंस पड़ा। हंसता ही रहा। उसके चेहरे पर से अब झुर्रियां नदारद थीं। उसका चेहरा कठोर हो उठा था। उसकी दाईं आंख फड़क रही थी। वह धीरे से बोला, 'कप्तान हमारा एहसानमंद है...उस आज़ादी के दीवाने के खिलाफ गवाह हमने जुगाड़ा था।...नहीं तो सारी अंग्रेजी हुकूमत देशभक्त को डाकू सिद्ध नहीं कर सकती थी और न हत्यारा।...वह सब हमारा रक्षक है।" इसके बाद उसने चारों ओर देखकर धीरे से कहा, "पुलिस में सब अपनी जाति के हैं।...दीवारों के भी कान होते हैं।...आप सब गली-गली यह जो आग भड़क रही है, उस पर ठंडा पानी डालने का काम करें। ज़रा-सी भी भनक पड़ गई उन चूहों को तो सारे करे-कराए पर पानी फिर जाएगा।"

"लेकिन ये बातें तो...।"

"यही न कि सबमें फैला दी जातीं ! हममें भी अपने ही लोग शत्रु हैं।...फिर क्या, ऐसी बातें फैलाने की होती हैं !...तुम लोगों ने अभी अपने बुज़ुर्गों को समझा नहीं है और समझने की ज़रूरत भी नहीं है। नाक का सवाल है। नासिक के श्रीराम के मान-सम्मान का सवाल है। उनकी अलौकिक शक्ति का सवाल है।...वह पूरविया बाबा जो नाटक कर रहा है, वह अपनी शंतरंज का घोड़ा है।" वही वयोवृद्ध कहता जा रहा था।

"पारो काकी के सिर जो देवी आ चढ़ी है वो... ?" एक नवयुवक ने पूछा।

"ये देवी, ये भूत, ये मूठ फेंकने वाले, ये भविष्य पढ़ने वाले...ये सब अपने मंदिर के सी. आई. डी. भी हैं और मौका पड़ने पर फौज भी। किसी धर्म को ज़िंदा रखना इतना सरल नहीं है।...बड़े करतब करने पड़ते हैं...बड़े मजमे-तमाशे लगाने पड़ते हैं...इनमें यह डॉक्टर बड़ी तेज़ खोपड़ी का शातिर इंसान है।...उड़ती चिड़िया पहचानता है।...उस पर

खोपड़ी लड़ाना खूब आता है। वही हमारा सबसे बड़ा दुश्मन है।...गोरे भी इससे कतराते हैं।...इस बार तो जय श्रीराम न करना ही कल्याणकारी है।...न रहे बांस, न बजे बांसुरी। ...सब शुभ-शुभ होगा...मां शत्रु का दमन करेगी। अपने धर्म के फिर पुराने दिन फिरेंगे।''

अब सबका खौलता खून शांत। पहला नवयुवक चकित। रह-रहकर उसके सामने देवी की भक्तिनी काकी का स्वांग चलचित्र-सा चल पड़ता था। वह कैसे-कैसे सिर घुमाती थी ! उसके सूखे खुले बाल कैसे अनगिनत सांपिन के फण जैसे लपलपाते थे ! वह कैसी भयानक आंखों से देखती थी !...वह कैसे बोलती थी ! घंटों तक वह खूंखार शेरनी-सी सारी बस्ती का मन दहशत में डुबो देती थी। जाने क्या-क्या बकती थी !...ओह, तभी तो...वह बिना डकार लिए रमूज़ फेंक रही थी, ''सावधान...धरम पर संकट मंडरा रहा है...मुट्ठी बन्द कर मंदिर में दान करो।...वही बचाएगा तुम्हें इस धरम-संकट से।...मां...हा हा हा हा...मां काली. ..कलकत्ते वाली...तेरा वचन न जाए खाली...।'' फिर उसका ज़ोरों से हांफना...हाथ-पांव उछालना...सिंदूर मुट्ठी में भर-भरकर फेंकना...क्रुद्ध हो खप्पर-खप्पर चिल्लाना...लाल-लाल जीभ बार-बार बाहर निकालना...

''क्या चाहती है मां ?''

''हमारी गलतियां माफ कर मां !''

''हम सब तेरे बच्चे हैं।''

''हम पर दया कर मां...दया कर !''

वह भयानक हंसी हंसती। उसका चेहरा बहुत डरावना हो जाता। वह हांफने लगती। ...फिर सिंदूर फेंकती।...सब हाथ जोड़े खड़े हो जाते हैं। वह चीखती-गरजती आवाज़ में रुक-रुककर बोलती जाती है, ''मां का खप्पर भरो...जाओ...धरम को बचाओ...मां साथ है ...रामनवमी हाहा...हा...रथ सजाओ...खप्पर...खप्पर...'' ओह ! उसका सिर चकराने लगता है।

वह डोई-फोड़िया...भिखमंगा-सा...कैसा भविष्य पढ़ रहा था...काली आंधी...वो देखो—आसमान लाल और लाल।...चारों ओर रक्त-ही-रक्त...भयानक संकट।...तेज आंधी ...धरम की ध्वजा...अकेले धरम की ध्वजा बल खाती लहराती...निर्भीक...निडर...बस वही बचा सकती है... वो देखो तूफान...कैसी भयानक गहराती गूंजती आवाज़ !...सावधान... सचेत !...मंदिर की शरण में शांति...सुरक्षा...मंगल...पाप प्रकोप शांत...दान...धरम-करम... दान-दक्षिणा...पापम् शांतं...शांतं...शांतं।...हा हा हा... पापम् शांतं...शांतं !

उस नवयुक का दिल ज़ोरों से धड़धड़ाने लगा। ये है धर्म ! ये हैं मां !...काकी...वह डोई-फोड़िया...पत्थर सिर मार-मारकर चीखता है...चेताता है...सबके-सब उनके पीछे।... ओह ! यह कैसा अनर्थ ! यह कैसा विध्वंस धरम के नाम पर ! नहीं...नहीं, वह उस वीर-विद्वान् और सत्य के सारथि को मरने नहीं देगा। उनको बचाएगा। धर्म इतना अंधा-बहरा...इतना गया-गुजरा...इतना प्रपंची !...ओह ! उसके दिमाग की नसें फटने लगीं। नहीं...उसे ऐसे धर्म की शरण में नहीं रहना जो...कुछ देर पहले उसमें कैसा बुखार था... सिर पर खून सवार था...अब...अब...ओह !...हे परमात्मा, क्षमा करना...क्षमा करना...। वह नवयुवक वहां से चुपचाप खिसक जाता है।

शेष में से दो मंदिर की ओर मुड़ गए, अन्य बस्ती की गलियों की ओर लोगों को ढाढ़स दिलाने, समझाने-बुझाने...किसी को कुछ नहीं करना...आज श्रीराम अपने रथ की स्वयं रक्षा करेंगे।...उनके भक्त आ गए हैं। अब डरने की बात नहीं।...न डिगने का कारण...धर्म

अपनी रक्षा स्वयं करेगा।

कैसी आत्मघाती योजना है ! धर्म का कैसा ढोंग है ! उसे आज तक कुछ नहीं मालूम था। वह तो धर्म के जुनून में पागल हो रहा था। वह समझ रहा था कि सच में जो होता आ रहा है, वह श्रीराम का निर्देश है, उनकी व्यवस्था है और उनका न्याय है। तभी तो स्वर्ग-नरक धरती पर बताए हैं। वर्तमान पूर्व कर्मों का फल है। परन्तु जो अब दुष्कर्म में लिप्त है, उन्हें भय नहीं कि अगले जन्म में उन्हें अपनी करनी का फल भोगना होगा। वे अछूत बनेंगे। उन्हें असहनीय यातनाओं और आत्मघाती अपमान से गुज़रना पड़ेगा।

उस नवयुवक ने वेश बदला। दूसरे रास्ते से चल पड़ा। वह अब भी जुनून में था। उसे उसकी आत्मा धिक्कार रही थी। वह सीधे भीमराव अंबेडकर के सामने जा पहुंचा और बिना किसी भूमिका के वह बोला, "डॉक्टर साहब, मुझे आपसे अकेले में निवेदन करना है।"

भीमराव अंबेडकर ने उसकी ओर देखा। वह झुके-झुके नेत्रों से उसकी ओर देख रहा था।

"तुम कौन हो, नवयुवक ?...पहले अपना परिचय दो।" देवराव नाईक ने कहा, "और एकांत में क्यों मिलना चाहते हो ?" ऐसी क्या बात है ?"

"डर...।" उसके मुंह से अचानक निकल गया।

"कैसा डर ?" शिवतारकर ने पूछा, "किसका डर ?"

वह नवयुक घबरा गया। दरअसल वह इस नतीजे पर पहुंचा था कि दोनों ओर डर है। दोनों ओर संदेह है। दोनों में अविश्वास घुला हुआ है। नहीं तो उसे क्यों सवालों के घेरे में खड़े हुए अभिमन्यु की यातना से इस वक्त गुज़रना पड़ता ? वह साहस बटोरकर बोला, "कृपया आप सब चुप रहें, मुझे डॉक्टर साहब का जवाब चाहिए।"

भीमराव अंबेडकर ने संकेत से सबको चुप कर दिया। वे मुस्कुराकर बोले, "वैसे गोपनीय बात कोई नहीं होती, गोपनीय षड्यंत्र होता है। फिर भी, मैं तैयार हूं। किधर चलें ...स्थान तुम स्वयं तय करो, नवयुवक !"

"नहींऽऽ...डॉक्टर साहब, हम ऐसा नहीं होने देंगे।" देवराव नाईक बीच में बोल पड़ा।

"चिंता मत करो...।" भीमराव अंबेडकर ने कहा, "हम तैयार हैं, नवयुवक ! बोलो किधर चलें ?"

उस नवयुक ने देखा कि भीमराव अंबेडकर एकदम संत स्वभाव के सहज इंसान हैं। उनके स्वाभिमानी मुख-मंडल पर भय का नामोनिशान तक नहीं। वह बोला, "डॉक्टर साहब, आप जिधर उपयुक्त समझें।"

"मेरी बात छोड़ो नवयुवक ! मेरे लिए हर स्थान एकांत है और हर स्थान पर है जन-मन का त्यौहार-पर्व।...मेरे लिए गोपनीयता का कोई अर्थ नहीं है...मेरे पास छिपाने के लिए कुछ भी नहीं है।...और फिर किससे छिपाना, सब उस परमपिता की संतान हैं। उससे कैसा छिपाना ?" भीमराव अंबेडकर धीरे-धीरे कहते जा रहे थे। उनकी दृष्टि रुकी-थमी भीड़ पर थी।

"हम इस नवयुवक की तलाशी लेंगे !" भोजराज ने कहा।

"नहीं, कोई ज़रूरत नहीं।" भीमराव अंबेडकर का स्वर था, "किसी के पास तलाशी देने के लिए कुछ नहीं रहता। फिर किसलिए तलाशी !...नवयुवक हमारा अतिथि है। अतिथि की तलाशी लेने की आज्ञा हमारे धर्म ने किसी को नहीं दी है।...चलो, नवयुक, किधर चलें ?"

"पहले हम स्थान को देख आएं।" देवराव नाईक ने तेज़ी से कहा। अनेक जनों ने उसका समर्थन किया।

"हिन्दू हो, तो व्यक्ति पर विश्वास करना सीखो। धर्म संदेह को ही तो काटता है और आस्था को गहरा करता है। आज रामनवमी है, श्रीराम ने इस दिन परम शक्ति को पाया था।...जानते हो कैसे ?...अपने विश्वास से। उन्होंने सिद्ध किया था कि मनुष्य में ही ईश्वर है, उसकी महान्-से-महान् शक्ति है और समस्त ब्रह्मांड है, उससे बाहर कुछ भी नहीं है, सिवाय भ्रम, संदेह, अविश्वास, निर्बलता और पाप के।...मनुष्य हो तो पहले अपने को जीतो और इसके लिए अपने में आस्था पैदा करो...ऐसी आस्था जो साक्षात् यम का भी विश्वास कर सके।"

सब नतशिर ! वह नवयुवक पानी-पानी। धर्म कहां है, वहां या यहां ? मंदिर कहां है, वहां या यहां ? ओह ! यह कैसा सम्मोहन है जो जड़ता से मुक्त कर रहा है और खुले आसमान के मतवाले रंगोत्सव की गोद में पिंजरे से छूटे पक्षी की भांति धीरे-धीरे डैने फैलाए, उनमें हवा भरते हुए उड़ता जा रहा है...हर्ष से और उमंग से।

वह नवयुवक चल पड़ा। वह जिधर जा रहा था उधर वटवृक्ष था। बहुत बड़ा, बहुत घना और बहुत पुराना। भीमराव अंबेडकर उसके पीछे चल पड़े, सबको यथास्थान बने रहने का संकेत देकर। जब से उन्होंने मनुस्मृति सरेआम जलवायी थी और उसे अपवित्र ग्रंथ कह उसकी भर्त्सना की थी तब से उनको धमकी-भरे पत्र मिल रहे थे और उनके प्राण लेने की योजना बन रही थी। देवराव नाईक के मन को यह द्वंद्व मथ रहा था। उनमें बेचैनी बढ़ रही थी। कहीं कुछ अनर्थ हो गया तो किसी को मुंह दिखलाने लायक नहीं रहेंगे।...तब क्या होगा ?

अब वहां पर भीमराव अंबेडकर पहुंच चुके थे। वह नवयुवक बोलने लगा, "आपके दर्शन और वाणी का अमृत पाकर मैं कृतार्थ हुआ, डॉक्टर साहब ! कभी स्वप्न में भी नहीं सोचा था कि आप इतने महान् होंगे कि जिसके सामने धर्म का कद बौना नज़र आने लगे !"

"प्रशस्ति नहीं, नवयुवक, अपनी बात कहो। भीमराव अंबेडकर ने उसे बीच में ही टोक दिया।

उस नवयुवक ने अपने चारों ओर देखा। उसने इत्मीनान कर लिया कि आसपास निर्जन ही है सिवाय उनके। वह घबरा रहा था। उसके गले में फांस-सी अटकी रह गई थी। वह किंकर्त्तव्यविमूढ़ स्थिति में रह गया।

"क्या बात है नवयुवक, तुम इतने घबरा क्यों रहे हो ?" भीमराव अंबेडकर ने आगे कहा, "अभी भी तुम कुछ नहीं कहना चाहते हो तो हम लोग लौट सकते हैं।"

"मेरी आपसे एक प्रार्थना है।" इतना कहकर वह नवयुवक रुक गया। उसकी दृष्टि ज़मीन पर थी।

"कहो, क्या कहना चाहते हो ?"

"आप मेरी बात मानेंगे क्या ?"

"क्या बात ?"

"जो मैं निवेदन करूंगा।"

"पहले बताओ तो... ?"

"वह भी बताए देता हूं।"

"तो बताओ।" भीमराव अंबेडकर ने कहा, "वहां लोग हमारे लौटने की प्रतीक्षा कर

रहे हैं।"

"आप रथ खींचने नहीं जाएं।"

"क्यों ?...रथ खींचने के लिए उन लोगों ने हमें आमंत्रित किया है। फिर न जाने का प्रश्न ही नहीं उठता।" भीमराव अंबेडकर ने उस नवयुवक के चेहरे की ओर देखा। उसके चेहरे पर पसीने की बूंदें उतर आई थीं।

"वहां धोखा है।"

"कैसा धोखा ?"

"वे आपको मारना चाहते हैं।"

"वे कौन ?"

"कोई भी...पर वे इस मौके का पूरा-पूरा लाभ उठाना चाहते हैं। आप उनकी आंखों में कंकड-से खटक रहे हैं।" वह नवयुवक पूरे विश्वास से बोला।

"तुम्हें कैसे मालूम ?"

"श्रीरामजी की सौगंध लेकर कह रहा हूं।" वह बोला, "कृपया मेरी बात का भरोसा कीजिए।"

"भरोसे का आधार ?"

"श्रीराम जी की सौगंध।"

"कोई और आधार ?"

"मैं स्वयं हूं।"

"वे कैसे ?"

"क्योंकि मैंने षड्यंत्रकारियों की बातें सुनी हैं।"

"हो सकता है कि वे अपने षड्यंत्र में सफल ही न हो पाएं।" भीमराव अंबेडकर ने कहा, "धन्यवाद नवयुवक, लेकिन मैं षड्यंत्र और षड्यंत्रकारियों से नहीं डरता, मेरे लिए श्रीराम का रथ खींचने का अवसर पाना अधिक महत्त्वपूर्ण है, अपने प्राणों की सुरक्षा के कारण भाग खड़े होने की अपेक्षा।"

"सब कुछ जानते हुए... !"

"मैं कुछ नहीं जानना चाहता हूं।"

"आप इसे सवर्ण हिंदुओं की कोई चाल नहीं समझें। मैं सवर्ण हिंदू हूं, परंतु उनके नापाक इरादों से मुझे उनसे नफरत हो उठी है।...मैं स्वेच्छा से आपके पास आया हूं। विश्वास का गला अविश्वास नहीं दबा सकता।"

"पुनः तुम्हें धन्यवाद।...मुझे चलना है।" भीमराव अंबेडकर लौट पड़े। वह नवयुवक अपने स्थान पर खड़ा रहा। उसके पांवों में चलने की शक्ति नहीं रही। आखिर उसके कहने का क्या असर हुआ ? कितना आत्म-बल !...कैसा आत्म-विश्वास ! ओह ! कैसा निर्भय-निडर !

भीमराव अंबेडकर ने वहां पहुंचकर कहा, "चलिए, सब लोग चलिए।"

"क्या हुआ ?" देवराव नाईक ने पूछा।

"भय की सूचना लेकर आया था वह नवयुवक।...कोई अपना हितैषी ही था।"

"कहां गया ?"

"चला गया।"

"कोई खास बात ?"

"नहीं।...नवयुवक था, अतः डर गया। वही डर उसे मेरे पास खींच लाया। सवर्ण

हिंदू लगता था।"

"उसने अपना क्या नाम बताया ?"

"पूछा नहीं !"

"क्यों ?"

"क्योंकि वह अपना सही नाम नहीं बता सकता था। देखा नहीं, आप लोगों ने कि वह अपना हुलिया बदलकर यहां आया था ताकि किसी सवर्ण हिंदू को यह नहीं मालूम पड़ जाए।...फिर भी, वह अच्छा नवयुवक था–उसमें स्वतः ही चेतना जागी थी।...हमारे प्रति उनमें से कोई तो अंदर से सोचने लगा, किसी में तो अंदर की आग जगी और कुछ कर पाने की तमन्ना तो हुई, ये भी शुभ लक्षण हैं।" भीमराव चलते हुए कहते जा रहे थे।

भोजराज ने भजन शुरू करवा दिया।

'हरे रामा...रामा राम हरे हरे' की धुन गूंज उठी। वे सब ऊंचे कंठ से गा उठे। दूर-दूर तक "रामा-रामा' की पवित्र ध्वनि गूंज उठी।

आसमान में हलकी-हलकी घटाएं थीं पवन मतवाला बना डोल रहा था। प्रकृति हाथ हिला-हिलाकर आगंतुक भीड़ का स्वागत कर रही थी।

सामने से नासिक दलित जाति के नेता दादा साहब गायकवाड़ आ रहे थे। दादा साहब ने उनके लिए जी-तोड़ श्रम किया था। उन्होंने व्यवस्था बनाने में पूरा सहयोग दिया।

पास आने पर अभिवादन हुआ। दादा साहब बोले, "भक्तों को चलने दीजिए।...उन्हें मत रोकिए।"

सब चलते रहे।

दादा साहब गायकवाड़ ने कहा, "डॉक्टर साहब, मुझे अभी-अभी मालूम पड़ा है कि सवर्ण हिंदू दंगा करेंगे।"

"करने दीजिए, दादा साहब ! श्रीरामजी के मंदिर में न्याय नहीं होगा तो फिर कहां होगा !...हमने तो निर्णय कर लिया है कि ईंट का जवाब पत्थर से देंगे। अब तक इन लोगों ने हमें क्या कम मारा है जो अब हम इनसे डरें ! एक बार और सवर्ण हिंदू वर्ग की बात का पानी देख लें...जान लें कि वेद-उपनिषद् गीता, रामायण पारायण से क्या चरित्र बनता है ?...अंधकार में कौन है ? कौन है छल-प्रपंच से जुड़ा ? कौन है धर्मच्युत ?... इसलिए..."

"लेकिन बात इतनी-सी नहीं है।"

"तो क्या बात है ?"

"आपका जीवन खतरे में हैं, डॉक्टर साहब !"

"होना भी चाहिए।...हर धर्म पर चलने वाले का जीवन सदा खतरे में रहा है।...ईसा को तत्कालीन राक्षसों ने, जो धर्म के पुरोधा थे, क्रूस पर लटकाकर मरवाया था...रिस-रिसकर मरा था वह अद्वितीय संत।...उसकी बोटी-बोटी को पक्षियों ने नोचा था...कितने घाव बने थे !... कभी देखा है वह दृश्य जब किसी मरे हुए जानवर पर पक्षियों का दल टूट पड़ता है ? कितना हिंसक आक्रमण होता है वह ! दादा साहब, उस अमर संत, पवित्र और निश्छल आत्मा ने सज़ा दिलाने वालों के लिए प्रभु से प्रार्थना की थी कि उन्हें माफ कर दे क्योंकि वे नहीं जानते हैं कि वे क्या कर रहे हैं।...दादा साहब, यह अकेला उदाहरण है जिसने तिल-तिल कर मरते हुए जीवन के लिए दुआ मांगी थी।...मैं तो एक मामूली इंसान हूं।...मैं एक बहादुर सैनिक का बेटा हूं, किसी कायर का नहीं। मैं डरपोक नहीं हूं! चाहे

जो हो लेकिन मृत्यु-भय से मैं यहां से पीछे नहीं हटूंगा।'' भीमराव ने प्रवाह में कहा।

''आपको अपनी जान की परवाह न हो, न सही, लेकिन हमें आपकी जरूरत है। ...मोटरगाड़ी लेकर आया हूं। वह उधर खड़ी है। कृपया आप मेरे साथ चलें, यह मेरी ही नहीं, हम सबकी प्रार्थना है।...आप रहेंगे तो यह जागृति-यज्ञ चलता रहेगा। कृपया हम पर दया कीजिए।'' दादा साहब गायकवाड़ ने हाथ जोड़कर उनसे निवेदन किया।

देवराव नाईक ने आग्रह किया, ''दादा साहब की प्रार्थना स्वीकार कीजिए डॉक्टर साहब, यहां का मोर्चा हम संभाल लेंगे।...यहां की आप चिंता छोड़ दीजिए।''

''अपनी चिंता करूं, यही न ?''

''आप में हम सब हैं, डॉक्टर साहब !'' पतितापावन दास ने अत्यंत विनम्रता से कहा।

''हमारी प्रार्थना मान लीजिए, डॉक्टर साहब...दादा साहब, नासिक की रग-रग पहचानते हैं। आपके पीछे सवर्ण हिंदू हाथ धोकर पड़े हुए हैं। वे मौके की तलाश में हैं।''

भीमराव अंबेडकर उनकी बात सुनकर मुस्कुराए और बोले, ''रामनवमी को श्रीराम ने देवी मां से महाशक्ति पाई थी रावण को मारने के लिए।...आज हमें भी मां के आशीर्वाद की ज़रूरत है। वह भक्तों का नहीं, दुष्टों का संहार करती है।—ऐसा ही श्रीराम ने किया था...फिर कैसा डर और किससे डर जबकि आज भक्तों के रक्षक का जन्म-दिवस है... प्रसन्नता का दिन है !''

''वह ठीक है लेकिन यह समय उनको सफल बनाने का नहीं है।...यह भी रणनीति का एक पक्ष है। महावीर शिवाजी, औरंगज़ेब की कैद से भाग निकले थे। वहां डटे नहीं रहे। जान की उनको भी परवाह नहीं थी, परंतु उनको अपने देश और अपने लक्ष्य की चिंता थी।...आप तो स्वयं विद्वान हैं, आपको क्या उदाहरण दूं !...आप हम सबकी प्रार्थना का मान रख लें।''

''यानी मैदान से भाग खड़ा होऊं !...वह भी उस समय जब भक्तों को मैदान में उतार चुका हूं।...वह नवयुवक भी मुझे बचाने के लिए आया था और आप सब भी यही चाहते हैं !'' भीमराव अंबेडकर ने रुक-रुककर कहना जारी रखा,

''परंतु...।''

''परन्तु हम पर छोड़िए।''

''नहीं, डॉक्टर साहब, नहीं।''

''हम सबकी यही प्रार्थना है।''

''मेरी भी आपसे प्रार्थना है...।''

''यह लोकतंत्र की भाषा नहीं है, नाईक ! उस भागीरथी को लाने से पहले हमें अपने आपको उसके योग्य बनाना होगा।...मैंने यह व्रत लिया है कि परिणाम कुछ भी हो—मेरी जान जाए तो जाए, मुझे उसकी चिंता नहीं, लेकिन मैं अपने लोगों की जान जोखिम में डालकर कभी नहीं भाग सकता।...उन्होंने मेरा विश्वास किया है, मैं उनके विश्वास की हत्या नहीं कर सकता और न सवर्ण हिंदू नेताओं और पुरोधाओं के दिए वचन को असत्य मान सकता। श्रीराम के भक्त धोखा-दगा नहीं कर सकते।''भीमराव अंबेडकर कहते हुए सोच रहे थे कि यही उपयुक्त समय है जबकि लोकतांत्रिक अस्तित्व की सहज अनुभूतियों से हज़ारों-हज़ार लोगों को जोड़कर आस्था के प्रयागराज के महत्त्व को हृदयंगम कराया जा सकता है। जन-मन लोकचेतना का निर्भीक संबल पाकर पंगुवाद की भूलभुलैयों से बाहर आ सकता है।

"आप..." भोजराज ने अभी एक ही शब्द कहा था कि भीमराव अंबेडकर तुरंत बोल पड़े, "देश आज़ाद होना चाहता है। वह लोकतंत्र चाहता है यानी सब का राज। आप उसे सामंतवाद से जोड़े रखना चाहते हो, यह कैसा विरोधाभास है ?...लोकतांत्रिक आस्था व्यक्ति-विशेष में जन-जन के प्रति श्रद्धावनत रहती है। उसका समर्पण जन-जन के प्रति होता है।...वह कभी किसी एक भीमराव अंबेडकर के प्रति समर्पित होकर नहीं रह जाती। उसका विश्वास होता है कि एक बार जन्मा है और फिर वह नहीं जन्मेगा। वह आदि-अंत नहीं।. ..इस भाव को समझो, मन पक्का बनाओ और व्यक्ति-विशेष के सम्मोहन-जाल से मुक्त होकर जन-अस्तित्व और जन-विश्वास को जन-मन में गहरा करो, अन्यथा देश भी आज़ाद होगा और लोकतंत्र का झंडा भी फहराएगा, लेकिन कभी लोकतांत्रिक अनुभूति से लोक-मन नहीं जुड़ पाएगा।...अब आगे बढ़ें यही लोक-मन का आदेश है...चलो।" भीमराव अंबेडकर ने जन-मन को झकझोककर रख दिया—एक नया नक्षत्र क्षितिज पर उभरा, एक नया विश्वास उमंगित हुआ और भक्तों का वह मेला कालाराम मंदिर की ओर भजन गाता चल पड़ा।

भीमराव अंबेडकर सोच रहे थे कि जन-मन से वैचारिक परतंत्र के जंगल का सफाया किए बिना लोकतंत्र की पताका फहरा देना एक मायावी धोखा सिद्ध होगा और बहुत जल्दी जनता लोकतंत्र से उकता जाएगी। वह उस सम्मोहन में पड़ी छटपटाएगी। उसके लिए जन-चेतना को पहले प्रशिक्षित करना होगा।

"नाईक, भोज, दास, आप लोग भीड़ का नेतृत्व करें, उसे संभालें और स्थिति के अनुसार स्वविवेक से निर्णय लें...किसी का मुंह नहीं ताकें...मेरा भी नहीं...। हम लोग मंदिर के पास होंगे रथ खींचने के क्रम में।...परंतु ध्यान रहे, हिंसा नहीं।...हिंसा मिले, उसे सहो ...स्नेह से उसे संभालो परंतु पलटकर हिंसा नहीं।...धर्म यही कहता है, प्यार बांटो नफरत झेलो।...इस पावन धर्म-कर्म में जान जाए, जाने दो—उसकी परवाह नहीं, वह तो एक दिन जानी ही है। यदि आज श्रीराम समारोह में जान जाएगी तो श्रीराम के चरणों में जगह मिलेगी और शहीद-धर्म पालन करने के लिए जन-जन का आदर और श्रद्धा-सुमन अलग !"

"प्रेम से बोलो—जय श्रीराम !" पतितपावन दास ऊंचे स्वर में बोला। जनसमुदाय ने उस स्वर को शिखर तक पहुंचा दिया। चहुं ओर मंगल छा गया।

दिशाएं अलग-अलग हुईं। भीड़ ने अपनी-अपनी डगर पकड़ी। सबके मन में हुलास था, आनंद था और श्रीरामजी के श्रीचरणों में पहुंच पाने की अदमित उमंग थी।

चल पड़े थे अनगिनत डग अत्यंत भावावेग के साथ श्रीराम जी की जय बोलते हुए संपूर्ण भक्ति भाव से।

सवर्ण हिंदू भी बहुत बड़ी संख्या में थे। उन लोगों ने चारों ओर से मंदिर को घेर रखा था। एक तरह से चक्रव्यूह की रचना की गई थी। चारों ओर पुलिस थी। पुलिस में बंदूकधारी भी थे और घुड़सवार भी। डंडेधारी पुलिस के पास कोड़े भी थे।

भीड़-सी-भीड़ थी ! देवराव नाईक यह निश्चित नहीं कर पा रहे थे कि वे मंदिर के दरवाज़े की ओर किधर से पहुंचें ? रेलमपेल अलग हो रही थी।

एक शोर उठता कि पूर्वी दरवाज़ा खुल गया है। सारी भीड़ उधर ही दौड़ पड़ती। जबकि अभी तक कालाराम मंदिर का कोई भी दरवाज़ा नहीं खुला था।

बीच-बीच में श्रीराम की जय-जयकार हो उठती थी। छज्जों, गौखों, छतों आदि पर स्त्रियां-युवतियां बैठी हुई थीं। नासिक की गली-गली भीड़ से भरी हुई थी।

पुलिस सारा नज़ारा तटस्थ बनी देख रही थी। पतितपावन दास ने उत्तरी दरवाज़े पर

अपने लोगों के लिए एक जगह बना ली थी। यह संकेत दे दिया गया था कि मंदिर का दरवाज़ा खुलते ही मंदिर में प्रवेश करना है।

भोजराज ने दक्षिण क्षेत्र की ओर अपने लोगों को खड़ा कर दिया। मेले की सारी भीड़ मंदिर पर आ डटी थी।

इसी समय एक आवाज़ भीड़ का हृदय चीरती हुई गुज़र गई—मंदिर का दरवाज़ा खुल चुका है। अब क्या था, भीड़ उस ओर बढ़ गई। पतितपावन दास कहां चूकने वाले थे, वह अपने कुछ लोगों के साथ पहले ही रेले में सवर्ण हिंदुओं के साथ मंदिर के अंदर प्रवेश पा गए। मंदिर के अंदर लाठी वाले लोग थे। उन्होंने अंदर आए असवर्ण हिंदुओं को बुरी तरह पीटना शुरू कर दिया। अनेक अवर्ण हिंदुओं का गहरी चोटें आईं। कइयों के हाथ-पांव तोड़ डाले गए। एक-एक कर सभी अवर्ण हिंदुओं को मंदिर से बाहर निकालकर ही उन्होंने दम लिया। फिर मंदिर के द्वार का आधा हिस्सा बंद कर लिया।

एक दूसरी गली से अवर्णों की भीड़ आगे बढ़ी। उस पर सवर्ण हिंदुओं ने ज़ोरदार धावा बोल दिया। एक-से पुलिस उन पर कोड़े बरसाने लगी। चीख-पुकार मच गई। लेकिन भीड़ डटी रही, पीछे नहीं हटी। खून बहता रहा, परतु कोई भी अपने स्थान से टस से मस नहीं हुआ। कोड़े खाते हुए भी वे लोग 'जय श्रीराम'...'जय सीताराम' ही बोलते रहे।

सारे प्रयास बेकार हुए। आखिर में पुलिस ने इस विषय स्थिति में से सवर्ण हिंदुओं को उबारने के लिए एक नई चाल खेली। उसने ऐलान कर दिया कि मंदिर में केवल स्त्री और बच्चे ही प्रवेश करेंगे, पुरुषों को एक ओर खदेड़ने लगी। बीच-बीच में घुड़सवार पुलिस घुस गई और भीड़ को रौंदने लगी।

पुरुष भीड़ एक ओर छंटती गई। स्त्री-बच्चे आगे आते गए। उत्तरी दरवाज़े से पुनः प्रवेश शुरू हुआ। अवर्ण स्त्रियां भी अंदर घुस गईं। अब क्या था, पुलिस पगला गई और वह उनको बुरी तरह पीटने लगी। उनको बेइज़्ज़त भी किया जाने लगा। वे चीखी-चिल्लाईं। उन्होंने गुहार की, "हम पर रहम करो। हमें मारो मत। हमें बेइज़्ज़त मत करो।...हम भी आपकी मां-बहनें हैं।...आपकी बहू-बेटी हैं।"

"कुलटाओ, शर्म करो—कौन किसकी मां-बहिन है, यह तुम्हें अभी मालूम पड़ जाता है !" इतना कहकर एक पुलिस वाला गोरे रंग की हृष्ट-पुष्ट युवती की धोती खींचने लगा। उसे कोई बचाने वाला नहीं था। वह अपनी लाज बचाने की जी-तोड़ कोशिश कर रही थी। इतने में उस पर दूसरी ओर से पुलिस वाले ने डंडे से प्रहार करना शुरू कर दिया। उसके नितंबों पर डंडे बरसाए। उसके कुचों पर डंडे मारे। वह तड़प उठी। उसके हाथ से धोती का छोर छूट गया और वहीं आंगन में रपट कर गिर पड़ी। उसके माथे पर ठंडे पड़ने से गहरी चोटें आयीं। उसके सिर से खून बहने लगा।

पुलिस वाला चिल्ला-चिल्लाकर कह रहा था, "साली, हमारी मां-बहिन बनने चली थी ! इन नीचों की इतनी हिम्मत कि...और बनो मां-बहिनें रंडियो !"

एक-एक करके मंदिर में से सारी असवर्ण हिंदू औरतों को लहूलुहान और अर्द्धनग्न करके मंदिर से बाहर उठाकर फेंक दिया गया।

वह युवती अभी तक अचेत पड़ी हुई थी। कुछ औरतों ने हिम्मत करके मंदिर के बाहर नाली के पास पड़ी उस युवती को उठाया और जैसे-तैसे करके उसे उस भीड़ से बाहर ले आईं। उसको संभाला। उसकी मरहम-पट्टी की और बिछौने पर लिटा दिया।

सारे मेले में हाहाकार मच गया। क्रंदन होने लगा। भीमराव अंबेडकर अपने साथियों

सहित रथ को खींच ले जाने की प्रतीक्षा में खड़े हुए थे। रथ कब निकलेगा, उनको इसी की प्रतीक्षा थी।

रथ नहीं निकल पा रहा था। दूसरी ओर भगदड़ मच गई थी। भीमराव अंबेडकर सब ओर से अपना ध्यान हटाकर रथ के बाहर आने की प्रतीक्षा में खड़े सोच रहे थे कि रथ को बाहर लाने में इतना विलंब क्यों हो रहा है ?

एक ओर से तेज़ आवाज़ें आने लगीं—मारो-पकड़ो...मारो...मारो। बस, फिर क्या था कि रथ की प्रतीक्षा में खड़े अवर्ण हिंदुओं पर सवर्ण हिंदुओं ने तेज़ आक्रमण कर दिया। ताबड़तोड़ डंडे बरसने लगे। लेकिन पल-भर में सब संभल गए। रथ निकला। अवर्ण हिंदुओं के सामने सवर्ण हिंदू दीवार की तरह लट्ठ लिए आ डटे। रथ के चारों ओर पुलिस थी। सवर्ण हिंदू रथ को लेकर एक संकरी और तंग गली की ओर भाग खड़े हुए।

भीमराव और उनके साथी इस दुर्घटना को देखते रह गए। तब सोचने का समय नहीं था। वह तेज़ी से आगे बढ़े। गली के सिरे पर शस्त्रधारी पुलिस का सख्त पहरा था। पल-भर के लिए वह ठिठके। इस समय उनके पीछे खड़े कद्रेकर ने बड़ी फुर्ती दिखलाई। वह पुलिस कतार को तोकर आगे भाग निकला। पुलिस ने बंदूक का कुंदा उसके कंधे पर मारा। सवर्ण हिंदुओं ने उसके पत्थर मारे। एक पत्थर उसके माथे पर लगा। माथे से ख़ून बहने लगा। उसने अपनी हथेली से ख़ून पोंछा और तेज़ी से आगे बढ़कर रथ को जा पकड़ा।

सवर्ण हिंदुओं का ख़ून खौल उठा। वे गिद्ध की तरह उस पर टूट पड़े। उस पर ईंट-पत्थरों की अंधाधुंध वर्षा कर दी। भीमराव अंबेडकर भी दौड़कर वहां पहुंच गए। वह भी ईंट-पत्थरों से घायल होने लगे। कई अन्य अवर्ण हिंदू उस ओर दौड़ पड़े।

"मार दो साले को ! यही इस झगड़े की जड़ है। कमीनों को लेकर मंदिर पर आक्रमण करने का इसी का मशविरा था।"

"मार दो...मार दो !"

"सारा किस्सा खत्म कर दो !"

अब ईंट-पत्थर और तेज़ी से बरसने लगे। कुछ लोग छतरी तानकर उनकी रक्षा करने लगे। छतरी चिथड़-चिथड़े हो गई। पुलिस आगे नहीं बढ़ी। वह तमाशबीन बनी रहीं और उधर अवर्ण हिंदुओं को जाने से रोकती रही।

भीमराव अंबेडकर उस नवयुवक की रक्षा करते हुए कह रहे थे, "कद्रेकर, चिंता नहीं। हमारे साथ धोखा हुआ है। सवर्ण हिंदुओं और पुलिस ने हमारे साथ धोखा किया है...घबराओ मत। यहीं मर जाना मंजूर है, पर भागेंगे नहीं।" उनकी कनपटी पर आकर एक पत्थर लगा। उन्हें चक्कर आने लगा।

"क्या हुआ, डॉक्टर साहब ?"

भीमराव अंबेडकर ने मुस्कराकर कहा, "शायद यह लोग देखना चाहते हैं कि क्या अवर्णों का खून भी उनकी तरह ही लाल है।"

"डॉक्टर साहब... !" वह तड़प उठा।

"सब्र करो, कद्रेकर, सब्र करो। पाप ईंट-पत्थरों की वर्षा से धुल नहीं सकता, मिट नहीं सकता।"

"पत्थर मारो !"

"पत्थर मारो !"

"जान से मार दो !"

"छोड़ो नहीं।"

"बच गया तो यह सांप फिर डंसेगा।...इसे हमसे बगावत करने का नतीजा समझा दो !"

तभी एक आग के गोले-सी आवाज़ उठी। चारों ओर गूंज गई। दिशाएं कांप गईं। दादा साहब गायकवाड़ चीखते हुए कह रहे थे, "डॉक्टर साहब को कुछ हो गया तो सारे सवर्ण हिंदुओं के घर रावण की लंका की तरह से जलाकर राख कर दिया जाएंगे।"

पीछे से एक आवाज़ उभरी वह आवाज़ एक नौजवान की थी जो कह रहा था, 'खून का बदला खून। हमने हाथों में चूड़ियां नहीं पहनी हुई हैं।...तुम भी मारो, भाइयो, इन जालिमों का नशा हिरन कर दो !"

"नहीं...नहीं...ऐसा मत करना।" भीमराव अंबेडकर कहते रहे, लेकिन भीड़ उत्तेजित हो उठी। पुलिस घबरा उठी। अब वह क्या करें ? भीड़ का पागलपन रोकना उसके वश की बात नहीं थी। भीड़ पर जुनून सवार हो चुका था। बस्ती में दंगे शुरू हो गए थे। मार-काट मचने लगी।

भीमराव अंबेडकर, कद्रेकर और उनके घायल साथियों को लेकर एक दल अस्पताल की ओर चल पड़ा। पतितपावन दास, भोजराज, शिवतारकर और देशराव नाईक के नेतृत्व में सभी अवर्ण हिंदू गोदावरी घाट की ओर चल पड़े। उनमें से अनेक घायल थे। अनेक नर-नारी श्रीरामजी की जय-जयकार बोलते हुए चलते चले जा रहे थे।

एक स्थान पर सबको रुकने का संकेत हुआ। सब रुक गए। शिवतारकर ने संबोधित करते हुए कहा, "भाइयो और बहिनो, रामनवमी के दिन अपने को सवर्ण मानने वाले हिंदुओं ने हमारे साथ धोखा किया है। उन्होंने अपना वचन तोड़ा है और हम लोगों पर हिंसक आक्रमण किया है।...डॉक्टर साहब को मारने की कोशिश की गई। हम लोगों उनकी मार को सहा, उफ नहीं की, लेकिन उन्होंने जिस बर्बरता से हमें रौंदा है, वह उनके अधार्मिक होने का सबूत है। हमें अपना हक लेना है। हम भी हिंदू हैं। उन्हें हमें गुलाम बनाए रखने का कोई हक नहीं है।...हमें गले में हंडियां लटकाकर इसलिए घूमना पड़ा था कि हमारे थूक से उनकी धरती अपवित्र न हो जाए।"

डॉक्टर अंबेडकर ने अपने लोगों को भूखा-नंगा देखकर कहा था—"तुम अपनी मां के गर्भ में क्यों नहीं मर गए ? अब भी मर जाओ तो तुम संसार पर बहुत बड़ा उपकार करोगे। यदि तुम्हें ज़िंदा रहना है तो ज़िंदादिल बनकर जियो।...दृढ़ता से संघर्ष करो। मरो या अन्य हिंदुओं की तरह जियो।...आज समय आ गया है कि हम अपना संघर्ष और तेज़ करें और विशेषाधिकार प्राप्त सवर्ण हिंदुओं के बराबर आ जाएं।"

शिवतारकर कहे जा रहा था—"अब हमें गोदावरी के उन तटों पर पहुंचकर स्नान करना है जहां हम लोगों को स्नान करने का अधिकार नहीं। डरना नहीं है। मरना है या अपना अधिकार, सम्मान और स्वाभिमान सिद्ध करना है।...बोलो, आप लोग, इससे भी भयानक संघर्ष के लिए तैयार हैं।"

"हम मर जाएंगे लेकिन पीछे नहीं हटेंगे।"

"अपना हक लेकर ही रहेंगे, उसके लिए प्राण जाते हों तो जाएं।"

"तो आगे बढ़ो, गाते चलो—यह राम की यात्रा है, रोके नहीं रुकेगी, जो सामने आएगा, पत्थर की तरह उठाकर फेंक दिया जाएगा।" देवराव नाईक ने आदेश के स्वर में कहा।

रेला फिर चल पड़ा।

कीर्तन होने लगा।

भजन के बोल उठे।

मन में पहले से अधिक जोश और उमंग समुद्र की उत्ताल तरंगों-सा मचल उठा।

गोदावरी तट आ गया। वहां पचास हज़ार से अधिक सवर्ण हिंदुओं की भीड़ स्नान-भजन कर रही थी। वे लोग पूजन भी कर रहे थे।

''जय श्रीराम—राम ही राम—जय सियाराम'' की बुलंद आवाज़ के साथ अवर्ण हिंदू गोदावरी में कूद पड़े। सवर्ण हिंदू चीख पड़े, ''इन्हें निकालो।''

''इन्होंने गोदावरी को अपवित्र कर दिया है।'

''राम-राम...इन कमीनों की इतनी हिम्मत !...इनको ऐसा सबक सिखाओ कि इन्हें अपमान करने की बात स्वप्न में भी नहीं सूझ सके !''

''मारो, इन डोमों को मारो !''

''एक को भी ज़िंदा न जाने दो !''

चारों ओर खलबली मच गई। भागमभाग मच उठी। अब फिर मारा-मारी शुरू।

''चारों ओर खलबली मच गई। भागमभाग मच उठी। अब फिर मारा-मारी शुरू।

''बाहर निकलो, अधार्मिको !''

पर किसी ने उनकी बात पर कान नहीं दिया। सब स्नान करने में मगन रहे, ''जय गोदावरी माता...''

पुलिस स्नान कर रही अवर्ण भीड़ पर टूट पड़ी। वह डंडे बरसाने लगी। सवर्ण हिंदू पत्थर मारने लगे। कइयों के सिर फट गए। खून बहने लगा। गोदावरी के जल की लहरों पर लाल रक्त तैरने लगा।

आकाश में पुलिस ने हवाई फायर किए। खलबली तेज़ हुई। 'राम-नाम सत की नाव' के बोल उठे। जय-जयकारें होने लगीं।

पुलिस और सवर्ण हिंदुओं के आक्रमण बहुत उग्र हो गए तो सब घबराकर भागने लगे।

दिवसांत समीप आ गया। गोदावरी तट सन्नाटे की चपेट में आ गया। आसमान में अंधेरा घिरकर सकपका उठा था। सुबह का ऐसा अंत !

रात गहराई। भीमराव अंबेडकर ने पिसी हुई हल्दी की फांकी लेकर गरम-गरम दूध पिया। चांद दूधिया था। उसकी किरणों में शीतलता थी। वातायन से वह बाहर की ओर देख रहे थे, एकदम शांत चित्त। उनका मन कहीं दूर खोया जा रहा था। वह काफी देर तक गुमसुम बने रहे। धर्म का अन्याय-अत्याचार का नाम है ? हिंदू धर्म क्या सहिष्णुता के लिए प्रसिद्ध है ? वचन देने का क्या यही अर्थ है ?

अचानक वे कहने लगे, ''अब यह संघर्ष तब तक चलेगा जब तक गोदावरी घाट पर स्नान, कालाराम मंदिर में प्रवेश और रामनवमी को रथ खींचने का अधिकार नहीं प्राप्त हो जाएगा...बोलो, आप लोगों का क्या मत है ?''

सबने एक मत से कहा, ''हम तैयार हैं। खून की आखिरी बूंद तक हमारा यह संघर्ष जारी रहेगा।''

इसके बाद सब उठ गए। भीमराव अंबेडकर के सोने का समय भी हो चला था।

सबके जाने के बाद सन्नाटे ने पांव पसारकर ऊंघना शुरू कर दिया। अब चांदनी

मुस्कुरा रही थी। वे सोचने लगे कि मनुष्य कितना मूर्ख है ! धर्म कितना अधर्म है ! जीवन के प्रति ऐसी घृणा ! एक धर्म के लोग आपस में शत्रु ! जब धर्म का यह हाल हो तब जीवन कितना बद से बदतार हो सकता है !

आधी रात हो गई। उनकी आंखों में नींद नहीं। देह में पीड़ा अलग। कई जगह से शरीर सूजा हुआ। करवट बदलने में परेशानी हो रही थी। कद्रेकर की हालत ज़्यादा खराब थी। उसे अस्पताल में भरती कर लिया था। वे उसके लिए भी चिंतित थे। कैसा बलिष्ठ और गठी हुई देह का नवयुवक था वह ! वह चाहता तो दो-चार को अकेला ही धरती सुंघा देता। परंतु उसने प्रतिहिंसा नहीं दिखलाई। वाह रे नवयुवक, तू धन्य है ! तेरे माता-पिता धन्य हैं ! कितने पवित्र संस्कार ! ओह !

इसी समय कहीं दूर से उनको मधुर स्वर सुनाई पड़ा। उन्हें ऐसा लगा जैसे वह स्वर पवन-पंखों के साथ अठखेलियां करता हुआ चारों ओर बिखरता जा रहा है। मेघदूत को मानो यक्षिणी संदेश देकर रवाना कर चुकी हो। वह गीत निर्झर फुहार-सा उनके अंग-अंग में से होता हुआ हृदय में समाता जा रहा था।

सुमिरन बिन गोता खाओगे।
मुट्ठी बांधि गर्भ से आए, हाथ पसारे जाओगे।
जैसे मोती फरत ओस के बेर भए झर जाओगे।।
जैसे हाट लगावै हटवा सौदा बिन पछताओगे।
कहे कबीर सुनो भाई साधो सौदा लेकर जाओगे।।

भीमराव अंबेडकर को कबीर के पद सुनकर लगने लगता कि एक वही सांचा था, हीरा था, मानुष था। जिस समाज को कबीर मिला हो, वह समाज इतना दीन-हीन, इतना विवेकशून्य और इतना खोखला ! क्यों ? क्यों ? ? क्यों ? ? ?

उत्तर कौन दे ?

दिशाए स्तब्ध !

गगन साश्चर्य !

धरती अवसन्न !

वे यह सोचते हुए जाने कब सो गए !

सुबह हो चुकी थी। वातायन से शिशु-सा मुस्कराता प्रातः निहार रहा था। वे उठे। तैयार हुए।

बाहर लोग एकत्र हो चुके थे। देवराव नाईक उनको लेने आए थे। उसी समय श्यामाबाई वहां आ गई। वह पूछने लगी, "डॉक्टर साहब, बहुत चोट लगी है ?...बहुत पीड़ा हो रही होगी !"

"पता नहीं, श्यामा, कि चोट क्या होती है और पीड़ा क्या होती है !" भीमराव अंबेडकर धीरे से गुनगुनाए, मानो किसी ने वीणा के तार छेड़ दिए हों या भूल से किसी की उंगलियां वीणा के तार पर पड़ गई हों।

"ऐसा क्यों है ?" श्यामाबाई ने पूछा।

"देर रात को तुम गा रही थीं न !...'सुमिरन बिन गोता खाओगे', यही गा रही थी न, श्यामा ?" भीमराव अंबेडकर ने आर्द्र स्वर से शिशु-मुद्रा में पूछा।

"वहां भी सब थे आप जैसे।"

''क्या मतलब ?''

''मैं नहीं, मेरे हृदय में आप सब गा उठे थे, डॉक्टर साहब ! भला मैं अनपढ़, दीन-दुनिया के गली-गलियारों से अपरिचित, अनाड़ी, राह भटकी, दिशा भूली क्या गा सकती हूं ?...कुछ भी नहीं...कुछ भी नहीं।'' वह बोल नहीं रही थी उससे मानो पीड़ा झर रही थी एकदम साक्षात्।

''श्यामा, सच बताना, तुझे कहां से मिल गया वह पागल कबीरा ? लगता है वह तेरे में फिर से जन्मा है। कितना दर्द, कितना मर्म ! शेष क्या रह जाता है फिर ?...मुझे उस गीत से बहुत सुकून मिला, श्यामा !...मुझे तुरंत नींद आ गई।...मुझे लगा कि कोई अदृश्य अपने कोमल करों से स्नेह का मरहम लगा रहा है।'' भीमराव अंबेडकर का हृदय बरस रहा था। हौले-हौले प्रथम रिमझिम-सा। देवराव नाईक का भी मन भर आया था।

''पीड़ा ही सांची है, डॉक्टर साहब ! यह कहीं मिलती नहीं। कहां मिलेगी ? कौन देगा ?...यह तो उस रमैया की किरपा हो जाए तो...कबीर पर उसकी किरपा हुई थी। मैं क्या जानूं कि पीड़ा क्या होती है, लेकिन जब कभी किसी का दिल छटपटाया है जल बिना मीन-सा तब, डॉक्टर साहब, ये मुआ मन अपने आप बरसने लगता है और मुझे कुछ पता नहीं चलता कि मुझमें कौन गा उठा है ? मुझे तब पता चलता है जब कोई आप जैसा जन-जन की पीड़ा हरने वाला महापुरुष मुझसे पूछता है कि तूने कहां से पाया रामधन ? कौन दे गया तुझे ये मंतर-मन ?...तो मुझे अपने सामने वह पागल कबीर कनखियों से मुस्कुराता नज़र आता है, डॉक्टर साहब !...कबीर तो कब का मर-खप गया। छोड़ो जी, यह क्या बात ले बैठी ! मैं तो बस हाल-चाल पूछने आई थी ?''

''पूछ तो लिया हो, बस। कल कहां थी ?''

''कल मैं मरी नहीं थी। मरी होती तो आज कहां से आ जाती...हाल-चाल पूछने।'' श्यामाबाई ने कहा।

भीमराव अंबेडकर के हृदय के तार झंकृत हो उठे। उन्हें जलतरंग की ध्वनि वशीभूत करने लगी।

''अच्छा मैं चलती हूं।''

''फिर कब मिलोगी ?''

''मैं कोई ज्योतिषी हूं क्या ? मिली-मिली या न भी मिली।...क्या है इस माटी के खिलौने का !''

''ये क्या कहती हो, श्यामा ?...अभी तुम्हें बहुत जीना है, बहुत कुछ दीन-दुखियों के लिए करना है।'' भीमराव अंबेडकर ने आत्मा के झरोखे से झांकते हुए मद्धिम स्वर में कहा। उनका मुख-मंडल मुस्कान चुरा लाया था विधाता की। उनकी आंखों में रहस्य अवगुण्ठन उठा रहे थे।

''अरे हां, मैं मतलब की बात, स्वारथ काज...जिसके लिए मुझे आना पड़ा है, वह तो भूले जा रही थी।...कैसी पगला उठी है यह निगोड़ी याद की सौतिन !'' इतना कहकर श्यामाबाई ने भरपूर दृष्टि से भीमराव अंबेडकर की ओर देखा। एकबारगी वह सकपका गए। उनका हृदय धड़धड़ाने लगा।

''ना कहूं तो...स्वारथ की गठरी खोलकर बैठ जाना कोई अच्छी बात है क्या ?'' श्यामाबाई इतना कहकर चलने को हुई। भीमराव अंबेडकर बोले, ''श्यामा, छलावा नहीं। कहो, क्या कहना चाहती हो ?''

श्यामाबाई मुस्करा उठी। उसमें प्रातः झांकने लगा। वह बोली, "डॉक्टर साहब, जो व्रत-नेम उठाया है, उसे आजन्म उठाए जाना है। अब सोना नहीं है। बिछौना कभी बिछाना नहीं है। राह बनना है, राहगीर नहीं।...वह तुम बनोगे।...मूकों की पीड़ा का मरहम भी बनोगे ...मैं तब देख पाऊं। समय तो अनुभव करेगा ही, वही सांचा है। वही धर्म का खाता है। अच्छा तो...।" इसके बाद वह रुकी नहीं। चल पड़ी। शीतल पवन का अमृतमय झोंका आया और चला गया। अनुभूति रह गई। कुछ देर तक वह चित्रलिखित-से सोचते रह गए। फिर आहिस्ता से बोले, "चलो, नाईक ! आज ही लौटना भी है।"

वे धीरे से उठे। उनकी टांगों की पीड़ा हिल गई। वे हलके से लंगड़ाते हुए देवराव नाईक के साथ-साथ चल रहे थे। वे पूछ रहे थे, "कोई नया समाचार ?"

"आसपास दो रात तक छुटपुट घटनाएं होती रहीं। सुना है, सवर्ण हिंदुओं ने हमारी एक बस्ती को आग लगा दी। उस आग में कई स्त्री-पुरुष और बच्चे-बच्चियां भुनकर राख हो गये।" देवराव नाईक बता रहा था।

"इतनी घृणा !" भीमराव अंबेडकर ने पुनः पूछा, "और कोई समाचार ?"

"सवर्ण हिन्दुओं ने फैसला किया है कि वे लोग हम लोगों को अपनी दुकानों से कोई चीज़ नहीं बेचेंगे।...लगभग सभी दुकानें उनकी हैं।" देवराव नाईक ने बताया।

"यह अच्छा निर्णय है।"

"क्या मतलब ?" देवराव नाईक ने पूछा।

"हमारी दुकानें खुलेंगी। स्वावलंबन की ओर झुकाव बनेगा। ये लोग जितना लूटते थे, उससे भी जान छूटेगी।" भीमराव अंबेडकर समझा रहे थे।

"इन बेचारों के पास पैसा कहां ? इनकी ज़िंदगी तो उधार से चलती है। उधार बंद तो इन लोगों के दिल का धड़कना भी बंद।"

"दादा साहब गायकवाड़ से बात हो चुकी है। वे एक दल तैयार कर रहे हैं। मैं भी बंबई से इस दिशा में प्रयास करूंगा।...कुछ भी हो, यह चुनौती हमारे लिए एक नया और सबल मार्ग खोलेगी, ऐसा मुझे लग रहा है।...ये लोग हम लोगों से ही ज़्यादा मुनाफा कमाते हैं। हमें इनके शोषण से मुक्ति पाने का एक अवसर मिल रहा है, उसे हमें किसी भी हालत में हाथ से नहीं निकलने देना चाहिए। इस संघर्ष की यह एक सबसे बड़ी उपलब्धि है। आप लोग इनको समझाएं और अपने साहस-बल का उन्हें अनुभव कराएं। उनके मन से भ्रांतियों के झाड़-झंखाड हटाएं। उन्हें अपने पांव पर खड़े होने की दिशा में मदद करें।" भीमराव अंबेडकर उनकी दीन-हीन स्थिति पर बहुत दुःखी थे।...गंदी बस्तियों में, गंदे फटे-पुराने कपड़े पहनकर, अर्द्धनग्न रहकर, आधे पेट भूखे रह कर ये शाप भोगते हैं सदियों से !

अब वह मुकाम आ चुका था जहां भीड़ उनकी प्रतीक्षा में बैठी हुई थी। अनेक लोग पट्टियां बांधे हुए थे। पट्टियों पर खून छलछला आया था। ज़ख्मी थी वह भीड़—तन से भी और मन से भी।

भीमराव अंबेडकर को नज़र आ रहा था दर्द का एक बहता हुआ दरिया। उनकी अनुभूतियों में से गुज़रने लगा था वह दरिया। वे हतप्रभ हो रहे थे। उनका हृदय भर आया था। उनकी आंखें डबडबा आई थीं। इस समय उनकी वाणी ही मानो कूच कर रही थी। उनसे बोला नहीं जा रहा था। बहुत मुश्किल से वे अपने को संभाल पाए। थूक गटककर उन्होंने कहा, "मेरे प्रिय भाइयो और बहिनो , जो हुआ वह बहुत बुरा हुआ। उसके लिए

मैं अपने को ज़िम्मेदार समझता हूं।...लेकिन हमें अपने को इज़्ज़त से जीने, स्वाभिमान से रहने और समता का अनुभव कराते रहने के लिए यह ज़रूरी है कि हम अपनी एक पीढ़ी को स्वेच्छा से न्यौछावर कर दें। हमारे लिए स्वाधीनता का अर्थ यही है। पहले हम अपने लोगों से आज़ाद हो जाएं, यह जरूरी है। क्या आप लोग कल के कड़वे और दुःखदायक संघर्ष के बाद यह निर्णय लेने के लिए तैयार हैं कि यह संघर्ष जारी रखना चाहिए ? यह संघर्ष तो शुरुआत है, आपको इससे कई गुना भयानक संघर्ष का सामना करना पड़ेगा। भूख से तड़प-तड़पकर प्राण त्यागने पड़ेंगे, आपकी बहू-बेटियों की इज़्ज़त भी आपके सामने लूटी जा सकती है। व्यवस्था भी आपके पक्ष में नहीं है। आपका कोई सहायक नहीं है। क्या आप अपना सहायक खुद बनने का हौसला रखते हैं ? क्या इन विषम परिस्थितियों में संघर्ष जारी रखने का व्रत लेने को तैयार हैं ? क्या आप इस संघर्ष को तब तक चलाने के लिए तैयार हैं जब तक कि आपको गोदावरी घाट पर नहाने, मंदिर में प्रवेश पाने और रथ को खींचकर ले जाने का हक नहीं मिल जाए ?"

भीमराव अंबेडकर इतना कहकर थोड़ा रुके।

समवेत स्वर उभरा, "हम तैयार हैं।"

"हम प्रतिज्ञा करते हैं।"

"हमें मरना पसंद है, परंतु अपाहिज होकर जीना नहीं।"

"हम रक्त की अंतिम बूंद तक संघर्ष जारी रखेंगे।"

"हम भी हिंदू हैं।"

"मंदिर हमारे भी हैं।"

"नदी सबकी है।"

"रथ खींचने के पात्र हम भी हैं।"

"हम अपने अधिकार लेकर रहेंगे।"

"मर जाएंगे परंतु पीछे नहीं हटेंगे।"

"आंधी आए या तूफान, हम सबका डटकर सामना करेंगे। पीछे नहीं हटेंगे।"

"आंधियों के मुंह मोड़ देंगे।"

"तूफानों को मुट्ठियों में बंद कर उछाल देंगे।"...

"प्रिय जनो, मेरी प्रार्थना है कि यह सब निर्णय हम भावावेश में नहीं करें। रास्ता दुर्गम है, अंधेरा और कांटों से भरा है, भयानक जंगल और तेज़ दरिया से गुज़रना है।... वह भी सब अहिंसा व्रत लेकर करना है।...हमारे संघर्ष का हथियार तलवार, पिस्तौल, बंदूक आदि नहीं है बल्कि सत्याग्रह है।...आत्मा की शक्ति से यह संघर्ष जारी रखना है।...सत्य का माध्यम सदा संघर्ष को उसके अंजाम तक पहुंचाता है और घृणा, विद्वेष आदि दुर्भाव पैदा नहीं होने देता है।...इसके लिए साहस और आत्मिक बल चाहिए।..." भीमराव अंबेडकर ने रुक-रुककर बहुत धीरे-धीरे कहा और जन-मन के भाव पढ़ने का प्रयास किया।

सबने एक स्वर से कहा, "हम तैयार हैं। हमें सब शर्तें मंजूर हैं। हम जाग चुके हैं, अब सोएंगे नहीं।"

भीमराव अंबेडकर ने वहां की बागडोर दादा साहब गायकवाड़, पतितपावन दास, भोजराज आदि को सौंपकर उन्हें इतमीनान दिलाया कि समय-समय पर अथवा आवश्यकता पड़ने पर वे वहां बराबर आते रहेंगे। वे उनकी आवाज़ हर मंच से उठाएंगे—चाहे वह मंच सरकारी हो या ग़ैर सरकारी। वे पूरे हिंदुस्तान को उन पर हुए अत्याचार-अन्याय की दास्तान

सुनाएंगे। उनके लिए जनमत तैयार करेंगे और मिथ्या सहानुभूति रखने वालों की पोल खोलेंगे।

जन-मन का उत्साह समुद्रों की उत्ताल तरंगों-सा आसमान छूने लगा। भीमराव अंबेडकर की जय-जयकार से आकाश गूंज उठा।

एक सर्वथा नवीन उत्साह हिलोरें लेने लगा।

दादा साहब गायकवाड़ आगे आए। उनके पीछे अनेक स्थानीय नेता भी थे। वे सब उन्हें कार तक पहुंचाने आए।

जनता खड़ी थी। देवराव नाईक ने सबको यह हिदायत दे दी थी कि सब अपने ही स्थान पर खड़े रहेंगे। भीमराव अंबेडकर की आंखें चारों ओर खोज रही थीं श्यामाबाई को। पर वह वहां कहां थी !

भीमराव अंबेडकर कार में बैठे। भीड़ ने जयनाद फिर शुरू कर दिया—

"तुम्हारी इन अभागों को ज़रूरत है।...तुम्हारे जन्म का यही अर्थ है।... जाओ, तुम्हारा मार्ग प्रशस्त हो, विजयी होओ।"

भीमराव अंबेडकर ने पुनः कार का दरवाज़ा खोला। बाहर भोजराज और कुछ साथियों को पाया। पुनः हाथ जोड़कर दरवाज़ा बंद कर लिया। कार सरकने लगी। जयनाद गूंज उठा। भीड़ में हलचल हुई और वह आगे बढ़ने लगी।

तेईस

संध्या ढल रही थी। रात अगलें-बगलें झांकती हुई कुछ और सुस्ता लेना चाहती थी। आसमान पर मिला-जुला प्रभाव नज़र आ रहा था। दिन का मटमैला प्रकाश किसी पुरानी और जगह-जगह से काले धब्बों वाली गोल चिमनी से झांकते-टिमटिमाते पीत प्रकाश जैसा था। एक पुराने ज़माने की लालटेन-सा दिन, जिसका चुकता हुआ केरोसिन उसके जीने की लक्ष्मण-रेखा खींच रहा था।

भीमराव अंबेडकर हड्डी टूटने के कारण चारपाई पकड़ने के बाद आज पहली बार बाहर आए थे। हड्डी टूटना उनके लिए कितना भारी बन गया था कि वे चाहते हुए भी अपने से लड़ने के बाद आज जैसी अधूरी और बदरंग शाम से अपना रिश्ता बनाकर एक सख्त और बेकार-से पत्थर खण्ड को अपने में कहीं गहरे तक डूब जाने के लिए आतुर पाते थे उद्विग्नता-भरे माहौल में।

व्यक्ति का जब कोई अंग टूटता है तब व्यक्ति को यह अनुभूति होती है कि उस अंग के जुड़ने तक उसे कैसे अपने में बिखराव का सामना करना पड़ता है। चारपाई पकड़ लेने के बाद एक जुझारू योद्धा की मानसिकता और वह ऐसे समय में जबकि युद्ध छिड़ा हुआ हो, कितनी आत्मघाती और हिंसक हो जाती है। परंतु, भीमराव अंबेडकर उन योद्धाओं में से नहीं थे जो युद्ध की फितरत और उसकी कमजात बहार से जुड़कर अपने होने का एहसास करा सकें। उनमें चेतना की अनेक पर्तों का प्रवाह एक साथ, एक क्रम में किसी पहाड़ी नदी-सा चुपचाप प्रवाहित होता रहता था। वे उसे तन्मयता से ग्रामोफोन पर मद्धिम ध्वनि से चलने वाले रिकार्ड की तरह अपने में जज़्ब करते रहते थे।

उन्हें लगता था कि उनमें हर नई सुबह एक रहस्य खोलने की संभावना लेकर दबे

पांव आती है और रात होने तक बोझिल पलकों के दबाव से चुपचाप किसी शरारती शिशु-सी बिना आहट किए, निद्रांक में दुबक जाती है। दरअसल उनमें विवेकसंगत एक तर्कसंहिता बराबर इस बात के लिए ज़ोर लगाती रहती है कि वे अंधविश्वास, पुनर्जन्म, परलोकवाद, पुरोहितवाद, चतुर्वर्ण विभाजन आदि झाड़-झंखाड़ को उखाड़ फेंकें और एक नव समाजवादी, आर्थिक-सम्पन्न और स्वाभिमानी समाज की स्थापना करें।

उन्होंने 9 मई, 1916 को जब डॉ. ए. ए. गोल्डन विजर द्वारा आयोजित नृतत्व विज्ञान विषयक गोष्ठी में एक निंबध पढ़ा था—''जाति : उद्गम और स्वरूप' तब वे पच्चीस वर्ष के थे। उसमें उन्होंने आत्यंतिक व्यक्तिवाद को पाखंड की संज्ञा देते हुए मत स्थापित किया था कि भारतीय समाज में सामाजिक अभिसरण होता है और अनुकरण का संक्रमण उसकी जीवनचर्या को स्पष्ट करता है। भारत को मिश्र समाज मानते हुए वे उसकी सामाजिक अंतर्रचना को पुनर्स्थापित करना चाहते हैं। सोच के इस निर्जन में बहते दरिया में वे यह चाहते थे कि समाज का स्वास्थ्य बने, मानस बने और शोषण-चक्र बंद हो।

'मनुस्मृति' जलाने के कारण जहां 'हिंदू विरोधी, विदेशी पिट्ठू, ग़ैर जिम्मेदार' आदि अलंकरणों से वे विभूषित हुए थे वहीं अपने प्रति पूर्ववत् जागरूक बने हुए थे। उन्होंने अपने मन में यह संकल्प लिया था कि वे अपना संपूर्ण जीवन अपने भाइयों, वर्ग-विशेष की सेवा में लगाएंगे। प्रथम गोलमेज़ सम्मेलन के लिए जब उन्हें आमंत्रित किया गया तब उनको ही नहीं, दूसरे नेताओं को आश्चर्य हुआ था, क्योंकि इससे उनके वर्ग की एक पहचान बनती थी और उन्हें अपने वर्ग का प्रतिनिधित्व करने का मौका मिला था। यह हुआ भी।

मराड और नासिक सत्याग्रह ने सबके कान खड़े कर दिए थे। सवर्ण हिंदू और कांग्रेस पार्टी में इस प्रसंग से बड़ी उत्तेजना पैदा हो चुकी थी। सबके घेरे में अकेले भीमराव अंबेडकर आ चुके थे। उनको याद आ रहा था—4 अक्तूबर, 1930 का वह दिन जब वे सम्मेलन में भाग लेने के लिए बम्बई से रवाना हुए थे पानी के जहाज़ से।

12 नवम्बर, 1930 ब्रिटिश प्रधानमंत्री रम्जे मैक्डोनाल्ड की अध्यक्षता में प्रथम गोलमेज़ सम्मेलन प्रारम्भ हुआ था, जिसमें 69 प्रतिनिधियों ने भाग लिया था। इसमें ब्रिटिश भारत के 53, रियासतों से 20 और तीनों ब्रिटिश राजनीतिक दलों से 16 प्रतिनिधि सम्मिलित हुए थे। इस सम्मेलन में भाग लेने वाले भारतीयों के प्रति भारत में बहुत निंदनीय प्रचार हुआ था। उनके अनुयायियों की जान खतरे में थी।

हुआ यह कि कांग्रेस ने इस सम्मेलन का बहिष्कार किया था। वह चाहती थी कि सभी दल, रियासतें आदि जो भारत की धरती से जुड़ी हैं, बहिष्कार करें। लेकिन भीमराव अंबेडकर का सोचना था कि वे इस अवसर का पूरा-पूरा लाभ उठाते हुए दलितों की स्थिति विश्व के सामने रखें और उसकी सहानुभूति प्राप्त करें। साथ ही, देश की स्वतंत्रता की मांग करें।

उनके मन में एक स्पष्ट चित्र था। वे अपने देश को अमेरिका व यूरोप के लोक-तांत्रिक आदर्श तथा इहवादी सभ्यता से पुनर्जीवित करना चाहते थे। वे बहिष्कार की अपेक्षा संघर्ष में विश्वास करते थे और संघर्ष का माध्यम अहिंसा मानते थे।

चौबीस दिन बाद उनका जहाज़ लंदन पहुंच गया। वह उचैस्टर फील्ड मेफेयर, लंदन में ठहरे। वहां ब्रिटिश नेताओं से मिले। उन्हें दलित वर्ग की स्थिति का खुलासा करके समझाया। वहां से वे मराड के चौबदार तालाब के सम्बन्ध में अदालती निर्णय की जानकारी चाहते रहे। उनकी यह चिंता भी बनी हुई थी कि उनके अनुयायी सुरक्षित रहें। इस कारण

वे उन्हें हिदायत भेजते रहे।

वह जिनसे मिले, उन पर उन्होंने गहरी छाप छोड़ी। बहुत जल्दी वे विद्वानों को अपने व्यक्तित्व के गुरुत्वाकर्षण की ओर झुकाने में सफल हो सके।

दर्शकों से खचाखच भरे हुए थे हाउस ऑफ लार्ड्स के मार्ग, जहां यह सम्मेलन हो रहा था।

रामस्वामी अयंगार, सर अकबर हैदरी, के. टी. पाल., डॉ. बी. एस. मुंजे, रायबहादुर निवासन, आगा खान, मुहम्मद अली जिन्ना, एम. आर. जयकर, सर चिमनलाल, ए. जी. पत्रु आदि सम्मेलन में उपस्थित थे। ब्रिटिश सम्रा ट् ने सम्मेलन का उद्घाटन किया। वे अपने अध्यक्षीय भाषण में बोले, "अनेक बार भारत की ज़मीन पर ऐतिहासिक अधिवेशन हुए हैं। लेकिन आज से पहले ब्रिटिश और भारती:य राजनीतिज्ञ तथा भारत रियासतों के शासक, जैसे आज इकट्ठे हुए हैं, इस प्रकार एक स्थान पर एक मेज़ पर, पहले कभी इकट्ठे नहीं हुए। यहां भारत के लिए किस प्रकार की शासन-व्यवस्था और किन बिंदुओं पर आधृत हो, यह विचार करें और मेरी संसद के नेतृत्व के लिए समझौता तलाश करें।" अन्त में सम्राट् ने आशा व्यक्त करते हुए कहा, "संभवतया इतिहास में आपको ऐसे व्यक्तियों के रूप में याद किया जाएगा, जिन्होंने भारत की श्रेष्ठ सेवाएं की हैं।" तालियों की गड़गड़ाहट से सम्मेलन-स्थल गूंज उठा। सम्राट के चले जाने के बाद ब्रिटिश प्रधानमंत्री रम्जे मैक्डोनाल्ड ने सम्मेलन (परिषद्) के अध्यक्षता की। वे एक महत्त्वपूर्ण श्रमिक नेता थे और उनका रुझान भारत की ओर था। उन्होंने चाहा था कि ब्रिटेन भारत की समस्याओं का हल कर सकने में अहम् भूमिका निभा सके। सबका स्वागत करते हुए उन्होंने आशा व्यक्त की थी, 'मुझे लगता है कि हम एक अभिनव इतिहास को जन्म दे रहे हैं।"

सबके मन में यह आशा जगी कि ब्रिटेन ने ईमानदारी से वार्त्ता का सिलसिला शुरू किया है जो भारत की समस्याओं के निदान में निस्संदेह सहायक सिद्ध होगा।

भीमराव अंबेडकर के लिए यह एक नया अनुभव था। उन्होंने यह तो जान लिया था किस माध्यम से वह अपनी बात कह सकेंगे और अपना नज़रिया भी पेश कर सकेंगे ताकि उनके वर्ग को सरकार की सहानुभूति मिल सके और समानता के स्तर पर वह आगे बढ़ सके। एम. आर. जयकर ने सुझाव दिया कि इस समय यदि भारत को 'डोमीनियन' का स्टेटस दिया जाए तो स्वतंत्रता का ज़ोर कम हो सकता है। बीकानेर के महाराजा भारत में ब्रिटिश शासन के पक्षधर रहे और एम. एम. जोशी ने नये विधान में मज़दूरों के महत्त्व की वकालत की।

यह सम्मेलन सेंट जेम्स पैलेस में चल रहा था और अब बारी भीमराव अंबेडकर की थी। उन्होंने धीरे-धीरे परन्तु अत्यंत प्रभावशाली ढंग से अपनी बात सबके सामने रखी। वह कह रहे थे, "मैं जिन लोगों के प्रतिनिधि के रूप में यहां उपस्थिति हूं, वे ब्रिटिश भारत की जनसंख्या का पांचवां भाग हैं। अर्थात् इंग्लैंड और फ्रांस की जनसंख्या के बराबर हैं। परन्तु इन लोगों की दशा दासों से भी गई-बीती है।...ब्रिटिश सरकार के अछूत भी वर्तमान सरकार को हटाकर उसकी जगह जनता की, जनता के वास्ते और जनता द्वारा संयुक्त सरकार बनाना चाहते हैं...।" उन्होंने यह कहकर सबको चौंका दिया। उनकी दृष्टि में ब्रिटिश सरकार महत्त्वपूर्ण नहीं है, इस ओर उन्होंने संकेत करते हुए कहा, "जब हम अपनी वर्तमान स्थिति की तुलना ब्रिटिश शासन से पहले की स्थिति से करते हैं तो हमें अनुभव होता है कि उन्नति करने की अपेक्षा व्यर्थ समय बिता रहे हैं। ब्रिटिश शासन से पहले हमारी स्थिति

छुआछूत की वजह से दयनीय थी। ब्रिटिश सरकार ने उसके लिए क्या कोई कदम उठाया ? ब्रिटिश शासन पूर्व भी हम गांव के कुएं से पानी नहीं भर सकते थे। क्या ब्रिटिश शासन ने हमें ये अधिकार मुहैया करवाए ? ब्रिटिश शासन से पूर्व हम मंदिरों में नहीं जा सकते थे। क्या अब हम मंदिरों में जा सकते हैं ? ब्रिटिश शासन-पूर्व हमें पुलिस सेवा में नहीं लिया जाता था। क्या ब्रिटिश सरकार पुलिस सेवा में अब हमें लेती है ? इन समस्त सवालों का उत्तर हां में नहीं दिया जा सकता। यद्यपि ब्रिटिश शासन एक सौ पचास वर्ष पूरे कर चुका है तथापि हमारे दुःख-दर्द यथावत् हैं। उन्हें दूर नहीं किया। ऐसी सरकार से क्या लाभ ?''

सारे सम्मेलन में बेचैनी पैदा हो गई। किस तरह उन्होंने सीधे तीर चलाए ! ब्रिटिश राजनीतिज्ञ यह सुनकर अवाक् रह गए। भीमराव अंबेडकर का मुंह तमतमाने लगा था, उनके ललाट पर चमक दौड़ रही थी। वह सहज प्रवाह में प्रश्न पर प्रश्न किए जा रहे थे। उनका कहना था, ''यह सरकार इस बात को बखूबी जानती है कि पूंजीपति मज़दूरों को पूरी उजरत नहीं देते और न ही कार्य की समुचित सुविधाएं प्रदान करते हैं। सरकार यह भी जानती है कि ज़मीदार आम आदमियों का खून चूस रहे हैं। सरकार यह भी जानती है कि अछूत कई शताब्दियों से सामाजिक कुरीतियों की चक्की में पिस रहे हैं। परन्तु सरकार ने इस ओर बिलकुल ध्यान नहीं दिया। क्या इसकी वजह यह है कि सरकार के पास कोई कानूनी अधिकार नहीं ? वास्तव में यह बात नहीं है। बात दरअसल यह है कि सामाजिक और आर्थिक बदलाव में सरकार इसलिए दखल नहीं देना चाहती क्योंकि वह भय खाती है कि उसका हस्तक्षेप कहीं उसके सामने प्रतिरोध पैदा नहीं कर दे।'' वे यहां पल-भर के लिए रुके। एकदम सन्नाटा पाया। सब हतप्रभ थे। सब की निगाहें नवोदित हिमालय की मंत्रमोहिनी शैली और उसकी स्पष्टवादिता पर टिकी हुई थीं।। क्या गज़ब कर रहा था वह साहसी वक्ता !

भीमराव अंबेडकर के अरुणाधर पुनः हिले। उनकी आंखों में विद्युत कौंधी और वे कहने लगे, ''इसलिए हमें ऐसी सरकार चाहिए जिसमें शक्ति ऐसे लोगों के हाथ में हो जो देश के सर्वोत्तम हितों के प्रति बिना झिझक समर्पित हो सके। हमें ऐसी सरकार चाहिए जिसमें शक्ति की बागडोर ऐसे लोगों के हाथ में हो जो यह जानते हुए कि लोग कहां तक आज्ञा का अनुसरण करेंगे और कहां प्रतिरोध खड़ा करेंगे, समय की पुकार और न्याय की मांग के अनुरूप सामाजिक तथा आर्थिक ढांचे में परिवर्तन करने में तनिक भी नहीं घबराए।''

सन्नाटा चटका। आंखें विस्फारित हुईं। कैसी सधी हुई भाषा ! कैसा उद्‌भट साहब ! कैसा सुन्दर विचार-संप्रेषण ! नव विधान बनाते समय कहां रहेंगे अछूत प्रतिनिधि ! वे बता रहे थे, ''भारतीय समाज जाति-पांति की एक सीढ़ी के समान है। डंडे के सबसे ऊपरी सिरे पर हैं ब्राह्मण, बीच में क्षत्रिय, उसके बाद वैश्य और सबसे नीचे शूद्र। इनका आदर और अनादर इसी क्रम में श्रेणी के अनुसार होता है। भारतीय समाज श्रेणीबद्ध जातियों का ऐसा समूह है जो समता और भ्रातृत्व भावना को उपजने ही नहीं देता। दूसरे, राजनीतिक आन्दोलन के पुरोधा भी सवर्णों में से, अतः वे भी अभी तक अपने जाति-मोह का परित्याग नहीं कर सके।...हम इस नतीजे पर पहुंचे हैं कि कोई अन्य हमारी यातनाओं पर मरहम का लेप नहीं लगा सकता। परिणामतः जब तक हमारे पास राजनीतिक शक्ति नहीं आ जाती तब तक हमारी यातनाओं का अन्त भी नहीं हो सकता। अत्यन्त अफ़सोस है कि लम्बे समय तक दलित वर्ग प्रतीक्षारत रहा, परन्तु कोई करिश्मा सामने नहीं आ सका।''

अब उनकी मुद्रा आक्रामक थी। उनके स्वरों में चुनौती थी और सेंट जेम्स पैलेस उससे

अनुगूंज रहा था। ऐसा निर्भीक और औचित्यपूर्ण वक्तव्य वहां पहली बार चल रहा था जो पैलेस की ऊंचाइयों को पार करता हुआ विश्व-शिखर पर अपनी ध्वजा फहरा उठा था। सोच की इस धारा में लावा बहने लगा था।

सामने टंगी बड़ी घड़ी मासूमियत से उस धड़कनबंद नज़ारे को अपलक दृष्टि से देखे जा रही थी। अब वह टाई की नॉट को तनिक ठीक कर रहे थे। उनके हाथ में चश्मे की एक कमानी थी। वे महान् राजनीतिज्ञ एडण्ड बर्क की ओर सबका ध्यान केन्द्रित करते हुए स्मरण करा रहे थे कि शक्ति का प्रयोग न स्थायी होता है और न नित्य। चिंतन-प्रवाह के अन्तिम पड़ाव पर आकर वे तनिक व्यंग्यात्मक स्मित से भर उठे और सचेत करते हुए बोले, "मैं यह कहने की स्थिति में अपने आपको पा रहा हूं कि यह बतला सकूं कि आज इस बात को गम्भीरता से नहीं लिया जा रहा है, परन्तु हकीकत यह है कि देश की वर्तमान स्थिति में ऐसा कोई संविधान स्वीकार नहीं होगा जिसे बहुसंख्यक लोगों का समर्थन प्राप्त न हो। वह वक्त अब नहीं रहा जबकि निर्णय आप लोग लेते थे और स्वीकार भारत कर लेता था। न भविष्य में कभी ऐसा समय आएगा। यदि आप चाहते हैं कि नवीन संविधान कारगर प्रमाणित हो तो उसका एकमात्र आधार बहुजनहिताय बहुजनसुखाय होना चाहिए।" उनका यह निर्णय सर्वमान्य सत्य-सा उस सम्मेलन के शिखर पर टंगा रह गया। आश्चर्य-विमोहित सम्मेलन के सभी सदस्य अवाक् मानसिकता से जुड़े अवसन्न रह गए। अनकहा कुछ रहा ही नहीं। जिन्ना ने पीठ कुरसी से लगाकर छत की ओर अर्द्धबन्द आंखों से देखा। महाराजा बड़ौदा सीना ताने, गरदन उठाए सगर्व उस सम्मेलन के सदस्यों पर एक नज़र डाल रहे थे। उनके चेहरे पर प्रसन्नता का उन्माद अठखेलियां कर रहा था।

वह एक आग थी, वक्तव्य नहीं, जिसमें धुएं का नाम नहीं, लपलपाती सुर्ख लपटें थीं। सबने उनके वक्तव्य की सराहना की और सबको लगा कि कोई शिखर पुरुष उनमें से उठा। महाराजा बड़ौदा ने इस खुशी में अपने मित्रों को दिए जाने वाले भोज में भीमराव अंबेडकर को विशेष रूप से आमंत्रित किया। सभी अखबारों ने उन पर ध्यान केन्द्रित किया। उन्हें गोलमेज़ सम्मेलन की प्रायः सभी उपसमितियों में ससम्मान स्थान दिया गया।

भीमराव अंबेडकर ने वहां रहते हुए अखबारों में लेख लिखे और विद्वानों के मानस पर दलित वर्ग का एक मार्मिक चित्र उकेरने में वे सफल हुए। अन्त तक हिंदू-मुस्लिम समझौता नहीं हो सका क्योंकि दोनों पक्ष अधिक स्थान पाने के लिए एक-दूसरे पर निरंतर आक्रामक बने रहे।

उनका यह समय एक यादगार के रूप में सदा स्मरण रहने वाला लगा। सन् 1916 के मध्य में जब वे न्यूयार्क से लंदन आ चुके थे और बैरिस्टरी की पढ़ाई के लिए ग्रेज इन और अर्थशास्त्र के लिए लंदन स्कूल ऑफ इकनॉमिक्स एण्ड पॉलिटिकल साइंस में प्रवेश ले चुके थे। तब उनका समय लंदन स्कूल, ब्रिटिश म्युजियम और इंडिया ऑफिस के विशाल पुस्तकालय में बीता करता था।

इसी बीच उनकी छात्रवृत्ति की अवधि समाप्त हो गई और उनके लिए लौटना आवश्यक हो गया था। प्रोफेसर एडविन कैनान की सिफारिश पर उन्हें यह आज्ञा मिल गई कि वह सन् 1917 से लेकर चार वर्ष की अवधि तक वे अपना अध्ययन पुनः शुरू कर सकते हैं। सितम्बर 1920 में वे पुनः वह लंदन आए अपनी अधूरी पढ़ाई पूरे करने के लिए। लंदन अजायबघर, क्रांतिकारी और शोधकर्ताओं का गढ़ था। वे वहां एक वक्त भोजन किया करते थे और एक अर्द्ध आवासीय घर में उन्होंने डेरा डाला हुआ था, जिसकी मालकिन

वृद्ध थी और बहुत उग्र स्वभाव की थी। उन्हें वह मालकिन बहुत डरावनी लगती थी। उनकी पत्नी रामाबाई ने उनकी बहुत मदद की और पतझड़ की छांह में दिन काटकर उनको चिंतामुक्त रखा।

वह लंदन उनके सामने था। उनकी धमनियों में बह पड़ी थी उसकी सुवास, छिले व्रण से दिन और कंजूस मालकिन का नाश्ता।...वह नाश्ते में मछली का एक टुकड़ा, जैम लगा रोटी का एक टुकड़ा और एक कप चाय दिया करती थी और उन्हें मात्र आठ पाउण्ड में पूरा महीना चलाना होता था। वहां वे न कपड़ों पर व्यय करते थे और बस का प्रयोग भी बहुत आवश्यकता पड़ने पर ही वे करते थे अन्यथा वे लंदन में एक स्थान से दूसरे स्थान पर पैदल ही चले जाया करते थे। सैर-सपाटा, होटल, सिनेमा आदि के लिए न उनके मन में कोई इच्छा थी और न बजट।

वहां उनका सबसे बढ़िया समय संध्या को अधिक घंटे खुली हवा में व्यतीत करना होता था। मनचली स्वप्निल पवन महक बिखेरता हुआ नथुओं के माध्यम से सारे शरीर पर अपने साथ ले उड़ता था।

आज उन्हें सब याद आ रहा था। वे उन स्थानों पर गए थे और कुछ देर तक वे उन क्षणों की अनुभूतियों से आर्द्र होते रहे। अतीत के वे क्षण उनमें बसंत की बहार-से सुवासित होने लगे। कष्ट के वे क्षण अब मधु गंध जैसे आकर्षक हो रहे थे। लंदन म्यूजियम में उन्हें कार्ल मार्क्स, मेज़िनी, लेनिन, सावरकर जैसे महान् व्यक्तियों का स्मरण होने लगा था क्योंकि उनकी साधना-स्थली भी वही थी। सुबह आठ बजे से शाम के पांच बजे तक वे वहीं अध्ययन करते रहते थे। वे पुस्तकालय में सर्वप्रथम पहुंचते थे। शाम तक वह बेतरह थक जाते थे और दर्पण के सामने खड़े होकर अपने पीले पड़े चेहरे की ओर घूरा करते थे।

14 जनवरी, 1931 को सम्मेलन समाप्त हुआ। वह 13 फरवरी को वहां से रवाना हुए समुद्री जहाज से। चौदह दिन तक वे समुद्र के साथ वार्ता करते रहे। दूर-दूर तक पानी, गहरा पानी और लोनी तेज हवाएं जो लगातार उनके जहाज से टकराकर शोर मचाया करती थीं। अनेक बार उनके सामने आसमान समुद्र-सा आ खड़ा होता था और वे सोचते होते थे कि जीवन की विसंगतियों से, जिन्हें मनुष्य ने जान-बूझकर जन्म दिया है, बचा जा सकता था, परन्तु क्यों नहीं बचा गया और क्यों उनसे बचने के लिए लगातार संघर्षोन्मुखी नहीं रहा गया ? काश, यह समय मानव-जाति अपने विकास में लगाती तो आज वहां पहुंची हुई होती, जिसकी कल्पना नहीं की जा सकती। उन्होंने वहां जो कुछ किया, जिस उम्मीद से किया, वे सब उनके समाज की विद्रूपताएं हैं, जिन्हें उन्होंने जन्म दिया है, यह जानते हुए वे उनमें संशोधन परिवर्तन आदि करने से साफ इनकार करते हैं और एक वायवी तर्क गढ़ते हैं। क्या यह सब मानव-जाति को विनाश-प्रक्रिया की ओर नहीं मोड़ता है ?

उन्हें प्रथम गोलमेज़ सम्मेलन से लौटे अभी सातेक महीने बीते थे कि इस बीच उनके प्रति अत्यंत कटु प्रचार-प्रसार किया। ऐसा उन्होंने क्या कहा था, जिससे हिन्दू और भारतीयों को शर्म महसूस हो सकती थी ! वे सोच-सोचकर थक जाते थे, परन्तु वे ऐसा कुछ नहीं पाते थे, जिसके लिए वे अपने-आपको दोषी अनुभव करें। जो दोषी हैं, वे उनके प्रति आग उगल रहे थे। आखिर क्यों ?

उनके सामने महात्मा गांधी का छह अगस्त उन्नीस सौ इकत्तीस का पत्र था, जिसमें उन्होंने उनसे मिलने की इच्छा ज़ाहिर की थी। जब वे दलित जाति के छात्रावास अहमदाबाद

देखने आए थे तब कांग्रेसियों ने उनको काले झंडे दिखलाए थे और मुर्दाबाद के नारे लगाए थे। तब गांधीजी ने कांग्रेसियों को न रोका था और न उनकी भर्त्सना की थी। अब गांधीजी उनसे मिलने रात को आठ बजे उनके निवास पर आना चाहते हैं। वे सांगली से लौटे थे। उन्हें बुखार था। शाम तक बुखार 106 डिग्री पहुंच गया था अतः उन्होंने गांधीजी को सूचित किया था कि वे बुखार उतरने पर स्वयं उनके स्थान पर आकर मिलेंगे।

वे सोच रहे थे कि द्वितीय गोलमेज़ सम्मेलन में उन्हें भी आमंत्रित किया गया है अतः वे ज़रूर उस संबंध में बात करना चाहेंगे।

इस समय तपती देह और दर्द से घिरे होकर भी प्रथम गोलमेज़ सम्मेलन में उनके द्वारा पेश किए चित्रांकन पर संसद में सांसद फ्रुट ने न केवल उनके वक्तव्य का संशोधन किया अपितु उनकी भूरि-भूरि प्रशंसा भी की। उन्होंने कहा था कि यदि वे अछूतों की सुरक्षा नहीं करेंगे तो उनका रक्त उनके प्रति विद्रोह कर उठेगा। इस संबंध में उन्होंने अंबेडकर को भी पत्र लिखा था। उन्हें बधाई दी थी। पुलिस में दलित वर्गों की भर्ती शुरू हो गई थी। अंदर-ही-अंदर कांग्रेस भी तिलमिला रही थी क्योंकि अछूतों के नेता के रूप में भीमराव अंबेडकर उभरकर आ चुके थे और उन्हें मान्यता भी मिल चुकी थी।

दूसरे गोलमेज़ सम्मेलन में भीमराव अंबेडकर का नाम फेड्रल स्ट्रक्चर कमेटी में प्रथम नंबर पर था जबकि प्रथम गोलमेज़ सम्मेलन में उनका नाम इस समिति में गायब था। इससे भी उनके महत्त्व की पुष्टि हुई। लंदन स्थित संवाददाता मिस म्यो ने उनकी सेवाओं का उल्लेख करते हुए उनके भाषण को सर्वश्रेष्ठ घोषित किया था और उन्हें स्वतंत्र, निर्भय और देशभक्त नेता बताकर यह भी स्पष्ट किया था कि हिंदू और मुसलमान दोनों उनको बर्दाश्त नहीं कर सकते क्योंकि वे पक्षपात रहित और सत्यवादी महापुरुष हैं। उनकी देश-विदेश में बढ़ती हुई ख्याति से भी कांग्रेस में चिंता के बादल घिरने लगे थे। क्या किया जाए जिससे उन पर अंकुश लग सके, यह प्रश्न अपने आप में उलझा हुआ था और उनके प्रति प्रश्नों को जन्म दे चुका था।

स्वयं कांग्रेस में पं. नेहरू ने इस बात का स्पष्टीकरण देते हुए कहा था कि उन्होंने अंबेडकर को कभी गद्दार नहीं कहा। कहा भी होता तो उन्हें इस बात की चिंता नहीं थी। वे जानते थे कि गद्दार कौन हैं।

उनका बुखार उतर गया। वे जरा कमजोर हो गए थे। फिर भी, वे सोच बराबर रहे थे कि दलित जातियों की स्थिति जल्दी-से-जल्दी कैसे सुधारी जाए ?

देवराज नाईक ने उन्हें याद दिलाया, "गांधीजी से भी मिलने जाना है।"

"क्या चक्कर है ?" शिवतारकर ने पूछा।

कद्रेकर ने उत्तर दिया, "इस वक्त कांग्रेस में खलबली है, अछूतों की नेतागिरी हाथ से निकल जाने की संभावना से। अब कांग्रेस उनके लिए कुछ-न-कुछ करना चाहती है।"

"डॉक्टर साहब की ओर मित्रता का हाथ बढ़ाना चाहती है।" बाबूराव गायकवाड़ ने कथन जारी रखते हुए बतलाया, "दूसरा सम्मेलन भी सिर पर आ गया है।"

"फिर ?"

"इस बार कांग्रेस उसमें भाग लेने का मन बना चुकी है।...वह चाहती है, डॉक्टर साहब को तोड़ लिया जाए...।"

"और काम मिस्टर गांधी करेंगे।" कद्रेकर ने तपाक से कहा।

"नहीं, गांधीजी के बारे में हमें इस तरह नहीं सोचना चाहिए।" भीमराव अंबेडकर

ने बीच में कहा।

एकबारगी वे सब चुप हो गए लेकिन तुरंत ही शिवतारकर बोले, "कांग्रेस गांधीजी से चलती है।"

"तो ?" कद्रेकर ने पूछा।

"मिस्टर कद्रेकर, हमें यह नहीं भूलना चाहिए कि डॉक्टर साहब के नाजायज़ विरोध और भ्रमित प्रचार के लिए उन्होंने एक शब्द भी नहीं कहा। आखिर क्यों ?...अब जब यह पता लग चुका है कि डॉक्टर साहब उन सब पर भारी पड़ रहे हैं तब वे मित्रता चाहते हैं—यह भी कोई चाल है...हमें उनसे सावधान रहना है।"

इस बार भीमराव अंबेडकर कुछ नहीं बोले। वे भी जानते थे कि सबसे ज़्यादा उनके खिलाफ आग कांग्रेस ने उगली है।

"यदि डॉक्टर साहब को कोई एतराज नहीं हो तो हम भी...।" शिवतारकर इतना कहकर रूक गया।

"ज़रूर-ज़रूर, आप सब भी साथ चलें। यह अच्छा भी रहेगा।" भीमराव अंबेडकर ने कहा।

"आपने ही तो सम्मेलन में सबका ध्यान इस बात पर केन्द्रित किया था कि शक्ति के प्रयोग के बाद समझौते की आशा धूमिल पड़ जाती है। अनेक बार शक्ति और प्रभुत्व को सद्भावना से भी पाया जा सकता है, परन्तु हिंसा के उपरांत कमज़ोर और पराजित सत्ता भीख में नहीं मांगी जा सकती। बल प्रयोग के विरोध में एक बात और है, आप जिस विषय अथवा वस्तु को बचाना चाहते हैं, उसी के नष्ट होने की आशंका बन जाती है। प्रजा की आस्था को जीतने के लिए किया गया वह संघर्ष यदि आपके ही पक्ष में गया तो भी आपको वह विजयश्री विकृत मूल्यह्रास होकर जीर्ण-क्षीण स्थिति में मिलेगी।...कितनी स्पष्ट और प्रभावशाली ढंग से अहिंसा-सत्य की स्थापना की गई थी ? फिर भी कांग्रेस और गांधीजी के गले डॉक्टर साहब की पैरवी नहीं उतरी।...अब वे मिलकर क्या चाहेंगे ?' देवराव नाईक का उत्तर कुछ तेज़ हो गया था और उनके मुखमंडल पर तिरस्कृत आवेश का प्रतिकार समुद्र के तट से टकराती उत्ताल लहरों-सा उन्मादी हो उठा था।

उन्होंने वाग्विदग्धता और तार्किक नियमों द्वारा निर्णय लेने की भूल की ओर भी संकेत किया था। डॉ. जानसन ने बर्कले के विरोधियों को अपने पांव तले कुचलने जैसा व्यवहार किया था जो असमीचीन था। भीमराव अंबेडकर को सब कुछ याद था। वे पलंग की पीठ से टिककर बोले, "मैंने वहां अपनी चिंता व्यक्त करते हुए यह भी कहा था कि हम अपनी समस्या के समाधान हेतु उचित दिशा में कदम उठा रहे हैं या नहीं।...इस समस्या का समाधान चाहे समझौते से हो अथवा शक्ति-प्रयोग से, यह निर्णय भी उन्हीं को लेना है क्योंकि इसका भी संपूर्ण दायित्व उन्हीं का है। जो समझते हैं कि 'लेत्रे दी केशें तदा बेस्तील'[1] से यह समस्या सुलझेगी, वे राजनीति के आचार्य एडमंड बर्क की इस बात को भूल गए हैं जो उन्होंने ब्रिटिश राष्ट्र से अमेरिकी उपनिवेशों की समस्या के संदर्भ में कही थी कि मात्र शक्ति का प्रयोग स्थायी समाधान नहीं है।...फिर भी...खैर, जो भी हो, चिंता परिणाम की नहीं, कुछ कर गुज़रने की है और वह भी सही ढंग से क्योंकि सवर्ण हिंदू प्राप्त अधिकारों और सुविधाओं को आसानी से छोड़ने वाले नहीं हैं। वे कोई-सा भी नाटक खेलने और किसी भी छल-बल का अवलंब लेने में कतई चूक नहीं करेंगे।" उनके चेहरे पर एक प्रकार की आश्वस्तता थी और शांति भी। वे अनागत के प्रति सचेत थे और चाहते थे कि किसी

सम्मोहन में नहीं फंसें क्योंकि उनके वर्ग के लोगों को अपनी ओर फोड़ लेने की संभावना बराबर तेज़ है।

"कल 14 अगस्त है।"

"हां, दोपहर में चलना है।"

"मलाबार हिल स्थित मणि भवन।" देवराव नाईक ने स्पष्ट किया।

भीमराव अंबेडकर तनिक मुस्कराकर रह गए।

शिवतारकर बोले, "हमें उनकी नहीं करनी है।"

"तुम्हें संदेह क्यों हो रहा है कि यहां हम उनकी चिंता कर रहे हैं।" बाबूराव गायकवाड़ ने कहा।

इस पर सब खिलखिला पड़े। भीमराव अंबेडकर भी अपने को नहीं रोक सके। बहुत दिनों बाद बदलियों से घिरा सूर्य धीरे-धीरे उनसे बाहर आता हुआ नज़र आया।

"काश हमारा जीवन और समाज ऐसा हो पाए कि..." कहते-कहते भीमराव अंबेडकर रुक गए। टमटम पर बैठी हुई पत्रकार दिव्या सरकार उनसे पूछ रही थी, "आप सामाजिक जीवन को बदलने के पक्ष में हैं या हिन्दू धर्म में अवर्ण वर्ग को सवर्ण जैसे अधिकार दिलाने के पक्ष में ?"

"धर्म बहुत ज़रूरी है व्यक्ति और समाज दोनों के लिए। व्यक्ति समान धरातल पर स्वतंत्रता भोगते हुए परस्पर सहयोग और सह-अस्तित्व में आस्था रखते हुए जीने के प्रति वचनबद्ध हो तो जीवन बहुत सरल हो जाए और पूरे समाज में आत्म-विश्वास का प्रकाश फैल जाए।" वे इतना ही कह पाए थे कि एक दुर्घटना हो गई। सामने से आ रही बग्घी में से किसी ने केले का छिलका फेंका और वह सड़क के किनारे बैठी, फटेहाल, एक अधेड़ औरत के मुंह पर जा पड़ा। अंबेडकर चीख पड़े, "रोको !"

बग्घी नहीं रुकी। वह चौराहा पास होने से दूसरी दिशा में मुड़ गई। टमटम रुक गई। वह बोले, "मिस दिव्या, आपने देखा, क्या इस व्यवहार या आचरण का प्रदर्शन बग्घी में बैठकर जाने वालों के लिए शोभनीय है ? वह औरत कोई भी हो, परन्तु किसी को उसका अपमान करने का अधिकार नहीं है। सवर्ण हिन्दुओं में भी गरीब हैं, वे भी अपमान तथा उपेक्षा के अभिशाप भोग रहे हैं।"

"परन्तु आप तो अवर्ण वर्ग के लिए...।"

"आपने ठीक कहा, मैं अवर्णों के लिए ही काम कर रहा हूं, क्योंकि उस वर्ग को सवर्ण हिन्दुओं ने नाली का कीड़ा बन रखा है। उसे वहां से निकाल कर उनके बराबर बैठाना है।" भीमराव अंबेडकर ने सहज ढंग से व्यक्त किया। पता नहीं, सबके सब इसके लिए इतने परेशान क्यों हैं ! देश को आज़ाद कराने की भावना से ओतप्रोत लोग यह क्यों भूल जाते हैं कि पहले वह अपने भाइयों को तो मुक्ति प्रदान करें, उनको सम्मान दें और समान अधिकार का उपयोग करने दें। यह सोचते हुए उनकी आत्मा छटपटाने लगती थी, उनका चेहरा सुर्ख होने लगता था। और वे उत्तेजना की पकड़ में आ जाते थे।

सब उठने लगे।

वे सब शाम ढलने के बाद आए थे, रात के गहराने का अनुभव हुआ तो उठ खड़े हुए। उन्हें लग रहा था कि भीमराव अंबेडकर थके हुए हैं।

---

1. दण्ड देने और लोगों को जेल में भरने की नीति

सब चले गए। अब उनके पायंते रामाबाई आ बैठी थी। वे आंखें बन्द किए लेटे हुए थे। वह कब से चाह रही थी कि वे लोग जाएं। बैठें तो उन्हें बोलने न दें। डॉक्टर ने उन्हें पूरा आराम करने को कहा है।

वे आंखें बंद किए चुपचाप लेटे हुए थे। वे खाना नहीं खाएंगे क्या ? क्या वह उन्हें इसके लिए कहे या उन्हें यथावत् आराम करने दे ? आराम से भी सुकून मिलता है। उन्हें आराम की जरूरत भी है, वह यह निर्णय नहीं कर पा रही थी कि क्या करे ? सेहत के लिए भोजन भी ज़रूरी है, जिसकी उन्हें कतई चिंता नहीं है। जो मिल जाए, जैसा मिल जाए, चाहे एकदम ठंडा ही क्यों न हो, उनके लिए वही ठीक है और न मिले तो भी उन्हें परेशानी नहीं। पढ़-लिखकर व्यक्ति अपने प्रति इतना कठोर, उदासीन और उपेक्षित क्यों होने लगता है कि वह आकांक्षाशून्य दिशा में बढ़ने से अपने आपको रोक नहीं पाता ? दूसरों को न्याय, सम्मान और उपेक्षा से मुक्त करने वाला सचेतक अपने प्रति असावधान क्यों हो जाता है ? वह ऐसे प्रश्नों के इन्द्रजाल में फंसकर सूने भंवर की ओर ताकती रह जाती थी सूने नयनों से, अंतर्मुखी होकर एकदम अवसन्न अवस्था में। उसके निर्बन्ध केश सहस्रों शून्य आंखें बनकर उनको ही ताक रहे हों, उसे ऐसा अनुभव होने लगता था। वह विचलित हो उठती थी। उसकी शिराओं में रक्त तेज़ी से किसी बरसाती नाले-सा दौड़ने लगता था।

अब भीमराव अंबेडकर गहरी सांस लेने लगे थे। उसकी आंखें नम हो उठीं। उसका हृदय भर आया। उसके सामने एक निहायत ही उम्दा, अनवरत और अथक परिश्रमी, परसेवी, महान शास्ता, अति सज्जन, परम सत्यवादी और बेजोड़ इंसान सो रहा था। उसके सिवाय कौन जान सकता है उसके सम्पूर्ण परित्याग की अंतर्मुखीगाथा को जो अचेतनावस्था-सी कहीं गहरे में दबी पड़ी हुई थी ?

क्या पता वे कब करवट लें, उनकी धुंधलाई आंखों के सामने कब एक दुर्बल परन्तु समर्पित आकार डोल जाए और हड़बड़ाकर पूछे, "रामू, तुम अभी तक जगी हुई हो,...क्यों ?" फिर स्वयं अपराध-बोध से भरकर अपने आपको रोक लेंगे और कहेंगे, "मुझे नींद आ गई थी।"

"खाना लाती हूं।" कहकर रामाबाई उठकर अन्दर की ओर मुड़ने लगेगी।

भूखे रहकर अपने को मार बैठा है उसका आदमी। भूख क्या होती है, वह भूल जाना चाहता है इस बदमिजाज प्रश्न की दहलीज पर खड़ा होकर, भूखे लोगों की गंदी और मटमैली बस्ती में रहते हुए कि वह उनमें से एक नहीं है।

वह जानती है कि उनमें कैसा कसैला और तीखा दर्द का दरिया उछाल मारकर बह रहा है ? कितना भोलापन है उनके शांत ज्वालामुखी मुखमण्डल पर कि कोई अनुमान नहीं लगा सकता कि वह अन्दर-ही-अन्दर कितने सैलाब जैसे नासूर जी रहे हैं, बारंबार पिछले व्रणों की कसकमयी आह को चुपचाप अमृत समझ कर पीते हुए ?

वह उठी। रात के बारह बज रहे थे। बस्ती को नींद आ चुकी थी। एक अजीब सन्नाटा छा चुका था। आज उसे भी भूखा रहने का सौभाग्य मिल रहा था अपने स्वामी के साथ। वह चुपचाप अपने बिस्तर पर आकर लेट गई और रात को गर्म कांच की तरह पिघलते हुए वह अपने में महसूस करती रही तब तक जब तक कि वह स्वयं पिघला हुआ कांच नहीं बन गई। अब कांच ठण्डा होकर जम रहा था आसमान-सा धीरे-धीरे और वक्त की सुइयां ठहर गई थीं, पेण्डुलम शांत था।

चौबीस

दिन किसी देर में सोए बालक-सा उठा, पलकों को खोलता और आंखें मलता हुआ।

पर्दे खींच दिए थे। लगातार वर्षा के बाद मौसम खुला था महकती ऊष्मा बिखरते हुए।

चल पड़ी थीं सड़कें, गलियारे और गलियां। एक चैतन्यता भर उठी थी सबके नन्हें-नन्हें मन में।

कॉफी पी चुके थे। आज भीमराव अंबेडकर अपेक्षाकृत पहले से अधिक ताजा और स्वस्थ अनुभव कर रहे थे। गरम पानी से देर तक नहाते रहे थे और कबीर के पद को रुक-रुककर गुनगुना रहे थे—

घूंघट के पट...घूंघट के पट...पट...पट...
तोह राम मिलेंगे। घूंघट के पट खोल रे,
थोड़ा लख तू सोच अधिक ज्यादा सुन कम बोल रे,
दुविधाओं में बहक नहीं, तू आसन में मत डोल रे
घट-घट में वह रमता साईं, यह सबद अनमोल रे...

रामाबाई का अंग-अंग सद्यः खिले नीलकमल-सा खिलता जा रहा था। वह उन्हें प्रसन्न देखकर गद्‌गद हो जाया करती। उसके मन में एक साथ कई पर्वमयी उमंगे-आशाएं नाच उठीं। वह लहरों पर नई नौका-सी थिरक उठी।

वे नहाकर बाहर आए और अपने काले बालों को कंघे से संवारते रहे।

"रामू... !" उन्होंने धीमे से पुकारा।

रामाबाई थिरकती हुई लौट आई प्यानो की लहराती तरंगों-सी। आते ही उसने पूछा, "कहिए जी !"

"भूख लग रही है।"

वह सुनते ही गद्‌गद्‌ हो उठी उसके मन का तार-तार तरंगित हो गया। वर्षों बाद सुना था उसने यह स्वर। वह बोली, "सूप लाती हूं।"

"किसका ?" भीमराव अंबेडकर ने पूछा।

"टमाटर का।" रामाबाई ने जवा़ब दिया।

"लाओ।" वह तपाक से बोले।

वह सूप लेकर आ गई।

गरमागरम सूप भीमराव अंबेडकर चम्मच से लेने लगे। उनकी बड़ी-बड़ी आंखें चमक रही थीं।

कल से भूखे हैं। फिर अच्छी तरह नहाए-धोए हैं और चित्त प्रसन्न हो उठा है। फिर भूख खुलकर क्यों नहीं लगेगी ! उसके चेहरे पर चमक आ गई थी। वे कह रहे थे, "बहुत बढ़िया बनाया है सूप, रामू !"

वह कुछ नहीं बोली। उसके गौर मुखमण्डल पर लालिमा उतर आई थी।

वह खाना परोसकर ले आई। मूली की भाजी वे बड़े स्वाद से खाते रहे। वे कह उठे, "रात खाना नहीं खाया था।"

"हां, आपको नींद आ गई थी।"

"तुमने भी नहीं खाया !"

"वो...यह है कि...जी !" रामाबाई हकलाई।

"कितनी बार कहा है कि...।"

"आप खाना खाइए जी !"

"तुम्हें मेरी प्रतीक्षा में..."

"आगे से ध्यान रखूंगी जी !"

"तुम जब से शादी हुई है, एक ही बात दोहराती रहती हो, परंतु उस बात का कभी ध्यान नहीं रखतीं।" भीमराव अंबेडकर आज प्रसन्न मुद्रा में थे। वह नहीं चाहती थी उनका मूड़ बदले और उसकी कोई बात उन्हें तंग करने लगे।

"मुझे रखना चाहिए।"

"मुझे दुःख पहुंचता है।"

"आइंदा ध्यान रखूंगी।"

"सच कहती हो ?"

"जी हां, एकदम सच।"

"तुम झूठ तो जानती नहीं हो।"

"पता नहीं।"

"फिर भी झूठ बोलती हो।"

"ना बाबा, ना।"

"तो कंठ छूकर कहो, ना।" भीमराव अंबेडकर ने कौर तोड़ते हुए कहा।

वह झेंप गई। उसकी आंखें व्रीड़ानत हो उठीं। वह तब नौ वर्ष की थी जब उसकी शादी हुई थी और उनके मूंछें भी उगने आ रही थीं। तब किसी बात पर उसने अपना कंठ छूकर कहा था कि हम झूठ नहीं बोलते हैं जी।"

"क्या कंठ छूकर कोई नहीं बोलता है ?"

"हां ?" उसने धीरे से कहा था।

"कंठ कोई गीता है क्या ?"

"गीता क्या होती है !"

"सच्ची पुस्तक।"

"पुस्तक भी झूठी होती है क्या ?"

"इस पर भीमराव अंबेडकर सोच में पड़ गए थे और उसके भोलेपन को निहारने लगे थे। वे पूछ बैठे, "तुम स्कूल जाती थीं क्या ?"

"नहीं।" रामाबाई सहज होकर कहती।

"क्यों ?" भीमराव अंबेडकर प्रश्नभरी दृष्टि से उसे देखते।

"कोई स्कूल नहीं था।"

"कहां ? भीमराव अंबेडकर पूछते होते।

"जहां हम रहते थे।"

"आसपास भी स्कूल नहीं था ?" भीमराव अंबेडकर उसे कुदेरते हुए पूछते।

"शायद था, लेकिन वहां लड़कियां पढ़ने नहीं जाती थीं।...वहां लड़कों को भी...।"

"क्या लड़कों को ?" वह पूछते।

"हमारी जाति के लड़कों को पढ़ने नहीं दिया जाता था।" रामाबाई ने धीमे स्वर में पूछा, "पढ़ाई से क्या होता है ?"

"दुनिया नजर आने लगती है।"

"वह तो अब भी आ रही है।"

"तब और...।"

"पढ़ाई क्या कोई आंख है ?"

"हां रामू, आंख है—तीसरी आंख।" भीमराव अंबेडकर उसे चौंका देते।

"तीसरी आंख...ये क्या होती है जी ?"

"भीतर की आंख।"

"भीतर की आंख !" वह साश्चर्य दोहराती।

"जिसको ये आंखें नहीं देख पातीं, उसे वे देख लेती हैं।"

"खोई हुई चीज जैसे।"

वह मुस्कुराकर कहते, "हां, वह भी ?"

"तो...।" वह मुस्कराकर साश्चर्य रह जाती।

"तो चाहोगी।"

"क्या ?" रामाबाई पूछती।

"पढ़ना।"

"कौन पढ़ाएगा ?"

"मैं।"

"मास्टर जी बनोगे !"

"तुम्हारे लिए।"

"सचमुच जी !" वह साश्चर्य मुस्कराती।

"जी हां, सचमुच।" भीमराव अंबेडकर कहते।

"ठीक है।"

वह एक लम्बा संवाद था जिसकी परिणति में प्राण झंकृत हो उठे थे और सांस-सांस मलयानिल। वह कृत्रिम रोष प्रकट करती हुई बोली, "ऐसे पढ़ाई होगी क्या... ? पढ़ गए हम। खुल चुकी हमारी तीसरी दृष्टि।...ना बाबा, हमें आपसे कभी नहीं पढ़ना...कभी भी नहीं।...वह सारा परिदृश्य हाल की सी घटना-सा ज्वलंत हो उठा—नव पल्लव पर स्वर्णिम प्रकाश में थिरक रही ओस बूंद-सा।

यादों की तलहटी में महक उठता वसंत कितना मोहासक्त कर जाता है कि वर्तमान याचक-सा द्वार पर खड़ा रह जाता है—उसका 'नोटिस' नहीं लिया जाता।

आज सोचती है कि वह भी कोई शादी करने की उम्र थी ! तब वह कुछ नहीं जानती थी।

"धन्यवाद, रामू !" डकार लेकर भीमराव अंबेडकर ने टकटकी बांधे उसकी ओर देखते हुए कहा। उसका चेहरा गुलाबी हो उठा था। वह अतीत की ऊष्मा से गुदगुदा उठी थी। उसमें स्वप्नों की वाटिका झांकने लगी थी।

इसी समय उनके मित्र आ गए—शिवतारकर, देवराव नाईक, कद्रेकर, गायकवाड़ आदि। वह उठकर चल दी।

"भाभी नाराज होकर गई हैं क्या ?" कद्रेकर कहते हैं।

"नहीं जी... !" भीमराव अंबेडकर रामाबाई के स्वर में बोल पड़े परंतु संभल गए। वह पुनः तुरंत कहने लगे, "कॉफी-चाय... ?"

"अभी चलना ही ठीक रहेगा।"

"तो ठीक है।...पर...।" भीमराव अंबेडकर यह कहते हुए उठ खड़े हुए और कपड़े बदलने चले गए। थोडी देर बाद वह लौटे तो स्लेटी रंग के सूट में थे और पट्टीदार टाई भी। उनके हाथ में वही फैल्ट हैट था जो वह गोलमेज सम्मेलन में रवाना होते हुए लगाए हुए थे। उन पर स्लेटी रंग का सूट बहुत जंच रहा था।

"संत को यह भेष अखरेगा।" कद्रेकर ने कहा।

"उनका संतों में विश्वास नहीं है।"

"वे भोजन, पान, विवाह इत्यादि के सामाजिक महत्त्व को नजरअंदाज करते हुए इंद्रियों को वश में करने, इच्छा-शक्ति की साधना और कतिपय सामाजिक मूल्यों के पक्षधर हैं।" देवराव नाईक बीच में बोल पड़ा, "उनकी आस्था वर्ण-व्यवस्था में भी है।"

"यह अजीब-सी मानसिकता है इस संबंध में उनका वर्ण-व्यवस्था के प्रति सम्मोहन अलग है। वह पुनर्जन्म का भी पक्ष लेते हैं और आनुवंशिकता के नियम को शाश्वत मानते हुए चेतावनी देते हैं कि यदि इसमें हेर-फेर करने का प्रयास किया तो अराजकता दबोच लेगी।" देवराव नाईक की बात को आगे बढ़ाते हुए बाबूराव गायकवाड़ कहते हैं, "फिर उनसे बातचीत का आधार क्या होगा ?...क्या बात उठेगी और क्या निर्णय लिया जा सकेगा ?... मेरी समझ में इस भेंट का कोई औचित्य नहीं है क्योंकि दो भिन्न दिशाएं एक नहीं हो सकती हैं।"

"मैं भी यही सोचता हूं।" शिवतारकर ने कहा।

"दो बजे का समय दिया है।"

"एक पैंतीस हो रहे हैं।" देवराव नाईक बोले।

"चलें फिर...।" भीमराव अंबेडकर इसी के साथ आगे बढ़ गए। ठीक एक पचपन पर वे सब मणि-भवन में प्रवेश कर चुके थे। तीसरी मंजिल पर गांधीजी थे। उन्हें वहीं ले जाया गया। गांधीजी इस समय मिस स्लौदे से बातचीत में मशगूल थे। उन्होंने इन नव आगंतुकों की ओर ध्यान नहीं दिया।

स्लौदे किसी बात पर जोर से हंस पड़ी थीं। गांधीजी भी मुस्करा रहे थे।

भीमराव अंबेडकर को जिस बात का डर था, वही हो रहा था। उन्होंने गांधीजी को ही बुला लिया होता। यहां उनसे मिलना कोई जरूरी नहीं था। वे जानते थे कि गांधीजी जिद्दी हैं और अधिनायक जैसी मनःस्थिति में हैं। वे तनिक उत्तेजित हुए, फिर तुरंत अपने आपको संभाल लिया—'अतिथि देवो भव' का विचार तो उन्हें करना है, यह तो उनकी संस्कृति-शिष्टाचार से जुड़ा हुआ संस्कार है। फिर एकदम सहज हो गए और बाहर की ओर अपना ध्यान केन्द्रित करने लगे।

गांधीजी के पास पूना से आए एक मित्र भी बैठे हुए थे जो भीमराव अंबेडकर को जानते थे। उन्होंने उनका अभिवादन किया तो गांधीजी की निगाह भीमराव अंबेडकर पर पड़ी और वह तनिक बैठने का रुख बदलकर संभलते हुए पूछने लगे, "अच्छा, डॉक्टर, आप आ गए !"

"जी !...आना तो था ही, यह पूर्व-निश्चित था।" भीमराव अंबेडकर ने गांधीजी की ओर विशेष ध्यान से देखा। वे सफेद खादी में लिपटे हुए थे। उनकी ऐनक एक ओर रखी हुई थी और जेब घड़ी पास में ही थी।

दीवार पर छिपकली सांस रोके स्थिर चिपकी हुई थी।

गांधीजी ने भरपूर दृष्टि से भीमराव अंबेडकर की ओर देखा। वे उनसे उम्र में बहुत छोटे थे। वेशभूषा से भारतीय नहीं थे। खद्दर का तो प्रश्न ही नहीं था। उनकी आंखें चमकीं। उनके अधर व्यंग्य से घिरे और उनकी मुद्रा किसी अदृश्य उलझन से जा जुड़ी। यह सब एक साथ हुआ और इतनी जल्दी हुआ कि उसका 'नोटिस' नहीं लिया जा सका।

दोनों आमने-सामने पहली बार हुए थे। एक में कांग्रेस के अधिनायक का दर्प था जिसे इस समय उनके संताचरण के अभ्यास ने प्रकट नहीं होने दिया था। लेकिन कहीं ऐसा नहीं लगने दिया कि वहां उनकी कोई जरूरत है। उन्होंने हलके से खखारकर गला साफ किया और धीमे से पूछा, "अच्छा, बताओ, डॉक्टर ! आपको क्या कहना है ?"

गांधीजी इसी के साथ थोड़ा सहज हुए और उनकी आंखें विस्फारित होकर बदलते माहौल को महसूसने का प्रयत्न करने लगीं। भीमराव अंबेडकर समझ तो रहे थे कि बात करने का मुद्दा क्या है परंतु उन्हें यह बड़ा अजीब-सा लग रहा था कि बातें तो उन्हें करनी थीं। बिना किसी प्रश्न के उकेरे वे अपनी ओर से क्या बात शुरू करें और कहां से ? भीमराव अंबेडकर ने सोच की मुद्रा में डूबते हुए स्पष्ट किया, "आपने मुझे अपने विचार सुनने के लिए आमंत्रित किया है। कृपया आप ही बतलाएं कि आपको मुझसे क्या कहना है ? अथवा आप मुझसे प्रश्न कीजिए, मैं उनके उत्तर देने का प्रयास करूंगा।"

इससे वातावरण कुछ गरमा गया। उनके प्रश्न का यह सीधा और निर्भीक उत्तर था।

गांधीजी अन्दर-ही-अन्दर चौंके—उनके सामने नेहरू नहीं, डॉक्टर अंबेडकर था जो आस्था से नास्तिक था और पुनर्जन्म, वर्ण-व्यवस्था आदि को प्रपंच मानता था। उनका पहला दांव कारगर सिद्ध नहीं हुआ। वे संभले लेकिन उन्होंने किसी को संभलने का एकसास नहीं होने दिया। वे सोच रहे थे कि उसकी नास्तिकता आस्तिकता से कमजोर नहीं है और वह मेधावी है लेकिन बेखौफ। वे धीरे-धीरे कहने लगे, "मुझे मालूम पड़ा है कि आपको मुझसे और कांग्रेस से कुछ शिकवे-शिकायतें हैं। मैं आपको यह बतलाना चाहता हूं कि मैं दलितों की समस्या के संबंध में अपने स्कूल के दिनों से सोचता रहा हूं जब आप पैदा भी नहीं हुए थे। कदाचित आपको यह मालूम हो कि मैंने बड़े प्रयत्नों से दलित समस्याओं को कांग्रेस के कार्यक्रम से जुड़वाया है और उसे मंच का एक हिस्सा बनवाया है। कांग्रेस नेता इस कार्यक्रम का इस कारण विरोध करते थे कि यह धार्मिक और सामाजिक कार्यक्रम है और इसे राजनीतिक कार्यक्रम के साथ नहीं जोड़ा जाए।" गांधीजी रुक-रुककर अपनी पैनी नजर से सुनने वाले की मुखाकृति पर होने वाली प्रतिक्रिया का जायजा ले रहे थे। वह भीमराव अंबेडकर की शांतचित्त और निरुद्विग्न मुद्रा को देखकर चकित थे। वे आगे कहने लगे, "इतना ही नहीं, दलितों को उठाने के लिए कांग्रेस अब तक चौबीस लाख रुपये खर्च कर चुकी है। इस पर भी आप मेरा और कांग्रेस का विरोध कर रहे हैं, इससे मुझे आश्चर्य होता है। इस सम्बन्ध में यदि आप कुछ कहना चाहें, जिससे आपका मत पुष्ट होता हो तो आप अवश्य कहें, उसके लिए आप पूर्ण स्वतन्त्र हैं।"

गांधीजी अपनी बात को विराम देते हुए पास में रखी पुस्तक के पृष्ठ पलटने लगे। भीमराव अंबेडकर को अनुभव हुआ कि वे आंकड़े और अपनी पैरवी को ढाल बनाकर उनको मोड़ना चाहते थे और सोच रहे थे कि उनके पास इस सबका उत्तर यदि कोई हो सकता है तो वह होगा—मौन। परंतु वे यह छूट हाथ से निकल जाने देने के पक्ष में नहीं थे। उत्तम यही है कि दो टूक उत्तर दिया जाए। फैल्ट हैट उनके हाथ में था, जिसे उन्होंने पास में रख दिया था और अपने बैठने का रुख बदलकर वह कहने लगे, "यह बात सच हो सकती

है कि आप मेरे जन्म से पहले अछूतों की समस्या पर विचार करते रहे हैं, महात्माजी ! सभी वयोवृद्ध व्यक्ति अपनी आयु पर जोर देते हैं। यह भी सच है कि आपके बल देने पर ही कांग्रेस ने इस समस्याओं को अपने कार्यक्रम से जोड़ा है। लेकिन मैं यह स्पष्टतया कहना चाहूंगा कि कांग्रेस ने अछूतों की समस्या को पहचाना है। कांग्रेस ने अछूतों पर लाखों रुपये बर्बाद किए हैं। इतने ही धन से मैं उनमें आश्चर्यजनक बदलाव ला सकता था।''

गांधीजी चकित रह गए। उनके और कांग्रेस के प्रति कृतज्ञता ज्ञापित करने के स्थान पर उन दोनों की कटु आलोचना करने में उन्हें कोई भय नहीं। अभी तक भीमराव अंबेडकर के मुखमंडल पर आक्रोश या उत्तेजना की कोई रेखा नहीं थी। वे एकदम शांत थे। वे आगे कह रहे थे, ''इन परिस्थितियों में आपने मुझसे पहले संपर्क साधा होता तो अच्छा होता। मैं यह स्पष्ट कर देना चाहता हूं कि कांग्रेस इस संदर्भ में निष्ठावान नहीं है। यदि वह अछूतों के प्रति ईमानदार होती तो उसने कांग्रेस का सदस्य बनने के लिए जैसे खद्दर पहनने की अनिवार्य शर्त रखी है, वैसे ही छुआछूत दूर करने की शर्त भी रख सकती थी। फिर तो नासिक जिला कांग्रेस अध्यक्ष ने मंदिर-प्रवेश का विरोध नहीं किया होता। कांग्रेसी न तो अछूतों को अपने यहां नौकरी देते हैं और न उन विद्यार्थियों की सहायता करते हैं। आप कहते हैं, अंग्रेजी सरकार का हृदय-परिवर्तन नहीं हुआ, परंतु हमारी समस्या के प्रति सवर्ण हिंदुओं का हृदय परिवर्तित कहां हुआ है ?'' इस वक्त उनका चेहरा अरुणाभ हो उठा था।

गांधीजी उलझन में पड़ गए। उनके तर्क गलत नहीं थे, परंतु वे केवल सामाजिक-धार्मिक समस्याओं से आगे संघर्षरत थे। दो समानान्तर स्वतंत्रताओं को एक साथ प्राप्त कर लेना सहज नहीं था। उन्होंने भीमराव अंबेडकर की ओर देखा। अचानक उनके मुंह से निकल गया, ''तो... ?''

''जब तक वे अपनी जिद पर डटे रहेंगे तब तक हम न कांग्रेस का और न हिंदुओं पर भरोसा करेंगे। हम आत्म-सहायता और आत्म-स्वाभिमान में आस्था रखते हैं। हम नेताओं और महात्माओं में विश्वास करने के लिए तैयार नहीं हैं।'' भीमराव अंबेडकर एक ही लय–आंतरिक लय, गतिवेग का संतुलन बनाए हुए कह रहे थे, ''इस संबंध में मैं किसी भ्रम में रहना नहीं चाहता, सब कुछ साफ-साफ कह देना चाहता हूं, इतिहास भी इसका समर्थन करता है कि महात्मागण चक्रवात की भांति आए, उन्होंने धूल को उठाया, परंतु धरा के स्तर को ऊंचा नहीं कर सके। हमारे आंदोलन का कांग्रेस क्यों विरोध करती है ? क्यों मुझे वह गद्दार कहती है ?''

गांधीजी ने विशिष्ट अभिजात्य-वर्ग की कलई खुलते हुए देखी। रंगकर्म से संस्कारित उनकी मुख-मुद्रा आलोकमयी हो उठी थी। हालांकि मद्रास में दिए गए भाषण में इस संदेह पर से पर्दा उठा दिया था कि भीमराव अंबेडकर देशद्रोही हैं। फिर भी, गांधीजी चुप रहे।

समय खलबल करता किसी अज्ञात दिशा में बहता रहा और सैलाब अचानक घिरी घटाओं-सा यकायक चारों ओर पल-भर में फैल गया।

''और क्या कहना है ?'' गांधीजी का स्वर उभरा। वे भी एकदम तटस्थ बने हुए थे और शून्य में झांक रहे थे।

भीमराव अंबेडकर का तमतमाया हुआ मुखारबिंद अब थोड़ा सामान्य हो चला था। वे बहुत धीरे, रिसते घाव की पीड़ा को अन्दर-ही-अन्दर दबाने का प्रयास करते हुए अचानक फट पड़े, ''गांधीजी, आई हैव नो होम लैंड।...मैं अपनी बात पुनः कहूंगा कि मेरा कोई घर नहीं है। मैं इस धरा को अपनी धरा कैसे कह सकता हूं ? मैं इस धर्म को अपना धर्म

कैसे मान सकता हूं, जिसमें हमारे साथ कुत्ते-बिल्ली से भी बदतर व्यवहार होता है, और जिसमें हम पानी की एक बूंद लेने का भी हक नहीं रखते ?''

गांधीजी ने तपाक से उन्हें संभाल लिया और कह उठे, ''डॉक्टर, आपकी मातृभूमि है। गोलमेज कांफ्रेंस में आपके कार्य की रिपोर्ट मुझे मिली है, उसने आपको एक महानतम देशभक्त सिद्ध किया है,...मैं भी यह मानता हूं।''

''सच यह है, गांधीजी, कि कोई आत्म-स्वाभिमानी अछूत ऐसी स्थिति में न इसे अपनी मातृभूमि कह सकता है और न ऐसे धर्म को अपना धर्म बतला सकता है।...यदि मैं इस देश के लिए कुछ नहीं कर पाता तो इसका कारण मैं नहीं हूं, सवर्ण हिंदू हैं और यदि मेरे कार्यों से इस देश को कोई नुकसान नहीं पहुंचता तो इसका श्रेय मेरी चेतना को जाता है। मैं अपनी जागृत और पवित्र आत्मा से भरसक यही प्रयास करूंगा कि इस देश को किसी प्रकार का नुकसान पहुंचाए बिना अपने लोगों को मानवीय अधिकार मुहैया करा सकूं।'' इस बार भीमराव अंबेडकर तनिक जोश में आ गए थे। उनके होंठ हिलते हुए अग्निबाण छोड़ रहे थे।

एक जुनून था भीमराव अंबेडकर के सिर पर जो अन्तश्चेतना के प्रवाह को निर्बाध दौड़ता हुआ अनुभव कर रहा था। वे नहीं मानते थे कि गांधीजी का यह स्वप्न कभी पूर्ण हो सकेगा कि जब भारत अंतःशुद्धि प्राप्त कर लेगा तभी वह स्वतंत्र सिद्ध होगा। वे तो अस्पृश्यता के और जाति-व्यवस्था की उपयोगिता के मध्य एक तरह की समानता का अनुभव करते हैं। उन पर वैष्णव-जैन वातावरण का गहरा प्रभाव है जो उन्हें आक्रामक नहीं बनने देता जबकि वे अछूतों के नायक होने की भूमिका निभाने का लगातार प्रयास करते रहते हैं। उनमें भीमराव अंबेडकर जैसा जुनून नहीं है। वे तत्कालीन परिवेश और श्रोताओं की खामोश मुद्रा को मुक्त करने के लिए बोले, ''मैं सुन रहा हूं, अनुभव कर रहा हूं—फिर भी चाहता हूं कि आप हृदय खोलकर अपनी बात जारी रखें।''

देवराज नाईक घबरा रहे थे। गायकवाड़ उत्तेजित हो रहे थे। अन्य सकते में थे और नहीं समझ पा रहे थे कि इस आग्नेय वार्ता का अन्त कैसे होगा ? कौन मित्रता का हाथ बढ़ाएगा ? क्या कसैलापन धुआंदार होकर अपने में टूटता रह जाएगा किसी त्रासद नाटिका के अन्त-सा, अचानक और एकदम !

''हर एक जानता है कि मुसलमान और सिक्ख अछूतों से सामाजिक, राजनीतिक और आर्थिक रूप से काफी आगे हैं। प्रथम गोलमेज कान्फ्रेस ने मुसलमानों के पृथक् राजनीतिक अधिकारों को मान लिया था, साथ ही उनके लिए राजनीतिक सुरक्षा को भी संरक्षण प्रदान किया था। कांग्रेस ने भी इसमें अपनी सहमति प्रकट की थी। इसी कांफ्रेंस में अछूतों के राजनीतिक अधिकारों को भी मान्यता मिली थी और उसके लिए राजनीतिक संरक्षण और समुचित प्रतिनिधित्व प्रदान करने की सिफारिश की गई थी। हमारे विचार से अछूतों के लिए यह लाभदायक है। आप क्या सोचते हैं ?'' भीमराव अंबेडकर ने अपनी बात को अंजाम बहुत सावधानी से दिया और गांधीजी की ओर किसी विशेष प्रयोजन से देखा। गांधीजी सकपकाए, परंतु शीघ्र ही चट्टान-सी दृढ़ता व्यक्त करते हुए प्रतीत हुए। उनका चेहरा झुरमुटे में से निकलते सूरज की किरणों जैसा नजर आ रहा था। वे बोले, ''डॉक्टर साहब, मैं अछूतों की हिन्दुओं से राजनीतिक पृथकता के खिलाफ हूं। मैं इसे एक प्रकार से आत्मघातक समझता हूं।''

दो टूक उत्तर--दो दिशाएं आमने-सामने। एकदम समान्तर। बात का सिलसिला पत्थर

पर गिरे कांच के गिलास-सा स्पंदित और खंडित।

गांधीभक्त प्रभाशंकर उठकर चल दिया। देवराव नाईक अवाक्-से यथावत् बने रहे। शेष सांस रोककर आगामी परिणाम की प्रतीक्षा में बैठे रहे। परिवेश की नसें तन गई थीं और जलते तवे पर पड़ी बूंदों-सा अवसन्न रह गया था सबका मन।

भीमराव अंबेडकर का मुखमंडल यह सुनकर क्रोधावेश में तमतमा गया था। बात साफ़ थी। वहां रहने का अब कोई औचित्य नहीं रह गया था।

गांधीजी उस समय कांग्रेस में अधिनायक थे, सनातनी हिंदुओं के सबसे प्रबल प्रवक्ता थे। अरबपतियों का उनकी पीठ पर हाथ था। वे जो सोचते थे, वही होता था। उनका विरोध करना, वह भी उनकी टक्कर में आ जाना पत्थर पर सिर मारने जैसा था। यह सब जानते हुए भीमराव अंबेडकर ने कहा, "मैं आपकी स्पष्टवादिता का कायल हूं। यह बेहतर हुआ कि इस प्रमुख समस्या के संबंध में ज्ञात हो सका कि हम कहां पर हैं।...अच्छा तो अब मैं इजाजत चाहूंगा।"

गांधीजी की आंखों में लालिमा उतर आई थी। उन्होंने गहरी सांस छोड़ते हुए कहा, "जैसी तुम्हारी इच्छा, डॉक्टर !"

भीमराव अंबेडकर उठ खड़े हुए। उनके साथ ही उनके साथी भी उठ खड़े हुए। पल-भर ठहरे और फिर वे सब तेज़ी से बाहर निकल गए।

भीमराव अंबेडकर स्वयं हिमालय शिखर थे। कौन छू पाता उनको ? किसमें हिम्मत थी कि जो अब चर्चा करता ? चर्चा को रह ही क्या गया था ?

आसमान सुर्ख हो उठा था। हवा प्राणायाम कर रही थी और मौसम खुश्क वादियों को हलका-सा छेड़ रहा था।

पच्चीस

क्या है, क्या नहीं। जो है, वह भी नहीं है और जो नहीं है, वह है। यह कैसी मानसिकता है कि जब पर थे तब उड़ने का मन नहीं था और अब जब उड़ने का मन है तब पर आहत हैं। उनमें उड़ने के लिए हलकी-सी फड़फड़ाहट दर्द के दरिये के दरिये उड़ेल जाती थी और उनकी आंखों के सामने एक निस्तेज़ आसमान की उजाड़ होती हस्ती लंगड़ाने लगती थी।

चित्त की कैद में जो एक बार आ गया, वह चाहे उसका होकर रहना पसंद करे या नहीं करे लेकिन वह उससे भागकर भी कहीं नहीं भाग सकता। यह सरासर ढोंग है कि कोई हिमालय को छूकर कह दे या गंगा पर हाथ रख स्वीकार कर ले अथवा गीता-कुरान-बाइबिल को साक्षी मानकर अपने को दोहरा दे तो वह सही हो जाएगा।

यह सारा-का-सारा अन्तर्द्वन्द्व मथित सागर की पछाड़ खाती लहरों का पश्चात्ताप जैसा था। जिसे भीमराव अंबेडकर अपने मन की धरती पर से उखाड़ फेंकना चाहते थे। जो नहीं है, उसे क्यों माना जाए ? महात्मा हुए हैं, अब नहीं हैं। जो हुए हैं और होने की संभावना में जी रहे हैं, उनके लिए सब कुछ महात्माई पा लेना है और वे इस महात्माई के लिए कुछ भी कर सकते हैं। जैसे हिटलर करने पर उतारू है वैसे ही वे भी उससे पीछे नहीं हैं।

महात्मा को सर्वस्व मान लेने की कमज़ोरी जिस समाज ने बर्दाश्त कर ली, वह समाज देखतें हुए भी नहीं देखता, सुनते हुए नहीं सुनता, बोलते हुए नहीं बोलता, चलते हुए नहीं चलता। उस समाज में एक व्यक्ति देखता है, वही सुनता है, वही बोलता है और चलता है और वे आदमी होता है—अकेला महात्मा ! गांधी के साथ यही अलंकरण काम करने लगा है और वह इसी अंदाज़ से दूसरों से पेश आ रहे हैं। जब एक व्यक्ति से ही सब देखेंगे, सुनेंगे, बोलेंगे, विचारेंगे, चलेंगे और रुकेंगे तो शेष सबके अस्तित्व का अर्थ ही क्या रह जाएगा ? कौन-से लोकतंत्र की संभावना बनेगी ? ओह ! ऐसे समाज के पुनरुत्थान मात्र से काम नहीं चलेगा, उसका तो जड़ोच्छेदन होना ज़रूरी होगा। लेकिन करेगा कौन ?

कांग्रेस ने राष्ट्रीय सर्वदलीय कांफ्रेंस बुलाई। उसमें अछूतों के प्रतिनिधित्व की उसने ज़रूरत नहीं समझी, क्योंकि नेहरू रिपोर्ट में उनके मनोनयन का रास्ता सुझा दिया गया था।

भीमराव अंबेडकर अपने लोगों के लिए रास्ता तलाश रहे थे। इस कारण उन्होंने उस समय साइमन कमीशन को सहयोग देने से हाथ पीछे नहीं किया जब भारत में जगह-जगह उसका विरोध किया जा रहा था। वैचारिक धरातल पर बातचीत के लिए अपने-आपको तैयार रखना क्या ब्रिटेन का पिट्ठू अथवा देशद्रोही हो जाना था ?

भीमराव अंबेडकर चाहते थे कि वे हिन्दुओं के अत्याचारों और भ्रांतियों का पर्दाफाश कर अपने लोगों के लिए ऐसा रास्ता पा सकें जिस पर चलने से उनका सिर न झुके और वे स्वाभिमान की छांह तले चल सकें। जिस वर्ग ने सदियों चिलचिलाती धूप, ओले-भरी मूसलाधार वर्षा, कड़कती ठण्ड और पथहीन रास्तों पर खड़े होकर आंखों-ही-आंखों में काट दीं और मुंह से एक शब्द भी नहीं कहा, उसके सोए पड़े आतंकित, भयभीत और उद्भ्रांत मन की मेचक छायाओं की काली घनघोर रातों को वे सामने नहीं लाए तो कौन लाएगा ? और यदि ऐसे में किसी तरह आज़ादी मिलने का सौभाग्य उन लोगों ने पा लिया जो सदियों से उनके साथ बदसलूकी करते आ रहे हैं और जिन्होंने सदा के लिए उनसे उनके उड़ने की शक्ति छीन ली है, तो ऐसे भारत की जनसंख्या के पांचवें भाग को आज़ादी कौन देगा ? किससे मिलेगी ?

"उठ भीम, तू उठ। रुक मत। तुझे शहीद होना पड़े तो हो जा लेकिन पीछे मत हट।...तू ही इन मूक उपेक्षितों का नायक है। तुझे ही आज़ादी-पूर्व इनके लिए समाज में स्वाभिमान से जीने की जगह बनानी है।...तू यह कर सकता है। तेरे में करने की पूरी शक्ति है।...चल, उठ !"

वह कौन है जो भीमराव अंबेडकर को सोने से जगाकर उठा देता है ? कौन है जो बराबर उसे मर-मिटने के लिए तैयार होने की बात करता है ?

भीमाबाई आ खड़ी होती उनके सामने और उन्हें लगता कि मां उनसे कह रही है।

"तू भूल गया वह दिन, भीम ?" साक्षात् देवी रूप में त्रिशूल लिए वह उससे पूछती।

"तब तू एलफिंस्टन हाईस्कूल में पढ़ता था और तुझे मास्टर सा'ब ने बोर्ड पर बुला लिया था तब...क्या हुआ था तेरे साथ...तूने अपनी बड़ी-बड़ी आंखों में मोती भरकर सुनाई थी वह दुःख-गाथा...।"

"सब याद आ गया, मां !...साथी भागे थे अपने लंच बाक्स उठाने के लिए क्योंकि लंच बाक्स बोर्ड के पीछे रखे हुए थे उन सवर्ण विद्यार्थियों के।...मेरे वहां पहुंचते ही उन सबके लंच बाक्स अपवित्र हो जाते।—तब तूने ही कहा था, मां...याद कर मां...अब तू भी तो याद कर।"

वह मुस्कराई और बोली, "मैंने कहा था, जिस देश में पतितपावन गंगा बह रही हो, हज़ारों-हज़ार मन्दिरों में ईश्वर की आरती उतारी जा रही हो, उस देश में विवेक का ऐसा अकाल, सोच की ऐसी गरीबी और आचरण का ऐसा ह्रास !...ओह !"

"यह तू क्या कह रही है, मां, मेरी कुछ समझ में नहीं आया।"

"वक्त आने पर तेरी सब समझ में आने लगेगा, भीम ! पर तू मन में यह गांठ जरूर बांध ले कि तुझे आज के इन प्रश्नों को ऐसा सटीक उत्तर देना है जिसमें समाज में कभी ऐसी दुर्घटनाएं नहीं घटें।" वह मुस्करा रही थी। उसका आशीर्वाद के लिए उठा हाथ उनमें शक्तियों को उड़ेलता जा रहा था।

"मां, तूने उस दिन मुझे बहुत शाबाशी दी थी।"

"किस बात के लिए ?"

"तुझे याद नहीं है, मां ?"

"क्या रे ?...तेरी मां की यादगार कमज़ोर पड़ती जा रही है...तू ही बता दे कि वह क्या बात थी !"

"वह ब्राह्मण अध्यापक जिसका नाम मैंने बामन माट सा'ब रखा था।"

"याद आया।...तुझसे उसने कहा था कि...तू तो महार है, रे ! तू पढ़-लिखकर क्या करेगा ?" भीमाबाई की आंखों में चपला दौड़ गई। वह आगे बोली, "और तूने कैसा करारा जवाब दिया था उसे !"

"वह भी याद है , मां !"

"सब याद है, उसी पर तो मैंने तुझे शाबाशी दी थी और कहा था—भीम, डर जीवन के लिए सबसे बड़ा खतरा है।...पढ़ाई का अर्थ है डर से मुक्ति।...तू कभी मत डरना।... किसी से भी मत डरना।..."

"बहुत बड़े आदमी से भी... ?"

"हां, उससे भी नहीं।"

"महात्मा-साधु-संत से भी... ?"

"हां, उनसे भी नहीं।...पर एक बात याद रखना।"

"क्या ?"

"निडर वह हो सकता है जो कोई गलत काम नहीं करता है, सबका भला सोचता है और पाप से दूर रहता है।"

"पाप ?"

"मतलब वह कर्म जिसे छिपाना पड़ता हो।"

"पाप है, मां ?..."

"हां, भीम, भिवा बेटे, वह पाप है और मुझे आशा है कि तू कभी ऐसा काम नहीं करेगा।...तूने उस ब्राह्मण मास्टर को जो उत्तर दिया था, वह उत्तर तेरे अलावा और कोई नहीं दे सकता है।"

"ऐसा मैंने क्या कहा था, मां ?"

"तू फिर से बोल उस उत्तर को।"

"बोलू, मां !"

"हां, भिवा बेटा, बोल।"

वह कुछ सोचकर बोला, "सर, पढ़-लिखकर मैं क्या करूंगा, यह आपके पूछने का

काम नहीं है।...यदि भविष्य में आपने कभी मेरी जाति का नाम लेकर मुझे चिढ़ाने का प्रयास किया तो इसका नतीजा अच्छा नहीं होगा।"

"वाह...वाह भिवा बेटे, तूने तो इतनी छोटी-सी उमर में अच्छे-अच्छे साधु-महात्माओं की छुट्टी कर दी।...तू अब कभी किसी से नहीं डर सकेगा, यह मेरा आशीर्वाद है।...मेरा आशीर्वाद सदा तेरे साथ रहेगा। तू कभी चिंतित नहीं होना, मेरे प्रिय पुत्र--कभी नहीं।"

"कभी नहीं—मां, कभी नहीं।"

"तो उठ और करोड़ों-करोड़ की बुझी हुई आशाओं में जीवन डाल दे।...ये महात्मा तेरा कुछ नहीं कर सकेगा। अंत में इसे भी तेरा रास्ता अपनाना होगा, भिवा बेटे, ये मेरा आशीर्वाद है।"

"मां...मां...मां... !" भीमराव अंबेडकर बड़बड़ा उठे। रामाबाई ने देखा कि सोए हुए हैं। फिर भी वह हांफ रहे हैं और मां...मां...कह रहे हैं।

रामाबाई ने घड़ी की ओर देखा। सुबह के साढ़े चार बज रहे थे। वह उनके पलंग पर आ गई। उनके चेहरे पर शांति थी। उनकी बंद आंखों से आंसू छलक रहे थे। उसने उन्हें छू लिया। वे चौंक पड़े। उसकी ओर देखा। चकित होकर पूछा, "क्या बात है रामू ? तबीयत तो ठीक है ?"

रामाबाई ने उनके कपोल पर ढुलक आए मोतियों को अपने आंचल से पोंछकर कहा, "क्या बात है, स्वामी ?...कुछ परेशानी है क्या ?"

भीमराव अंबेडकर को स्वयं ताज्जुब हुआ। उनकी आंखें में आंसू ! वे तो गहरी नींद में थे। फिर आंसू... ! वह बोले, "पता नहीं, रामू !"

"कोई स्वप्न देखा क्या ?"

"हां...हां...रामू...अभी...अभी...मां...मां रामू...तूने...अरे हां, रामू....मां थी स्वप्न में।"

"बहुत दीखती हैं ?"

"हां, तो ?"

"आप मानते नहीं।"

"किस बात के लिए ?"

"मृत आत्माओं की शांति के लिए...।"

"श्राद्ध करूं...नहीं रामू, यह ढोंग है। मैं नहीं मानता।" भीमराव अंबेडकर कहते।

"तो यह भी नहीं मानते कि आदमी मरकर कहीं जाता है ?" रामाबाई पूछती।

"कहां जाएगा ?"

"क्यों, नहीं जाएगा ?"

"वह फिर जन्म लेगा।"

"नहीं।"

"जो जन्म न लेकर भूत-प्रेत योनि में पड़ जाते हैं, वे सताते हैं, रुलाते हैं और चैन से जीने नहीं देते।"

"यह झूठ है, रामू सफेद झूठ।"

"फिर, सच क्या है, ये आंसू !" रामाबाई ने व्यंग्य करते हुए अपनी भोली आंखों से उन्हें देखा।

"हां, ये आंसू, रामू, यही सच है।...हां-हां..रामू, यही सच है, तू विश्वास कर।...मैं कंठ छूकर कहता हूं कि...।" भीमराव बच्चों की तरह मचल कर कहते।

रामाबाई की आंखें भर आतीं। वह कहती, "ठीक है, स्वामी !...मुझे कुछ नहीं कहना।"

भीमराव अंबेडकर लेटे-लेटे ही रामाबाई का हाथ अपने हाथ में लेकर धीरे-धीरे कहने लगते, "रामू, अभी मां आई थी।...आशीर्वाद दे रही थीं।"

"कि उस महात्मा से तुम लड़ जाओ।"

"हां, रामू, बिलकुल ठीक। उसने यही कहा था, रामू !...लगता है कि वह तुमसे भी कहकर गई होगी कि बहू, तू इस पगले की दीवानगी का बुरा मत मानना। इसे बहुत कुछ करना है। लाखों-लाख को कारा से मुक्त कराना है। तू भोली-भाली है, बेटी...ऐसा ही यह पगला है।...अब तू इसकी मदद करना, इसको सहारा देना और इसकी हिम्मत बंधाए रखना है...बेटी,...यह अकेला रह गया है। दुनिया से लड़ना चाहता है।...लड़ेगा।...अंत में जीतेगा भी...क्योंकि...बेटी, यह सच्चे रास्ते पर चल रहा है, इसी पर चलता रहेगा...इससे कभी पीछे नहीं हटेगा।...कभी नहीं।" उनकी आंखें बंद थीं और वह हड़बड़ा रहे थे।

रामाबाई ने बड़े प्यार से उनके माथे पर हाथ फेरा। उसे सहलाया। वे आंखें बंद किये लेटे रहे। उन्हें इस समय बहुत राहत मिल रही थी। उनके सामने रास्ता खुल रहा था।

"आप करो जी, जो करना है।"

"तू साथ है ?"

"साथ कब नहीं थी ! मैं तो सदा साथ हूं, साथ रहूंगी।" रामाबाई ने सिर सहलाते हुए कहा।

"वही तो मेरी शक्ति है, रामू !"

"आप अकेले हैं ना...।"

"तो ?"

"तो क्या, मैं जो साथ हूं।"

"वह महात्मा है।"

"तो क्या हुआ ?...आप उससे बड़े महात्मा हैं।"

"मुझे महात्माओं में विश्वास नहीं है।"

"तो क्या हुआ, दूसरों को तो है।...वह रहेगा भी। चिंता महात्मा या शैतान की नहीं है जी !" रामाबाई ने बहुत गंभीरता से कहा।

"तो किस बात की चिंता है ?"

"आपकी।"

"मेरी ?" साश्चर्य उन्होंने उसकी ओर देखा।

"हां, आपकी।"

"वह क्यों ?"

"क्योंकि आप अपने शत्रु हैं।"

"मैं अपना शत्रु हूं,...वो कैसे ?"

"वो ऐसे कि आप न वक्त पर भोजन करते हैं, न आराम...न वक्त पर सोते हैं और न जागते हैं...अठारह-अठारह घंटों से ज्यादा काम करते हैं...यह नहीं चलेगा, स्वामी !" रामाबाई ने आर्द्र कंठ से कहा।

"अरे, मुझे जाना है।"

रामाबाई ने उन्हें उठने नहीं दिया।

"क्या बात है ?"

"वायदा करो।"

"वायदा रहने दो, रामू !"

"क्यों ?"

"मैं विवश हूं।"

"किससे ?" रामाबाई उनकी ओर देखकर पूछती।

"अपनी आदत से।...मेरी फितरत शुरू से ऐसी रही है।...फिर भी, मैं कोशिश करूंगा।...सच, रामू,...मैं कंठ छूकर कहता हूं कि...।"

"कंठ छूकर तो झूठ बोला जाता है जी !" रामाबाई धीरे से कहती।

इस पर भीमराव अंबेडकर ज़ोर से खिलखिला पड़े और रामाबाई को गुद-गुदाकर कहने लगे, "जाना है रामू, जल्दी करो।...कुछ नाश्ता बना दो।...मैं नहाकर अभी आया।"

"आज पानी नहीं आ रहा है।"

"कंठ छूकर... !" भीमराव हंसते हुए नहाने की तैयारी करने लग जाते।

रामाबाई आते हुए प्रातः को मन-ही-मन नमन करती और कहती, "हमारे इन पर कृपा बनाए रखिये, प्रभु ! यह आपकी तरह जगमगाते रहें...अंधेरा मिटाते रहें।...इनकी रक्षा करना, प्रभु !...इनको भी कुंडल-कवच देना...ज़रूर देना !" इसी के साथ वह खड़ी हुई। उसका मन भर आया।

वे तैयार हो गए। उनमें नव स्फूर्ति चपला-सी दौड़ गई। वे खाना खाकर चल दिए।

रामाबाई याद करती रही उनके कोंकण क्षेत्र की एक सभा में दिये गए भाषण के अंशों को। इस क्षेत्र में प्रचलित कृषि-पद्धति जिसे मुजारा प्रणाली से भी जाना जाता है, का विरोध करते हुए समझाया कि भूपति इस पद्धति से उनका रक्त जोंक की तरह पीते हैं। भूपतियों ने उन्हें चेतावनी दी थी कि वे उनके रास्ते में न आएं। रामाबाई ने सुना था, जब उनके साथी भी उन्हें रोक रहे थे। चिपलून नगर में एक क्रांतिकारी कदम उठाकर उन्होंने मुजारा प्रणाली के विरोध में जनमत तैयार करने की दृष्टि से यह आवश्यक समझा कि वहां जाया जाए। यदि वे एक जगह भी जाने से डर गए तो वे कमज़ोर पड़ जाएंगे और विद्रोहियों के हौसले बुलंद होने लगेंगे।

वे जाने से पूर्व रामाबाई के पास आए थे और कुछ देर तक वह उसे भरपूर दृष्टि से देखते रहे थे। वह बोली, "जाओ, स्वामी, ज़रूर जाओ।...मैं क्षत्राणी तो नहीं हूं और आप भी...परन्तु हमारे कार्य उनसे भी अधिक महत्त्वपूर्ण हैं।...हम अपने लिए नहीं, उन सबके लिए..."

"किनके लिए ?"

"जो दलित हैं हम जैसे।"

"सच रामू...यह तुम सोचती हो, रामू !" भीमराव अंबेडकर फिर रुके नहीं चल पड़े। वह उन्हें जाते हुए देखती रही अपलक दृष्टि से। सोचती रही, जीवन से ऐसा क्या प्रेम ...मरना सबको है, शान से मरें तो...। क्या...रामा...तुम...कहीं कुछ हो गया तो...कुछ नहीं होगा !...जो होगा, वह बुरा नहीं होगा।

"क्या हुआ ?" उसने अन्दर मुड़ते हुए पूछा अपने आप से। क्या धड़ल्ले से वे वहां बोले ! कैसी सुर्खियों में उभरा उनका नाम ! क्या कहा था कि "वे दास नहीं हैं। योद्धा वंशीय हैं। किसी शूरवीर के लिए स्वाभिमान और देशप्रेम से शून्य जीवन बिताने से

लज्जाजनक दूसरी कोई बात नहीं हो सकती।''

वह उनकी बातों को सुन-सुनकर अन्दर-ही-अन्दर अनुभव करने लगी थी कि उसके पति किसी दैवी शक्ति का अवतार हैं। उनमें अद्‌भुत शक्ति है।

गांधीजी के पास से लौटकर वह सर कवास जी जहांगीर हॉल में गए थे, जहां द्वितीय गोलमेज़ सम्मेलन में भाग लेने की खुशी में एक विदाई समारोह का आयोजन किया गया था।

अगले दिन वे लंदन के लिए रवाना हुए थे। एस. एस. मूलतन समुद्री जहाज़ से सब जा रहे थे। बम्बई के बैलार्ड पीथर बन्दरगाह पर काफी चहल-पहल थी। सभी अपने-अपने नायकों के सम्मान में वहां एकत्र हुए थे।

भीमराव अंबेडकर वहां कार से पहुंचे। कार से उतरते ही हज़ारों लोगों द्वारा 'डॉ. अंबेडकर की जय', 'डॉ. अंबेडकर ज़िन्दाबाद' के नारे ने वहां के वातावरण को तरोताज़ा कर डाला। वहां उनका भव्य स्वागत हुआ था।

भीमराव अंबेडकर को जहाज पर सवार होने के बाद मालूम पड़ा कि गांधीजी ने इस सम्मेलन में भाग लेने से इनकार कर दिया है।

उन्हें गांधीजी और कांग्रेस का यह रवैया अच्छा नहीं लगा। वे सोचते रहे कि बहस से जुड़ना भी कम महत्त्वपूर्ण नहीं है, जिसमें कि ब्रितानिया सरकार उन्हें आमंत्रित कर रही है। बातचीत से ही रास्ता निकलता है और भटकना भी कम होता है—एक दिशा निकलने की बराबर संभावना बनी रहती है।

वे अपने केबिन में आकर सोचने लगे कि अदन आने से पूर्व वे एक पत्र लिख डालें और डाल दें। उनके मन में अपने को लेकर एक तूफान उठ रहा था। वे अपने प्रति बहुत गहराई से सोच रहे थे। वे नहीं चाहते थे कि वे पल चुपचाप अनाहट किए गुज़र जाएं जो अपने आने की सूचना की दस्तक दे चुके हैं। उन क्षणों का उनकी दृष्टि में गहरा महत्त्व था।

वह पत्र लिखने बैठते हुए सोच रहे थे कि उसकी शुरुआत कहां से की जाए और कैसे की जाए ? चारों ओर डूबता अंधेरा था और अंधकार में तलाश करता एक जहाज़ था जिसकी टिमटिमाहट उस अंधेरे में यदाकदा चमक उठने वाली निश्शब्द चपला थी। हवा थम-सी रही थी, थकान से ग्रस्त होकर।

वह अपने मित्रों के पत्र पढ़ने लगे। कहीं-कहीं पर उनको अपने बारे में जानकर प्रसन्नता भी हुई। अपने बारे में, विशेष रूप से पत्रों के माध्यम से जानकर व्यक्ति को प्रसन्नता होती है, क्योंकि तब वह तटस्थ होकर सिर्फ अपने को देखता है अन्यमनस्क-सा। उन्होंने सोचा कि इन पत्रों के अंशों के उत्तर में पत्र लिखना शुरू किया जाए।

उन्होंने अपनी मेज़ पर रंगबिरंगे और कीमती पैन सजा लिए थे। पहले वे पैन का चुनाव तो कर लें। उन्हें लगा गहरे आसमानी रंग का पैन ठीक रहेगा क्योंकि अभी तक उन्होंने उस पैन से कुछ नहीं लिखा था। वह पैन उन्होंने लंदन से खरीदा था जब वे प्रथम गोलमेज़ कांफ्रेंस में भाग लेकर लौट रहे थे। ढेर सारी किताबें भी खरीदी थीं।

वे जमकर बैठते हुए लिखने लगे—

''मेरे दोस्तों-साथियों का मेरे बारे में यह सोचना अनुचित नहीं है कि मेरी फितरत काव्यात्मक नहीं है। मैं भी यही सोचता हूं कि मेरी वृत्ति काव्यात्मक नहीं है। परन्तु क्या मेरी समूची ज़िन्दगी या मेरे जीवन की प्रत्येक घटना एक अलौकिक तथा प्रचंड काव्य की

प्रतीक नहीं है ?

"किसी की कल्पना में कदाचित् यह नहीं आया होगा कि भारत का एक दलित महार का पुत्र, गोलमेज़ सम्मेलन में हिस्सा लेकर देश के निर्माण की बातचीत में अत्यंत महत्त्वपूर्ण भाग लेगा ! शायद किसी कवि की कल्पना की उड़ान यहां तक नहीं पहुंच पाई होगी ! ...क्या ऐसी घटना घट जाना काव्यमय और ताज्जुब में डाल देने वाली नहीं है ?"

इतना लिखने पर उन्हें कुछ-कुछ थकान का अनुभव हुआ। वे उठे, टेबुल लैंप बुझाया, स्लीपर एक ओर सरकाकर पलंग पर आ पड़े किसी टूटी डाल से एकदम।

वे आंखें बन्द करने की कोशिश करते तो भारत की उजाड़ बस्तियां जो मलबे के ढेर जैसी थीं, सामने आकर उनका रास्ता रोक लेती थीं।...कभी नासिक समस्या और महाड समस्या उनके मन को उद्वेलित कर देती थी।...मलाबार के अछूतों की दशा से वे बिलख पड़ते थे क्योंकि उन्होंने स्वयं देखा था कि मलाबार के ब्राह्मण बहुत कट्टर थे। वे अपनी स्त्रियों को भी शूद्र मानते थे। वहां अछूत ऊंचे मकान नहीं बना सकते थे...दूध-घी नहीं खा सकते थे...घुटनों से नीचे कपड़े नहीं पहन सकते थे...सिर पर बाल नहीं रख सकते थे सुबह 11 बजे से पहले बाज़ार नहीं जा सकते थे...उनका वहां हृदय तड़प उठा था। उन्होंने वहां उनसे एक ही बात कही थी कि वे अपने बच्चों को पढ़ाएं।...पेरिया स्त्रियों से वे कहने लगे थे कि अपनी जांघों को भी ढकें...शरीर नंगा नहीं रहने दें।...शरीर को कपड़ों से ढको...सतीत्व की रक्षा करो...। शायद उनके चार घंटे भाषण देने का ही परिणाम यह हुआ कि दूसरे दिन पेरिया स्त्रियां अपने शरीर को नीचे से ऊपर तक वस्त्रों से ढककर आईं। ...उनको इस बात की खुशी हुई।...गांधी और कांग्रेस को यह सब क्यों नहीं दिखलाई देता है ?...पर दक्षिण का सारा भाग अछूतों के लिए यातनागृह बना हुआ था। उस पर कैसे ध्यान दें ?...इस कारण वे पूरी नींद नहीं ले पाते थे और बराबर चिन्तित बने रहते थे।

कल तक जहाज़ लंदन पहुंचने को था। कप्तान से उनकी बात हुई थी। कप्तान ने उनसे पूछा था, "डॉक्टर साहब, क्या आप सोचते हैं कि अछूतों की समस्या का अंत हो सकेगा ?"

"प्रयत्न यही है, कप्तान !...मैं आशावादी हूं, विश्वास संजोकर चलता हूं।" भीमराव अंबेडकर ने समुद्र की ओर देखते हुए कहा।

समुद्री हवाएं तेज़ थीं एकदम आंदोलनकारियों की तरह इन्कलाब ज़िन्दाबाद बोलती हुई। लहरें दुश्मन का जहाज़ समझकर उस पर आक्रमण कर रही थीं। जिधर देखो, उधर गहरा पानी ही पानी। आंखें थक जाती थीं अथाह और अनन्त पानी ही पानी देखते हुए।

"अछूत तो हमारे समाज में सदा से रहे हैं।"

"हो सकता है—बहुत कुछ सच हो।"

"मैं सोचता हूं कि उच्च वर्ग सदा अपने लिए निम्न वर्ग तैयार करता है।...मैं सवर्ण हिन्दुओं में ऐसे अनेक लोगों को जानता हूं जिनकी स्थिति अछूतों से भी बदतर है।" कप्तान नवयुवक था और ईसाई था। उसका मन साफ था। उसकी आंखों में चमक थी, सहजता थी और विश्वास की लालिमा।

"कप्तान, तुम्हारा सोचना गलत नहीं है।...गरीब ही आगे चलकर अछूत हो जाते हैं। ...ये अछूत भी कभी बहुत सम्मान से जीते थे, अधिकारों का प्रयोग करते थे और शासन की बागडोर भी उनके पास थी।...मैं चाहता हूं कि इस समूचे शोषण-चक्रव्यूह के प्रति ऐसी आवाज़ उठे, ऐसा वातावरण बने और ऐसा साहसी समाज सामने हो कि कोई हिम्मत नहीं

कर सके किसी को दास बनाने की...छुआछूत को नाम न हो...शोषण की गुंजाइश नहीं रहे।" भीमराव अंबेडकर हवाओं के साथ गुनगुना उठे थे अपने अन्तरतम का वह सदाबहार गीत। दमक उठा था उनका रोम-रोम।

"मैं सपना नहीं देखता, डॉक्टर सा'ब !"

"लेकिन मैं देखता हूं।"

"सपने कभी सच नहीं होते।"

"सपनों के पीछे चलने वालों पर यह बात निर्भर है,—सपने सच भी हो सकते हैं।" भीमराव अंबेडकर ने धीरे से कहा।

"कभी ऐसा करिश्मा देखा नहीं।"

"मैं उदाहरण हूं, कप्तान !"

कप्तान चौंक पड़ा। वह बोला, "आप... !"

"हां, माई डीअर कप्तान...मैं इनकी जीती-जागती मिसाल हूं।...तुम मेरे कथन पर विश्वास कर सकते हो।"

"वह विश्वास नहीं, अंधविश्वास होगा, डॉक्टर सा'ब ! उससे मेरा कोई नाता नहीं है।"

"मैं भी कभी ऐसा सोचता था, कप्तान !...लेकिन मैं आज जो कुछ हूं, सामने हूं ...मेरी मां मेरे लिए सपना देखती थी...मेरे योग्य पिता मेरे लिए सपना देखते थे।" यह कहते-कहते भीमराव अंबेडकर का हृदय भर आया। उनका स्वर आर्द्र हो उठा। वे अचानक खामोश हो उठे। भावोद्वेलन का तेज़ प्रवाह अच्छे से अच्छे वृक्ष को उखाड़ फेंकता है और उसे अपने साथ बहा भी ले जाता है। वही मानसिकता इस वक्त उनकी हो रही थी। उनमें से कई दशक तेज़ी से गुज़रते जा रहे थे। वह भोक्ता से द्रष्टा बन रहे थे।

"आपने अछूतों में जन्म नहीं लिया, डॉक्टर सा'ब !"

"तो ?"

"सिर्फ लिप्स सिंपैथी है सवर्णों की अछूतों के प्रति।"

"यह आप कैसे कह सकते हैं ?"

"सवर्ण हिन्दू नेता अछूतों की सहानुभूति पाकर अपना उल्लू सीधा करना चाहते हैं।"

"वो क्या, कप्तान ?"

"नेता को पिछलग्गू चाहिए।...जिस नेता के पास जितने अधिक पिछलग्गू और उस पर अंधश्रद्धा रखने वाले होंगे, वह उतना ही बड़ा और महत्त्वपूर्ण नेता बन सकेगा।" कप्तान के स्वर में कड़वाहट थी और विद्रोह।

"क्या सबके बारे में आपका यह मत है ?"

"शायद सबके बारे में।"

इस बार वह कप्तान गहरे सोच में डूब गया था। उसकी आंखों में सघन समुद्री छाया पैठती जा रही थी। उसकी आंखें नीली थीं और उसका रंग गोरा था, लालिमा लिए। हलकी-हलकी उसकी मूंछें कुछ-कुछ झुकी हुई थीं।

"बहुत सोच-समझकर किसी निर्णय तक पहुंचना चाहिए, कप्तान !" भीमराव अंबेडकर ने कहा था। साथ ही उन्होंने कॉलर को ठीक किया जो उन्हें अन्दर को मुड़ता हुआ और गरदन को छूता हुआ बहुत देर से अनुभूत हो रहा था।

"आपको नहीं मालूम, डॉक्टर...मैं पीटर नहीं हूं..."

"तो ?" जान-बूझकर भीमराव अंबेडकर ने उसकी ओर से निगाहें हटाकर समुद्र पर सूखने डाल दी थीं।

"मैं...डॉक्टर...मैं भी अछूत था।" वह आहत पक्षी-सा कराह उठा।

भीमराव अंबेडकर ने रेलिंग पकड़ ली कसकर। तभी उनके पास से तेज़ इत्र को बिखेरता हुआ एक नव जोड़ा एक-दूसरे का हाथ में हाथ थामे, पास से गुज़र गया। हवा मदहोश हो उठी। तरंगें नाचने लगीं।

"एक धर्मगुरु मेरी मां को भगाकर ले गया था। कहते हैं कि मेरी मां बहुत सुन्दर थी। वह कुमारी ही मां बन गई थी।...जन्म देकर वह गायब हो गई। मेरी परवरिश एक गरीब क्रिश्चियन ने की थी और उसी ने मुझे पीटर नाम दे दिया था।"

"तुम यह कैसे कह सकते हो ?"

"तीन बरस तक मैं मां के साथ रहा था। उसने मेरी बांहों पर कुंजा लिखवाया था..."

"गुदवाया ?"

"हां।" वह कमीज़ की बाहें पलटकर दिखा रहा था, "यह रहा वह कुंजा।"

"कुंजा कौन थी ?"

"मेरी मां। वह आज तक मेरी याद में है।...उसके बाल बहुत बड़े थे...मैं उन्हें पकड़ लिया करता था। वह डांटती थी।" कप्तान कहीं खोने लगा। उसका हृदय ज़ोर-ज़ोर से धड़कने लगा। समुद्र की लहरें थक चलीं। हवा ने आंख खोलकर देखा। बाहर सन्नाटा था।

"फिर ?" रहस्य ने मोड़ लिया। भीमराव अंबेडकर ने रुककर प्रश्न लहरा दिया हवाओं की खमोशी पर।

"वह कहीं चली गई और मुझे एक निहायत ही गरीब परन्तु ईमानदार क्रिश्चियन बर्कले ने पाला-पोसा और इस योग्य बनाया कि मैं कप्तान बन सका।"

"मां का कुछ पता चला ?" हाथ से रहस्य जाता हुआ देखकर भीमराव अंबेडकर ने प्रश्न किया।

"शायद।" उसने गहरी सांस लेकर कहा।

"शायद से मतलब ?"

"सुना है कि उसे वह राक्षस नन बनाने के लिए किसी मुल्क को बेच आया था।"

"फिर... ?"

"मैं तभी से अपनी मां का पता लगाता घूम रहा हूं।...यह कप्तानी भी इसी कारण स्वीकारी है।" उसका गला अवरुद्ध होने लगा।

भीमराव अंबेडकर का मन डोल गया। उनमें कुछ-कुछ घबराहट बढ़ी। उन्होंने पूछा, "मिली क्या ?"

"नहीं।"

"पिता ?"

"उन्होंने भी ढूंढ़ा पर...।"

"और यह कहानी... ?"

"उन्होंने ही सुनाई। दरअसल वह आदमी नहीं, देवता है। उसने भी खोजा। उस आदमी को तलाश किया जो मुझ बच्चे को उसे बेच गया था।...वह मिला। उसने पता भी बताया। नाम भी। कुंजा कैथराइन बन चुकी थी। यह वहां नहीं मिली। वहां से भाग गई थी।...कुछ कहते हैं कि वह पागल हो गई थी और एक बार चर्च में ईसा मसीह को ही

कुछ-कुछ बोलने लगी थी...बोलने लगी थी—"हे बुतपुरस्तो, यह मसीह, वह नहीं जो कभी हुआ था, या हुआ होगा...यह तो इन पाखंडबाज़ों की साजिश का एक हिस्सा है। उनसे मिला हुआ है। मुझे कैद कर रखा है...मेरा सतीत्व लूटा है, मुझे ज़बर्दस्ती नन बना रखा है...मेरा एक बच्चा भी है, उसे इन लोगों ने बेच दिया...पता नहीं कि वह है या मर चुका है।..." डॉक्टर, वह है...आप देख रहे हैं...वह है...इस बलखाते जहाज़ का कप्तान...कप्तान ...हा...हा...हा...।" वह जोर से हंसता गया। समुद्र डर गया। लहरों ने मुंह छिपा लिया।

भीमराव अंबेडकर ने उसकी पीठ सहलाई। वह बच्चों की तरह सिसकियां भर उठा। फिर दोनों में से कोई नहीं बोला। दोनों खामोशी की खाई में गहरे उतरते चले गए। थोड़ी देर बाद दोनों अलग हुए। भीमराव अंबेडकर ने अलग होते हुए कप्तान से कहा, "सुनो, कप्तान !...गांधी को भ्रम था।...संभालो, कप्तान, आप इस जहाज़ के..."

"नहीं, डॉक्टर, नहीं...मैं इस जहाज़ का कुछ नहीं हूं।...मैं इस जहाज़ की कैद में पड़ा वह पक्षी हूं जो पिंजरा तोड़कर भाग जाने के चक्कर में अपनी चोंच लहूलुहान कर लेता है...पर भाग नहीं पाता, छटपटाता रहता है।"

"कप्तान, मैं...तुम्हें भी भ्रम हुआ...सवर्ण हिन्दू नहीं हूं...अछूत हूं...तुम्हारा बड़ा भाई।"

इस बार वह ज़ोर से हंसा और मुड़ते हुए वह हवा में उछाल गया एक शब्द—"गुडबाई, डॉक्टर !"

उसने गुड नाइट नहीं किया। यह सोचते हुए भीमराव अंबेडकर अपने केबिन में आ गए और पलंग पर आकर लेट गए। उनका सिर भारी हो रहा था। वह शिथिल-से निढाल होकर छत की ओर देखे जा रहे थे। शायद यही उनकी नियति से जुड़ा विरोधाभास है, जहां आकर वह ठहर जाते हैं और अपने ऊपर से तूफान को गुज़र जाने देते हैं...ज़रा-सी भी चूं-चपड़ नहीं करते और अपनी शख्सियत को बीच में नहीं आने देते हैं। कदाचित् इस बोझिल और संज्ञाशून्य-सी मानसिकता से उन्हें तनिक आराम मिलता है जो हकीकत में आराम होता नहीं है और न वह कभी अनुभव साक्ष्य के करीब पहुंच पाता है। वे चाहकर इस परोगामी निश्चेष्टता से बाहर नहीं निकलना चाहते हैं। उनके जीवन में ऐसे कटे हुए और अर्द्ध जले अनेक प्रसंग हैं जो उनकी मानसिकता में गुदड़ी में लगी थेगली जैसे हैं। वे आंखें बन्द करके सोच से मुक्त होकर अपने आप में अजनबी बन जाने का प्रयास कर रहे थे। फिर भी, वे यायावरी को अपने से नहीं जोड़ सके जैसा उनसे बात करते हुए कप्तान कर पा रहा था। एक राह-भर का मेघ-खंड चौराहे पर खड़ा होकर सैलानियों को देखा-अनदेखा कर रहा था। कुछ ऐसी ही स्थिति में वह पड़े हुए झपकी आ जाने की प्रतीक्षा कर रहे थे।

छब्बीस

एक खुशनुमा सुबह। लंदन की लाजवाब सुबह। वह सुबह हर आने-जाने वाले का हाथ हिला-हिलाकर अभिवादन-स्वागत कर रही थी। उस सुबह के पांव में घुंघरू बंधे थे और उसके अधरों पर गुलाब खिले थे। वह अल्हड़ सुबह अपने पर काबू नहीं रख पा रही थी।

भीमराव अंबेडकर लंदन में 29 अगस्त, 1931 को पहुंचे थे। पहुंचते ही जुकाम, पेचिश

आदि से घिर गए थे। उन्हें वहां पहुंचे दसवां दिन था। अब स्वस्थ हो चुके थे और आज की सुबह का आनंद ले रहे थे।

पक्षी चहचहा रहे थे। उनके डैनों में भरी हवा जब उनको आकर छेड़ती थी तब उन्हें होली पर फेंके जाने वाले रंगों की वासंती याद कुरेदने लगती थी। पत्तियां झूम-झूमकर नाच रही थीं। खुला आसमान था। आसमान पर किसी पेशेवर चित्रकार ने अपनी एकल प्रदर्शनी लगाने का कार्यक्रम शुरू किया हुआ था। एक जगह एक पोर्ट्रेट रखी थी, जिसके बारे में वह चित्रकार यह निश्चित नहीं कर पा रहा था कि उसे इस प्रर्दशनी का हिस्सा बनने दे या नहीं अथवा दे तो स्थान कहां दे ? इसमें कोई शक नहीं था कि वह पोर्ट्रेट बेहतरीन थी और बेहतरीन भी इस अर्थ में कि उससे नये-से-नये भाव मन में उठ रहे थे। उसका भी कारण यह था कि एक युवती शिशु को स्तन-पान करते हुए कहीं खोई हुई थी और वह शिशु हंसते हुए खुले स्तन से खेल रहा था। देखने से वह युवती किसी अमीर घर की नहीं लगती थी। लेकिन सौंदर्य से इतनी लापरवाह और वह भी सौंदर्य की अधिष्ठात्री होकर, यह सोच बिखर जाता था किसी नाटक के पूर्वाभ्यास-सा। निस्संदेह उसके स्तन जितने बड़े थे, उसकी कमर उतनी ही पतली और इकहरी थी। उसकी आंखें बहुत बड़ी और सहज सम्मोहित करने वाली थीं। उसके अधरों पर हर पल मुस्कान अपना नया रंग नये अदांज़ में प्रदर्शित कर रही थी। उसमें से कितनी ही मोनालिसा जन्म ले सकती थीं बशर्ते जन्म देने वाला कोई चित्रकार वहां हो।

जब कभी अकेले में और खामोशी में भीमराव अंबेडकर अपने को पाते थे तब उनमें कल्पनाओं के मेघदूत मुस्कराने लगते थे और एक काव्याभा उनको झकझोर देती थी कुछ-कुछ बांकी अदा में। वे तुरंत अपने को संभाल लेते थे और अपने आपको समझा देते थे। वे अपने से कहते होते थे, ''भीम, तेरे भाग्य में कल्पना-जीवी होकर जीना नहीं लिखा है। तुझे तो भयावह यथार्थ का समाना करना है। तुझे तो उनकी आवाज़ बनना है जिन्हें ज़ालिगों ने बेआवाज़ कर दिया है।...उनकी शून्य आंखों में समुद्र का खारा पानी सूखकर रेगिस्तान को जन्म दे चुका है। सदियों से त्रसित उनकी आंखें और उनके अधर जीवन की एक बूंद के लिए तरस रहे हैं।...तेरा काव्य तो वह है। तेरा लैंडस्केप तो वह है...वह है तेरे द्वारा बनाया जाने वाला पोर्ट्रेट। तू उठ और उनके मन को वाणी दे।''

भीमराव अंबेडकर को तूफानी हवाएं घेरने लगतीं। वे साश्चर्य आंख फाड़े देखते रह जाते वीभत्स नाटिका के अन्तिम दृश्य को जिसमें नंगे जिस्मों पर भयानक पक्षी अपनी पैनी चोंच से लगातार आक्रमण करके, मांस नोंचकर, चबाते हुए बेतहाशा हंसे जा रहे थे और बारंबार चीख-चिल्लाकर कहे जा रहे थे–''तुम्हारा जन्म हमारे लिए ही हुआ है। तुम्हारी वेदना का मर्माहत स्वर ही हमारे जीने का आधार है।...हम चील, कौओं और गिद्धों की आत्मा लेकर सिर्फ तुम्हारे लिए ही स्वर्ग छोड़कर इस धरती पर आए हैं।...हा...हा-हा-हा...।''

''नहीं...नहीं...नही।'' भीमराव अंदर-ही-अंदर चीख पड़ते। लगता जंगल के एक कोने में किसी शिकारी ने अचानक बंदूक चला दी है। जंगल के पक्षी अपने नन्हे डैनों में जीवन-वायु भरकर अज्ञात दिशा की ओर आवाज़ करते हुए उड़ चले हैं। वे इस कल्पना से हांफ रहे होते। उनका सारा बदन कांप रहा होता। उनकी आंखों में किसी अत्यंत भयानक स्वप्न की दहशत छाई हुई होती। उनकी मुखाकृति बदल जाती। हथेली पर उतर आई पसीनों की बूंद से वह अपने मुंह को इस तरह पोंछते जैसे कोई पेंटर कहीं से रंग छुटा रहा हो।

वे सोच रहे थे कि दुनिया के बदलने की सूचना का पूर्वाभास करने वाला लंदन इस

बार स्वयं बदलने के एहसास को जी रहा है। हालांकि नेशनल सरकार सत्ता में आ चुकी थी और उसके भी प्रधानमंत्री, लेबर पार्टी के वक्त वाले मैक्डोनाल्ड ही थे तथापि वहां भारत के लिए राज्य सचिव वेजबुड बिनके के स्थान पर सर सैमुअल होकर आए थे जो पिछली मुद्राओं से एकदम जुदा थे। कंज़रवेटिव नेता चर्चिल का रुख भारत के प्रति बहुत कड़ा था।

इस बार गोलमेज़ कांफ्रेंस का जहां आकार बड़ा हुआ था, वहां दिल छोटा। वहां देश की चिन्ता कम अपने हिस्से की चिन्ता अधिक नजर आ रही थी। सोच का आधार बहुत कुछ अहम् पर टिका हुआ था और नापसंदगी को अपने में जी रहा था।

अब वहां गांधीजी भी वल्लभ भाई पटेल, जवाहरलाल नेहरू, सर प्रभाशंकर पट्टणी आदि के साथ लंदन पहुंच चुके थे और गांधीजी का पहला भाषण फैड्रल स्ट्रक्चर कमेटी में हुआ, जिसमें उन्होंने यह दावा किया था कि कांग्रेस सभी भारतीय हितों का प्रतिनिधित्व करती है। वह मुस्लमानों का भी प्रतिनिधित्व करती है क्योंकि मुसलमान इसके सदस्य हैं और इसमें प्रधान पद भी संभाले हुए हैं। वह दलित वर्ग का भी प्रतिनिधित्व करती है क्योंकि छुआछूत को खतम करने का उसने अभियान चलाया हुआ है। वह उसके कार्यक्रम का अंग है। वह रजवाड़ों का भी प्रतिनिधित्व करती है और वह महिलाओं का भी प्रतिनिधित्व करती है क्योंकि श्रीमती सरोजिनी नायडू आदि इसकी मुखिया हैं। इससे यह स्पष्ट हो जाना चाहिए कि कांग्रेस संपूर्ण देश की प्रतिनिधि है।

मन-ही-मन भीमराव अंबेडकर समझ रहे थे कि गांधीजी किस चालाकी से सबसे पहले यह सिद्ध करना चाहते हैं कि भारत का अर्थ कांग्रेस है अतः वार्ता का आधार बिन्दु वही बनें।

भीमराव अंबेडकर भावुकता या तात्कालिक लाभ को सामने रखकर कोई निर्णय नहीं करते थे और न उनको अकारण ज़िद की मुद्रा बनाने के प्रति रुझान था। उन्होंने दूसरे दिन फैड्रल स्ट्रक्चर कमेटी की बैठक में यह स्पष्ट कर दिया, "फैड्रल एसेंबली के लिए रियासतों के प्रतिनिधि मनोनीत नहीं, निर्वाचित हों क्योंकि मनोनयन राज प्रबंध को अनुत्तरदायी बना देता है विधानसभा के प्रति तथा बाह्य विश्व इस भ्रांति में रहता है कि विधानसभा बहुसंख्यक शासन के आधार पर कार्य कर रही है। इसी प्रकार ज़मीदारों के प्रतिनिधित्व भी उचित नहीं है क्योंकि वे रुढ़ परंपरावादी हैं और प्रगति तथा लोकतंत्र के विरुद्ध हैं।"

इस विषय पर गांधीजी ने भीमराव अंबेडकर के प्रति बाहरी रूप से सहानुभूति दर्शायी, परंतु उनकी तर्क चेतना और उपाय पूरी तरह से गेब्हिग जोंस और सर सुलतान अहमद की ओर थी। वे रियासती जनता को अधिकार देने के पक्ष में नहीं थे। मूल मुद्दा था अछूतों को विशेष अधिकार के बारे में गांधीजी की भूमिका का।

भीमराव अंबेडकर इस संबंध में विशेष चौकन्ने थे। उनको यह मालूम पड़ गया था कि गांधीजी मुसलमानों की चौदह सूत्रीय मांगों को स्वीकार करने के लिए एक शर्त मुस्लिम मित्रों के सामने रख रहे हैं कि वे अछूतों के पृथक् प्रतिनिधित्व का विरोध करें। वे मुस्लिम लीगी नेता मुहम्मद अली जिन्ना को प्रसन्न करने में लगे हुए थे। वे जिन्ना को जाम भी पेश करने में नहीं चूके।

उनकी चिंता का यही विषय था कि गांधीजी उनके वर्ग को बांधने और राजनीतिक सुविधाओं को दिलवाने के विरोधी क्यों हैं ? वे मुसलमानों और सिखों को विशेष अधिकार देने के पक्ष में हैं, परन्तु अछूत वर्ग, भारतीय ईसाइयों और ऐंग्लो इंडियन लोगों के पक्ष में

नहीं हैं। अंततः उन्हें कहना पड़ा, "मैं यह बात शुरू में ही स्पष्ट कर देना चाहता हूं कि जो वार्ता कर रहे हैं, वे यह बात अच्छी तरह समझ लें कि वे स्वप्रभुता-संपन्न नहीं हैं। ...मैं संपूर्ण ताकत से यह कहना चाहता हूं कि जो भी विशेषाधिकार मांगता है और जो भी प्रदान करने के लिए राजी है, वह मेरे भाग में से नहीं दे सकता।"

उनका यह स्वर देर तक गूंजता रहा, "कांग्रेस और गांधी का यह दावा कि वे दलित वर्गों के प्रतिनिधि हैं, एकदम भ्रामक और गलत है।"

दूसरी गोलमेज़ कांफ्रेंस के सभापति रेम्जे मेक्डोनाल्ड ने भी भीमराव अंबेडकर को उनकी शानदार पैरवी के लिए धन्यवाद दिया था कि उन्होंने अपने वक्तव्य से सारी स्थिति ऐसे स्पष्ट कर दी थी, जिससे संदेह के सारे संकेत स्वतः शासन पा गए।

यद्यपि भीमराव अंबेडकर वहां अकेले पड़ते गए थे तथापि वह अकेले ही उन सबके लिए काफी थे जो दलित वर्ग को हिन्दू वर्ग में रखने के पक्ष में थे। उनको रह-रहकर इस बात पर आश्चर्य हो रहा था कि 28 सितंबर को अल्पसंख्यक समिति का अधिवेशन शुरू होने जा रहा था। उससे पहले गांधीजी के पुत्र देवदास ने यह व्यवस्था की थी कि एक बार उनके और गांधीजी के बीच बातचीत हो सके और इसके लिए सरोजिनी नायडू का निवास तय हुआ।

कलात्मक कक्ष। सारोजिनी नायडू वार्ता के समय उपस्थित रहीं। गांधीजी कुछ गंभीर मुद्रा में थे। फिर भी उन्होंने उनके आने पर खुशी का इज़हार किया था।

भीमराव अंबेडकर चाहते थे कि उन्हें कुछ भी करना पड़े, वे करेंगे, उन्हें कहीं भी जाना पड़े, वे बेझिझक वहां जाएंगे। दरअसल वे रात-दिन दलित वर्ग के लिए प्रयत्न कर रहे थे। उन्होंने स्पष्ट किया था कि कांग्रेस राजनीति आज़ादी के लिए ही इच्छुक है। वह डेढ़ सौ वर्ष की परतंत्रता का जुआ उतारने के लिए जी-जान से लड़ रही है। वे भी उसके साथ हैं, परन्तु इस वक्त हज़ारों वर्ष का जुआ लादे जो दलित वर्ग पशुओं से बदतर जीवन जी रहा है, वह उनके लिए आज़ादी की पक्षधर नहीं बन सकती। उन बेचारों के पास तो किसी प्रकार का कोई अधिकार ही नहीं है। वे गूंगे हो चुके हैं। इन लोगों ने उनकी जिह्वा काट दी है, आंखें फोड़ दी हैं, हाथ-पांवों को तोड़ डाला है और उनको जीते-जी एक चलती-फिरती लाश बना डाला है। क्या उसका उनके प्रति कोई कर्त्तव्य नहीं बनता ?

सरोजिनी नायडू ने बात उठाई, "डॉक्टर अंबेडकर, क्या सोचते हैं ?"

"आप सबके ऊपर बहुत कुछ है।" भीमराव अंबेडकर ने सकुचाते हुए धीरे से आगे कहा, "बहुत कुछ गांधीजी की मरज़ी पर है।"

"हम तुम्हारे साथ हैं, डॉक्टर, बशर्ते... ।" कहकर गांधीजी उनकी ओर ध्यान से देखने लगे। वे कनखियों से उन्हें देख रहे थे।

भीमराव अंबेडकर को बिल कासवी की यह उक्ति याद आ रही थी कि हर बंद आंख न तो सो रही होती है और न हर खुली आंख देख रही होती है। गांधीजी को पहली बार देखकर भी उन्हें यही अनुभूति हुई थी जो आज हो रही है। वे उन्हें रहस्यमय लगते थे और यह भी तय शुदा बात थी कि वे हर समस्या का पहले ही निर्णय ले लिया करते थे और बाद में उनकी समूची चक्रव्यूह-रचना सबको अपने पूर्व-निर्धारित निर्णय तक ले जाने की होती थी। वे ऐसी परिस्थितियां पैदा कर देते थे कि कोई चाहकर भी उनकी खिलाफत नहीं कर सके। इस दृष्टि से वे यह अनुभव करते थे कि उनमें भी एक अधिनायक ज़िंदा है जो सबको एक पंक्ति में ला खड़ा करता है। धीरे से वे पूछ बैठे, "बशर्ते क्या ?"

"आप हमारे साथ आ जाएं।" गांधीजी ने सहज में ही मंत्रोच्चारण कर डाला।

वे जानते थे कि दोनों बातें एक होते हुए भी एक नहीं हैं। दोनों में ज़मीन-आसमान का अंतर है। वे कहते, "मैं आपका और आपकी कांग्रेस का समर्थन चाहता हूं। कदाचित् इससे हम एक दिशा में एक लक्ष्य के लिए साथ-साथ कार्य करते हुए अनुभव किए जा सकें।"

"अलग रहकर भी ?" सरोजिनी नायडू ने बीच में ही कहा।

"हां, नायडूजी, मैं ऐसा समझता हूं। दरअसल दोनों अलग लगते हैं जबकि दोनों का लक्ष्य एक है।" भीमराव अंबेडकर ने सहज होकर कहा और गांधीजी की ओर देखा जो आंख खोले हुए भी कुछ नहीं देख रहे थे। भीमराव के ध्यान में पत्ते जैसा पतला और हरा एशियाई फासमोपटेरा (फिलियम बायोक्यूलैटम) कीट घूम जाता था, जिस पर पत्ते जैसी धारियां भी होती हैं जो छद्म रूप की छोटी-से-छोटी बात की ओर पूरा ध्यान रखता है। वह ज़मीन पर थोड़ी दूर तक ऐसे फुदकता जाता है जैसे हवा उसे उड़ाए लिए जा रही हो। वे ठीक से यह तय नहीं कर पाते कि गांधीजी से उनका साम्य किस आधार पर बैठाया जा सकता है। पर है उन दोनों में कुछ-न-कुछ साम्य।

"दिस इज़ व्हाई यू आर एंग्री, डॉक्टर अंबेडकर !" सरोजिनी नायडू मानो आंखों से भी यह भाव प्रकट करती होतीं।

"समझो, डॉक्टर, निकट भविष्य में रास्ता निकल जाएगा, फिर तुम्हारे सारे संदेह दूर हो जाएंगे।" गांधीजी ने रुक-रुककर ऐसे कहा मानो वह अपने आप से बात कर रहे हों।

"प्रीडिक्शन आल्वेज़ प्रूव्ज़ फाल्ज़।"

"भविष्यवाणियां हमेशा गलत सिद्ध नहीं होतीं, डॉक्टर, बशर्ते मन में आस्था हो, ...अपने पर भरोसा हो।" गांधीजी ने तिरछी निगाहें भीमराव अंबेडकर पर डालते हुए बहुत धीमे से कहा और टांगें फैला लीं।

"इसमें सोचना क्या है, डॉक्टर अंबेडकर, गांधीजी आपके साथ हैं।" सरोजिनी नायडू कहती होतीं अपनी कोयल-सी आवाज़ में।

"मेरी प्रार्थना है कि दलित वर्गों की मांग पर आपका आशीर्वाद रहे।" भीमराव अंबेडकर ने कहा, "गांधीजी, दलित वर्ग की समस्याएं देश की आज़ादी से भी ज़्यादा पेचीदी हैं।"

"जानता हूं, तभी कहता हूं, डॉक्टर, मेरी बात सुनो।"

"सौदा नहीं कर सकूंगा, मिस्टर गांधी, आखिर मेरे ज़मीर का भी प्रश्न है।"

"सौदा कौन चाहता है ?"

"फिर आप हमें अपना समर्थन दीजिए।" भीमराव अंबेडकर ने मुस्कराने का प्रयास करते हुए कहा।

"ज़िद छोड़ो, डॉक्टर !...बापू आपके साथ हैं। वे किसी का बुरा नहीं चाहते।" देवदास गांधी ने भारी बनते वातावरण को संभालने की चेष्टा की।

"मेरी कोई ज़िद नहीं है।"

"फिर मान जाओ।"

"क्या मान जाऊं ?"

"गांधीजी का साथ देना।" घूम-फिरकर सरोजिनी नायडू ने साड़ी ठीक करते हुए कहा।

भीमराव अंबेडकर चुप हो गए। उनके पास कहने के लिए और कुछ था ही नहीं। सारी स्थिति स्पष्ट थी और सारी बात। प्रश्न सामान्य होने का था और ज़िद त्यागने का।

बहुत देर तक वातावरण चुभन-भरा बना रहा। कोई बोला नहीं। सब अलग-अलग मुद्रा में बैठे हुए बीतते समय की पतली पड़ती ध्वनि पर कान लगाए कुछ-न-कुछ समझ पाने का प्रयास करते रहे।

दीवारों पर छायाएं प्रतिच्छाया बनती महसूस हो रही थीं। इसी समय वहां एनीबेसेंट भी आ गईं।

सबको चुप देखकर बोलीं, "मैं गलत समय पर तो नहीं आ गईं, सरोजिनी ?"

"ठीक वक्त पर आई हो।" सरोजिनी नायडू ने साड़ी ठीक करते हुए मुस्कराकर कहा।

"इतना गंभीर वातावरण !"

गांधीजी आंखें बंद किए कुछ सोच रहे थे।

"डॉक्टर अंबेडकर मानते ही नहीं।"

"क्यों भला ?" एनीबेसेंट ने पूछा।

"पता नहीं...।" सारोजिनी नायडू उदासी में डूबने लगीं।

"पता करो...।"

"शायद कोई गलतफहमी हो गई है।"

"वह दूर होनी चाहिए।" ऐनीबेसेंट ने सहज मुद्रा में कहा, "हम सब गलतफहमियों के ही शिकार हैं, सिवाय...।" गांधीजी की ओर संकेत करते हुए उसने कहना जारी रखा, "डॉक्टर ब्रदर, आप तो...मुझे आपकी तकरीर बेहद पसंद आई है...बात एकदम दिल से निकलती है और दिमाग को चीर जाती है। आप जैसे दो-चार और हो जाएं तो कोई प्राब्लम ही न रहे।"

भीमराव अंबेडकर चुप रहे।

गांधीजी गुमसुम थे पहले जैसे। उनके चेहरे पर कोई भाव-व्यंजना नहीं थी। एक सपाट चेहरा जैसा प्रायः उनका रहता नहीं था। वे कुछ-कुछ असुविधा का अनुभव कर रहे थे, यह भी लगता था।

"कुछ कहिए भी, डॉक्टर अंबेडकर !"

"समझ में नहीं आता कि क्या कुछ कहूं !"

"क्यों ?"

"जो कहना था, कह चुका। मैं उसके अलावा कुछ सोच नहीं सकता।"

भीमराव अंबेडकर इस समय गांधीजी की कठोरता का अनुभव कर रहे थे। उनका इस तरह यकायक मौन धारण कर लेना सामने वाले को परेशानी में डाल देता था, ऐसा वे दूसरी बार अनुभव कर रहे थे।

वे वहां से पिछली बार की तरह ही, जब वह 'मणि भवन' में मिले थे, उठ जाना चाहते थे। उन्हें लगता कि वे जो कुछ सोच रहे हैं, उसे प्रकट नहीं होने देंगे और जो कुछ वे प्रकट कर रहे हैं, वह उनके सोच का हिस्सा नहीं है। इसी कारण वे बहुत कम बोलते थे और प्रायः बोलते-बोलते बिना कोई संकेत दिए खामोश हो जाया करते थे। उस समय उनके चेहरे पर रहस्यमयी छायाएं उभरने के प्रयास में होती थीं।

"तो... ?" गांधीजी ने कहा।

भीमराव अंबेडकर ने उनकी ओर देखकर सरोजिनी नायडू पर दृष्टि गड़ा दी ताकि वही इस प्रसंग में कुछ मदद कर सकें।

“मुझे ही निर्णय लेना है।” गांधीजी ने एक-एक शब्द पर रुक-रुककर कहा।

“जैसी आपकी इच्छा।”

इस बार वह भीमराव अंबेडकर की ओर घूरते रह जाते हैं किसी उपेक्षित छाया को दूर भगाने की दृष्टि से।

सरोजिनी नायडू के लिए ये क्षण बहुत कठिन और कठोर हो जाते हैं।

एनीबेसेंट को वह क़ातर चुप्पी काट रही थी। उनकी धमनियों में रक्त तेज़ी से बहने लगा था। कितनी सख्त और तीखी परीक्षा ! उनका सिर घूमने लगा।

“यह सब काठिन्य क्या उनकी उपस्थिति का सम्मोहक रहस्य है ?” भीमराव अंबेडकर में एक प्रश्न उभरकर अंधेरे में खो गया।

गांधीजी के होंठ हिले, दृष्टि दृढ़ हुई और चेहरा पाषाण-सा हो गया।

“ठीक है, डॉक्टर !”

“जी... ?” भीमराव अंबेडकर उनकी ओर देखते के देखते रहे। कुछ जादू-सा था जो फैलता और स्वतः ही लौटने लगता।

“यदि शेष प्रतिनिधि दलित वर्गों की मांगों पर...।” इतना कहकर गांधीजी रुक गए और देवदास गांधी की ओर देखने लगे।

“जी, मांगों पर...” भीमराव अंबेडकर की आंखों में बिखर आए इंद्रधनुष को देखते हुए गांधीजी ने वाक्य को पूरा करते हुए कहा, “मांग पर सहमत हो जाएं तो वे भी सहमत हो जाएंगे।”

भीमराव अंबेडकर ने गांधीजी की ओर भरपूर दृष्टि से देखा। उनका चेहरा काठिन्य को अपने पर चस्पा करके मूक रह गया था। वे आश्वस्त हो जाना चाहते थे। आखिर गांधीजी ने जो कहा है, उसका अर्थ क्या है ? वही है, जो उन्होंने कहा है ?

समय आने पर गांधीजी बदल गए। उन्होंने स्वयं ही आपत्ति नहीं की थी बल्कि दूसरों को भी उसके लिए तैयार करने का प्रयास किया था। अंबेडकर समझ नहीं सके कि ऐसा उन्होंने क्यों किया ?

भारत से अनेक तार आए जिसमें गांधीजी में आस्था ही व्यक्त नहीं की गई थी अपितु उनको अपना नेता भी माना था। चौधरी जगन्नाथ, चौधरी भरोसे, जो उत्तर प्रदेश विधान परिषद् के दलित सदस्य थे, ने तार दिया था—

प्रांतीय विधान परिषद् के लिए बनारस में चुने गए हम दलित सदस्य, कट्टर हिन्दू, प्रभावशाली ज़मींदार डॉ. अंबेडकर की निंदा करते हैं और संयुक्त चुनाव प्रणाली तथा वयस्क मताधिकार में आस्था व्यक्त करते हैं।

इसी प्रकार लाहौर से 'दलित उद्धार मण्डल', छुआछूत कमेटी, बनारस, पी. बालू, सखाराम बुवा कजरोलकर, शंकरराव चंदोदकर, विट्ठल पांटकर आदि ने भीमराव अंबेडकर को बदनाम करने का भरसक प्रयास किया। इन लोगों ने एक पर्चा छपवाकर यह प्रचार किया कि अंबेडकर को गोलमेज़ कान्फ्रेंस में भाग लेने का पूरा खर्चा मिलेगा, फिर भी उसके लिए चंदा किया जा रहा है। यह असत्य था। उनके विरुद्ध चोरी और मारपीट का मुकदमा बम्बई प्रेसीडेंसी के पांचवें मजिस्ट्रेट की अदालत में लगाया गया था। यह मुकदमा टी. एस. रामकृष्ण, भू. पू. सचिव, एलफिंस्टन रोड सहकारी समिति ने दायर किया था, जिसे सहकारी

संस्थाओं के रजिस्ट्रार की अनुमति न होने के कारण जज महोदय ने रद्द कर दिया था। 'दी बम्बई क्रॉनिकल' में उनके कार्यक्रम को स्वराज्य के मार्ग में बाधक बताया गया था।

जबकि उनके पक्ष में गांधीजी से कई गुने पत्र अधिक आए थे फिर भी वे गांधीजी को समझा रहे थे कि वे आपस में संघर्ष कराने की रजनीति को त्यागकर उनकी बात मान जाएं। गांधीजी के साथ सवर्ण हिन्दुओं के अतिरिक्त ज़मींदार, राजवाड़े, धनाढ्य वर्ग आदि भी थे क्योंकि उनकी नीति इन लोगों के हितों पर आंच नहीं आने की थी।

मिस म्योरल लेस्टर के साथ गांधी लंदन में ठहरे हुए थे। वे भीमराव अंबेडकर से भी मिली थीं और उनसे जाना था कि वे क्या और क्यों चाहते हैं। वह उनसे प्रभावित थीं और उन्होंने चाहा था कि गांधीजी और भीमराव अंबेडकर के बीच सुलह हो सके, परन्तु वैसा हो नहीं सका।

उनको लगा कि गांधीजी न केवल अछूतों के प्रति एक मित्र की भूमिका ही निभा रहे हैं अपितु वह एक निष्ठावान् शत्रु की भूमिका भी निभा रहे हैं। उनकी यह विषम स्थिति उनको बेहद परेशान कर रही थी। उनके द्वारा होता हुआ अपना विरोध उनको बहुत गहरी चोट पहुंचा रहा था जो स्वतंत्रता, समानता और भ्रातृत्व के प्रति समर्पित थे। वे न ब्रिटिश राजनेताओं का विरोध कर सकते थे और न गांधीजी का। गांधीजी के साथ होने का अर्थ अपने भाइयों को धोखा देना था। वे जान चुके थे कि वह यदि गांधीजी के साथ आकर भी संयुक्त निर्वाचन के साथ विशेष प्रतिनिधित्व की मांग रखते तो भी उन्हें गांधीजी का समर्थन नहीं मिलता।

कुमारी म्यूरोल लेस्टर के सामने गांधीजी से भीमराव अंबेडकर ने प्रश्न किया था, "क्या मैं राजद्रोही हूं ? क्या मैं देश का शत्रु हूं ? क्या मैं मानवता का शत्रु हूं ? क्या मैं ब्रितानिया सरकार का पिट्ठू हूं ? मेरा विरोध अकारण क्यों ? क्या इसी कारण मेरा विरोध किया जा रहा है कि मैं आपके और कांग्रेस के साथ आकर अपने वर्ग के प्रति गद्दार नहीं होना चाहता हूं ?" वे आवेश में आ गए थे क्योंकि चारों ओर से उन पर दबाव डाला गया था।

"यह असत्य है, डॉक्टर !... मैं कांग्रेस नहीं हूं। वह एक राजनीतिक दल है फिर भी, मैं नहीं जानता कि जैसा तुम सोचते हो, वैसा करने में उसका हाथ हो सकता है।" गांधीजी ने उनका ढाढ़स बंधाने का प्रयास किया। आज वे पहले की अपेक्षा उनके प्रति अधिक सहानुभूति-भरे शब्दों में कह रहे थे। उनका कंठ एक-दो जगह अवरुद्ध भी हुआ था।

"मुझे धर्म का शत्रु कहा जा रहा है, चोर बताया जा रहा है। मुझ पर मारपीट और चोरी का मुकदमा दायर किया गया है। बम्बई प्रेसीडेंसी के पांचवें मजिस्ट्रेट की अदालत ने उस मुकदमे को खारिज़ कर दिया। फिर भी उस आदेश के खिलाफ बम्बई हाईकोर्ट में अपील कर दी गई।...मैं जिनका हूं वे पहले से बहुत कमज़ोर और अत्यंत दयनीय हैं।... फिर भी, मैं उनके लिए, उनके अस्तित्व के लिए अत्यंत निष्ठा और पुरज़ोर शक्ति से जितना बन सकता है, कर रहा हूं।...क्या यही मेरा अपराध है ?" भीमराव अंबेडकर ने उनके सामने अपना हृदय खोलकर रख दिया था।

"डॉ. अंबेडकर जीनीयस ही नहीं हैं, पूरी तरह ईमानदार और कर्त्तव्यनिष्ठ हैं।...मैंने इनके बारे में जाना है। आप उस वर्ग से हैं, आपने उस वर्ग की पीड़ा भोगी है।" कुमारी म्यूरील लेस्टर का हृदय भर आया था। उनकी नीली-नीली आंखों में भारीपन उतर आया था।

"इसमें मैं क्या करूं ?" वे सहज होकर बोले, "धैर्य से काम लो। अपने पर विश्वास रखो।"

"सत्य जीवन से बड़ा है, गांधीजी ! ईसा मसीह का उदाहरण सामने है। मैं ईसा नहीं हूं....हो भी नहीं सकता...परन्तु उनके उदाहरण से मुझे सदा यह प्रेरणा मिलती रहती है कि अपने समय का वर्तमान सदा सत्य को सूली पर चढ़ाता आया है। क्रूस पर लटकाता आया है और बाद की पीढ़ियां उसकी आरती उतारती रही हैं।...उसमें भी उनका अपना स्वार्थ है। वे उसके प्रति नमनात्मक वातावरण बनाकर अपने भक्तों को ठगते हैं...मैं अधीर नहीं हूं और न अपने प्रति अविश्वासी।...वह तो मिस लेस्टर ने चाहा था कि..."

"आप नहीं चाहते ?" गांधीजी ने पूछा।

"क्यों नहीं ?"

"तो फिर, पहल करने से..."

"मैं कतराता नहीं। परन्तु जो उन उपेक्षितों के प्रति होना चाहिए, जिसका मैं भी एक सदस्य हूं, उसे मैं अनदेखा नहीं कर सकता।" भीमराव अंबेडकर ने अपनी भूमिका और अपना नज़रिया स्पष्ट करते हुए कहा।

"क्या आपको मुझ पर या कांग्रेस की नीयत पर भरोसा नहीं है ?" गांधीजी ने सहज स्वर में प्रश्न किया।

"ऐसी बात नहीं है, गांधीजी !"

इस पर गांधीजी हंस पड़े। उनका चेहरा बालक जैसा निर्मल लगने लगा। वे कुछ रुककर कुमारी म्यूरील लेस्टर की ओर देखते हुए बोले, "फिर डॉक्टर, कैसी बात है ?"

म्यूरील लेस्टर की नीली आंखें चमक उठीं। उसने ईसा का स्मरण क्रॉस बनाकर किया। उसके मन की यह प्रबल आकांक्षा थी कि दोनों के मध्य ऐसा रास्ता बन सके जिससे अकारण तूल पकड़ता आक्रोश, विद्रोह और तूफान थम सके और शरद् ऋतु में बहती, शांत, स्निग्ध और उज्ज्वल नदी सबके हृदय में बह उठे।

"यदि आप मेरे प्रस्ताव का विश्वास दिला सकें तो यह संकट टल जाएगा और हम बेहतर स्थिति में आ सकेंगे।" भीमराव अंबेडकर ने फर्श पर देखते हुए कहा।

"अभी अपने नासिक और गुरुवायूर मन्दिर में प्रवेश के लिए आंदोलन जारी रखने का आदेश दिया है।"

"आदेश नहीं, सलाह।"

"आपने उन्हें लिखा कि उनको अपने अधिकार-आदेश सरकार से उसी तरह प्राप्त करने चाहिएं जैसे हम कट्टर हिन्दुओं से नहीं लेते।" गांधीजी ने भीमराव अंबेडकर को याद कराया और वातावरण में बनते तनाव की ओर संकेत किया।

"हमने छुआछूत दूर करने के लिए सरकार का लंबे समय तक इंतज़ार किया है, लेकिन उसने इस ओर बिलकुल ध्यान नहीं दिया।"

"मन्दिर-प्रवेश में आपकी रुचि नहीं है, डॉक्टर !" गांधीजी ने कहा।

"हां, यह सच है।"

"फिर उन्हें यह सलाह क्यों दी ?...इससे झगड़े-दंगे होते हैं...खूनखराबा भी होता है और घृणा बढ़ती है।" गांधीजी ने गंभीर होकर कहा। कुछ सोचकर वे पुनः कहने लगे, "आप अहिंसा में विश्वास रखते हैं।"

भीमराव अंबेडकर चक्कर में पड़ गए। सोचने लगे वह कि आसमान जब रंगहीन हो

जाएगा तब वह कैसा लगेगा ? उन पर ऐसा आसमान छाने लगा। वह घबराकर बोले, ''दोनों बातें सत्य हैं।''

''विरोधी तत्त्व ?''

''नहीं।''

गांधीजी ने नहीं पूछा, 'क्यों ?' अब आसमान रंगीन होने लगा था।

भीमराव अंबेडकर के सामने एक साथ रंगहीन और रंगीन आसमान दोनों आ खड़े हुए थे और वह अनुत्तरित बांझ प्रश्न की मुद्रा में खखारकर कुछ-न-कुछ कहने के लिए शब्द तलाशते रह गए।

समय सांस रोककर लैंपपोस्ट के नीचे....ऐसे लैंपपोस्ट के नीचे जिसकी चिमनी टूटी-फूटी थी और जो बिखरने की प्रतीक्षा कर रही थी किसी बीमार बूढ़े कि तरह लेकिन गत कई महीनों से वह प्रतीक्षारत बनी हुई थी बिना रोशनी के। कितनी तकलीफदेह स्थिति में जीता होगा ऐसा प्रकाशशून्य और निस्तेज लैंपपोस्ट, जिसकी ओर हर एक देखने वाला उपेक्षा से मुंह फेर लेता होगा ! यह उपेक्षा नासूर की तरह उसे तिल-तिल कर मारती होगी अंदर-ही-अंदर। भीमराव अंबेडकर ने कहा, ''आंदोलन मात्र प्रतीक है—फिर वह चाहे मन्दिर के लिए हो या बिरादरी के लिए अथवा देश के लिए।...उससे स्वतंत्रता, समानता और भ्रातृत्व का एहसास हो सकता है, लेकिन वह उसका स्थायी उपचार नहीं हो सकता।''

म्यूरली लेस्टर कुछ याद करती हुई बोली, ''डॉ. अंबेडकर, जैसे किसी देश को स्वतंत्र कराने के लिए उठा आंदोलन उसे स्वाधीनता तो दिला सकता है परन्तु प्रतीक मात्र, क्योंकि उस अहसास को हर पल जीने का अभ्यस्त बनाना होता है।...तब कोई देश स्वाधीनता के पलों को जी सकता है अन्यथा वह हर साल में एक बार स्वाधीनता को जन्म-दिवस के बतौर ही मना सकता है।...नॉरमल बर्थडे...बहुत हुआ तो चार दोस्त और एक पार्टी। फिर, साल-भर तक दासता का रंगहीन आसमान और गहरी चुप्पी।''

''सब कुछ 'एब्सर्ड' हो चला है।'' भीमराव अंबेडकर अपने मन में कहकर रह जाते प्रत्यक्ष में वह कहते, ''गांधीजी, आप ही सवर्ण हिन्दुओं को सलाह दीजिए कि अपने उपेक्षित भाई-बहिनों को मन्दिर में जाने से नहीं रोकें।'' वह फिर म्यूरील लेस्टर की ओर मुखातिब होकर बोले, ''आपने ठीक कहा है मिस लेस्टर !...हम उसके प्रतीक हैं।...मन्दिर ईश्वर नहीं, चर्च ईसा-मसीह नहीं...सब प्रतीक हैं।...इनके लिए कैसा लड़ना...कैसा अधिकार जमाना ? ...सब बेकार।''

अब कोई बात होना शेष नहीं रही थी। जो शेष रहा था वह रंगशून्य आसमान, समन्दर-सा पछाड़ खाता क्रंदन और आंधी-सा उड़ता-बिखरता संचित सौरभ ! यहीं बात टूट गई। टूटनी ही थी।

म्यूरील लेस्टर भारी मन से भीमराव अंबेडकर को बाहर तक पहुंचाने आई। तब वे हाथ में दस्ताने नहीं पहने थीं और न सिर पर स्कार्फ। केवल सोच रही थी कि आपसी संबंधों की यह भ्रामक दीवार किसने खड़ी की और कौन गिरा रहा है ?...सच तो यह है कि वहां दीवार एक संभावना है, दीवार नहीं। फिर भी...।

भीमराव अंबेडकर धीरे-धीरे मुख्य द्वार से बाहर जा चुके थे और वे अंदर लौट आई थी। बाहर से अंदर और अंदर से बाहर होना भी मात्र संभावना है क्योंकि दोनों को समझने के लिए यह माना है कि वे हैं जबकि हैं ही नहीं कि वे हैं।

गांधीजी पूजा की मुद्रा में अपने आपको बंद कर चुके थे ताकि कोई बात नहीं उठ

सके जो घटा है उस पर। वास्तव में घटा तो कुछ भी नहीं था—इतना समय घटने की संभावना में ही खिसक गया था क्योंकि यह तय था कि घटना कुछ नहीं—मात्र घटने की संभावना का संदेह बनाए रखना है।

भीमराव अंबेडकर को इस तरह से पहली बार जूझने का मौक़ा मिला था। जब जूझने का कारण होते हुए भी अनबूझ बना रहना ज़रूरी हो जाए तब ऐसा ही होता है, जैसा अभी हाल में हुआ। उन्होंने पक्का मन बना लिया था कि चेतना पर चोट किए बिना कुछ भी समझाया नहीं जा सकता। हिम के घर में रहने वाले तब तक झंझाओं के प्रति लापरवाह बने रहना ही अपना अधिकार-संस्कार मानते रहते हैं जब तक उसका पिघलना शुरू नहीं हो जाता। मोम जलाने पर पिघलता है। अंध परंपराओं के साथ भी ऐसा होता है।...हो रहा है लेकिन उसे कोई समझने के लिए तैयार नहीं है। जरूरत भी नहीं है। आंधियों के घर में कौन रह सकता है ? तूफानों के साथ कौन चल सकता है ? उसको अकेले ही चलना पड़ेगा—एकदम अकेले।

इन सब प्रयत्नों ने गांठ को और मज़बूत कर दिया था और खुलने के सारे रास्ते जाम कर दिए थे।

'रम्जे' मैक्डोनाल्ड भीमराव अंबेडकर के तर्कों, उनकी व्याख्या और स्पष्ट अभिव्यक्ति के प्रशंसक हो गए थे। गांधीजी के प्रति उनका सम्मोहन मिटा था। चर्चिल को एक बात इस कांफ्रेंस में अच्छी लग रही थी कि आज़ादी का स्वप्न दूर होता जा रहा था और साम्प्रदायिकता की खाई गहरी होती जा रही थी। वे समझ रहे थे कि आज़ादी की लड़ाई जीतकर भी साम्प्रदायिकता की खाई को कभी नहीं पाट पाएंगे। वे अंदर-ही-अंदर सदा लड़ते रहेंगे आज़ाद होकर और दूसरी आज़ादियों के लिए जिनके अभाव में आज़ादी बेमाने हो जाती है सदा खारे पानी की झील की तरह चिढ़ाने लगती है। सम्राट जार्ज पंचम की इस शानदार पार्टी में सब थे।

पार्टी ज़ोरों पर थी।

सब गपशप में मशगूल थे।

सबकी दृष्टि गांधी पर जाती थी जो राजप्रसाद की गरिमा के सामने सुदामा चरित्र को दोहरा रहे थे। वे सबसे अलग थे। उनके पास नेहरू भी नहीं थे।

जिन्ना किसी बात पर हंस रहे थे।

"तुम कुरान नहीं मानते ?"

"मानता होता तो ?"

"मुस्लिम लीग के नेता के लिए...।"

"कुछ भी ज़रूरी नहीं है।...दरअसल नेता की ज़रूरतें पूरी करने का ज़िम्मा समाज उठाता है।" जिन्ना ने मज़े में आकर बयानवाज़ी करनी शुरू कर दी।

भीमराव अंबेडकर ने ब्रिटेन के सम्राट् जार्ज पंचम से बातचीत करते हुए उनके प्रश्नों का उत्तर दिया। दूर से गांधीजी नंगे सिर, लंगोटी लगाए और चप्पल पहने हुए इस दृश्य को देख रहे थे कि सम्राट् भीमराव अंबेडकर के प्रति गहरी दिलचस्पी लेने लगा है।

भीमराव अंबेडकर ने अछूतों की अति दयनीय और भयंकर उपेक्षित स्थिति का वर्णन जिन शब्दों और जिस ढंग से किया, उससे सम्राट् जार्ज पंचम का हृदय दहल गया था। उनकी आंखों में लाली उतर आई थी। उनके अधर कांप गए थे।

"क्या अछूत सिर पर मैला उठाकर चलते हैं ?"

"जी हां, सम्राट् !"

"क्या उनके चलने से सड़क गंदी हो जाती है ?"

"जी, सम्राट् !"

"क्या उन्हें अछूत होने के लिए अपनी पहचान रखना ज़रूरी है ?" जार्ज पंचम ने प्रश्न किया।

"जी, सम्राट् !"

"वे हिन्दू हैं ?" साश्चर्य जार्ह पंचम ने पूछा।

"जी हां, सम्राट्, वे हिन्दू हैं, लेकिन उनके मन्दिरों में नहीं जा सकते, उनके तालाब, कुओं आदि से पानी नहीं भर सकते, उनकी किसी चीज को नहीं छू सकते।" भीमराव अंबेडकर ने धीरे-धीरे बताया।

"क्यों ?" जार्ज पंचम का मुंह खुला रह गया।

"क्योंकि वे अछूत हैं।...मैं भी उनमें से एक हूं।" भीमराव अंबेडकर ने कहा।

"आप तो विद्वान् हैं।...आपका यहां बहुत नाम हुआ है।...हमारे लोगों ने आपको, डॉक्टर अंबेडकर, बहुत पसंद किया है। फिर भी... !" जार्ज पंचम आगे कहते-कहते रुक गए। वह कुछ सोचने लगे।

"मैं भी अछूतों में से हूं। आपकी सरकार कुछ करे। उनको भी जीने का हक मिले, यह प्रार्थना लेकर इस सम्मेलन में मैं आया हूं।" भीमराव अंबेडकर ने भारी स्वर में कहा।

"श्योर...श्योर...डॉक्टर अंबेडकर !" जार्ज पंचम ने सहानुभूतिपूर्ण स्वर में कहा और फिर वे अन्य अतिथियों से घिर गए।

जिन्ना शफ़ी के समर्थन के साथ-साथ यह कहते सुनाई पड़ रहे थे, "अल्पसंख्यकों में जब तक सुरक्षा की ऐसी भावना पैदा नहीं हो जाती जिससे वे स्वेच्छा से राष्ट्र के साथ सहयोग करें और उनके वफ़ादार बन जाएं, तब तक संविधान बनाने से कोई लाभ नहीं होगा।"

अनुदारवादी दल के सदस्य जील बराबर एक ही रट लगाए हुए थे कि साईमन आयोग का विशेष महत्त्व है। उसकी सिफारिशें क्रांतिकारी हैं, और केंद्र में उत्तरदायित्व का हस्तांतर समय से पूर्व हानिकारक है। अतः उसकी रिपोर्ट को मान लेना चाहिए।

यहूदी रीडिंग जो कि उदारवादी दल का था, डोमिनियन स्टेट्स को अव्यवहार्य मानने के लिए तैयार नहीं था क्योंकि वह भारत की संस्कृति से प्रभावित था।

टोरी दल विंस्टन चर्चिल, आस्टिन चैंबर लेन, सेमुअल होर और लायड जार्ज दुराग्रही लोग थे। वे नहीं चाहते थे कि भारत को डोमिनियन स्टेट्स का दरजा दिया जाए। बैजवुड वेन टोरी दल से भिन्न विचारधारा के थे। उनका कहना था कि बहुमत के हितों को अनदेखा नहीं किया जा सकता। इसका अर्थ यह भी नहीं था कि बहुमत के हितों से हाथ मिलाते हुए अल्पसंख्यकों का ध्यान नहीं रखें। इर्विन भी यही चाहते थे।

भीमराव अंबेडकर विश्वव्यापी मंदी पर भी ध्यान केंद्रित किए हुए थे—1931 मंदी का वर्ष था। मज़दूर दल मंदी से बचने के लिए कठोर मितव्ययता के पक्ष में नहीं था अतः उसने इस्तीफा दे दिया था। फिर मिली-जुली राष्ट्रीय सरकार सत्ता में आई, उसके प्रधानमंत्री मैक्डोनाल्ड बने।

होर कह रहा था, "विलिंगडन, आप कैसा भी चतुर राजनीतिज्ञ गांधी को मानो, लेकिन मेरी दृष्टि में वह रंग बदलने में माहिर है। उसका एक पक्ष साधु का है और दूसरा

मैकियावली की तरह राजनीतिक सौदा करने वाले का।...मेरा ऐसे व्यक्ति से इससे पहले पाला नहीं पड़ा।''

हैरोल्ड लास्की, जिन्होंने इस सम्मेलन में सैकी की मदद की थी, बता रहे थे, ''ऐसे व्यक्तियों से बात करना असंभव है जो यह मानते हों कि चरम सत्य के वे अकेले स्वामी हैं, मिस्टर वेन !...एक ओर टोरी साम्राज्यवाद और दूसरी ओर भारतीय उग्रवाद...।''

''तो ?''

''मुझे आशा नहीं है।''

''कुछ नहीं होगा क्या ?''

''शायद।''

''शायद क्यों ?''

''एक दफे गांधी और सैकी मान भी जाएं तो टोरी भारत सचिव अड़ियल घोड़े की भांति अड़ जाता है, वह नहीं मानेगा।'' हैरोल्ड लास्की ने कहा।

''सैम्युअल होर... ?''

''वह भारत सचिव अधिक है और वह इस गलतफहमी का शिकार है कि काले आदमी के सामने गोरे आदमी को कभी नहीं झुकना चाहिए।''

भीमराव अंबेडकर ठीक-ठीक नहीं समझ पा रहे थे कि यहां आए लोगों में से कौन-सा व्यक्ति टेलीरेंड है और कौन-सा मैकियावली। क्योंकि यहां सभी कपट और कूटनीति की चाल चल रहे हैं।

समय बीतता रहा। समस्याएं जहां की तहां बनी रहीं। कोई नतीजा नहीं। हताशा हाथ लगी। बरतनों के टकराने की आवाज़ें बराबर बनी रहीं। गांधीजी की स्पष्टोक्ति गूंज रही थी, ''मैं हिन्दू धर्म के विभाजन का पक्षधर नहीं हूं और न कभी हो सकता हूं। मुझे इस बात की चिन्ता नहीं है कि अछूत लोग ईसाई हो जाएं या मुसलमान। वह मैं बर्दाश्त कर लूंगा परन्तु मुझे यह स्वीकार नहीं है कि प्रत्येक गांव छूत और अछूत स्थिति में बंट जाए। जो अछूतों के राजनीतिक अधिकारों की चर्चा कर रहे हैं, वे यह नहीं जानते कि भारत है क्या और उसका सामाजिक ढांचा क्या है ? इसलिए, मैं अपनी संपूर्ण शक्ति से कहता हूं कि इस बात का विरोध करने वाला यदि मात्र मैं अकेला भी रह जाऊंगा तो भी अपने प्राणों की बाज़ी लगाकर इसका विरोध करूंगा, लेकिन यह विभाजन किसी कीमत पर नहीं होने दूंगा।''

उधर मुसलमान भी तन गए। सबमें अजीब-सी ठनाठनी हो गई। हारकर ब्रिटेन के प्रधानमंत्री ने गोलमेज़ के अध्यक्ष होने की हैसियत से सबसे यह अपील की, ''क्या आप, आप में सब, प्रत्येक समिति का सदस्य, अल्पसंख्यक समिति के सदस्य, साम्प्रदायिक समस्या का हल खोजने और उसका पाबंद होने की आकांक्षा प्रकट करते हुए, मेरे पास अपना प्रार्थना-पत्र भेजेंगे और मुझे यह अधिकार देंगे कि मैं समस्या के समाधान की जो घोषणा करूं, वह आप सबको स्वीकार होगी ?'' सहज शब्दों में उन्होंने अपनी बात कहकर उसकी प्रतिक्रिया ज़ानने की प्रतीक्षा की। एक नया माहौल बना। गांधीजी ने ऐसे प्रस्ताव पर अपने हस्ताक्षर कर दिए। दूसरे सदस्यों ने भी हस्ताक्षर कर दिए, परन्तु भीमराव अंबेडकर ने नहीं किए क्योंकि वे मैक्डोनाल्ड के मन की कमज़ोरी, ढुलमिल नीति और अकड़ को समझ सके थे। वे नहीं चाहते थे करोड़ों-करोड़ अछूतों के भाग्य को वे ऐसे व्यक्ति के हाथ में छोड़ दें और बाद में पश्चात्ताप करते रहें।

एक लंबा वैचारिक दौर ताश के पत्तों के घर की तरह अपने आप ही ढह गया। सबको यह स्पष्ट हो गया कि वे अलग-अलग दिशाओं के सहयात्री नहीं हैं अपितु विपरीत दिशाओं के राही हैं। 1 दिसंबर, 1931 का वह दुर्भाग्यशाली दिन सबकी आंखों के सामने जोकर-सा ठहर गया था मुंह चिढ़ाता हुआ और बौना होकर।

सब लौट पड़े। सूखे दरख्त की एक टहनी पर उदास आंखों ने अपना घोंसला बनाना शुरू किया था कि तेज़ हवा के झोंके से अचानक चकनाचूर हो गया और वह शाख हिलती रह गई किसी बूढ़े की सांसों से हिलते हुए जर्जरित शरीर की तरह।

गांधी अपने सहयोगियों के साथ भारत लौट आए और भीमराव अंबेडकर अमेरिका चले गए। जाने से पहले उन्होंने बत्तीस बक्स किताबों से भरे हिन्दुस्तान भिजवा दिए थे। वे बराबर इस पराजय के कारणों पर विचार करते रहे। क्यों सब एक चित्त होकर सर्वहित के लिए कार्य नहीं कर सके थे ? क्या हमसे पहले वह दृढ़ संकल्पित थे ? संदेह झांक रहा था घने बादलों में से डूबते हुए सूर्य की किरणों-सा। उनके मन में बराबर यह आशंका बनी हुई थी कि संदेह के स्थान पर विश्वास के मंच को क्यों नहीं तैयार करते हैं ? काश, उसके लिए परस्पर सहयोग करने की दिशा में भी कोई गैर-सरकारी मंच तैयार हो जाता तो बहुत कुछ मिल जाता और उदासी के बियाबान जंगल से सबको एक साथ होते हुए भी अपरिचित बनकर नहीं गुज़रना पड़ता। ज़रूर कुछ गहरी पहचान बनती, कुछ नज़दीकी अनुभव होती। यों नाटक को मंचित किए बिना अभ्यास-पूर्व रद्द नहीं कर दिया जाता। ओह ! वह सब और नहीं सोच सकते। उन्होंने उजाला समेटकर जाते हुए सूरज को शिशु नयनों से देखा और फिर खिड़की बंद कर दी।

सत्ताईस

समय लगातार बहती नदी-सा है जो रोकने से रुक नहीं सकता। सदा तेज़, तूफानी और धीमी गति से बहता रहता है। वह अपने साथ गलत होते क्षणों को खुली आंखों से देख रहा था किसी स्वर्णकार के सोना परखने में तल्लीन-सा।

रामाबाई ने लिखाया था—"यहां लौट आएं। यहां हालत बिगड़ रही है। गांधीजी जैसे ही प्रातः छः बजे कड़ाके की ठंड में मोले स्टेशन पर उतरे, उन्हें हज़ारों अछूतों ने काली झंडियां दिखाईं और उनके खिलाफ नारे भी लगाए। सुना है, वहां सवर्ण हिन्दुओं और अवर्ण हिन्दुओं के बीच सोड़े की बोतलों और ईंट-पत्थरों की जमकर बौछार हुई। इस पर सोचती हूं कि ऐसा नहीं लगता कि ये लोग किसी के भी हितैषी हो सकते हैं। क्या ऐसे लोगों का कोई धर्म हो सकता है ? कोई इस व्यथा को समझने का प्रयास नहीं कर रहा है। आप आएं, रोकें जो नहीं होना चाहिए।"

यह पढ़कर भीमराव अंबेडकर सोचने लगे कि कितना सच लिखवाया है ! क्या कोई उसे अशिक्षित कह सकता है ? अब तो वह पढ़ना-लिखना भी सीख चली है। उसकी समझ और अन्तर्दृष्टि पढ़े-लिखों से ऊपर है।

वह देवराव नाईक को पत्र में समझा रहे थे—

"मन्दिर-प्रवेश का आंदोलन इसलिए खड़ा नहीं किया गया है कि मन्दिर से किसी

प्रकार की आध्यात्मिक प्यास बुझती है। वह मात्र प्रतीक है मानवीय अधिकारों की संप्राप्ति की दिशा में।

तुम्हें याद है वह दुर्घटना जो मद्रास में घटी थी मुर्गेसन के साथ ? मुर्गेसन अछूत था। उसके मन में बचपन से मन्दिर-प्रवेश की बलवती इच्छा थी। वह ऐसे किसी मौके की तलाश में था जब उसे मन्दिर में प्रवेश करने की सुविधा मिल सके।

26 मार्च, 1926 का दिन कुछ चढ़ चुका था और सूर्य गुस्से में था। वह बचपन से पाली मन्दिर-प्रवेश की हृदयाकांक्षा को नहीं रोक सका और मन्दिर में घुस गया। यह रहस्य रहस्य नहीं रह सका। सवर्ण हिन्दू ताव खा गए। उन्होंने उस पर मुकदमा दायर कर दिया कि उससे उनका मन्दिर अपवित्र हो गया है। उसे सज़ा हुई।...नहीं होनी चाहिए थी।... मानव-मानव सब समान हैं, उनमें और वह भी एक धर्म वालों में, इतनी नफरत क्यों ? मनुष्य कोई कुत्ता-बिल्ली तो है नहीं। यह समझाना है कि मनुष्य-प्रवेश से ही मन्दिर मन्दिर है अन्यथा वह व्यर्थ है। उसके अस्तित्व की कोई पहचान नहीं है।

तुम समझाना।

कहना कि अछूत भी अपने को संभालें, साफ रहें, कोई अच्छी जगह तलाश कर वहां एक साथ बसें। वे खूब पढ़ें। निरक्षर रहते हुए यदि वे कानून की दृष्टि से अछूत के कलंक से मुक्त भी कर दिए गए तो भी अछूत मानसिकता से वे कभी नहीं उबर सकेंगे।

साथ का पत्र श्रीमती रामाबाई को देना है।''

रामाबाई का पत्र उन्होंने बड़े-बड़े अक्षरों में लिखा था। लिखा था—

''प्रिय रामा,

तुम्हें बधाई।

तुम सही दिशा में सोच रही हो। काश, सब तुम्हारी तरह सोचने का अभ्यास करने लगें।

पहली बात तो मुझे यह लगी है कि पढ़े-लिखे भी अपने को संभालें, पढ़ाई का दुरुपयोग नहीं करें। पढ़-लिखकर भी छल-कपट का अभ्यास रहे और लागलपट का व्यवहार हो तो फिर उससे क्या फायदा ?

चिन्ता मत करना। मैं जनवरी के अन्त तक पहुंच रहा हूं। यहां भी पुस्तकें खरीदी हैं। अपने शुभचिन्तकों और मित्रों से मिला हूं। उनका प्रेम पाया है। यही मेरी पूंजी है।

तुम्हारा ध्यान मुझे बराबर बना रहता है। अपना ख्याल रखना। पढ़ती-लिखती रहना।

तुम्हारा
भीमराव''

पत्र लिखने और पाने से उन्हें बहुत सुकून मिलता था। वह निरन्तर इस चेष्टा में रहते थे कि इस तरह से लोगों को सोचने की दिशा में निरन्तर अनुप्रेरित करते रहें। लोगों में सही दिशा में सोचने की आदत बने।

वे क्लब में भाषण देकर बाहर आए ही थे कि कुछ पत्रकारों ने उन्हें घेर लिया। वे उनसे पूछने लगे—

''क्या अछूत और रंगभेद समस्या में कोई समानता है, आपकी दृष्टि में ?''

असमानता का कोई भी नाम हो या आधार लेकिन वह प्रवृत्ति स्वस्थ समाज के लिए नासूर ही है।...रंगभेद और अछूत दोनों का दर्द एक-सा है।''

''पहले किसको सफलता मिलने की आशा है ?''

''जिसमें मानवीय अधिकारों के लिए जितनी ज़बर्दस्त लड़ने की ताकत होगी...।''

"आपके विचार से... ?"

"मैं भविष्यवाणियों में विश्वास नहीं करता।"

"हाल ही में गोलमेज़ कांफ्रेंस में जो प्रयास हुए हैं, उनसे आपको क्या लगता है ?"

"कम-से-कम बुरा नहीं लगता।"

"गोकि अच्छा भी नहीं लगता।"

"प्रयत्न कभी व्यर्थ नहीं जाते। इससे एक-दूसरे को समझने का अवसर मिलता है। गांठें खुलती हैं।"

"गांठें लगती भी हैं।"

"यह व्यक्ति-व्यक्ति पर निर्भर है।"

"आपको क्या मिला ?"

"क्या मिलना था ?"

"अछूतों के लिए... ?"

"सब जान सके कि अछूतों की समस्याएं क्या हैं और वे समान अधिकार चाहते हैं।...सबकी निगाहें खुलीं। उनके प्रति सहानुभूति जगी।...जो इस समस्या को अनदेखा करके चल रहे थे, उनको इस बात का एहसास हो गया कि भारत का फैसला उनके बिना हो नहीं सकता।" भीमराव अंबेडकर ने तेज़ी से अपनी बात समाप्त करने की दृष्टि से कहा कि तभी भूरे बालों वाली वह पत्रकार लड़की उनके सामने आ गई जो बहुत देर से उनकी ओर देखती हुई कुछ गणित-सा फैला रही थी। वह मौका पाते ही आगे आई और बोली, "आपको याद है कि कोलंबिया विश्वविद्यालय के प्रोफेसर और विद्यार्थियों ने आपको एक शानदार पार्टी दी थी...ब्रिटिश भारत में राज्यीय पूंजी का विकास—दि एवोल्यूशन ऑफ प्रोवोन्सियल फाईनेंस इन ब्रिटिश पर आपको पी-एच. डी. मिली थी...इस खुशी में ?...प्रोफेसर एडविन आर. ए. सैलिंगमन ने उसकी भूमिका लिखी और उस पार्टी में कहा भी था कि डॉ. अंबेडकर ने जिस विषय को चुना है, उस संबंध में सारे संसार की गहरी रुचि पैदा होती जा रही है।...इतनी गंभीर और विस्तृत खोज इससे पूर्व कभी नहीं हुई जितनी कि इसके द्वारा सामने आई है।...एक महत्त्वपूर्ण काम हुआ था वह।"

"हां...हां, याद आया।...सब याद आया।...वह पुस्तक पी. एस. किंग एण्ड संन्ज़ लिमिटेड के द्वारा मार्केट में आ चुकी है।...मैंने वह पुस्तक महाराजा बड़ौदा सियाजीराव गायकवाड़ को भेंट की थी क्योंकि उन्होंने मुझे पढ़ने भेजा था।" भीमराव अंबेडकर के चेहरे पर प्रातःकाल की रश्मियां खिल उठीं।

"मैं एडविन की पुत्री हूं !...मुझे आप मिस कारपेंटर के नाम से पुकार सकते हैं। ...मैंने उनके साथ आपकी फोटो देखी थी। वह भी आपका नाम बहुत सम्मान से लेते हैं। मुझे आपसे मिलकर बहुतत खुशी हुई।"

"मुझे भी।" इतना कहकर उन्होंने उसकी ओर देखा और वह मंद-मंद मुस्कराए। वे अमेरिका में दो बातों से अत्यन्त प्रभावित हुए थे—एक अमेरिका का विधान और दूसरे बुकर टी. वाशिंगटन। बुकर एक विद्रोही का नाम है, जिसने मानवीय आधार पर दासता और रंगभेद के विरुद्ध आवाज़ उठाई थी और विधान के चौदहवें संशोधन के द्वारा हब्शियों (नीग्रो) को स्वतंत्रता दिलवाई थी। वे तुरंत पूछ बैठे, "मिस कारपेंटर, आपको बुकर टी. वाशिंगटन का कुछ पता है ?...आई मीन...उनके द्वारा चलाए गए कार्यक्रम के बारे में ?"

"क्यों, आपको कुछ भी मालूम नहीं ?"

"नहीं।"

"आप तो उनके बहुत फैन थे।"

"था...और सुना था कि...वह सच ही था कि उनकी मृत्यु हो गई थी।...मैं तब यहीं था।"

"फिर, और आप क्या पूछना चाहते हैं ?"

"उनके टसकीगी इंस्टीट्यूट के बारे में।"

"उसके वे संस्थापक और मुखिया थे।"

"हां, उसी के बारे में..."

"जहां उन्होंने हब्शियों को प्रशिक्षित किया था और उन्हें आत्मनिर्भर बनाने की दिशा में तैयार किया था।" मिस कारपेंटर ने चटकारे लेते हुए स्कर्ट को छेड़ते हुए कहा।

"हां, उसी के बारे में।"

"वह अब भी उसी तरह...शायद उससे भी बढ़िया काम कर रहा है। कई गोरी युवतियों ने नीग्रो युवकों को बहुत पसन्द किया...आज भी करती हैं। उन्होंने शादी भी की। एक चेंज आया है हमारे समाज में।" कारपेंटर ने गले में बंधा गहरा लाल स्कार्फ हवा में झुलाते हुए कहा—

"आपको सब याद आ रहा है, इतने वर्षों बाद...जैसे कल की घटना हो... !"

"सोलह वर्ष से ज़्यादा समय हो गया, मिस कारपेंटर।" भीमराव अंबेडकर ने कहा।

"डेढ़ दशक से ज़्यादा...इतने में एक नयी पीढ़ी तैयार हो जाती है।" कारपेंटर यादों की छाया में सुस्ताने लगी और अकारण मुस्कराने लगी।

"आप क्या करती हैं आजकल ?"

"ओह ! याद आया।...अपने भेजे में काम की बात समाती ही नहीं, डॉ. अंबेडकर !" कारपेंटर ने पश्चात्ताप की मुद्रा में आसमान की ओर निगाह घुमाकर कहा।

"अरे, इसमें इतनी घबराहट क्यों ?" भीमराव अंबेडकर ने कहा।

"यह पूछो कि क्यों नहीं ?" कारपरेंटर ने चंचल चितबन के इंद्रधनुष बनाते हुए धीमे से कहा।

भीमराव अंबेडकर मुस्करा दिए। बहुत दिनों बाद वह चहलकदमी देखी थी जिसे वे अपनी व्यस्तता में कभी याद नहीं कर सके।

"डॉ. अंबेडकर, आपको मेरे साथ चलना होगा।...ना मत कीजिएगा।" कारपेंटर ने भावुक होकर कहा, "और यह भी मत पूछिए कि कहां ?...आप जहां कहेंगे, वहीं छोड़ दूंगी। ...प्लीज़...मैं इसीलिए आई थी।"

वह गहरे लाल रंग की कार की ओर बढ़ गई। कितनी तेज़ स्पीड से वह कार चला रही थी—सौ से भी ऊपर ! एक बहुमंज़िले भवन के सामने कार पार्क की और चौथी मंज़िल पर लिफ्ट से पहुंची। एक कमरा खोलते हुए उसने कहा, "यह मेरा ऑफिस है।"

"यहां आप क्या करती हैं ?"

"टाइपराइटर देखते हैं न ?"

"हां।"

"पत्रकारिता...कभी-कभी मॉडलिंग।...कुछ समय के लिए एक कंपनी 'ज्वाइन' की थी। कई नौकरियां कीं और छोड़ दीं। और अब तो, एक साल से पत्रकारिता मन पर चढ़ी हुई है। इन दिनों ब्रिटिश अखबारों में आपका नाम तूफान की तरह उठा हुआ है। गांधीजी

से आपकी टक्कर को भी सुर्खियों में छापा जा रहा है। जान गुन्थर ने गांधी पर टिप्पणी की थी कि वह एक ऐसे सिद्ध और ऐश्वर्ययुक्त अवसरवादी हैं, जिनकी गणना साधारण लोगों के साथ नहीं हो सकती।''

भीमराव अंबेडकर मुस्कराते रहे। कारपेंटर ने पानी-भरा गिलास उनकी ओर बढ़ाते हुए आगे कहा, ''पंडित जवाहरलाल नेहरू के प्राध्यापकों में एडवर्ड थाम्पसन भी एक थे, जिन्हें पंडित नेहरू ने बहुत तरजीह दी है। उन्होंने भी कहा था कि उन्होंने गोलमेज़ कांफ्रेंस से पहले यह कभी नहीं सोचा था कि गांधीजी गलत हैं।...मैंने पाया कि वे असंगत होने के साथ-साथ अहंकारी, अक्खड़ और ज़िद्दी भी हैं। कदाचित् उन्हें गोलमेज़ कांफ्रेंस में सम्मिलित नहीं होना चाहिए था। दूसरी ओर आपकी प्रशंसा में बहुत कुछ छपा। मैं इस सबको लेकर कुछ लिखना चाहती हूं। आपसे मदद मिलेगी, मुझे इसमें अब संदेह नहीं रहा।''

घर एकदम नया लग रहा था। कुछ-कुछ बिखरे हुए सामान। किताबें, कागज, पैन, पेंसिल और टाइपराइटर पर चढ़ा कागज़। पीला रंग था कमरे का। कोई तड़क-भड़क नहीं थी। सादगी थी, परन्तु आकर्षक और मोहक।

''तो मैं कुछ पूछूं ?''

''ज़रूर।''

''आप भी बुकर टी. वाशिंगटन की भूमिका में आ रहे हैं क्या ?'' कारपेंटर ने पूछा।

''नहीं।'' भीमराव अंबेडकर ने दृढ़ता से कहा।

''तो ?''

''कोई किसी की भूमिका में नहीं आ सकता। शेक्सपियर के नाटक कितनी जगह कितने लोगों ने खेले, लेकिन हर एक रंग, निखार, लय, शैली और मंच अपना-अपना अलग-अलग ही था।...मुझे तो प्रेरणा ज़रूर मिली और कइयों से, उनमें एक नाम बुकर का है।...मैं जॉन ड्यूमी के प्रति कृतज्ञता ज्ञापित करना चाहूंगा क्योंकि जातियों के बारे में मुझे उनसे मदद मिली।...फिर मैं स्वयं उस वर्ग से हूं जिसके लिए मुझे सबके सामने आना पड़ा।'' भीमराव अंबेडकर कह रहे थे।

''गांधीजी के प्रति... !'' कहकर कारपेंटर चुप हो गई। भीमराव अंबेडकर खुले हुए टेप रिकार्डर की ओर देख रहे थे जो सांसें भी अपने में बन्द करने के लिए तत्पर नज़र आ रहा था।

''मुझे कुछ नहीं कहना।''

''तकरार तो हुई है न ?''

''सैद्धांतिक मतभेद होंगे तो तकरार होगी ही।''

''कोई उपाय... ?''

''उनसे मुझे उम्मीद नहीं है।''

''ऐसा आप कैसे कह सकते हैं ?'' कारपेंटर ने अत्यन्त मधुर लहजे में कहा, ''मुझे आपके उत्तर एक अध्यापक के अपनी छात्रा को समझाने जैसे चाहिएं, किसी राजनेता की तरह के नहीं, क्योंकि मैं अपने को समझाने के लिए भी उत्सुक हूं कि मैं भी जानूं कि है क्या और होना क्या चाहिए !'' उसकी आंखें चमक रही थीं। उसके अरुणाधर मुस्कान लिए मौन थे।

''अभी हम लोग कई बार मिले और हर बार वे मुझे रहस्य-भरे लगे। जो सोचते हैं, वह कहना नहीं चाहते—प्रायः वे ऐसे क्षणों में शब्दों को जुबान नहीं बनने देते और हाव-भाव

कुछ ऐसे बनाते हैं जिससे सामने वाला अपने आप में हतोत्साहित होने लगता है, यदि वह दृढ़ संकल्प वाला नहीं हुआ तो... ।'' भीमराव अंबेडकर सोच रहे थे जो कुछ कह रहे और इसीलिए वे रुक रहे थे। फिर भी, जैसे उन्हें पूरी तरह अपने कहे पर इतमीनान नहीं हो पा रहा था, ऐसा अनुभव करते हुए वह पुनः पूर्व प्रसंग-संदर्भों को उलटते-पुलटते और समेटते हुए कहने लगते, ''देखो, मिस कारपेंटर, यह सब जो मैंने अभी कहा है, वही सत्य हो, यह मैं नहीं कह सकता क्योंकि हम लोगों ने एक विशेष विषय पर चर्चा की है। उसमें दूसरे सदस्य भी थे। हालांकि यह कहा जाता है, जो मुझे लगा भी कि सही कहा जाता है, कि गांधीजी कांग्रेस को अपनी जेब में लेकर चलते हैं...यह उनकी भाषा है...परन्तु उनसे ऊपर कांग्रेस में कोई लगता नहीं है।...सब उनसे प्रकाश पा रहे हों, ऐसा अनुभव करते हैं और गांधीजी हर एक को जो या जिसे वे कुछ समझते हैं, उससे अपेक्षा करते हैं कि वह ऐसा समझकर चले कि वह उन पर...ठीक से भाषा नहीं मिल रही है क्योंकि अनेक घुमावदार मोड़ हैं, तिराहे हैं और कुछ भी नहीं है, ऐसे अनगढ़...अदृश्य...शायद भी ठीक नहीं... कुछ है जो... ।'' यह भी ठीक नहीं...उपयुक्त नहीं...कुछ है जो... ।'' वह स्वयं चकरा रहे थे क्योंकि इस तरह उन्होंने सोचने की ज़रूरत ही नहीं समझी थी। दीवार पर टंगे ईसा के प्रति उनकी आंखें कुछ कहना चाहती थीं जो इस अंधड़ी आलम में कह नहीं पा रही थीं।

''वह आदमी कैसा है ?''

''आदमी जैसा।''

''महात्मा है क्या ?''

''कांग्रेस ऐसा मानकर प्रचार करती है।''

''बात आपसे हो रही है, डॉक्टर साहब, कांग्रेस से नहीं।'' कारपेंटर तुरंत टोक देती।

''जानता हूं।''

''तो स्पष्ट कहिए।''

वे कुछ आराम से बैठते। 'कुशन' अपनी ओर खींच लेते। फिर उसका सहारा लेकर गहरी सांस लेते। तब तक कारपेंटर कॉफी कप में उड़ेलने लगती। कुछ रुककर कहती, ''हम गोरे लोग ब्लैक कॉफी के आदी हो चले हैं, डॉक्टर साहब !''...आप...हैं तो आप भी... ।''

''परन्तु मुझे कॉफी में दूध और सुगर चाहिए, कारपेंटर !...हम भारतीयों की यह एक कमज़ोरी भी है कि हम 'स्वीट' प्रेमी होते हैं।'' भीमराव अंबेडकर कुछ-कुछ 'ईज़ी' होते हुए कहते।

वह कॉफी-भरा प्याला उनकी ओर बढ़ा देती और स्वयं अपनी कुरसी उनके पास खींच लेती।

''कॉफी अच्छी बनाई है, कारपेंटर, धन्यवाद !''

''अमेरिका है, डॉक्टर साहब, यहां धन्यवाद नहीं चलता है...यह आप बखूबी जानते भी हैं।''

भीमराव अंबेडकर हंस पड़े।

वह भी खिलखिला पड़ी।

भीमराव अंबेडकर ने कॉफी सिप करते हुए कहना शुरू किया, ''यह तुम्हें मालूम है कि नहीं कि गांधीजी का पालन-पोषण काठियावाड़ के वैष्णव-जैन वातावरण में हुआ था ?''

"अब मालूम हो गया।"

"कम लोगों का ध्यान इस ओर गया है कि उनकी मां की उनकी मानसिकता के गठन में कितनी महत्त्वपूर्ण भूमिका रही है। वे गहन ईश्वर में आस्था रखती थीं—व्रत-धर्म उनकी निष्ठा के जीवंत सूत्र थे। उनका भी पालन अत्यन्त कठोरता और दृढ़ता से होना ज़रूरी था। गांधीजी के बाल मन पर उसका गहरा प्रभाव पड़ा था। वे भक्ति की कठोरता में अपने बंधे मन को खोल नहीं पाए। वही अंतःअनुशासन उनको, मुझे लगता है कि उन्हें चाहते हुए भी मुक्त हो जाने की अनुमति नहीं देता।...मुझे उनसे मिलकर हर बार यह लगा कि मैं उनको जान नहीं पा रहा हूं। वे भी अपनी जटिलता से घिरे मेरी ओर हार्दिकता से हाथ नहीं बढ़ा पा रहे हैं। यहीं वे वर्तमान से हटाकर अपने को अनुपस्थित कर जाते हैं।...फिर...उन पर रस्किन, थोरो आदि का प्रभाव अलग...जातिप्रथा में उनकी गहरी दिलचस्पी...हिन्दू-धर्म को विघटन से बचाने के लिए जातिप्रथा ने अहम् भूमिका निभाई है। ...अपनी जीविका चलाने में वर्ण-व्यवस्था को वे अत्यन्त महत्त्व देते हैं क्योंकि...।" इतना कहते-कहते वे रुक जाते। उनको लगने लगता कि कहीं वे अपने विषय से दूर जा रहे हैं। वे पूछ बैठते, "कारपेंटर, आप क्या सोचती हैं ?"

"मुझे तो यह भी आपसे जानना है।" वह कॉफी का आखिरी घूंट लेकर प्याला एक ओर सरका देती।

"जन्म से गांधीजी वणिक हैं। उनके बाप-दादों का धंधा व्यापार होता था, लेकिन वे बने रियासतों के दीवान। खुद वे वकील बने। उन्होंने अपने बाप-दादों का धंधा नहीं अपनाया। यह सोचता हूं तो लगता है कि वे वह नहीं है जो वे दीखते हैं। यह बात मैंने अभी लंदन में भी देखी और अनुभव की थी। बस...।" भीमराव अंबेडकर ने अपनी बात बिना क्लाईमेक्स के खतम करने की घोषणा कर दी।

"फिर दलित वर्ग का भविष्य... ?"

"उज्जवल होगा।"

"मुझे एक डर है, डॉ. अंबेडकर !"

"क्या ?"

"मैंने भी थीसिस 'सब्मिट' की है। 'रिज़ल्ट' आना है। मेरी थीसिस का विषय भी यही है।" कारपेंटर बता रही थी।

"तो... ?"

"इसमें मुझे संदेह नहीं है कि संघर्षरत देश आज नहीं तो कल स्वतन्त्र होंगे, लेकिन...।"

"लेकिन क्या ?"

"फिर भी, वे देश स्वतन्त्रता की अनुभूति से दूर रहेंगे।"

"क्यों ?"

"क्योंकि तब तक वे उस देश को रिश्वत, चापलूसी, कामचोरी, भ्रष्टाचार आदि में 'ट्रेंड' कर देंगे, जिन्हें आज़ाद करना है।...तब स्वतन्त्र देशों पर भ्रष्टाचार, बेईमानी, चापलूसी, कामचोरी का भूत सवार रहेगा।" कारपेंटर ने अत्यन्त रहस्यात्मक ढंग से, कहा।

"स्वाधीनता के संघर्ष में तपकर खरा स्वर्ण होने वाले चरित्र का क्या होगा ?" भीमराव अंबेडकर पूछने लगते।

"वे उपेक्षित होंगे। चरित्र-हनन करने वाले नवचरित्र के उदाहरण बनेंगे। सदा संरक्षक

के भक्षक हो जाने का डर तलवार-सा सिर पर टंगा रहेगा।...मुझे उस स्थिति से घबराहट हो रही है।'' कारपेंटर ने इतना ही कहा और उठ खड़ी हुई।

भीमराव अंबेडकर ने घड़ी की ओर देखा।

''मुझे उत्तर नहीं चाहिए, डॉक्टर साहब !...परन्तु मुझे जो खतरा मंडराता नज़र आ रहा है, उस ओर आपका ध्यान खींचना चाहती थी। निर्णय आप लोगों को लेना है कि क्या और कैसे करें, जिससे... ।'' इतना कहकर उसने गहरी सांस ली और अपनी एक पुस्तक उनकी ओर बढ़ा दी।

''चलना है।''

''चलिए, लेकिन 'डिनर' !''

''नहीं—कहीं और लेना है।''

''यह छपेगा।''

''न छपे तो ठीक।''

''क्यों ?''

''क्योंकि इससे विवाद बढ़ेगा और मैं चाहता हूं...।''

''कि मतांतर दूर होने का वातारवरण बने यही न ?'' कारपेंटर कहती।

''हां, यही।''

''परन्तु ऐसा होगा नहीं।''

''मैं भविष्यवाणियों में विश्वास नहीं करता हूं।''

''लेकिन मैं करती हूं।...आपने भी की हैं।''

''क्या ?''

''चौंकिए मत डॉ. अंबेडकर, मैंने जो कहा है, वह शत-प्रतिशत सच है...आपके बारे में भी।...आप जिनके नेता हैं, आपने उनसे वायदे किए होंगे...गोलमेज़ कांफ्रेंस में भाग लेने से पूर्व भी आप वायदे करके आए हैं।...कह दीजिए कि यह झूठ है।'' कारपेंटर ने कार को मोड़ते हुए कहा।

''किये थे।''

''वे क्या थे सिवाय भविष्यवाणियों के ?''

वे चुप रह गए।

''आपका मुकाम आ गया, डॉक्टर साहब !'' कारपेंटर ने कार रोकते हुए कहा।

भीमराव अंबेडकर कार से बाहर आए।

''मैंने जो कुछ कहा है, वह भविष्य है, जो कभी अपना वर्तमान जीएगा।...अच्छा ...कल आप जा रहे हैं।...'सी आफ' करने नहीं आ सकूंगी इसलिए आज अभी...अलविदा !'' इसके साथ ही उसने कार एक झटके से मोड़कर दौड़ा दी।

भीमराव अंबेडकर बहुत देर तक यथावत् खड़े हुए कार को देखते रह गए। उनके पांव जाम हो गए। एक बड़ा-सा धब्बा उठा, उठता ही गया और उसी के साथ वह अपना आकार बढ़ाता गया। आगे चलकर वह धब्बा रह गया निराकार। वे भी मुड़ गए धब्बे के बारे में सोचते हुए, जिसका ज़िक्र कारपेंटर करके अदृश्य हो गई थी।

अट्ठाइस

फिर लंदन। अकेले लंदन। बिना गोलमेज़ सम्मेलन वाला लंदन। अमेरिका से लौटते हुए फिर एक पड़ाव। मात्र ग्यारह दिन का—खामोशी-भरा।

वहां से मार्सेलिस जहाज़ द्वारा बंबई के लिए रवाना। भारत की खबरें उग्र और विकट।

उन्हें म्यूरील लेस्टर का लंदन पहुंचने पर एक पत्र मिला था, जिसमें उनसे प्रार्थना की गई थी कि वे मानवाधिकार की इस लड़ाई को जिस तरह शुरू किए हैं, करते जाएं, कभी यही तजुरबा इतिहास के काम आएगा।

भारत में उस समय गर्म हवा चल पड़ी थी और मतांतर शिखर छूने लगा था, यह मिला था भारत को गोलमेज़ कांफ्रेंस में भाग लेने का पुरस्कार।

नफरत बढ़ी थी।

छल-छद्म तेज़ हुए थे।

मन छोटे हुए थे।

संकीर्णता और पनपी थी।

हवा में उड़कर रह गए थे गोलमेज़ कांफ्रेंस के रात-दिन एक करके बनाए गए मसविदे। उनको रह-रहकर कारपेंटर की बातें याद आ रही थीं। उसने जो कुछ कहा है, वह अनुभव किया जा रहा है। कहीं आज़ादी चरित्र की कीमत पर मिली तो तबाह हो जाएगा स्वाधीनता की तमन्नाओं का इतिहास और ज्वालामुखी के मुंह पर आ बैठगा स्वाधीनता का अनागत, तब क्या होगा ? एक महाप्रश्न पुच्छल तारे-सा चमककर विलीन हो गया अंतरिक्ष के महासागरीय अंधेरे में।

वे वहां से भारत पहुंच रहे थे। 27 जनवरी थी, 29 तक उन्हें पहुंच जाना था। उस समय उनका मन मिस कारपेंटर को धन्यवाद देने का हो रहा था क्योंकि लंदन से अमेरिका पहुंचते-पहुंचते गोलमेज़ कांफ्रेंस के दुष्परिणाम के डंक उनके मनोमस्तिष्क में चुभने लगे थे। अच्छा किया जो उसने उनका साक्षात्कार ले लिया। उससे बहुत-सी बातें जो मन में बरसाती बादलों की तरह घेरा डाले थीं, बरस-बरसकर चलती बनीं।

वे यह तय कर चुके थे कि उन्हें कुछ भी करना पड़े लेकिन वे रक्त और आनुवांशिकता के आधार पर खड़े किए गए जन्म के सिद्धांत की बखिया उधेड़कर रहेंगे। चातुर्वर्ण्य का जन्माधार टूटकर रहेगा, टूट भी रहा है, उन्होंने स्वयं उसे तोड़ा है। वे मिश्र विवाह के पक्षधर थे, गांधी नहीं चाहते थे कि ऐसा हो और अपने सबसे छोटे पुत्र देवदास का विवाह एक ब्राह्मण कन्या से रचाने की अनुमति देने में उनके सिद्धांत आड़े नहीं आए थे।

उन्होंने तय कर लिया था कि भारत पहुंचते ही वे संघर्ष तेज़ कर देंगे और महात्माई पाखंड का भी पर्दाफाश करने में नहीं चूकेंगे।

29 जनवरी। मोले स्टेशन। उनका भव्य स्वागत। एक नया स्फूर्त वातावरण। अछूतों ने उनका हृदय खोलकर अभिनंदन किया। फ्रैंचाइज़ कमेटी (मताधिकार देने वाली समिति) की बैठक़ में उन्होंने भी भाग लिया। इस कमेटी के अध्यक्ष लार्ड लोथियन से उनकी मित्रता रंग लाने लगी थी।

गांधीजी अछूतों के हितों के शत्रु समझे जा रहे थे। परेल में उनके सम्मान में हुई सभा, जिसमें मौलाना शौकत अली भी थे, में उन्होंने गांधीजी और कांग्रेस की वस्तुस्थिति

स्पष्ट कर दी थी।

वह कौन-सी जगह थी जहां उनका स्वागत-सत्कार नहीं हुआ। फ्रैंचाइज़ कमेटी की बैठक शिमला में हुई। भारतीय वायसराय के निवास पर संपन्न यह बैठक उनको रास आई। यद्यपि अनेक नये पैंतरे खोले गए और अनेक मुखौटे लगाए गए तथापि वे अपने लक्ष्य की ओर बढ़ते गए। वे देश का दौरा कर रहे थे और सबको अपने वक्तव्य और कृतित्व से आकृष्ट कर रहे थे। कामठी में जब उन्होंने खचाखच भरे पंडाल में यह घोषणा की तो सारा पंडाल उनके स्वागत में खड़ा होकर और हाथ हिला-हिलाकर अपने हृदयोद्गार प्रकट करने लगा। उन्होंने कहा था, ''मैंने यह प्रण किया हुआ है कि मैं उन दबे-कुचले लोगों की, जिनमें मैं भी जन्मा हूं, पला और रह रहा हूं, सेवा करता ही मरूंगा। मैं सत्पथ से एक इंच भी पीछे नहीं हटूंगा, चाहे मेरा कितना विरोध हो अथवा कटु आलोचना की जाए।''

वे इस सभा के बाद अनेक सभाओं में गए और फिर बम्बई अपने निवास पर लौट आए। वे इस सबसे प्रसन्न थे।

रामाबाई ने उनका हृदय से स्वागत किया था। उसकी आंखें भर आई थीं। वह नहीं समझ सकती थी कि उसे क्या करना चाहिए ? उसे अपने पिता भिक्कू की बात याद आ रही थी, जो दापोली में कुली का काम करते थे। शादी तक वे नहीं रहे थे। उसकी मां भी नहीं थी। उसकी शादी मामा-चाचा ने की थी। लेकिन उसके पिता ने कहा था, ''बेटी, तेरे पिता कुछ हैं तो नहीं। तुझे कुछ दे भी नहीं सकता।...कदाचित् तेरी, शादी तक...जैसा प्रभु करेगा, वही होगा, बेटी, रोने से कुछ नहीं होगा।...तू कभी मत रोना।...बेटी...मेरा आशीर्वाद है कि तेरा दूल्हा बहुत बड़ा, मान-सम्मान वाला, ऊंचे पद वाला होगा।'' वे तो चले गए लेकिन जिस प्रकार शादी हुई थी, उससे अपने पिता की बात को भुला देने की इच्छा उसमें जन्मी थी।

क्या वे भविष्य पढ़ लेते थे ? क्यों कहा था वह सब उन्होंने ? भीमराव अंबेडकर ने उसे अपने विचारों में खोता हुआ पाकर कहा, ''क्या सोच रही है, रामू ?''

वह झेंप गई। सिर पर साड़ी का पल्लू खींचकर बोली, ''कुछ नहीं, जी !''

''ना बताओ, तुम्हारी इच्छा।'' भीमराव अंबेडकर ने कहा, ''हम तो कुछ छिपाते नहीं हैं। जो मन में होता है, कह देते हैं।''

''आपका नाम दुनिया में हो गया है ना !''

''यह तू क्या कहती है ?''

''मैं नहीं, सब कहते हैं।''

''कौन सब ?''

''मेरे पास वे अखबार भी हैं...वे लोग, जय-जयकर से गूंजता हुआ पंडाल, और भी बहुतेरे प्रमाण हैं। समझे या और... !''

''और नहीं, समझ रहे हैं।''

''मेरे पिताजी ने कहा था कि...।''

''क्या और कब ?''

''बहुत पहले और अचानक...।''

''क्या कहा था ?''

''तेरा पति बहुत बड़ा आदमी होगा।...''

''तो ?''

“सच हुई न भविष्यवाणी !”

“मैं बड़ा आदमी हूं क्या ?”

“और नहीं तो क्या ?”

“नहीं, रामू, नहीं।” भीमराव अंबेडकर ने कंठ छूकर गद्‌गद् स्वर में कहा, “हम छोटी जाति के...धर्म में भी नीचे दरजे के। जो हूं, वह भी अपने छोटे आदमियों के कारण, उनके लिए। बड़े हैं तो वे जिनसे मैं हूं...जय-जयकार भी उन्हीं की हो रही है, मेरी नहीं, रामू !”

“उनके लिए रात-दिन एक कौन कर रहा है ?”

भीमराव अंबेडकर चुप।

“उनके लिए किसने अच्छे-से-अच्छे पद ठुकराए ?”

वह फिर चुप।

“उनके लिए अभी कौन लड़ने गया था ?”...

“जान से मारने की धमकी किनको दी जा रही है ?”

भीमराव अंबेडकर जड़ हो गए।

“अब आप इंग्लैंड जा रहे हैं। वहां प्रधानमंत्री से मिलेंगे और दूसरों से मिलेंगे। चर्चा करेंगे।...यह सब किसके लिए ? क्यों ?” रामाबाई ने दृढ़ता से कहा।

“परन्तु...।” बड़ी मुश्किल से भीमराव अंबेडकर इतना ही कह पाए।

“मुझे प्रसन्नता है कि...”

“नहीं, रामू, यह प्रसन्नता की बात नहीं है।”

“क्यों नहीं है ? इतना बड़ा प्रधानमंत्री आपसे मिलता है। आपकी तारीफ करता है। वहां का सम्राट् भी आपको मान देता है...यह सब क्या है ?” रामाबाई का चित्त सुवासित हो उठा था। वह अपने में झूम उठी थी।

भीमराव अंबेडकर को यह सोचते हुए ताज्जुब हो रहा था कि यह सब किस तरह होता गया ?...उन्हें किसी ने नहीं बताया था कि वे इस मार्ग का चयन कर लें। वे तो चल पड़े तो चलते गए। उनके मन में एक टीस है, कदाचित् वही उनको लिए जा रही है। कितनी दूर निकल आए हैं, अकेले ही। सुनसान, दुर्गम, अगम दलदल-भरा पथ...पथ-विहीन अंधेरे। उनको नहीं मालूम था कि अग्नि-पथ पर शून्यता के भयावह अंधेरे में तूफानों का सामना करते हुए अपने में सहारा का रेगिस्तान जीना पड़ सकता है।

“कोई नहीं जान सकता। भावी पढ़ना हर एक से संभव नहीं। साधारण जन कब साधारण से ऊपर उठ जाता है, यह बात साधारण जन नहीं जान पाता है, इसी कारण वह असाधारण है, बड़ा है कि वह नहीं जानता कि वह बड़ा है।” रामाबाई ने जिरह जारी रखते हुए कहा, “मैं कितनी सौभाग्यशालिनी हूं कि मैं उसके बारे में सब कुछ जानती, समझती और अनुभव करती हूं जो अपने बारे में कुछ नहीं जानता।”

“रामूऽ... !”

“जिसमें दूसरों का दर्द उसका अपना दर्द बन जाए वही तो...।” रामाबाई इतना ही कह पाती कि भीमराव अंबेडकर बीच में ही उसे टोक देते हैं, “आजकल तुम बहुत बड़ी-बड़ी बातें करने लगी हो। लगता है, मैं नहीं, तुम महान् हुई हो।”

वह खुश हो जाती। वह कहती, “कितना सच...सोलह आने सच। पत्नी तो पति की परछाईं है जी...तो... !” वह मुस्कराती रही।

भीमराव अंबेडकर भी प्रसन्न हो उठे। परछाईं बनी ज़िंदगी अब खिलती शरद्‌कालीन

धूप की कुनकुनी अनुभूति बांट रही थी। वह बोले, "मन करता है कि तुझे भी रामू, तू भी साथ रहे तो दुनिया क्या है, हम कहां हैं, यह जानेगी। तब तुझे लगेगा कि...।"

"मुझे न कहीं जाना और न कुछ जानना...इस सबके लिए आप अकेले काफी हैं जी ?" रामाबाई ने तरल कंठ से कहा और नाश्ता लेने चली गई।

भीमराव अंबेडकर सोचते रह गए इंद्रधनुषीय आकाश की लयात्मक मुद्राओं के बारे में।

नाश्ता किया और चल पड़े यायावर की भांति अकेले ही अनजान रास्तों पर। कांग्रेस बहुत क्षुब्ध थी। गांधीजी निरन्तर अपनी ज़िद के प्रति विनम्र अनुग्रही बने हुए थे।

भीमराव अंबेडकर पुनः इंग्लैंड गए। प्रधानमंत्री से मिले। अन्य सांसदों से मिले। रेम्जे मैक्डोनाल्ड, प्रधानमंत्री ने भीमराव अंबेडकर का प्रस्ताव मान लिया और अल्पसंख्यकों के लिए कार्यक्रम की घोषणा कर दी। इस घोषणा से अछूतों को पृथक् निर्वाचन क्षेत्रों द्वारा आरक्षित सीटों का अधिकार मिल गया था। इसके अतिरिक्त अछूतों की यह सुविधा भी मिल गई थी कि वे सामान्य निर्वाचन क्षेत्रों से भी चुनाव लड़ सकते हैं। पहली बार अछूतों को यह राजनीतिक अधिकार मिला था कि वे अपने अस्तित्व की समझ पा सकें और अपनी मातृभूमि के भविष्य के निर्णय में हिस्सेदारी कर सकें।

17 अगस्त, 1932 को भीमराव अंबेडकर बम्बई पहुंचे थे। तब तक साम्प्रादायिक निर्णय (कम्युनल एवाडी) की चर्चा से भारत का वातावरण गरमा चुका था।

गांधीजी यरवदा जेल (पूना) से प्रधानमंत्री मैक्डोनाल्ड को पत्र लिख चुके थे जिसमें उन्होंने स्पष्ट रूप से यह घोषणा कर दी थी कि यदि अछूतों को हिन्दुओं से अलग किया गया तो वे अपने प्राणों की बाज़ी लगा देंगे।" गांधीजी और कांग्रेस निरन्तर यह प्रयास करते रहे थे कि किसी तरह साम्प्रदायिक निर्णय अछूतों के लिए प्रभावी न हो। परन्तु वही हुआ। भीमराव अंबेडकर की यह विजय थी। उन्होंने भरसक चेष्टा की थी कि वे अपने गंतव्य को सवर्ण हिन्दुओं के गले उतार सकें और कांग्रेसी गांधीजी को समझा सकें कि वे अपने प्राणों की बाज़ी न लगाएं।

गांधीजी ने भारत के सचिव सैम्यूल होर को भी पत्र लिखकर चेतावनी दी थी कि दलित वर्ग के लिए पृथक् निर्वाचन मंडल का निर्णय हुआ तो वे आमरण अनशन करने के लिए विवश होंगे।

भीमराव अंबेडकर जानते थे कि गांधीजी अब अपने को अपनी प्रतिज्ञा के हवाले कर देंगे। वे सैम्यूल होर के इस सुझाव को रद्दी की टोकरी में डाल देंगे, जिसमें उसने उनसे कहा था कि वे लोदियन मताधिकार समिति की प्रतीक्षा करें। कौन प्रतीक्षा करे ? कैसी प्रतीक्षा ? वे मान रहे थे कि भीमराव अंबेडकर के विवेक को ढक लिया है प्रच्छन्न हवाओं ने।

"क्या करें ? गांधीजी के सामने या प्रश्न असमाधान की स्थिति में नंगी तलवार-सा लटका हुआ था।

भीमराव अंबेडकर भी चिंतित थे। वे नहीं चाहते थे कि उनसे गांधीजी को ठेस पहुंचे। उनके सामने गांधीजी की वह आत्मव्यथा थी, जो उन्हें साल रही थी। गांधीजी ने पश्चात्ताप के स्वर में कहा था, "शायद मेरी निर्णय शक्ति पंगु हो गई है अथवा इस मामले में मैं पूरी तरह गलती पर हूं। अगर ऐसी बात है तो शायद मेरा पूरा जीवन ही गलत है। ऐसी स्थिति में अनशन द्वारा मेरी मृत्यु गलती का तत्काल प्रायश्चित कर सकेगी और उन

असंख्यक स्त्री-पुरुषों को एक बोझ से मुक्ति भी मिल सकेगी जिन्होंने मेरी बुद्धि पर बच्चों की तरह विश्वास किया है।" भीमराव समझ रहे थे कि गांधीजी अब आमरण अनशन की घोषणा करेंगे। वे रोके नहीं रुकेंगे। चाहे जवाहरलाल नेहरू उन्हें रोकना चाहें तो भी वे नहीं रुकेंगे।

जवाहरलाल नेहरू को गांधीजी का यह अनशन मात्र धार्मिकता का जोश लगेगा। वही हुआ भी। परन्तु थे वे भी विवश। नेहरू इस प्रकार के अनशन को आज़ादी के लक्ष्य में बाधा मान रहे थे।

गांधीजी 20 सितंबर से आमरण अनशन करने जा रहे थे, यह सूचना उन्होंने ब्रिटिश प्रधानमंत्री को यरवदा जेल से भिजवा दी थी। सारे देश में हलचल मच गई थी। भीमराव अंबेडकर इस प्रकार की कार्यवाई को अलोकतांत्रिक और ढोंगभरी मान रहे थे। फिर भी वे गांधीजी के इस निर्णय से विचलित हो रहे थे। उनके इस निर्णय ने सोच के तमाम रास्ते बन्द कद दिए थे।

हिन्दुओं में हलचल मच गई थी। सवर्ण हिन्दू विशेष रूप से परेशान थे। वे सब इसे भीमराव अंबेडकर की ज़िद के कारण हुआ परिणाम मान रहे थे।

मदनमोहन मालवीय ने 19 सितंबर को हिन्दू नेताओं की एक सभा बुलाई जिसमें देश के प्रभावशाली नेताओं को उन्होंने आमंत्रित किया था। भीमराव अंबेडकर पर भी आमंत्रण आया था। वे दलित वर्गों को प्राप्त सुविधाओं को बनाए रखने का दृढ़ व्रत ले चुके थे। समता के प्रति उनका समर्पण था। गांधीजी जो चाहते थे उससे दलित वर्ग लाभ की स्थिति प्राप्त करने के बाद भी खाली हाथ ही रहते। वे सोच रहे थे कि जल्दी-से-जल्दी ऐसा समानता वाला समाज उभरकर आए, जिसमें सबको समान अवसर मिलें और सभी उनका सहजता से लाभ उठा सकें। वे कर्मकांड, व्रत, साधना-संयम आदि को नहीं मानते थे। आत्मा की आवाज़ की बात भी उन्हें चक्कर में डाल जाती थी। वह हर कदम जो विवेच्य को ढंक देता हो, उनकी दृष्टि में गलत कदम है।

वे जान रहे थे कि 19 सितंबर की बैठक में सबकी दृष्टि उन पर ही रहेगी। वे क्या उत्तर देंगे ? यह सब सोचकर उन्होंने उससे पहले एक प्रेस-विज्ञप्ति जारी कर दी जिसमें उन्होंने कहा था, "जहां तक मेरा संबंध है, मैं प्रत्येक सुझाव पर विचार कर सकता हूं। मैं उसके लिए तैयार हूं। परन्तु मैं यह नहीं होने दूंगा कि दलितों के अधिकारों में किसी प्रकार कटौती हो। इस सभा में आंकड़ों के अभाव में कुछ नहीं हो सकेगा। मेरा निर्णय वही है। गांधीजी हिन्दुओं के लिए अपने प्राण गंवाना चाहते हैं तो इसका अर्थ है कि वे दलितों को भी अपनी रक्षा के लिए प्राण त्यागने के लिए भी विवश करते हैं।...पृथक् प्रतिनिधित्व वाला भय कृत्रिम है। मेरा मानना है कि दलितों का हित चाहने वाले व्यक्तियों को चाहिए कि वे स्वराज्य के संविधान में उनको राजनीतिक अधिकार दिलवाने के लिए भरसक कोशिश करें। मैं यह नहीं समझ पाता हूं कि पृथक् निर्वाचन को वे गलत बताते हैं। वे कहते हैं कि वह हिन्दुओं को विभाजित कर देगा। परन्तु, उनके और कांग्रेस के समर्थक डॉ. मंजे पृथक् निर्वाचन की पैरवी करते हैं, उसका वे समर्थन करते हैं।"

इससे भी आग भड़की क्योंकि तर्क और विवेक के स्थान पर गांधीजी और उनके सहयोगी गहरी आस्था को सर्वस्व मानकर चल रहे थे। वे जान रहे थे कि गांधीजी ने अनशन रूपी ब्रह्मास्त्र उन पर छोड़ दिया है ताकि हिन्दू जनता उनके विरुद्ध हो सके और उनके प्राणों पर भी बन आए। यदि गांधीजी का प्राणांत हो जाए तो उनको सवर्ण हिन्दू नहीं छोड़ेंगे।

शाम को भीमराव अंबेडकर के निवास पर उनके कुछ साथी आए, जिन्होंने इस मुद्दे पर बातचीत की और इस संकट से कैसे मुकाबला किया जाए, इस पर विचार किया गया और निर्णय लिए गए।

त्रावनकोर से रामास्वामी नायकर आए, पी. एन. भोज, देवराव नाईक, दादा साहब गायकवाड़, शिवतारकर आदि एकत्र हुए थे।

''गांधीजी ने सबसे भयंकर अस्त्र छोड़ दिया है।...कुछ भी हो सकता है। हिन्दू आक्रामक हो रहे हैं। वे ताकतवर हैं।'' रामास्वामी नायकर ने कॉफी का प्याला उठाकर कहा था।

''मैं जनता था कि यही होना है।'' शिवतारकर ने चिंतित होते हुए कहा था।

''इससे सब जगह सवर्ण और अवर्ण हिन्दू भिड़ जाएंगे। सांप्रदायिक दंगे और खून-खराबा शुरू हो जाएगा।...यह महात्मा जो अहिंसा का राग अलाप रहा है और सत्य का व्रत लिए है, इतनी भयंकर हिंसा क्यों चाहता है ?'' दादा साहब गायकवाड़ कह रहे थे, ''इंग्लैंड में गोलमेज़ सम्मेलन में अछूतों को अपना सर्वस्व मानते हुए भी, एक बार भी नासिक और मराड के कांग्रेसियों को यह आदेश नहीं दिया कि कालाराम मन्दिर में अवर्णों को जाने दें और मराड के चौवदार तालाब पर उन्हें पानी भी भरने दें। फिर अछूतों के नेता का दावा वे क्या खाकर कर रहे थे !''

''वे अंधविश्वास क्यों फैलाना चाहते हैं ?'' देवराव नाईक ने कहा।

इस बार भीमराव अंबेडकर पहले से अधिक गंभीर हो गए और कॉफी का घूंट लेकर पांव फैलाते हुए बोले, ''वे लंदन में यह भूल गए थे कि वहां उनके सामने वे लोग नहीं थे, जो प्रायः उनके पास परामर्श लेने या आशीर्वाद प्राप्त करने आते हैं। वहां उनके सामने वे लोग थे जो उनके साथ उसी प्रकार के प्रश्न कर सकते थे कि जिस प्रकार कटघरे में खड़े गवाह से वकील करता है। उन्हें यह भी ख्याल नहीं रहा कि वे एक राजनीतिक सम्मेलन में शिरकत करने आए हैं।'' इस बार भीमराव अंबेडकर के अधरों पर मुस्कराहट फैल गई और वे बोले, ''नायकर, वह तमाशा भी देखने लायक था। वे वहां ऐसे लग रहे थे मानो वैष्णव मन्दिर में नरसी मेहता के भजन गाने उपस्थित हुए हों।''

इस पर सभी ज़ोर से हंस पड़े। शिवतारकर तो इतनी ज़ोर से हंसे कि उनके कपड़ों पर कॉफी छलक पड़ी। वे उस स्थान को पानी से साफ़ करने लगे।

''लंगोटी लगाए थे...।'' रामास्वामी नायकर ने व्यंग्य से कहा, ''क्या सोचते होंगे वे लोग !''

''चर्चिल ने तो गांधीजी को अर्द्ध-नग्न फकीर कहकर चुटकी ली थी।'' भीमराव अंबेडकर का स्वर तनिक व्यंग्यात्मक हो उठा था।

''भला इस शैदाई पर कौन फिदा नहीं होगा !'' पी. एन. भोज का कर्कश स्वर था। वे ज़ुकाम से जकड़े हुए थे और बराबर सूं-सूं करते जा रहे थे।

''एक मज़ाक और हुआ, शिवतारकर... !'' यह कहते हुए भीमराव अंबेडकर को अपनी हंसी रोकना मुश्किल हो गया। सब उनकी और चकित होकर देखते रह गए।

''क्या हुआ, डॉक्टर साहब ?''

भीमराव अंबेडकर ने कॉफी 'सिप' की और कुछ सोचकर बोले, ''मज़ा आ गया था, मित्र !'' इस समय वे मौज में आ चुके थे।

''यह कहना छोटे मुंह बड़ी बात होगी, परन्तु सच है, मिस्टर भोज !''

"क्या ?"

"गांधीजी को वहां नहीं जाना चाहिए था...वे ठीक तरह से अपने देश का प्रतिनिधित्व नहीं कर सके, जबकि कंधे पर राष्ट्रीय समझौते जैसा गंभीर उत्तरदायित्व डाला गया था। वे सबसे अयोग्य सिद्ध हुए।" भीमराव अंबेडकर ने धीरे-धीरे कहा, "पता नहीं, नेहरू, नायडू आदि उनके बारे में क्या सोचते हैं और अपना देश उन पर क्यों जान देने को तैयार रहता है ? मुझे वे श्रद्धा के पात्र नहीं लगे। मेरे साथ उन्होंने छल किया और उसे अपनी महात्माई चादर में छिपा लिया।"

सब कॉफी के साथ उन संस्मरणों का आनन्द लेने लगे जिनके बारे में वे बहुत कम बताते थे।

वे खखारकर कहने लगे, "यह मेरा व्यक्तिगत नज़रिया है और मेरी ईमानदारी का भी प्रतीक है।...महात्मा प्रांतीय स्वायत्तता का वायदा पाकर सम्मोहित हो गया।...सुना था कि महात्मा सम्मोहित करते हैं, परन्तु वे खुद सम्मोहित हो रहे थे।"

इस पर पुनः सब हंस पड़े।

भोज कॉफी खतम करके कप मेज़ पर रख चुके थे। भीमराव अंबेडकर ने आगे कहा, "कैसी मज़ेदार बात थी कि उन्हें आज़ादी की गुठली के बारे में बातचीत करने हेतु भेजा था और वे चंद छिलके लेकर सप्रसन्न लौटने के लिए तैयार हो गए।"

"वास्तव में वह सब देश के साथ अच्छा नहीं हुआ।" शिवतारकर ने गंभीर होकर कहा, "और अब फिर देश को एक संकट में डाल दिया है।"

"काश ! उन्होंने छुआछूत मिटाने के लिए आमरण अनशन किया होता।" देवराव नाईक ने कहा।

"वे ऐसा कभी नहीं कर सकते थे।" दादा साहब गायकवाड़ सोचने की मुद्रा में बोले।

"क्यों नहीं कर सकते थे ?"

"क्योंकि इससे उनके सवर्ण हिन्दू भक्त नाराज़ हो जाते।" राधास्वामी नायकर का स्वर था।

"तो ?"

"वही अंधभक्त हैं उनके।"

"पूंजीपति भी उन पर आंख बन्द करके पैसा खर्च करते हैं और उनकी बात मानते हैं।"

"क्यों ?" रामास्वामी नायकर ने पूछा।

"इसलिए कि वे उनके वास्तविक संरक्षक और शुभचिंतक हैं।" देवराव नाईक ने कहा।

"काश ! वे भारत की आज़ादी के लिए आमरण अनशन करते तो न्यायोचित होता !" भीमराव अंबेडकर ने अपनी व्यथा व्यक्त करते हुए कहा, "लेकिन उन्होंने ऐसा नहीं किया। यह अत्यंत दुःखप्रद अचरज ही है कि उन्होंने सबको छोड़कर अकेले दलित वर्ग को ही अपने शाप का निशाना बनाया। वह ना मुसलमानों, ना सिक्खों, ना भारतीय ईसाइयों, ना एंग्लो इंडियन लोगों आदि के विरुद्ध हुए जबकि उन्हें भी पृथक् निर्वाचन क्षेत्र के अधिकार मिले थे।...उनसे गांवों में फूट नहीं पड़ेगी।...आखिर अछूतों पर उनकी यह कृपा क्यों ? क्या कोई अपने भक्तों पर ऐसी कृपा कर सकता है ?" मेरी समझ में यह सब नहीं आता। उनसे मिलकर भी मुझे नहीं लगा कि वे महात्मा हैं।...महात्मा के लिए मेरा-तेरा क्यों ?

क्यों छल-प्रपंच ? यह सब मुझे गांधीजी से दूर करता है, शिवतारकर ! आप लोगों की क्या राय बनती है ?''

''आपने महात्मा को सही समझा है।''

''आप लोग भी उसे समझें। लोकतांत्रिक चेष्टा में सब साथ सम्मिलित होते हैं।'' भीमराव अंबेडकर ने कहा, ''इस समय देश पर संकट है—भयानक संकट !''

''हमें इस संकट से घबराना नहीं है बल्कि इसका सामना करना है।'' रामास्वामी नायकर कहते, ''हमने ट्रावनकोर में छुआछूत मिटाने के लिए जो कदम उठाया था, उससे वहां के कट्टर ब्राह्मण भी सोचने के लिए मजबूर हुए हैं। मुझे यह सोचना पड़ता है कि कहीं यह महात्मा अपनी नेतागिरी बनाए रखने के लिए तो सब प्रपंच नहीं कर रहा है ?''

''कोई आरोप लगाने से पूर्व हमें बहुत सोच-समझ लेना चाहिए।'' भीमराव अंबेडकर ने कहा।

''वे लोग आरोप तो आप पर भी लगा रहे हैं और वे आधार बेबुनियाद हैं।'' पी. एन. भोज कह रहे थे।

''वे आपको जान से मारने की धमकी भी दे रहे हैं।'' रामास्वामी नायकर ने कहा, ''हमें चुप नहीं रहना चाहिए अन्यथा ये लोग आक्रामक हो सकते हैं।''

''फैसला तो ब्रिटिश प्रधानमंत्री ने किया है, फिर आप पर उनका निशाना क्यों ?'' पी. एन. भोज ने बैठने का रुख बदलकर कहा।

''ध्यान यह भी रहे कि रंगा अय्यर ने विधानसभा में काम रोको प्रस्ताव प्रस्तुत करते हुए कहा है, ''यदि गांधीजी की मृत्यु हो गई तो स्मरण रखो कि इसके साथ वे रिश्ते समाप्त हो जाएंगे जो ब्रिटेन और भारत के मध्य हैं।'' सरकार को भी धमकी-भरे तार गए हैं। ''...ऐसा होना ही था। आखिर गांधीजी बहुसंख्यक वर्ग के नेता हैं। उनमें देश की श्रद्धा-भक्ति है।'' भीमराव अंबेडकर सोचते हुए कहते रहे।

कुछ देर तक सन्नाटा तना रहा। सब अपने-अपने में सोच के साथ चहल-कदमी कर रहे थे। पुनः भीमराव अंबेडकर कहने लगे, ''मैं महात्मा से घबराता नहीं। महात्मा कोई अमर नहीं होते। न कांग्रेस अमर है।...भारत में ऐसे अनेक महात्मा हुए हैं जो छुआछूत मिटाना चाहते थे। वे अछूतों में सुधार करवाना चाहते थे।...सबको साथ मिलाना चाहते थे। परन्तु वे सभी असफल रहे। अनेक महात्मा आए और अनेक चले गए, लेकिन अछूत जहां थे, आज भी वहीं हैं—उनमें कोई परिवर्तन नहीं हो सका।...इसलिए मुझे गांधीजी पर इस संबंध में भरोसा नहीं है और जो मैंने कानूनी रास्ता निकाला है, उसे वे आमरण अनशन के जरिये नष्ट कर देना चाहते हैं। आखिर हम उनके प्राणों के लिए अपने लोगों को फिर से भूल-भुलैया और अंधकार में तो नहीं डाल सकते। उनके जोश से उठते हाथ, तेज़ी से गूंजते उनके नारे ...कुछ कर गुज़रने की तमन्ना और यह विजय...वे इसे अपनी विजय मानकर उत्सव मना रहे हैं। इस सबका क्या होगा ? कौन जवाब देगा ? मैं इस जगह पर आकर अपने-आपको बहुत कमज़ोर पाता हूं।...दरअसल मैं किसी कि मृत्यु नहीं चाहता।...गांधीजी की यह हठधर्मिता ज़रा भी विवेकसंगत नहीं है—बचकाना है।...इतने वर्षों से—सदियों से जब हम रोज़ मर रहे थे तब किसी की दृष्टि हम पर नहीं पड़ी।...अब यह ज़्यादती क्यों ?...मेरा विवेक इसे पाखंड मानता है। परन्तु...।'' उनका गला भर आया था। उनके मुखमंडल पर चिंता की रेखाएं उभर आईं।

''हमको डटकर मुकाबला करना चाहिए।...आज संपूर्ण भारत के दलित जन आपके

साथ हैं। मद्रास प्रांत दलित वर्ग फैडरेशन, अरुनसेडिया सभा, केरल दलित वर्ग एसोसिएशन, बंगाल दलित वर्ग एसोसिएशन, द्राविड़ मलयालम सभा, धर्म मंडल पंजाब, दलित वर्ग सहायक सभा, दिल्ली आदि सैकड़ों संस्थाओं ने बधाई तार भेजे हैं और आपमें विश्वास व्यक्त किया है और केंद्रीय विधानसभा के एकमात्र सदस्य एस. सी. राना की गद्दारी की निंदा की है। ...यह विजय आपने दिलवाई है।...सब आपके इशारे पर कट-मरने को तैयार हैं। जो होगा, होने दीजिए।'' देवराव नाईक ने जोश के साथ कहा।

''पहली बार हमें राजनीतिक अधिकार मिल रहे हैं। हम उनके लिए सिर कटता हो तो कटा सकते हैं।...चिन्ता नहीं।...हमें तो इन्होंने सदियों से काटा है। और एक दिन तो यह महाभारत होना ही है, बिना महाभारत हुए कुछ मिलना नहीं—पांच गांव भी नहीं।'' रामास्वामी नायकर ने उत्साह से कहा।

''हम सबका यही मत है।...जो होना है, होने दीजिए।...यहां सवाल अकेले गांधी की मृत्यु की संभावना का है और हम हर पल मरते है, उनकी किसने परवाह की है ?'' दादा साहब गायकवाड़ का निर्णय था, जिसे एक स्वर से सबने स्वीकार किया था।

''तब ठीक है, मैं आज की सभा में उनको अपना निर्णय सुना दूंगा।'' भीमराव अंबेडकर ने कहा।

''किसने कहा था कि वे आमरण अनशन पर बैठें ?...कांग्रेस ने भी नहीं।...यह भी कोई विवेक-संगत बात हुई क्या ?...इससे तो अंधविश्वास को और बल मिलेगा...और भविष्य में एक गलत परंपरा जन्म ले लेगी। इससे सब संकट में आ जाएंगे।'' शिवतारकर कह रहे थे, ''आप तो हमारे एकमात्र नेता हैं। आपने जो हमारे लिए किया है, उसे हम खून की आखिरी बूंद बहाकर भी सुरक्षित रखेंगे।''

सबके चेहरे पर बिजलियां चमक रही थीं। सबमें अभूतपूर्व जोश था।

''तो अब हमें उठना चाहिए।''

''सभा में पहुंचना भी है।''

''हां, ज़रूरी भी है—प्रश्न प्राणों का है।'' भीमराव अंबेडकर ने इतना कहा और वह उठ खड़े हुए। उनके साथ सब उठ गए। रामाबाई उनको जाते हुए देखती रह गई अपलक नेत्रों की गहराइयों में डूबते हुए भास्कर को।

उनतीस

भीमराव अंबेडकर रोज़-रोज़ की बैठकों से क्षुब्ध हो उठे थे। सबका उन पर दबाव बन रहा था। वे विवश-से सबकी ओर देखते रह जाते थे। राजगोपालाचारी, मदनमोहन मालवीय, चुन्नीलाल मेहता, जयकर, बिड़ला, सर तेजबाहदुर सप्रू, सरोजिनी नायूड आदि सबकी दृष्टि उन पर जमी हुई थी। वे विवश थे। राजगोपालाचारी ने कहा, ''डॉक्टर अंबेडकर, आपके करने से ही कुछ हो पाएगा।..संकट महात्मा के प्राणों का है।...उनके प्राणों की रक्षा आपको करनी है।''

''मैंने उन्हें आमरण अनशन के लिए नहीं कहा।'' भीमराव अंबेडकर ने कहा, ''संकट प्राणों का नहीं, विवेक और अंधविश्वास में से एक को चुनने का है।...यह प्रश्न मात्र वर्तमान के प्राणों को बचाने का नहीं है अपितु आते समय के प्राणों का है।...अनशन हमारी प्रक्रिया

से गुजर रहा है, उसका प्रयोग किसी एटम बम से कम नहीं होगा।''

''अभी एटम बम की कहां बात कर रहे हो ?'' सप्रू ने कहा, ''इस समय मुख्य प्रश्न गांधीजी की प्राण-रक्षा का है, डॉक्टर !''

''कोई ठोस सुझाव भी तो हो।'' भीमराव अंबेडकर ने सोचते हुए उत्तर दिया।

''ठोस आधार क्या बने ?'' राजगोपालाचारी का प्रश्न।

''जिससे दलितों के हितों पर आंच नहीं आए। यह बात मैंने गोलमेज़ कॉन्फ्रेंस में रखी थी, परन्तु...अब उसको दोहराने से कोई लाभ नहीं।...सब जान चुके हैं।'' भीमराव अंबेडकर ने धीरे-धीरे कहा।

''घूम-फिरकर बात वहीं आ जाती है, डॉक्टर साहब !'' इस बार सरोजिनी नायडू ने कहा।

भीमराव अंबेडकर ने गंभीरता बनाए रखते हुए कहा, ''सरोजिनी जी, आप तो थीं न...आपके निवास पर ही तो बात हुई थी।...तब वहां गांधीजी ने दलित वर्गों के लिए किसी भी विशेष प्रतिनिधित्व के प्रस्ताव का समर्थन नहीं किया।...ध्यान यह रहे कि दलितों के अधिकारों की सुरक्षा के लिए संवैधानिक गारंटी उनके पहली और आखिरी शर्त है।''

''इस समय प्रश्न गांधीजी की जान बचाने का है, डॉक्टर अंबेडकर !'' चुन्नीलाल मेहता का भारी स्वर प्रार्थना-सी करने लगा, ''आपके अलावा उनके प्राण कोई नहीं बचा सकता, यह स्पष्ट बात है।...कृपया आप दया कीजिए।''

''मिस्टर मेहता, यह आप कैसी बात कर रहे हैं, प्राण बचाने वाला तो वह है...।'' भीमराव अंबेडकर ने ऊपर संकेत करते हुए कहा, ''या...ब्रिटिश प्रधानमंत्री अथवा सम्राट्।...जो वह करेगा, अच्छा ही करेगा—उस पर भरोसा रखें।...परन्तु यह न भूलें, जो सदियों से प्राण दे रहे हैं, उनके कष्टों का निवारण कौन करेगा ?...वह आश्वासन से नहीं होगा और न उसे कोई महात्मा कर सकेगा। वह होगा तो संवैधानिक अधिकार से।...मुझे उनकी चिन्ता है।''

''आप ठीक कहते हैं।'' राजगोपालाचारी बोले।

''आपको उनके प्राणों की रक्षा करनी होगी, डॉक्टर साहब,...यह मेरी नहीं बल्कि हम सबकी प्रार्थना है।...हमारी प्रार्थना आपको स्वीकार करनी होगी।'' बिड़ला ने विनम्र स्वर में बहुत धीरे से परन्तु दृढ़ता से कहा।

''इसके लिए आप सबको गांधीजी के पास जाना चाहिए और उनसे ठोस आधार का पता करना चाहिए।...वे क्या विकल्प सुझाते हैं।...कृपया आप सब भी उस विकल्प की समीक्षा कर देखिए, कोरी भावुकता से कुछ नहीं होगा। बात सिद्धांत की है, भावुकता की नहीं।...आप सब राजनीति के पंडित हैं, अनुभवी हैं, आप लोग भी कोई ठोस रास्ता सुझाइए जिससे कोई बात बन सकती हो।''

''इस समय थोड़ा आप...।'' कहते-करते सरोजिनी नायडू का स्वर विगलित हो उठा।

''कृपया आप लोग मेरे पर ही दबाव न डालें, महात्माजी से प्रार्थना करें।...काश ! उन्होंने देश की आज़ादी के लिए यह व्रत लिया होता तो मैं कहता हूं कि सारा भारत तमाम आपसी हितों को छोड़कर एक हो गया होता और महात्माजी का वह उचित पश्चात्ताप भी होता।...महात्मा को चाणक्य होना चाहिए, केवल आशीर्वाद देते रहने से महात्मा नहीं बना जा सकता।...वहां सब राजनीति के पंडित थे। उनकी चक्रव्यूह रचना से बाहर लाने का काम महात्मा के ऊपर था, जिसे वे निभा नहीं सके।...इतिहास के वे पृष्ठ हमें कभी क्षमा नहीं

करेंगे।'' भीमराव अंबेडकर ने भ्रमात्मक मिथकों पर पर्दा से हटाने का प्रयत्न किया और तमाम गलतफहमियां दूर करनी चाहीं। वे आगे कह रहे थे, ''हम लोगों ने लगभग तीन मास लन्दन में बिताए और क्या पाया सिवाय आपसी मनमुटाव गहरा करने के ? कौन-सा ऐसा बिंदु है जिस पर हम एक हुए ? आखिर हमारी क्या अपेक्षाएं थीं और हममें से किसने भारत का प्रतिनिधित्व किया ?...क्या वहां भारत था ? किसने वहां भारत बनने दिया ? सब अहम् में थे और अपनी-अपनी रोटी सेंकने में लगे हुए थे। कौन क्षमा करेगा हमारी उन असाधारण गलतियों को ? दलित वर्ग भी इंसान है, जिसे आप लोगों ने जीते-जी मार डाला है। जब वह अब संभलना चाहता है तब उसके प्रति अन्यथा क्यों सोचा जाता है ? क्यों उसके सामने रोड़े डाले जाते हैं ?'' उनका हृदय भर आया था और उनका कंठ करुणार्द्र हो उठा था। वे बहुत धीमे स्वर में इतना ही कह पाए थे, ''हिन्दू होने की इतनी बड़ी सज़ा !''

सबके माथे ठनक उठे थे। सब भौंचक्के-से रह गए। कड़वा सच था। एकबारगी सबको लगा कि उनके प्रयत्न व्यर्थ रहेंगे। भीमराव अंबेडकर पीछे हटने वाले नहीं हैं। गांधीजी टस-से-मस नहीं होंगे। ज़हर घुल जाएगा सारे वातावरण में। सारे देश में आग लग जाएगी, बिना किसी नतीजे पर पहुंचे।

बात यहीं समाप्त हो गई। रास्ता तलाश करने का निर्णय लेकर वे सब उठ गए। गांधीजी को सारी स्थिति समझाई गई। गांधीजी कुछ नहीं बोले, सिर्फ सुनते रहे। आमरण अनशन शुरू कर दिया।

भीमराव अंबेडकर देर रात तक जागते रहे। यह कलंक बलात् उन पर थोपा जा रहा है। कुछ हुआ तो वे उसके लिए एकमात्र ज़िम्मेदार ठहराए जाएंगे। वे कुछ नहीं समझ पा रहे थे कि आमरण अनशन क्यों ? क्या तर्क है ? क्या यह विवेक संगत बात है ? क्या आधार है ? यह कैसी नैतिकता ? ना मानो तो आमरण अनशन ! अनशन करने वाला ही सही है, इसका क्या मापदंड ? यह कैसा ढोंग है ? अंधविश्वास ऐसे ही जड़ पकड़ते हैं। आत्मा की आवाज़ का क्या अर्थ ? क्या वे भी इनके सामने आमरण अनशन शुरू कर दें ?...तब न रहेगा कोई झगड़ा-झमेला ! देखते हैं कि कौन कितना शक्तिशाली है ?

वे खुली आंखों से इतने बड़े अन्याय को नहीं देख सकते। कभी भी उन्हें वह स्वीकार नहीं होगा जो दलितों के विरुद्ध होगा। उनको कैसे आज़ादी मिलेगी ? कौन देगा ? देश तो स्वतंत्र हो जाएगा परन्तु दलितों के भाग्य में अपाहिज होना क्यों लिखा है ? नहीं...नहीं ...वे इन सवर्ण हिंदुओं के इस नाटक को नहीं चलने देंगे। अभी तो गांधीजी आमरण अनशन पर बैठे हैं, अभी से इतनी चिंता क्यों ? आखिर गांधीजी को भी सोचते-तपने दिया जाए। कद्राचित् उन्हें अपनी भूल मालूम पड़ जाए और कोई नवीन रास्ता निकल आए।

वे दिन-रात इस चिंता में रहते थे। दूसरे दिन फिर बैठक। फिर वही दबाव। फिर वही शुरुआत। फिर वही रिकार्ड पुराना। वही कल वाले चेहरे, वही दास्तान पुरानी। कुछ भी नया नहीं। सबके सब सिर झुकाए मातमपुरसी के लिए इकट्ठे। सन्नाटा गहरा। अंधेरा दिन में गहराता हुआ। अजीब़ सी घुटन-तड़पन, बेचैनी-घबराहट।

पास में बहता कोई पहाड़ी नाले-सा स्वर। झुके हुए मन। डूबे हुए मन।

राजगोपालाचारी ने चुप्पी तोड़ी। पहल की, ''अब क्या करना चाहिए ?''

सबने सुना। किसी ने नहीं सुना। उन्होंने किससे कहा, यह किसी को नहीं मालूम।

सरोजिनी नायडू ने बात साफ की, ''डॉक्टर साहब, कल गांधीजी से चर्चा की थी। यहां हम लोगों के बीच जो वार्ता हुई थी, गांधीजी को उससे परिचित करा दिया गया। परन्तु

सुबह से वे आमरण अनशन पर बैठ गए।...कहा कुछ नहीं।...वे अन्तरात्मा की आवाज़ के सामने किसी की नहीं सुनते हैं।...उन्हें परिणाम की चिंता भी नहीं रहती।''

इस पर कोई प्रतिक्रिया नहीं उठी। सबमें गहरी बेचैनी। भीमराव अंबेडकर जान-बूझकर चुप रहे।

''आप क्या सोचते हैं, डॉक्टर ?'' मदमोहन मालवीय ने थूक गटककर कहा।

''मैं अन्तरात्मा को नहीं जानता हूं, मालवीय जी !''

''फिर भी...।''

''अन्तरात्मा पर चर्चा करने का अर्थ है कि हम संन्यासी हो जाएं,'' भीमराव अंबेडकर व्यंग्य से बोल रहे थे, ''और भूत-प्रेतों पर चर्चा करें।''

''आप उनको समझने का प्रयास कीजिए, डॉक्टर !''

''मुझे महात्माओं में दिलचस्पी नहीं है क्योंकि वे आशीर्वाद देते हैं या शाप और वे बहुत महान् होते हैं। उनके चमत्कार प्रचार पाकर धीरे-धीरे उन्हें ईश्वर के तख्त पर बैठा देते हैं।...मुझे आत्मा-परमात्मा से कोई मतलब नहीं है, मित्रो ! कृपया मुझे भी आप समझने का प्रयास करें।'' भीमराव अंबेडकर ने तनिक तेज़ स्वर में कहा।

''हम दोनों को समझकर पास-पास लाना चाहते हैं ताकि हममें एक सौहार्दपूर्ण धारा प्रवाहित होने लगे और वर्तमान संकट टल जाए।'' मदनमोहन मालवीय ने कहा।

''यह मेरा दुर्भाग्य है कि पहले मुझे देशद्रोही, गद्दार और न जाने क्या-क्या कहा था। ...अब मुझे खलनायक होना पड़ रहा है। परन्तु मैं जिसे अपना पुनीत कर्त्तव्य मानता हूं, उससे मैं विचलित नहीं होऊंगा। मैंने कल भी कहा था और पुनः दोहराना चाहूंगा कि मैं अपने लोगों के प्रति किसी कीमत पर गद्दारी नहीं करूंगा, चाहे मुझे किसी निकट के बिजली के खंभे पर फांसी पर चढ़ा दिया जाए।''

सबकी रहस्यमयी आंखें फैल गईं। मानो दीवार पर चढ़ती हुई छिपकली अचानक गिर पड़ी हो किसी संगमरमर के फर्श पर। वे सब संभल गए। उन्हें लगा कि भीमराव अंबेडकर भी ठान बैठे हैं कि वे भी टस से मस नहीं होंगे।

दोनों ही संगेमज़ार पर अपना-अपना नाम खुदवाने को तैयार हैं।

''डॉक्टर भाई, इस वक्त सवाल सही-गलत का फैसला करने का नहीं है, बल्कि गांधीजी के जीवन-मरण का है। हम यहां इसीलिए इकट्ठे हुए हैं।'' तेज बहादुर सप्रू ने एक-एक शब्द तौल-तौलकर कहा।

''मिस्टर सप्रू सही फरमाते हैं, डॉक्टर सहाब !'' सरोजिनी ने समर्थन किया।

''फरमाते तो आप लोग सभी सही हैं। एक मैं हूं जो न आपकी भाषा समझ पाता हूं और न आपकी मंशा।...पर एक बात स्पष्ट कर देना चाहता हूं कि...।'' भीमराव अंबेडकर ने अपनी आवाज़ पहले से ऊंची करते हुए अत्यंत दृढ़ता से कहा, ''आप सिद्धांतवादी, देशभक्त और ज्ञानी बंधु हमें अपना स्वीकार नहीं कर सकते तो न सही, लेकिन आपको यह अधिकार भी नहीं है कि आप हम पर संयुक्त निर्वाचन थोपें या अपने धर्म से जबर्दस्ती चिपकाए रहें।''

''इस दिशा में हम मिलजुलकर प्रयत्न करने के लिए तैयार हैं, डॉक्टर अंबेडकर !'' मदनमोहन मालवीय ने मधुरता बनाए रखने के लिए कहा।

''हमें आप हमारे हाल पर छोड़ सकें तो आपकी बड़ी कृपा होगी।...हम पहले ही आपकी मेहरबानियों का कर्ज़ नहीं चुका पाए हैं।'' भीमराव अंबेडकर ने उनके मनसूबों को

आग में भून डाला। वे सब तिलमिला उठे। लेकिन, उनके सामने एक ही उपाय था और वह था डॉक्टर अंबेडकर को मनाना। वे सब जानते थे कि भीमराव अंबेडकर एक नेक तथा धार्मिक इंसान हैं। उनका हृदय मोम-सा कोमल है। वे गांधीजी को मरने नहीं देंगे। उनके अलावा कोई दूसरा उपाय भी नहीं है।

"डॉक्टर भाई, यह दो भाइयों की लड़ाई है। इसमें दो मत नहीं कि सवर्ण हिंदुओं ने सदियों से अपने भाइयों पर अत्याचार और अन्याय किए हैं। हम सब आपके अपराधी हैं। आप जो चाहें, हमें सज़ा दें, हमें मंजूर है, परन्तु गांधीजी तो निर्दोष हैं। उनका हृदय आप लोगों के प्रति समर्पित है। वे आपका आदर करते हैं।...आपसे बड़े हैं। छोटे भाई का बड़े भाई के प्रति कुछ फर्ज़ बनता है।...इसी नाते हम सब आपसे प्रार्थना करते हैं कि ज़िरह छोड़िए और हम सबको इस संकट से उभारिए।" मदनमोहन मालवीय का स्वर द्रवीभूत हो उठा था।

अब वातावरण करुण होने लगा।

प्रार्थना से आगे क्या शेष बचता है !

भीमराव अंबेडकर चकित रह गए। वे सब इतनी जल्दी समर्पण कर जाएंगे, यह उन्हें उम्मीद नहीं थी। वे सोच में डूब गए।

लौट आए।

साथियों को बुलाया। इस बीच देवदास गांधी आ गए। बैठे। सोचते रहे। कुछ बोल नहीं पा रहे थे। लंदन में भी वही आए थे। आकर इसी तरह गुमसुम बैठे रहे थे। तब भी भीमराव अंबेडकर को पूछना पड़ा था कि कैसे आए, गांधी बंधु। आज भी उन्हें पूछना पड़ा, "कहो, गांधी बंधु, क्या हुक्म है ?"

देवदास गांधी अपने को संभाल नहीं पाए। उनसे बोला नहीं गया। उनकी सारी देह कांप उठी। उन्होंने अनुभव किया कि बौनापन क्या होता है और आदमी जाति से बड़ा-छोटा नहीं होता, उसका कद उसके आचरण-व्यवहार और कर्मसाधना की ऊंचाई से बनता है।

भीमराव एकदम शांत, सरल और सहज। उनमें कोई कुंठा नहीं। उनमें कोई कटुता नहीं। ठक्कर बाबा ने ठीक सलाह दी थी, "गांधी, तुम जाओ। मैं डॉक्टर अंबेडकर से मिला हूं। वह सरल चित्त इंसान है, विद्वान है, विद्वानों का आदर करना जानता है। वह सैद्धांतिक इंसान है परन्तु अड़ने वाला नहीं है, समझने वाला है, बशर्ते उसे कोई समझा सके। उसमें कोई गांठ नहीं। वह पिघल सकता है तो तुमसे गांधी।...आखिर तुम अपने पिता के लिए उसके पास जाओगे।" उन्होंने सच ही कहा था।

देसदास गांधी कुछ नहीं कह पाया। उसका कंठ असरुद्ध हो गया। उसके नयन छलछला आए। टप...टप...टप...आंसू बहने लगे। भीमराव अंबेडकर का हृदय पसीज उठा। वे बोले, "गांधी बंधु,...छिः...छिः...छिः...यह क्या करते हो ! नहीं अब रोना नहीं।...बिलकुल नहीं रोना।" उनके अंदर का आदमी तिलमिला उठा। उनमें कंपन डोल गया।

"डॉक्टर साहब, वह मेरे पिता है।"

"इसमें क्या शक है !"

"कौन पुत्र चाहेगा कि उसके सामने उसका पिता उठ जाए ?" देवदास ने भरे मन से कहा, "मैं देख रहा हूं और जड़ हो रहा हूं।...समझ नहीं पा रहा हूं कि क्या करूं ? किसके पास जाऊं ? कौन मदद करेगा ? कुछ नहीं समझ पा रहा हूं। कुछ नहीं कर पा रहा हूं। इसलिए आपके पास आया हूं। डॉक्टर साहब, आप बड़े मन के हैं और महान् हैं।"

"क्या चाहते हो, गांधी बंधु ?"

"अपने पिता के प्राण।"

"मैं स्वयं उलझन में हूं, गांधी बंधु !...अभी मैंने अपने साथियों को बुलवाया है। आप क्या समझते हैं कि मैं उनके लिए चिंतित नहीं हूं ! परन्तु रास्ता तो मिले।" भीमराव अंबेडकर भारी मन से, तसल्ली-भरे लहज़े में कहते जाते।

"एक बार आप उनसे मिल लें तो...।"

"एक क्यों, रोज़ क्यों नहीं, गांधी बंधु ! मुझे उनसे मिलकर प्रसन्नता होगी।...सबसे ज़्यादा प्रसन्नता तो तब होगी जब उनकी अंतरात्मा और मेरा विवेक कोई ऐसा रास्ता तजवीज़ कर पाएं, जिससे यह संकट की घड़ी टल जाए।...मैं प्रयत्नरत हूं।" भीमराव अंबेडकर का हृदय भर उठा था।

"मुझे आपसे यही उम्मीद है।"

"विश्वास रखो, मैं वातावरण बनाना चाहता हूं। अब तक मैंने यही किया है।...मुझे नेता बनने का चाव नहीं है।...मैं अछूत वर्ग से हूं। वह पीड़ा मैंने भोगी है।...मेरा अपने भाइयों के प्रति कोई फर्ज़ बनता है।...जिसमें मैंने यह संकल्प ले लिया है कि जब तक जीऊंगा तब तक उनके लिए, उनके हित के लिए, उनके अधिकारों के लिए, उनके सम्मान के लिए।...वह भी मुझे निभाना है। वह भी मेरा नैतिक दायित्व है। यही मेरी पूजा है, यही मेरा मंदिर है और यही मेरे जीने का मकसद है।...गांधी बंधु...मैं कल उनसे मिल रहा हूं सबको सूचित कर दें। सबसे कहें कि वे भी कुछ सोचें और ठोस सुझाव पेश करें।" उनका स्वर तरल हो गया था।

देवदास गांधी जा चुके थे।

घर में सनसना गया संशय-भ्रम-व्यामोह। देवदास गांधी के वे पिता हैं। पुत्र की स्थिति डगमगा गई है। अनायास संकट के बादल मंडरा उठे हैं। वे क्या करें ? कैसे टले यह संकट ? यह कैसी ज़िद ? क्या यह सरेआम आत्महत्या नहीं है ? किसी समस्या का क्या यह उपयुक्त समाधान है ? यदि इस परम्परा का चलन शुरू हो गया तो अनेक महत्त्वपूर्ण निर्णय गलत हो जाएंगे और विवेकशून्यता व अंधविश्वास जैसी प्रवृत्तियां समाज को दबोच लेंगी। यह भी अन्याय होगा।

राजनीति काव्याभ्यास नहीं है। उसमें हृदय के स्थान पर बुद्धि-विवेक केंद में हैं। वहां भक्ति, श्रदा आदि की ज़रूरत नहीं है। भक्ति व्यक्ति तक सीमित है। उसे सब पर आरोपित करना गलत है। भक्ति हारे मन की शक्ति है, दिशाहीनता के लिए मार्ग। गांधीजी राजनीति में भक्ति ला रहे हैं और कांग्रेस में कीर्तनियों का मनो-व्यवहार पैदा कर रहे हैं। निस्संदेह ...यही इस देश के इतिहास के भाग्य को आत्मघाती दिशा में ले जाएगा।

इसी समय देवराव नाईक और पी. एन. राजभोज ने प्रवेश किया।

रामाबाई ने लाईट ऑन की। कमरा जगमगा उठा। देवराव नाईक पास की कुरसी पर आ बैठे। पी. एन. राजभोज नें नीचे पड़ा रूमाल उठाकर मेज़ पर रखा और वे भी वहीं बैठ गए। कुछ देर तक वे तीनों आपस में बात करने का बिंदु सोचते रहे। यह जानते हुए कि बात करने का बिन्दु एक ही है, वे यह कोशिश करते रहे कि अब संभावना क्या बनती है ?

इस संकट का सारा दारोमदार उन पर है। पी. एन. राजभोज खखारने के बाद पूछने लगे, "क्या कुछ हुआ ?"

"कुछ नहीं हुआ, राजभोज !" भीमराव अंबेडकर ने धीरे से गुनगुनाने के स्वर में कहा।

"क्या होगा, डॉक्टर अंबेडकर ?"

"क्या होना चाहिए ?...तुम बताओ, नाईक !...तुम ब्राह्मण हो, कि क्या गांधीजी ने यह ठीक किया है ?"

"अशिक्षितों के देश में क्या ठीक और क्या गलत ?...उन लोगों के पास सोच ही नहीं है। वे अंधभक्त है। उनको अपना भला-बुरा नहीं मालूम।...अशिक्षितों में एक बात होती है कि उनकी मानसिकता शीघ्र भेड़ से जुड़ जाती है और वे जय-जयकार करने में सबसे आगे रहते हैं।...गांधीजी के पास ऐसी भीड़ काफी है और आमरण अनशन भक्ति-साधना का ही एक ब्रह्मास्त्र है" देवराव नाईक सारांश दे रहे थे। उनका मन दुःखी था और वे इस कदम को गलत मान रहे थे।

"यह तो ठीक है पर रहना तो हमें इन सबके बीच में हैं। फैसला भी करना है।" भीमराव ने बताया।

"कैसा फैसला ?"

"क्या गांधीजी को मर जानें दें ?"

"अभी उन्होंने आमरण अनशन शुरू ही किया है।"

"तो ?"

"कुछ दिन होने दीजिए।"

"फिर, राजभोज ?"

"तब तक कोई रास्ता निकल आएगा। आखिर सरकार भी चिन्तित है।" राजभोज ने जवाब दिया।

"चारों ओर से भारी दबाव है। जिधर देखो, गांधीजी के आमरण अनशन की चर्चा हो रही है।" राजभोज कहने लगे, "वे प्रचार चाहते हैं।"...अपना त्याग बताना चाहते हैं।...जो उन्होंने किया है, वह कोई संत ही कर सकता है, दूसरा नहीं।...वे जनता को पगलाना चाहते हैं।" देवराव नाईक कह रहे थे।

"सच यह है कि वे डॉक्टर साहब की कामयाबी को बर्दाश्त नहीं कर सके और अपनी पराजय का बदला वे इस तरह लेना चाहते हैं।" भोजराज ने सारी स्थिति स्पष्ट करते हुए कहा, "महात्मा चमत्कार पैदा करने में विश्वास रखते रहे हैं, वही गांधीजी भी कर रहे हैं।. ..इस ढोंग का पर्दाफाश होना चाहिए।"

"पंच फैसला।" देवराव नाईक ने कहा।

"किसलिए ?" शिवतारकर ने प्रवेश के साथ कहा।

"तो ?" देवराव नाईक ने पूछा।

"वातावरण बिगाड़ने का पूरा इंतजाम कर लिया है।" अनंतराव ने प्रवेश के साथ कहना जारी रखा, "कुछ भी अनहोनी घटना संभव है क्योंकि डॉ. अंबेडकर ने समस्त सवर्ण हिंदुओं के नेताओं को धोबी पटक दी है। वे सब तिलमिला गए हैं।...हमें डॉक्टर साहब का ध्यान रखना है—ये लोग भरोसे के आदमी नहीं है।"

"कल गांधी से मिलने पूना जाना है।"

"यरवदा जेल में।"

"हां, उनका छोटा लड़का देवदास आया था।...रोने लगा। सब दिग्गज नेता दबाव

डाल रहे हैं।''...अजीब फज़ीता है।'' भीमराव अंबेडकर ने कहा।

''संकट टल जाए तो सबका भला है अन्यथा भयंकर खूनखराबा होगा।'' भोजराज ने कहा।

''कोई उपाय–ठोस आधार ?'' भीमराव अंबेडकर ने उनकी ओर देखते हुए कहना जारी रखा, ''ब्रिटिश प्रधानमंत्री, ब्रिटिश सांसदों का मैंने कैसे सहयोग पाया, वह मैं ही जानता हूं।''

''यह एक ऐतिहासिक सफलता है।'' देवराव नाईक का स्वर उभरा।

''हम इसे खोना नहीं चाहते।'' भोजराज ने कहा।

''यरवदा जेल में गांधीजी से चर्चा होनी है।...यदि गांधीजी ने अपने प्राणों की भीख मांग ली तो।'' भीमराव अंबेडकर ने संशय की गांठ खोलनी चाही।

''तब तो...।'' कहकर देवराव नाईक ने भोजराज की ओर देखा।

''मैं समझता हूं कि यदि गांधीजी अपने प्राणों को बचाने के लिए सहायता मांगते हैं तो समझौते की कोई सूरत निकाल लेनी चाहिए।...यह भी हमारी विजय रहेगी।'' भोजराज ने कहा।

''इससे गांधीजी अपने प्रभाव का इस्तेमाल करने की दिशा में आगे बढ़ सकते हैं। वे हमारी ओर से वकालत करेंगे।'' देवराव नाईक ने अपना अनुमान प्रस्तुत किया।

''तो हमें इस दिशा में...यदि स्थिति बन जाए तो...फिर उस समय जो बात उठती है...ठीक से अनुमान नहीं लगाया जा सकता है।...परन्तु ऐसी स्थिति सामने आ सकती है।'' भीमराव अंबेडकर ने कहा और इसी के साथ वे कुछ सोचते हुए आगे कहने लगे, ''हमें अपने लोगों को भी समझाना है क्योंकि इसके लिए, यदि आवश्यकता पड़ी तो, एक वातावरण बनाना होगा।''

''यह होगा।''

''चिन्ता नहीं, जो भी सम्मानजनक समझौता होगा, उसी के अनुसार वातावरण तैयार किया जाएगा।'' भोजराज ने एक सुझाव और दिया, ''आपको कहीं दिक्कत नहीं आएगी क्योंकि सबका आप में विश्वास है, इसलिए आप उपयुक्त समझें तो उनको आगे आने दीजिए कि वे क्या चाहते हैं। और, उस पर आप निर्णय ले लीजिए।''

इस तरह देर तक वार्ता चलती रही। भीमराव अंबेडकर बहुत थक गए थे। वहां से उठकर पलंग पर आ लेटे। उन्होंने आंखें बन्द कर ली थीं और अपनी देह को हलका छोड़ दिया था। इससे उन्हें बहुत आराम मिल रहा था।

रामाबाई अन्दर आई। उन्हें सोता पाकर लौट गई। खाना तैयार था। उन्होंने चाहा भी था कि खाना जल्दी मिल जाए तो...।

वह लौट रही थी तो भीमराव अंबेडकर ने उसे पुकार लिया। वह वहीं से बोली, ''मुंह-हाथ धो लो भोजन तैयार है। और आज बाजरे की चपाती बना रही हूं।''

''तो दाल अरहर की होगी !''

''बेसन में तली मछली के टुकड़े भी।'' रामबाई ने कहा।

''फिर दही भी होगा और सलाद भी !''

''जी हां...मिठाई के साथ। आपकी प्रतीक्षा है। जल्दी आइए।'' रामाबाई कहकर लौट गई।

पता नहीं उनमें कहां से ताकत आ गई कि वे आनन-फानन में रसोई के सामने आ

बैठे।

रामाबाई उन्हें देखकर मुस्कराई। उसे याद नहीं है कि उसके कहने पर कभी गरम-गरम खाना खाने बैठे हों और वह भी वहां जहां रसोई बनती हो।

"क्या देख रही हो, रामू ?" भीमराव अंबेडकर ने पूछा।

"कुछ नहीं, आज के दिन की सराहना कर रही हूं।"

"वो क्यों ?"

आज सूरज पूर्व की जगह पश्चिम से निकला है।"

'रामू, मैंने सिद्धांत छोड़ दिए।"

"कौन-से सिद्धांत ?"

"जो भी थे।"

थाली परोसकर उनके सामने रखते हुए वह पूछ बैठी, "क्यों छोड़ दिए ?"

"कोई लाभ नहीं।"

"सिद्धांत लाभ के लिए नहीं होते...।"

"तो नुकसान के लिए होते हैं ?" उन्होंने बाजरे की रोटी का निवाला अरहर की दाल से लगाते हुए कहा।

रामाबाई रोटी सेंकती हुई बोली, "जीने के लिए।"

सलाद लेकर वे चबाते रहे। दूसरी रोटी रखते हुए रामाबाई ने कहा, "आज दही बहुत मीठा जमा है और मलाई अच्छी पड़ी है। खूब है, ले लेना।"

भीमराव अंबेडकर स्वाद से भोजन कर रहे थे। उन्हें कोई जल्दी नहीं थी। आखिरी रोटी पर खूब घी रखकर उसके बीच में गुड़ की डली रखते हुए कहा, "भोजन आप इस तरह ही किया करो—इससे रसोई का मान बढ़ता है।"

"पानी पीकर वह बोले, "ठीक है। एक बात गले में अटक रही है।"

"क्या ?"

"गांधी आमरण अनशन पर बैठ गया है !"

"तो बैठ जाने दो।"

"उसका लड़का आया था !"

"तो आने दो। एक बात मानोगे ?" रामाबाई ने तवे पर रोटी डालते हुए कहा।

"क्या ?"

"ना मानो तो आपकी इच्छा।" रोटी पलटते हुए वह बोलती रही, "मेरे दिल में एक बात है, वह कह देती हूं।...आगे आपकी जैसी इच्छा।"

"क्या बात है ?'

वह रोटी सेंकती रही। उसका मुखमण्डल एकदम लाल हो उठा था। उसकी आंखों में लाली उतरकर छा गई थी। वह उसे बहुत देर तक अपलक निहारते रहे। वह बहुत सुंदर है। कम बोलती है। सारे दिन काम करती रहती है। हारी-बीमारी की कभी कुछ कहती नहीं। किसी के तीन तेरह में नहीं। अपने काम से काम। उन्होंने पुनः पूछा, "कुछ कह रही थी, रामू ?—बोल न, तेरा मन क्या कहता है ?"

"मैं राजनीति नहीं जानती। गांधी को भी नहीं जानती। वह अच्छा-बुरा कैसा है, मुझे इससे भी कोई मतलब नहीं। वह अनशन पर बैठा है, उसके प्राणों की रक्षा हो अन्यथा हम सब दलितों के सिर पर कलंक लगेगा।"

''वह...''

''वह कुछ भी हो, परन्तु जीव-हत्या पाप है।''

''कोशिश तो यही है।''

''कोशिश नहीं, करना यही है। सिद्धांत जान लेने के नहीं, जान बचाने के लिए होते हैं। क्या सिद्धांत व्यक्ति से ऊंचा है ?'' रामाबाई ने चकला साफ करके एक ओर रख दिया।

भीमराव अंबेडकर उसकी ओर देखते रह गए। स्त्री कितनी पूर्ण होती है और आदमी कितना अधूरा !

वह कह रही थी, ''सिद्धांत व्यक्ति के लिए है, व्यक्ति उनके लिए नहीं।...मेरी मानोगे ना ?''

''कल शायद यही होगा।'' भीमराव अंबेडकर का कंपित स्वर आर्द्र हो उठा था। उनकी चेतना ने कई करवट लीं।

वे रसोई के पास से हटकर अन्दर आ गए। भीमाबाई ने भी उसे यह समझाया था, जब वह बहुत गुस्से में था। और उन लड़कों को मारना चाहता था, जिन्होंने उसे कीचड़ में धक्का दिया था और भाग गए थे। उसके गोरे मुख पर लट झूल आई थी। उसकी गोल-गोल आंखों में चपला कौंधती रहती थी। वह समझा रही थी, 'अंबे, जो भाग गए, वे कायर थे।...कायरों से क्या लड़ना !...कभी किसी को मारना नहीं, बचाना। मारने वाले से बचाने वाला महान् होता है।...तू अपने पिताजी को देख ले—सारा जीवन दूसरों को बचाने में लगा दिया।...तुझे कभी ऐसा मौका मिले तो चूकना नहीं अंबे...कभी मत हाथ से जाने देना ऐसा मौका।''

भीमराव अंबेडकर लेटे से बैठ गए। उनके अरुणाभ मुखमंडल पर नई ताज़गी उभर आई। कौन पढ़ाता है उनको जो अक्षर नहीं बांच पाते ?

''क्या हुआ अब ?'' रामाबाई ने पुनः कहा।

''क्या होना था, रामू ?''

''कुछ तो ज़रूर हुआ होगा।''

''कुछ भी नहीं...परन्तु अब हो सकता है।''

''एक बात और ध्यान आई।''

''कौन-सी बात ?''

''तुम उसे...वह महात्मा है न, गांधी !''

''तो ?''

''पहले बताओ।''

''हां है।''

''भाग्यशाली हैं आप।'' रामाबाई उछल पड़ी। एक साथ उसका मुखमंडल और उसकी बड़ी-बड़ी आंखें लाल हो उठीं। उसके अधरों पर प्रसन्नता दौड़ गई।

''क्यों भाग्यशाली हूं ?''

''मरीज़ डॉक्टर का इलाज कर रहा है।''

''क्या मतलब ?''

''आज तक महात्मा भक्तों की जान बचाते आए हैं।...गलत कह रही हूं या सही ?'' रामाबाई ने प्रसन्नता से भरकर कहा।

भीमराव अंबेडकर उसकी ओर आश्चर्य और आनंद से देखते रहे। वह बोले, "सही है।"

"तो ध्यान से सुनो, आप तो महात्मा की जान बचाने जा रहे हो, यह एकदम नई बात होगी।" रामाबाई ने सानंद कहा।

"वह भी एक अछूत...।...तू धन्य है, रामू...तुझे ऐसी-ऐसी बातें कौन सिखाता है ?" भीमराव अंबेडकर टकटकी बांधकर उसकी ओर देखते हुए कह रहे थे।

"आप।"

"मैं !" साश्चर्य वे कहते।

"हां, आप।"

"मैं !"

"चौंकिए मत।...यही सच है।"

"कैसे ?"

"आप रात-दिन पढ़ते हो। किताबों से घर भर रखा है। मोटी-मोटी पोथियां हैं। कितनी भाषाओं में हैं।..."

"फिर ?"

"मैं अर्धांगिनी हूं ना ?"

"हां, हो।"

"बस, उसका आधा भाग मुझे मिल जाता है।"

"वह भी मलाई वाला !"

"जी हां, यह भी अपना-अपना भाग्य है।" रामाबाई मुस्कराकर कहती।

"तूने उबार लिया रामू !...तू मेरी धर्मगुरु हो गई आज से।" भीमराव अंबेडकर ने कहा।

"बनाओ मत जी।...हम पर आता क्या है ? उलटी-सुलटी दो रोटी सेंक लेना... बरतन-चौका कर लेना...कपड़े-लत्ते धो लेना। हमारे लिए काला अक्षर भैंस बराबर है...हम तो आपके पांव की जूती भी नहीं है, सचमुच, कसम से।" रामाबाई का हृदय भर आता। स्वर कांप उठते।

"क्या कहती हो, रामू !...अब फिर कभी मत कहना ऐसा कुछ।...हम जो हैं, वह तुम से हैं...तुम्हारे कारण हैं।...तुमने क्या कुछ नहीं किया, रामू !...सब तुमसे ही है।...हम कसम से कहते हैं।" इसके साथ ही भीमराव अंबेडकर ने कंठ छू लिया। रामाबाई यह देखकर हंस पड़ी। वह बिलकुल उसी की तरह से कंठ छूकर कहते हैं।

वह हरी साड़ी मराठी स्त्रियों की शैली में बांधे हुए थी। माथे पर मोटी-मोटी बिंदी लाल रंग की लगाए थी और चोटी बढ़िया ढंग से गूंथी थी। उसके बाल घने, लम्बे और एकदम रेशम जैसे थे। उसकी बंकिम आंखों में तेज़ मोती जैसी चमक थी। वे उसे बहुत ध्यान से देख रहे थे। वह इस प्रकार उन्हें अपनी ओर देखते देखकर झेंप गई।

जीवन में बहुत कुछ चीज़ें जो भाग्य से मिलती हैं, उनमें से एक रामाबाई थी। वह उठकर चली गई। उन्होंने उसे रोका नहीं। सिर्फ देखते रहे और सुकून पाते रहे यह सोच-सोचकर कि वे एक महात्मा को बचा रहे हैं, यह क्या कम बड़ी बात है। उन्होंने गहरी सांस ली और आए पत्र उठा लिए।

टेबुल लैंप ऑन किया। पत्र उलटे-पुलटे। लंदन से लास्की का पत्र था और अमेरिका

से कारपेंटर का। उसने कारपेंटर का पत्र खोला क्योंकि वह मोटा और भारी था।

हलके पीले रंग के कागज़ पर मोतियों-से टांके गए अक्षरों-शब्दों में पत्र था। हाथ की लिखावट एकदम छपे हुए अक्षरों से बढ़िया। उसने दो रंग की स्याही का प्रयोग किया था और हस्ताक्षर ब्रश से, गहरे कत्थई रंग से। पीले कागज़ पर गहरे हरे रंग से अंग्रेजी में पत्र लिखा था। हस्ताक्षर के नीचे वह अपना नाम कोष्ठक में नहीं लिखती तो यह पता नहीं चल सकता था कि हस्ताक्षर किसके हैं। वह हस्ताक्षर के स्थान पर एक अमूर्त चित्र बनाए हुए थी, जिसमें बिल्ली की दो आंखें चमक रही थीं।

"प्रिय अंबेडकर,

जब तुम्हें यह पत्र मिलेगा तब मैं सानफ्रांसिस्को पहुंच चुकी होऊंगी। यह पत्र मैं शिकागो छोड़ने के बाद रास्ते में लिखकर ड्राप करवा रही हूं। मेरे साथ वर्ल्ड फेडरेशन ऑफ थेराप्यूटिक कम्यूनिटिज़ का निदेशक आगस्ट सफ़र कर रहा है। वह वहां एक लेक्चर देने जा रहा है। उसकी कमान-सी भौंहें और सारस की तरह लम्बी टांगें अत्यंत रहस्यमयी लगती हैं। वह किसी से बोलता नहीं। सबसे अलग रहता है। मेरे में उसकी दिलचस्पी पत्रकार होने के नाते बढ़ी है। वह भी आपकी तरह मानवाधिकार-प्रेमी है और दुनिया को शोषणमुक्त देखना चाहता है। जब भी मैं ऐसे व्यक्तियों से मिलती हूं तब मुझमें अनेक जिज्ञासाएं सद्यः जन्मे इन्द्रधनुष-सी ऐसे उग आती हैं जैसे वर्षा में दूब।

वह भी आपकी तरह दाहिनी टांग हिलाता है जब वह जोश में आता है तब उसकी कनपटियों पर नसें उभर आती हैं। इस समय आपसे उसकी तुलना करना मुझे अच्छा लग रहा है।

मैंने उससे भी आप जैसे प्रश्न किए थे। उसके उत्तर और सीधे थे। परन्तु एक बात उसने भी वही दोहरायी है जो मैंने आपसे कही थी कि देश की आज़ादी और आज़ाद देश के लिए लोकतांत्रिक व्यवस्था तभी तक बरकरार रह सकती है जब उस देश के नागरिक रोज़ आज़ादी और लोकतांत्रिक व्यवस्था का अनुभव करते हों, अन्यथा धीरे-धीरे आज़ादी और लोकतंत्र दोनों शाप अनुभव होने लगेंगे।

हमारे जहाज़ में एक महात्मा भी है जो संसार से परे की दुनिया पर बड़े सुन्दर ढंग से बोल लेता है और वर्तमान दुःखों से दूर ले जाने का दावा करता है। मुसाफिरों में अधिकतर उसके दीवाने हो चले हैं। मुझे उसकी बातें, आचरण और आशीर्वाद देने की आदत आज़ादी छीनने वाली और अलोकतांत्रिक लगती है। वह बहस की जगह मौन रहने का उपदेश देता है और अपने को जीतने के लिए व्रत रखने का। वह संयम की बात करता है और अपनी आज्ञाओं का पालन भी करवाना चाहता है—ये दो विरोधी बातें हैं।

आपका देश तो साधु, संत और महात्माओं का घर है। सुना है, वे हवा और पानी के सहारे रह सकते हैं—अन्न का प्रयोग नहीं करते। मंत्र से जी लेते हैं।...क्या आप ऐसी कोई पुस्तक भिजवा सकते हैं ? क्या आप ऐसे किसी संत-महात्मा का पता भिजवा सकते हैं ? मैं उनके बारे में जानना चाहती हूं। उनसे मिलने का प्रयास भी करना चाहती हूं। आशा है, आप सहायता करेंगे।

आपसे लिया 'इंटरव्यू' छप गया है—उसकी कटिंग संलग्न किए हूं। पढ़कर लिखिएगा कि मेरा संपादन कैसा रहा, क्योंकि मैंने इसमें से वे बातें हटा दी हैं, जिनसे आपके और मिस्टर गांधी के बीच जंग छिड़ने की संभावना बन सकती थी।...आपका 'इंटरव्यू' बहुत पसंद किया गया है।

कभी इधर आना हो तो लिखना मत भूलिएगा, मेरा प्रयास रहेगा कि मैं आपसे मिलूं और जानूं कि वास्तविकता क्या है।

यह बात जानकर आपको ज़रूर प्रसन्नता होगी कि अमेरिका के लोग भारत की आज़ादी के संघर्ष के प्रति पूरी सहानुभूति रखते हैं।

"अच्छा, गुडबाई..."

भीमराव अंबेडकर पत्र पढ़कर एक ओर मेज़ के कोने के पास रख चुके थे और सोच रहे थे कि अमेरिका के लोग कितनी स्वतंत्र तबीयत के हैं और कितने सावधान ! वह 'रिसर्च' सबमिट कर चुकी है परन्तु अभी तक वह उसी 'रिसर्च' पर आगे काम कर रही है। वह भी पूरी निष्ठा से।

इसके बाद वे अपना 'इंटरव्यू' पढ़ने लगे। बड़ी ईमानदारी से उसका संपादन हुआ था—एक समग्र साक्षात्कार। अच्छा बन पड़ा था। उन्हें आज़ादी और वह भी लोकतांत्रिक आज़ादी के बारे में व्यक्त किए गए उसके विचार लंबी तपस्या का फल लग रहे थे। उस चिंतन-स्थापना में समुद्र जैसी गहराई भी थी, जबकि उसकी अवस्था उसको देखते हुए बहुत कम थी।

वे सोचते-सोचते लास्की का पत्र खोलने लगे कि इसी समय बिजली चली गई और अंधेरे ने उसका भरपूर लाभ उठाया। वह आनन-फानन में चारों ओर फैल गया। लास्की का पत्र उनके हाथ में थमा-का-थमा रह गया। घड़ी बराबर धड़कती रही। हालांकि घड़ी तो अपनी मर्यादित रफ्तार से ही धड़क रही थी, परन्तु इस समय उन्हें ऐसा लग रहा था कि जैसे घड़ी बहुत धीरे चल रही है। वह एक सैकंड गुज़रते हुए भी अनुभव कर पा रहे थे।

रामाबाई मोमबत्ती तलाश करने में लगी हुई थी परन्तु उसे मिल नहीं पा रही थी। वह बड़बड़ा रही थी, "सड़क की बत्ती भी गुल है। जिधर देखो, उधर अंधेरा।...इतना व्यापक और घना अंधेरा कि अंधेरे के अलावा किसी दूसरे का अस्तित्व ही नहीं रहा। ऊपर से किसी पिक्चर से छूटी भीड़ जैसे मक्कार हवा के झुंड के झुंड बिना बात शोर मचाते हुए और ही-ही-ही कर दांत निपोरते हुए निकल पड़े थे। उनको कोस रही थीं चंद लड़कियां कि क्या इनके घर में मां-बहिनें नहीं है ?

'भीमराव... !' किसी ने पुकारा।

वे और चुप हो गए। उन्होंने सांस रोक ली। जानना चाहा कि वह दुबारा पुकारे। किसी ने नहीं पुकारा। शातिर हवा ने बत्तीसी दिखलाते हुए जी भरकर चिढ़ाया। पत्र अभी तक उनके हाथ में दबा हुआ था।

'अंबे... !'

'हां।' वह तत्काल बोल पड़े। उन्हें कुछ दिखलाई नहीं दिया। उन्होंने पत्र मेज़ पर रखकर भरसक चेष्टा की कि दर्पण पर छाए सघन मेचक कुहरे को साफ कर दें परन्तु वह ऐसा नहीं कर पाए। कहीं कालोंच भी कालोंच से साफ होती है।

बदज़ात हवाएं बेशर्माई से खिलखिलाए जा रही थीं किसी शरीफ आदमी की बेइज़्ज़ती होती देखकर मानो वे जता रही हों कि बड़ा बनता था दूध का धुला। मिल गया न हममें, जिनसे आंख बचाकर, गंदे नाले की बदबू समझकर कतराता था। मियां अंत में मिलना तो इस मिट्टी में ही है, चाहे वह मिट्टी कीचड़ हो या गंगाघाट की रज, उसमें कोई अंतर नहीं क्योंकि मिट्टी सिर्फ मिट्टी होती है। इस बात की वास्तविकता वह जान सकता है

जिसे जन्मांध होने और घ्राण शक्ति से वंचित होने का सौभाग्य मिला हो।

'अंबे... !' फिर आवाज़ आई।

कौन हो सकता है ?...आवाज़ तो दिल के पास से उठ रही थी, बाहर से नहीं आ रही थी।...स्वर तो मां जैसा है। फिर भ्रम ? उस स्वर में पिताजी का स्वर भी है। प्रायः वे उसे अंग्रेजी पढ़ाते हुए इस प्रेम से पुकारते थे, 'तू बहुत जल्दी समझ पकड़ लेता है, अंबे !'

'अब मैं क्रिकेट खेलने जाऊं, पिताजी !'

सूबेदार रामजी उसकी ओर बड़े प्रेम से देखते और कहते, 'तू पहले भी जा सकता था, अंबे !'

'पहले ये बकरे-बकरी में दिमाग लगा रहा था जी !' भीमबाई कहती होती 'ज्यादे लाड़-प्यार नहीं,...सुनते हो जी।'

'नहीं जी, मैं बहरा हूं। फिर कैसे सुन सकता हूं जी इस प्यार के गीत को !' वह उसको चिढ़ाते हुए कहते।

'कुछ देखा-सुना क्या ?'

'क्या देखना-सुनना है ?'

'अपना भिवा, सतारा स्टेशन पर कुली का काम करता है।'

'क्या बकती हो ?' रामजी का स्वर अचानक तेज़ हो जाता।

'ज़रा धीरे बोलो जी !...यह उसकी चहेती आंटी ने मुझे कल बताया था।'

'उसने ऐसा क्यों किया जी ?'...हम हैं तो...कर भी रहे हैं जितना बन जाता है।' रामजी दुःखी मन से कह रहे थे।

'आंटी चाची बता रही थीं कि भिवा, तेरा अंबे तो उमर से पहले सयाना हो गया है। वह तुम्हारी गरीबी में हाथ बंटाने के सपने देखने लगा है।...मैंने पूछा इसका क्या मतलब हुआ ?...तो वह बोलीं कि किसी कलमुंहे ने उसके कच्चे कान में कांच पिघलाकर यह डाल दिया है कि बम्बई में नौकरी झटपट मिल जाती है।...तो क्या वह बम्बई ?...हां बहिन, वह सतारा से बम्बई जाने का किराया और दो-चार पैसे ऊपर हाथ खरच के लिए जोड़ने की फिराक में सतारा स्टेशन पर कुलीगिरी कर रहा था और मुझसे जब मैंने उसे डांटा तो सब कुछ कह डाला बरसात के पानी के ज़ोर से खुली नाली की तरह और अर्राकर नाली चल पड़ी !...उसने चार दिन पहले मेरा बटुवा भी चुराया था चार रात की कड़ी मेहनत के बाद। पर हुआ यह कि खोदा पहाड़ निकली चुहिया।...बटुए में निकला आधा आना। सिर पकड़कर बैठ गया। आधे आने में सतारा से क्या बम्बई जाया जा सकता है ?...अब तू उसे कुछ मत कहना। उसे समझा-बुझा दिया है जो मुझे उसे समझाना-बुझाना चाहिए।...तू तो जानती है न कि वह मुझे कितना प्यारा है।...अंबे के पिताजी से तू कहे बिना मानेगी नहीं...तेरे पेट में कोई बात पचती कहां है ?...पर उनसे मेरी ओर से कह देना कि वह इस बात को जुबान पर भी नहीं लाएं जैसे वह कुछ जानते नहीं...आखिर वह उसकी चाची लगती है। रिश्ते पान की पीक नहीं होते, भिवा की मां ! तूने उसे जना है और मैंने उसके पोतड़े भी धोए हैं...याद है ?...क्या कहती ?...अब आप क्या सोचते हो जी ?''

''क्या सोचना है—अपना भिवा जो करेगा, वह अच्छा ही करेगा, यह विश्वास मेरे मन में बैठ चुका है, भिवा की मां !'' रामजी की आवाज़ में टीस होती।

मिलिट्री वालों के साथ यही तो एक लफड़ा है कि वह जिसे प्यार करते हैं तो प्यार करते ही हैं। खुद दुःख पा लेंगे पर उसे दुःखी नहीं होने देंगे।

"जानती हूं, अंबे के पिता, तुम उसे कुछ नहीं कहोगे।...कोई कितना भी कहे लेकिन तुम किसी की नहीं सुनोगे।" भीमाबाई ने कहा।

"देख लेना, मेरा दिल कहता है, मेरी पूजा विश्वास दिलाती है और कहती है कि...।" इतना कह वह रुक जाते और चारों ओर देखने लगते।

"ये अगलें-बगलें क्या ताक-झांक रहे हो !...सीधे बताओ कि क्या कहता है ?" भीमाबाई पूछती।

"तेरा भिवा... !"

"क्या वह तुम्हारा अंबे नहीं है ?"

"मेरा अंबे है।"

"तो मेरा भी वह भिवा है।"

"तेरा भी।"

"हां, यह मेरा-तेरा क्या लगा रखा है, भिवा के पिताजी ! पता नहीं, नौकरी कैसे करते होंगे ?"

जैसी बनती है, कर लेता हूं, भीमा !"

"क्या हमारा भिवा—अंबे नहीं कह सकते हो जो तेरा-मेरा की रट लगाने लगे ?" भीमाबाई नकली क्रोध जताती कहती।

"अरे हां, क्यों नहीं कह सकते भिवा, अंबे की मां, ज़रूर कह सकते हैं।...कहना ही यह चाहिए।" वह बड़बड़ाते रहे।

"तो क्या कह रहे थे ?" भीमाबाई प्यार से पूछती। उसका मन झंकृत हो उठता।

हमारा अंबे, एक दिन बहुत बड़ा आदमी बनेगा।...बहुत बड़ा, अंबे की मां !...इस वक्त वह मैं कल्पना भी नहीं कर सकता क्योंकि मैं तो बहुत छोटा आदमी हूं न।...मैं... इतना छोटा कि मेरा लड़का कुलीगिरी करने लगा है।...सयाना हो गया है।...भिवा की मां, लड़का सयाना इसलिए होता है क्या कि वह कुलीगिरी करने लगे !" रामजी की आंखें झरने-सी झर उठीं। झरती ही रहीं।

भीमाबाई और निकट आ गई और अपनी धोती के पल्ले से उनकी आंखों को पोंछते हुए कहने लगी, "इतना प्यार हो गया है उससे !...देख लेना तुम्हारा यह व्रत-सत-मेहनत-मज़दूरी ज़रूर एक दिन उसे बहुत बड़ा आदमी बनाएगी...तब हम तो नहीं होंगे परन्तु हमारी आत्मा उसे ज़रूर देखेगी। प्रसन्न होगी।"

"तू उसे रोक देना।"

"कोई ज़रूरत नहीं।"

"तो क्या वह कुलीगिरी करेगा ?"

"कुलीगिरी चोरी तो नहीं।...काम काम है, अंबे के पिता, वह छोटा-बड़ा नहीं होता। ...उसे भी कुछ अनुभव होगा।"

"फिर पढ़ाई ?"

"कबीर कितना पढ़ा था ?"

"वह संत था।"

"मां के पेट से संत बनकर निकला था क्या ?"

"परन्तु...।"

"परन्तु-वरंतु कुछ नहीं।...कान खोलकर सुन लो, यह प्रसंग यहीं खतम। हमेशा-हमेशा

के लिए खतम।''

अब उसकी सिसकिया बंद हो गई थीं। वे कह उठे, 'तो फिर—क्या होगा ?''

''मतलब यह कि जब उस पर विश्वास ही नहीं है तो पूजा-पाठ क्यों ?...दिखावा क्यों ? कबीरा दिखावे, पूजा-पाठ...ढोंग-पाखंड के विरुद्ध था कि नहीं ?''

''था।''

''तो फिर तुम ?''

''फिर क्या ?''

''अब तक उस पर विश्वास रखा है, आगे भी रखो जी !...अंबे के पिता विश्वास में बहुत बड़ा बल है। गरीब के पास ले-देकर एक यही तो पूंजी है जो उसे ज़िंदा बनाए हुए है। आप मन छोटा मत करो जी ! वह खूब पढ़ेगा-लिखेगा और बहुत बड़ा आदमी बनेगा—हमारी कल्पना से भी बड़ा।''

''मेरा मन कहता है कि वह अपने लोगों का भला करेगा। उन्हें इस नरक से ऊपर उठाएगा। उनके दुःख-दर्द दूर करेगा। यह कोई जीवन है हम लोगों का...'' रामजी धीरे-धीरे कहते जा रहे थे। उनके मन-सागर में उठा तूफान अब शांत होता जा रहा था।

''ऐसा ही होगा। आप चिंता नहीं करें अंबे के पिता, सब ठीक होगा।'' भीमाबाई कहती रही।

भीमाराव अंबेडकर चकित-से सोचते रहे। उन्हें अब भी सुनाई पड़ रहा था कि कोई उन्हें पुकार रहा है—'अंबे...अंबे बेटा... !' वे जिधर घूमते, उधर से ही यह आवाज़ सुनाई पड़ती थी। बिजली अभी तक नहीं आई। वे लेट गए। सोचना बंद कर दिया। मन को समझा लिया। अपने माता-पिता को प्रणाम किया। उनकी पलकें भीग गईं।

कुछ देर बाद बिजली आ गई। रामाबाई अंदर आई। वे सो चुके थे। वे हाथ जोड़े सो रहे थे। किसको नमन कर रहे हैं सोते-सोते ? उसने चादर ओढ़ा दी। उनके हाथ अलग-अलग कर दिए। उनका मुखमंडल चमक रहा था शिशु-सा विमल और चपल चपला-सा।

वह लाइट ऑफ कर लौट पड़ी आसमान की व्यथा लिए चुपचाप।

तीस

गांधी के आमरण अनशन का दूसरा दिन था। वे यरवदा जेल (पूना) में थे। अपने निर्णय पर सोचे जा रहे थे। अपने मन को समझा रहे थे कि जो हुआ है, वही होना था। न करते तो क्या होता हिंदू धर्म का ! हिंदू धर्म ही टूट-बिखर जाए तो हिंदुस्तान का क्या मतलब रह जाएगा ?

सरोजिनी नायडू कहतीं, ''पता नहीं क्या होगा !''

''श्रीराम पर भरोसा रखो। उसी का आदेश है। हिंदू धर्म उसी पर टिका हुआ है, हालांकि पुजारी-पंडे भी नहीं जानते हैं कि हिंदू धर्म क्या है। कौन जानता है कि हिंदुओं के बिना हिंदुस्तान नहीं।'' गांधी धीरे-धीरे कह रहे थे।

''डॉक्टर अंबेडकर...वो,'' वल्लभ भाई पटेल ने कहा, ''कम ज़िद्दी नहीं है। जुझारू हैं। युद्ध की मुद्रा में हैं। महार है न। महार मिलिट्री की नामी पलटन थी। उसके खून में मिलिट्री जीवन की दृढ़ता है।''

"ज़रूर है, होनी भी चाहिए। उसके पिता मिलिट्री में थे। उसकी पत्नी का परिवार भी मिलिट्री में था। मैं तो बहुत समय तक इस भ्रम में था कि वह सवर्ण हिंदू हैं। सवर्ण हिंदुओं ने बर्बर अत्याचार उन लोगों पर किए हैं।...अंबेडकर उनके सदियों के पाप का दण्ड देने के लिए अपनी बात पर अड़ा रह सकता है।" गांधी संयत स्वर में सोच-सोचकर कह रहे थे। लग रहा था कि कहीं दूर से आवाज़ आ रही थी।

"ऐसा हो सकता है क्या ?" सरोजिनी नायडू ने कुछ तड़पकर पूछा।

"क्यों नहीं हो सकता है ?" गांधी बोले, "पाप का फल तो भोगना ही पड़ेगा। ...हिंदुओं में सवर्ण वर्ग ने जो-जो किया है, वह क्षमायोग्य नहीं है।"

"परंतु आप तो..."

"मैं भी सवर्ण हिंदू हूं और डॉक्टर अंबेडकर अवर्ण वर्ग से है और उस नरक से गुज़रा है जिसे सवर्ण हिंदुओं ने उन्हें दिया है।" गांधी शांत मन से कह रहे थे।

"परन्तु आपने तो अवर्ण वर्गों के लिए इतना कुछ किया है कि...।"

"समुद्र में एक बूंद-सा, नायडू ! उससे क्या होता है ?"

"तो ?" वल्लभ भाई पटेल ने पूछा।

गांधी मुस्कराए और बैठने का रुख बदल कहने लगे, "यदि डॉक्टर नहीं माना तो मुझे उससे कोई शिकायत नहीं होगी।...मेरी मृत्यु सवर्ण हिंदुओं द्वारा किए गए सदियों के अत्याचारों की मामूली-सी कीमत होगी। उसके लिए मैं तैयार हूं।"

"क्या हिंदुस्तान यह स्वीकार कर लेगा ?" सरोजिनी नायडू ने साड़ी का पल्ला कंधे पर ठीक से लेते हुए पूछा।

गांधी मुस्कराए। वे कहने लगे, "दलितों पर सदियों से अत्याचार सवर्ण हिंदुओं ने किए हैं न ?"

"हां।"

"उन्होंने कैसे बर्दाश्त किए ?"

"वो...।"

"वो-वो कुछ नहीं, नायडू ! भीष्म पितामह ने महाभारत बर्दाश्त किया था...स्वयं श्रीकृष्ण उसे नहीं रोक पाए। वे तो ईश्वर थे। रोकना चाहते तो रोक सकते थे। लेकिन नहीं, उन्होंने ऐसा नहीं किया।" गांधी समझाने लगे, "वे कर भी नहीं सकते थे क्योंकि भगवान् भी मर्यादा में बंधे हुए हैं। मर्यादा ही मनुष्य और ईश्वर की शोभा-सुषमा और अलंकार है। वह उसी से है।"

"हिंदुस्तान में गदर मच जाएगा।" वल्लभ भाई पटेल ने कहा।

"नहीं, ऐसा नहीं होना चाहिए।"

"यही होगा।"

"यह हिंदुस्तान का दुर्भाग्य होगा और हिंदू धर्म का पाप का घड़ा फूटेगा।" गांधी चेतावनी के स्वर में बोले, "श्रीकृष्ण महाभारत नहीं रोक सके, जबकि मैं तो एक सामान्य व्यक्ति हूं।"

"यह रुकना ही चाहिए।" सरोजिनी नायडू बोलीं।

"कौन रोकेगा ?...तुम या...तुम ?" गांधी ने सरोजिनी नायडू और वल्लभ भाई पटेल की ओर संकेत करते हुए पूछा। वे दोनों निरुत्तर रह गए। गांधी कुछ देर तक अपने स्वभाव के अनुसार अपने में लीन रहे।

समय कक्षा में से खिसकते विद्यार्थी-सा खिसकता रहा। वे क्षण बहुत बोझिल हो गए। संवाद खतम। वातावरण की मानो सांझ रुक गई हो, उन्हें ऐसा लगा वे लोग भी असहाय थे। क्या करें ?

गांधी के होंठ हिले। हिलकर रह गए जैसे पल्लव पर पड़ी बूंद हवा चलने पर हिलकर गिर जाने को होती है, लेकिन नहीं गिर पाने पर वह बूंद स्वयं चकित होकर कांप उठती है। गांधी कुछ-कुछ ऐसे ही लगे।

कुछ समय और खिसका।

गांधी बोले, "एक बात संभव है...।" इतना कहकर वह फिर चुप। कहीं खो-से गए।

उन दोनों ने चाहते हुए भी नहीं पूछा कि क्या बात ? कैसे पूछते ? सारा माहौल काठिन्य से जकड़ा हुआ था।

वह स्वतः ही बोले, "एक बात नज़र आती है कि डॉक्टर में धर्म की त्रिवेणी बह रही है। वह आस्तिक आत्मा है। सत्य-अहिंसा का व्रत लिए है, पटेल...सरोजिनी, वह उदारमना है और शायद हिंदू धर्म को उबार ले जाने में उसकी चित्तवृत्तियां सहायक बन जाएं, वह धर्म आवेष्टित होकर क्षमा कर जाए तो यह संकट टल सकता है...एक यही सूरत नज़र आती है।"

"वह क्षमा करेगा क्या ?" सरोजिनी नायडू साश्चर्य उनकी ओर देखते हुए पूछती हैं।

"क्यों नहीं ?..."

"आप क्षमा मांगेंगे क्या ?"

"हर पापी को मांगनी चाहिए।"

"आपने तो कोई पाप नहीं किया।"

"लेकिन मेरी पीढ़ियों ने तो किया है।"

"वे पीढ़ियां जानें।"

"नहीं, सरोजिनी नायडू, नहीं।...ऐसा नहीं होता है। जब पाप सामूहिक होता है तब सज़ा उनमें से किसी ऐसे को मिलती है जो उस समाज में सबसे अधिक निर्दोष होता है। यही परंपरा है, न्याय है।" गांधी कह जाते और फिर अपने में कुछ तलाशने लगते।

"हम सब क्षमा मांगें तो ?" सरोजिनी नायडू ने कहा।

"नायडू, क्षमा मांगना हर एक से संभव नहीं। उसके लिए बड़ा मन चाहिए, और ताउम्र उस पश्चाताप की पीड़ा से उन लोगों की सेवा करनी चाहिए जिसने उन्हें क्षमा किया है।"...गांधी कहीं बहुत गहरे कुंए में झांकते हुए गंभीर आवाज़ में कह रहे थे, "क्षमा मांगना हर एक के भाग्य में नहीं है।...ईसा ने भी उनके लिए क्षमा मांगी थी जिन्होंने उसके हाथ-पांव में कील ठोंककर क्रूस पर लटका दिया था। वह निर्दोष था। उसका बड़ा मन देखो कि उसने दोषियों को न केवल क्षमा कर दिया अपितु उनके लिए प्रभु से प्रार्थना भी की थी कि वह भी उन्हें क्षमा कर दे क्योंकि वे नहीं जानते कि उन्होंने क्या किया है।..." इतना कहकर गांधी ने बैठने का रुख बदला। गहरी सांस ली। पानी पिया। वह खखारे। उन्होंने ज़मीन की ओर देखा।

उनमें चिरशांति व्याप्त थी। ज़रा-सी भी उद्विग्नता नहीं थी। वे पूर्ववत् ही थे।

"सरदार, हम तो दोषी हैं, यह बात जानते भी हैं।...हमसे गलती हुई।...बड़ी गलती। उसका सारा दोष मेरा है।...डॉक्टर अंबेडकर विद्वान है, ईमानदार और देशभक्त भी। उसने गोलमेज़ कांफ्रेस में अपनी ओर से प्रयत्न किया था। नायडू, तुम थीं, वहां ! मामला वहीं

सुलट सकता था। लेकिन...यह भी अच्छा ही हुआ क्योंकि इससे सवर्ण हिन्दू वर्ग की आंख खुल गई है।'' वे रुक-रुककर शब्दों को सोच-सोचकर कहते गए। उनका मुखमंडल कुछ उदास होने लगा। वे बोले, ''डॉक्टर अंबेडकर हमें क्षमा करेगा, सरदार ! पर क्या हम अपने आपको क्षमा का पात्र सिद्ध कर पाएंगे ?''

''क्यों नहीं ?''

''जवाहर इससे दूर रहना चाहता है।...वह भारत को समझने में यही गलती कर रहा है। उसे आज़ादी पाने की चिंता है और मुझे प्राप्त आज़ादी को बनाए रखने की। सरदार, तुम उसे समझाना।'' गांधी ने कहा।

''कोशिश करूंगा, बापू ! लेकिन आप जानते तो हैं कि...फिर भी आपका आदेश है तो मैं भरसक कोशिश करूंगा।''

''तुम भी नायडू !''

''जी, मैं भी।''

''समय सदा एक-सा नहीं रहता है। बदलता रहता है। यह सोचना गलत होगा कि मैं समझूं कि आज भी मैं वही हूं जो कल था। भविष्य के बारे में तो कुछ भी कहना और भी दूभर है। कभी सोचा था कि ऐसा समय आएगा और हमें आमरण अनशन करने के लिए विवश होना पड़ेगा ? फिर भी...।'' गांधी फिर रुक गए।

सरदार वल्लभ भाई पटेल के मन में झंझावात उठ रहा था। कांग्रेस भी तो खेमों में विभाजित है। एक राय नहीं बन पाती। जो बनती नज़र आती है, उसमें अनेक थेगलियां लगी होती हैं। यह कष्ट अपनों से है जो लक्ष्य से भटक रहा है। वे बोले, ''बापू, अपने कार्यों की परिणति इसलिए सफलता से नहीं हो पा रही है कि हम सब एक मन से उससे जुड़ नहीं पाते। दरारें रह जाती हैं। कुछ करना चाहें तो भी कुछ नहीं कर पाते।''

''फिर भी करना है—करते जाना है।'' सरोजिनी नायडू ने कहा।

गांधी चुप रहे। मन-ही-मन आंखें बंद किए, कुछ जाप-सा करने लगे। वे दोनों उठ जाते हैं और अलग-अलग चले जाते हैं।

देवीशरण यह सूचना लेकर आता है कि प्याऊ, स्कूल और मंदिर अवर्णों के लिए खोल देने की घोषणा हो चुकी है। इस तरह की सूचना ब्रिटिश प्रधानमंत्री के पास भी भिजवा दी है। तिलक-छापे भी कई दलितों ने लगाए हैं। उनकी फोटो भी खिंचवा ली है।

गांधी चौंक पड़ते हैं।

वल्लभ भाई पटेल यही सूचना लेकर जब फिर गांधी के पास आते हैं तब गांधी आंखें खोलकर उनकी ओर देखते हैं। फिर मुस्करा देते हैं। वल्लभ भाई पटेल कहते हैं, ''देवीशरण आया...''

''जानता हूं।''

''कुछ खबर लाया...''

''जी, तो...''

''नाटक है।'' गांधी कहते हैं।

दोनों एक-दूसरे की ओर देखते हैं। समझते हैं। नाटक ही तो है। फिर आनन-फानन में और हो भी क्या सकता था !

''जीवन नाटक नहीं है, सरदार !'' गांधी कहते हैं, ''विचार करो।...देवी, तुम जा सकते हो।''

"फोटो...।"

"कौन-से फोटो ?"

"जनेऊ पहनाते हुए, तिलक-छापे लगाते हुए...।"

"मैं क्या करूंगा ?"

"डॉक्टर अंबेडकर..." इतना ही वह कह पाया था कि उसकी निगाह पटेल से टकरा गई और वह रुक गया।

"क्या डॉक्टर अंबेडकर...देवी ?" गांधी ने पटेल पर निगाह डाली।

देवीशरण के सामने अन्य रास्ता नहीं था। वह छिपा नहीं सकता था। हालांकि वल्लभ भाई पटेल ने सबको अलग ले जाकर समझा दिया था कि बापू को तब तक कोई खबर नहीं देनी है जब तक वे स्वीकृति नहीं दे दें, फिर भी अनचाहा हो रहा था। देवदास गांधी को भी उन्होंने रोक दिया था। क्या पता डॉक्टर अंबेडकर किसी कारण से नहीं आ सकें। मामला बहुत गंभीर है। उन पर भी तो अपने साथियों का दबाव है। इस समय उनकी स्थिति भी सुदृढ़ है। वे नहीं चाहते थे कि कुछ लकीर से हटकर हो जाए तो उसकी सूचना बापू को दी जाए।

"आज डॉक्टर अंबेडकर आने वाले हैं।"

"यहां ?"

"हां, यही।" देवीशरण ने कहा। उसने पटेल की ओर नहीं देखा।

गांधी ने भी और कोई प्रश्न नहीं किया। वे चुप हो गए। उनमें अपने प्रति असमंजस का आभास हुआ। वे मन में अपना प्रिय भजन दोहराने लगे—वैष्णवजन तो तेने कहीए...। उनकी आंखों के कोर में आंसू आकर ठहर गए।...मेरी ईश्वर-श्रद्धा की अब परीक्षा है। ...उनको बचपन में पढ़ी वह गुजराती कविता याद आने लगी जिसमें कहा गया था कि जो तुम्हें एक प्याला पानी दे, उसे दो प्याला देने में कोई विशेषता नहीं है। वास्तविक विशेषता तो बुराई के बदले भलाई करने में ही है।...जब तक हे ईश्वर, आप मेरी सेवा लेना चाहें लें। यदि मैं अब अनुपयुक्त हो चला हूं तो मुझे अपने पास बुला लें।

वे कहने लगे, "प्रभु, वह डॉक्टर दलील चाहता है और मेरे पास कोई दलील नहीं है, सिवाय हृदय के। इसके अलावा मेरी कोई भावना नहीं है। मेरी केवल यही कामना है कि जिसे मैं सत्य मानता हूं, उसका आचरण हर कीमत पर करता रहूं।"

गांधी ने प्रार्थना समाप्त कर ली।

वे लोहे की चारपाई घने आम के पेड़ के नीचे डलवाकर लेट गए। सरदार पटेल और सरोजिनी नायडू भी वहीं पास में बैठ गए।

वहीं, पास में, पानी, सोड़ा और नमक रखा हुआ था। सरोजिनी नायडू कहीं और देख रही थीं—बहुत दूर, क्षितिज के उस पार। उनके मन को कविता की पीड़ा सता रही थी। उन्हें आम का पेड़ बहुत सुन्दर लग रहा था।

गांधी उस लोहे की चारपाई पर निढाल-से लेटे हुए थे। उन्होंने आंखें बन्द कर रखी थीं और घुटने थोड़े-से अन्दर को मोड़ रखे थे।

राजेन्द्र प्रसाद, जयकर, देवदास गांधी, मदन मोहन मालवीय, ठक्कर बापा, राजगोपालाचारी, श्रीनिवास, जी. डी. बिड़ला, चुन्नीलाल मेहता, सप्रू आदि के साथ भीमराव अंबेडकर यरवदा जेल में एक साथ आ पहुंचे।

अभिवादन हुआ।

गांधी उठकर बैठ गए।

सर तेजबहादुर सप्रू ने कहा, ''बापू, डॉक्टर अंबेडकर भी हमारे साथ, हमारे विशेष आमंत्रण पर, यहां पधारे हैं।''

''सब ठीक हो जाएगा।'' राजगोपालाचारी ने कहा।

भीमराव अंबेडकर ने गांधी की ओर देखा। वे सुस्त थे, उनकी आंखों में गोलमेज़ जैसी चमक नहीं थी। वे कुछ-कुछ अन्यमनस्क-से थे।

''आपके आमरण अनशन पर डॉक्टर साहब बहुत दुःखी हैं।'' मदनमोहन मालवीय ने कहा।

भीमराव अंबेडकर उस नाटक को देखते रहे। उनकी दृष्टि में यह एक राजनीतिक स्टंट और नाटक से अधिक कुछ नहीं था। परन्तु हरएक ऐसा नहीं मान-समझ सकता, क्योंकि उन पर महात्मा का आवरण चढ़ा हुआ था। वे जानते थे कि इस देश में मूर्ख से मूर्ख व्यक्ति यदि साधु-संत का मुलम्मा चढ़ा लेता है तो देवता की तरह पुज जाता है और गांव के गांव उसका आशीर्वाद लेने आने लगते हैं। तो गांधी तो पढ़ा-लिखा, समझदार, वकील और...वाक्पटु है, फिर यह हिन्दुस्तान क्यों न उसके चक्कर में आकर अपनी बुद्धि और विवेक को श्रद्धा-भक्ति से उसके चरणों में चढ़ा दे। परन्तु भीमराव अंबेडकर किसी पाखण्ड के व्यामोह में आने वाले नहीं थे। उन पर उनके भक्तों के श्रद्धावनत होने का कोई प्रभाव नहीं पड़ा।

घनश्यामदास बिड़ला सोच रहे थे कि भीमराव अंबेडकर गांधी को इस असहाय स्थिति में देखकर पिघल जाएंगे।

सप्रू ने सारी गाथा सुनाई। राजगोपालाचारी ने स्थिति स्पष्ट की। मदनमोहन मालवीय ने हिन्दुओं का नज़रिया स्पष्ट किया। इस बीच न गांधी ने कुछ कहा और न भीमराव अंबेडकर ने। दोनों ने शायद जो कुछ कहा गया था, उस पर भी ठीक से ध्यान नहीं दिया। कौन बात शुरू करे, प्रश्न यह था। आवश्यकता किसको है ? लेकिन गांधी अपनी ओर से बात शुरू नहीं करेंगे। पटेल सोच रहे थे कि वे बात शुरू करें तो कैसे और क्या ?

राजगोपालाचारी ने बड़ी समझदारी से काम लिया और वे बोल पड़े, ''डॉक्टर ब्रदर, गांधीजी आपसे सुनना चाहते हैं कि...कैसे उन्हें बचा सकेंगे हम लोग ?''

अब तो भीमराव अंबेडकर को कुछ कहना ही पड़ा। वह खखारकर बोले, ''हमें क्या करना ?''

गांधी ने सुना। उनको तसल्ली हुई। वह बोले, ''डॉक्टर, यह आपको तय करना है।''

''आपने हमें इसका मौका ही नहीं दिया।'' भीमराव अंबेडकर ने धीरे से कहा। सबकी निगाहें दोनों पर टिक गई थीं।

''अब तो आ गए हो न। '' गांधी ने सहज ढंग से कहा। उनकी आवाज़ में भारीपन उभर आया था।

''गांधीजी, आपने यह हमारे हमारे साथ अच्छा नहीं किया।''

''डॉक्टर, मेरे हाथ में यही लिखा है।''

''क्या ?''

''यही कि मैं किसी के साथ अच्छा नहीं करता। फिर तुम कैसे अलग हो !'' गांधी ने बहुत संयत स्वर में कहा।

सप्रू ने विस्तार से अपना मत रखा। भीमराव अंबेडकर ने अपना पक्ष तर्कपूर्ण ढंग

से प्रस्तुत किया।

गांधी ने कहा, "मेरी पूरी सहानुभूति आपके साथ है। अनेक मामले ऐसे हैं, जिन्हें आप मानते हैं, मैं आपके साथ हूं, डॉक्टर !...आप कहते हैं कि आप मेरे प्राण बचाना चाहते हैं ?"

"बेशक, बशर्ते आप अपना सारा समय मेरे लोगों की उन्नति में लगाएं। फिर आप हमारे भी नायक बन जायेंगे।" भीमराव अंबेडकर ने कहा।

"यदि ऐसा है तो आपको यह मालूम है कि मेरे प्राण बचाने के लिए आपको क्या करना होगा और कैसे हिन्दू धर्म को खंड-खंड होने से बचा सकेंगे !...पहले वही करो, डॉक्टर, और मेरा जीवन बचाओ।" गांधी ने रुक-रुककर कहा।

"जी !" भीमराव अंबेडकर सोच में पड़ गए कि क्या यह ठीक कर रहे हैं।

गांधी कहने लगे, "मैं यह भी समझता हूं कि आप वह छोड़ना नहीं चाहेंगे जो आप लोगों को साम्प्रदायिक निर्णय से प्राप्त हुआ है। परन्तु मेरी सहानुभूति आपसे और आपके लोगों से पूरी तरह है।"

"वह कैसे ?"

"मुझे आपकी पैनल पद्धति पसंद है।"

"फिर, क्या सोच रहे हैं आप ?"

"डॉक्टर, उसमें एक दोष है।"

"क्या ?"

"निकाल सकोगे क्या ?"

"बताएं तो।"

"तुम्हें यह पद्धति सब पर लागू करनी चाहिए।"

"क्या मतलब ?"

"सारी सीटों पर वह लागू हो।"

"परन्तु...।" भीमराव अंबेडकर सोच में पड़ गए।

"डॉक्टर, हममें और आपमें क्या फर्क है ?"

भीमराव अंबेडकर उनकी ओर अपलक देखते रह गए। यह कैसा मोड़ ! न चौराहा और न कोई रास्ता।

"डॉक्टर, आप जन्म से अछूत हैं और हम अपने हृदय से।" गांधी ने अत्यन्त भावुकता से भरकर कहा।

भीमराव अंबेडकर जड़वत् सुनते रहे। मदनमोहन मालवीय ने कहा, "डॉक्टर सब कुछ आप पर है।"

"आप चाहे तो गांधीजी के प्राण बच सकते हैं।" सप्रू ने ज़ोर देकर कहा।

"आखिर बापू हम सबके प्राण हैं।..." बिड़ला का पिघला हुआ स्वर था।

"आपका यह त्याग इतिहास में अमर हो जाएगा, डॉक्टर साहब !" सरोजिनी नायडू कह रही थीं, "आपको एक बार महात्मा की जान बचाने का अवसर मिला है, ऐसा सुअवसर हरएक को नहीं मिलता, किसी भाग्यशाली को ही मिलता है। आप पीछे नहीं हटें। डॉक्टर साहब, यह मेरी प्रार्थना है, इसे अस्वीकार न करें।" उनके स्वर में प्रार्थना विगलित हो उठी थी। उनका स्वर निर्झर की तरह झरझर झर रहा था।

"डॉक्टर, हिन्दू धर्म की रक्षा करो।" राजगोपालाचारी ने धीरे-धीरे कहा, "हम सब

मिल-बैठकर, आप जैसा चाहेंगे, फैसला कर लेंगे।...आपका मान यथोचित रहेगा, डॉक्टर, हमें इस संकट से उबार लें। ध्यान रहे जो आपको साम्प्रदायिक निर्णय से प्राप्त हुआ है, उससे ज़्यादा हम भाई-भांई मिलकर प्राप्त कर लेंगे।''

''यही एक रास्ता है, डॉक्टर, बापू के प्राण बचाने का। यदि आप वास्तव में बापू के प्राण बचाने आए हैं तो अपना संकल्प पूरा करें।'' वल्लभ भाई पटेल का धीर-गंभीर स्वर समुद्र की लहरों-सा गूंज उठा।

गांधी ने घूमकर भीमराव अंबेडकर की ओर देखा और उनके कंधे पर हाथ रखकर कहा, ''डॉक्टर, तुम इस तरह मेरे प्राण ही नहीं बचाओगे, अपितु हिन्दू धर्म की भी विखंडित होने से बचाकर एक महान कार्य करोगे। पूरा हिन्दू समाज इसके लिए सदा-सदा आपका अभारी रहेगा, कृतज्ञ रहेगा।''

अब तक भीमराव अंबेडकर की मनःस्थिति में बहुत परिवर्तन हो चुका था, लेकिन अभी तक वे अपने लोगों के रक्षार्थ उनसे कोई गारंटी नहीं पा सके। बिना कुछ तय हुए वह क्या आश्वासन दें और कैसे दें ? उन्हें पुनः अपने लोगों के सामने जाना है। वे प्रश्न करेंगे। उन प्रश्नों का उत्तर भी देना होगा। कैसे देंगे ? कुछ तो स्पष्ट होना चाहिए तभी तो...वे यही सोच रहे थे।

राजगोपालाचारी भीमराव अंबेडकर की मनःस्थिति और उनके अन्तर्द्वन्द्व को समझ रहे थे। वे कहने लगे, ''महात्मा जी हिन्दू जाति की बाधाओं को दूर करने के लिए अपने प्राण दांव पर लगा चुके हैं। वे नहीं चाहते हैं कि हिन्दू जाति में विघटन हो। वे चाहते हैं कि वह अविभाज्य रहे, एक रहे। इससे अधिक वह कुछ नहीं चाहते।''

''मैं भी यही चाहता हूं, राजाजी, एक दिन ऐसा आए जब ये दोनों एक हो जाएं और अल्पसंख्यक या अछूत या दलित जैसे शब्द निरर्थक सिद्ध हो जाएं। जब तक इस शब्द का प्रयोग होता रहेगा, तब तक यह समस्या, लाख प्रयत्न किए जाएं, हल नहीं हो सकेगी।'' भीमराव अंबेडकर कह रहे थे, ''अब भी जो समझौता होगा, वह अस्थायी होगा, उसकी नियति स्थायी बन गई तो फिर यह समस्या हमेशा एक समस्या के रूप में बनी रहेगी।...मेरी यही इच्छा है।''

''यह इच्छा अवश्य पूर्ण होगी, डॉक्टर साहब !'' बहुत देर बाद राजेन्द्र प्रसाद बोले।

रायबहादुर श्रीनिवासन ने कहा, ''महात्मा गांधी की भी इच्छा इससे पूर्ण होगी। सवर्ण हिन्दू चेते हैं। उन्होंने भी आत्म-मंथन शुरू किया है। इससे वे और नज़दीक आ सकते हैं।''

''बशर्ते उनके प्रति हम सबमें एक पीड़ा हो, एक टीस हो और एक होने की दृढ़ भावना हो।'' भीमराव अंबेडकर अपने संदेह को धीरे-धीरे उजागर करते जा रहे थे।

''हम सब आपसे सहमत हैं, डॉक्टर भाई !'' सी. बी. मेहता ने उनका समर्थन किया।

''ठीक है, मुझे जो कहना था, कह चुका। हृदय से हृदय मिलाकर चलें तो हिन्दू-समाज में दलित शब्द का कोई अर्थ ही नहीं रहेगा।'' भीमराव अंबेडकर इतना कहकर लौटने लगे। गांधी ने उनको हार्दिक धन्यवाद दिया। सभी लोग डॉ. अंबेडकर के साथ बाहर आए।

समझौता हो गया—पूना पैक्ट नाम से। पैनल पद्धति मान ली गई। केंद्रीय असेंबली में 10 प्रतिशत सीटें दलितों को दी गईं, प्रांतीय विधान सभाओं में 148 सीटें दी गईं और यह भी कि सवर्ण हिन्दू दलित प्रतिनिधियों के चुनाव में मतदान करेंगे। 24 सितम्बर, 1932 को हुए इस समझौते पर भीमराव अंबेडकर ने हस्ताक्षर किए और गांधी की ओर से मदनमोहन मालवीय, राजेन्द्र प्रसाद, सप्रू, बिड़ला, देवदास गांधी, श्रीनिवासन आदि ने

हस्ताक्षर किए। राजगोपालाचारी इस समझौते से इतने प्रसन्न हुए कि उन्होंने भीमराव अंबेडकर से पेन की अदला-बदली करने के बाद हस्ताक्षर किए।

गांधी का अनशन भंग हुआ।

ब्रिटिश प्रधानमंत्री ने इस पर अपनी सहमति प्रदान कर दी। एक नया वातावरण बना। सवर्ण हिन्दुओं का ध्यान भीमराव अंबेडकर की ओर गया। उनकी दृष्टि में भारत में एक ज़बरदस्त व्यक्तित्व उभरा था, जिसकी धाक भारत के अतिरिक्त बाहर के देशों में भी थी।

वे इस समझौते के बाद अपने लोगों के बीच आए। उनसे बात की। रामाबाई ने उनकी आरती उतारी। उसका चित्त बहुत प्रसन्न था, क्योंकि उसका पति एक महात्मा को जीवनदान देकर आया था।

इकतीस

फुनगियों पर से रंग-बिरंगे कपड़े उठाता हुआ सूर्य झिलमिला रहा था। लगता था कि कोई गांव मेले से लौट रहा हो अथवा किसी विद्यालय की छुट्टी हुई हो। आकाश तरह-तरह के रंग बिखेरकर मुस्कराए जा रहा था। सारा आकाश गहरे लाल, पीले, हरे आदि रंग से मतवाला हो रहा था। सारी धरती, पेड़-पौधे, जीव-जंतु, स्त्री-पुरुष, घर-आंगन, खेत-खलिहान, गली-गलियारे, मोहल्ले-बाजार, नदी-तालाब, कुएं-पोखर, ताल-तलैया आदि सब रंग में सराबोर हो नाच उठे किसी पहाड़ी मेले-से। समय निर्झर-सा पुकार रहा था। सागर इठलाकर अनगिनत करों से अपनी रंग-बिरंगी तरंगों को उछाल-उछालकर पागल हुआ जा रहा था।

आज प्रकृति महोत्सव मना रही थी। चतुर्दिक नयनाभिराम दृश्य-परिदृश्य एक के बाद एक अवगुण्ठन उठाकर नर्तकी की भांति जल-तरंग पर थिरक रहे थे। उन्मादिनी नटी पांव में घुंघरू बांधकर मोरनी-सी नाच रही थी। सांड-सा समीर रह-रहकर सींग मार उठता था।

आज गणेशोत्सव का पर्व महिमाभिमंडित हो रहा था। लोकमान्य तिलक ने यह महोत्सव शुरू करवाया था।[1] पुणे के बाबा महाराज की हवेली में महका यह पर्व सार्वजनिक होकर अपने सुवासित मन्तव्य को संगीतमयी भाषा में प्रस्तुत कर रहा था।

भारत की जागृत जनता का यह हृदयोद्गर वासंती पवन बनकर झूम रहा था। दामोदर पंत चापेकर की कविताएं गूंज रही थीं। स्वतंत्रता का मंत्रदाता चापेकर इस पूर्व के माध्यम से जन-आंदोलन को तेज़ कर रहा था। अंग्रेज अफसर रैंड पर जानलेवा आक्रमण के कारण उसे फांसी पर लटका दिया था ब्रितानिया सरकार ने। अंग्रेज घबरा उठे थे इस महोत्सव के उन्मादी विजयोल्लास से।

वह नवयुवक गा रहा था–"अरे मूर्ख हो मर्द झालास कशाला..."

वह मस्त हो रहा था।

पोवाड़े गाने वाला शाहीर ढफली हाथ में लिए मराठी लोकगीत पोवाड़े पूरे अभिनय के साथ गा रहा था।

कोई नाच-नाचकर, गणेश को सिर पर शान से उठाए, हाथ उठाए एक नारा-सा दोहरा

---

1. 1893 से यह उत्सव शुरू था तिलक द्वारा पुणे में

रहा था बारंबर—जय गणेश, जय गणेश, जय गणेश, देवा...। हम भारतवासियों को आज़ाद करो देवा...।" सबके सिर पर एक जुनून-सा सवार था गणेश का, आज़ादी का। गुलामी से पिंड छुड़ाने के लिए युवक-युवतियां हाथ में डंडे लिए नाच रहे थे, खुली सड़कों पर, उछल-उछलकर, पुरज़ोर और पूरी मस्ती से झूम-झूमकर। पागल हो रहे थे, मतवाले हो रहे थे, मर-मिटने को दीवाने हो रहे थे—

"आज़ादी के इस देवता को
सिर झुकाओ
शीश चढ़ाओ
कुछ भी करो...
आगे आओ
देश को आज़ाद कराओ !
मां को कारा से छुड़ाओ !"

सब मस्त हो रहे थे। शाहीर ने दर्शकों की ओर संकेत कर कहा—"आज़ादी के परवानो, यह तमाशबीन बनकर सोने का समय नहीं है। गणेश यात्रा में शरीक हो जाओ और भिड़ जाओ आज़ादी के दुश्मनों से।...यह आज़ादी का पर्व है।...आओ...आओ, हाथ ऊपर उठाकर हमारे साथ गाओ, एक साथ, एक लय, एक ताल पर पुरज़ोर आवाज़ लगाओ—

हम आज़ाद हैं—
जन्म से आज़ाद हैं
मन से आज़ाद हैं
कर्म से आज़ाद है
धर्म से आज़ाद हैं
हम आज़ाद हैं।..."

फिर नाच तेज़। डंडों पर डंडे थिरक रहे थे। थिरक रहे थे पांव पर पांव। उमड़ रहा था समन्दर। मचल रहा था दिल। उठ रहा था तूफान।...चौंक रही थीं दिशाएं। आसमान रंग बिखेरकर झूम रहा था।

शाहीर ने गाकर आवाज़ लगाई—

"हे आज़ादी के परवानो, अपने कानों में से रुई निकालो और मोर्चा संभालो। दुश्मनों के दांत खट्टे कर दो...उनको छठी का दूध याद करा दो। तुम्हें गणेश की शपथ जो पीछे हटे, भागे और टूटे।...मरना एक बार है। मरने का ही यह त्योहार है—गणेश का यही महोत्सव !"

वह आकाश की ओर देखते हुए विचित्र मुद्रा बनाकर भारी आवाज़ में ढपली बजाता हुआ आगे कह उठा, "तिलक ने दी है आवाज़, उठो, जागो मेरे देशवासियो, आज़ादी की किरणें तुम्हारा द्वार खटखटा रही हैं।"

एक और शाहीर जो एक नवयुवती थी, जो खद्दर की धोती बांधे हुए थी और हाथ में तिरंगा लिए थी, साभिनय ऊंचे और मधुर कंठ से ऐलान कर रही थी—

"सुनो, गणेश प्रमियो, सुनो
हिमालय से तिलक ने ललकारा है
आज हमें आज़ाद होने का व्रत लेना है
गणेश को साक्षी मानकर

हमें तिलक के स्वर को दोहराना है
उसे अपने जीवन में उतारना है।"

फिर ढपली पर ज़ोर-ज़ोर से थाप। डंडे का राग। नृत्य का उन्माद। दूसरा शाहीर ढपली पर तीन बार ज़ोर से थाप देकर कहता है—

"सुनो...सुनो...सुनो गणेश प्रेमियो,
तिलक का संदेश सबके नाम..."

फिर ढपली पर तीन ताल। फिर अभिनय का ज्वारभाटा और ताण्डव-नृत्य का भयावह दृश्य। फिर तेज़ आवाज़—"हमें स्वराज्य हासिल करने के मार्ग पर चलना है।"

दूसरा शाहीर पूछता—"जवाब दो, गणेश प्रेमियो !"

समवेत स्वर गूंज उठता—"हम तैयार हैं !"

पहला शाहीर ज़ोर की आवाज़ में कहता, "धीरे चलें या ज़ोर से पर इस मार्ग पर हमें चलना ज़रूर है।"

सबके सब कहते, "हम चलेंगे।"

दूसरा शाहीर कहता, "शाबाश गणेश प्रेमियो, रास्ते में कांटे आएं तो..."

पहला शाहीर कहता, "हम उन्हें हटा देंगे।"

दूसरा शाहीर कहता, "पांव में गड़ने लगें तो..."

पहला शाहीर जवाब देता, "परवाह नहीं करेंगे, आगे बढ़ते जाएंगे।"

दूसरा शाहीर ढपली पर थाप देकर, कूदकर नयनाभिराम मुद्रा बनाते हुए कहता, "अपने लक्ष्य से निगाह नहीं हटाएंगे।...बेकार की बातें नहीं सुनेंगे।"

पहला शाहीर ज़ोर से कहता, "तो सुनो, तुम्हें सफलता ज़रूर मिलेगी।"

दूसरा शाहीर ढपली पर थाप देकर नाचते हुए चारों ओर घूमता। युवतियां भी उसके चारों ओर परिक्रमा देती हुई नाच उठतीं। वह कहता "धर्म, पुराण, इतिहास गवाही दे रहा—आज नहीं तो बीस साल बाद..."

पहला शाहीर आगे कहता, "मुझे नहीं तो मेरे बाद...।"

पहला शाहीर कहता, "उस दिन के लिए आज हम...।"

दूसरा शाहीर नाचकर खुशी ज़ाहिर करता हुआ ढपली पर थाप दे गा उठता, "झूम-झूमकर नाच रहे हैं...गा रहे हैं...जय गणेश...जय गणेश...गणपति बप्पा मोरया !"

उस नाचते-गाते जुलूस ने अद्भुत आलम बना दिया। दर्शक भी थिरक उठे थे। भीमराव अंबेडकर के साथ डॉ. सदानंद थे। सदानंद अछूतों के सच्चे संरक्षक थे। वे कह रहे थे, "डॉ. सदानंद, मेरी पत्नी इस उत्सव को देखने जाना चाहती थी, लेकिन मैंने उसे जाने से रोक दिया।"

"क्यों डॉक्टर ?" सदानंद ने पूछा।

"तिलक ने शुरू करवाया था।"

"हां, तो ?"

" 'मूक नायक' एक साप्ताहिक समाचार पत्र 'मूक नायक' निकाला था न !" भीमराव अंबेडकर ने याद दिलाते हुए कहा।

"हां, निकाला था।" कुछ याद करने की मुद्रा बनाते हुए सदानंद ने कहा, "शायद 1919 के आस-पास की बात है।"

"तिलक के अखबार 'केसरी' ने उसका विज्ञापन छापने से इनकार कर दिया

था—फलतः 'मूक नायक' का उसमें विज्ञापन नहीं छपा—यह था ब्राह्मणवाद।...'मूक नायक' के प्रति उनके मन में इतनी घृणा और उपेक्षा क्यों थीं ?''

''गणेशोत्सव तो दूरियां मिटाने में अच्छी भूमिका निभा रहा है।...क्यों डॉक्टर, तुम क्या समझते हो ?''

भीमराव अंबेडकर उस जुलूस को ध्यान से देखते रहे। सबमें आज़ादी की तमन्ना थी, समुद्र में उठे ज्वार-भाटे-सी प्रबल, अनंत।

वे नारे लगा रहे थे—''आज़ादी हमारा जन्मसिद्ध अधिकार है।''

''सुन रहे हो डॉक्टर सदानंद ?''

''हां।''

''क्या ?''

''नारे।'' सदानंद ने जुलूस की ओर देखते हुए कहा।

''ये लोग हमें आज़ादी नहीं देना चाहते हैं और अपने लिए आज़ादी की मांग कर रहे हैं। उसे जन्मसिद्ध अधिकार बता रहे हैं।...यह कैसा पाखंड है ?'' भीमराव अंबेडकर ने व्यंग्य से कहा और पुनः जुलूस की ओर देखने लगे।

सदानंद ने कुछ रुककर कहा, ''आज़ादी मांगना बुरा नहीं है, डॉ. अंबेडकर !...वह ज़रूरी है।''

''और जाति से आज़ादी ?''

''वह हम इन से ले लेंगे।''

''कैसे ?''

''ध्यान से देखो, इस जुलूस में अनेक अछूत और दलित भी नाच रहे हैं।'' सदानंद ने इशारे से बताया।

भीमराव अंबेडकर ने उधर देखा और कहा, ''हां, नाच रहे हैं।''

''पूना पैक्ट का भी असर हुआ है।...'छुआछूत निवारण संघ' की स्थापना हुई। इस संघ के अध्यक्ष हुए थे बिड़ला और मंत्री अमृतलाल ठक्कर।...गांधीजी भी झुके हैं और मुझे लगता है कि वे आगे चलकर हम लोगों के लिए अच्छे सिद्ध होंगे।'' भीमराव की ओर देखते हुए सदानंद ने कहा।

''सवर्ण हिन्दुओं के नेता बहुत चालाक हैं, डॉ. सदानंद ! हमें स्वयं ही अपना उत्थान करना होगा।...मुझे नहीं लगता है कि हम इस तरह सन् दो हज़ार तक अपने को दीन-हीन स्थिति से उबार पाएंगे।...आज़ादी मिलने के बाद, यदि जल्दी आज़ादी मिल गई, तो हम और पिछड़ जाएंगे।'' भीमराव अंबेडकर इतना ही कह पाए थे कि पुलिस उस जुलूस पर भूखे गिद्धों की तरह टूट पड़ी। मारा-मारी मच गई। फिर भी डटे रहे कुछ लोग। स्त्रियां जमी रहीं।

एक नया तथा हृदयद्रावक दृश्य। खून...खून...वह युवती जो डंडों की मार से गिर गई थी, उसके सिर से खून बह रहा था और वह रो नहीं रही थी, ललकार रही थी—''निहत्थों पर टूट पड़े भेड़ियो...तुम अपनी मां-बहनों को अपमानित कर रहे हो,...गुलामो,...तुम अपनी मां के दूध को कलंकित कर रहे हो।...जय गणेश...जय गणपति...तू साक्षी है...हम हटे नहीं ...भागे नहीं...डंडे, लात घूंसे खाते रहे लेकिन हमने हाथ नहीं उठाया...मारो जालिमों, कब तक मारोगे ?...हम मर जाएंगे,...हमारी जगह दूसरे आ जाएंगे...पर अपने स्थान से टस से मस नहीं होंगे...''

दूसरी ओर से एक समवेत स्वर उठा, "गणपति बप्पा मोरया...।" वे झूम रहे थे। नृत्य कर रहे थे। डोडियां चल रहा था। ढपली पर थाप पड़ रही थी। पहला शाहीर नाच-नाचकर, ठुमक-ठुमककर, तरह-तरह की मुखाकृतियां बनाता गा रहा था—

"सुनो-सुनो, दिशाओ, सुनो
आकाश और धरती, सुनो
आंधियो और तूफान, सुनो
फिरंगियो और गद्दारो, सुनो..."

दूसरा शहीर कहता—

"यह ज़ालिम-जुल्म का राज
यह ज़ोर-ज़बर्दस्ती का राज
यह काली करतूतों का राज
यह अधर्म-अन्याय का राज..."

ढपली पर थाप पर थाप पड़तीं। दोनों एक साथ, एक मुद्रा में नाचते-कूदते और गाते हैं।

अब दोनों मिलकर, एक से एक बढ़कर, सबको साथ लेकर झूम-झूम जाते हैं, डंडों पर उतर आते हैं मन...मृदंग। सब पागल हो उठते हैं। अंग्रेज सारजेंट दूर से देखता है। वह कहता है, "लौट चलो।" घोड़े पर एड़ लगाता और सरकारी लवाज़िमा उसके पीछे-पीछे हो लेता।

अब तो वे सब ज़ोर-ज़ोर से नाच उठते हैं। डोल, ढपली, मृदंग आदि को भी नचा डालते हैं। डंडे उछाल भरने लगते हैं। सब कूदने लगते हैं। वह युवती जो ज़मीन पर पड़ी हुई थी, उठती है। उसके सिर पर रेशमी रूमाल फूंककर राख भरकर पट्टी बांध दी जाती है। वह झूम उठती है और गाने लगती है—

"गणपति बप्पा मोरया..."

भीमराव अंबेडकर चलने लगते हैं। सदानंद कहते हैं, "डॉक्टर, यह सुपरस्टीशन, अंधविश्वास ! यह सब नहीं है, यह तो जीवन की धड़कन है, थिरकन है और प्राणों का स्पंदन है। यहां आकर सारे धर्म गौण हो जाते हैं, सारी जातियां एक हो जाती हैं।...यह आज़ादी का पर्व है मानो आज, अभी, इस समय हमारा देश आज़ाद हुआ हो।...तुम्हें पत्नी को इसमें जाने देना था।"

भीमराव अंबेडकर के सामने वह दृश्य घूम रहा था, जब रामाबाई ने कहा था, 'सुनते हो, एक बार, बस, एक बार हमें पंढरपुर ले चलिए।...हमारा पूरा परिवार जाया करता था। बहुत पवित्र स्थान है।"

"नही, रामू, इसके लिए मुझे विवश मत करो।"

"मंदिर-प्रवेश के लिए संघर्ष करते हो तो... ?"

'रामू, वह मात्र अपना अधिकार जताना-भर है ताकि मंदिर में जाने से किसी हिन्दू को कोई रोक नहीं रहे। हमें आध्यात्मिक उन्नति की उतनी चिन्ता नहीं, जितनी भौतिक उन्नति की।...लोग हमारा अनुकरण करेंगे, व्यर्थ पैसा पानी की तरह बहाएंगे। हमें उन्हें आर्थिक रूप से मज़बूत करना है।' भीमराव अंबेडकर ने उसे समझाया। वह मान गई।

कुछ माह बीते। फिर रामाबाई ने कहा, "जयमाला, शिलेदार, अभिषेकी, गंगूबाई, हंगल आदि सब जा रही हैं।"

"कहां ?"

"गणेशोत्सव देखने।"

"कहां जाओगी उस भीड़ में !"

"क्यों, भीड़ से कैसा डर ?"

"वह अंधविश्वास है।"

"मात्र मेला है...खुशी का आयोजन है।"

"समय का दुरुपयोग है, रामू !"

"मैं बहस नहीं करूंगी, स्वामी !"

"यह विषय बहस का नहीं है, रामू ! मेरा विश्वास करो। मैं जो कहता हूं, उसी के अनुसार जीना चाहता हूं।...मैं महात्मा नहीं बनना चाहता। मुझे महात्माओं में कोई विश्वास नहीं है।...तुम मेरा साथ दोगी तो...अब तक बराबर देती रही हो, रामू,...यह निर्णय मैं तुम पर छोड़ता हूं। तुम जैसा चाहो करो, मेरे लिए वही ठीक है।" भीमराव अंबेडकर ने जुराब पहनते हुए कहा। बूट पहने और चल पड़े बैरिस्टर जयकर के यहां। वहां मिल गए डॉ. सदानंद, दादा साहब खापर्डे आदि।

वे जानते थे कि अब रामाबाई नहीं जाएगी। क्या यह उन्होंने उसके साथ ज़्यादती नहीं की ? उसका भी अपना मन है। उसके जीने की भी अपनी शैली है।

"क्या सोच रहे हो, डॉक्टर ?"

"मैंने गलती की।"

"क्या ?"

"मुझे रामा को नहीं रोकना था।"

"गुड, डॉक्टर !"

"वह देखो—वहां देखो ब्राह्मण मराठों के पास सुतार, कुम्हार (कुम्भकार), शिंपी (दर्जी), साली आदि जाति के लोग हैं, जिन्हें मैं जानता हूं। इनको भी चाहिए कि वे स्वयं उठें, स्वावलंबी बनें, साफ-सफाई से रहें, व्यवसाय करें, मिल-जुलकर रहें...छुआछूत तो इनमें भी है। यह मानसिक रोग है। इसे इनके दिमाग से निकालना है, यह मात्र सुविधा प्राप्त कराने से दूर नहीं होगा। मन बीमार है, उसे स्वस्थ करो। इन्हें मन के अंधेरों से बाहर निकालो।" सदानंद कहते गए। जुलूस जा चुका था।

अंधेरा घिरने लगा। सड़क की लाइटें जगमगा उठीं। मानो उन्होंने यह तय कर लिया हो कि वे अंधेरे को प्रवेश नहीं करने देंगे, किसी भी कीमत पर, किसी भी स्थिति में।

दोनों अलग-अलग दिशा में चल पड़े। भीमराव अंबेडकर सोचते हुए आगे बढ़ गए कि यह भी कैसा जुनून है ! गणेशोत्सव के माध्यम से, शिवाजी की याद दिलाते हुए स्वाधीनता का अलख लगा रहे हैं, निर्भय होकर, एक साथ।

बत्तीस

आज़ादी की दीवानगी सिर चढ़कर बोल रही थी। वातावरण गरमाया हुआ था। भीमराव अंबेडकर तीसरे गोलमेज़ सम्मेलन में भाग लेकर सवा माह बाद लौट आए थे, जनवरी के अंतिम सप्ताह में—सन् 1933।

यह समय तेज़ी से गुज़र गया था।

दो वर्ष तक सरकार ने कांग्रेस को पुनः वैध करार किया था। कांग्रेस का वार्षिक अधिवेशन राजेन्द्र प्रसाद की अध्यक्षता में हो रहा था। इसकी स्वागत समिति के अध्यक्ष के. एफ. नरीमैन और सरोजिनी नायडू थीं। इसमें साम्प्रदायिक फैसला (कम्यूनंल एवाडी) प्रस्तुत किया गया।

इस अधिवेशन से एक दिन पूर्व गांधीजी ने एक वक्तव्य जारी कर कहा था कि वे कांग्रेस से अलग हो रहे थे जिससे दूसरों को खुद सोचने की प्रेरणा मिल सके और यह ख्याल जाता रहे कि कांग्रेस में जो कुछ होता है, वह उनके आदेश से होता है। उनके मन में जेम्स लावेल की वे पंक्तियां गूंज रही थीं जिन्हें राजेन्द्र प्रसाद ने जनता-जनार्दन को केंद्र में रखकर दोहराया था—

"सत्य सदा सूली पर टंगा रहता है
असत्य सदा सिंहासन पर
शासन सदा भविष्य का
उसी सूली पर टंगा होता है।
और ईश्वर
कहीं अज्ञात धुंधलके की छाया में छिपकर
खड़ा-खड़ा देता है उस पर पहरा।"

यह ईश्वर फिर आ गया बीच में। भीमराव अंबेडकर इसी से तो कतराते हैं और मानते हैं कि वह नहीं है। उनका मन गांधी के वक्तव्य पर था और कांग्रेस की सदस्यता से मुक्त होने पर था। पल-भर में झटक दिया सारा मोह-बंधन। क्या महात्मा होना सिद्ध करना चाहते हैं ? उन पर अनेक उंगलियां उठती रहती थीं और कांग्रेस के कर्णधार कुछ-कुछ दबे-दबे-से, आत्मा मसोसकर कार्य करते रहते थे, यह उन्होंने भी अनुभव किया था।

आज वह कुछ परेशान हुए थे। उनका माथा ठनका था। क्या लगाव था उनके मन में गांधी के प्रति ? क्या गांधी ईमानदार नहीं ? क्या उनके जीवन के निर्णय नाटक ही हैं ? यह कैसा दोहराहा है, जिस पर खड़े होकर वे स्वयं अनिर्णय की स्थिति में जा पहुंचे ?

रामाबाई ने उन्हें इतना बुझा इससे पहले कभी नहीं देखा। वह खामोश दृष्टि से उनकी ओर देखे जा रही थी।

क्या ईश्वर है ?...उनके मन में यह द्वन्द्व एक लंबे अर्से बाद उठा था। वे पहले भी ईश्वर के बारे में सोचते थे और कल्पना करते थे परन्तु सब बेकार। वह जिसे सब शीश झुकाते हैं और अपना सर्वस्व मानते हैं, है ही नहीं। फिर यह सब ढोंग क्यों ? वे पूछ बैठते, "रामू, ईश्वर है क्या ?"

"है।"

"तूने देखा है क्या, रामू ?"

"अनुभव किया है।"

"बिना देखे ?"

"यह सब विश्वास पर है।"

"बिना समझे-बूझे विश्वास नहीं, रामू, अंधविश्वास होता है।" भीमराव अंबेडकर थके स्वर में कहते।

"विश्वास ही, मामा कहते थे, अंधविश्वास बनता है। ईश्वर तभी अनुभव होता है।"

"यह गलत है।"

"हां, है।" रामाबाई तुरंत उत्तर दे देती।

"क्या ?"

"गलत।" पुनः रामाबाई दोहरा देती।

"अभी तो तू कहती थी," भीमराव अंबेडकर ने चमककर कहा, "कि... !"

"वह भी सही है।" रामाबाई मुस्करा उठती।

"क्यों ?"

"क्योंकि यह सब व्यक्ति के विश्वास पर है।...जैसे आपका-मेरा नाम...शहर का, गली का नाम...यह सब विश्वास पर है कि मैं रामाबाई हूं और आप..."

"भीमराव अंबेडकर।" भीमराव अंबेडकर स्वयं वाक्य पूरा कर उसकी ओर देखते रह जाते थे। क्या वही रामाबाई है वे ? वह जिज्ञासा से पूछ बैठते, "तबीयत तो ठीक है, रामू ?"

"मिट्टी की क्या कभी तबीयत खराब हुई है, जो अब होगी !" रामाबाई कहती।

"तू यह क्या बकझक कर रही है ?" भीमराव उसके पास आ जाते।

"धारवाड़ गए थे न ?"

"हां।"

"मैंने कहा था न पंढरपुर और धारवाड़ में कोई अंतर नहीं है—सब मन का भ्रम है।" रामाबाई कह रही थी बहुत धीमे स्वर में।

"ये कैसी उड़ी-उड़ी बातें कर रही है ?"

"बुरी लगती हैं क्या ?"

"नहीं, लेकिन...।"

"आपको अभी बहुत संघर्ष करना है।"

"तो ?"

"चिंता रहती है।"

"कैसी चिंता ?"

"आपका कौन है ?"

"तू है न—बस।"

रामाबाई मुस्करा उठी।

"क्या बात है, रामू ?"

"एक बात मन में अटक रही है, स्वामी !" रामाबाई ने बहुत धीमे स्वर में कहा।

"कहो रामू, ज़रूर कहो।"

"सब रिश्ते मिट्टी के हैं।"

"तो ?"

"मिट्टी का विश्वास कभी भी मिट्टी हो सकता है। उसको स्वयं पर भरोसा नहीं होता क्योंकि वह है तो मिट्टी ना।...उसका होना भी तो एक अविश्वास है।...इस तरह...सोचती हूं कि...पर...लाभ क्या ?"

वह हांफ उठती। उसकी आंखों के सामने अंधेरा छाने लगता। उसके अधर कांप उठते। वह अपने को संभालने की कोशिश करती।

"आखिर तू क्या कहना चाहती है, रामू ?" भीमराव अंबेडकर ने घबराकर पूछा, "इस तरह तो तूने कभी बात नहीं की।"

"ना चाहो तो बन्द कर दूं।"

"नहीं, रामू, नहीं।"

"मैं औरत हूं। मेरे पर से माता-पिता का साया जल्दी उठ गया था।...मैं किस पर विश्वास करती !...किस से अपने मन की बात कहती ! कोई नहीं था।...मां-बाप के अलावा कौन हो सकता है संतान का ?...बेटी के मन की बात मां के अलावा और कोई नहीं समझ सकता !" रामाबाई ने करवट बदली। उसका स्वर करुणा से भर उठा था।

"फिर रामू ?"

"औरत स्वभाव से ही अति धार्मिक होती है क्योंकि वह अपने को अंदर से बहुत कमजोर महसूस करती है।...यह वास्तविकता है, स्वामी !" रामाबाई को ज़ोर की खांसी आ गई। वह खांसती रही। भीमराव अंबेडकर ने उसे थोड़ा-सा पानी पिलाया। उसकी खांसी थम गई। वह तकिया का सहारा लेकर बैठी रही।

"तुम...रहने दो...शेष...फिर...।" भीमराव अंबेडकर ने दवा उठाई। एक खुराक दी। पीठ सहलाई।

"स्वामी, मैं तो पूरी तरह ईश्वर को मानने लगी हूं—उठते-बैठते, सोते-जागते हर पल, हर समय।...उससे मुझे ऐसा लगा कि मेरा कोई है...ऐसा कोई जो कभी भी बीच में साथ छोड़कर नहीं जा सकता और जिस पर आंख बन्द करके विश्वास किया जा सकता है। ...वह कभी धोखा नहीं दे सकता।...उससे कोई डर नहीं...खतरा नहीं।...मुझे आज तक उसने संभाला है। वह है तो मैं हूं...यही सच है।...कम-से-कम मेरे लिए तो।" फिर वह कुछ देर तक चुप रहती। आंखें बन्द कर लेती। कुछ नीचे खिसक जाती। गहरी सांस लेने लगती। उसके चेहरे पर पसीने की बूंदें झलकने लगतीं।

"तकलीफ हो रही है, रामू ?"

"नहीं तो।"

"छिपाती हो !"

"वह भी आपसे—अपने भगवान् से !...कदापि नहीं, स्वामी !...ऐसा करूं तो मुझे नरक में भी जगह न मिले।" वह तेज़ी से बोल जाती।

"तो फिर...क्या बात है, रामू ?"

"मन की फांस निकालना चाहती हूं, स्वामी ! बस और कुछ नहीं।...वह भी अभी। ...एकांत है और आप भी कहीं और डूबे हुए नहीं है।" वह कहती और पांव पसार लेती।

रामाबाई बहुत कमज़ोर हो गई थी। उसका चेहरा पीला पड़ गया था। उसके होंठों पर लालिमा नहीं रही थी। इस पर भी उसकी आंखों में ताज़गी और चमक थी। वह उनका हाथ अपने हाथ में लेकर बच्चों की तरह उलटती-पलटती रहती। फिर अपनी आंखों और अधर से लगाकर कहने लगती, "जब कोई नज़र नहीं आता तब, स्वामी, वह साफ नज़र आने लगता है।...ऐसा होता है कि...स्वामी, कोई साथ नहीं देता...सब ऐन वक्त पर मुंह फेर लेते हैं।...तब मन संभाले नहीं संभलता।...वह एकदम खाली और वीरान अनुभव करता है अपने आपको।...तब स्वामी...मुझे तो वही संभालता रहा है...कभी आप भी...मेरा मन कहता है...हो सके तो उससे संवाद बनाकर देखो।...उसे मंदिर-गिरजे-मस्जिद में मत जानो ...वह पास में है...हमारे-आपके अन्दर छिपा बैठा है जैसे दही में मक्खन...समुद्र में मोती और लकड़ी में आग।...स्वामी,...अनुभव हो सके तो...मेरी विनती है।..." उसका हृदय भर आया था। उसने हाथ जोड़ दिए थे।

"रामू !" भीमराव अंबेडकर का मन कांप गया।

"ना मानो, आपकी इच्छा।...कोई ज़ोर नहीं है।...यह भी हरएक को रास नहीं आता। ...मुझे तो...आप अकेले न अनुभव करें, स्वामी,...अपने आप में...।"

"तुम जो हो, फिर अकेला कहां हुआ, रामू ?"

"देश-विदेश...सब जगह जाते हैं न आप !...वहां कौन होता है ?...परदेश...अपरिचित लोग...अपरिचित सारा वातावरण...सांय-सांय जंगल का बियाबान घेर लेता होगा ना।...उस सबसे...।" रामबाई कहती।

"नहीं, रामू, वहां भी तू साथ होती है और ऐसे ही समझाती और देखभाल करती है जैसे यहां, इस समय तू कर रही है।" भीमराव अंबेडकर ने प्रसन्न होकर कहा। उनका गोल-गोल चेहरा चमक उठा। आंखें महक उठीं।

"कोठी भी तो...।"

"हां, है।"

"आप उसे नहीं छेड़ें।"

"क्या मतलब ?"

"मतलब यह है कि इसमें बराबर तोड़-फोड़ अभी भी होती रहती है।"

"वह क्या है कि...डिज़ाइन...सोचता हूं कि...।"

"कोठी का नक्शा किसने खींचा था ?"

"मैंने।"

"नक्शा एक बार बन गया। स्वीकार कर लिया।...मिस्त्री और कारीगरों ने उसी के अनुसार तो बनाया है।" वह उनकी ओर देखती हुई कह गई।

"यह सच है।"

"फिर बने-बनाए से छेड़छाड़ क्यों ?"

"क्योंकि..."

"क्योंकि की गुजांयाश कहां है ?...बात दरअसल मन की है। मन का मतलब है कि कल्पना।...कल्पना बिना पंख के उड़ती है।...रेगिस्तान में मृगतृष्णा और उसके पीछे मृग-शावक मन।...कहां होती है झील ? कहां बुझती है उसकी प्यास ?" वह प्रश्नभरी दृष्टि से झांकती है उनकी आंखों में।

"बुरा लगता है क्या ?"

"अच्छा नहीं लगता।"

"क्यों ?"

"वह इसलिए कि कल्पना आवारा होती है। उस पर नियंत्रण रहे, ज़रूरी है।...अच्छे का अंत नहीं।...बढ़िया क्या है ? सुदामा से पूछो, कबीर से जानो, संत ज्ञानेश्वर से सीखो ...कुछ नहीं...वह भ्रम है...माया...मृगतृष्णा है।...फिर माटी का इतना मोह क्यों ?...आखिर पैसा खर्च हो रहा है...उसकी भी सीमा है।...और ज़्यादा हो तो उन लोगों को देना है जिनको ज़रूरत है।" रामाबाई अब स्वस्थ हो चली थी। उसका चेहरा अरुण हो चला था।

"ध्यान रखूंगा, रामू !"

"मन बांध लिया तो सब बांध लिया।...अंधी दौड़ अंतहीन है, जिसमें व्यक्ति अंत में हारता है और अपनी बुद्धि पर आग-बबूला होता है।" रामाबाई धीरे-धीरे कहती जाती।

"उसका क्या नाम रखें ?" भीमराव अंबेडकर उसका ध्यान दूसरी ओर मोड़ना चाहते थे।

"जो जी चाहे।"

"तुम बताओ।"

"जो आपको अच्छा लगे।"

भीमराव अंबेडकर बहुत देर तक सोचते रहे। अनेक नाम पानी में उठे बुलबुले के समान उभरे और डूब गए। नक्शानवीसी में उन्होंने क्या कुछ नहीं किया ! कितनी पुस्तकें पढ़ीं ! कितने भवन उनके दिमाग में घूमते रहे ! आनेवाले लोगों का पूरा-पूरा ख्याल रखा। हर प्रकार की सुख-सुविधा का प्रबंध किया। अपना मकान हो, उसकी उन्हें शुरू से चाह थी। कितना कष्ट सहा था और कितनी परेशानी ! उनके पास पुस्तकों का भंडार था। पुस्तकों के लिए उस भवन में विशेष व्यवस्था की गई—ग्रंथागार बनाया गया।...विशाल ग्रंथागार उनके मन का आनंद था। वह सोचते थे कि आने वाली उनकी पीढ़ी उनके बनवाए भवन पर फख्र से सिर उठा सके, ऐसा भवन बने। बम्बई में दादर में बना वह भवन उनके अन्दर बैठे शिल्पी की अद्‌भुत कल्पना का मूर्तरूप था। उसका नाम भी उसी के अनुरूप हो, यह सोचते हुए वह बोले—"राज प्रसाद।"

रामाबाई ने सुना पर कुछ कहा नहीं। वह गुमसुम बनी रही। वह पुनः बोले, "राज विहार...या राज निकेतन।"

इस बार रामाबाई मुस्कराकर बोली, "राज बहुत प्रिय है तो इस 'राज' के साथ जन को भी जोड़ो।"

"राज जन।" भीमराव अंबेडकर तुरन्त बोल पड़े और स्वयं में चकित रह गए।

"जन राज !" वह हंसती हुई बोली।

"जन राज !" भीमराव अंबेडकर ने दोहराया।

इस पर रामाबाई ज़ोर से हंस पड़ी। उसके गाल में गड्ढे बने पानी में पड़ते भंवर से। उसकी बड़ी-बड़ी आंखें फैल गईं। उसमें दीप जल उठे। उसके अधरों पर गुलाब खिल उठे। भीमराव अंबेडकर अपलक उसकी ओर देखते रह गए। बहुत दिनों बाद वह इस तरह खुलकर हंसी थी। एक बार वह तब हंसी थी जब वह बम्बई से अहमदाबाद जा रही थी। स्टेशन पर आए लोग उन्हें डॉक्टर साहेब...डॉक्टर साहेब का संबोधन दे रहे थे। ट्रेन चली। कुछ देर बाद एक बूढ़ी औरत बोली, "बहिनजी, कहां के रहने वाले हैं आप लोग ?"

वह बोली, "...ये डॉक्टर साहेब,....आप समझीं न...हमारे वो...इन्दौर के पास कैंट है, वहां के रहने वाले हैं।"

"महू के ?"

"हां...हां...महू के।...इनके पितामह आंबाबडे गांव के थे।"

"और आप ?"

"हम डापोली के।" रामाबाई ने गहरी सांस छोड़कर कहा, "रामीबाई हम...पर हमारे इन्होंने उसे रामाबाई बना डाला।"

"प्यार से रामू भी।"

"आपको कैसे मालूम हुआ।"

"हम भी राजलक्ष्मी से राजू बने ना।"

इस पर वे दोनों हंस पड़ीं। आनन-फानन में बहनापा जुड़ गया। वह बोली, "बहुत

चाहते हैं ना ?''

रामाबाई सिर झुकाकर मुस्कराई। उसकी आंखों में पीड़ा की लालिमा काजल-सी रच-पच गई।

भीमराव अंबेडकर जान-बूझकर पत्रिका में आंखें गड़ाए हुए थे, लेकिन वे सुन रहें थे उन दोनों की बातें। दोनों हमउमर थीं। दोनों सुन्दर थीं। दोनों भोली-भाली थीं।

''तुम्हारे वो भी तो...।''

इस बार शर्माने का पोज़ देने की उसकी बारी थी। उसने घूंघट का छोर दांतों से दबा लिया था। कनखियों से उसकी ओर देखा।

''क्या करते हैं वो तुम्हारे ?''

''वो भी डॉक्टर हैं।'' उसने उदास होकर आर्द्र स्वर में कहा।

''यह तो बहुत अच्छा है जी !''

''नहीं जी, यह बहुत खराब है।''

''क्यों जी ?''

''क्योंकि उनमें एक खब्त है।''

''क्या ?''

''दिन-रात ढोर-डंगर से घिरे रहते हैं। वक्त मिलता है तो ढोर-डंगरों की किताबों में सिर खपाने लगते हैं। हम कुछ कहते हैं, बतियाना चाहते हैं तो...।''

''तो क्या ?''

''कहते हैं—डेनमार्क में पशु इतना दूध देते हैं, आस्ट्रेलिया में इतना, अपने देश के पशु उनके सामने बौने हैं। कभी यहां दूध की नदियां बहती थीं—पगले ! क्या दूध की नदियां कहीं बहती हैं ? बताओ तो बहिनजी, ये भी कोई बात हुई क्या ? देश से विदेश जाकर क्या बहिनजी, आदमी पागल हो जाता है ?''

इस पर रामाबाई बहुत हंसी ! हंसती रही। तभी वह बोली, ''हम लोग अहमदाबाद के रहने वाले हैं जी ! मेरी मां बहुत बीमार रहती हैं।''

''ओह !'' रामाबाई ने दुःख प्रकट करते हुए कहा। उसे मां की याद आते ही अजीब-सा दौरा पड़ने को होता, परन्तु पड़ता नहीं था।

''बहुत इलाज कराया। हो भी रहा है, परन्तु वह ठीक होती नहीं लगतीं। अब तो डॉक्टरों ने भी जवाब-सा दे दिया है।''

''ओह... ! तो आप इसीलिए मायके जा रही हैं ?''

''नहीं बहिनजी, मायके से ससुराल। मेरा मायका तो बम्बई में गोरेगांव है जी !''

''तो मां... !''

वह मुस्करायी और बोली, ''मेरी सास जी मुझे मां से भी ज़्यादा प्यार करती हैं, बहुत ध्यान रखती हैं। वह सास कैसे हुईं...मां ही हुईं ना, बहिनजी !''

''हां बहिन, हां, मां हुईं...साक्षात्...मां...''

''एक बात मेरे लिए करोगी ?''

''क्या बहिन ?''

''ना मत करना...मां तो मां ही होती है, बहिन, चाहे वह मेरी मां हो या तुम्हारी ...आपके ये डॉक्टर हैं न ?''

''हैं तो।''

"तो फिर मेरी मां को वे एक बार देख लें।...कभी-कभी चुटकी-भर भभूत संजीवनी बूटी बन जाती है।...डॉक्टर-वॉक्टर अपनी जगह हैं, करने वाला तो वो है...लेकिन संसार में नाटक तो सब करने पड़ते हैं। इसी से हम इंसान हुए ना बहिनजी !" उसने करुणा-भरे स्वर में कहा।

रामाबाई अंदर ही अंदर बिखर गई। बड़ी मुश्किल से वह इतना ही कह पाई, "बहिनजी, ये भी वो डॉक्टर नहीं हैं।"

"क्या ये भी ढोर-डंगर वाले डॉक्टर हैं ?"

इस पर रामाबाई जोर से हंस पड़ी, हंसती गई। तब तक हंसती रही जब तक उसकी आंखों में आंसू नहीं आ गए।

"क्या हुआ बहिनजी ?"

"नकली डॉक्टर।" उसने हंसते हुए कहा, "राम ही सबसे बड़ा वैद्य है।..."

फिर वातावरण गंभीर हो गया।

अहमदाबाद पहुंचने पर भीमराव अंबेडकर ने कहा, "क्यों, रामू, मैं ढोर-डंगर का डॉक्टर हूं ?"

"और क्या ?" रामाबाई ने तेज़ आवाज़ में कहा।

"क्या कहा ?" भीमराव अंबेडकर ने भी ऊंची आवाज़ में कहा।

"और क्या ! आप ही तो कहते हैं कि हम ढोर-डंगर से भी गए-बीते हैं। फिर... ?" रामाबाई ने दाल में छौंक लगाकर कहा और दूसरी ओर मुंह घुमा लिया।

"तो हम नकली डॉक्टर हुए, क्यों ?"

"और क्या !" रामाबाई बोली।

इस पर भीमराव अंबेडकर अपनी नकली गंभीरता को कायम नहीं रख सके। वह ज़ोर से हंस पड़े।

"क्या बात है ?"

"सोचता हूं कि कहीं तुम दोनों हमें नकली पति घोषित न कर दो...नकली डॉक्टर तो हम हो ही गए।" वे पुनः हंसते रहे। कुछ देर बाद वे बोले, "जानती हो कि तुम क्या हो गईं ?"

"और क्या होते ? जो हैं, वही बने रहे। वही रहेंगे।" वह बोली। उसका स्वर पहले से नरम था और हैरानी से घिरा हुआ था।

"नकली डॉक्टरनी...।"

"नकली...हम तो न असली और न नकली—कुछ भी हैं ही नहीं। फिर... ?"

"आप वही हैं जो हम हैं।...क्या नहीं है, रामू ?" भीमराव अंबेडकर ने पूछा।

रामाबाई सोचती रह गई। फिर उसकी आंखों में मुस्कान फैलने लगी। वह बोली, "जी हां,...हम भी नकली डॉक्टरनी हुए जी !...नकली के साथ नकली ही होंगे जी...हम ना ! और क्या होना था जी !"

इस पर वे ज़ोर से हंस पड़े।

रामाबाई भी खिलखिला पड़ी। सारी कृत्रिमता-गंभीरता छूमंतर हो गई। कुछ देर बाद वह बोली, "काश ! आप असली डॉक्टर होते तो दिन-रात यह खपत तो न घेरती और अपना तथा अपने घर का पूरा ध्यान रखते।...क्यों जी रखते ना !"

"बेशक।"

भीमराव अंबेडकर ने उसे कहीं खोता हुआ देखकर कहा, "रामू, तुम...अरे यह कहां खो जाती हो पल-पल में।...अभी जन राज की बात कर रही थी और फिर आंखें बंद करके चुप !"

रामाबाई बोली, "चुप होना भी...परन्तु यह मनुष्य के हाथ में नहीं है।...मैं कह रही थी—जन राज...यह तो किसी अखबार का नाम हो सकता है, अपने भवन का नहीं।...कितना मन है ना आपका !"

"और आपका ?"

"हम दो थोड़े ही हैं जी !..."

"अरे हां, हम तो एक ही हैं। हम कैसे भूल जाते हैं, रामू !" भीमराव अंबेडकर गंभीर हो जाते।

"अपने-आपको भूलते रहना आपने अपनी आदत बना ली है।...सेहत का भी ध्यान नहीं।...खाने-पीने का तो कतई नहीं।...बस ध्यान है तो काम करते रहने का...करते जाने का।..." रामाबाई बड़बड़ाती रही।

"फिर वही बकझक...नहीं रामू, नहीं।...हमने कहा नहीं कि इस बार तुम चंगी हो जाओ तो। हमने वायदा भी किया है कि कतई लापरवाही नहीं होगी।" इस बार वे कंठ छूकर कहते।

रामाबाई मुस्करा उठती। वह पूछती, "कंठ छूना बहुत अच्छा लगता है न ?"

"हां, बहुत अच्छा।...शादी के बाद...याद है न रामू...तुमने...वह कौन-सी बात थी जिसे जान-बूझकर हमने झूठ कहा था और आपने..."

"हां...हां...हमने...तब हम कुछ जानते कहां थे ?"...छोटे थे ना...हमें झूठ-सच का भी पता नहीं था!...कौन कराता...काम से सिर उठाने की फुरसत कहां मिलती थी ?...मामा-चाचा जितने अच्छे उतनी ही मामी-चाची उलटीं...बात-बात में नुक्स...चीखना-चिल्लाना...डांटना...हम सोचते कि मानुष होकर भी डंगर माफिक क्यों हो जाता वह ?..." रामाबाई गंभीर होने लगी। भीमराव अंबेडकर ने पुनः उसे संभालते हुए कहा, "रामू, आप तो हमें अपने भवन का नाम बता रही थीं न !"

रामाबाई ने उनकी ओर बच्चों की तरह देखा और बहुत धीमे से कहा, "हां...वही तो...क्या होता जा रहा है हमें ?...हम अपने में नहीं रह पातीं। हमें कभी अतीत...कभी भविष्य...क्या बताएं, कैसे उड़ा ले जाता है।...पर ले जाता है।...हमें आपकी चिंता है जी !"

"हम एकदम ठीक-ठाक हैं। फिर हमारी चिंता क्यों ?" भीमराव अंबेडकर कहते।

"नहीं होनी चाहिए, ना।...पर है तो है हम क्या करें ?...चाहें तो भी क्या कर सकते हैं ?...अपने बस में क्या है,...कुछ भी नहीं।...फिर भी, हम अपने मालिक बने बिना नहीं मानते।...जानते हुए नहीं जानना चाहते कि...हम नहीं, वही है। उसी से हम हैं। उसे हम जानें। उसकी ओर ध्यान ले जाएं।...वह होगा तो हम होंगे...सब होंगे...सबमें उसी का एकमात्र उसी का प्रकाश है।...पता नहीं...यह क्या है जी, जो मुझे छेड़ने लगता है।" रामाबाई अपने में नहीं रहती। उसकी आंखें छत पर से घर के बाहर चली जातीं। लगता था कि वह नहीं, उसमें कोई और आ बैठा है, वह बड़बड़ा रहा है। बीमार मन है...मन का तन से सीधा तार खिंचा हुआ है।...एक की बीमारी दूसरे को लग जाती है। दोनों बीमार होकर एक स्वर में बड़बड़ाने लगते हैं। वे पुनः स्मरण कराते, "रामू, भवन का नाम ?"

"अरे, हां वह..." रामाबाई अपने दिमाग पर बहुत ज़ोर डालती है। कुछ देर रुककर

कहती है, "क्यों जी, राज में गृह जोड़ दें तो सुदामा श्रीकृष्ण के भुवन में नहीं आ जाएंगे क्या ? कितना शुभ रहेगा !"

"राजगृह... ?"

"क्यों, ठीक नहीं लगा क्या ?" रामाबाई ने विस्फारित नेत्रों से उनकी ओर देखा और देखती रह गई।

"ठीक !" साश्चर्य भीमराव अंबेडकर ने कहा।

"नहीं तो कोई और नाम सोचकर रख लीजिए जो आपको पसंद आए जी ! इसमें इतना उदास होने की क्या ज़रूरत है...।" रामाबाई रुक-रुककर कहती जाती, "शायद आप श्रीकृष्ण नाम से खफा हुए हैं।...ना मानो, आप नहीं मानते।...वह एक नाम है–बस।... इससे ज़्यादा क्या है !"

"नहीं रामू, यह बात नहीं है।...तुम मेरे पिताजी की तरह बहुत विश्वास रखती हो राम-कृष्ण में। वे भी रामायण पढ़ते थे रोज़। उनके ज़माने में सारा काम पूरे आचार-विचार से होता था और घर का सारा वातावरण भक्ति-भाव से सदा पवित्र रहता था।...मां भी उसी भाव में बहती थी सिर से पांव तक...।" भीमराव अंबेडकर कहते और अपने कहे पर विचार करने लगते।

"वह बुरा लगता था क्या ?"

भीमराव अंबेडकर चकित होकर उसकी ओर देखते हुए धीरे से कहते, "क्या वह बुरा लगने लायक था ?"

"तो अब क्या हुआ ?"

वे याद करते हुए कहते, "बिना पूजा घर में कुछ नहीं होता था। भोजन से पहले भी पूजा।...धर्म-ध्यान पर बहुत ज़ोर था।...अच्छा लगता था लेकिन अब...।"

"अब क्या हुआ ?"

"पता नहीं, रामू !"...लेकिन जो कुछ देखा, भोगा और सामने है, उसने...हां...हां... उसी ने मां का रुख उधर से फेर दिया।...एक नये मोड़ पर खड़ा कर दिया एक नई बगावत के साथ।...यह सब अब पुनः नहीं सोचना चाहता।...परन्तु...।" इतना कहकर वे चुप रह गए।

"आप जो सोचते हो, वह मुझे भी अच्छा लगता है, स्वामी !...आप एक बहुत बड़ा काम करने जा रहे हैं।...मुझे उसके बारे में सोचकर आश्चर्य होता है कि कौन करा रहा है इतना बड़ा काम कि जिससे समाज की नवस्थापना होगी...सब बराबर होंगे...छोटा-बड़ा कोई नहीं।...छुआछूत का भूत-प्रेत छू-मंतर।" रामाबाई का हृदय कविता पढ़ने लगता। वह भाव-तरंगों पर लहराने लगती हवा भरकर मचलते पाल-सी।

"तो मैं कह रहा था... ?"

"कहो भी...।"

"अपने–यानी हमारे-तुम्हारे भवन का नाम होगा–राजगृह, रामू, राजगृह !" भीमराव अंबेडकर ने प्रसन्नता से कहा।

"राजगृह ठीक भी है ?"

"इससे बढ़िया और क्या नाम होगा ?"

"सच कहते हो न ?"

"कंठ छूकर कहूं क्या ?"

"नहीं बाबा, नहीं, कंठ छूने की कोई ज़रूरत नहीं। मुझे विश्वास है...। सच, आप कितना ध्यान रखते हैं !...मुझे कितना मान देते हैं...कितना...कितना...कितना मेरा ध्यान रखते हैं...कि... !" वह गद्‌गद् कंठ से कहने लगती और कहती ही जाती यदि वे बीच में टोक-टाक नहीं देते।

"मुझे तुमने ही यहां तक पहुंचाया, रामू !" भीमराव अंबेडकर कहते, "तुम ही थीं जिससे मेरा रास्ता प्रशस्त होता गया।...तुमने कितने कष्ट उठाए !... कितना सहा !...इस भवन के निर्माण का श्रेय तुझे है रामू, सिर्फ तुझे !"

"तुम्हें नहीं !" वह इतना कहकर मुस्करा देती।

"नहीं।"

"जैसी आपकी इच्छा।"

"तुम्हारी नहीं !"

"मेरी...मैंने कभी नहीं सोचा।...क्या सोचती ? घर-गिरस्ती चलती रहे, मैंने सिर्फ इतना ही सोचा।...कोठी बनी। बाप-दादाओं की आत्मा को शान्ति मिलेगी।...हमारी आने वाली पीढ़ी को सिर उठाकर चलने का मौका मिलेगा।...कितने कष्ट पाए हैं चाल में रहकर... !" रामाबाई चादर खींचकर अपने ऊपर ले लेती।

"वह सोचकर पीड़ा होती है...रामू, वह भी कोई जीवन था !" भीमराव अंबेडकर कहते।

"था, स्वामी, वह भी जीवन था।"

भीमराव अंबेडकर कुछ नहीं बोलते। सिर झुकाए बैठे रहते।

"क्यों नहीं था ?"

"था तो...।"

"आज भी करोड़-करोड़ उससे भी बदतर जीवन जी रहे हैं, स्वामी...वह आगे भी उसी तरह जीते रहेंगे।...पता नहीं कि कितनी सदियां बीत जाएंगी लेकिन वे अपनी दयनीय स्थिति में ही पड़े रहेंगे।..." रामाबाई इतना कहकर रुक जाती और छत की कड़ियों पर निगाहें टिका देती।

"यह सच है।"

"हर बार इन लोगों के साथ ऐसा ही हुआ है। वे बेचारगी में पड़े रह गए हैं।" रामाबाई सोचते हुए बोली।

"तुम्हारा मतलब ?"

"मेरा क्या मतलब है ?...कुछ भी नहीं।...मैं सोचती हूं, आप भी...शायद मैं गलत सोच गई।...मैं ठीक से नहीं सोच पाती।...मुझसे किसी बात का मतलब निकलता नहीं। ...दरअसल मैं इस तरह कुछ तय नहीं कर पाती।" रामाबाई ने अपने को रोक लिया। वह उलझ उठी थी। वह सोच गई थी कि दलितों-अछूतों में सदियों में ही कोई अंबेडकर पैदा होता है।...वह भी शायद ही...हर एक अंबेडकर नहीं हो सकता।...सब कुछ तो अंबेडकर जैसा नहीं हो सकता।...फिर पल-भर में...कुछ महीनों...सालों में...नहीं...नहीं...यह सब...हो पाएगा...। शायद नहीं।

"आजकल यह तुम्हें क्या होने लगा है, रामू ?"

"मैं नहीं जानती, स्वामी !"

"तबीयत तो ठीक है न ?"

"खराब तो नहीं है।"

"दवाएं तो ले रही हो न ?"

"क्यों नहीं !"

"फिर...इतनी कमज़ोर..." भीमराव अंबेडकर ने उसकी ओर ध्यान से देखा। वह बीमार है। डॉक्टर ने आबोहवा बदलने के लिए कहा था, तो धारवाड़ हो आए। लेकिन फिर वही स्थिति जो पहले थी, नज़र आने लगी। पहले भी दौरा पड़ जाता था। कभी-कभी बहकी-बहकी बात करने लगती थी।

"सो जाना चाहिए।"

"ठीक है।"

"दवा लेनी है क्या ?"

"नहीं।"

"रात को सोते समय वाली दवा तो...।"

"आज नहीं लेनी जी !"

"क्यों ?"

"आज मन नहीं कर रहा।"

"दवा लेने के लिए क्या किसी का मन करता है ? वह तो विवशता है, रामू !" भीमराव अंबेडकर कहते।

"जानती हूं, स्वामी !"

"फिर भी...।"

"एक दिन की बात है। कल ले लूंगी।" रामाबाई ने प्रार्थना के स्वर में कहा, "नाराज़ मत होना जी !...नाराज़ होंगे तो दवा लेनी ही पड़ेगी।...सच यह है कि मन नहीं करता कि आज, अब कोई दवा लूं।"

भीमराव अंबेडकर गहरी सांस लेते। कुछ नहीं कहते। चुपचाप अपने कमरे की ओर बढ़ने लगते।

रामाबाई कुछ नहीं कहती। उनको जाते हुए टुकर-टुकर देखती रह जाती। उसका मन विचलित होने लगता। यह कैसी परीक्षा है ? उसको क्या करना चाहिए ? वह कर भी क्या सकती है ?

उसने साफ देखा था कि वह यम था—स्वयं यम। उसने पूछा था, "क्या चाहिए ?"

"देवी, आपको साथ चलना होगा।"

"कहां ?"

"हमारे साथ—हम यम हैं।"

"लेकिन..."

"लेकिन क्या देवी—आपका समय पूरा हो रहा है, देवी !" यम कहता।

"कब ?"

"कल दोपहर तक।"

"फिर, स्वामी का क्या होगा ? उनकी देख-रेख कौन करेगा ? वे अकेले कैसे रहेंगे, यम जी ?...उन पर कुछ नहीं आता। वे दीनदुनिया के आदमी नहीं हैं।...उन्हें कुछ नहीं मालूम कि घर क्या होता है और कैसे चलता है ? कौन चलाता है ?"

"देवी, आप ठीक कहती हैं, परन्तु हम विवश हैं। हमारे यहां दया के लिए कोई स्थान

नहीं है और न सहानुभूति का कोई मतलब है।" यम उत्तर देता।

"जहां दया-सहानुभूति नहीं, वहां क्या है ? वहां मैं नहीं जाऊंगी। कभी नहीं जाऊंगी।"

"देवी, आप पुण्यकर्मा हैं।"

"तो ?"

"आपको स्वर्ग में स्थान दिया है।"

"जहां दया नहीं, वहां धर्म नहीं और जहां धर्म नहीं, वहां स्वर्ग नरक से भी गया-बीता है। नहीं यम जी, मुझे आपके साथ नहीं जाना।"

"जाना तो पड़ेगा ही।"

"अपने साहब को छोड़कर और वह भी इस हाल में जबकि उन्हें मेरी जरूरत है, यम जी ! यह तो आपने स्वयं भी महसूस किया होगा, ना ?" वह एक सांस में कह डालती है अपने मन की व्यथा।

"हर व्यक्ति को एक दिन यहां से जाना है और वह भी हमारे हिसाब से...उसमें हेर-फेर नहीं हो सकता। जाने का मतलब जाना होता है, देवी !"

"परन्तु...।

"तू अपने उनको कुछ मत कहना।"

"क्यों ?"

"वे क्या कर लेंगे ?"

वह सोच में पड़ जाती है। उसकी आंखों के सामने अंधेरा छाने लगता है। वह क्या करे ? वह जानती है तो उनसे छिपाए क्यों ? बता क्यों न दे ?

"सुन देवी, तू जो कुछ सोच रही है, वह अनुचित है। तूने उन्हें कुछ बता दिया, यह बता दिया कि दुनिया को छोड़कर तू जा रही है, तो वे पागल हो उठेंगे। बिखर जाएंगे। हो सकता है कि वे आत्महत्या की ठान लें। आत्महत्या कर डालें, क्योंकि वे तुझे बहुत चाहते हैं, देवी !" यम स्थिति स्पष्ट करता हुआ पुनः प्रार्थना करता है, "हमारी बात मान जाओ, देवी। !"

रामाबाई गहरी सांस लेने के बाद कहती है, "वे पागल क्यों हो जाएंगे ?"

"क्योंकि उन्हें यह दुःख बर्दाश्त नहीं होगा।"

"वे आत्महत्या क्यों करेंगे ? वे कायर हैं क्या ? वे तो बहुत साहसी, निर्भीक और हौसले वाले इन्सान हैं, यम जी !" वह पुनः कहती है।

"कोई भी व्यक्ति ऐसा समाचार जानकर शांत नहीं रह सकता, देवी !"

"वह भी उनके भाग्य में होगा तब न ?"

"हां, तभी।"

"तो क्या तुम्हें उनका भाग्य मालूम है ?"

यम चुप रहता है।

"यदि तुझे उनका भाग्य-लेख मालूम होता तो तू दो बातें एक साथ नहीं कहता... कभी नहीं कहता।"

"कौन-सी दो बातें ?"

"यही पागल होने और आत्महत्या की।"

"ये ही दो स्थितियां बनती हैं।"

"तुम तो सीधे चित्रगुप्त के उस देश से यहां आए हो ना ?"

"जी, देवी !"

"तुम्हें दूसरों का भविष्य भी क्या मालूम होता है ? सच कहना, यम जी !"

"नहीं।" यम ने धीरे से जवाब दिया।

"फिर यह क्यों कहा ? हमें डराने के लिए ?"

"नहीं, देवी, ऐसा नहीं है।"

"फिर कैसा है ?"

"यह हमारा अनुमान था।...प्रायः ऐसा ही होता है। अनेक बार ऐसा ही हुआ है। यही स्थिति आज से तीन साल पहले सामने आई थी, देवी !"

"तब क्या हुआ था ?"

"गलती से हमने उसे चेतावनी दे दी थी।"

"चेतावनी !"

"कृपया हमारे शब्दों पर ध्यान मत दीजिए, हमारी भावनाएं समझिए। चेतावनी नहीं, पूर्व-सूचना।...वह ईश्वर की परमभक्त थी। संन्यासिनी थी। इतनी कम उम्र में संन्यासिनी होना आश्चर्य में डाल देता था। क्या तेज था, क्या रूप, क्या आकर्षण, क्या नाक-नक्श ...प्रकाशदीप से दमकती नेत्र-ज्योति और ऊपर से नीचे तक भगवा वस्त्र।...नक्त... !"

"नक्त क्या ?"

"देवी, वह समय जो संध्या डूबने से केवल एक क्षण पूर्व का हो।"

"फिर ?"

"वह संन्यासिनी थी—बहुत दूर-दूर तक उसका नाम था। हम दोनों..."

"दूसरा कौन ?"

"वह जो आपकी दाहिनी ओर खड़ा है।"

रामाबाई ने अपनी दाहिनी ओर देखकर पूछा, "तुम ?"

"यम हूं, देवी !"

"तुम्हारा नाम ?"

"यम।"

"और तुम्हारा नाम ?" उसने दूसरे यम से पूछा।

"यम।"

"क्या मतलब ?"

"देवी, हमारे लोक में किसी का नाम नहीं होता।"

"क्या कहा ?" रामाबाई ने चकित होकर पूछा।

"हमारे यहां कोई भाषा नहीं है।"

"तो फिर आप... ?"

"देवी, हम जिसे लेने जाते हैं, उसकी भाषा में चाहें तो बात कर सकते हैं, यह हमें वरदान है।" पहले वाले यम ने कहा।

"फिर उस संन्यासिनी का क्या हुआ ?"

"देवी, हमने सोचा था कि वह पुण्यात्मा है। यदि वह अपने भक्तों को अपने संसार छोड़कर जाने के बारे में बताएगी तो उसकी ख्याति और स्थायी हो जाएगी।...हमने उसे बता दिया।" पहले वाले यम ने कहा।

"फिर ?"

"हमें उसके बारे में इससे अधिक कुछ नहीं मालूम था, देवी ! हुआ यह कि उसका एक भक्त उसका प्रेमी निकला। वह रात-दिन उसकी सेवा में रहता था। उसने यह बात उसे बतला दी—सिर्फ उसे ही। वह पागल हो उठा। उसने बहुत भाग-दौड़ की। मन्नतें मांगीं। मगर होना जो था, वही हुआ। हम उसे ले चले। उसके प्राण हमारी मुट्ठी में थे। उसका भक्त प्रेमी पागल हो गया और उसने गंगा में कूदकर उसी रात आत्महत्या कर ली।"

"फिर भी तुमने मुझे पूर्व-सूचना दी। ?"

"हां देवी !"

"क्यों ?"

"क्योंकि हम निर्मल आत्माओं की मृत्यु के प्रति जिज्ञासा और लगाव देखना चाहते हैं—यह हमारी आकांक्षा है।"

"आपकी आकांक्षा ! आप तो पूर्ण होते हैं। आपको क्या अभाव ? फिर आकांक्षा ?"

"हां देवी, फिर भी आकांक्षा।...हम पूर्ण हैं देवी, आपकी दृष्टि में, अपनी में नहीं। निरंतर मृत्यु-लोक में आते रहने से हमारे मन में भी उस समय तक, जब तक हमें आपके लोक में रहने का आदेश होता है, हममें भी मरने की आकांक्षा जगती है। हमें भी संघर्ष करने की आकांक्षा लुभाती है। देवी, अमरता अभिशाप है जो अमरों को भोगना पड़ रहा है। जो स्थायी है, वही जड़ है। परन्तु हमें लाखों में भी एक ऐसा नहीं मिला जिसने मृत्यु का स्वागत किया हो...इच्छा-मृत्यु का वरदान प्राप्त भीष्म पितामह ने भी नहीं। देवी, मृत्यु सबसे सुन्दर है...सबसे आकर्षक...सबसे उर्वर...सबसे विश्वसनीय। फिर पता नहीं, मनुष्य मृत्यु को भयानक क्यों मानता है ? क्यों उससे घबराता है ? क्यों डरता है ? वह तो एक सच्चाई है। शाश्वत सत्य है, देवी !"

"यम, तुम धन्य हो।" रामाबाई की आंखें चमक उठीं। उसके मुखमंडल पर प्रभात उग आया।

"मैं तुम्हारा स्वागत करती हूं।"

"हम आपके आभारी हैं, देवी !"

"आभारी तो हम हैं आपके...आपने हमारे हृदय के कपाट खोल दिए, यम महाराज ! हमें सत्य से साक्षात्कार करा दिया।...सचमुच अब मुझमें हर पल कल-कल करती हुई पहाड़ी नदी मुस्करा उठी है, समीर सुवास बिखेरता हुआ गा उठा है...प्रभात मेरे भीतर अंगड़ाई ले उठा है। निरंतर संगीत... अक्षय आनंद...आनंद ही आनंद...यम, हम तैयार हैं। कल हमें ले चलिए, हम तैयार मिलेंगे आपको।...अब हम सोना चाहते हैं, यम !" रामाबाई ने प्रसन्न होकर कहा।

"नींद आ रही है, देवी ?"

"हां, यम जी, आंखें आनंद से बोझिल हो उठी हैं और देह तंद्रिल।...हम आपके पुनः शुक्रगुज़ार हैं कि आपने हमें लम्बी और स्थायी यात्रा का हमसफर बनाने की पूर्व-सूचना दे दी।...हम उसका आनंद लेने लगे हैं। जीते-जी मृत्यु की सौंदर्यानुभूति हममें इन्द्रधनुषी आकाश की तरह आकर्षित हो उठी है। हम बंधनमुक्त होकर पवन, आकाश, धूलिकण, प्रकाश आदि की पावन अनुभूति करते हुए उड़ चले हैं, यम, आनंद की अनुभूति अपने मन-डैनों में भरकर।"

यम प्रसन्न हो उठे। उन्हें पहली बार अपने प्रयोग में अद्वितीय सफलता मिली थी।

सुबह हुई।

भीमराव के उठने से पूर्व रामाबाई उठी, नहायी-धोई। शादी वाले वस्त्राभूषण, वही शृंगार-सज्जा। स्फूर्ति, चमक से भरपूर—एकदम नई दुल्हन-सी। बहुत दिनों बाद वह गा उठी थी—"रहना नहिं देस बिराना है..."

भीमराव अंबेडकर जाग चुके थे। सुमधुर गीत सुनकर वह गद्गद् हो उठे। आंखें बन्द किए आज के नये और पावन भोर का आनंद मन-ही-मन ले उठे। उनमें झूमती-गाती पवन झील की तरंगों-सी गुलगुली मचाने लगी।

रामाबाई स्वस्थ हो रही है—उसका गीत गाना शुभ लक्षण है। कितने वर्षों बाद उनके मन के आकाश में रंग-बिरंगा प्रभात धीरे-धीरे मुस्करा रहा था। कभी पिताजी गाते थे या कभी माताजी। घर सुरम्य हो उठता था। वे निश्चय कर चुके थे कि आज वे उसे रोकेंगे-टोकेंगे नहीं। उसका जो जी चाहेगा, वही-वही उसे करने देंगे। दवा नहीं पीयेगी तो भी कुछ नहीं कहेंगे।

रामाबाई ने पूजा की। डूबकर पूजा की। भीमराव अंबेडकर अपनी सुध-बुध भूल बैठे। एक बार पुनः उनके सामने अपना पुराना परिवार नाच उठा।

रामाबाई उठी। उनके पास आई। उन्हें बताशा दिया। उन्होंने बिना कुछ पूछे-ताछे उसे स्वीकार कर लिया। माथे से लगाया। वह प्रसन्न हो उठी। उसकी आंखों में चमक दौड़ गई। वह अपने अधरों पर किरणों को मुस्कराने से नहीं रोक सकी।

भीमराव अंबेडकर ने कहा, "आज तुम बहुत सुन्दर लग रही हो, रामू !...एकदम स्वस्थ !...एकदम दुल्हन...अरे वाह, वही वस्त्रालोक...वही शृंगार... ! सचमुच तुम साक्षात् देवी लग रही हो।"

"उठो, नहोओ-धोओ।"

"वह सब तुमने कर लिया है न। फिर हम यह तोहमत क्यों उठाएं ?"

"आज कहीं जाना नहीं है ?"

"है, रामू, है !"

"फिर ?"

"नहीं जाएंगे।...आज आपके साथ रहेंगे।"

"सच ?"

"हां, रामू, एकदम सच...पक्का सच।...आज हम तुम्हारे पास रहेंगे।...तुम्हें यों देखते रहेंगे।"

"नहीं।"

"चलो यह भी नहीं कहेंगे।"

रामाबाई उनके पगले प्यार की अनुभूति पाकर उद्विग्न हो उठी। उन्हें क्या पता है कि आज वह बहुत लम्बी यात्रा पर जाने वाली है !...सपना ही तो था वह। इतना ताज़ा और स्पष्ट सपना। सब कुछ तो जीवंत जैसा था। आंख बन्द कर जो सोचो-देखो, वह सपना ही तो है।...सब सपना ही तो है। वह भी जो दीखता है, सपना है। सपना भी सच ही तो है। स्थायी सच। सच के अलावा और कुछ नहीं है। पंढरपुर नहीं जा सके तो क्या है ? ...अब तो चलते ही जाना है...निरन्तर...निरन्तर...पवन-प्रकाश की तरह निर्बाध, अनरुके।

"आप बहुत अच्छे हैं, जी !"

"तुम्हारे भजन से हुए हैं, जी !" भीमराव अंबेडकर धीरे से कहते हैं, "कितने महीने

निकल गए, कितने साल बाद...तुम आज गा रही थीं। हमारा मन उसमें रम गया था...कितने सुंदर बोल थे...रहना नहिं देस बिराना है... !''

''क्या आपको अच्छा लगा ?''

''बहुत अच्छा लगा।''

''क्या अच्छा लगा, जी ?''

''सारा गीत, जी !'' भीमराव अंबेडकर सहज स्मित बिखेरते हुए कहते हैं।

''जैसे... ?'' रामाबाई पूछती है।

भीमराव अंबेडकर कुछ देर तक याद करते हुए कहते हैं, ''यह संसार कागज की पुड़िया बूंद पड़े गल जाना है...क्या बात है ! कबीर...बस कबीर है।''

''आप ऐसा सोचते हैं क्या ?''

''इसमें क्या सोचना, रामू ! एक यही तो सच है। हम जो हैं...रामू...वह तो कुछ नहीं है।...सिर्फ हम आंखमिचौनी खेल रहे हैं उससे जो है, जो था और जो रहेगा।'' भीमराव अंबेडकर कहते हुए उठकर बैठ गए।

''इतना विश्वास करते हो, जी ?''

''इससे भी ज़्यादा, जी !...कितने लोगों-बच्चों को इन हाथों से उसके हवाले किया है...वह सच था, रामू ! हर एक को आगे-पीछे जाना ही है।...यह परम सत्य है...यह जानते हुए भी मनुष्य इससे घबराता-बचता है, जबकि वह बच नहीं सकता।'' भीमराव अंबेडकर कहते हैं।

''आपको यकीन है क्या ?''

''पक्का यकीन है, रामू ! तभी तो सोचता हूं कि मनुष्य धर्म, कानून आदि नरक से भी भयानक हो जाए।''

''मेरे अच्छे, अपने साहेब... !'' रामाबाई हर एक को यही कहकर ताकीद करती थी कि अपने साहेब का ख्याल रखना...उनको अधिक जगने मत देना। यह ध्यान रखना कि खाना समय पर लें, यह नहीं कि रात-दिन काम में जुट जाएं।

''आज तुम यह क्यों पूछ रही हो, रामू ?''

''इसलिए कि आज आप घर में हैं और वह भी हमारे पास हैं, पुस्तकालय में नहीं हैं...एकदम बहुत पुराने पहाड़ से, जिस पर कहीं हरियाली नज़र नहीं आए।''

''हम ऐसे लगते हैं क्या ?''

''जब आप पुस्तकालय में डूब जाते हैं तब।''

''ऐसा ?''

''जी हां, ऐसा।...अब उठें, तैयार हों।...''

''हम क्या दो हैं ?''

''जी हां, दो हैं।''

''यह तुम कहती हो !''

''मैं अकेली नहीं, सारी दुनिया कहती है—एक आत्मा और दूसरा परमात्मा !...'' रामाबाई अपनी भूल तत्काल सुधारकर कहती, ''पर आप तो परमात्मा को नहीं मानते हैं !''

''यह तुमसे किसने कहा ?''

''आप मानते हैं क्या वास्तव में ?''

''भला क्यों नहीं मानूंगा !''

"अरे वाह ! आप भगवान को भी मानते हैं ! तब तो आज मैं बहुत खुश हूं, सचमुच ...आज मैं बहुत खुश हूं।...आप नहीं जानते, मैं भी नहीं जानती..."

"क्या नहीं जानती हो, रामू ?"

"एक साथ इतनी सारी खुशियां—छोटा-सा मन...मैं बहुत भाग्यशालिनी हूं, बहुत-बहुत ! ईश्वर सदा आपको ऐसा ही रखे, इतना ही खुश...ज़िंदादिल...इतना ही साहसी ...चट्टान जैसा...आपको नहीं मालूम कि मैं इस खुशी के लिए कब से चातकी बनी प्रतीक्षा कर रही थी !...कब से... !....कब से... !" रामाबाई का स्वर आहिस्ता-आहिस्ता बहुत कमज़ोर पड़ता गया।...ये अंतिम शब्द तो मानो मन-ही-मन में कह रही हो, ऐसा लगा। वह थक-सी गई। वह चुपचाप अपने बिस्तर पर लेट गई।

"क्या हुआ ?...रामू... ?" भीमराव अंबेडकर घबरा गए। वे जानते थे कि रामाबाई अपनी पीड़ा को कभी उजागर नहीं होने देती है।

"कुछ नहीं स्वामी, बस ज़रा-सी कमज़ोरी...।"

भीमराव अंबेडकर ने उसका हाथ अपने हाथ में ले लिया। उसे सहलाने लगे।

"ठीक हूं, जी...ठीक।...कुछ भी नहीं हुआ।" रामाबाई कहती रहती है। उसे कुछ बेहोशी-सी अनुभव हुई।...वह बड़बड़ाती रही—"आ गए, आप ?"

"कौन ?"

"हम तैयार हैं जी !"

"रामू...रामू...रामूऽ.... ! भीमराव अंबेडकर ने उसे झकझोर दिया। उसने धीरे-धीरे पलकें उठाईं। उनकी ओर देखकर उसने पूछा, "क्या हुआ ?"

"तुम...रामू... !"

"हम ठीक हैं, स्वामी !...आप हमारी चिंता छोड़ें। हमें कुछ नहीं हुआ है।" रामाबाई यम को साफ देख रही थी। वह उसके सिरहाने खड़ा हुआ था और हाथ जोड़े था। वह पूछ बैठी, "आपका दूसरा साथी ?"

यम इशारे से बतलाता है कि वह पायंते खड़ा है। रामाबाई मुस्करा देती है।

"रामू, हम अभी डॉक्टर को... !" वह इतना कह चलने लगते हैं कि वह उन्हें टोकते हुए कहती है, "आपको हमारी कसम... !"

"रामू... !"

"पहले अपनी रामू की भी तो सुनो।"

"डॉक्टर आ जाने के बाद हम आपकी ही सुनेंगे, रामू...सिर्फ आपकी !"

"डॉक्टर तो हमारे पास खड़ा है।"

"कहां ?"

"आप कौन हैं जी ?" वह मुस्करा उठती है।

भीमराव अंबेडकर भी मुस्करा उठते हैं। वे ध्यान से उसकी ओर देखते हैं। उन्हें कुछ-कुछ अजीब-सा परिवर्तन नज़र आने लगता है। वे घबरा जाते हैं। उनकी कुछ समझ में नहीं आता है। वह उन्हें आवागमन के बारे में बतलाने लगती है। वे घबरा उठते हैं। फिर वह आंखें बंद कर लेती है।

"क्या बात है, रामू ?...बोलो तो...रामू !"

भीमराव अंबेडकर घबरा उठे। उनकी सांस तेज़ चलने लगी। वे पुनः आवाज़ देते हैं।

रामाबाई आंख खोल देती है। उनकी ओर देखती है। उनसे वह पूछती है, "आपके चेहरे पर पसीना, स्वामी ?"

वे रूमाल से पसीना पोंछ लेते हैं।

"स्वामी, कभी-कभी लगता है कि..." वह रुक जाती है।

"क्या लगता है, रामू ?"

"चांदनी रात है...पूरा चांद चमक रहा है।...समुद्र में बीच-बीच जहां समुद्र शांत है ...क्षीर सागर पर सोते ब्रह्माजी...नहीं...नहीं मैं उस पर लेटी हुई हूं।...बहे जा रही हूं। यदाकदा लहरें गुदगुदा जाती हैं।...कितनी शांति है !...कोई आवाज़ नहीं है।...सदा कहकहे लगाने वाली पवन दबे पांव चल रही है। प्रकृति के सारे कार्यकलाप बंद है।...मुझे यों बहते हुए बहुत सुखदायक लग रहा है...परम...आनंददायक...एकदम अभूतपूर्व...।" रामाबाई कहती जाती है। पता नहीं वह किससे कह रही होती है। उसे यह सब कहना अच्छा लग रहा था।

भीमराव अंबेडकर इन परिवर्तनों को देखकर घबरा रहे थे अंदर ही अंदर। क्या हो गया है ? उसकी आवाज़ भी बदली हुई सी लग रही है।

"सोचो मत, स्वामी !"

"कुछ नहीं सोच रहा हूं, रामू !"

"मेरी एक आस पूरी करोगे ?"

"करूंगा।"

"बिना जाने ?"

"हां, बिना जाने।"

"तो वह गीत सुना दो...।"

"कौन-सा ?"

"वही गीत...कबीर का...चल कबीरा तेरा भव सागर डेरा...सुनाओगे ?" वह बहुत नम्रता से पूछती है।

"बहुत मन करता है क्या ?"

"हां, स्वामी !"

"तो सुनो...।" कहकर भीमराव अंबेडकर अपनी मनःस्थिति बनाने लगे। कुछ देर तक गुनगुनाते-गुनगुनाते वह गा उठते, "चल कबीरा तेरा भव सागर डेरा...।

गीत खतम हुआ।

वे गुनगुनाते रहे।

उन्होंने गुनगुनाना बंद किया। फिर भी, उन्हें लगा कि कोई गुनगुना रहा है—गुनगुनाता जा रहा है।...अब उस गीत को एक साथ कई युवतियां गा उठी थीं, उन्हें ऐसा लगता गया कि वह गीत वहां के वातावरण में प्रतिध्वनित हो उठा है। उन्होंने आंखें खोलीं और पूछा, "रामू कैसा लगा ?..."

कोई उत्तर नहीं। तीखा सन्नाटा।

"रामू... !" कुछ तेज़ आवाज़ में भीमराव अंबेडकर ने कहा और उसकी देह का स्पर्श किया। उसकी गरदन एक तरफ लुढ़क गई। वे घबरा गए। उन्होंने नब्ज़ देखी। हृदय पर कान रखकर देखा। कहीं कोई गति नहीं—कोई ध्वनि नहीं।

वे चीख पड़े। मानो किसी शिकारी ने अचानक जंगल में गोली चला दी हो और पक्षी

शोर मचाते हुए पेड़ों पर से ऊपर उठकर किसी दिशा में एक साथ उड़ चले हों।

वे अचेत-से हो उठे। उनकी अक्ल के तोते उड़ गए। यह क्या हुआ ?...दीवारें हिलने लगीं। छत ढहने लगी। ज़ोर का भूकंप आया। धरती चटक गई। फट गई। नगर के नगर उसमें डूबते नज़र आए। समुद्र चीखता हुआ नगरों में घुसने लगा। आवाज़ विस्फोट बन गई।

यह क्या हुआ ?...अब क्या रह गया ?...कुछ नहीं रहा !

यह समाचार देश में तेज़ी से फैल गया। उनके मित्र और शुभचिंतक आने लगे। अंत्येष्टि की चर्चा धीरे-धीरे शुरू हुई। इस समय सब चिंतित थे क्योंकि अंत्येष्टि किस तरह की जाएगी, यह प्रश्न हवा में टंगा हुआ था।

देवराव नाईक ने साहस कर उनसे पूछा, "भाभी की अंत्येष्टि होनी है न ?...पर किस तरह से ?"

"क्या मतलब ?"

"आप क्या चाहते हैं ?"

"वे धार्मिक प्रवृत्ति की थीं।...मूर्ति-पूजा में भी विश्वास रखती थीं।...मेरी बात अलग है।...मैं पुरोहितवाद की गलत धारणाओं के खिलाफ हूं।...लेकिन इसका अर्थ यह नहीं है कि मैं अपनी धर्मपत्नी की भावनाओं की उपेक्षा करूं।" यह कहते हुए उनका गला भर आया और उनकी आंखों से आंसू बहने लगे।

"मन छोटा मत करो, भाई साहब !" देवराज नाईक ने कहा, "चिंता नहीं करें, सब सनातनी विधिविधान से पूर्ण किया जाएगा।"

"साम्भूमोर को जानते हो ?...वह मेरा बचपन का सहपाठी है...पक्का मित्र।...उसे बुलवा लो। वह तुरंत आ जाएगा।" भीमराव अंबेडकर ने कहा...

वही हुआ। साम्भूमोर आ गया।

अंत्येष्टि यात्रा निकली।

हज़ारों की संख्या में स्त्री-पुरुष थे। उनके बीच भारी मन से भीमराव अंबेडकर चल रहे थे। वे अपने भारी मन से कुछ-कुछ बेहोश-से चल रहे थे।

बम्बई शहर में सन्नाटा छा गया था। अनेक तार आए थे, सैकड़ों पत्र।

उनमें एक तीखा तथा वज्र जैसा कठोर सन्नाटा तेज़ काली घटा-सा आया और गहराता चला गया। वे विवश होकर रह गए—एकदम अकेले और एकदम अशक्त। उनका मन डूब गया पानी में फेंके हुए पत्थर-सा। उन्होंने सिर मुंडवा लिया था, भगवे वस्त्र धारण कर लिए थे। और अपने को कमरे में बंद कर लिया था। किसी से मिलते नहीं थे। कमरा भी नहीं खोलते थे। कमरे में पड़े-पड़े रोते रहते थे। उनकी प्रलंब बाहें शिथिल हो गई थीं, उनका विशाल वक्षस्थल झुक गया था। उनका गौर वर्ण पीला पड़ गया था। उनकी बड़ी-बड़ी तेजस्वी आंखें शून्यता का प्रतीक बन गई थीं।

वे अपने आपको नहीं समझा पा रहे थे कि उनके साथ लगातार ऐसा क्यों हो रहा है कि उनका हर प्रिय और हितैषी व्यक्ति उनको अलविदा कहकर अनसे अलग होता जा रहा है। हमेशा-हमेशा के लिए अलग। ओह ! समस्त दुःख-छायाएं मानो उनको घेर लेने के लिए ही जन्मी हैं। वे अब संसार से संन्यास लेकर पहाड़-कंदरा में चले जाएंगे, यह निश्चय कर वे बारंबार रामू को स्मरण कर तड़प उठते थे।

तैंतीस

27 मई, 1935 को भीमराव अंबेडकर भूल नहीं पा रहे थे। उनकी ज़िन्दगी की किताब के पन्ने उनके सामने ही तेज़ी से उड़ रहे थे। वे मात्र दर्शक बने आराम कुरसी पर बैठे हुए थे। अब उनके जीवन में रह ही क्या गया था ! वह रेगिस्तान को अपने चारों ओर पाते थे। उनके मित्र आए। उन्होंने उन्हें बहुत समझाया।

वे स्वयं ज्ञानी पुरुष थे। सब समझते थे। उनको कौन समझा सकता था !

वे डूबते सूरज को देख रहे थे। अन्यमनस्क-से हुए उनमें यह विचार घर करता जा रहा था कि यह संसार पानी का सा बुलबुला है। सब गए। वे अब किसके लिए जीवित रहें ? कौन है उनका ? व्यर्थ में राजगृह बनाया। व्यर्थ में इतने सारे विवाद उठाए।

सब परेशान थे। किसी की कुछ समझ में नहीं आ रहा था।

सूरज डूब गया।

गहरी रात छा गई।

भीमराव अंबेडकर टेबुल पर बैठकर कुछ पत्रों को उलटने-पलटने लगे। कनाडा से कारपेंटर का पत्र था। धीरे-धीरे उन्होंने पत्र खोला।

नीली स्याही से पीले कागज पर लिखा पत्र बहुत सुंदर था। उसमें लिखा था—

"मेरी एक प्यारी दोस्त डोनिया ब्रकलीन विश्वविद्यालय में पढ़ाती है। एन्थ्रोपोलॉजी में उसकी गहरी दिलचस्पी है। वह भी जातियां, उनका गठन और विकास पर काम कर रही है। मैंने उसे आपके बारे में बताया। वह आपसे मिलने के लिए तैयार हो गई। प्लेन पकड़ा और वह बम्बई पहुंच गई, जबकि मैं कनाडा।

एक सप्ताह पूर्व मुझे उसका पत्र मिला था। तीन दिन पहले फोन से बातचीत हुई। वह आपसे बिना मिले लौट रही है।

आपको एक गहरा धक्का लगा। पत्नी नहीं रही। बेहद प्यारी पत्नी। आप अपने आपको एक कमरे में बंद रखते हैं। सिर मुंडवा लिया है। संन्यासी जैसे वस्त्र पहन लिए हैं। पता नहीं है कि आप क्या करते हैं, उस बंद कमरे में ?

इस दृष्टि से मुझे आपका देश बहुत विचित्र लगता है। मैं वहां आना चाहती थी। आपको संन्यासी के रूप में देखकर मुझे बहुत खुशी होती और आश्चर्य भी।...मुझे आप वहां भी दार्शनिक लगते थे। सबसे अलग अपने में खो जाने की आदत तब आपकी बन गई थी। हंसना नहीं, कुछ देखना नहीं,...आनंद से दूर, किताबों के बीच में, पुस्तकालय के साथ...सारे दिन रेगिस्तान उगाए घूमते थे आप।...आप वहां मिले भी तो एक शांत, गंभीर और सख्त चेहरा लिए, जिसमें कोमलता नहीं, संवेदनशीलता नहीं और भावुकता नहीं। यह जानकर बहुत आश्चर्य हुआ कि वह अपनी पत्नी के प्रति इतना संवेदनशील और इतना भावुक हो गया कि संसार से वैराग्य लेने की सोच रहा है !

काश, आप जीवन से प्यार कर सकते तो वैराग्य की ओर नहीं मुड़ते, जीने का नया माध्यम तलाश करते और अपने को नये रूप से स्थापित करते।...परन्तु यह सब व्यक्ति-विशेष पर आधारित होता है। मुझे सलाह देने का कोई अधिकार नहीं है। फिर भी मेरी इच्छा है कि आप दलित वर्ग के लिए काम करें, जीवन का एक यह भी उद्देश्य हो सकता है। जब व्यक्ति का मन अपने लिए जीने का नहीं होता है तब वह दूसरों के लिए जी सकता है।

खैर, ईश्वर आपको इस आघात को सहने की शक्ति प्रदान करे।

फिर कभी मिल सके तो...

यहां मैं अगले मास तक रहूंगी।

इसके बार पत्रांत था।

वे सोचने लगे कि संन्यास के पक्ष में तो उनका मन कभी बना नहीं है। फिर संन्यास क्यों ?

क्या वे दलितों की सेवा में अपने आपको समर्पित नहीं कर सकते हैं ?...क्यों नहीं कर सकते ? कौन करेगा उनकी देखभाल ? कैसे सबको चेताती रहती थी हर समय—"अपने साहेब का ख्याल रखना...अपने साहेब को दोनों वक्त यह 'टेबलेट' ज़रूर देते रहना।"

"आप सुन रहे हैं जी,...देर तक मत जागते रहना। सेहत का ध्यान रखना।...वहां का पानी ठीक नहीं है। दो-तीन बार छनवा लेना। फिटकरी रख दी है। उसे पानी में फिरवा देना।...पत्र ज़रूर देना।...इस बार चूक नहीं हो।...हर बार आप मेरी बात इस कान से सुनते हो और उस कान से निकाल देते हो, परन्तु इस बार...सुन रहे हो न..."

"हां...हां...सुन रहा हूं। इस बार ऐसी गलती नहीं होगी।...कसम से।"

"झूठी कसम नहीं...कभी भी नहीं।...हम आपको जान चुके हैं जी...आप बहुत लापरवाह हैं !"

"आपके प्रति ?"

"नहीं जी, हमें मारो गोली, आप अपने प्रति बहुत ही लापरवाह हैं।...देखो, अपना यशवंत भी बीमार रहता है न...वह भी आप पर गया है।"

"पढ़ता-लिखता कहां है वह ?"

"आपको ही उसका ध्यान रखना चाहिए।"

"क्या ध्यान रखूं ?"

विचलित मत होइएगा।..आप हैं, सब ठीक कर लेंगे जी !"

"क्या ठीक कर लूंगा। ?"

"यह मैं क्या जानूं ? मैं तो दो-चार अक्षर आपसे पढ़ी हूं, वह भी डरते हुए।"

"मेरे से डर !"

"आप कितना पढ़े हैं...अब भी पढ़ते हैं...इतनी मोटी-मोटी किताबें...मुझे देखकर डर लगता है कि...।"

"क्यों ?"

"देखो जी, तर्क नहीं...मन से समझो।...वह बेचारा बराबर बीमार रहता है।..."

"तो ?"

"उसका ख्याल रखो जी !"

रखता तो हूं !"

"उसे कभी कुछ मत कहना !"

"कहां कहता हूं ?"

"वह आप जानो।...आप कभी-कभी आग-बबूला हो जाते हो।...वह ठीक नहीं है जी !"

"वह सुनता कहां है ?"

"सुनने लगेगा, चिंता मत करो।"

"देखो।"

"पर वायदा करो...।"

"कैसा वायदा ?"

"ना करो, आपकी इच्छा।"

"पर बताओ तो ?"

"क्यों, क्या मेरे पर भरोसा नहीं है क्या ?"

"नहीं, यह बात नहीं है।"

"तो फिर वायदा करो।"

"वायदा किया।"

"वायदे का अर्थ समझ रहे हैं ना ?"

"हां, समझ रहे हैं—वायदा वायदा रहेगा।"

"तो यशवंत से कुछ मत कहना।"

"क्या कहता हूं ?"

"आगे से कुछ नहीं कहना।...वह सुस्त हो जाता है।...जो उसके भाग्य में होगा, वही होगा।...आप इतने समझदार...इतने विद्वान् और इतने महान् हैं !..."

"ठीक है, आगे से कुछ नहीं कहूंगा।...अब चिंता छोड़ो।...आखिर वह मेरा पुत्र है। ...मैं चाहता हूं..."

"वह आप जैसा बने, यही ना !...यह कभी संभव नहीं हो सकता।...आप जैसा न पहले कोई हुआ और न आगे कोई हो सकेगा...यह बात याद रखना।...कबीर का लड़का कबीर नहीं हो सका...ऐसा कहीं नहीं होता है जी !...आप उसे प्यार से समझाएं।"

"ऐसा ही होगा जी !"

"मैं आपको कितना कष्ट देती हूं जी !"

"काहे का कष्ट देती हैं आप ?"

"हम आप नहीं तुम हैं जी !"

"चलिए तुम कहे देते हैं जी !"

"यही क्या कम कष्ट है कि आप हमारी हर वक्त मान लेते हैं।...कभी इनकार नहीं करते।"

"कैसे हो जी ?"

"क्यों ?"

"क्यों नहीं ?"

"आपने आज तक हमसे कुछ नहीं मांगा।"

"क्या मांगते ? आप तो मांगने से पहले ही हमारी मांग पूरी कर देते हैं।"

"झूठ।"

"सच को झूठ और झूठ को सच वकील-बैरिस्टर ही कर सकते हैं जी, हम अनपढ़ क्या कर सकते हैं ?"

"तो हम आपको ऐसे बैरिस्टर लगे क्या ?"

"नहीं जी !"

"अभी तो आप यही कह रही थीं।"

"उसका मतलब घर की बैरिस्टरी से है जी !"

"वह क्या होती है ?" भीमराव अंबेडकर आज 'मूड' में आ गए थे। वह बीमार भी चल रही थी। उसकी बात सदा स्वार्थरहित होती थी। वह उनका हित चाहती थी। उनका पूरा-पूरा ख्याल रखती थी। फिर उसकी बात वह क्यों न मानें ? वे उसकी बात मानकर खुश होते थे।

अब वह कहां है ? कौन कहेगा उनसे ? कौन समझाएगा उन्हें ? कुछ भी करो, वे अपनी मरजी के स्वयं मालिक हैं। कोई उन्हें रोकने-टोकने वाला नहीं।

"ज़रा-सा बुखार है, रामू, उतर जाएगा।"

"बुराई शुरू में बहुत छोटी होती है लेकिन...।"

"रामू...यह बुराई थोड़े ही है, बुखार है हल्का-सा। इसके लिए तुम्हें इतनी चिंता करने की ज़रूरत नहीं है।" भीमराव अंबेडकर उसे समझाते।

"बहस नहीं...पिछले महीने नासिक से लौटे थे तो बुखार हल्का-सा ही था और फिर क्या हुआ ! डॉक्टर कह गया था कि आपको आराम कराएं और आपने उसका उल्लंघन किया। परिणाम रहा कि सप्ताह-भर बिस्तर पकड़ना पड़ा।...मुसीबत हमारी। दिन-रात सिर पर पट्टी रखें। आपकी सोते हुए बड़बड़ाहट सुनें...मंदिर-प्रवेश-आन्दोलन मात्र मानवीय अधिकार पाने का प्रतीक है, न कि आध्यात्मिक क्षुधा-तृप्ति का।...यह आन्दोलन केवल अपने लोगों का...भला नहीं करेगा...बल्कि पूरे देश का इससे भला होगा...एक नया समतावादी समाज बनेगा...सब बराबर होंगे...किसी का शोषण नहीं होगा...फिर अपने आप ही गुलामी की जंजीर टूट जाएगी और देश स्वतन्त्र हो जाएगा।..."

वह उनके हाथ से पुस्तक छीन लेती। टेबुल जिस पर ढेर सारी पुस्तकें रखी होतीं, उनके पास से हटा देती, टेबुल लैंप ऑफ कर देती और आज्ञा देती, "चुपचाप लेट जाओ, आंखें बंद करके...अच्छे बच्चे की तरह।" उसके स्वर में कड़कपन होता और उसकी आंखों में कृत्रिम कठोरता।

"नींद नहीं आएगी।...अभ्यास नहीं है न...।"

"अपने से व्यर्थ लड़ने का यही परिणाम होता है। ज़्यादती तो ज़्यादती है, वह चाहे दूसरे पर करो या अपने पर। समझे ना।" वह समझाती।

"रामू, क्या करूं ?"

"नींद नहीं आती ना ?"

"हां, रामू !"

"थोड़ा पढ़ लेने दूं ?"

"हां रामू, थोड़ा-सा।...जैसे ही झपकी आने लगे, लाईट ऑफ और हम बिस्तर में, गहरी नींद में।"

"उस दिन ऐसा ही हुआ था, ना।"

"वह किताब बहुत रोचक थी, रामू !"

"आपके लिए किताबें सदा रोचक ही सिद्ध होती हैं।" रामाबाई ने कहा।

"अच्छा ब्रिटिश सांसद कुमारी एलन और एंजल का पत्र पढ़ लेने दो, बस...।"

"वे पत्र होंगे या पूरा चिट्ठा।...नो।"

"नो !"—अरे वाह, रामू...वाह नो..."

"प्लीज़ कीप क्वाइट...।"

"रामू...वंडरफुल...वंडरफुल...यह किसने सिखाया ?...खैर जिसने भी सिखाया, बहुत

बढ़िया सिखाया।"

"थैंक्यू !"

"रामू !" वह खुशी से उछल पड़े।

"प्लीज़ सो जाएं।...किताब पढ़ें या बात करें, बात तो एक ही है...रेस्ट नहीं।...आपको हमारी कसम।...अच्छा हम आपका सिर दबाए देते हैं...पलकों की मालिश किए देते हैं... फिर नींद आ जाएगी।"

"नहीं, रामू !"

"चुपचाप रहें !..." रामाबाई उनका सिर दबाने लगती। पलकों की हौले-हौले मालिश करती। वे सो जाते।

परन्तु अब...कितने दिन हो गए। माथा फटा जा रहा है। कौन है अपना ? सुलाने की बात करता है...कौन प्यार जताता है ? कौन पुस्तक हाथ से खींच लेता है ? कौन आंचल में छिपा लेता है ?

राजरत्न भी चल बसा। उनका हृदयाभ्र फट पड़ा। वे ज़ोर-ज़ोर से बच्चों की तरह रो पड़े तब उसी ने उन्हें अपने आंचल में छिपाया था।

"अंकिल टॉम" पिक्चर देखकर वे लौट रहे थे। उन पर किसी ने आक्रमण किया। सामने रामाबाई आ गई। उसके हाथ में हल्की-सी चोट आ गई।

वे उसे पकड़ने के लिए दौड़ना चाहते थे। वह बोली, "पहले हमें डॉक्टर को दिखा दो, ना।"

वे उनके पांव थम गये। वे जान गए कि वह नहीं चाहती कि और उपद्रव खड़ा हो जाए या वे षड्यंत्रकारी की किसी चाल में फंस जाएं। उसने उन्हें थाम लिया। तब घर पहुंचकर उसके कंधे का सहारा लेकर रो पड़े थे। कहने लगे थे, "तुझे कुछ हो जाता तो..."

"मुझे कुछ नहीं होना। मेरी बहुत लंबी उमर है। आप मेरी चिंता छोड़ें।"

'अछूत कन्या' देखकर भी तो वे रो पड़े थे। तब भी उन्हें उसने ही संभाला था।

"रामू...ऽऽ... !" वे चीख पड़े। वे बड़े ध्यान से आईने में अपनी सूरत निहारने लगे—दाढ़ी बढ़ी हुई।...आंखों में गहरी उदासी, होंठ सूखे हुए, कंधे झुके हुए, चेहरे पर जंगल उग आया था।

"स्वामी...यह क्या हुलिया बना लिया है ?"

"तुम...रामू...तुम !"

"हां मैं, स्वामी, मैं।"

"मैं मरी नहीं, स्वामी !..आप जैसा पति कभी अपनी प्रिय पत्नी को मरने दे सकता है क्या ?"

"क्या रामू, तुम..."

"हां, मैं जिंदा हूं।"

"कहां हो ?"

"तुम्हारे दिल में।...ज़ब पुकारोगे, यों ही चली आऊंगी, स्वामी !..."

"रामू !"

"पर आपने यह क्या हाल बना रखा है ?"

"जी...वो...वो... ।"

"हकलाने की आदत अभी तक गई नहीं।...आपको तो पता है ना कि आपकी दाढ़ी

के बाल असंख्य हैं और हम रोज़ दाढ़ी बनाने की आपको आदत डलवा चुके हैं। फिर, यह दाढ़ी क्यों ?...क्या आपने हमें इतनी जल्दी भुला दिया, स्वामी ?''

''नहीं...रामू, नहीं...।''

''हम यह जानने के लिए ही आपसे ओझल हुए हैं कि पता तो करें कि आप हमसे कितना प्यार करते हैं।...कहीं मुंह देखा तो प्यार नहीं है।...विदेश जाकर भी हमें कौन-सी चिट्ठी भेजते थे...सोचते थे कि हम अनपढ़ हैं, हमारे लिए क्या पत्र-वत्र दें ? दें तो लाभ क्या ? पढ़ पाएंगे नहीं।...पर कभी यह नहीं सोचा कि हम आपके हस्ताक्षर, आपका लेख पहचान लेते हैं...यही कारण हम पढ़ने भी लगे हैं...फिर न सही, न पढ़ सकें। पर... आपके हरूप तो पहचानते हैं। उनमें हाथ घुमा-घुमाकर आपके पास होने की अनुभूति पा लेते। उसको आंखों और हृदय से बार-बार लगा लेते...कलेजा ठंडा पड़ जाता। चैन मिल जाता।...''

''रामू, हमें मुआफ कर दो। हमें यह पता नहीं था। आप एक बार झूठे ही कह देतीं तो देखतीं कि...।''

''बस-बस...रहने दो ये बातें।...अब हम कह रहे हैं, देखते हैं, आप हमारी कितनी बात मानते हैं ?''

''कसम से रामू, हम, तुम जो कहोगी, वह करेंगे।'' भीमराव अंबेडकर ने कहा।

''तो वायदा करते हो।''

''वायदा—पक्का वायदा।''

''तो ध्यान से सुनो—मैंने यह प्रण किया हुआ है कि मैं उन दबे-कुचले लोगों की, जिनमें मैं जन्मा हूं, पला हूं और रह रहा हूं, और सेवा करता ही मरूंगा। मैं उपयुक्त मार्ग से एक इंच भी पीछे नहीं रहूंगा, चाहे मेरा कितना विरोध अथवा आलोचना क्यों न हो ! ...बताओ तो किसने कहा था ?''

''मैंने।''

''कब और कहां ?''

''कामठी—महाराष्ट्र में।...सर्व भारतीय दलित वर्ग कांग्रेस के अधिवेशन में।''

''कब ?''

''मई में।''

''मेरे संसार छोड़ने से तीन वर्ष और इक्कीस दिन पहले ना ?''

''6 मई को खचाखच भरे पंडाल में।''

''उससे आप कितने खुश थे !''

''था, रामू...बहुत खुश था।''

''क्यों ?''

''सबने विश्वास जताया था...।''

''आप में।''

''हां, मेरे में।''

''और अब आप क्या कर रहे हैं उनके विश्वास के साथ—छल !''

''नहीं ऽऽ...।''

''चीखिये मत।...क्यों ली थी प्रतिज्ञा ? किसने कहा था ?...क्या प्रतिज्ञा के साथ कोई शर्त रखी थी ?''

"नहीं...नहीं...नहीं...ऐसा कुछ नहीं था।"

"तो फिर उन भोले-भाले निरीह और कुचले लोगों को सब्ज़बाग क्यों दिखाया ?"

"याद हैं आपको ये शब्द–यदि किसी ऐसे व्यक्ति को जिसकी बगल में छुरी हो और मुंह में राम, महात्मा कहा जा सकता है तो मोहनदास करम चंद गांधी वास्तव में एक महात्मा है।"

"हां, मैंने ही कहे थे ये शब्द।"

"फिर आप अलग कैसे हो रहे हैं ?"

"क्या करूं ?"

"बुज़दिल तो नहीं हो।...मेरा मान रखना हो और अपना वायदा पूरा करना हो, तो अपने लोगों से जो वायदा किया है, उसे पूरा करो।...संन्यासी या महात्मा के बारे में अपने विचार व्यक्त किए ही हैं...लोग मुझे दोष दे रहे हैं...मैं बदनाम हो रही हूं।"

"नहीं, यह झूठ है।...इसके लिए तुम दोषी नहीं हो।...मैं कहता हूं...।"

"आपकी बात का कौन विश्वास करेगा ?...आपने जनता के सामने प्रतिज्ञा की थी।..क्या हुआ उसका ?...आपको हमारी कसम है जो आप जनता को दिए विश्वास को पूरा नहीं करो।...बोलो, जवाब दो...जवाब दो...चुप क्यों हो ? कह दो कि यह वायदा भी मन रखने के लिए किया था।...कह दो...कह दो...।"

"नहीं...नहीं...नहीं, रामू, नहों...। मैं अपना वायदा पूरा करूंगा–जनता को दुःखमुक्त करूंगा।...अवश्य करूंगा...अवश्य, रामू,...अवश्य।"

बराबर द्वार पर दस्तक दी जा रही थी। वे चौंके। उनके सामने बंद कमरा घूम गया। आईने में वे थे, अब रामू नहीं थी। रामू का चित्र दीवार पर टंगा हुआ था। उस पर माला झूल रही थी।

उनके मोटे होंठ कांप रहे थे, उनकी पलकें हिल रही थीं और उनका हृदय जोरों से धड़क रहा था। उनके चेहरे पर पसीने की बूंदें झलक आई थीं और वह घबरा उठे थे।

उन्होंने दरवाज़ा खोल दिया।

सामने यशवंत खड़ा था। वह उनको देखता रहा। फिर वह धीरे से बोला, "पिताजी, हमें मुआफ कर दो।"

भीमराव अंबेडकर ने उसकी ओर देखा। वह नतशिर किए खड़ा हुआ था।

"यशवंत,...क्या बात है ?"

वह रो पड़ा। भीमराव अंबेडकर ने उसे अपने सीने से लगा लिया। पिता-पुत्र दोनों रो पड़े। सुबकियां भरते रहे। कुछ समय यों ही बीत गया। वे बाहर आए और यशवंत के कंधे पर हाथ रख वह बोले, "चिंता मत करो। मैंने निर्णय ले लिया है। तुम्हारी मां की आत्मा की शांति के लिए मैं उन अधूरे कार्यों में जुट जाऊंगा, जिनको पूरा करने की मैंने प्रतिज्ञा ली है।"–यशवंत की आंखें चमक उठीं। वह मन-ही-मन प्रसन्न हो उठा। फिर वे दोनों अन्य लोगों के बीच में पहुंच गए। सब प्रसन्न हो उठे क्योंकि बहुत दिनों बाद संन्यासी के रूप में वे बाहर आए थे और पुनः धार्मिक, सामाजिक, आर्थिक और राजनीतिक क्षेत्र में काम करने के लिए उन्होंने घोषणा की थी।

चौंतीस

मनुष्य कितना विचित्र प्राणी है कि जब वह मानने लगता है कि अशक्त, निस्सहाय, निर्बल, बेकार और बेमतलब हो गया है तब वाकई वह ऐसा हो जाता है, लेकिन जब वह यह मानने लगता है कि वह ऐसा नहीं है, उसमें ज़बर्दस्त शक्ति है, वह कतई अप्रासंगिक नहीं हुआ है और वह जिजीविषा से सुदृढ़ता से जुड़ा हुआ है तब वैसा ही हो जाता है। लकड़ी तब तक निर्जीव नज़र आती है जब तक उसमें से पटें नहीं निकलने लगतीं।

समय स्वयं अपने को जीता है किसी महानदी-सा। वह बाढ़ का रूप भी धारण कर लेता है।

भीमराव अंबेडकर ने तात्कालिक अतीत से लिपटकर अपने को अतीत करने के लिए जितने प्रयत्न किए, वे सब महावेदना की गहरी काली घटा के छा जाने से किए थे। अब आकाश साफ होता जा रहा था। बाढ़ अपने चिह्न छोड़कर लौट चुकी थी। फिर चेतना-धारिणी मुस्करा रही थी।

रामाबाई नहीं रही—एक शून्य संकल्पित हुआ। रहना किसे है—न बाबा को, न महात्मा को, न गृहस्थी को और न अ-गृहस्थी को। रहना अर्थात् रुकना। सदा बहना है। मानव-जाति एक सदा बहार और सदा बहती रहने वाली नदी है। उसमें असंख्य मानव उसकी लहरें हैं। लहरें उठती हैं, गिरती हैं, मिट जाती हैं परन्तु मनुष्य कभी ऐसा अनुभव नहीं करता है, वह सदा उसे नदी के रूप में देखता रहता है। नदी एक है। वह अमर-अजर है। सदा बहती रहती है—कभी पतली रेखा बनकर, कभी बरसाती ज्वार-भाटे को अपने में जीकर और कभी शरद् ऋतु की शांत औ पावन मधुगंगा बनकर। फिर भी, है वह एक नदी ही।

मनुष्य नदी है तो उसमें बूंद का अस्तित्त्व सबके साथ है, चाहे वह बूंद बहती रहे या वाष्प बनकर गगन का ललाट चूमे। किसी को नहीं पता चलता कि कौन-सी बूंद उड़कर गगन से जा मिली और कौन-सी बहते हुए सागर में जा गिरी। यह एक सहयात्रा है—बूंद उसमें एक सहयात्री है। ऐसे ही मनुष्य।

खतरनाक जनतांत्रिक तत्त्वों का सामना करने वाली फेडरल योजना एक ऐसा जहाज है, जिसमें ऊर्जा का वह साधन नदारद था। हैरोल्ड लास्की जैसे राजनैतिक विचारक इसे महत्त्वहीन करार कर चुके थे। क्या मुसलिम लीग, क्या कांग्रेस, क्या हिन्दू महासभा, क्या खालसा दरबार आदि किसी ने इसे स्वीकार नहीं किया।

यथार्थतः 1935 का अधिनियम ब्रिटिश मूर्खता का ऐसा स्मारक था जिसमें सात वर्ष के सुदीर्घ समय ने आत्महत्या की थी और उसके साथ कागजों का अनंत ढेर और महासागर जैसी स्याही व्यर्थ नष्ट हुई थी। अन्तर्राष्ट्रीय क्षितिज पर एक भयावह तेज़ काला-लाल अंधड़ उभरकर अपने में सबको समेटता जा रहा था—उस अंधड़ का नेतृत्व कर रहा था—महान् हिटलर। वह बार्साई संधि को भंग कर चुका था। वह राईनालैंड पर अधिकार भी कर चुका था। उधर मुसोलिनी एबीसीनिया को हड़प चुका था।

विश्व में वाणिज्य शैथिल्य छाया हुआ था। कृषि की दशा शोचनीय थी। इंग्लैंड विश्वयुद्ध के खतरों से दूर रहना चाहते हुए रह नहीं सकता था। इंग्लैंडवासी युद्ध नहीं चाहते थे। राष्ट्रीयता के पांव तले से ज़मीन खिसकती जा रही थी।

इन आंधियों के समय में भीमराव अंबेडकर चाहकर भी अपने-आपको एक कमरे में बंद करके नहीं बैठ सकते थे क्योंकि चुनौतियां कमरे के बंद दरवाज़े को पीटकर आह्वान

कर रही थीं—कि "है कोई मर्द का बच्चा जो उनके सामने आए और उनकी ललकार का जबाव दे !"

भीमराव अंबेडकर जिस नौका की पतवार थामकर आगे बढ़ रहे थे, वह नौका लंगर डाले खड़ी हुई थी और आने वाले अंधड़ से अंदर-ही-अंदर कांप रही थी। वह समुद्र के बीचोंबीच खड़ी थी—एकदम चेतना-शून्य होकर।

वे बाहर आए। नौका चल पड़ी। आशा मुस्करायी। वह कुछ सप्ताह सुस्ताकर यह अनुमान अवश्य लगा पाए थे कि एक दशक से ज़्यादा समय तक वे नौका को आंधियों के बीच में से ही निकाले लिए जा रहे हैं। गुज़रते वक्त की पदाहट से वह सतर्क होते जा रहे थे।

उन्हें इन दिनों आत्मनिरीक्षण करने का भी अवसर मिला। उनकी पीड़ा बढ़ती जा रही थी। स्मृतियां कचोट रही थीं। मानो वे उनसे कह रही हों—

"आ अंबेडकर, तू उठ। आक्रामक बन। सदा बचाव की रणनीति से काम नहीं चलता। युद्ध को युद्ध चाहिए। युद्ध का जवाब आंदोलन नहीं।...काली आंधी उठ चुकी है। मेघ गरज रहे हैं। चारों ओर अंधकार है। तू समुद्र में, अंधकार के बीच, नौका की पतवार थामे क्या सोच रहा है ? तुझे चलते ही जाना है। यदि तू सोचता रह गया तो यह भयानक अंधड़ तुझे ही निगले जाएगा—न तब तेरी नौका कहीं नज़र आएगी और न तू ही। नौका में बैठे सारे आदमी-औरतें, बूढ़े-बच्चे बेमौत मारे जाएंगे और तू अकेला होगा उनका हत्यारा। ...हत्यारा...हत्यारा...हत्याराऽऽ... ।"

नहीं, नहीं, नहीं। वे हत्यारा नहीं बनेंगे।—वह तड़प उठे।

अभी तक तेज़ आवाज़ उनको सुनाई पड़ रही थी—"मैदान सदा उसके हाथ में होता है जो अपने वर्तमान के भाग्य का स्वयं नियंता बनता है; उसके हाथ में कभी नहीं जो भाग्य के फैसले का इन्तज़ार करने में समय गुज़ार देता है। वही जीतता है जो अपने को जीत सकता है।...इस तरह न तुम अपने को जीत सके और न उनको जिता सके जिनको तुमने एक सुंदर कल्पना से जोड़ा था। खुद तो तुम हारे ही अपने साथ में उन हज़ारों-हज़ार को भी ले डूबे जो तुम्हारे पर विश्वास करने लगे थे।...तुम विश्वासघाती हो, अंबेडकर...तुम विश्वासघाती हो।..."

"नहीं...नहीं...नहीं...मैं विश्वासघाती नहीं हूं।...महार ज़िंदादिल सिपाही होता है।" कभी-कभी उनकी अकर्मण्यता को तोड़ने के लिए उनमें ऐसा अंधड़ उठ जाता था।

वह फिर से अर्जुन की तरह कुरुक्षेत्र में आ डटे।

13 अक्तूबर, 1935 का दिन येवला कांफ्रेंस का पंडाल—दस हज़ार से भी अधिक संख्या में महार।

भीमराव अंबेडकर में अब बिजली-सी गति आ गई थी। वे कुछ ऐसा कर गुज़रना चाहते थे, जिससे उन लोगों के कान खड़े हो जाएं जो पत्नी अवसान की व्यथा से उन्हें पलावनवादी मान रहे थे। जाति का जंजाल एक झटके में चटक देना चाहते थे। पढ़ते थे तब की और बात थी। पढ़-लिखकर और अपने को योग्य सिद्ध करने पर भी बड़ोदरा में उन्हें अपमान सहना पड़ा। हाल की घटना ही मानो। मराड के चौबदार तालाब मुकदमे की पैरवी करने जब-तब उन्हें मराड आना पड़ता था। एक बार क्या हुआ कि उन्हें जाति व्यवस्था के दमघोंटू वातावरण से इतनी घबराहट हो गई कि वह यदि निर्णय लेने के लिए विवश हो गए कि उन्हें ऐसा धर्म छोड़ देना चाहिए।

वर्षा की तेज़ झड़ी लगी हुई थी। नदी में बाढ़ आ गई थी। रास्ता बन्द। कार रुक गई। दो दिन वहीं काटने पड़े। जहां कार रुकी थी। वहां कोई अछूत बस्ती नहीं थी। सवर्ण बस्ती ने उन्हें न ठहरने के लिए जगह दी और न पेट भरने-भर के लिए भोजन। दो दिन वे भूखे रहे। घर आए तो वह गुस्से में भरे हुए थे। आते ही वह अपने कमरे में दफन हो गए। एक दिन उन्होंने वहीं काटा।

वे पागल हो उठे थे। यह भी कोई धर्म है ? कहीं उन्हें अधिक दिन रुकने के लिए विवश होना पड़ता तो वे भूख से मर जाते। यह धर्म दान-पुण्य वाला हो सकता है क्या ? क्या यह है इस धर्म की उदारता, विशाल-सहृदयता और करुणा, जिसके लिए वह जगप्रसिद्ध है ? क्या धर्म आदमी को आदमी से घृणा सिखाता है ?

नहीं, वे इस धर्म में और सांस नहीं लेंगे। उन्हें मरना पसन्द है परन्तु इस धर्म में जीना नहीं।

येवला कांफ्रेंस की स्वागत समिति के अध्यक्ष रणखंबे ने भीमराव अंबेडकर का हार्दिक स्वागत किया। भीमराव अंबेडकर ने अत्यन्त भरे मन से यह घोषण की थी—

"दुर्भाग्य से मैंने हिन्दू धर्म में जन्म लिया था। यह मेरे बस की बात भी नहीं थी। लेकिन मैं हिन्दू के रूप में मरूंगा नहीं।...हिन्दू धर्म हमारी दृष्टि में पूर्वजों का धर्म नहीं है। वास्तव में यह तो उन पर दासता के कारण लादा और थोपा गया है। हमारे पूर्वजों के पास इस दासता के खिलाफ लड़ने के साधन नहीं थे। इसी कारण, वे विद्रोह नहीं कर सके और हिन्दू धर्म में रहने के लिए विवश हो गए।"

अपने दो घंटे के भाषण के अन्त में उन्होंने महात्मा बुद्ध के महापरिनिर्वाण से पूर्व की एक घटना अत्यन्त द्रवीभूत होकर सुनाई—

एक बार महात्मा बुद्ध, स्वस्थ होने के बाद, एक वृक्ष के नीचे आराम कर रहे थे। आनन्द उनके पास आए और नमस्कार करने के बाद वहीं बैठ गए। वे कहने लगे, "मेरा मन शांत नहीं है और न मैं समाधिस्थ हो सकता हूं। मुझे विश्वास है कि महात्मा बुद्ध भिक्षु संघ को अपना अमर संदेश दिए बिना महापरिनिर्वाण नहीं देंगे। वह अवश्य संघ पर कृपा करेंगे।"

महात्मा बुद्ध ने आनन्द की ओर ध्यान से देखा। उन्होंने दुःख व्यक्त करते हुए कहा, "आनन्द, संघ मुझसे क्या अपेक्षा करता है ? मैंने उदारतापूर्वक धर्म का प्रचार किया। मैंने कोई बात नहीं छिपाई। मैंने न दूसरे धर्माचार्यों की भांति कुछ भी गोपनीय रखा। इस कारण, आनन्द, दीपक की तरह अपना प्रकाश स्वयं बनो। सदा सत्य की शरण लो और किसी दूसरे की शरण में न जाओ, अपना स्वामी आप बनो।"

इतना कहकर भीमराव अंबेडकर कुछ रुके। उन्होंने पंडाल में बैठे लोगों की ओर निहारा। फिर खखारकर बोले, "मैं बुद्ध के शब्दों को दुहराकर आपसे आज्ञा लेता हूं।"

अब क्या था कि सारे देश में खलबली मच गई। करोड़ों हिन्दू अन्य धर्म स्वीकार कर लेंगे तो सवर्ण हिन्दुओं के पास क्या रह जाएगा ? वे जिधर भी मिलेंगे, उसको ज़बर्दस्त बल मिलेगा।

गांधीजी, डॉ. राजेन्द्र प्रसाद, डॉ. मुंजे आदि ने उनके धर्मान्तरण के निर्णय को दुर्भाग्यपूर्ण और बदले की भावना से लिया गया कदम बताया।

येवला से लौटते हुए भीमराव अंबेडकर, डॉ. सदानन्द गालवंकर के साथ ठहरे। वहां उन्हें हिन्दू मिशनरी के प्रमुख नेता मसूरकर महाराज मिले। उन्होंने उन्हें समझाया।

छोटे-से कक्ष में हुई यह भेंट महत्त्वपूर्ण बन गई। मसूरकर ने बताया, "डॉक्टर अंबेडकर, आपको शायद ज्ञात हो, मैंने गोवा के दस हजार ईसाइयों को हिन्दू धर्म में दीक्षित किया था और आप अपने हिन्दुओं को अन्य धर्म की शरण में ले जाना चाहते हैं !"

"तो क्या हुआ ?"

"विनाश हो जाएगा।"

"तो हो जाए, हम क्या करें ? क्या सवर्ण हिन्दुओं का पाखाना सिर पर ढोते फिरें ? क्या अपमानित, ज़लील और तिरस्कृत बने रहें ?" भीमराव अंबेडकर तनिक उत्तेजित हो उठे थे।

"डॉक्टर साहब, ज़रा धैर्य से काम लीजिए।"

"आप हमें धैर्य से काम लेने की सलाह दे रहे हैं, मिस्टर मसूरकरजी, उन्हें नहीं जिन्होंने हज़ारों वर्षों से हमारा हर तरह शोषण किया है और हमें पशु से बदतर जीवन जीने के लिए विवश किया है !"

"मानता हूं, डॉक्टर साहब, आप ठीक कह रहे हैं परन्तु हमें सुधरने का एक मौका तो दीजिए।...सवर्ण हिन्दुओं का हृदय-परिवर्तन अवश्य होगा—कुछ समय और प्रतीक्षा कीजिए।"

"प्रतीक्षा...प्रतीक्षा...और कितनी प्रतीक्षा चाहते हैं ?...यह प्रतीक्षा शब्द बहुत घातक है। इसी कारण आज तक दलित वर्ग प्रपीड़ित हुआ है। महात्मा आए और चले गए। वे बराबर उन्हें यह विश्वास दिलाते रहे कि प्रतीक्षा करो सब ठीक हो जाएगा।...पर वह समय कब आएगा ? कब टूटेगी प्रतीक्षा की दीर्घ अवधि ?...कभी नहीं, मसूरकरजी, ऐसा कभी नहीं हो सकेगा।"

"निराश मत होइए, डॉक्टर अंबेडकर, अति की भी एक सीमा होती है।" मसूरकर महाराज ने धीमे से कहा।

"मैं क्यों निराश होऊं, मसूरकरजी ? निराशा मेरे पास नहीं फटकती है।...यह रामरोला तो इसीलिए है कि सवर्णों के कब्ज़े से करोड़ों स्वतन्त्र होने जा रहे हैं। अब उन्हें नये दास कहां मिलेंगे ? कौन उठाएगा उनका पाखाना ? किसे करेंगे ये अपमानित ? किसका करेंगे वे शोषण ?" भीमराव अंबेडकर ने तेज़ स्वर में कहा।

"डॉ. सदानंदजी, आप डॉक्टर साहब को समझाएं। जो होने को है, वह विनाश है।" मसूरकर महाराज इस बार सदानंद गालवंकर की ओर मुखातिब होकर बोले।

"मसूरकरजी, मैंने बहुत समझ-सोचकर ही यह विचार प्रकट किया है।...यह मेरा निर्णय है,...अंतिम निर्णय।" भीमराव अंबेडकर ने अत्यंत दृढ़ता से कहा।

कुछ समय सन्नाटा बहता रहा चुपचाप। मसूरकर ने कहा, "सारा देश धर्मान्तरण की घोषणा पर दुःख व्यक्त कर रहा है। गोलमेज़ सम्मेलन में आपके सहयोगी रहे श्रीनिवासन ने भी इसे उचित नहीं माना है। दवेरुखकर, कजरोलकर आदि दलित नेता भी इसके पक्ष में नहीं हैं।...आपके बहुत-से साथी भी इससे सहमत नहीं हैं—जैसे डॉ. सोलंकी।...वीर सावरकर ने भी इस पर चिंता व्यक्त की है।"

"जानता हूं, मसूरकरजी, सब जानता हूं।"

"फिर भी, आप जैसा विद्वान् ऐसा कदम उठाने को शुभ मानता है ?"

"बेशक।"

"बेशक !" मसूरकर महाराज ने हैरानी के साथ कहा।

"क्या आप एक काम करवा सकते हैं ?" भीमराव अंबेडकर ने पैंतरा बदलकर कहा।

"क्या ?" मसूरकर महाराज ने पूछा।

"हृदय-परिवर्तन की शुरुआत के संकेत बतौर।" भीमराव अंबेडकर ने सहज होकर कहा और कनखियों से मसूरकर की ओर ध्यान से निहारा।

"क्या चाहते हैं आप ?...कृपया ज़रा स्पष्ट तो करें।" मसूरकर महाराज ने सोचते हुए कहा।

भीमराव अंबेडकर ने गंभीर होकर चारों ओर देखा और फिर अत्यंत मंद आवाज़ में कहा, "क्या हमारे एक कार्यकर्ता श्री के. के. संकट को महाराष्ट्र के ब्राह्मण एक वर्ष के लिए शंकराचार्य की गद्दी पर बैठाने के लिए तैयार हो सकते हैं ?"

मसूरकर महाराज की कनपटियों की नसें तन गईं। उनका हृदय उफान लेने लगा।

भीमराव अंबेडकर ने अगला प्रश्न गोली की तरह दाग दिया, "क्या चितपावन ब्राह्मणों के सौ परिवार अपने नव-प्रतिष्ठित शंकराचार्य श्री के. के. संकट को साष्टांग प्रणाम कर अपने हृदय-परिवर्तन का सबूत देने के लिए तैयार हो सकेंगे ?"

"क्या यह ज़रूरी है।" मसूरकर महाराज ने दबी हुई आवाज़ में दबे हुए मन से पूछा।

"हृदय-परिवर्तन के सबूत के लिए।"

"ओह !"

"क्यों, चौंक गए न ? हो गया न हौसला पस्त ?...मिस्टर मसूरकर, कहने और करने में ज़मीन-आसमान का फर्क है।...मैं जानता था कि यह कदापि संभव नहीं हो सकता क्योंकि सवर्ण हिन्दुओं का हृदय मोम नहीं, पत्थर है—वह पिघल नहीं सकता।...कदापि नहीं।" भीमराव अंबेडकर ने तेज़ी से कहा और माथे पर आया पसीना रूमाल से पोंछ लिया।

वे सोच रहे थे कि सैकड़ों मसूरकर जन्म ले लें तो भी किसी अछूत का शंकराचार्य की गद्दी पर बैठना तब तक संभव नहीं हो सकता जब तक ब्राह्मण इस धरा पर हैं। मसूरकर महाराज जा चुके थे। डॉ. सदानंद गालवंकर चुपचाप यथास्थान बने रहे।

उनका आक्रमण हिन्दू धर्म पर तेज़ हो गया। उन्हें जात-पांत तोड़क मंडल, लाहौर ने अपने सालाना जलसे की अध्यक्षता करने हेतु आमंत्रित किया। हिन्दू धर्म के कट्टर विरोधी के रूप में सारे भारत में उनका नाम लिया जा रहा था। उनको भीमराव अंबेडकर को अध्यक्ष पद के लिए आमंत्रित करना अच्छा नहीं लगा फलतः अनेक प्रभावशाली सवर्ण हिन्दुओं ने जात-पांत तोड़क मंडल से अपने सम्बन्ध विच्छेद कर लिए। मंडल पर संकट मंडराने लगा। वह अपना अधिवेशन स्थगित करने के बहाने ढूंढ़ने लगा। अंत में उसे एक रास्ता नज़र आ गया। भीमराव अंबेडकर से उनके अध्यक्षीय भाषण में से वेदों और गीता के सम्बन्ध में की गई टिपणियों को हटाने की प्रार्थना की गई।

भीमराव अंबेडकर ने एक शब्द भी हटाने की उन्हें अनुमति नहीं दी। उन्होंने अपने अध्यक्षीय भाषण में यह भी स्पष्ट कर दिया था कि हिन्दू के रूप में यह उनका अंतिम व्याख्यान है। (यह उनका व्याख्यान बाद में 'एनीहीलेशन ऑफ कास्ट' (जात-पांत का बीजोच्छेदन) नाम से छपा, जिसने एक क्रान्ति ला दी थी।)

उन्हें इस बात से बहुत संतोष था कि उनकी घोषणा ने सवर्ण हिन्दुओं के कान खड़े कर दिए। सब सन्नाटे में आ गए। अनेक करोड़पति हिन्दुओं ने उन्हें अपने मायाजाल में लेना चाहा, परन्तु वे किसी के चक्कर में नहीं आए। वे बराबर यही समझते रहे कि अवर्ण लोगों की दयनीय, कमज़ोर और कलंकित स्थिति कभी भी हिन्दू धर्म को पनपने नहीं देगी

और वह धर्म रसातल को चला जाएगा। धर्म घृणाधृत नहीं होता है, उसकी प्रकृति तो उत्सर्गमयी है। वे निरंतर संघर्षोन्मुखी बने रहे और प्रतिदिन संघर्ष की धार को तेज करते हुए एक समतावादी लोकाधार की आकांक्षा करते रहे। उनके मन में रोज़ एक सूर्य उगता रहा और अपने ज्योतिर्गमय प्रभामंडल को फैलाता रहा।

वे समुद्र तट पर आते। प्रायः जुहू पहुंचते। जहां समुद्र अपने पूरे जोश, उत्साह और उमंग से ठहाके लगाता और मचलता अनुभूत होता था। वे प्रश्नमुद्रा में खड़े हो जाते थे या वहीं कहीं पास में बैठ जाते थे—कार दूर खड़ी करके। उनको लगता था कि वह कुछ कहेगा और रहस्य खोलेगा कि वह कैसे सब नदियों का अपार जल, उनकी उच्छृंखलता और आवारागर्दी को बर्दाश्त करता हुआ सम्मानसहित अपने में मिलाकर एक स्वतन्त्र और सुदृढ़ परिवार-समाज की स्थापना कर लेता है !

वे थके होते तो भी उनमें स्फूर्ति आ जाती। वे भी एक ज़बर्दस्त संघर्ष जारी रखे हुए हैं—देश की स्वतन्त्रता के साथ हिन्दू धर्म में से असमानता मिटाने का और रक्त की अंतिम बूंद तक दलितों के हितों की रक्षा करने का—उन्हें सम्मानपूर्वक ज़िंदा रहने का अधिकार दिलाने का।

सागर ने उनसे कहा, "जाओ, अपने युग के धीरोदात्त नायक, तुम्हारी जीत सुनिश्चित है। मानवता सदा तुम्हारी ऋणी रहेगी क्योंकि तुम्हारा संघर्ष अन्याय के स्थान पर न्याय, अत्याचार के स्थान पर सदाचार और शोषण के स्थान पर अशोषित समाज की स्थापना करना है—यही मानव-धर्म है जो सब धर्मों से ऊपर है।"

भीमराव अंबेडकर उठे। सागर को प्रणाम कर लौट पड़े। कार में जाकर बैठे रहे। उन्हें इस समय बहुत शांति मिल रही थी। हवाएं तेज़ी से गुनगुना रही थीं—बुद्धम् शरणं गच्छामि...गच्छामि।...लगता है कहीं पास में बौद्ध मठ है। लेकिन उनकी वहां जाने की इच्छा नहीं हुई। शांति की सत्ता गें प्रवेश करने के बाद व्यक्ति कहीं जा सकता है क्या ? बहुत देर बाद जब सागर ने अंधेरे के जाल उतारकर फेंकना शुरू किया, तब उनकी चेतना टूटी और कार परिचित रास्तों पर दौड़ पड़ी।

पैंतीस

सत्य चेतना का सूर्य उगने पर कभी डूबता नहीं। यों भी सूर्य न उगता है और न डूबता है। वह सदा से उगा है और उगे हुए बना हुआ है। यह दूसरी बात है कि हम उसे नहीं देख पाने के कारण यह मान लेते हैं कि वह डूब गया, जबकि वह कहीं डूबा नहीं है। यही बात उसके उगने के सम्बन्ध में है। इसी तरह मानव-समाज एक सूर्य-चेतना का दूसरा नाम है। परन्तु जब वह चेतना अपने होने को नकार देना चाहे तब उसे यह अनुभूति करानी पड़ती है कि वह चेतना है यानी ऊर्जा है, उसे किसी की सहायता की प्रतीक्षा करने की ज़रूरत नहीं है।

भीमराव अंबेडकर ने आज़ाद मजदूर पार्टी का गठन कर बंबई विधान सभा के लिए हुए चुनाव में 17 व्यक्ति खड़े किए जिनमें से 15 व्यक्ति जीते और वे 15 के 15 व्यक्ति योग्य, साहसी, ईमानदार, परिश्रमी और कर्मठ थे। स्वयं उन्होंने तत्कालीन भारत के प्रसिद्ध खिलाड़ी पालबनकर को पराजित कर अपना सिक्का राजनीति में जमा दिया। महाड के

चौबदार तालाब के केस का निर्णय भी अछूतों के पक्ष में हुआ था। इसका भी उन्हें चुनाव में लाभ मिला।

भीमराव अंबेडकर विज्ञानवादी थे और विवेक को केन्द्र में रखकर निर्णय करते थे। मंत्रियों के वेतन बिल पर विधानसभा में बोलते हुए उन्होंने कांग्रेसियों के इस ढोंग की खिल्ली उड़ाई थी कि वे वेतन नहीं लेंगे। यदि वे ऐसा नहीं करेंगे तो वे भ्रष्ट हो जाएंगे उनके पीछे परिवार और उसकी ज़िम्मेदारियां भी हैं। उनका मत था कि मंत्रियों को इतना वेतन दिया जाए जिससे उनका काम आसानी से चल सके और वे पथभ्रष्ट नहीं हो सकें।

उन्होंने खेती सिस्टम मुर्दाबाद की घोषणा के साथ किसानों के लिए नये बिल का प्रस्ताव किया—ज़बर्दस्त जुलूस निकाला, जिसमें कुलाबा, थाना, नासिक, रत्नागिरी आदि जिलों से हज़ारों किसानों ने भाग लिया और तत्कालीन मुख्यमंत्री बी. जी. खरे को ज्ञापन पेश किया।

कांग्रेस सत्ता में थी। बहुमत में थी। बहुमत कैसे अल्पमत के अस्तित्व को अनदेखा करता है, भीमराव अंबेडकर बराबर यह सिद्ध कर रहे थे। वे ढोंग के खिलाफ थे। कांग्रेस ढोंग का समर्थन ही नहीं कर रही थी बल्कि उसे ज़बरदस्ती थोप भी रही थी।

लोकल बोर्ड एक्ट के संशोधित बिल पेश किए गए जिसमें परिगणित जाति को 'हरिजन' नाम दिया गया। पर क्यों ? माना कि गुजराती संत कवि नरसी मेहता के एक भजन से यह शब्द लिया है परन्तु उसके फर्क क्या पड़ता है, आप कहीं से भी इस शब्द को लें, परिगणित या दलित ही हरिजन क्यों ? हरि के जन तो सवर्ण हिन्दू भी हैं ? ये नाम उन्हें क्यों नहीं ? परन्तु बहुमत ने अल्पमत की एक बात नहीं सुनी और लोकतंत्र में उत्तरीदायी शासन की तानाशाही का प्रदर्शन कर दिखाया। जिनके लिए इस शब्द का प्रयोग किया जाना था, उनके सदस्यों से इस सम्बन्ध में कोई राय नहीं ली गई। वे हाथ मलते रह गए। फिर वे कैसे विश्वास कर लें कि कांग्रेस आज़ादी हासिल करेंगे ?

उन्हें गवर्नमेंट कॉलिज के प्रिंसीपल पद से सामाजिक कार्यों में पूरा समय देने के कारण इस्तीफा देना पड़ा था। वे बराबर एक योग्य शिक्षक की तरह सबको यही प्रेरणा देते रहे कि विद्या एक तलवार है। ऐसा शिक्षित व्यक्ति जिसमें विनम्रता और सदाचार नहीं है, एक दरिंदे के समान है। यदि एक पढ़े-लिखे व्यक्ति की शिक्षा निर्धन जन के कल्याण में व्यवधान बनती है तो वह शिक्षित व्यक्ति समाज के लिए अभिशाप है।

भीमराव अंबेडकर का दुर्भाग्य यह था कि वे संसदीय शासन व्यवस्था को अपने में आत्मसात् कर चुके थे और उसे उसी रूप में कार्य करते देखना चाहते थे। वे 'इंग्लिश संविधान' (वाल्टर बेजार्ट कृत पुस्तक) के प्रशंसक थे और चाहते थे कि संसद में उसी प्रत्यय को मुखर होने के अवसर प्राप्त हों और विचार-विनिमय, वाद-विवाद खूब हो परन्तु ज़ोर-ज़र्बदस्ती नहीं चले और बहुमत के बल पर स्वेच्छाचारिता उदाहरण नहीं बने। संसदीय जनतंत्र भारत में जन्मा और फूला-फला एक स्व-जातीय प्रणाली है ? इस समय उनके मन पर भगवान् बुद्ध महापरिनिर्वाण के सूक्तों की अमृतमयी वर्षा होनी शुरू हो जाती थी।

कैसा अद्वितीय संयोग था—एक ओर भगवान् बुद्ध अपने महापरिनिर्वाण की तैयारी कर चुके थे। उन्होंने मल्लों को यह संदेश भेजा कि वह कुसुमीरा (कुशीनगर) में अपने प्राण त्याग रहे हैं। दूसरी ओर संसदीय सत्र चल रहा था। वहां यह समाचार पहुंचा। सांसदों ने निर्णय लिया कि संसद की कार्यवाही पूरी होने पर ही वे कुसुमीरा जाएंगे, इससे पहले नहीं। वे सांसद जानते थे कि महापरिनिर्वाण बारंबार नहीं होता और भगवान् बुद्ध उसके बाद

देह-सत्ता से मुक्त होकर अदेह-सत्ता में प्रवेश कर जाएंगे। फिर, वे कभी भी देह-सत्ता में नहीं लौट सकेंगे। परन्तु उन्होंने भगवान् बुद्ध के स्थान पर संसद सभा को अधिक महत्त्व देकर यह सिद्ध किया कि संसद सर्वोपरि है और जनता के विश्वास की धरोहर है।

उनके सामने एक अपाहिज समाज जिसे बलात् अपाहिज बनया गया था, आ खड़ा होता। प्रत्येक हिन्दू आबादी के साथ एक महारवाड़ा, भंगीवाड़ा आ खड़ा होता। फिर समता कैसी, कैसी स्वतंत्रता और कहां का भ्रातृत्व ! उनका मन डूबने लगता। वे खिड़की खोलते। बाहर से तेज़ हवा का एक झोंका बच्चों द्वारा उछाली गई गेंद-सा अंदर आता हुआ अनुभव होता। विधानसभाओं का बहिष्कार हुआ—बापू की दांडी यात्रा के समय। तब कांग्रेस ने एक नारा उछाला जिसने उनकी रातों की नींद और दिन का चैन हराम कर दिया। वह नारा था—

कौंसिल में कौन जाएगा—
धेड़ जाएंगे, चमार जाएंगे।

यह है समतावादी, समाजवादी जनतंत्रवादी, भ्रातृत्व चेतनावादी कांग्रेस की शूद्र राजनीति का मायातंत्र और हरिजनी संस्कार का बीजारोपण। अंबेडकर विरोधाभास मिटाने और संसदीय तरीके से काम करने के पक्ष में थे।

मज़दूरों के हकों के लिए भी उन्होंने ज़बर्दस्त संघर्ष किया। वे भूल गए कि वे बीमार हैं उनकी पिंडलियों में बहुत दर्द बना रहता है। उनके पास याद रखने के लिए एक ही व्यथा थी और वह थी दलितों की, उनके सुधार और उनकी उन्नति की। सेना में महार बटालियन की स्थापना हो जाने से उन्हें बहुत संतोष हुआ और इसके लिए उन्होंने गवर्नर को धन्यवाद भी दिया।

विश्वयुद्ध ज़ोरों पर था। उसी बीच गांधीजी ने 'भारत छोड़ो' आंदोलन शुरू कर दिया। 9 अगस्त, 1942 को इस आंदोलन की पैरवी गांधीजी ने ग्वालियर कैंट के मैदान में पुरज़ोर तरीके से की। सारा देश स्तब्ध रह गया था। सुबह होते-होते जहां कांग्रेसी नेता गिरफ्तार कर कारागार में डाल दिए गए थे, वहां जुलूसों पर बहार आ गई। नारों से गूंज उठा था सारा देश। ज़ोर-ज़ोर से उछाले जा रहे थे ये नारे—

"इन्कलाब ज़िंदाबाद : थोड़े दिन में गांधी राज।"
"पीली पगड़ी[1] बायकाट"
"करो या मरो"
"आज़ादी हमारा जन्मसिद्ध अधिकार है।"

कांग्रेस विधान सभाएं बाहर आ चुकी थीं। देश में ज़बर्दस्त आंदोलन चल रहा था।

भीमराव अंबेडकर चाहते थे कि वाइसराय की कार्यकारिणी समिति में अछूतों को भी प्रतिनिधित्व मिले ताकि वे अपना पक्ष प्रस्तुत करते रहें। बाद में वाइसराय ने उन्हें केवल अपने कार्यकारिणी समिति में ही नहीं लिया प्रत्युत उनकी योग्यता को ध्यान में रखकर उन्हें श्रम विभाग भी सौंप दिया।

कांग्रेस को यह सब बुरा लग रहा था। 'भारत छोड़ो' आंदोलन के प्रति वे भी सोच रहे थे कि क्या उन्हें भी इस्तीफा देकर बाहर आ जाना चाहिए ? चारों ओर अव्यवस्था है। गांधीजी ने आगा खां महल (पूना) में इक्कीस दिन का उपवास शुरू किया था। इससे देश

---

1. उस समय पुलिस सिर पर पीली पगड़ी पहनती थी।

के सामने एक नया संकट पैदा हो गया। फलतः वाइसराय की कार्यकारिणी समिति से नलिनीरंजन सरकार, सर मोदी आदि ने त्यागपत्र दे दिया। अब उन्हें क्या करना चाहिए ?

क्या उनके त्यागपत्र देने से देश को कोई लाभ होगा ? हिन्दू-मुसलमान एक हों, प्रश्न यह था और राजनीतिक गतिरोध भी यही था।

आंदोलन समाप्त हुआ। विश्वयुद्ध भी समाप्त हुआ। वे विश्वयुद्ध के समय ब्रिटिश सरकार के साथ रहे क्योंकि वह महायुद्ध लोकतंत्र और अधिनायकतंत्र के बीच में था। उनकी दृष्टि में नाजीवाद मानव-जाति के लिए भयानक खतरा था।

देश स्वतंत्र होना है। एक नई सुबह भारत के प्रांगण में भी मुस्कराने वाली है, यह संभावना बढ़ गई थी।

भीमराव अंबेडकर भावावेश में बहने की अपेक्षा यह तय करते रहे कि सर्वहित में क्या उपयुक्त है ? यही कारण था कि असहयोग आंदोलन को वे आत्मसात् नहीं कर पाए। वे जानते थे कि हिंसा होगी और गांधीजी 1 अगस्त, 1920 को शुरू किए गए देशव्यापी असहयोग आंदोलन की तरह इसे भी वापस ले लेंगे क्योंकि उसमें भी चौरीचौरा कांड घट जाएगा। तब बाईस सिपाहियों को ज़िंदा जला दिया गया था। वह एक तरह की पराजय थी और जिसको सभी ने उपेक्षा की दृष्टि से देखा था। स्वयं गांधीजी के साथी उनके इस कार्य से सहमत नहीं थे।

गांधीजी ने इस आंदोलन के मंतव्य का सूत्र यही प्रसारित करवाया था कि अहिंसा के साथ कोई भी कांग्रेसी चाहे जितना आगे बढ़ सकता है।

दिवाकर से बहस करते हुए भीमराव अंबेडकर ने यही कहा था, "इसके बाद हिंसा इस आंदोलन का प्राणतत्त्व सिद्ध होगी और गांधीजी इस आंदोलन को वापस नहीं ले सकेंगे, क्योंकि इस बार उनसे यह वायदा ले लिया गया है कि कुछ भी हो, चाहे हिंसा का नग्न नृत्य हो उठे, वह आंदोलन वापस नहीं लेंगे।"

"यह मुझे भी लगता है।"

गांधीजी की यह सरेआम बगावत अनुत्तरदायित्वपूर्ण कार्य है—यह राजनीतिक दिवालियापन है और अदूरदर्शिता है, दिवाकर ! इससे कांग्रेस अपनी खोई हुई प्रतिष्ठा प्राप्त नहीं कर सकेगी। यह कैसी उन्मादी स्थिति है कि किसी को कुछ पता नहीं और आंदोलन जारी है।"

"शायद...।" दिवाकरजी ने कहा भारी मन से, "यही हो।...गांधीजी जो कुछ घटित हो रहा है, हर बार की तरह उसका उत्तरदायित्व अपने ऊपर ले लेंगे। फिर वह पूर्व की तरह व्रत रखेंगे, प्रायश्चित्त करेंगे। तो क्यों न वे शुरू में ही ऐसा कर लें ताकि देश अव्यवस्था के हाथों न कुचला जाए और सैकड़ों-हज़ारों अकारण अपने प्राण-त्याग न कर दें।" भीमराव अंबेडकर का भारी स्वर गूंज उठा।

"यह हुआ तो दुर्भाग्यपूर्ण होगा।"

"प्रसिद्ध गांधीवादी पत्रकार दुर्गादास मेरे पास आए थे, दिवाकरजी, इसका अंत गांधीजी समझौते से करेंगे और समझौता करना सरकार के आगे घुटने टेकने जैसा होगा। ...यह अंधेरे में चलाया गया एक तीर है जो उन जैसे महात्मा से कदापि अपेक्षित नहीं था। ...मेरी यह बात अवश्य बुरी लगेगी क्योंकि पहली बात तो यह है कि मैं अछूत हूं और दूसरी यह है कि मैं बहुमत की हवा के विरुद्ध हूं।...कभी इतिहास को फुरसत मिली और तटस्थ विज्ञ इतिहासवेत्ताओं ने हमारे इस इतिहास पर खोजबीन कर कुछ पाया तो उन्हें यह मिलेगा

कि न्याय और मानवता के मार्ग पर चलने वाला एक उपेक्षित साधक भारत का सच्चा सेवक और देशभक्त था, गद्दार नहीं।"

वे बहुत ईमानदारी से और सधे हुए स्वरों में धीरे-धीरे कहते जा रहे थे। उनके अन्दर सदा एक दर्द का दरिया बहता रहता था जो उन्हें हर क्षण, उठते-बैठते, सोते-जागते, उनकी ओर ऐसे देखता रहता था, जैसे चातक मेघों की ओर। उनकी आंखों में गहराता शून्य और सन्नाटा उनको बेचैन कर डालता था। वे आत्मनिरीक्षण करते और पाते कि इन परिस्थितियों में जो सर्वोत्तम था, वह उन्होंने किया। वे कुरान के 'हक' (सत्य), सबर (धृति) और रहमत (करुणा) पर अपने को तौलते और 'धम्मपद' सिद्धांतों को भी अपने पर लागू कर देखते तो उन्हें लगता कि वे सत्य-पथ के अनुगामी हैं।

उन्हें कुरान का यह वाक्य बराबर प्रेरणा देता था कि ईश्वर किसी समाज की स्थिति नहीं बदलता, यह यथार्थ है। यह तभी संभव है जबकि उस समाज के लोग, जो उनके मन में है, उसे नहीं बदलते। मनुष्य को इहलोक में अंधा नहीं रहना चाहिए।

वे यही सोचते हुए अपनी पुस्तक 'कांग्रेस और गांधी ने अछूतों के लिए क्या किया' के पृष्ठ पलट रहे थे। यह ठीक था कि भीमराव अंबेडकर की फेडरेशन की पराजय से दलित जाति को एक आंतरिक आघात पहुंचा और ब्रिटेन के प्रधानमंत्री को यह कहने में आपत्ति नहीं हुई कि बहुसंख्यकों की प्रगति में अल्पसंख्यक दलों को व्यवधान पैदा नहीं करने देंगे। केबिनेट मिशन ने संविधान सभा की अंतःकालीन सरकार की योजना की घोषणा भी की थी जिसमें दलित जाति की प्रत्यक्षतः उपेक्षा की गई। फेडरेशन के कार्यकर्त्ता आंदोलन पर उतर आए और भीमराव अंबेडकर के पुत्र यशवंतराय अंबेडकर के संचालन में चल रहे 'भारतभूषण प्रेस' को फूंक डाला।

वे यह सब सोचे जा रहे थे कि घंटी बजी। रत्तू ने दरवाज़ा खोला।

दादा साहेब, बी. के. गायकवाड़, राजभोज, बाबू साहेब और देवराव नाइक ने प्रवेश किया। सब गंभीर मुद्रा में थे और 'शेड्यूल्ड कास्ट फेडरेशन' की लचर आर्थिक स्थिति से क्षुब्ध भी थे। वे आकर बैठ गए।

"अब क्या होगा ?"

"अंतःकालीन सरकार विषयक योजना के सदस्यों की संख्या निर्धारित की जा चुकी है, उसमें 5 कांग्रेसी सवर्ण के साथ 1 हरिजन को स्थान मिला है।"

"अर्थात् उसका अपने से कोई सम्बन्ध नहीं।" राजभोज ने कहा।

"अब देश का बंटवारा होने जा रहा है और हिन्दुस्तान व पाकिस्तान दो राष्ट्र बन रहे हैं—एकदम स्वतन्त्र।...ऐसे समय में हम लोगों को नकारा गया है।" बाबा साहेब के स्वर में निराशा और कड़वाहट थी।

"सरकार ने अछूतों की उपेक्षा की है और देश के स्वतंत्र होने पर भी अछूत पराधीन बने रहेंगे, यह भविष्य रहेगा हमारा।"

"मेरा माथा तभी ठनका था जब यह मिशन भारत आया था। यह मिशन अनुसूचित जातियों के प्रति गैर-ज़िम्मेदारी का रुख अख्तियार किए हुए था।" भीमराव अंबेडकर ने कहा और फिर वह दादा साहेब की ओर मुखातिब होकर आगे कहने लगे, "कुछ करने का फैसला फेडरेशन की मीटिंग में लिया जा चुका है, अब वही मार्ग शेष बचता है अपने अस्तित्त्व के संघर्ष के लिए।"

"यानी कैबिनेट मिशन की सिफारिशों के विरुद्ध मोर्चा खोलने का और अपना विरोध

प्रस्तुत करने का।'' बाबा साहेब ने स्पष्ट किया।

''सत्याग्रह... ?'' बी. के. गायकवाड़ ने साश्चर्य बाबा साहेब की ओर देखकर भीमराव अंबेडकर से कहा, ''क्या यही एकमात्र रास्ता बचता है ?...सत्याग्रह बहुत हो चुके हैं और जनता भी इनसे ऊब चुकी है।''

''हम पर गहरी चोट हुई है, गायकवाड़ जी।...आर्थिक स्थिति से विपन्न फेडरेशन अपने-आप में गौण बन गया है। फिर भी, जो कुछ है, अब उसी में प्राण फूंकने हैं।...इसके अलावा दूसरा कोई रास्ता भी नहीं है।'' राजभोज ने स्थिति को खुलासा करना अधिक उचित समझा।

''यही उचित भी है।'' बापू साहेब बोले।

''अब फैसला किया जा चुका है। अब तो करना है, सोचना नहीं।''

भीमराव अंबेडकर के इस वाक्य के बाद सब उठ गए। शेष सोचने को रहा भी कुछ नहीं था। सबके चले जाने के बाद उन्हें लगा कि उनके इस लम्बे संघर्ष का परिणाम तदनुरूप नहीं निकल पा रहा है। वे आकाश में फिर से घटाएं आच्छादित होती हुई अनुभव कर रहे थे। उन्होंने खिड़कियां बन्द कर दीं और पलंग पर आकर लेट गए।

छत्तीस

माउंटबेटन योजना सामने आई। भारत के दो टुकड़े हो गए—पाकिस्तान का अस्तित्व स्वीकार कर लिया गया। भीमराव अंबेडकर के सत्याग्रह से कुछ नहीं हुआ। वे इंग्लैंड भी गए। वे वहां से खाली हाथ लौटकर आए। सबने उन्हें यही परामर्श दिया कि वे दलितों के लिए संविधान सभा में संघर्ष करें।

इधर कैबिनेट मिशन के अनुसार संविधान निर्मात्री सभा के चुनाव शुरू हो गए। भीमराव अंबेडकर ने बंगाल विधान परिषद् से अपना नामज़दगी पत्र भरा। अनुसूचित जातियों के लिए अलग से कोई स्थान नहीं था। उन्हें हिन्दुओं के साथ जोड़ दिया था—27 हिन्दू और 33 मुस्लिम प्रतिनिधियों का यहां से चुनाव होना था।

भीमराव अंबेडकर के लिए यह चुनाव उनके जीवन-मरण का प्रश्न बन गया था। हज़ारों की संख्या में पंजाब से दलित आ गए। पुल नम्बर चार स्थित गुरु रविदास मन्दिर में और उसके बाहर दलितों की भीड़ इकट्ठी होने लगी। वे चुनाव प्रचार का केन्द्र बन गया। पंजाब से चमार ही अधिक संख्या में आए थे। कलकत्ते के चर्म उद्योगी उनके चुनाव में जुट गए। दलित कांग्रेसी विधायकों को उन्होंने घेरा। उनसे आश्वासन चाहा।

उनके लिए यह समय सर्वाधिक दुर्द्धर्ष संघर्ष का था। वह रात-दिन एक कर रहे थे। कांग्रेस उनके पीछे पड़ी हुई थी। उनके सामने कोई रास्ता शेष नहीं रहा था।

बहुत कोशिश करने पर वहां के एंग्लो इंडियन सदस्यों का आश्वासन पा सके। परन्तु बहुत जल्दी उनकी इस आशा पर भी गाज गिरी। कांग्रेस ने इनके सात प्रतिनिधियों को संविधान सभा में भेजने की सिफारिश की। इससे वे बिगड़ गए और उन्होंने चुनाव का ही बहिष्कार कर दिया। परिणामतः भीमराव अंबेडकर की स्थिति और भी कमज़ोर हो गई।

वे चक्कर में पड़ गए। उन्हें जोगेन्द्रनाथ मंडल ने बंगाल विधान परिषद् से चुनाव लड़ने के लिए आमंत्रित किया था। हालांकि वह रात-दिन परिश्रम कर रहा था तथापि

परिस्थितियां नाटकीय मोड़ ले रही थीं।

वर्षा होकर चुकी थी। आकाश में बादल घने थे। सड़क की प्रकाश व्यवस्था गुल थी।

बुद्धसिंह, करपालसिंह, बच्चूसिंह और जोगेन्द्रनाथ मंडल भीमराव अंबेडकर के पास आए।

चुनाव से एक दिन पहले वे आए। हर तरह से प्रयत्न करके देख लिया। वह संकटकालीन बैठक थी।

''डॉक्टर साहब, सब तरफ से मोर्चाबन्दी कर रखी है कांग्रेस ने। लेकिन हम भी सिंह हैं, उनके मोर्चे को ध्वस्त करके रख देंगे।'' बच्चूसिंह ने मूंछों पर ताव देते हुए छत की ओर देखा।

उस छोटे-से कमरे में लालटेन का पीला प्रकाश बीमार मरीज़ के चेहरे-सा नज़र आ रहा था। जब-तब बीच-बीच में कुत्ते भूंकने की आवाज़ वातावरण को गंभीर बना रही थी।

''चिंता नहीं है, जो होना है वह होगा और उसे स्वीकार करना पड़ेगा।'' भीमराव अंबेडकर पायजामा-कुरते में थे और चुनाव की भागमभाग से बहुत थके हुए लग रहे थे। उनके पांव में दर्द बढ़ गया था। वे बहुत संयत स्वर में कह रहे थे ''मार्कियुस टवीडल ने भारतीय सेना आयोग की अपनी टिप्पणी में लिखा था कि भारत को जीतने में अंग्रेजों की मदद दलित जातियों ने ही की थी। गोलमेज़ कांफ्रेंस में मेरे प्रति सहानुभूतिपर्ण रुख था।...अचानक यह क्या हुआ... ? ब्रिटिश प्रधानमंत्री ने मुंह मोड़ लिया जिसने कभी मेरा पक्ष लिया था।''

''कांग्रेस ने अपने पूरी ताकत लगा रखी है।...वह आपको हरवाना चाहती है।'' जोगेन्द्रनाथ मंडल ने कहा।

''कोई नहीं हरा सकता, मंडलजी, हमारे डाकदर उम्मेदवार को। वह जीतेंगे। ज़रूर जीतेंगे।'' बुद्धसिंह का हाथ तलवार की मुठिया पर चला गया था। उसकी दाढ़ी-मूंछों पर रवानगी आ गई थी।

''बुद्धसिंह भाई, यह जंग वोटों की है ढाल-तलवार की नहीं। यहां हार-जीत वोटों से होगी, देह की ताकत से नहीं।'' जोगेन्द्रनाथ मंडल ने उसे समझाते हुए कहा, ''मुठिया पर से हाथ हटा लो।''

''नहीं पापाजी, यहां तो वारा-न्यारा होकर ही रहेगा।...मर जाएंगे या मार देंगे लेकिन अपने डाकदर, उम्मेदवार की हार नहीं होने देंगे। यह जनम, वाहे गुरु की किरपा का फल है, उसी के चरणों में चढ़ा देंगे।'' बुद्धसिंह के चेहरे पर खून उतर आया था। उसकी भृकुटियां तन गई थीं। अरुणाधर फड़फड़ा रहे थे।

''सब्र से काम लो, बुद्धसिंहजी !''

''वीरजी कलकत्ते जा तो रहे हो परन्तु लौटो तो जीत का सेहरा सिर पर बंधा होना चाहिए, ये शबद मेरी क्रान्तिकारी बहन के थे, पापाजी !'' बुद्धसिंह ने कहा। इसके साथ ही उसने पुनः मुठिया हाथ से थाम ली।

''कानून है...पुलिस है...कांग्रेस के स्वयंसेवक हैं...सारी व्यवस्था है...कड़ा प्रबंध है। ...वहां कोई दंगा-फसाद हो गया तो तुम लोगों का कुछ नहीं जाएगा। तुम्हें पकड़कर अन्दर कर देगी। बहुत हुआ तो सज़ा दिलवा देगी लेकिन आपके डाकदर उम्मेदवार का तो बेड़ा गर्क हो जाएगा। विरोधी पार्टियां बदनाम कर देंगी और जीत भी हार में बदल जाएगी।''

जोगेन्द्रनाथ मंडल ने उसे समझाया।

करपाल सिंह कुरसी पर से उचककर बोला, "ऐसा कुछ नहीं होगा, मंडल जी !"

"जीत इसी से होगी।" बच्चूसिंह ने कड़ककर कहा और कृपाण की मुठिया को पकड़कर ऐंठना शुरू किया।

"यह रास्ता कायदे का नहीं है।" भीमराव अंबेडकर ने कहा।

"नाराज़ न होना डाकदार साहेब,...कांग्रेस जो कर रही है, क्या वह कायदे का है ?"

"नहीं है...वह भी नहीं है।"

"हमारा सबका भाग्य आपके हाथ में है।" आप हमारे भगवान् हैं।...यदि आप हार गए तो हम सब हार जाएंगे। हमारा रहा-सहा भविष्य भी खतम हो जाएगा।" बच्चूसिंह ने ज़ोरदार आवाज़ में कहा।

"आप लंदन तक हो आए न...क्या हुआ ?...कुछ नहीं ना...और कौन करेगा, कोई नहीं ना !...अब स्थिति डांवाडोल है। इसे स्थिर बनाना है।" बुद्धसिंह मूंछ मरोड़ता जाता और कहता जाता।

"फिर हम कोई बदमाशी नहीं कर रहे हैं।...लातों के भूत बातों से नहीं मानते।... हमारा भरोसा करो। कहीं कुछ नहीं होगा।...कुछ गलत हुआ तो खून का दरिया बहता नज़र आएगा, पापाजी !" बच्चूसिंह ने कहा।

"हमने सब इन्तज़ाम कर लिया है।" करपालसिंह कहने लगा, "कभी-कभी आतंक भी मतदाताओं को प्रभावित करता है।"

"नहीं, मुझे ऐसी जीत स्वीकार नहीं, करपालसिंह !...आप ऐसा कुछ मत करना। लोकतंत्र का दरवाज़ा आतंक की ओर नहीं खुलता है। जिस दिन ऐसा होने लगेगा, उस दिन लोकतंत्र नाम की चिड़िया ऐसे गायब हो जाएगी जैसे गधे पर से सींग।...नहीं, आप लोग ऐसा कुछ मत कीजिए, यह मेरी आपसे प्रार्थना है।" इतना कहकर भीमराव अंबेडकर वहां से उठकर बाहर चले आए।

जोगेन्द्रनाथ मंडल भी उनको बाहर तक छोड़ने आया। मुख्य द्वार पर रुककर भीमराव अंबेडकर ने कहा, "मिस्टर मंडल, यह सब गैरकानूनी है और लोकतंत्र के विरुद्ध है अतः ऐसा स्वप्न में भी मत होने देना।"

"जी, ऐसा नहीं होगा।.. आप इतमीनान रखिए, डॉक्टर साहेब,...मैंने आपको यहां से खड़े होने के लिए आमंत्रित किया था। यहां से जितना भी मेरा कर्त्तव्य है।...अच्छा, शुभरात्रि।" जोगेन्द्रसिंह मंडल ने उन्हें कार में बिठाकर विदा किया।

भीमराव अंबेडकर का दिमाग चक्कर खाने लगा। उन्हें यह चुनाव बहुत भारी पड़ गया। मुस्लिम लीग ने उन्हें आश्वासन दिया था परन्तु पूरे मन से नहीं क्योंकि पाकिस्तान बनना सुनिश्चित हो गया था। ज़रूरी नहीं था कि मुस्लिम धर्म स्वीकार करने का मन सा बनाएं। जिन्ना से उनकी इस मामले में काफी चर्चा हो चुकी थी लेकिन नतीजा कुछ नहीं निकला था—वही ढाक के तीन पात।

अशिक्षित जनता चुनाव में भाग ले रही है। वह क्या चुनेगी ? किसे चुनेगी ? उसे मालूम ही क्या है ? वह कैसे शासन की चालाकियों को समझ पाएगी ? वह कैसे पार्टियों के मायाजाल से अपने को मुक्त करा पाएगी ?

जोगेन्द्रनाथ मंडल लौट आया। वे सब आपस में बातें कर रहे थे। बुद्धसिंह कह रहा था, "बादशाहो, जीत जंग में हो या चुनाव के मैदान में—उसका आधार सदा तलवार रहेगी

या सियासी भ्रमजाल।''

''अपना डागदार घबराता क्यों है ?'' करपालसिंह ने चाय का एक सुट्टा खींचा।

''शेर का सा बच्चा है अपना डाकदार वह भला क्यों घबराएगा ?'' जोगेन्द्रनाथ मंडल ने खड़े-खड़े ही कहा, ''चुनाव की राजनीति अच्छे लोगों के लिए नहीं है। कितना गंदा माहौल बना हुआ है !...चारों ओर मोल-तोल हो रहा है।...धौंस-धपट अलग दी जा रही है।...जाति के आधार से वोट मांगे जा रहे हैं।...अपना डाकदार इसके खिलाफ़ है।'' वह जानबूझकर 'डाकदार' बोल रहा है, डॉक्टर को, ताकि दलित सरदार उसे अपना समझ सकें।

''फिर तो मैदान-ए-जंग में जंग का नज़ारा प्रस्तुत करना पड़ेगा, पापाजी !'' बुद्धसिंह पांव हिलाता हुआ कह रहा था।

''ज़रूरी वही है।'' करपालसिंह ने कहा, ''सारा मायाजाल वोटर के मन से रफूचक्कर हो जाएगा और मैदान अपने हाथ में होगा।...बच्चूसिंह, इसमें दिमाग लगाने की ज़रूरत नहीं है।...इसमें तो तलवार घुमाने की ज़रूरत है।''

''तू ठीक गल कर रहा है, लाले की ज़ान...कल वाह गुरुजी की फतह...एक नारा तान देंगे।...फिर बाज़ी अपने हाथ में होगी।'' बच्चूसिंह ने जवाब दिया।

''फिर सब तैयार रहें।'' बुद्धसिंह ने रौबदार आवाज़ में कहा।

''आप लोग हिंसा फैलाएंगे तो वे भी हिंसा का उत्तर हिंसा से, आपसे कहीं अधिक ताकत से, दे सकेंगे और आपके-हमारे डॉक्टर साहब, जिनके लिए इतना सब करने पर आप लोग आमादा हैं, इससे बहुत दुःखी होंगे। हो सकता है, वे ऐसी जीत को स्वीकार ही नहीं करें।'' जोगेन्द्रनाथ मंडल ने उन्हें समझाने का प्रयास किया। वह जान चुका था कि पंजाब से चर्मकार भीमराव अंबेडकर को जिताने के लिए कुछ भी कर सकते हैं।...रह-रहकर यह प्रश्न उसके सामने ठहर जाता था कि क्यों न करें ?

कैबिनेट मिशन के विरुद्ध किए गए सत्याग्रह का 'हरिजन' पत्रिका ने मज़ाक बनाया था। उसमें लिखा गया था कि अंबेडकर द्वारा रचा नाटक मात्र सत्याग्रह की प्रतिलिपि है। बंबई के मुख्यमंत्री खरे ने भी उस पर व्यंग्य कसा कि यह नाटक मिशन के खिलाफ है, अथवा अंबेडकर और उनके राजनतिक दल की अपमानजनक पराजय के कारण है, अथवा अनुसूचित जातियों को उनकी इच्छा के अनुसार अधिकार नहीं मिलने के कारण है।

बारंबार उसके मन में यह संवाद आग उगल रहा था, ''मैंने संविधान सभा के दरवाज़े तो क्या वातायन और रोशनदान तक बंद करवा दिए हैं। देखते हैं, अब अंबेडकर का उसमें कैसे प्रवेश होता है ?'' सरदार पटेल के ये कठोर शब्द उनके हृदय को बेचैन कर देते थे।

''बादशाहो, हमारी गल पर गौर करो, यह जंग है...शत्रु ने ललकारा है।...सारी अछूत-दलित जाति को नपुंसक कहा है।...डाकदार उम्मेदगार हार गया तो हम यहीं मरेंगे या मारेंगे लेकिन अपने घर पंजाब नहीं जाएंगे, मंडल साहेब ! प्रतिज्ञा का कोई मतलब होता है जी...हौर ज़िन्दगी है क्या, मामूली-सा पानी का बुलबुला।...हम दाग नहीं लगने देंगे अपने वचन को।...या तो हमें बुलाया नहीं होता और बुला लिया है तो हम अब पीछे नहीं हटेंगे किसी सूरत में, किसी के दबाव में और किसी की धमकी से, मंडल साहेब !...सानू पंजाब की मिट्टी का, झेलप, सतलुज आदि पांच नदियों के पानी का गड़ा मर्द है जी...जो कह दिया सो कर दिया। फिर सोचना नहीं...सानू तो कुछ करके जाएगा जी...जलियांवाला बाग का दरद जब छाती में उठता है तब ज्वालामुखी बन जाता है जी !...सानू ते कमज़ोर करने की बात मत करो जी, हाथ जोड़ते हैं जी...सानू की लाज का सवाल है जी !'' उस समय बुद्धसिंह

नहीं, उसकी आत्मा बोल रही थी। उसकी आंखों में चिनगारियां थीं, उसके होंठों पर अंगारे और उसके चेहरे पर जेठ की दोपहरी के सूरज की कठोर लालिमा थी। बारंबार उसका हाथ कृपाण की मुठिया पर जा रहा था।

करपालसिंह ने ज़ोर का नारा उछाला—''वाहे गुरुजी की फतह...जय सत श्रीकाल ...जय डाकदार : जिंदाबाद।''

सैकड़ों कंठ गगनभेदी आवाज़ कर उठे।

देवरुखकर जो बंबई से आया था, वह फेडरेशन का कर्मठ कार्यकर्त्ता था। सत्याग्रह में सबसे आगे रहा था। वह वहां आया। उसने वहां जोश देखा और उत्साह से भरा वातावरण तो उसकी बाछें खिल गईं। उसने बताया, ''कांग्रेस वोटर्स को डरा-धमका रही है। उनका मनोबल तोड़ रही है और बाबू जगजीवनराम को दलितों, अछूतों का नेता बता रही है। ...माहौल में गरमी है।...हमें अभी उन बस्तियों में जाना है और कुछ को रात-भर...जब तक वोट नहीं पड़ जाते, वहीं रहना है।''

''सानू तैयार हैं जी,...देवरुखकरजी, गल करो, किधर जाना हैं।'' उसने नंगी कृपाण खड़े होकर घुमा दी। अंधेरे में बिजलियां चमक उठीं।

''मंडलजी, आप यहीं बैठें जी,...सानू अगने दस-बारह बंदे लेकर देवरुखकर जी के साथ जाता है।...कोई डर नहीं।...कुत्ते हमें देखते ही भाग जाएंगे जी ?'' करपालसिंह फिर कृपाण घुमाता है। वह आगे कहता, ''उठो भाईजी, सानू खड़ा हो गया है...चलो।''

देवरुखकर मंडल की ओर कनखियों से निहारता है। वह चक्कर में पड़ जाता है। लेकिन इसके अलावा उपाय क्या है ? वह इजाज़त दे देता है।

उनके चले जाने के बाद बुद्धसिंह कहता है, ''भाईजी, अब ये मीटिंग-सीटिंग यहीं बंद करो...हौर मतलब की गल करो।...हिंसा क्या है ?...अहिंसा क्या है...ये गल छोड़ो जी। ...जंग में न्याय-अन्याय नहीं देखा जाता।...जंग जीतने के लिए शुरू की जाती है।...जंग सिर काटने का त्यौहार है जी।...अपना शहीद भगतसिंह जी...जवान पुत्तर...बांकाछैला...फांसी के फंदे पर झूल गया जी...गाता-गाता...मां रंग दे बसंती चोला...।'' वह नाच-गा उठता। उसके चेहर पर से नूर टपकने लगता। वह आगे कहता, ''पंजाब दी धरती को, मंडलजी, सर काटने का वरदान है।...उसके हवा-पानी में ऐसा असर है कि एक बार कोई वहां के मुर्दे को भी ललकारे तो वह कृपाण लेकर दुश्मन के सामने खड़ा हो जाए जी !...सानू हुकूम करो जी !'' इस बार वह नंगी तलवार घुमाने लगता। घुमाता ही रहता। अंधेरे में उसकी तलवार लपलपाती हुई चमक रही होती और वह यह कहता हुआ नाच रहा होता, ''वाहे गुरुजी की फतह...दुश्मन का सिर कढ़ाई में...मंडल जी,...पिन-पिनहां लोगों से अपनी दुश्मनी है जी...सानू हुकूम करो जी...पंजाब के सिर यहां कटने वास्ते आए हैं जी...चलते समय वायदा करके आए हैं जी...डाकदार ब्रदर जीतेगा भाई...ज़रूर जीतेगा।...जो कोई आग से टकराएगा ...जलकर राख हो जाएगा।...एक-दो...रास्ता छोड़ दो।...तीन-चार...दुश्मन गया भाग।... पांच-छह—वाहे गुरु दी फतह।—सात-आठ—जो बोले सो निहाल। वह नाच उठा।'' गाता रहा—

''ज़ालिमों का जुल्म भी काफूर-सा उड़ जाएगा,
फैसला होगा सरे दरबार बंदे मातरम्—''

जोगेन्द्रनाथ मंडल में भी समुद्र की तरंगों सा जोश उबाल ले उठा। वह खखारकर बोला, ''हम आपको, बुद्धसिंह भाई, मोशाय भाई कहें तो चलेगा, बुरा तो नहीं लगेगा ?''

"ब्रादर, आप भाई कहता है, फिर कुछ भी कहे, सब दौड़ेगा...मोशाय...तो अच्छा लगता है।...बहुत आछा...।" बुद्धसिंह बंगला की तरह से उच्चारण करने का अभ्यास करता हुआ कहता जाता, "हमने एक बार ब्रादर बोला तो बोला।...वह चाहे दुश्मन को बोला तो बोला।...आखी ज़िंदगी वह हमारा ब्रादर रहेगा...सानू सर कटा देगा लेकिन ब्रादर के खरोंच नहीं आने देगा, मंडलजी !...जिसमें डाकदार हमारा हृदय-सम्राट है...हमारे प्राण हैं।...हम सच कहता है, मंडलजी, सानू उस पर प्राण न्यौछावर कर सके तो अहोभाग्य हमारा जी...वाहे गुरुजी की फतह...जो बोले सो निहाल।"

"ठीक है, बुद्धसिंह जी ब्रादर... !"

"मोशाय, मंडलजी, मोशाय।...तुम्हारा यह ब्रादर मोशाय हो गया जी !"

"हां मोशाय भाई,—जो भी करना पड़ेगा, करेंगे पर अकल से, सोच-समझ के...दुश्मन के पैंतरों का ख्याल रखकर।...ठीक है, अब यह मीटिंग यहीं बरखास्त की जाती है।" जोगेन्द्रनाथ मंडल इतना कहकर उठ खड़ा हो जाता है। वे सब भी उठ खड़े होते हैं।

जोगेन्द्रसिंह सोचता होता है कि दिन तो निकलने वाला ही है। सुबह के चार बजने वाले हैं। अब क्या सोना होगा ? आंखों में नींद कहां है ? कितनी रातें आंखों में काटी हैं ? अब एक रात और सही।

बुद्धसिंह लौट आया। आकर बोला, "सब सुबह की तैयारी में जुट गए हैं।"

वह मुस्कराया।

दिन ने आंखें खोल दीं।

पौ फट रही थी।

दिन आंखें मलता हुआ खड़ा हो गया था किसी स्कूल जाने वाले बच्चे की तरह नखरे करता हुआ। आज उसे याद आया कि आज तो विद्यालय में उत्सव मनाया जाना है। उसमें उसने भी भाग लिया है। फिर क्या था कि वह फुर्ती से तैयार होने लगा। आवा-जाही ने ज़ोर पकड़ लिया था।

चुनाव शुरू।

बंगाल विधान परिषद् भवन में मतदाताओं का प्रवेश तेज़ हो गया। वातावरण गरमाने लगा। शोर-शराबा बढ़ा। ऐंठन भी शुरू हुई। आवाज़ों की रस्साकशी भी हुई। फब्तियों की झंडियां भी लहरा दी गईं जो अभी तक अंदर थीं। ज्वालामुखी फटा नहीं था। लावा बहना शुरू नहीं हुआ था।

लावा-लुतरा भी आंख गड़ाए थे कि कब मौक़ा मिले और वे कुहराम खड़ा कर दें।

लाम-काफ़ की भी जब तक झड़ी चली लेकिन आनन-फानन में ठंडी हो गई।

कुछ गुंडे उभरे। वे मुस्कराए। बुद्धसिंह की निगाहें गिद्ध बन चुकी थीं। रोका-टो़की को उसने देखा। जोगेन्द्रसिंह मंडल का वहां कहीं पता नहीं था। उसकी निगाहें बच्चूसिंह से मिलीं। आंखों ही आंखों में इशारे हुए। उसी के साथ आवाजें सिर उठाने लगीं, "डाकदार उम्मेदगार जीतेगा...जीतेगा।"

प्रतिरोध हुआ, "हार गया भई हार गया...डाक्टर बेचारा हार गया।"

तकरार की तलवारें म्यान से बाहर आईं। उनकी तीखी धार बिजली-सी चमकी।

पुलिस की निगाहें फैलीं। वह सतर्क हुई, उसने बंदूक-लाठी संभाली। घेरा सख्त किया।

बुद्धसिंह मेघ-गर्जना करता हुआ आगे बढ़ा, "डाकदार अंबेडकर...ज़िंदाबाद।...जीतेगा भाई जीतेगा, डाकदार अंबेडकर जीतेगा।...हमारा नेता...डॉक्टर अंबेडकर...इन्कलाब...

ज़िंदाबाद'' के नारे गूंजे।

पुलिस की त्योरियां चढ़ीं, उनके हाथ की लाठियां तनीं और बंदूकों ने पलकें झपकीं।

बुद्धसिंह नाचता हुआ, एक हाथ से नंगी तलवार घुमाता हुआ कुछ मज़बूत साथियों के साथ आगे बढ़ा। उसने नहीं सुना और न साथियों ने ही सुना कि कब पुलिस गारद चीखी और उसने कहा, ''वहीं ठहरो।''

बुद्धसिंह और उसके साथी जयनाद करते हुए पुलिस का घेरा तोड़कर विधान सभा के आंगन में जा पहुंचे। इसी समय, ख़बर मिलते ही जोगेन्द्रनाथ मंडल वहां पहुंचा, लेकिन तब तक बुद्धसिंह की मेघ-गर्जना शुरू हो चुकी थी। वह ज़ोर-ज़ोर से कह रहा था, ''सुनो, सुनो...सानू गल सुनो, मैं बुद्धसिंह...पता ढिलवां गांव जिला जालंधर का निवासी—कसम वाहे गुरुजी की है, कसम इस पवित्तर माटी की,...कसम पांच नदियों वाले बांके पंजाब की...कसम सच्चे दरबार की...प्रण करता हूं कि यदि डाकदार उम्मेदवार को चुनाव में हरा दिया गया तो सुन ले ये आकाश चमकीला, सुन ले ये धरती बलिदानी, सुन लें ये हवाएं तूफानी... सब सुन लें...तो ये म्यान से बाहर आई तलवार गद्दारों के खून से होली खेलेगी...तब तक खेलती रहेगी जब तक मैं शहीद नहीं हो जाऊंगा।...वाहे गुरुजी फतह...जो बोले सो निहाल।...''

इस प्रकार से वे सभी प्रतिज्ञा लेने लगे और लाठी-तलवारें घुमाने लगे।

विधान परिषद् ने एक भूकंप का झटका अनुभव किया। नारों से गगन गूंज रहा था। कांग्रेसी विधायक कांप उठे। पुलिस हैरत में थी। एक-दो विधायकों को उन्होंने रोका तो जोगेन्द्रनाथ मंडल वहां आ गया और हाथ जोड़कर क्षमा मांगते हुए, उन्हें जाने दिया चुनाव केन्द्र (बूथ) तक।

पुलिस इंस्पेक्टर ने उन्हें समझाया कि वे लोग कानून हाथ में नहीं लें। जोगेन्द्रनाथ मंडल ने कहा, ''साथियो, पुलिस इंस्पेक्टर साहब, सही राय दे रहे हैं। हमारा यहां रहना आपत्तिजनक है। आप लोग जहां थे, वहीं लौट जाएं।''

कुछ क्षण तनाव में बीते। नाराजी के बादल मंडराए परन्तु छितरा भी गए। ज़ोर-ज़ोर से नारे लगाते, लाठी उछालते और हवा में तलवार घुमाते वे सब यथास्थान लौट आए।

चुनाव की कार्यवाई फिर से सामान्य हो गई।

चुनाव के बाद अटकलें गरमाती रहीं। सट्टा बाज़ार रंग बदलता रहा गिरगिट की तरह। भाव लहरों की तरह उठे और फिर गिरे—फिर उठे।

17 जुलाई, 1946 के चुनाव-परिणाम 20 जुलाई, 1946 को निकलने थे। बीच के ये तीन दिन तीन बरसों के समान बीते। बुद्धसिंह, करपालसिंह, बच्चूसिंह, देवरुखकर आदि अपने आप में लीन हो गए। जोगेन्द्रनाथ मंडल और उसके साथियों में सरगरमी बनी रही।

आखिर परिणाम घोषित हुआ—भीमराव अंबेडकर विजयी हुए। उनकी जीत ने एक कीर्तिमान् बनाया। देश-भर के स्वतंत्र उम्मीदवारों में उन्हें सबसे अधिक मत मिले।

शहर नाच उठा।

भांगड़ा शुरू हो गया। ऐसा भांगड़ा जो शायद कलकत्ते वालों ने इससे पहले कभी नहीं देखा और न सुना। जालंधर के सरदार अछूत नाच रहे थे हाथ में नंगी तलवार लिए। तलवार का वार ढाल पर ले रहे थे और वार का जवाब वार से दे रहे थे। बिजलियां चमक रही थीं, बिजलियां गरज रही थीं और दर्शक दांतों में उंगली दबाए अवाक् थे।

ढोल पर ताबड़तोड़ डंडे बसर रहे थे। पटाखे छोड़े जा रहे थे। लाठियां हवा में उछालें

भर रही थीं। तराने गाए जा रहे थे–

"बाबा अंबेडकर की जय"

"डॉक्टर अंबेडकर की जय"

"जय...जय...जय"

गगन नारों से गूंज रहा था। जुलूस खुशी से उछल रहा था, दर्शक आनंद ले रहे थे।

कितना भाग्यशाली था वह दिन। उम्मीद से अधिक मिल गया था। किसी ने नहीं सोचा था कि ऐसा चमत्कार हो सकता है। क्या सोच रहे होंगे सरदार पटेल और कांग्रेसी? उनकी छाती पर सांप लोट रहा होगा अंगड़ाई लेकर।

भीमराव अंबेडकर शांत-गंभीर बने रहे। उन्होंने अपनी यह विजय समूचे दलित वर्ग की विजय बतलाई और इसके लिए सबको धन्यवाद देते हुए अपनी प्रतिज्ञा दोहरायी कि रक्त की अंतिम बूंद तक मैं अपने लोगों के लिए, उनके हितों के लिए और उनके अस्तित्व के लिए काम करता रहूंगा।

एक उत्सव समाप्त।

एक सुबह संध्या के तट पर खड़ी समुद्र को आंखों में भरती हुई धीर-गंभीर और मौन।

सैंतीस

मनुष्य जो सोचता नहीं है, वह हो जाता है और जो सोचता है, वही नहीं होता है, ऐसा क्यों होता है, यह रहस्य आज तक रहस्य बना हुआ है, इसे कोई नहीं जान सका और यदि किसी ने जाना भी तो यह जाना कि यह ईश्वरीय चमत्कार है, आप चाहें तो इसे भाग्य भी कह सकते हैं। भीमराव अंबेडकर के जीवन में इन कुछ वर्षों में ऐसा ही घटा, जिसे वह चाहकर, खूब सोच-विचार करने के बाद कोई नाम नहीं दे सके और न किसी निष्कर्ष तक पहुंच सके।

वे इन वर्षों का लेखा-जोखा कैसे करें और क्या करें, यह वे नहीं सोच पा रहे थे। वे जितना इस विषय पर सोचते थे, उतना ही वे उलझ जाते थे। जब उनसे एक प्रकाशक ने यह चाहा कि वे अपनी आत्मकथा लिखकर दें तो उससे समाज को एक सर्वथा नवीन दृष्टि मिलेगी और वह उनके बारे में किसी निष्कर्ष पर पहुंचकर स्वयं के प्रति आत्म-निरीक्षण करने का साहस दिखा सकेगा।

"नहीं भाई, समय नहीं है।"

"इसके लिए समय निकालना चाहिए, यह आप जैसे जीवट व्यक्ति के लिए बहुत ज़रूरी हो जाता है क्योंकि आपने एक युग अपने में जिया है।" कवितकर ने बैठने का रुख़ बदलते हुए कहा।

"मैं शायद नहीं लिख पाऊंगा, कवितकरजी !" भीमराव अंबेडकर ने एक पत्रिका मेज़ से उठाते हुए कहा।

"गांधीजी के 'सत्य के प्रयोग' का जवाब भी दिया जा सकेगा। बहुत कुछ ऐसा है जो अभी तक सही रूप में सामने नहीं आ सका है और जिसके आने से समाज को फिर से सोचने और निर्णय लेने का एहसास हो सकता है।...आपने भी सत्य ही जिया है और

सत्य के साथ गुज़रते हुए जो अनुभव हुआ है, वह सब प्रकाश में आना अपरिहार्य है।'' कवितकर का स्वर गंभीर था और वह भीमराव अंबेडकर को उत्साहित और उत्प्रेरित करना चाह रहे थे।

वे भी कई बार सोच चुके थे लेकिन वह अपने को इस कार्य में जोड़ नहीं पाते थे। जीवनी लिखने का मन बनता ही नहीं था। बीमारी घेरती थी और समस्याएं आंख दिखाने लगती थीं। उनका मन उद्विग्न हो उठता था।

वे वातायन से घुस आए उस धूप के टुकड़े की ओर देखे जा रहे थे जो खरगोश के बच्चे के समान एकदम सफेद था और शांत था। उसका चेहरा मां की गोद में छिपा हुआ था, सिर्फ उसकी पीठ दिखलाई पड़ रही थी। वे मिठाई का एक टुकड़ा उठाकर कहने लगे, ''कवितकरजी, मैं चाहते हुए भी अपनी जीवनी नहीं लिख पाऊंगा। मन नहीं करता। अनेक प्रसंग एक साथ उठ जाते हैं, जिनसे उत्तेजना बढ़ने लगती है और हाथ कांपने लगता है। फिर, मेरे पास समय का नितांत अभाव है। जो समय मिलता है, वह दीन-दुखियों की समस्या में निकल जाता है। फिर, अपने बारे में लिखूं, यह मन भी नहीं करता।''

''अमेरिकन पत्रकार जॉन को साक्षात्कार देते हुए आपने यह कहा था कि यह ठीक से कहना कठिन है कि उस लक्ष्य को प्राप्त किया जा सकेगा, जिसके लिए संघर्ष शुरू किया था।...कम-से-कम आपके जीवन में तो कतई नहीं।'' ऐसा क्यों सोचा आपने, दरअसल यहीं से मुझे लगा कि यह रास्ता जीवनी की ओर जाता है।...डॉक्टर साहब, आपके लिए तो वह संस्थिति भी बहुत नाज़ुक थी जबकि आप जहां से चुनाव जीते थे, वह भाग भारत के हिस्से नहीं आया था।...तब क्या सोचा होगा आपने ?''

''सोचना क्या था, करना था। वह किया भी।'' वह संक्षिप्त में उत्तर देकर चुप हो गए।

''शूद्र कौन थे ?...के सम्बन्ध में बहुत कुछ जाना जा सकता है।'' कवितकर ने कहा।

''वक्त कम है और कहने-लिखने के लिए बहुत है।'' भीमराव अंबेडकर ने अफसोस के साथ कहा।

''आप क्यों नहीं पंडित नेहरू की तरह अपने जीवनी-लेखक का चुनाव कर लेते ? उन्होंने तो माईकल बरीचर को पसंद किया था। सुना है, अमेरिका से पत्रकार मिस कारपेंटर ने इस तरह का प्रस्ताव किया था।...यह मार्ग भी बहुत उपयुक्त हो सकता है !'' कवितकर ने आशा से उनकी ओर देखा।

''फिलहाल समय नहीं है। अवसर मिला तो बाद में विचार कर सकूंगा।''

''आपने पीपल्स एजूकेशन सोसाइटी की स्थापना की और तदन्तर्गत सिद्धार्थ कॉलिज कियूड रोड पर कुटियों में खोला गया। वह आपके व्यापक चिंतन-फलक पर आपको बड़े सम्मान से स्थापित करता है। इतनी विविधता किसी अन्य नेता में देखने को नहीं मिलती है।'' कवितकर ने सहज ढंग से अपनी बात कही, परन्तु भीमराव अंबेडकर ने तत्काल उत्तर दिया, ''आपने सारे नेता देखे कहां, मिस्टर कवितकर, अन्यथा आप यह नहीं कहते। सवाल विविधता और कीर्तिमान स्थापित करने का नहीं है। मेरी समझ से सवाल है अस्तित्व के मानसिक संघर्ष को चित्रांकित करने का।...उसमें अकारण अनेक विवाद उठ सकते हैं और बात दंगों पर भी आ सकती है।...उसमें उलझन है।...बात एकदम खुलासा नहीं हो पाती है।''

''आपने पाकिस्तान का समर्थन किया है ?'' कवितकर ने एक नया प्रसंग छेड़ दिया।

"हां, मैंने पाकिस्तान के अस्तित्व की पैरवी की थी। मुसलमानों के लिए पृथक पाकिस्तान ज़रूरी है।...परन्तु मि. कवितकर, आप यह क्यों नहीं याद रखना चाहते हैं कि मैंने यह भी कहा था—मुस्लिम लीग की भारत-विभाजन की मांग के बावजूद एक वक्त अवश्य ऐसा आएगा, जब वह भी यह सोचने के लिए विवश हो जाएगी कि अखंड भारत सबके लिए बेहतर है।...सच यह है कि हिन्दुस्तान के अधिकांश अखबार और पत्रकार भी उस अंबेडकर की स्थापना करना चाहते हैं जो वह न था, न है और न कभी हो सकता है।" भीमराव अंबेडकर इस बात से बेहद परेशान थे कि उन पर आरोप लगाने वाले, आरोप लगाने से पहले उसके संपूर्ण संदर्भों-प्रसंगों का अध्ययन नहीं करते हैं और न उनके तद्विषयक संपूर्ण वक्तव्यों को ही गंभीरता से देखते हैं और एक विकृत विवेक उछाल देते हैं। उससे उनके मन को बहुत तकलीफ होती थी।

"यह आप कैसे कह सकते हैं ?" कवितकर ने दूसरा प्रश्न किया।

"मुझे गद्दार कहा गया, मुझे ब्रिटिश सत्ता का पिट्ठू कहा गया, मुझे हिन्दू-धर्म का शत्रु बताया गया, मेरी गोलमेज़ कांफ्रेंस की भूमिका से जुड़े वक्तव्य को अनदेखा करते हुए मेरे प्रति आग उगली गई,... मैं इंग्लैंड से एक मेम से शादी करके लौट रहा हूं, यह प्रचारित किया गया...आखिर यह किसने किया ? किस इरादे से किया ?...क्या अखबारों और पत्रकारों का यह दायित्व नहीं है कि वे किसी बात को तभी प्रचार में लाएं—छापें—जबकि उसका भली प्रकार अंतःविश्लेषण कर लें ? यह मत भूलो, मिस्टर कवितकर, देश के उत्थान या पतन तथा लोकतंत्र के लिए अखबार और पत्रकार किसी नेता से कम ज़िम्मेदार नहीं हैं।" भीमराव अंबेडकर ने तेज़ी से कहा और इसके साथ ही उनका मिज़ाज कुछ बदल गया। उनके चौड़े माथे पर त्रियक उभरने लगीं। उनकी बड़ी-बड़ी आंखों में हल्की सी लालिमा उभरने लगी। उनके मोटे होंठों पर दबाव बनने लगा।

"क्या यह सच है कि आपको पं. नेहरू की अपेक्षा सरदार पटेल ज़्यादा पसंद हैं ?" कवितकर ने उस विषम परिस्थिति में भी एक प्रश्न और दाग दिया।

"हां।"

"जबकि बंगाल के चुनाव में सरदार पटेल ने आपकी जड़ें उखाड़ने का षड्यंत्र किया था ?" कवितकर ने सीधा प्रश्न किया।

"मुझे नहीं मालूम।...मैं जीता, यह आपको मालूम है।"

"पाकिस्तान विभाजन की मंजूरी पर आपको पुनः बंबई से चुनाव लड़ना पड़ा।"

"हां।"

"तब क्या सरदार पटेल ने यह निर्देश वहां की कांग्रेस को दिया कि आपको जिताना है ?"

"सुना है, हकीकत मालूम नहीं।"

"यह क्या आपके मुकरने का अंदाज़ नहीं ?"

"वह आप मुझसे बेहतर जान सकते हैं।"

"फिर भी आपको...।"

"सरदार से मेरे व्यक्तिगत सम्बन्ध बने, कवितकरजी, मुझे उनके व्यावहारिक पहलू ने आकर्षित किया।...आर्थिक और संवैधानिक मामलों में मैंने नेहरू को अपने अधिक नज़दीक पाया। परन्तु, उनकी भावुकता और अस्पष्टता को मैंने कभी पसंद नहीं किया। मुझे उनके मार्क्सवाद और अर्थवाद से कोई लेना-देना नहीं।...नेहरू देश में सामाजिक

असमानता और सामाजिक अत्याचार की भयंकरता से बहुत कुछ अनभिज्ञ हैं।...सरदार दृढ़ व्यक्ति हैं।...मुझे यह स्वीकार करने में कोई आपत्ति नहीं है। संविधान सभा से एम. आर. जयकर के स्थान पर नेहरू दूसरों को लाना चाहते थे। सरदार ने बंबई प्रीमियर को कहा था कि मुझे जिताया जाए। वह हुआ भी। उस वक्त मैं बहुत निराश हो चुका था।...एकदम अकेला पड़ गया था।...कवितकरजी, मुझे लगता है कि ईमानदार, कर्त्तव्यनिष्ठ, परिश्रमी और मौलिक चिंतक को सदा अकेले ही जीना पड़ता है, उसका कोई साथ नहीं देता या दे पाता, क्योंकि उसके साथी अपना स्वार्थ सामने रखकर उसके साथ आए होते हैं।...यही कारण है कि मैं संकटों और निराशाओं के घटाटोप अंधेरों में अपना रास्ता बनाता, साहस और जोखिम को एक तराजू में तोलता अपना काम करता जाता हूं।...यही शायद एक देशभक्त की नियति—प्रकृति—है।'' इस बार भीमराव अंबेडकर सहज, सरल और भावावेश की लहर में प्रसन्न मनःस्थिति का परिचय देते हुए गंगावतरण की तरह ऐसे एक सटाके में कह गए जैसे कोई पाक नमाजी सज़दे पर जमकर एक ही मुद्रा में बैठे नमाज पढ़ गया हो।

''आपसे मेरी यह इल्तिज़ा है, डॉक्टर साहब, आप इसी तरह अपनी जीवनी लिखवा दें।...आप जब बोलने लगते हैं, तब एक चित्र उभरने लगता है और संवेदनाएं बहने लगती हैं। वह सब अपेक्षाकृत उससे बेहतर सिद्ध होगा जो आप अलग-अलग समाज और लोगों को देते हैं। यदि ऐसा ही रहा तो समाज एक अच्छी जीवनी से महरूम रह जाएगा।'' कवितकर ने प्रार्थना की।

''नहीं, कवितकरजी, ऐसा कुछ नहीं है।''

''है, डॉक्टर साहब है।'' कवितकर ने ज़ोर देकर कहा।

''क्या है ?'' भीमराव अंबेडकर पूछते हैं।

''जीवनी व्यक्तित्व का जिया और भोगा जानदार हिस्सा है।''

''कमज़ोर भी।''

''जीवनी में आया कमज़ोर पक्ष सशक्त बनकर उभरता है पाठक के मन पर और वह एक सुहावनी याद छोड़ जाता है। बहुत-से ऐसे पक्ष भी हैं जो सामने नहीं आ पाते, उनसे वह जुड़कर संपूर्ण निष्ठा का अनुभव करता है। एक अनुभूति-स्रोत उसमें निसृत हो उठता है जो समाज की जीवन-शक्ति को सदा तरोताज़ा और सद्यः खिले सुमन की तरह आनंद देने वाला प्रतीत होता है।...आपका जीवन संघर्ष की एक जीती-जागती और बोलती कहानी है। वह समाज को उन क्षणों के चित्रांकन और अनुभूतियों के साथ मिले जिन क्षणों में उनकी आशा-निराशा, धूप-छांह, गरमी-सरदी, सच-झूठ आदि से गुज़रते हुए अंजाम तक पहुंचा गया था या पहुंचते-पहुंचते चित्त किसी दलदल में फंसा-धंसा रह गया था।'' कवितकर उनकी विचारधारा से जुड़े साहसी व्यक्ति की भूमिका सदा अदा करता रहा था। बंबई में हुए सांप्रदायिक दंगों में अछूत कार्यकर्त्ता देवरुखकर की छुरा घोंपकर हत्या की गई थी तब उसने ही उसे तूल देकर सबका ध्यान उसकी ओर खींचा था। बंबई चुनाव में उनका प्रचार भी उसने किया था। वह स्वयं एक संघर्षशील प्रकाशक था, जिसे अच्छी कृतियों के प्रकाशन का शौक था।

भीमराव अंबेडकर को भी लगा कि उनको अपनी जीवनी लिखनी या लिखवानी चाहिए, इसलिए नहीं कि वे इससे अपने होने को मनवाना चाहते हैं प्रत्युत इसलिए कि इस तरह से वे अपने को समझने में सहायता पा सकेंगे और एक समग्र तस्वीर की अनुभूति कर सकेंगे जो अब तक उनकी बन पाई है। उन्होंने खखारकर कहा, ''ठीक है, आपका

प्रस्ताव पसंद आया, परन्तु मैं वायदा नहीं कर सकता कि कब से यह कार्य शुरू हो सकेगा।''

"धन्यवाद डॉक्टर अंबेडकर, मुझे प्रतीक्षा रहेगी उस शुभ दिन की जिस दिन एक क्रान्तिद्रष्टा और जीवनमंत्रदाता कणे अपने-आपको समय के आदमकद आईने के सामने रू-ब-रू कर सकेगा।'' कवितकर ने कहा और सामने रखे पानी से भरे गिलास को उठाया। बहुत देर से वे एक अज्ञात प्यास का अनुभव कर रहे थे। गटगट कर वह पानी से भरा गिलास चढ़ा गए।

बहुत समय हो चुका था। भीमराव अंबेडकर को बाहर भी जाना था। अतः वे उठे और उसे विदा कर तैयार होने के लिए अंदर मुड़ गए।

तैयार होते हुए उनके मनोमस्तिष्क पर अनेक स्मृतियां उभरने लगीं शरदकालीन मेघखंड-सी, शांत, सुस्पष्ट और ताज़गी-भरी, जिनमें सुगंध, रंग और चेतना की त्रिधारा प्रवाहित हो रही थी, बहुत धीमे-धीमे पर एक साथ, एक अनुपात में। चित्त पर उनका सम्मोहन-आकर्षण बनता जा रहा था अकारण और असोचे। अपने बीते हुए को स्वयं तटस्थ होकर देखना और समझने के दौर से गुज़रते जाना कहीं-न-कही अंदर से मन को गहरे में बांध लेता था, जिसका विश्लेषण चाहकर भी वह नहीं कर पा रहे थे और न विश्लेषण की मदद से फिर से उसे जी लेने की तमन्ना वे अपने में संजो पा रहे थे। एक बेहद अपरिचित, अजनबी और अनजाना अतीत शांत समुद्र की अपलक आंखों से अवलोक रहा था किसी प्रिय भावोद्भावना की चिर प्रतीक्षित आशा से। ऐसे क्षण जिनमें वे स्वयं को अपनेपन का एहसास दे पा रहे थे, बहुत आरामदायक लग रहे थे। जीने का संघर्ष, अस्मिता-बोध की अनुभूति और एक संवेदना-स्रोत का गुंजन उनके हृदय-तारों को तरंगित कर रहा था। अपने को अपनी आंखों से पहचानने-समझने की प्रसन्नता ही कुछ और है, जिसे वें अब तैयार होकर, बाहर जाने से पूर्व अनुभव कर रहे थे और बाहर जाने वाले मन को ठहरे रहने के लिए आदेशित करना चाहते थे। चाहने और न चाहने के बीच के द्वन्द्व में कुछ एकतरफा तय कर पाना कितना मुश्किल होता है, उस आदमी के लिए जो जीवन-भर वर्तमान को ही अपना खूबसूरत से खूबसूरत समय देता रहा हो फिर चाहे दूसरे के लिए वह संस्थितियां बदसूरत-से-बदसूरत ऊर्जा क्यों न पैदा करती रही हों, उससे उसे कोई फर्क नहीं पड़ता।

अब वे बाहर आकर कार में बैठ चुके थे। बराबर इस एहसास से जुड़े हुए थे कि वे कुछ ज़रूरी भूले जा रहे हैं परन्तु वह ज़रूर उन्हें याद नहीं आ रहा था। वे ज़रूरी कहीं उसका ज़रूरी अंग न हो, जिसके लिए वे बाहर जाने के लिए कार स्टार्ट करना चाहते हैं, यह भी वे निश्चय नहीं कर पा रहे थे।

फिर भी, कार स्टार्ट हुई। होनी भी थी। उसी के लिए वे तैयार होकर बाहर आए थे और अब कार को इंडिया गेट से दक्षिण दिशा में मोड़ रहे थे।

अड़तीस

संविधान सभा के अध्यक्ष राजेन्द्र प्रसाद निर्वाचित हुए थे। डॉ. एम. आर. जयकर ने, संविधान सभा के प्रथम अधिवेशन में, जवाहरलाल नेहरू द्वारा प्रस्तावित संविधान के आठ सूत्री उद्देश्य पर बोलते हुए यह संशोधन पेश किया था कि इस प्रस्ताव पर उस समय तक विचार नहीं किया जाए जब तक मुस्लिम लीग और भारतीय रियासतों के प्रतिनिधि

संविधान सभा में सम्मिलित न हो जाएं। इस पर कांग्रेसी सदस्य आपे से बाहर होकर तेज़ स्वर में डॉ. जयकर के वक्तव्य को काटने लगे थे।

भीमराव अंबेडकर, संविधान सभा में इसीलिए निर्वाचित होकर पहुंचे थे कि वे गैर-सवैधानिक कार्य का विरोध कर सकें। डॉ. जयकर का संशोधन उचित था, यह उन्होंने उसे अपना समर्थन देकर सिद्ध कर दिया था और बहस में हिस्सा लेते हुए उसकी शल्य चिकित्सा भी कर दी थी। उन्होंने कहा था, "श्री नेहरू के प्रस्ताव का पहला भाग विवादपूर्ण है और दूसरा भाग जिसमें भविष्य के संविधान के मंतव्यों का वर्णन है, व्यवहारवादी नहीं है। उसमें मात्र अधिकार पक्ष की व्याख्या है, उसमें पीड़ित दलों के किसी समाधान का उल्लेख नहीं हुआ है। फिर भी, यह हिस्सा विवाद से परे है।" उनके सटीक लम्बे वक्तव्य का अच्छा प्रभाव बना था। परन्तु इस बात पर डॉ. जयकर जैसे शांतिप्रिय, तटस्थ और निर्भीक सदस्य संविधान सभा से त्यागपत्र देकर अकेली राह के राहगीर बन चुके थे।

देश स्वतंत्र हो चुका था। पाकिस्तान का अस्तित्व सामने आ चुका था। स्वयं गांधीजी ने सदन को चालीस मिनट तक संबोधित करते हुए यही सलाह दी थी कि 3 जून की योजना मान ली जाए।...वे सदन में यही कहने के लिए उपस्थित हुए हैं कि हिन्दुस्तान के विभाजन का प्रस्ताव कांग्रेस कमेटी को मान लेना चाहिए।" तब पुरुषोत्तम दास टंडन, डॉ. किचलू, अब्दुल गफ़्फ़ार खां, चोहतराम गिडवानी आदि का गगनभेदी विरोधी स्वर बेअसर होकर रह गया था।

भीमराव अंबेडकर को मंत्रिमंडल में लेने का प्रस्ताव सरदार पटेल ने रखा था, यद्यपि वे गैर-कांग्रसी थे तथापि उनके व्यापक ज्ञान-विज्ञान और अनुभव का लाभ लेना भी जरूरी था। पं. नेहरू भी इस सम्बन्ध में अपना मानस बना चुके थे। फलतः पं. नेहरू ने भीमराव अंबेडकर से अपने मंत्रिमंडल में सम्मिलित होने का आग्रह किया और वे मान गए।

स्वतंत्र भारत देश के प्रथम मंत्रिमंडल में भीमराव अंबेडकर कानून मंत्री बने। उसी के साथ उन्हें संविधान की प्रारूप समिति का भी अध्यक्ष चुना गया। उनकी समिति के सदस्य अलग होते गए या निष्क्रिय रहे। बहुत कुछ उन्हें अकेले ही करना पड़ा।

वे मंत्रिमंडल में सम्मिलित ज़रूर हुए परन्तु कांग्रेस पार्टी में नहीं, इस बात का वे सदा कांग्रेस पार्टी को अनुभव कराते रहे ताकि वह उनके बारे में कोई गलतफहमी नहीं पाल बैठे। वे गांधीजी के देहांत से जहां दुःखी हुए थे, वहां उनमें यह आशा भी जगी थी कि महात्मा की दासता से मुक्त भारत के सामने जीने की नई दिशाएं खुल सकेंगी। उन्होंने गांधीजी की मृत्यु की तुलना सीजर की मृत्यु से की थी।

वे मधुमेह से परेशान थे। भारत के संविधान में रात-दिन लगे हुए थे, अपनी बीमारी को भूलकर।

इसी बीच उनकी मित्रता सविता से हो गई। वह मात्र मित्रता थी। पत्र भी लिखे। पाए भी। सविता का व्यक्तित्व इस समय उनको राहत देने लगा था।

आज जब सविता आई तो वह सिर से नहायी थी और उसके बाल निर्बंध-से थे। उसने आते ही प्रश्न किया, "मेरी समझ में यह नहीं आता कि आप सदाचार और उच्च नैतिकता के प्रति इतने क्यों झुके हुए हैं ?...यह उच्च नैतिकता क्या है ?"

"सविताजी, आप इन प्रश्नों को लेकर इतनी परेशान क्यों हैं ? आपको इनको समझने की भी ज़रूरत नहीं है। मैंने यह सब आपको इसलिए लिखा था कि आप मेरे दृष्टिकोण को समझना चाहें तो समझने में मदद पा सकें।" भीमराव अंबेडकर चूड़ीदार पायजामा और

कुरता पहने हुए थे। वे सहज रूप से अपनी बात कह गए।

"प्रत्येक स्त्री-पुरुष का जीवन संक्षिप्त है और उसका रास्ता भी संकीर्ण है। नतीजतन उसका अनुभव भी संक्षिप्त होगा।...यह सब क्या है, डॉ. अंबेडकर ?" सविता उनकी ओर भावभीनी दृष्टि डालते हुए कहती।

"मेरी अपना सोच है, सविताजी !"

"मुझे ज़रूरी नहीं लगता कि ऐसा हो ही।"

"यह आपका अनुभव है।" भीमराव अंबेडकर ने धीरे से कहा।

"सीमित अनुभव से संकीर्णता ही घर करती है, क्या यह ज़रूरी है ? एक व्यक्ति के जीवन में बहुत लोग आते हैं, जिन्होंने' दूसरों से हटकर जीवन जिया होता है। परिणामतः उनके अनुभव भी दूसरों से जुदा और अलग होते हैं।" सविता अपने चेहरे पर उभर आई लट को पीछे करते हुए अपलक दृष्टि से उनको देखे जा रही है।

"हां, सविताजी,..."

"नो डॉ. अंबेडकर, सविता इज़ एनफ। 'जी' क्यों ?" सविता ने अधरों पर स्मिति बिखेरते हुए कहा।

"जी !"

"नो जी...जब तब उन अनुभवों यानी दूसरों के अनुभवों से परिचित नहीं हो तब तक कोई अंपनी मान्यताओं को विकसित नहीं कर सकता—यह सच है क्या ?" सविता ने उन्हें घूरते हुए कहा।

"हां।"

"तो क्या आप बता सकने की कृपा कर सकते हैं, डॉ. अंबेडकर, कि आपने मुझसे यानी मेरे अनुभवों से क्या निर्णय लिया ?" सविता मुस्कान दबाकर बात कर रही थी।

भीमराव अंबेडकर खामोश हो गए। बहुत देर चुप बने रहे। पुनः सविता ने कहा, "आप अचानक इतने गंभीर क्यों हो जाते हैं कि सामने वाला आपको या अपने को रेखांकित समझने लगे।"

"आपको ऐसा नहीं कहना चाहिए।"

"आरती बिडवालकर का यह मत है कि...।"

"ठीक है।"

"क्यों ?"

"मैं जिन महिलाओं को ठीक से जान नहीं पाता, उनसे बात करने में मुझे असुविधा होती है।"

"इसीलिए वह आपको कठोर कहती है।"

"शायद...।"

"और जिनको जानते हो ?"

"उनके लिए मैं पानी की तरह शांत और घास की तरह कोमल हूं।" भीमराव अंबेडकर कहते।

"मुझे आप जानते हैं या... ?"

"जान रहा हूं।" वे ज़ोर देकर कहते।

"उन दिन खूब बातें कर रहे थे आप।"

"किस दिन ?"

"जब पार्टी से लौटते हुए हम लोग जूहू के मुक्त समुद्र तट पर कार से उतरकर, तेज़ हवाओं से लापरवाह हुए बात कर रहे थे। ज़िंदगी बिना जिल्द वाली पुस्तक-सी भाग उठी थी सिंदूरी होकर।...जानते हैं, तब मैंने चकित होकर आपको देखा था...आप मुझे अजनबी लग रहे थे।—मैं खुश थी और आपको मुक्त हंसते हुए पहली बार पाया था। वह कैसा सुखद दिन था ! मैंने फिर वैसा कभी नहीं पाया आपको।" सविता कह गई काव्य की अन्तरंगता और ऊष्मा के साथ।

"सविता... !"

"धन्यवाद।"

"किसलिए ?"

"बोझ हटाने के लिए।"

"कैसा बोझ ?"

"जी हटाने का।"

इस पर भीमराव अंबेडकर मुस्करा पड़े। वह कहने लगे, "मैं कुछ-कुछ रिज़र्व नेचर का हूं—विरक्त पुरुष।...यदाकदा मैं बोलने लगता हूं तो बोलता जाता हूं। नहीं बोलूं तो रेगिस्तानी टीबा बन जाता हूं। एकदम शुष्क।...बहुत लंबे समय से मैं अकेला हूं और रेतीले थपेड़े सहता रहा हूं। तटस्थ विषाद मेरे पर छाया रहता है।...मुझे जीवन के इंद्रधनुष मोह नहीं पाते।...वैराग्य मेरा साथी बन चुका था।"

"समय सदा एक-सा नहीं रहता, डॉक्टर !"

"मेरे लिए इस तर्क से मन बहलाना गलत ही सिद्ध होगा।...आनंदित मन मेरा यायावर मेघ की तरह मचलता ज़रूर है परन्तु जब-तब।" भीमराव अंबेडकर समझ रहे थे कि सविता उनमें क्या तलाश रही है और वे सविता को क्या समझाना चाहते हैं।

"यह तो दूसरे पर भी निर्भर है। आखिर उसकी भी तो शख्सियत है, उसका भी वजूद है। वह सब...खैर, वह अपनी ताकत की बात है।" सविता ने दाहिना पांव बायें पांव पर रखा और सहज होकर बैठ गई कुरसी की पीठ का सहारा लेकर।

भीमराव अंबेडकर में छितराते उल्लास, बिना आसमान का समंदर, अवसाद चूस लेने वाले बिना रीढ़ के जानवर, कसमसाते हुए इमारतों के पलस्तर और प्रकाश ढूढ़ंता हुआ अंधकार एक साथ उछालें भर उठे थे। हर इंसान के अपने ज़ेहनी मापदण्ड भी होते हैं, उनसे सरोकार करना पड़ सकता है। उनकी आंखों में झांकता यशस्वी फ्रीलांसर एक सैलानी तरलता छोड़ जाता था स्मृति-अंचल की लहराती आकांक्षाओं पर।

"हम एक बात कहें, डॉ. अंबेडकर, अन्यथा तो नहीं लोगे ?" सविता अपनी उंगली चटकाती हुई कहती।

"कहो।" भीमराव अंबेडकर ऐसे कहते जैसे कहीं बहुत दूर से आवाज़ आई हो।

"प्रेजुडिस्ड नहीं होना चाहिए।"

"किससे ?"

"अपने से।"

"मैं कुछ समझा नहीं।"

"आप समाज की बदसूरती, इंतजारती पथरीली आंखें, बलात्कारी जिज्ञासाएं, यातनाओं के कारागार...धब्बे...सुकून नोंचते सूरज...और न जाने क्या-क्या...कौन-कौन भेड़िये बकरी की खाल ओढ़कर कातिली के अंजाम से बचे हुए हैं।" सविता बहुत कुछ अप्रत्याशित

कह गई एक सांस में। मानो कंठ में पानी के फंदे से उसने छुट्टी लेकर राहत पाई हो।

"मुझे अपने लोगों की सदियों से अभिशापमयी सूरतें ऐसे घेरती हैं जैसे मरे हुए जानवर पर टूट पड़े खूंखार गिद्ध। उसमें मैं पैदा हुआ, बड़ा और आज सामने बैठा हूं ज़ख्मी मानसिकता लिए और बदहाली माहौल में।...समय कहां मिलता है फिर दूसरी ओर झांकने-महसूसने का। त्रास हैं हमारे समय की बदसूरती शक्लों के साकिन।" भीमराव अंबेडकर काव्यमयी संभावनाओं के पंख फैलाकर उड़ने वाले पक्षी होते गए। उनका चेहरा लहूलुहान होने लगा। एक शीर्षक विहीन बियाबान उग आया उनके चारों ओर। चीखती हुई चील-सी आवाज़ें फड़फड़ाने लगीं अपने पंख।

"आप सही सोच पाए हैं।" सविता में ऐंठने लगीं अधजली रस्सियां। एकदम यह कैसा महौल हो गया उनके अन्तर्मन का। पैबंद लगी सोच की तकरीरें अस्पष्ट-सी होने लगीं।

फिर भी, उन्हें एकांत तराशने लगता था और वे अपने में लौट आते थे किसी राह थके इंसान से।

वह उठी।

उन्होंने उसे रोका। उनका रोकने का मन नहीं हुआ। सिर्फ हलकी-सी मुस्कान घने पानी में उछली मछली-सी उठकर लुप्त हो गई। समय की नदी पर पड़े निशान अदृश्य हो गए।

वे उसके जाने के बाद बहुत देर तक असोच की मुद्रा में बैठे रहे स्थितप्रज्ञ-से।

संविधान बनाया, थक गए। अकेले ही बहुत जूझना पड़ा। लड़ना भी पड़ा। हालांकि किसी भी देश का संविधान अपने में पूर्ण नहीं है तथापि वह है संविधान ही। इसी अर्थ में वे संविधान पूरा करके मौन होते हुए थे।

जो नेहरू चाहते थे, वह भी करना पड़ा। बहुत कुछ शेष रह गया, जिसे अपने समय के लिए छोड़ दिया गया। डॉ. राजेन्द्र प्रसाद अध्यक्ष थे, उन्हें हिन्दू कोड बिल पसन्द नहीं था। रुकावटें पैदा हुईं। नेहरू ने आश्वासन देकर बाद में साथ छोड़ दिया। अंबेडकर एकदम अकेले पड़ते गए। बीमारी उन्हें अलग सता रही थी। ऐसी हालत में सविता उनके नज़दीक आती गई। पत्र-व्यवहार होता रहा और जान-पहचान की खिड़कियां खुलती गईं। नहीं चाहते हुए भी कुछ ऐसा घटित होता जा रहा था जिससे वे अन्दर-ही-अन्दर दबे जा रहे थे।

हिन्दू कोड बिल उनके जीवन की ऐसी महत्त्वाकांक्षा थी, जिसके लिए उनकी आत्मा और मन दोनों में तड़प थी। संविधान में दलित वर्ग की सुरक्षा का प्रबन्ध कर वे एक नये समाज की संरचना को क़ानून का अवलंब देना चाहते थे जिससे अनागत में नारी समाज में स्वाभिमान से और इत्मीनान से जीने की राह पा सके।

वे कानून मंत्री के रूप में नया धर्मशास्त्र लागू करवाने का स्वप्न देखते थे। वी. एन. राव इत्यादि ने जो धर्मशास्त्र तैयार किया था, वे लागू करवाना चाहते थे। राव समिति 1941 में बनाई गई थी। उसका भारी विरोध हुआ था।

उन्हें आश्चर्य तो यह जानकर हुआ कि पं. नेहरू ने संसद में यह घोषणा की थी कि यदि हिन्दू कोड बिल पास नहीं हुआ तो वे त्यागपत्र दे देंगे। पं. नेहरू ने चार धाराएं पास होने पर उसकी हत्या करवा दी और भीमराव अंबेडकर ने इस कारण त्यागपत्र दे दिया।

वे सोच के समुद्र में गहरे पैठते गए। उनमें एक विद्रोही आत्मा का ज्वालामुखी सिर उठाए हुए था। वह कब फट पड़ेगा, कोई नहीं जानता। वे स्वयं भी नहीं जानते थे। उन्होंने 25 अप्रैल, 1948 को उत्तर प्रदेश शेड्यूल्ड कास्ट्स फेडरेशन के वार्षिक अधिवेशन में जो

भाषण दिया था, उससे कांग्रेस में खलबली मच गई थी क्योंकि मंत्री पद पर रहते हुए उन्होंने कांग्रेस को एक जलता हुआ घर कहा था और यह भविष्यवाणी की थी कि ताज्जुब नहीं होगा यदि कुछ वर्षों में कांग्रेस नष्ट हो जाए। इसलिए उससे दूर रहना चाहिए। इससे सरदार पटेल बहुत नाराज़ हुए थे। नाराज़ नेहरू भी थे। डॉ. अंबेडकर त्यागपत्र देने की पेशकश कर चुके थे। वे एक बहुत बड़ा काम यह कर चुके थे कि उन्होंने संविधान में छुआछूत को अपराध घोषित करवा दिया था।

वे एक विस्तृत चित्रफलक पर बनते-बिगड़ते चित्र देख रहे थे। उस दिन संध्या डूबने से पूर्व कुछ पत्रकार उनके यहां आए थे। वे बाहर लॉन में कुरसी पर बैठे हुए थे। उनके सामने दो व्यक्ति बैठे हुए थे जो बिहार से आए थे और अनुसूचित जाति के लोगों को जिन्दा जलाने की हृदयद्रावक घटना को दोहरा रहे थे। उसी समय पत्रकार आ गए।

बातचीत शुरू हुई। वह घटना बातचीत का केन्द्र बनी। बातचीत खतम होते ही एक विदेशी पत्रकार जॉन ब्रेकर ने प्रश्न किया था, "स्वतन्त्रता के बाद आप किस बात से अधिक चिंतित हैं ?"

वह मुस्कराकर बोले, "गद्दारों से।...हर बार भारत को अपनी स्वतन्त्रता को खतरा और अपनी स्वतन्त्रता गंवाने का दुर्भाग्य उन लोगों की अभक्ति से शुरू हुआ है।...सिंध पर मुहम्मद बिन कासिम ने आक्रमण किया तो उस समय राजा दाहिर के सैनिकों ने रिश्वत लेकर युद्ध करने से इनकार किया था।...मुहम्मद गोरी का साथ जयचन्द ने दिया था। शिवाजी आज़ादी के लिए संघर्ष कर रहे थे तब मुगल सम्राट की ओर से राजपूत और अन्य मराठों ने युद्ध किया था। वह गुलामी जिससे कुछ वर्षों पहले हम आज़ाद हुए हैं, देशद्रोहियों के काले कारनामों का ही पुलिंदा है।...मुझे यही खतरा लगता है।"

"परन्तु अब तो देशभक्तों के प्रति नागरिक समर्पित होते नज़र आ रहे हैं।" प्रभुदास ने कहा।

"कैसे ?"

"सारा देश उन लोगों के प्रति हृदय से आभार प्रकट कर रहा है जिन्होंने देश को आज़ादी दिलाने में अहम भूमिका निभाई थी।...ये सब अच्छे आसार हैं, जिनसे एक नया वातावरण बनता नज़र आ रहा है।...आप क्या सोचते हैं ?" जॉन ने प्रश्न किया।

"यह मुझे उचित नहीं लगता। नायक पूजा के घातक परिणाम सामने आते हैं। नागरिकों में आत्मविश्वास की कमी होती जाती है और वे परावलंबी होने के आदी हो जाते हैं। हर चीज की एक सीमा है, मित्रो !...आपको आयरलैंड के देशभक्त डेनियल सनैल का वह वाक्य याद है जिसमें उन्होंने धन्यवाद शब्द के प्रयोग पर प्रश्न उठाया था।..." वे इतना कहकर पत्रकारों की ओर देखने लगे।

पत्रकारों में सन्नाटा तन गया। वे एक-दूसरे की ओर देखने लगे। भीमराव अंबेडकर पत्रकारों से बातचीत करते समय इस प्रकार बौद्धिक संस्थिति अवश्र पैदा कर देते थे। वे मन-ही-मन उनकी सख्त चुप्पी का आनन्द लेते हुए कहने लगे, "याद आया, दोस्तो ! डेनियल सनैल ने कहा था—कोई व्यक्ति अपमानित होकर धन्यवाद ज्ञापित नहीं कर सकता, कोई स्त्री अपना सतीत्व गंवाकर धन्यवाद ज्ञापित नहीं कर सकती और कोई देश अपनी स्वतन्त्रता गंवाकर धन्यवाद ज्ञापित नहीं कर सकता।...यह चेतावनी भारत के सन्दर्भ में बहुत महत्त्वपूर्ण है क्योंकि इस देश में अंधभक्ति राजनीति का मार्गदर्शन करने की अनुमति अपने चहेते राजनीतिज्ञ को प्रदान कर देती है। इससे नायक-पूजा का दौर शुरू होता है और कोई-सा

भी तंत्र हो, उस पर अधिनायकवाद हावी होता जाता है और लोकचेतना पराङ्मुख।...इससे सामाजिक और आर्थिक लोकतंत्र कमजोर पड़कर हताशा से घिरने लगता है और जीने का सह-अस्तित्ववादी विश्वास नष्ट-भ्रष्ट होने लगता है।...मैं इसी पागलपन से डरता हूं जिससे हम अनेक बार अपनी प्रिय आज़ादी गंवा चुके हैं।''

''किस देश से डर है ?'' प्रभुदास ने कहा।

''अपने देश से। ज़रूरी नहीं कि आज़ादी छीनने वाला गिरोह बाहर के मुल्क का हो। ...जब जनता को यह अनुभूति होने लगे कि उसे स्वेच्छा के विपरीत किसी अन्य के आदेश पर जीने के लिए विवश होना पड़ रहा है। तब दासता का दौर शुरू हो जाता है।...हम गुलाम बन जाते हैं।...हमने तो दोहरी गुलामी भोगी है,...अंग्रेजी शासन की और सवर्ण हिन्दुओं की...अब भी...आज़ाद होने पर भी...हमारी स्थिति में, कानून बन जाने पर भी कोई खास अन्तर नहीं आया।...मैंने गांधीजी से यही तो कहा था कि देश की आज़ादी के बाद हमारा क्या होगा ?...हम तो दोहरी गुलामी में सदियों से पराधीन बने हुए हैं।...अशिक्षित देश में लोकतन्त्र की हत्या हो जाना कोई अचरज की बात नहीं है।...'' वे अचानक चुप हो गए। उनके सामने अनेक घटनाएं चलचित्र की तरह दौड़ पड़ीं। वे जिंदा जलाई गई लाशों के बीच आ खड़े हुए और धारदार धुंए से घिरने लगे। कब मिटेगा धरती पर से अन्याय और अत्याचार ? कब रुकेगा शोषण का व्यभिचार ? कब खतम होगा शीलहरण का नपुंसक मिथ्याचार ? कब...कब...कब ? अनगिनत गिद्धों से घिरी दुनिया को कौन देगा त्राण ? कौन भरेगा महात्मा बुद्ध-सा उनमें नव-चेतना प्राण ? उनके होंठ कांपने लगे। उनकी भृकुटियां तन गईं। उनमें क्रोधाग्नि धधकने लगी।

कोई नहीं जानता कि उनमें हर समय, हर क्षण और हर बार ऐसा लावा उबलता रहता है। तभी कविता कौर ने प्रश्न कर दिया, ''गांधीजी का आपने बहुत विरोध किया है। कुछ भी हो, गांधीजी सातत्य, संगति और स्थिरता के प्रति ईमानदार रहे। समय आने पर उन्होंने अपने में परिवर्तन किया और यह घोषणा भी की थी कि उनका वह वक्तव्य गलत होगा अगर वे कहेंगे कि वे आज वही हैं जो कल थे और भविष्य में भी वही रहेंगे। वस्तुतया उनके मन में यही आकांक्षा नहीं बननी चाहिए।...उन्होंने यह भी कहा था कि उनकी कोई अविवाहित बेटी होती तो और वह शुद्ध भावना से किसी हरिजन से शादी करने का निश्चय करती तो उन्हें बहुत खुशी होती। फिर भी, आप... ?''

प्रश्न की धारा गड़बड़ा गई। उसका आक्रामक रुख देखकर सभी पत्रकार निस्तब्ध रह गए। उनको भीमराव अंबेडकर के क्रोधावेश का भी पता था। वे साक्षात् परशुराम हो जाते थे। परन्तु इस समय उनके चेहरे पर कोई ऐसा चिन्ह प्रकट नहीं हुआ जिससे उनमें खलबली मचने लगती। वह कहने लगे, ''आपको इमर्सन के कथन से जोड़ना चाहूंगा...उसने कहा था, विचारों की स्थिरता गधे का गुण है, वह कोई भी बुद्धिमान् मनुष्य अख्तियार करना नहीं चाहेगा। एक नैतिक और ईमानदार व्यक्ति से यह अपेक्षा की जाती है कि उसमें पुनर्विचार करने और अपने विचार बदलने का हौसला होना चाहिए और इस दृष्टि से मैंने गांधीजी के इन बदले हुए विचारों को बहुत पसन्द किया भी था, परन्तु उनमें...मुझे लगता है...लगा कांग्रेस को भी...नेहरू-पटेल को भी...वह बात एकदम जुदा है कि उन्हें कितना लगा और वे कितना साहस कर पाए...उनके समग्र जीवन का गहन अध्ययन करें तो शायद आपको मेरी इस बात से इनकार करने का कोई कारण नहीं मिलेगा कि वे प्रतिक्रियावादी प्रवृत्ति के शिकार थे,...जिसे वे संत-महात्मा का आवरण डालकर बनाए रखना चाहते थे।

भक्तिवाद की एक हठवादी चेतना से वे बेहतर ग्रस्त थे, जिसका परिणाम समूचे देश को भोगना पड़ा।"

"आप सन् 1952 के चुनाव में कांग्रेस उम्मीदवार कजरोलकर से लोकसभा का चुनाव क्यों हार गए ?" कविता कौर ने पुनः घाव को कुरेद दिया।

"जनता ने मुझे पसन्द नहीं किया।" एक वाक्य में उन्होंने उत्तर दे दिया।

"क्यों पसन्द नहीं किया ?"

"कौर जी, यह प्रश्न आप जनता से पूछिए।"

"वह तो उम्मीदवार भी कोई खास नहीं था।"

"मुझे नहीं पता।"

"कांग्रेस चाहती थी कि...।"

"वही हुआ।...मुझे उसका अफसोस नहीं है।" भीमराव अंबेडकर कह रहे थे, "हार या जीत तो होनी ही थी।"

"जबकि आपके साथी बी. सी. काम्बले और पी. एन. राजभोज चुनकर आए।"

"हार या जीत की बात छोड़िए। हारा तो मैं भंडारा क्षेत्र के उपचुनाव में भी था जो सन् 1954 में हुए थे। मार्च, 1952 में राज्य सभा का सदस्य भी बना था। लेकिन इससे मुझ पर कोई प्रभाव नहीं पड़ा क्योंकि हार और जीत में से एक स्थिति तो सामने आएगी ही।" भीमराव अंबेडकर ने सहज ढंग से बिना आवेश में आए कह दिया।

"कांग्रेस नहीं चाहती थी कि..."

"तो क्या हुआ ?"

"आप जैसे योग्य और विद्वान राजनेता...।"

वह अपनी बात पूरी कर पाती कि इससे पहले भीमराव अंबेडकर बोल पड़े, "लोकसभा में नहीं पहुंचने से योग्यता या विद्वत्ता घट नहीं जाती।"

"परन्तु ऐसा नहीं होना चाहिए था।"

"लेकिन हो चुका है।"

"क्या आप इसे अन्याय नहीं मानते ?"

"न्याय और अन्याय पर तब तक कोई निर्णय नहीं लिया जा सकता जब तक इस देश की जनता शिक्षित नहीं हो जाती।..." भीमराव अंबेडकर ने कहा।

"लेकिन आपने इस अन्याय पर क्या किया ?"

"जो शुरू से करता आ रहा था ?"

"क्या करते आ रहे थे आप ?"

"विरोध।"

"क्या विरोध किया ?"

"इसके लिए आपको थोड़ी मेहनत करनी पड़ेगी। बस, उस समय के अखबार देखने होंगे।...सब कुछ जान जाएंगी आप।" भीमराव अंबेडकर ने तेज़ी से कह डाला और उसी के साथ उठने की भी आज्ञा मांग ली।

वे भी चुपचाप उठ आए। न उठते तो क्या करते ? अब उनमें भीमराव अंबेडकर से आंख मिलाने की हिम्मत नहीं थी। वे भी चल दिए।

उनके मनोमस्तिष्क पर अनेक चित्र उभर के डूब गए। वे नहीं तय कर पाए कि उनको क्यों इतनी गहरी निष्ठा, परिश्रम, त्याग, सेवा, समर्पण आदि के बाद वह सफलता नहीं मिल

रही है जो मिलनी चाहिए थी। वे सफलता भी तो वे दलित, उपेक्षित और मूक जनता को दिलवाना चाहते हैं। अपने लिए तो उन्हें कुछ नहीं चाहिए।

"रुको, राजभोज, रुको।"

"राजभोज ठहर गया।"

"कहिए, तबीयत ठीक नहीं लगती।"

"दर्द बढ़ता जा रहा है।"

"फिर भी, आप मानते नहीं।"

"यह दर्द उस दर्द के सामने कुछ भी नहीं है जो दर्द हमारी जातियों और वर्गों ने भोगा है।...मिस्टर भोज, कुछ करो। यशवंत कुछ नहीं कर सका।...उसकी पत्नी मीराबाई बराबर कुछ-न-कुछ कर रही है।...सविता की बात करनी बेकार है।...अब आपसे उम्मीद है, आप जैसे मित्रों से आशा है कि खण्डित होते स्वप्न को बचा लो।" भीमराव अंबेडकर की आंखें और गला भर आया था।

"हम हैं, डॉक्टर साहब, आप चिंता नहीं करें।"

"चिंता करनी पड़ती है, मिस्टर भोज !"

"क्यों ?...इस आदत से पीछा छुड़ाइए।" भोजराज ने धीरे से कहा और सामने टंगे रामाबाई की फोटो की ओर देखता रहा। सोचता रहा, वे होतीं तो उनको कष्टों की छाया से निकाल ले जातीं। वह पुण्यात्मा थीं और सरल हृदय।

"मिस्टर भोज, हमारे से घात हो रहा है।"

"कैसे ?"

"आरक्षण से हमें घेरा जा रहा है। मानो आरक्षण कांग्रेस पार्टी द्वारा बांटी जा रही खैरात है। इसी कारण दलित कांग्रेस की छाया तले जा बैठे हैं।...हमें तो अपने पांवों पर खड़ा होना था। जल्दी-से-जल्दी ये आरक्षण का जुआ उतार फेंका जाए तब कहीं जाकर हम खड़े हो सकते हैं।...पर कैसे ?..." भीमराव अंबेडकर दुःखी स्वर में कहे जा रहे थे। इसका उत्तर उनके पास नहीं था।

स्वतन्त्रता का अनुभव तो दासता से मुक्ति पाने पर ही हो सकता है। अब वे ऐसा कुछ नहीं कर सकते। स्कूल-कॉलिज खुलवाए। पढ़ने की ओर ध्यान दिलाया। अच्छे मकानों में रहने का अभियान चलाया।...वे अपने लड़के यशवंत राव को नहीं सुधार सके। वह पीता रहा और वे तड़पते रहे।

भोजराज ने उनके कष्ट को बहुत गहरे में डूबता अनुभव किया था। वे बोले, "इस ओर अभियान और तेज़ करेंगे।...आपका स्वप्न ज़रूर पूरा होगा और दलित वर्ग अभिशाप-मुक्त होकर सबके साथ खड़ा मिलेगा।"

"सच, मिस्टर भोज ?"

"एकदम सच।"

फिर क्या था कि उनके चेहरे पर मुस्कान फैल गई और उनकी आंखों में प्रभात झांकने लगा और उनके मन को तसल्ली हुई। उन्होंने मिठाई मंगवाई। कॉफी आई। दोनों कॉफी का आनन्द एक साथ लेते रहे। मिठाई बहुत अच्छी थी। बहुत पसन्द आई। वे खा-पीकर चले गए। भीमराव अंबेडकर किसी के आने की आहट पाने के लिए सतर्क होकर बैठ गए। उनको लगा कि कोई आएगा, ज़रूर आएगा, जिससे उनके मन का उजाला चारों ओर फैलता जाएगा...दूर-दूर तक फैलता जाएगा।

उनतालीस

समय नदप्रवाह-सा कलकल करता बीता जा रहा था और भीमराव अंबेडकर समय के प्रवाह को मोड़ने में दिन-रात एक किए हुए थे। वे पुरज़ोर प्रयत्न यह कर रहे थे कि किसी तरह अछूत वर्ग को दलित और उपेक्षित जीवन से मुक्ति मिल सके। उन्होंने लाख उपाय किए, हिन्दू धर्म को नवव्यवस्था देनी चाही, नये संस्कारों से जोड़ना चाहा और नई ज़मीन पर खड़ा करना चाहा, लेकिन उन्हें उनमें परिवर्तन, संशोधन और स्थापना के प्रति तत्परता का अनुभव नहीं हुआ। 'हरिजन' का नवीन संस्करण उन्हें एक प्रकार का छल और विश्वासघात लगा। प्रश्न नाम बदल देने का नहीं था। प्रश्न था, हिन्दू-धर्म में उसके एक बटा पांच भाग को उसके अधिकार और सम्मान दिलाने का। गांधीजी का मन उन्हें परम्परावादी लगा और यथास्थिति को बनाए रखने का।

गांधीजी महात्मा बनकर हिन्दू-धर्म के सवर्ण को सुरक्षा देना चाहते थे और उसके एक बहुत बड़े भाग को जहां के तहां बने रहने की मानसिकता में थोड़ा-बहुत संशोधन-सुधार करना चाहते थे। जबकि भीमराव अंबेडकर आमूल सामाजिक क्रान्ति के पक्षधर थे। 'एनाईलेशन ऑफ कास्ट' (जाति व्यवस्था का विनाश) उनके समग्र जातीय चिन्तन का प्रखर स्वर था।

भीमराव अंबेडकर का यह हार्दिक विश्वास था कि उनके उपेक्षित वर्ग को न्याय मिले और देश को महानता की ओर ले जाने का बल मिले तथा असमानता की जड़ता मिटे। उनके करुणापूरित मन का ऐसा क्रन्दन-आक्रोश था कि जिसमें सामाजिक असमानता का होम हो सके।

वे पूरी तरह निराश हो चुके थे। उन्हें नहीं लगता था कि हिन्दू समाज नई बेहतर नींव पर अपना पुनर्निर्माण कर सकता है। उनके सामने कोई रास्ता नहीं था। वे यह तो निर्णय ले चुके थे कि इस समस्या का समाधान उनके हिन्दू धर्म से बाहर आने पर ही सम्भव हो पाएगा।

प्रेसीडेंसी अनुसूचित जाति सम्मेलन (नासिक 1935) में उन्होंने यह स्पष्ट शब्दों में कहा था कि अनुसूचित जातियों के साथ भयावह दुर्व्यवहार इसलिए किया जाता है क्योंकि वे अपना सम्बन्ध हिन्दू-धर्म से जोड़े हुए हैं। काश, वे किसी अन्य धर्म का अंग होतीं तो वहां वे अछूत कदापि नहीं होतीं। वे एक ही बात सोच पाए थे कि अनुसूचित जातियों का धर्म बदलने से ही मुक्ति मिल सकती है। धर्म बदलने के आह्वान से चारों ओर चिंता होने लगी थी। गांधीजी ने तुरन्त कहा था कि धर्म एक मकान या अंगरखे की तरह नहीं है, जिसे जब मरज़ी हो बदला जा सके।

दूसरी ओर, धर्म के पुरोधा और विचारक भीमराव अंबेडकर की ओर दौड़ने लगे थे। वे चाहते थे कि वे उनके धर्म के प्रति आकृष्ट हों ताकि हिन्दू धर्म का एक बड़ा भाग उनके धर्म में आ मिले। चारों ओर भगदड़ मच गई।

येवला कांफ्रेंस में उन्होंने घोषणा की थी कि वह हिन्दू पैदा अवश्य हुए हैं लेकिन हिन्दू के रूप में मरेंगे नहीं। इस कांफ्रेंस में केवल महार जाति के लोग आमंत्रित किए गए थे। इसका कारण था कि वे निकट भविष्य में जो कुछ करने जा रहे थे, उसकी नींव पुख़्ता पड़े।

उस दिन आसमान साफ था। अक्तूबर का मध्य था। दस हज़ार से अधिक लोग

वहां एकत्र हुए थे। वे आक्रोश में थे। उनका एक-एक शब्द हिन्दू धर्म के व्यवहार पर आघात कर रहा था।

श्रोता शांत थे और अत्यंत ध्यान से उनका संबोधन सुन रहे थे। वे ठोक-बजाकर महार जाति को परख लेना चाहते थे। कहीं ऐसा नहीं हो कि उनकी घोषणा मज़ाक बनकर रह जाए। यदि ऐसा हो गया तो उनका प्रभाव डगमगा उठेगा।

वे खखारकर कहने लगे थे, "धर्म-परिवर्तन की बात बच्चों का खेल नहीं है। जैसे कोई नौका वाला पहले यात्रियों की संख्या देखकर ही नौका खेता है और फिर वह अपना शेष साज़-सामान देखता-भालता है, वैसे ही हमें करना पड़ेगा।...हिन्दू-धर्म हमारी दृष्टि में पूर्वजों का धर्म नहीं है, अपितु यह तो उन पर गुलामी की वजह से लादा और थोपा गया था। हमारे पूर्वजों के पास इस गुलामी से लड़ने के साधन नहीं थे अतः वे विद्रोह नहीं कर सके और हिन्दू-धर्म में रहने के लिए बाध्य हुए।...गंभीर सोच-विचार के बाद हर एक को इसी नतीजे पर आना पड़ेगा कि धर्म-परिवर्तन के लिए अन्य कोई रास्ता नहीं है। जैसे भारत को स्वराज्य आवश्यक है वैसे ही अछूतों को हिन्दू-धर्म छोड़ने की ज़रूरत है।" वे बारंबार इसी तथ्य को सभा-सम्मेलनों में दोहराते रहते थे।

भीमराव अंबेडकर को तुरन्त निमंत्रण आने लगे थे जो उनका उनके साथियों सहित अपने धर्म में स्वागत करने के लिए आतुर थे। मुस्लिम नेता विधानसभा सदस्य के. एल. गौबा, बंबई के मेर्पोडिस्ट एविस्कोपल गिर्जे के बिशप ब्रेनटन थॉबर्न ब्रेडले, महाबोधी सोसाइटी सारनाथ के सेक्रेटरी, अमृतसर हरिमंदिर साहिब के उपप्रधान सरदार दिलीप सिंह दोआबिया आदि ने उन्हें आमंत्रित किया था।

गांधीजी ने इसे दुर्भाग्य बताया। वे बहुत परेशान हो उठे थे। राजेन्द्र प्रसाद ने धर्म-परिवर्तन का कड़ा विरोध किया था। मदनमोहन मालवीय ने अवश्य तत्काल कई ऐसे कदम उठाने की चर्चा की थी जिससे अछूतों को उनका हक मिल सके और वे अपने को पहले से बेहतर स्थिति में पा सकें। वे याद करते कि वह कैसा विचित्र संयोग था—एक ओर प्रिय पत्नी के बिछोह का शोक और दूसरी ओर हिन्दू-धर्म त्यागने की घोषणा। विरोध अलग। सिरदर्द। बेचैनी। कुछ नहीं सूझता।

पूना की कांफ्रेंस में एन. शिवराज ने भी धर्म-परिवर्तन के मार्ग को ठीक समझा। निज़ाम हैदराबाद ने छः करोड़ रुपये की पेशकश की। गांधी ने अछूत उद्धार फण्ड शुरू कर दिया। सारे देश में खलबली मच गई।

एक लंबी यात्रा, अनेक प्रयत्न, अनेक उतार-चढ़ाव और अनेक धर्म और उनके सदाचार का गहन अध्ययन—सामाजिक समानता और सम्मानजनक स्थिति का जायज़ा लेते हुए भीमराव अंबेडकर का रुझान और झुकाव बौद्ध धर्म की ओर बनता जा रहा था।

रात गहराती, दिन उजाला बिखरा देता। कई बार रात ठहर जाती सोई हुई नागिन-सी और भीमराव अंबेडकर असोच की मुद्रा में मौन रह जाते। उनकी धर्म की परिभाषा पर कोई धर्म खरा उतर पाया था तो वह था—बौद्ध धर्म। उनकी दृष्टि में बौद्ध धर्म हिन्दू धर्म का ही नया संस्करण था।

स्वयं उनका मन निरन्तर सोचता रहता था कि क्या जिस धर्म में जन्म लिया उसे सहजता से त्यागा जा सकता है ? क्या सामाजिक, मानसिक, राजनीतिक और आर्थिक समानता और स्वतंत्रता की खोज के लिए अपना धर्म बदलना ज़रूरी है ?

बिल्कुल अकेले थे वे। पहाड़-सा निर्णय। क्या रामाबाई होती तो वे यह निर्णय ले

पाते ? उसने पंढरपुर (महाराष्ट्र का श्रेष्ठ तीर्थस्थान) जाने का आग्रह किया था जो भागवत सम्प्रदाय से जुड़ा हुआ था, तब उन्होंने समझाया था कि वहां जाने से क्या लाभ जहां भेदभाव और छुआछूत होता है ? अपमानित होने के लिए वहां क्यों जाएं ?

रामाबाई सरल चित्त की थी, मान गई, परन्तु उनके हृदय-पटल पर से पंढरपुर का पावन स्थान नहीं हटा। उसने कोई बहस नहीं की। भीमराव अंबेडकर को आज भी लगता था कि उसका चित्त उस ओर था। उसने एक सरल प्रश्न किया था, ''मंदिर में अंदर जाएं या बाहर रहें, क्या अंतर पड़ेगा ? सर्वभूमि तो गोपाल की है। हम ज़िद न करें तो...''

''हम हिन्दू धर्म में जन्मे हैं।...फिर... ?'' भीमराव अंबेडकर ने कहा था और फिर देर तक गुमसुम बने सोचते रहे थे।

''और हम लोग अपने मंदिर बनाएं।...फिर कबीर तो मंदिर-विरोधी थे, मस्जिद के भी।...धर्म माने मंदिर नहीं तो क्या ?'' रामाबाई ने धीमे से सहज होकर कहा था और अंत में बोली थी, ''पंढरपुर जाने का मन कोई खास नहीं था। कहीं जाएं...बस यों ही मन हुआ था।...कहां जाएं ?...मन पंढरपुर पर जा ठहरा। बस, अब नहीं जाना। आखिर क्यों अपमानित हों ?''

भीमराव अंबेडकर को लगा था कि प्रायः रामाबाई उनके लिए अपने को पीछे हटा लेती है। वह उनसे तर्क-वितर्क नहीं करती। अब वह नहीं है, लेकिन उसकी आत्मा की आवाज़ लगातार उनके साथ है और आवश्यकता पड़ने पर उनको संकेत भी देती है।

क्या धर्म बदलने से उनकी समस्याओं का अंत हो जाएगा ? क्या बौद्ध धर्म के समाज का पतन नहीं हुआ ? क्या आज बौद्ध धर्म के गढ़ मंदिर जैसी पक्षपातपूर्ण स्थिति में नहीं हैं ?...कौन-सा धर्म ऐसा है जिसमें अन्तर्विरोध नहीं है, पाखंड नहीं है और भेदभाव नहीं है ? सभी धर्मों की मानसिकता कुंठित है और वर्जनाओं से घिरी है; लेकिन उनमें अछूत वर्ग नहीं है।

उन्होंने 'वेदों में मूर्खता के अलावा कुछ नहीं है और गीता एक शरारतपूर्ण ग्रंथ है।'[1] कहकर अपने विरोधी खड़े कर लिए थे। गीता को उन्होंने समझ की कसौटी पर खरा उतरता नहीं बताया।[2] वे अछूत वर्ग का शुभ चाहते थे और चाहते थे कि उनके जीते-जी कोई रास्ता निकल आए ताकि उनके जीवन-काल में अछूतों को पीढ़ियों से चली आ रही गुलामी से आज़ादी मिल सके।

उन्होंने स्वयं बौद्ध धार्मिक उत्सवों में होने वाली नौटंकी की भर्त्सना करते हुए कहा कि वे सब बौद्ध धर्म की आत्मा के प्रतिकूल है।

उनका स्वास्थ्य दिन-पर-दिन गिरता जा रहा था। साथियों ने उनसे मुंह फेरना शुरू कर दिया था। वह अकेले पड़ते जा रहे थे। बार-बार उनकी पूर्व की घोषणा उनका मार्ग अवरुद्ध कर रही थीं। कभी भी कुछ हो सकता है। वे हिन्दू धर्म में नहीं मरेंगे। सविता कबीर से उन्होंने कहा था, ''अब समय कम रह गया है।''

''तो... ?'' सविता कबीर ने पूछा।

''चाहता हूं कि धर्म बदल लिया जाए।'' भीमराव ने हत्थेदार कुरसी के हत्थे पर ज़ोर देते हुए कहा।

---

1. दी इंडियन एक्सप्रेस (संपादकीय लेख), 26 सितंबर, 1944
2. दैनिक हिन्दू (मद्रास), 25 नवंबर, 1944

"क्या इतना ज़रूरी है कि... ?"

"घोषणा की थी कि...।"

"तो क्या हुआ ?"

"कुछ तो करना ही पड़ेगा।"

"सभी धर्मों में दलदल है।"

"बौद्ध धर्म...।"

"उसका अस्तित्व अपने यहां कहां है ?" सविता कबीर ने प्रश्न किया।

"हो सकता है। समय की मांग है।"

"बौद्ध भी तो हिन्दू ही हैं।"

"वे मनुस्मृति, वेदों आदि से निर्देश नहीं पाते हैं।...न उनके यहां शूद्र हैं।" भीमराव अंबेडकर ने समझाने का प्रयत्न किया और आराम कुरसी पर पीठ लगा ली। कुछ सोचने से लगे।

"हिन्दू धर्म छोड़ने से क्या अपनी समस्या का हल हो जाएगा ?" सविता कबीर ने पूछा।

"होनी चाहिए।"

"क्या सब अछूत धर्म-परिवर्तन के लिए तैयार हैं ?" सविता कबीर ने पुनः प्रश्न किया।

"कह नहीं सकता।"

"काफी विरोध भी हो रहा है।...वे जिनके लिए आप यह संघर्ष कर रहे हैं, आपसे अलग होते जा रहे हैं। यहां तक कि आपके सहयोगी-साथी भी कन्नी काट गए हैं और जो साथ हैं, उनका भी पता नहीं कि वह आपके साथ रहेंगे या नहीं। बहुत कुछ संशय-भरा है, अनिश्चित और अनियंत्रित।" सविता कबीर धीरे-धीरे, धारदार तर्क के सहारे, अपनी बात रखती जा रही थी। उसने हल्के बादामी रंग की साड़ी पहनी थी और उसी रंग का ब्लाउज़। वह मन-ही-मन डर रही थी कि कहीं कुछ उलटा-सुलटा न हो जाए। दूसरे, उन पर भी बाहरी दबाव था।

"मेरा विरोध शुरू से हुआ है। कांग्रेस मेरे पीछे हाथ धोकर पड़ी है।...उसने हमारे आदमियों को फोड़ लिया है।...और भी ऐसा बहुत कुछ हुआ और हो रहा है जो हमें भय-आशंका के घेर में ला सकता है।" भीमराव सलेटी रंग के सूट में थे और राज्यसभा में जाने के लिए नानकचंद रत्तू की प्रतीक्षा में थे।

"फिर भी...।" सविता कबीर ने गहरी सांस लेने के बाद कहा। "...वक्त है कि...।"

"नहीं अब वक्त नहीं है...बीस वर्ष से अधिक हो गए हैं अनुकूल समय की प्रतीक्षा करते हुए।...तुम्हें कुछ भय है क्या ?" भीमराव अंबेडकर ने कहना जारी रखा, "मुझे कुछ मित्रों ने सलाह दी है कि मैं अभी जल्दीबाज़ी नहीं करूं।...बीस वर्ष से अधिक समय व्यतीत कर दिया। सोचा, जिस धर्म में जन्मा हूं, उसे वक्त दूं कि वह अपने आचरण-शील में परिवर्तन करना चाहे तो कर ले और अछूत वर्ग को स्वाभिमान तथा सम्मान से सवर्ण की तरह जीने का अवसर प्रदान करे। गांधीजी,...अनेक आर्यसमाजी पुरोधा इस दिशा में कुछ-न-कुछ कर पाने का ज़ोरदार प्रचार-प्रसार करते रहे हैं, लेकिन वास्तव में उन्होंने किया कुछ नहीं है,, सिवाय सम्मोहिनी वातावरण बनाने के।...गांधीजी, अब हमारे बीच में नहीं हैं।...वे होते तो देखते कि...। जितना जल्दी हो सके,. गंदे नाले के कीड़े बने रहने से मुक्ति

पा लेनी चाहिए।...स्वाभिमान और सम्मान से जीने के लिए सब बंधन तोड़कर आगे बढ़ जाना चाहिए—यह हमारी आज़ादी का दूसरा और महत्त्वपूर्ण पर्वोत्सव होगा।'' इसके बाद उन्होंने टेबुल पर रखा पानी भरा गिलास उठाया और उसे गटगट चढ़ा गए। रूमाल से मुंह पोंछा और खड़े हो गए। रत्तू आ चुका था।

''गाड़ी भिजवा दीजिएगा।''

''कहीं जाना है क्या ?'' रुककर भीमराव अंबेडकर ने पूछा।

''हां, जाना है।'' सविता कबीर ने खीज-भरे लहज़े में उत्तर दिया।

''सैर-सपाटे छोड़ो। कुछ पढ़ो-लिखो। दौड़ने-भागने से कुछ नहीं होगा। पत्नी हो, घर में रहने का मन बनाओ।...रामू थी, कभी कुछ नहीं चाहा, सदा घर बनाया...मुझे खड़ा किया। सदा मुझे शक्ति दी। और तुम...।''

''चुप भी कीजिए ! अब रामू नहीं, मैं हूं।...वह अनपढ़ थी और मैं...। पत्नी की भी आरज़ू होती है। वह घर में कैद होने के लिए तो नहीं है—उसे भी पुरुषों जैसी स्वतंत्रता चाहिए, घुटन और कारागार नहीं।...संशय-भरी निगाहें नहीं।'' सविता कबीर कहती रही। भीमराव अंबेडकर रुके नहीं। केवल गहरी सांस लेकर अंदर-ही-अंदर सुबककर रह गए।

तलाक दे सकते हैं। उनकी किसी से नहीं बनती। कितना रोका था उनको। पुत्र यशवंत ने विरोध किया था। पुत्रवधू ने भी दबी ज़बान में कहा था। राजनेताओं ने व्यंग्य कसा था। सरदार पटेल से चाहा था कि उन्हें रोका जाए। नेहरू भी कुछ नहीं कर सके। उन्हें अपने लिए स्वास्थ्य-संरक्षिका चाहिए थी। उनकी ज़िद थी चट्टान की तरह। वे टूट सकते थे, झुक नहीं सकते। कभी भी वह नहीं झुके। झुकने की अनुमति उनकी आत्मा दे नहीं सकती थी, यह उनके स्वाभिमान की अस्मिता थी।

भीमराव अंबेडकर के मन में यह आग कब की लगी हुई थी। उन जैसा पढ़ा-लिखा और दृढ़संकल्पी पुरुष जब अपने धर्म को अन्याय, अत्याचार और कुपथगामी होने से नहीं रोक सकता तब वे लोग उसे कैसे रोक सकेंगे जो पीढ़ियों से अपने को गुलाम बनाए हुए हैं।...यह मात्र धार्मिक गुलामी का प्रश्न नहीं था बल्कि एक वर्ग को लगातार गुलाम बनाए रखने की विषैली साज़िश थी। यही बात तो उन्होंने गांधीजी से पूछी थी कि राजनीतिक आज़ादी मिल गई तो शूद्र वर्ग का भविष्य क्या होगा ? उन्हें कैसे आज़ादी मिलेगी ?

धर्म उनके लिए आस्था का प्रश्न था, जीने का मंत्र था और स्वाभिमान का मार्ग था। धर्म त्यागना सरल नहीं था। अपने पुरखों की याद से जुड़ा जीने का विश्वास पल-भर में नहीं छोड़ा जा सकता था। वे अनेक बार अकेले में फूट-फूट कर रोए थे और अपने से उन्होंने पूछा था कि धर्म अधर्म क्यों बन जाता है ? क्यों वह अपने ही लोगों के स्वाभिमान तथा सम्मान को रौंदने लगता है ? हिन्दू धर्म जिन कारणों से अपनी अस्मिता और ऊंचाई की बढ़-चढ़कर बात करता है, वे कितने अधूरे और अन्याय तथा अत्याचार में लिप्त हैं ? सच का गला दबाने वाला धर्म कभी नहीं हो सकता है पर वह है।

अन्य कोई रास्ता नहीं। हिन्दू धर्म में उनके लिए कोई गुंजाइश नहीं है। सारे रास्ते बंद हैं। एक डर उनके ऊपर लादा जा रहा है कि धर्म-परिवर्तन करने वालों को संविधान में प्रदत्त उन सुविधाओं से वंचित कर दिया जाएगा क्योंकि वे सुविधाएं तभी तक संभव हैं जब तक वे अपनी जाति के घेरे में बने रहते हैं। जाति तोड़ने का दण्ड इतना बड़ा ! संविधान में उन्होंने ही यह व्यवस्था कराई थी। कांग्रेस और सरकार की यह धमकी अमानवीय है। जन्मे तो वे अनुसूचित जाति में हैं। ये सुविधाएं उन्हें दासता से मुक्त होने

और स्वाभिमान से जीने के लिए ही तो प्रदान की गई हैं। उनका धर्म-परिवर्तन-कार्यक्रम इसी दिशा में एक पुख्ता कदम है।

धर्म-परिवर्तन उनकी दृष्टि में भौतिक लाभ के लिए नहीं था। आध्यात्मिक भावना के अलावा उनके धर्म-परिवर्तन का कोई दूसरा आशय नहीं था। अपने व्यक्तिगत सचिव एस. वी. सवादारकर से उन्होंने बौद्ध धर्म की तीसरी विश्व सभा में उस समय कहा था जब वे रंगून से सभा में भाग लेकर लौट रहे थे, "सवादारकर, बौद्ध धर्म नैतिकता पर आधारित है, जबकि हिन्दू धर्म यज्ञ व बलि पर। हालांकि मैंने अभी तक यह घोषणा नहीं की है कि मैं कौन-सा धर्म अपनाऊंगा, पर अपनाऊंगा अवश्य।"

अब तो सब कुछ साफ था शरद् के नीले आकाश की तरह। 24 मई, 1956 को भीमराव अंबेडकर ने नरे पार्क में बुद्ध जंयती के सुअवसर पर सरेआम यह घोषणा कर दी थी कि वे 14 अक्तूबर, 1956 के दिन हिन्दू धर्म का त्याग कर बौद्ध धर्म स्वीकार लेंगे। इसके लिए उन्होंने नागपुर शहर को चुना था क्योंकि वह बौद्ध नागाओं के पुरातन समय का एक ऐतिहासिक शहर था।

वे चाहते थे कि नागपुर में दीक्षा नहीं दी जा सके तो उन्हें बंबई या सारनाथ में दीक्षा दी जाए। 'भारतीय बुद्ध जनसमिति' की नागपुर शाखा के सचिव डबल्यू. एम. गोडबोले से उन्होंने बातचीत की थी। व्यवस्था की बात भी जम गई थी। इश्तिहारों द्वारा विज्ञापन देनें का भी निर्णय हो गया था, जिसमें अपील की गई थी कि दलित वर्ग के लोग सफेद वस्त्र धारण करके नागपुर पहुंचे बौद्ध धर्म की दीक्षा लेने के लिए।

23 सितंबर, 1956 को भीमराव अंबेडकर ने कहा था कि 14 अक्तूबर, 1956 को 9 से 12 के बीच नागपुर शहर में बौद्ध धर्म की दीक्षा लेंगे।

अब क्या गया था कि सारे देश में एक आग-सी फैल गई थी। उनके विरुद्ध आवाज़ उठने लगी। उनके पास पत्र आने लगे, जिनमें धमकी भी थी और आग्रह भी। उन्होंने उनके पत्रों के उत्तर भी दिए। उनके आधार पर भाषण भी दिए। वे धर्म-परिवर्तन से पूर्व बीस वर्ष का समय हिन्दू धर्म को दे चुके थे। उनका यह कदम कोई जल्दीबाज़ी में लिया गया निर्णय नहीं था।

वे शांत चित्त होकर सोचते थे और इस सम्बन्ध में मिलने आने वालों को अपना दृष्टिकोण समझाते थे। वे किसी को निराश नहीं करते थे। उनके लिए जीवन एक प्रयोगशाला थी। उनसे मिलने आया एक दल जिसका नेतृत्व पी. सरकार ने किया, इस संदर्भ पर गहरा प्रकाश डालता है।

"धर्म बदलना इतना ज़रूरी तो नहीं है?" पी. सरकार ने पूछा।

"मेरे लिए है।"

"धर्म आत्मा है।"

"मैं धर्म में विश्वास रखता हूं।...धर्म बिना गति नहीं। मार्क्स के पास धर्म नहीं था, वह समाज की आंतरिक दृष्टि नहीं बन सकेगा।...धर्म का विश्वास अहिंसा है। अहिंसा जीवन की दृष्टि है। मैं तो धर्म बदल रहा हूं और वह भी दीर्घ चिंतन-अनुभव के बाद, छोड़ नहीं रहा। मैं मानता हूं कि धर्म मकान या अंगरखे की तरह नहीं है, लेकिन जिस धर्म में एक वर्ग-विशेष का दमन हो, शोषण हो और उससे मुक्ति का कोई उपाय सामने न हो तो उस धर्म के साथ जुड़े रहने से क्या लाभ?...यह ज़िंदगी बहुत लंबी भी नहीं है। कितने महापुरुष आए और गए। कितनों ने चाहा पर कुछ बना नहीं। भ्रम बना, छल रहा, सम्मोहन फैला

लेकिन मुक्ति नहीं मिली। कौन देगा मुक्ति ? आश्वासन नहीं, मुक्ति चाहिए—जीने का विश्वास चाहिए, धरातल चाहिए। वह कहां से आएगा ?...केवल लफ्फाज़ी नहीं, ढोंग नहीं, पाखंड नहीं, दिखावा नहीं। तात्कालिक बेचैनी किसलिए ? क्या धर्म शोषणग्रह है ? क्या धर्म पशुता का बल है ? क्या उनकी छटपटाहट का कारण यह तो नहीं है कि करोड़ों दास उनसे मुक्ति पा रहे हैं ?'' भीमराव अंबेडकर ने एक प्रवाह में सारे रहस्यों पर से सहज पर्दा उठा दिया। सोचने के लिए मानस-भूमि दी।

''इसी स्थान में बने रहकर भी तो...।'' पी. सरकार इससे आगे नहीं कह पाए। शायद वे किसी दुविधा में फंसे रह गए। उस क्रम को ममता बनर्जी ने जो उनके दल के साथ थी और जिसके गोरे मुख पर अभूतपूर्व आत्मविश्वास की द्युति थी, आगे बढ़ाया, ''आखिर आप हिन्दू हैं।...उसमें जड़ता बनी अनुभव हुई है तो उस जड़ता को चैतन्य से जोड़ना, उसमें समरसता का कमल खिलाना आदि काम कौन करेगा ? सब आपकी तरह धर्म बदलने लगे तो...मुझे लगता है कि ऐसा आज दुनिया के हर धर्म में है, बौद्ध धर्म में भी। लेकिन वह धर्म नहीं अंधविश्वास है, छल है, प्रपंच है।...आप जैसे सद्पुरुष अपने धर्म से बगावत कर दें और धर्म बदलने के मार्ग पर चल पड़ें तो...आप ज्यादा ठीक समझ सकते हैं। इस तरह क्या कोई धर्म बचा सकेगा अपना अस्तित्व ? सब गड्डमड्ड हो जाएगा—धर्म कहीं नहीं बचेगा। धरा धर्मविहीन हो जाएगी। आपने अवश्य सोचा होगा कि आप जो करने जा रहे हैं उसमें आपकी पराजय भी किसी सीमा तक आपको नये मसीहा का दिवास्वप्न दिखा रही है।''

''मैं...।'' भीमराव अंबेडकर ने कहना चाहा तो ममता बनर्जी ने तपाक से उन्हें रोकते हुए अपने कहने का क्रम जारी रखा, ''मैंने अभी अपनी बात पूरी नहीं की है और न मैं आपसे यह अपेक्षा करती हूं कि आप उत्तर दें। मैं तो आपके इतने बड़े निर्णय के साथ अपनी वैचारिक पृष्ठभूमि जोड़ना चाहती हूं। आप जो करने जा रहे हैं, वह मात्र आपका प्रश्न नहीं है और न इससे पूर्व इतने बड़े साहस के साथ कभी ऐसे होने की संभावना का स्वर सामने आया है। यह तो यदि मैं गलती नहीं कर रही हूं, आपने ही तो कहा था कि इस वक्त किसी नये धर्म की ज़रूरत नहीं है बल्कि जो धर्म हैं, उनमें से किसी एक को चुनना है जो सबसे बेहतर लगे। मैं कहती हूं कि सभी धर्म बेहतर हैं यदि आपकी आस्था सत्य की खूंटी से बंधी है। विश्वयुद्ध में जापान था, बौद्ध धर्म का गढ़, अहिंसा का पुजारी ...फिर भी हिंसा के मार्ग का अनुसरण कर रहा था और हिटलर-मुसोलिनी जैसी ताकत का साथ दे रहा था।...गहराई में उतरेंगे तो वहां भी छल-प्रपंच, भ्रम-संशय, पाखंड-प्रपंच आदि की दलदल मिलेगी जो किसी तरह हिन्दू धर्म से कम गड़बड़ वाली नहीं होगी। आप जैसे आस्थावान धर्मपुरुष ही जब हिन्दू धर्म को छोड़कर चले जाएंगे तब उन बेचारों का कौन होगा जो धर्म-चक्र के शोषण-रौरव में पड़े जीते-जी मरने की सज़ा काट रहे हैं। वे गुनहगार नहीं हैं।...इस तरह तो व्यक्ति गुलाम भारत की धरती को छोड़कर ऐसे देश में पनाह पा सकता था जो स्वतंत्र होती। फिर कौन दिलाता इस देश को आज़ादी ?...आज से ढाई हज़ार वर्ष पहले ऐसा महात्मा बुद्ध ने किया था—एक नये धर्म की स्थापना, तब हुआ था व्यापक धर्म-परिवर्तन और क्या अब होगा ठीक ढाई हज़ार वर्ष बाद महात्मा बुद्ध की जयंती पर...। खैर, मैं बहुत ज़्यादा कह गई और जो मुझे नहीं कहना चाहिए था वह भी, क्योंकि मैं छात्रा हूं और आजन्म छात्रा ही बने रहने का प्रण किया है।''

ममता बनर्जी की झील-सी गहरी और बड़ी आंखों में आत्मविश्वास की अनूठी छवि थी। उसका मुखमंडल एकदम सौम्य, तनावरहित और अत्यंत सहज लग रहा था। भीमराव

अंबेडकर के सागर-चिंतन में ज्वार-भाटा उठा दिया था उसने। इकहरी देह की वह युवती कई मार्मिक प्रश्न उठा गई थी। वह उत्तर की अपेक्षा से भी उन्हें मुक्ति दे चुकी थी। बंधन कहीं नहीं था।

वर्षा के बाद का खुला मौसम और इंद्रधनुषीय आकाश और ममता बनर्जी का एक खुला उच्छ्वास भीमराव अंबेडकर को ललकार गया था। वे खखारकर बोले, ''मैं पूरी तरह से निराश हो चुका हूं और मुझे नहीं लगता है कि हिन्दू समाज नवीन बेहतर नींव पर अपना पुनः निर्माण कर सकेगा।''

''निराशा में से आशा की छोटी किरण झलकती है।...आप निराश हो नहीं सकते।'' ममता बनर्जी ने कोई भी अवसर हाथ से जाने नहीं दिया। उसने साड़ी को थोड़ा-सा ठीक करते हुए प्रार्थना के स्वर में कहा, ''आप हिमालय हैं, बाबा साहब !...इतनी लंबी बीमारी से जूझते हुए ज़िंदगी के हर मोड़ पर और वह भी अकेले चुनौती दे रहे हैं। फिर निराशा कैसी ?...आक्रमण नहीं।...प्रार्थना है, आप हिन्दू हैं, हिन्दू रहें औ उसमें जो सदियों से जड़ता घनीभूत हुई है, उस पर प्रहार करें., उसे तोड़ें।...बहुत कुछ आपने इस दिशा में किया है। ...वर्तमान में हिन्दू धर्म में जो लहर उठी है और पुनः जागरण जैसी स्थिति की बयानबाज़ी हुई या हो रही है, उसके पीछे आप अकेले हैं, बाबा साहब !...आप बाबा हैं तो सदा हमारे बाबा बने रहिएगा।''

ममता बनर्जी के स्वर में दर्द पिघलकर उसकी धमनियों में बहने लगा था। भीमराव अंबेडकर की आंखें छलछला आई थीं। वे बहुत देर तक सोचने की सागर-मुद्रा में असोचे बने रह गए थे। फिर धीरे-धीरे उन्होंने अपने को संभाला और कहने लगे, ''बौद्ध धर्म हिन्दू धर्म का ही संस्करण है। गौतम हिन्दू थे। उनके समय में भी धर्म आक्रामक हो गया था। और जब उस आतंक के नीचे एक वर्ग आ गया था तब वे सामने आए थे।...बौद्ध धर्म हिन्दू संस्कृति और उसकी रस-भूमि से जुड़ा उसका ही एक अंतरंग भाग है।...वह भी इस देश की माटी का ही पौधा है, जो वटवृक्ष की तरह फैला हुआ है। आज उसकी ज़रूरत है।...वह भारत से लुप्त हुआ, जहां उसका जन्म हुआ था, आज वहीं उसे पनपाना है, ममताजी, मेरा इतना-सा प्रयास है। इससे हिन्दू धर्म की चट्टानी जड़ता शायद टूट जाए। ...कभी-कभी शल्य चिकित्सा भी ज़रूरी हो जाती है अन्यथा अल्सरी विष समूची देह को निगल सकता है।'' उनकी सांस उखड़ने को आई। वे कुछ रुके। इतने में कॉफी आ गई, बिस्कुट भी।

सबने अपना-अपना प्याला उठा लिया। ममता ने बिस्कुट कुतरना शुरू किया और पूछ लिया, ''मनुष्य सुखी क्यों नहीं रहना चाहता है ? वह क्यों पाप से सारा वातावरण प्रदूषित करता है ? उसके अंदर का राक्षस, चाहे वह किसी भी धर्म का अनुयायी हो, शमन क्यों नहीं हो पाता ? सब धर्म लड़े हैं, लड़ाए गए हैं। शक्ति से धर्म बदले गए हैं अथवा प्रलोभन से।...यह सब मन को दुःखाता है।...यह मैं अपने मन की बात कह रही हूं, वह ऐसा ही अनुभव करता है कि धर्म भी बोझ बन चला है और दुष्ट शास्ता के व्यवहार से भी अधिक क्रूर और नापाक हो चला है।''

एक लय पर थिरकता ममता बनर्जी का स्वर कितना स्पष्ट था और कितना प्रभावशाली ! उसका मुखमंडल दर्पण-सा था। उसे पाप की परछाईं का विचार भी कहीं छू तक नहीं गया। एकदम मानसरोवर-सा था उसका हृदय। शरद् की धूप-सा शावक-मन। कुलाचें भरता मन। सबमें एक आस्था जगा रहा था।

"ममताजी, आपका सोचना गलत नहीं है। आस्था की चट्टान जब खिसकती प्रतीत होने लगती है तब हर अर्जुन, श्रीकृष्ण से एक ही प्रश्न करता है कि अपनों पर कैसे अस्त्र-शस्त्र उठाऊं ?...श्रीकृष्ण का एक ही उत्तर होता है कि अपने हों या पराये प्रश्न इसका नहीं है, प्रश्न है न्याय का, सम्मान का, अस्तित्व का और प्रेम का ! जब उस पर बर्बरता प्रहार करती है, तब उसे उसका समुचित और ससम्मान उत्तर दिया जाता है।...आज आस्था पर आक्रमण हुआ है अतः मानव-मन विचलित है।...मैं शायद ठीक से अपने मन को इस समय भाषा नहीं दे पाऊं क्योंकि मैं निर्णय कर चुका हूं।...आप लोग इसे प्रयोग मान सकते हैं।" भीमराव अंबेडकर ने साफगोई का सहारा लिया। कुछ बिंदु ऐसे उभरकर सामने आए थे जो ममता बनर्जी की आस्था से जुड़े थे और सत्यान्वेषण का आग्रह करते थे, परन्तु उनके पास अब समय नहीं था।

कॉफी समाप्त हो चुकी थी। जैन धर्म वालों का एक दल उनसे मिलने आ चुका था। उनका उठना लाज़िमी हो गया था। वे उठे, हाथ जोड़े और चल दिए।

भीमराव अंबेडकर बहुत देर नयी पीढ़ी की नवयुवती ममता बनर्जी के बारे में सोचते रहे—पंकरहित कमल ! एक दिव्य अनुभूति ! एक सौम्य संस्कार ! एक सरल चेतना का स्वर ! धर्म का एक उपवन !

जो करने जा रहा हूं, उसके अलावा कुछ और कर पाना संभव नहीं। अधूरे रास्ते पर अपने अनुयायियों को छोड़कर चले जाना भी ठीक नहीं है।...एक रास्ता तो दिखाना होगा। एक धब्बा तो मिटाना होगा। एक समाधान तो देना होगा।

कैसा अन्तर्द्वन्द्व ! कितना लम्बा और गहन अन्तर्द्वन्द्व ! कौन जान सकता है उनकी इस अन्तर्पीड़ा को ? कौन सम्मिलित हुआ है उनके इस यज्ञ में ? चारों ओर विरोध ! इसलिए भी विरोध कि अछूत जाति में कहां से जन्म पा लिया इस दिव्यात्मा ने ? कैसे वकालात कर रहा है उन घृणित और उपेक्षित जनों की जो अभागे हैं, नरक के कीड़े हैं और जिनकी परछाईं भी पवित्रता को घायल कर जाती है ! यह महा पीड़ा जो उनके रक्त में गंगा-सी सदैव प्रवाहित होती रहती है, उनसे एक ही प्रश्न पूछती है कि सगर के इन जीवित पुत्रों को कौन और कब जिलाएगा ? इनका दोष क्या है ? ये मृत भी तो नहीं। वे क्या जानें इन अभागों की पीड़ा को जो सवर्ण होकर हिन्दू धर्म का एकछत्र सुख, वैभव और आनंद भोग रहे हैं !

आखिर ये हतभागे मांग क्या रहे हैं ? यही न कि वे भी उनकी तरह इंसान हैं, वे भी हिन्दू हैं, धर्मस्थान और मंदिर में वे भी जा सकते हैं, उन्हें भी पूजा-पाठ करने का अधिकार है और वे भी सवर्ण हिन्दुओं की तरह सम्मान और स्वाभिमान से जीना चाहते हैं। उनको क्यों धार्मिक दासता का अभिशाप भोगना पड़ रहा है ? उनको क्यों सामाजिक अधिकारों से वंचित किया गया है ? क्यों उनका स्पर्श मात्र पाप है ?

क्या होगा ऐसे अभागों का ? क्या गुनाह किया उन्होंने यह प्रश्न उठाकर ? क्यों चाहते हो आज़ादी ? क्या मिलेगा इन कीड़ों को जिन्हें सदियों से ऐसा गुलाम बनाया है कि वे गूंगे, बहरे और अंधे हो गए हैं ? उन्हें मार-पीटकर जिंदा ही मृत बना डाला है ! उनकी संपूर्ण संवेदना पर बर्बर आक्रमण कर उन्हें तहस-नहस कर डाला है !

कैसे मिट सकती है उनकी चेतना पर से वह दर्द-भरी करुण कहानी ! हिन्दुओं को संदेह हुआ कि गांव में फैली बीमारी का कारण अनुचित प्रभाव है। फिर क्या था ! एक भंगी पकड़ा और उसको हुक्म दिया एक सवर्ण हिन्दू पुरोधा ने कि वह जलती हुई आग

अपने सिर पर रखकर सारे गांव में घूमे। उससे हीन शक्तियों का नाश होगा और उस गांव से जानलेवा बीमारी भाग जाएगी। उस अभागे के सिर पर वह बरतन रख दिया जिसमें से आग की लपटें निकल रही थीं। उसके सिर पर साफा था। उसके साथ-साथ सवर्ण हिन्दू चल रहे थे। हथियार थे उनके पास। वह अभागा भागता रहा। चीखता रहा। पहले उसका साफा जला। फिर उसका आधा सिर। ओह ! क्या-क्या न जुल्म किए एक ही धर्म के लोगों ने अपने धर्म के लोगों पर ! यदि उन्हें आज़ादी मिल गई तो वे न जाने क्या गुल खिलाएंगे ? तब भी वे यही सोचते थे और आज आज़ादी के बाद भी वे उसी को दोहराते रहते हैं।

यह सोचते-सोचते उनका सिर भारी हो गया। उन्होंने नानकचन्द रत्तू और सुदामा को पुकारा। दोनों आए। वे बोले, ''रत्तू, तुम सिर पर मालिश करो और तुम, सुदामा, पांव दबाओ।''

वह स्वयं पलंग पर आ लेटे। रत्तू उनके सिर पर मालिश करने लगा। वे आंख बन्द किए लेटे रहे। सुदामा धीरे-धीरे उनके पांव दबा रहा था।

रत्तू जानता था कि भीमराव अंबेडकर कितने परिश्रमी और ईमानदार स्वामी हैं। उनमें मानव-प्रेम कूट-कूटकर भरा हुआ है। वे कितने अकेले हैं ! नई पत्नी भी उनकी नहीं। उससे भी उन्हें दुःख मिला। उनका कौन है ? कोई भी नहीं। जो आता है, वह अपने स्वार्थ के लिए। स्वार्थ सिद्ध हुआ नहीं कि भाग खड़ा हुआ। उनका दिल कितना पवित्र है—मंदिर, चर्च, मस्जिद आदि से भी पवित्र ! सबके प्रति वे संवेदनशील हैं। उनमें एक ही कमी है कि वे सत्य से डिग नहीं सकते और जो हृदय में है, वे कह डालते हैं, उसे छिपा नहीं सकते। छिपाना उन्हें आता नहीं था। रत्तू ने पूछ ही लिया, ''बाबा, आप अधिक मत सोचा करो। यह ज़माना अच्छे इंसानों का नहीं है। कलियुग है, धूर्त मौज मरेंगे और नेक और ईमानदार अपमानित होंगे, दुःख पाएंगे।''

''यह तूने कहां पढ़ा है, रत्तू ?'' वह आंखें बंद किए ही पूछ बैठे। उनको अब तक काफी आराम मिल चुका था।

''कहीं नहीं।''

''फिर ?''

''सुना है।''

''कहां...किससे ?''

''एक कथावाचक आजकल देवनगर में डेरा डाले हुए हैं। वह रोज़ रात को बड़े रोचक ढंग से कथा कहता है। बीच-बीच में गाकर कथा सुनाने लगता है। हारमोनियम भी बजाता जाता है।'' नानकचंद रत्तू कहता गया। जब-तब तो उसे वक्ता की भूमिका मिलती है, वह उस सुख से वंचित क्यों रहे ?

''वह राम के जन्म लेने की दुहाई भी देता होगा।''

''हां बाबा...देता है। भगवान अवतार लेने वाले हैं। वे संतों के दुःखों को दूर करेंगे।'' रत्तू ने आनंद से भरकर कहा।

''वह धूर्त है, पाखंडी है। जनता को बहकाता है। कमज़ोर करता है।...तू वहां जाता है ?'' भीमराव अंबेडकर तनिक उत्तेजित हो उठे।

''नहीं, मैं वहां नहीं जाता।...लोगों से सुनता हूं।'' नानकचंद रत्तू ने धीरे से कहा।

''ऐसा सुनना भी पाप है। ये ढोंगी लोग हैं। भोलीभाली जनता को ठगते हैं, उसे अंधविश्वासी बनाते हैं और दकियानूसी। भगवान कहीं नहीं हैं, यह मनगढ़ंत प्रचार है। धूर्तों

ने अपने लिए रचा है ताकि उसकी आड़ में अपना उल्लू सीधा कर सकें। भगवान होते तो सज्जन क्यों ऊपर न आते ? क्यों पाप पनपता ? क्यों अधर्म धर्म के नाम पर फैलता ? यह सब ढोंग है। इससे बचना चाहिए।'' इतना कहकर उन्होंने जम्हाई ली और पांवों के नीचे तकिया लगाने का संकेत किया। थोड़ी देर बाद बोले, ''रत्तू, लाइट ऑफ करके घर चले जाओ।''

वे दोनों चले गए। सन्नाटा गहरा गया। भीमराव्र अंबेडकर नींद की गोद में आराम करने लगे।

चालीस

संध्या चिड़ियों की तरह चहचहाती नाच रही थी। इन्द्रधनुष बने थे गगन के हृदयस्थल पर और पवन लहरा रहा था अपने में किसी संगीत की मद्धिम लय पर। भीमराव अंबेडकर को ऐसा वातावरण अति अनुकूल लगता था और वह भी अपने आप से एक कवि की तरह बात करने लगते थे। रास्ते-भर वे टमटम में बैठे अपने आपसे बतियाते रहे थे। उन्हें बाज़ार, मोड़ और भीड़ का कतई ध्यान नहीं था। उनका चित्त इन्द्रधनुषी हो रहा था और उड़ रहा था कहीं दूर, जहां सन्नाटा, निर्जन और समुद्र की लहरों का मौन चल रहा हो।

एक सपना सबके सुख का उनमें से शोभायात्रा से गुज़र रहा था। शोभायात्रा के गुज़र जाने के बाद 'स्लो मूवी' में वह सब कुछ उनके चित्त पर थिरक रहा था और चित्त अपने में गा उठा था चिड़िया-सा सहज पर उल्लास और उमंग की अभेद्य लयात्मक तरंग में। कौन पूछ रहा था उनसे—सब सुख के चहेते दुःख क्यों बटोर रहे हैं ? अपने सपनों को माटी के मूल्य में क्यों बेच रहे हैं या रेहन रख रहे हैं ? क्यों मणिधारी नाग अपनी मणि को दूर रखकर भाग खड़ा हुआ है ?

दिशाएं मौन। निरुत्तर आकाश। धरती स्तब्ध। सब विराम। एक बड़ा विराम। रेखांकित और उल्लिखित संन्यासी के प्राणायाम-सा वातावरण। भीमराव अंबेडकर के मन पर एकदम निष्छल और पूत निःस्तब्धता मानसरोवर झील-सी अभिराम।

वे बादामी रंग के सूट में पट्टीदार टाई बांधे टमटम से उतरकर घर की ओर बढ़े। उनके हाथ में नयी खरीदी कुछ किताबें। गौर वर्ण पर बादामी सूट अत्यंत भव्य लग रहा था। उनके भारी और गोल चेहरे पर गंभीरता का ताला, उनकी बड़ी-बड़ी आंखों में दिपदिपाता ज्ञान-प्रदीप, कटे-छंटे बाल और चौड़ा खुला वक्ष-स्थल एक विलायती मनीषी की शख्सियत का अनुभव करा रहे थे। उनके चलने के ढंग की मुद्रा में एक सौम्य अदा दूर से उनको पहचानने में मदद करती थी।

प्रतीक्षारत लोग उनके प्रवेश के साथ ही खड़े हो गए और हाथ जोड़कर उनका स्वागत किया। वे शीघ्र कपड़े बदलने की अनुमति मांगकर अंदर चले गए। उनके पास दूर-दूर से लोग आते थे। वे सबकी सुनते थे। सबका मार्ग प्रशस्त करते थे। यही उनका नियम-सा बन गया था। इसमें उनका मन खूब रमता था।

भीमराव अंबेडकर अंदर से कपड़े बदलकर कुछ देर बाद बाहर आए। कॉलिज के विद्यार्थी थे। नविता भटनागर उस दल की नेता थी। जयकिशन शोधार्थी था। जेनसन कॉलिज में सेक्रेटरी था। नविता भटनागर पूछ रही थी, ''आपको पुस्तकों से बहुत प्रेम है ?''

"वह तो है। भीमराव अंबेडकर ने कहा।

"दीवानगी की हद तक ?"

"यह मैं नहीं कह सकता।"

"मैकाले की तरह... ?"

"हां, कुछ-कुछ।"

"उसने भी कहा था कि यदि राजा होने के बाद उससे पुस्तक पढ़ने की आज़ादी छिन गई या छीन ली गई, तो वह राजा बनना पसंद नहीं करेगा।" नविता भटनागर ने बैठने का रुख़ बदलते हुए कहा।

"कोई मुझे गिब्बन बताता है।"

"जिसने कहा था कि भारत के समस्त खज़ानों की एवज़ में भी वह पुस्तक-प्रेम कदापि नहीं छोड़ेगा।" जयकिशन ने सकारण कहा था, "आप भी गिब्बन से कम नहीं हैं, बाबा साहब !"

"मैं तो कहूंगी, हमारे बाबा साहब, सिसरो हैं, क्योंकि उन्होंने कहा था कि पुस्तकों के मध्य रहने के लिए वे सबको त्याग देंगे।" नविता भटनागर ने कहा।

"पता नहीं कि मैं क्या कहूं। इतना अवश्य है कि मुझे पुस्तकों से बहुत गहरा लगाव है। एक बार की बात है कि मुझे नेत्र-रोग हो गया था। पढ़ना-लिखना लगभग बन्द हो गया था। मैं डर गया...अब कैसे पढ़ूंगा ? बिना पुस्तकें पढ़े मैं कैसे जिऊंगा ? यह सोचकर मैं फूट-फूटकर रोया कि कहीं सदा के लिए मेरी आंखों की रोशनी नहीं चली जाए। यदि ऐसा हुआ होता तो..." कहकर भीमराव अंबेडकर कुछ देर के लिए चुप रह गए। उनकी आंखें कहीं और थीं।

"फिर क्या होता ?" नविता ने पूछा था।

"मैं आत्महत्या कर लेता।" भीमराव अंबेडकर ने एक झटके में कह डाला।

"आप आत्महत्या कर लेते ! आप तो महान् हैं। उदार हैं, क्षमाशील हैं !" नविता भटनागर की कथन की शैली रोमांच भरने वाली थी। उसकी महीन और कोमल कंठी आवाज़ का जादू ही न्यारा था।

"यह मैं नहीं जानता।"

"आपका अपना पुस्तकालय भी बहुत विशाल है।" जयकिशन का स्वर था।

"बिरला ने आपके पुस्तकालय की कीमत पंद्रह लाख रुपये आंकी थी।" नविता भटनागर तपाक से बोली।

"पर बेचा नहीं।"

"क्यों ?" जयकिशन ने पूछा।

"पुस्तकें बेचने की वस्तु नहीं है। वे अपनी संतान की तरह होती हैं। उनको बेचने का अर्थ है अपने आपको बेचना।" भीमराव अंबेडकर का स्वर कुछ-कुछ तीखा हो गया था।

नविता भटनागर ने सहज मुस्कान बिखरते हुए कहा, "धर्म-परिवर्तन की घोषणा की जा चुकी है। बौद्ध धर्म आप स्वीकार करने जा रहे हैं।...बौद्ध धर्म ही क्यों, अन्य धर्म क्यों नहीं ?...कदाचित् आप... !"

पहले से एक व्यक्ति गरम रूई से उनकी पिण्डलियों की मालिश कर रहा था। भीमराव अंबेडकर को उससे आराम मिल रहा था। उन्होंने धीरे से कहना जारी किया, "मैं ऐसा धर्म

चाहता था जो भारतीय हो और जिसमें प्रज्ञा...यानी अन्धविश्वास और अतिप्रकृतिवाद के स्थान पर बुद्धि का प्रयोग हो, करुणा हो तथा समानता हो।...वर्ण-व्यवस्थामुक्त धर्म हो। ...मैं यह भी नहीं चाहता कि भारत में मेरा नाम विध्वंसक के तौर पर लिया जाए।...भारत मेरे प्राणों में बसता है।...उसको चोट पहुंचे वर्तमान में या भविष्य में यह भी मैं नहीं चाहता। ...इस देश की संस्कृति को भी नहीं छोड़ सकता।...मुझे बौद्ध धर्म में ये सभी बातें मिलीं इसलिए... ।''

''दलित, निर्धन और अशिक्षित लोगों को आप क्या समझते हैं, बौद्ध धर्म से लाभ होगा ?'' नविता भटनागर ने पूछा।

''लाभ की गारंटी का प्रश्न नहीं है। प्रश्न है वर्णवाद और ब्राह्मणवाद से दलितों को मुक्ति दिलाने का। अशिक्षा एक प्रधान कारण है जिससे व्यक्ति और समाज अंधविश्वास और शोषण की दलदल में फंसता है। लेकिन पहले वह समता और सम्मान से तो जुड़ जाए, फिर अशिक्षा की काली आंधी से भी लड़ा जाएगा—यह प्रयास दूसरे स्तर पर शुरू किया जाएगा।'' भीमराव अंबेडकर ने सोत्साह यह सब कहा। उनके मुखमंडल पर प्रकाश की किरणें थीं। उनकी आंखों में अटल विश्वास था और उनके अधरों पर सहज मुसकान।

''अन्य धर्म... ?'' जयकिशन ने पूछा।

इस बार भीमराव अंबेडकर मुस्कराए और ताज़गी से भरकर बोले, ''सिक्ख धर्म में वर्णवाद है। ईसाई धर्म अपनाने से राष्ट्रीयता, संस्कृति और देशभक्ति की ओर संदेह उपजता है। इस्लाम धर्म अपनाने से मुसलमानों की संख्या इस देश में दूनी हो जाएगी।...ईसाई धर्म अपनाने का अर्थ होगा, भारत में ब्रिटिश प्रभुत्व को सुदृढ़ बनाना और इस्लाम धर्म अपनाने का अर्थ होगा कि मुस्लिम प्रभुत्व को संकट में डालना।...मैं भारत में जन्मा हूं, अन्त तक सच्चा भारतीय रहना चाहता हूं और अपनी राष्ट्रभक्ति को कायम रखना चाहता हूं। इसलिए मैंने किसी अन्य धर्म को न चुनकर बौद्ध धर्म चुना है।''

इसी समय अन्दर से सुदामा आया और कहने लगा, ''बाबा साहब, माईजी याद दिला रही हैं, बाहर जाना है।''

''अरे हां... ।'' भीमराव अंबेडकर को याद आया और वे उठते हुए बोले, ''शेष फिर कभी, मेरे बच्चो !...तुमसे आशा है कि तुम लोग हमें सही समझोगे और पुरज़ोर प्रयत्न करोगे अपने समाज और देश की तरक्की का।'' इसके साथ ही वे सोटे के सहारे अन्दर की ओर चल पड़े। एक हाथ उनका सुदामा के कंधे पर था। सबने नमस्कार की और आशीर्वाद पाया। जयकिशन ने कहा, ''कैसा सहज और निरभिमानी व्यक्तित्व है !''

नविता बोली, ''भारतीय समाज का सच्चा उद्धारक, प्रतिभा का धनी और राष्ट्रभक्त। वर्णवाद और ब्राह्मणवाद के प्रति नाखुश।...नाखुशी की वजह अपनी जगह एकदम ठीक। ...बौद्ध धर्म भी हमारी धरती का अपना धर्म है।'' वे सब आपस में बातें करते हुए कोठी से बाहर आ गए।

भीमराव अंबेडकर अन्दर पहुंचे। सविता कबीर कहने लगी, ''आज 10 अक्तूबर बीतने की तैयारी में है, 12 अक्तूबर की सुबह नागपुर पहुंचना है...उसके लिए भी वक्त चाहिए। सारा दिन मिलने वालों में गुजार दिया, यह भी कोई बात है !''

वे मुस्कराकर बोले, ''विद्यार्थी थे। बड़ी आशा लेकर आए थे। उनसे बात करके सुख मिलता है। जब मैं प्रोफेसर और प्रिंसीपल था तब मुझे अपने स्टुडेंट्स से मिलकर प्रसन्नता होती थी। उनके मन में ऐसे-ऐसे प्रश्न हैं जिनको जानकर मुझे अपना विद्यार्थी-जीवन याद

हो आता है। आज मुझे इन विद्यार्थियों के साथ बातचीत करते हुए अपने विद्यार्थी-जीवन के वे दिन याद आने लगे जब मैं अमेरिका में पढ़ता था..."

"बस, बस...अमेरिका की रामायण नहीं...।" सविता कबीर इतना ही कह पाई थी कि फोन की घण्टी खनखना उठी। उसने फोन का चोगा उठाया और कह दिया, "नहीं साहब इस समय नहीं मिल पाएंगे।"

"कौन है ?" भीमराव अंबेडकर ने पूछा। फोन रखकर वह बोली, "एक आर्यसमाजी दल मिलना चाहता था।"

"तो आ जाने दिया होता। मैं नहीं चाहता कि...।"

"मैं चाहती हूं।"

"क्या ?"

"जो आप नहीं चाहते।"

"आखिर क्यों ?" भीमराव अंबेडकर पलंग पर बैठकर पूछ रहे थे।

"वे सिर खाएंगे।"

"खाने दो। अपना सिर है ही इसलिए कि...।" भीमराव अंबेडकर ने कहा।

"धर्म-परिवर्तन का दिन क्या घोषित कर दिया कि सिर पर पहाड़ टूट पड़ा। जिसे देखो, वह चला आ रहा है। सबकी एक फरमाइश है कि उनका धर्म अपना लो। उनका धर्म हृदय से उनका सम्मान करेगा। सदा उनका उपकृत रहेगा।...और इसके बाद वह अपने धर्म की विशेषताओं की पोटली खोलकर बैठ जाएगा। टाले से नहीं टलेगा। यह जानते हुए कि सामने वाला उनके धर्म के बारे में उनसे ज़्यादा जानता है। धर्म कोई गाजर-मूली है क्या कि...!" सविता कबीर बड़बड़ाती जा रही थी कि भीमराव अंबेडकर ने बीच में ही कहना शुरू किया, "लोग अत्यन्त श्रद्धावश आते हैं, प्यार से अपना समझकर आते हैं। हमें उनकी भावना की कद्र करनी चाहिए, सच्चा मानव-धर्म ही यही है।"

"धर्म...धर्म...धर्म...धर्म ने आपको पागल कर दिया है। धर्म के अलावा और कोई चर्चा नहीं। कोई बात नहीं।...धर्म न हुआ, यह भानमती का पिटारा हो गया।" सविता कबीर तनिक आवेश और क्रोध में कह गई। दरअसल उसे ऐसे लोगों का आना अच्छा नहीं लगता था जो पद की गरिमा से नहीं जुड़े हुए थे।

"तुमसे मुझे यह आशा नहीं थी, सविता ! धर्म ही जीवन है, इसके बिना कुछ भी नहीं है। जो यहां आना चाहता है, बात करना चाहता है, परामर्श करना चाहता है या जिज्ञासा लेकर आना चाहता है, वह आदरसहित आएगा। मैं कुछ दिनों से अनुभव कर रहा हूं कि तुम, जैसे पढ़ने-लिखने में दिलचस्पी नहीं रखतीं, वैसे ही यहां आने वाले सीधे-सादे और आस्थावान लोगों के प्रति भी रुझान नहीं रखती हो।...उन्हें कभी-कभी तुम बुरी तरह झिड़क देती हो। ऐसा नहीं करना चाहिए।" भीमराव अंबेडकर रुक-रुक कह रहे थे। उनको टेलीफोन पर असत्य बात कहना बुरा लगा था।

सविता कबीर इस ज़रा-सी बात को बढ़ाना नहीं चाहती थी। जानती थी कि उसके बारे में जो कुछ कहा गया है, वह शत-प्रतिशत सही है। वह निम्न जाति के लोगों को मुंह नहीं लगाना चाहती थी। आखिर उसके संस्कारों में ब्राह्मण तत्त्व काम कर रहे थे। उसने इस विषय को तूल न देकर नयी बात शुरू कर दी, "हम सबको नागपुर जाना है कि नहीं ?"

"जाना है।"

"और एक दिन बीच में है।"

"तो ?" भीमराव अंबेडकर ने उसकी ओर ध्यान से देखा।

"कुछ-न-कुछ तैयारी तो करनी होगी।" सविता कबीर ने आहिस्ता से कहा।

"रत्तू कर लेगा।"

"मैं भी तो जानूं कि वह क्या कर लेगा ?" सविता कबीर की आवाज़ में ज़रा-सी खरोंच आ गई।

"उससे ही पूछ लो।"

"मुझे आप नहीं बता सकते क्या ?"

"उसे बता दिया है, तुम तब यहां कहां थीं ? तुम अपनी अटैची लगा लो—बस।" भीमराव अंबेडकर ने कुछ सोचकर और पलंग पर पांव फैलाते हुए कहा, "तुम्हें चिंता करने की ज़रूरत नहीं है। 12 की सुबह हम लोग नागपुर पहुंच जाएंगे, हवाई जहाज़ के टिकिट आ चुके हैं। हम सब साथ चल रहे हैं।"

"ठीक है।" कहकर सविता कबीर वहां से अपने कमरे की ओर चल पड़ी।

भीमराव अंबेडकर सोचते रह गए कि उनके जीवन में ऐसा क्यों घटित हो रहा है जो उनके स्वभाव के प्रतिकूल है और नीतिपरक भी नहीं है। उनकी अपने को मूसा बताने की बात को अकारण तूल दिया गया। मूसा ने ईरान से अपने लोगों को निकालकर फिलस्तीन की आज़ाद भूमि पर बसाया था। वे भी निम्न समझी जाने वाली जातियों को बौद्ध धर्म में दीक्षित करवाकर एक सर्वथा नया धरातल प्रदान कर रहे हैं—आज़ादी, समता, सम्मान, भ्रातृत्व भावना, स्वाभिमान आदि का धरातल, जहां मनुष्य-मनुष्य से घृणा नहीं करता है और न उनको दासानुदास बनाने का अंधविश्वास पालता है। मूसा ने अस्सी वर्ष की उम्र में अपने लोगों को दासता से मुक्त कराया था और वे तिरेसठ वर्ष की आयु में अपने वर्ग के लोगों को आज़ाद कराने जा रहे हैं। फिर, उन्होंने इसमें बुरा या असत्य क्या कहा ?

वे इतनी बड़ी पृष्ठभूमि तैयार कर रहे हैं करोड़ों लोगों को स्वाभिमान और सम्मान से जीने के लिए, उसका भी कोई अर्थ है। भंगी से हरिजन बना देना मात्र नाम का परिवर्तन है, उससे अधिक कुछ नहीं। वे जीवन के सिद्धान्त के लिए संघर्षरत रहे हैं, फिर भी लोग उनके प्रति संशय की दृष्टि रखते हैं।

वे क्या करें ? निष्पाप और निश्छल जीवन भी एक अभिशाप है। युग के साथ बहो, युग के विपरीत बहोगे तो अनपेक्षित कठिनाइयों और समस्याओं से घिरते जाओगे। वे इसके लिए तैयार थे। यहां उन्हें ईसा मसीहा की याद आने लगी, जिसे 'क्रूस' पर लटका दिया था हाथ-पांवों में कील ठोंककर—लेकिन उसने उन लटकाने वालों के लिए प्रभु से प्रार्थना की थी कि वह उन्हें क्षमा कर दे, क्योंकि वे नहीं जानते कि उन्होंने क्या किया है। क्या वास्तव में युग सच्चे व्यक्ति का साथी नहीं होता है ? हर युग को ऐसा अभिशाप क्यों ?

भीमराव अंबेडकर इतना सोचकर थकान अनुभव करने लगे। उन्होंने रत्तू को पुकारा।

रत्तू आया। आकर बोला, "क्या है, बाबा ?"

"कुछ नहीं रे।"

"अपने से इतना मत लड़ें, बाबा !"

"तू जानता है रे ?"

"समझता हूं कि अकेले इन्सान के लिए सच्चे रास्ते पर चलना कितना दुर्गम है। उसके साथ कोई नहीं। उसकी परछाईं भी बाज़ वक्त धोखा दे जाती है। दूसरों के कष्ट अपने कष्ट मानकर उनके निवारण के लिए निरन्तर प्रयत्न करना बहुत कठिन काम है।

मेरी प्रार्थना है, आप अपने स्वास्थ्य को ठीक रखें। अपने आपको संभालें और दुनियादारी के झमेलों में न पड़ें।" नानकचन्द रत्तू द्रवित स्वर में कहता गया हाथ जोड़े हुए।

"मैं जो हूं, रत्तू, वही रहूंगा।...मेरा स्वभाव बदल नहीं सकता, यह मेरी मजबूरी है।" भीमराव अंबेडकर ने सहज ढंग से कहना जारी रखा, "मैं अपने अतीत को भूल नहीं सकता। मेरी वेदना और कष्टदायक कहानी के वे संस्मरण मुझे बराबर कुरेदते रहते हैं। मेरा ज़ेहन मुझे चैन से नहीं बैठने देता। मैं सच्चाई नहीं छोड़ सकता। मुझे अपने लोगों को सिर ऊंचा करके सम्मान से जीने का हक दिलवाना है, यह मेरी प्रतिज्ञा है।...मैं हिन्दू-धर्म से लड़ते-लड़ते हार गया हूं। वहां मुझे कोई आशा की किरण नज़र आई। वहां रेत से तेल निकालने जैसी स्थिति है।...कोई अपना धर्म नहीं छोड़ना चाहता। परन्तु, रत्तू, हिन्दू-धर्म जड़ हो चुका है। उसमें चेतना की गुंजायश शेष नहीं है। यह सब मुझे खड़ा करता है और मेरे में शक्ति का संचार उसी से होता है।"

नानकचन्द रत्तू बराबर पिण्डलियों की गरम रूई से सिकाई करता रहा। भीमराव अंबेडकर को आराम मिल रहा था। वे सोच के एक दरिया को पार कर वास्कोडिगामा की भांति एक नयी ज़मीन देख रहे थे। एक हरी-भरी ज़मीन। माटी की गंध से मुस्कराती ज़मीन। हिलते नव पल्लव उन्हें बुला रहे थे। टहनियां झूम रही थीं। बयार गा रही थी। पुष्प महक उठे थे। आकाश ज़मीन का अवलंब पाकर सतरंगी हो उठा था। एक सपना था जो सच होने जा रहा था। एक आरज़ू थी जो पूरी होने को थी।

"जाओ रत्तू, जाओ।" भीमराव अंबेडकर ने कहा।

"आपको आराम मिल रहा है ?"

"बहुत।"

"तो और सेंकता रहूं !" नानकचन्द रत्तू ने भी भक्ति भाव से भरकर कहा।

"नहीं...बहुत हो गया।"

"सिर की मालिश किए देता हूं।"

"रत्तू... !" भीमराव अंबेडकर का गला भर आया।

"क्या है, बाबा साहब ?"

"तू इतना ये सब कुछ क्यों करता है रे ?"

"आप इतना सब क्यों करते हैं ? नानकचन्द ने प्रतिप्रश्न किया।

"मेरी बात छोड़।"

"आप सबके लिए अपने को गला रहे हैं, यह क्या मैं नहीं जानता ? आप करोड़ों-करोड़ के दुःख मिटाने के लिए कृतसंकल्प हैं। आपको अपनी पीड़ा की चिंता नहीं। आपको हो भी नहीं सकती।...पर हमें तो आपकी चिंता होनी चाहिए क्योंकि हमारी पहचान तो आपसे बनेगी। हमें अपना स्वार्थ घेरता है।" नानकचन्द रत्तू भीमराव अंबेडकर के सिर की मालिश करने लगा।

वे क्या कहते ! उनको आराम मिल रहा था। उनको भक्ति का अनुभव हो रहा था। वे रत्तू की सेवा का कर्ज़ कैसे चुकाएंगे। उन्होंने सोचा था कि शादी के बाद सविता कबीर उनकी सेवा-टहल करेगी। शादी से पूर्व का नशा जल्दी ही उनके दिमाग से उतर चुका था। वे शादी करके भी अकेले ही रहे। वह भी उनके दुःख-दर्द में सम्मिलित होने वाली नहीं मिली, यह शूल भी ऐसे एकांत क्षणों में और तीखा हो जाया करता था। उनका हृदय भर आता था और उनके सामने रामाबाई आ खड़ी होती थी। शादी के समय उसकी उम्र नौ

वर्ष थी। धीरे-धीरे वह वयस्क हुई। चांदनी-सी खिली और उनके हृदय-पटल पर एक अतीन्द्रिय सुगंध की भांति छाती चली गई। वे उस सुगंध में महक उठे और अपने आपको धन्य मानने लगे। कैसे कमनीय दिन थे वे जब उनकी साधना को उस जैसी सौम्य-सुशीला की आराधना का सहज सौभाग्य मिला ! कोई रोक-टोक नहीं। संपूर्ण समर्पण। समर्पण के बाद कुछ नहीं। इसी से प्रसन्न-प्रफुल्लित और अपनी गति-तरंग-लय में आलुप्त।

"इतना पढ़ते हो, थकते नहीं ?"

"तुम, रामू !"

"हां, मैं।"

"कब से खड़ी हो ?"

"दूध पी लो।"

"इतना ध्यान रखोगी तो...।"

"इसमें ध्यान कैसा !...दिन-रात मेहनत करते हो। सबके काम में हाथ बंटाते हो। न भूख का ख्याल, न सेहत का ध्यान। कड़ी धूप हो या गरजते-बरसते मूसलाधार बादल ...लेकिन किसी की चिंता नहीं। चल पड़ते हो। आगा-पीछा नहीं देखते।" रामाबाई मुस्कराते हुए कहती जाती, "पता नहीं मुझे क्या हो जाता है कि मैं आपको पढ़ता देखकर आप में खो जाती हूं।...आखिर क्या लिखा है इन पुस्तकों के काले मंत्रों में जो आपको अपनी कैद में आनन-फानन में ले लेते हैं !...कैसा तिलिस्म है इन अक्षरों का !"

"तू जानना चाहेगी ?"

"नहीं बाबा, नहीं।"

"क्यों ?"

"डर लगता है।"

"किससे ?"

वह चुप रह जाती। दूध-भरा गिलास आगे बढ़ाने लगती। भीमराव अंबेडकर किताब एक ओर रखकर उसकी ओर अपलक दृष्टि से देखते रह जाते।

"यों क्या देखते हो जी, क्या पहले कभी नहीं देखा ?" रामाबाई आंचल ठीक करते हुए कहती।

"नहीं।"

"क्या कहा ?"

"नहीं।"

"सपना देख रहे हो क्या ?"

"हां, सपना देख रहा हूं—अति सुन्दर और सजीव सपना।...तुम्हीं तो मेरा सपना हो, रामू !"

"छिः-छिः...क्या कभी ऐसे कहते हैं ?" रामाबाई ज़रा पीछे खिसककर कहती।

"तो कैसे कहते हैं ?"

"मैं नहीं जानती।...चलो, दूध पी लो।"

"आज तुम पी लो।...मेरे सामने पी जाओ गटगट कर, रामू !" भीमराव अंबेडकर भावुक हो उठते।

"कैसी बातें कर रहे हो जी ?"

"मुझे पता नहीं है कि मैं...।"

"तंग मत करो।"

"नाराज़ हो रही हो, रामू ?"

"वह क्या आपसे ?"

"तो किससे ?"

"किसी से भी नहीं।" रामाबाई का मन लहरा उठता पीत चुनरिया-सा।

भीमराव अंबेडकर देखते कि रामाबाई में से एक नवोदित कमल-सी रामाबाई आंख खोल रही है। वे मुग्ध हो जाते। कितना सच्चा गुलाबी रंग छुईमुई-सा महक उठता ! वे पूछते, "तुमने अभी कहा था कि तुम डरती हो।"

"कहा था।"

"पर यह नहीं बताया था कि किससे ?"

"इन काले-काले मंत्रों से जो आपको अपने में डुबा लेते हैं।"

"इसमें डर किस बात का ?"

"कहीं मैं भी डूब गई तो।"

"तो क्या, डूब जाओ।"

"घर-गिरस्ती कौन संभालेगा ?" रामाबाई ज़रा रूंठते हुए कहती।

"ओह ! यह बात है !" भीमराव अंबेडकर मुस्कराकर आगे कहते, "लाओ, दूध दे दो।"

रामाबाई आगे बढ़कर आती कि भीमराव अंबेडकर उसकी कलाई पकड़ लेते। वह नाह-नूंह करती। वे एक नहीं सुनते। धीरे से वे बोलते, "हिली-डुली तो दूध फैल जाएगा।"

वह जड़ होकर बोलती, "अब ठीक है।" उसके कपोल गुलाबी हो जाते और उसकी आंखें व्रीड़ानत परन्तु अत्यन्त मादक।

"एक बात मानोगी।"

"एक नहीं, एक सौ एक माननी पड़ेंगी।"

"वह क्यों ?"

"क्योंकि दूध-भरा गिलास अभी तक मेरे हाथ में है।"

"तुम दूध फैलने नहीं दोगी, यही ना ?"

"जी हां, यही।"

"इतनी नाराज़ हो ?"

"हूं तो क्या ?" रामाबाई रूंठने का नाटक करती और कहती, "पर दूध पी लो।"

"एक शर्त पर।"

"कलाई तो छोड़ो।"

"ना छोड़ूं तो !"

"ना, छोड़ो।"

"कुछ नहीं।"

"कुछ क्या ? कुछ भी क्या कुछ होता है।" रामाबाई प्रश्न बुनती और फंदे गिनने लगती।

"एक गीत सुना दो।" भीमराव अंबेडकर अत्यन्त आर्द्र स्वर में कहते।

"गीत मुझे कहां आता है !"

"अच्छा तो भजन सुना दो।"

"पहले दूध तो..."

"वह मैं चट पी जाऊंगा...गीत...अरे-अरे, भजन। हां, भजन सुना दो।" भीमराव अंबेडकर कहते। रामाबाई का पिक-कंठ सारे वातावरण में जादू घोल देता।

रामाबाई सोच में पड़ जाती। भीमराव अंबेडकर उसके हाथ से दूध-भरा गिलास ले लेते। वह अपने में डूबने लगती थी। उसकी आंखों में द्युति नाचने लगती थी। वह बोलती, "वारकरी संप्रदाय के प्रमुख देवता पंढरी के पांडुरंग की भक्ति का रस-रंग कुछ और ही है। उसकी दिव्य छटा सावन की घटा में दमकती दामिनी-सी लहराती मन-तन में। वारकरियों का विट्ठल कृष्ण ही है। मांडली (मां) की कृपा है।...उनमें अभंगों का अपना लालित्य है। गाए भी जाते हैं तो सबके साथ। झांझर-मंजीरियों के साथ अभंगों के गाने का आनन्द ही कुछ और है।...पंढरपुर जाने के लिए इसीलिए कहा था। वारकरियों का आदिपीठ पंढरपुर ही है। वहां सुनने को मिलते अभंगों के आनन्द मद थिरकते मादक जन-मन।...आप माने नहीं।"

"इसके बाद वह रुक जाती। कुछ सोचती, मुड़ जाती। वह बचपन में अपने माता-पिता के साथ पंढरपुर गई थी। वहां का दृश्य उसमें सावन की गहन घटा-सा उमड़ने-घुमड़ने लगता और मद्धिम स्वर में गुनगुनाते गा उठती—

"हरि आला रे हरि आला रे। संत संगे ब्रह्मानंदू झाला रे।..."

रामाबाई गाते-गाते उसी में लीन हो जाती। उसकी सारी देह थिरक उठती थी। उसका अंग-अंग रस-फुहार बन नर्तन कर उठता था। वह मुग्ध हो उठती थी।

रामाबाई की आंखों में शत-शत चपला कौंध उठती थीं। रिमझिम होती रहती थी। उसका मुखमंडल प्रकाश से दमक उठता था।

क्या दर्द था उसके हृदय-कंठ में ! क्या मार्ग था उसके स्वर-संगम का ! क्या लय थी उसके अंतरंग की ! कितना मादक था वह संगीत !

"रामू, तुम्हें पाकर मैं धन्य हुआ।"

"प्रशंसा बनाम चापलूसी...यह नहीं।"

"सच, रामू !"

"झूठ, कह दो।" वह खाली गिलास उठा लेती और कहती जाती, "अब जब तक मन आए, पढ़ते रहो।"

रामाबाई चली जाती। वह मंत्रमुग्ध होकर उस पावन-गंगा के झोंके को गहन अंदर तक अनुभव करते। अब उनका कुछ भी पढ़ने का मन नहीं रहा। कितना अचरज-भरा एकाकार है—ताल का और लय का !...

"आप रो रहे हैं, बाबा साहिब !" नानकचन्द रत्तू ने भीमराव अंबेडकर को टोका। वह भी आश्चर्य में पड़ गया कि यह क्या हुआ ?

भीमराव अंबेडकर की आंख खुली। वे सचमुच रो रहे थे। उनके आंसू थम नहीं रहे थे। उन्होंने कहा; "जाओ, रत्तू, अब जाकर सो जाओ। मुझे भी नींद आ रही है।...लाइट ऑफ करते जाना।...और सुदामा से कह देना कि कॉफी थर्मस में भरकर रख दे और थोड़ी-सी मिठाई भी।"

रत्तू चला गया।

लाइट ऑफ हो गई। अंधेरा थोड़ी देर बाद चमक उठा। बिल्ली की आंखें नज़र आईं।

म्याऊं की आशंका बनी रही और भीमराव अंबेडकर नींद के दरिया में धीरे-धीरे गहरे में उतर गए। सन्नाटा खिंच गया रात के फलक पर बादल घिरे आकाश-सा। सारा माहौल नींद की गोद में सो गया किसी अबोध बालक-सा।

इकतालीस

आज सुबह कल जैसी नहीं थी। वह दुल्हन-सी सज रही थी। उसमें आकर्षण गहरा रहा था।

पवन धीरे-धीरे प्रमादी नायक-सा बह रहा था डगमगाते कदमों-सा।

कमल खिल उठे थे।

दिशाएं प्रशांत थीं।

फिर भी खुशनुमा आसमां खामोशी में मचल रहा था किसी मनचले प्रेमी-सा।

नागपुर की जमीं पर फिर अतीत उतर आया था किसी नायिका की आंखों में रचे-पचे सुख-स्वप्न सा।

सारा शहर व्यस्त था। शहर के चेहरे पर नववधू की कुमारी ननद-सा उल्लास-उमंग मचल उठा था। सारे गली-कूचों में थी चर्चा गुलाब के सद्यः खिले फूल-सी गुलाबी-गुलाबी। महक रहा था सारा शहर। चहक रहा था सारा शहर। सजे हुए थे तोरण द्वार के द्वार।

सूरज पंख फैलाकर अवलोक रहा था नागपुर के भव्य वैभव का अथाह उत्साह। पवन में घुली मलय चलायमान किए थी चित्त के मलयजी वन को।

हवाई जहाज आने को था। उद्घोषिका की महीन आवाज गूंज गई थी। भीड़ में हलचल हो उठी थी। समय ने आंखें खोल ली थीं।

सबके चेहरों पर प्रसन्नता थी।

सबके चित्तों में उतावलापन था। ज़रा-से खटके से आंखें खरगोश की तरह दूर तक दौड़ जाती थीं। जहाज की आवाज हवा में थिरक उठी। सब सचेत हो गए।

हवाई जहाज ने 'लैंड' किया। कुछ देरी बाद उसमें से भीमराव अंबेडकर, सविता कबीर और नानकचंद रत्तू उतरे। जनता ने दूर से ही हाथ हिलाकर उनका स्वागत किया। ज्यों-ज्यों वे पास आते गए त्यों-त्यों जनता अपने प्रिय नेता के दर्शन पाकर भाव-विह्वल होती गई और समवेत स्वर में 'डॉ. अंबेडकर : जिंदाबाद' के नारे लगाती रही। एक आश्चर्यजनक उत्साह था जनता के मन में।

भीमराव अंबेडकर के निकट आते ही उन्हें फूलमालाओं से लाद दिया गया। अनेक बार फूलमालाएं उनकी गरदन से उतारी गईं और उतारते ही गरदन फिर फूलमालाओं से भर गई। यह क्रम बाहर आने तक बराबर चलता रहा।

12 अक्टूबर, 1956 की वह सुबह अत्यंत आनंददायक और प्रेरणाप्रद थी। नवोदित सूर्य गगन के ललाट पर उग आया था। उन्हें हवाई अड्डे से सीधे श्याम होटल लाया गया था।

भीमराव अंबेडकर दिनचर्या से निवृत्त हुए। हलका-सा नाश्ता किया। उधर भीड़ उमड़ पड़ी थी श्याम होटल के बाहर। वह रह-रह कर नारे लगा रही थी—

"डॉ. अंबेडकर की..."

"जय !"

जय-जयकार से सारा आकाश गूंज उठा था। दूर-दूर तक वातावरण गमक उठा था। भीमराव अंबेडकर अपने कक्ष से बाहर आकर जनता का हाथ जोड़कर अभिवादन स्वीकार करते। एक-दो बार भीमराव अंबेडकर को उनके कक्ष से बाहर नहीं बुलाया तो जनता बिगड़ उठी और कहने लगी, "बाबा साहब को बुलाओ।"

"कल सुबह आइए, अभी बाबा साहब विश्राम कर रहे हैं।" एक व्यवस्थापक का स्वर था।

"कल नहीं अभी। हम कोसों की दूरी तय करके यहां पैदल आए हैं। हमारे पास न यहां रुकने की कोई व्यवस्था है और न खाने की। एक छाक का भोजन हमारे पास है। ये देख रहे हैं आप, हमारे कंधों पर लटकी पोटली—इसी में बंधा है हमारा भोजन।" एक व्यक्ति ने अपनी व्यथा कही।

दूसरा व्यक्ति बोला, "मेरी घरवाली के पांव में फफोले पड़कर फूट गए हैं। हमें चलते-चलते आज दूसरा दिन है। हम पर दया कीजिए—हमें अपने भगवान् के दर्शन करा दीजिए।" इसके साथ ही वह व्यवस्थापक के चरणों की ओर झुक गया।

"मेरी भी सुनो...कृपया रुको।...सुनो तो...यह धक्का-मुक्की नहीं।" व्यवस्थापक नहीं-नहीं कहता रहा, परन्तु उसकी किसी ने नहीं सुनी। बराबर भीड़ में से आवाज आती रही, "हमें दर्शन दीजिए भगवान् ! हम भूखे-प्यासे यहां तक आए। हम दर्शन करके लौट जाएंगे।"

एक बुढ़िया गिड़गिड़ा रही थी, "ये झुर्रीदार चेहरा देखता है न ? चला भी नहीं जाता, न खड़ा रहा जाता है। यह तो बाबा साहब की ही मेहरबानी है जो इस उमर में यहां तक चली आई। हमें आज ही लौटना है। बेटा, इस बुढ़िया को उसके भगवान् के एक बार दर्शन करवा दे, तेरा भगवान् भला करेगा। तू निहाल हो जाएगा।"

वह क्या करे ? कितनी बार वह बाबा साहब को बुलाकर ले आया। उनकी पत्नी ने सख्त हिदायत दे रखी है कि बाबा साहब को और कष्ट मत देना, उनको चलने-फिरने में कठिनाई होती है। उन्हें आराम बहुत जरूरी है। वे स्वस्थ भी नहीं हैं।

एक जवान लड़का अकड़ गया, "ए भाई, सुन रहा है हमारी दर्द-भरी कहानी ! तू चुपचाप हमारे कृष्ण-कान्हा के पास जाकर हमारी यह गुहार दोहरा दे। कह दे बाहर सैंकड़ों सुदामा खड़े हैं। देख तो ले वे कैसे भागे आते हैं बाहर ! तूने हमारी बात पर ध्यान न दिया तो जानता है, हमने हाथों में चूड़ियां नहीं पहन रखी हैं !"

इतने में उधर से पुलिस आ गई।

"पीछे हटो।...हटो-हटो।" पुलिस डंडा घुमाती व्यवस्थापक तक पहुंच गई।

वह लड़का विनम्रता से हाथ जोड़कर बोला, "दरोगाजी, आप इस लफड़े में मत कूदना—यह लफड़ा भक्त का भगवान् से है। इसमें किसी और का दखल ठीक नहीं। भीड़ देख रहे हैं न ? अपने भगवान् के दर्शन करना चाहती है और दर्शन पाकर ही हटेगी। ...आप ज़रा इन व्यवस्थापक महोदय को समझाएं कि भक्त और भगवान् के बीच से चलते बनें।"

"बगड़-चकड़ बन्द कर, ओ लड़के !" पुलिस कांस्टेबिल ने इतना कहकर जोर से जमीन पर डंडा बरसाया।

वह नवयुवक गोरा-चिट्टा था। तगड़ा था। कद-काठी खासी थी। घुंघराले बाल थे।

आंखें चमकदार थीं और उसके चेहरे पर नूर था। वह संयत स्वर में बोला, "दरोगा जी, मालूम है, अब देश स्वाधीन है ! अब यहां जालिम अंग्रेजों का शासन नहीं है, जनता-जनार्दन का राज्य है।"

"तोऽ ?" उस कांस्टेबिल ने कड़ककर पूछा और एक बार वही डंडा हवा में घुमाकर धरती पर पटका।

"भाई दरोगा जी, अब डंडे का युग सात समुंदर पार गया। यह तो जनता का युग है—प्यार-सम्मान का। इसे किसी ऐसे दृश्य में बदलने का ख्याल छोड़ दो, जिससे जनाब अपने आला अफसरान को जवाब न दे पाएं।...ज़रा-सी बात है, बाबा साहब तक पहुंचा दो कि दूर-दूर से दिन-रात चलकर आए भक्तगण उनके दर्शन चाहते हैं। वे आने से इनकार करेंगे तो हम चुपचाप लौट जाएंगे। कुछ नहीं कहेंगे, दरोगा जी !" इस बार दरोगा जी की समझ में आ गया कि ज़रा-सी बात के लिए इतना लफड़ा क्यों ? ये कोई गुंडे-बदमाश या चोर-उचक्के तो हैं नहीं। उसने दूर तक भीड़ को निहारा—गरीब-गुरबे, सीधे-सादे, फटे-पुराने कपड़े पहने, कुछ नंगे पांव, कुछ थके-हारे परन्तु आंखों में आशा लिए वहां खड़े हुए थे टिमटिमाते दीप से प्रांतर के। उसका मन भर आया और वह व्यवस्थापक से बोला, "अरे बंधु, जाकर बाबा साहब को खबर दो।...देखो ना, कहां-कहां से चलकर आए हैं, महज उनके दर्शन के लिए।"

"लेकिन माई जी का हुक्म है कि...।"

पुलिस कांस्टेबिल ने बीच ही में टोक दिया, "माई जी बाबा साहब तो नहीं हैं। जाओ, जाकर कह दो कि भक्तगण उनके दर्शन करना चाहते हैं। तुम कैसे व्यवस्थापक हो जो ज़रा-सी बात को नहीं समझते और स्थिति की नजाकत नहीं पहचानते !" उसने पुनः जोर देकर कहा, "जाते हो या मैं जाकर बाबा साहब को बुलाकर लाऊं ? वे इस अधनंगी और भोली-भाली जनता के लिए ही तो मर-खप रहे हैं—जाओ।"

इतने में 'बाबा साहब की जय' से सारा आकाश गूंज उठा। वे सिल्क की सफेद धोती और कोट पहने हुए थे। उन्होंने सबका हाथ जोड़कर अभिवादन किया। रत्तू उनको पकड़े हुए था।

भीड़ में हलचल मच गई। जय-जयकार होने लगी। भीमराव अंबेडकर ने हाथ के संकेत से सबको चुप हो जाने के लिए आग्रह किया। पल-भर में सबके सब शांत हो गए। भीड़ अपने आप बैठ गई। दूर-दूर तक भीड़ थी। दूर खड़े हुए लोग नहीं बैठ सके। कुछ लोग पंजों के बल खड़े हुए थे।

भीमराव अंबेडकर देर तक भक्तजनों के आगे हाथ जोड़े रहे। फिर वह बोले, "भाइयो, बहिनो, बड़े-बुजुर्गों, आप कष्ट उठाकर यहां तक आए, मैं इसके लिए आपका आभारी हूं। मुझे आपके प्यार ने जिन्दा रखा है। आप मेरी शक्ति हैं। आपने मेरा हौसला बढ़ाया, यही मेरे लिए संजीवनी बूटी है।...आप लोग परसों आ सकें तो जरूर आएं। हिंदुस्तान में ही नहीं विश्व में परसों एक बहुत बड़ा काम होने जा रहा है। स्वाभिमान और सम्मान से जीने का हक पाने की तैयारी है। सारी दुनिया की निगाह परसों के झलसे पर टिकी हुई है। आप लोग भी देखें, विचारें और निर्णय लें, यही मेरी आपसे प्रार्थना है।...जय भारत !"

इतना कहकर उन्होंने पुनः हाथ जोड़ दिए। जनता उनकी जय-जयकार कर उठी। वे अन्दर चले गए। जनता धीरे-धीरे लौट पड़ी। लेकिन भीड़ का क्या अन्त था ! फिर जनता जुड़ने लगी। फिर जय-जयकार से आकाश गूंजने लगा।

भीमराव अंबेडकर को इतना विश्वास नहीं था कि भीड़ का मेला लग जाएगा। भक्तगणों का तांता लग जाएगा। उनके लिए यह विचित्र अनुभव था। उनको ज्ञात था कि हिन्दू धर्म के पुरोधा और उनके वर्ण के जगजीवनराम जैसे नेता इस धर्म-परिवर्तन का कट्टर विरोध कर रहे थे। लगता था कि कुछ गड़बड़ भी हो सकती है।...

बौद्धों की प्राचीन नगरी नागपुर आज पुनः अपने वैभवशाली अतीत को दोहरा रही थी। एक अदभुत और दिलकश नजारा था, जो शायद ही किसी की समझ में आ रहा था। सब आश्चर्यचकित होकर अवलोक रहे थे। पता नहीं कौन-सी शक्ति थी जो यह सब कराए जा रही थी।

बारह-तेरह को श्याम होटल के चारों ओर समंदर की लहरों-सी भीड़ थी, उल्लसित, उमंगित और हर्षित।

तेरह की शाम को भीमराव अंबेडकर ने एक पत्रकार सम्मेलन बुला लिया था। पत्रकारों की आंखों में बड़ी चमक थी। दुनिया इस समाचार को पाने के लिए अत्यन्त उत्सुक थी। वे जोर दे रहे थे कि उनको हीनयान-महायान के चक्कर में नहीं पड़ना है। उन्होंने गांधीजी से स्पष्ट कहा था, 'मैं छुआछूत की समस्या पर उनसे मतभेद रखता हूं, परन्तु समय आने पर मैं ऐसा मार्ग अपनाऊंगा जो देश के लिए कम-से-कम हानिकारक हो। बौद्ध धर्म स्वीकार करने में सर्वाधिक लाभ है जो मैं देश के लिए कर रहा हूं, क्योंकि बौद्ध धर्म भारतीय संस्कृति का ही एक सुदृढ़ भाग है। मैंने इस बात का पूरा-पूरा ध्यान रखा है कि मेरे धर्म-परिवर्तन से इस धरा की संस्कृति और इतिहास की परम्परा को कोई हानि नहीं पहुंचे।'

एक संवाददाता ने प्रश्न किया, "आप बौद्ध धर्म क्यों अपना रहे हैं ?...क्या इसके बिना काम नहीं चल सकता ?"

इस प्रश्न को सुनकर भीमराव अंबेडकर को तनिक आक्रोश आ गया। वे इस प्रश्न का एक बार नहीं, अनेक बार उत्तर दे चुके थे। फिर भी, लगातार उनसे एक ही तरह का सवाल किया जा रहा था। वे झल्ला उठे। अपने को संभालते हुए वे कहने लगे, "आप यह प्रश्न अपने आपसे और अपने पुरखों से क्यों नहीं करते कि मैं हिन्दू धर्म क्यों त्याग रहा हूं और बौद्ध धर्म क्यों स्वीकार कर रहा हूं ?"

पत्रकारों में यह सुनकर सन्नाटा छा गया। भीमराव अंबेडकर ने उनसे दूसरा प्रश्न किया, "आप लोग यह क्यों चाहते हैं कि कुछ आरक्षित अधिकारों के लिए उनके अनुयायी सदा के लिए अछूत बने रहें।...सदा के लिए संविधान में व्यवस्था नहीं की गई है, यह व्यवस्था एक निश्चित समय तक ही तो है।"

कुछ पल रुककर भीमराव अंबेडकर ने पत्रकारों से पुनः प्रतिप्रश्न किया, "क्या कोई ब्राह्मण कुछ विशेषताओं और सुविधाओं के लिए अछूत बनने के लिए तैयार है ?"

पत्रकार-वर्ग चुप। उनके पास इस प्रश्न का कोई उत्तर नहीं था। एक नाटे कद के, हलके चेचक के दाग वाले पत्रकार डी. के. नायडू ने पूछा, "बाबा साहब, आप बौद्ध धर्म का हिंदुस्तान में क्या भविष्य समझते हैं ?"

"मुझे लगता है कि अब अनुकूल वातावरण बनेगा और अधिक से अधिक आगे चलकर बौद्ध धर्म स्वीकार करेंगे। यहां तक कि ब्राह्मण भी बौद्ध धर्म स्वीकार करेंगे।"

"यदि ऐसा नहीं हुआ तो... ?" एक दूसरे पत्रकार ने पूछा।

"यह समय बताएगा। प्रतीक्षा कीजिएगा और देखिएगा कि क्या होता है।...मैंने सन् 1935 में हिंदू धर्म को त्यागने का संकल्प लिया था और आज इक्कीस वर्ष बाद वह संकल्प

पूरा होने को है।...इतने लंबे समय तक बहुत कम मेरे साथी जानते हैं, मैंने कितना संघर्ष किया और कितने अन्तर्द्वन्द्वों से गुजरा।...यह निर्णय जो आज या आज से कुछ समय पहले सामने आया था, मेरे बहुत लंबे अन्तर्द्वन्द्व और संघर्ष का परिणाम है।...धर्म बदलने का निर्णय लेना कपड़े बदलने के जैसा नहीं है। मैं जानता हूं कि धर्म-परिवर्तन से क्या परिणाम बन सकते हैं।...मुझे इस देश की मिट्टी, यहां की सभ्यता और संस्कृति...यहां के लोगों से बेहद प्यार है।...मैं किसी भी कीमत पर अपने देश को तोड़ नहीं सकता। तोड़ना तो दूर तोड़ने की बात तक नहीं सोच सकता।...यहां की आबोहवा और दिलकश संस्कृति मेरे जेहन में रची-पची हुई है।'' भीमराव अंबेडकर के जीवन के ये क्षण काव्यमय संध्या जैसे अत्यंत महत्वपूर्ण बन रहे थे। वे भावुक हो रहे थे। उनमें लंबे संघर्ष की यातना भी थी। उनका स्वर रह-रहकर आर्द्र हो उठता था। यदाकदा उनके अधर कांपकर रह जाते थे और उनकी बड़ी-बड़ी आंखों के सामने शून्य में से नवोदित सूर्य मुस्करा रहा होता था।

पत्रकारों ने देखा कि भीमराव अंबेडकर की आंखों में चमक है और उनके मुखमण्डल पर सुबह होने से पूर्व दिव्य आभा है। वे उठ लिए। पत्रकार भी उठे। सोटे और रत्तू का सहारा लिए वे चल पड़े। सबने देखा एक क्रांतिकारी द्रष्टा को ! महात्मा बुद्ध तो राजपुत्र थे, उनके लिए धर्म-परिवर्तन कराना इतना कठिन कार्य नहीं होगा। भीमराव अंबेडकर तो स्वयं अछूत हैं। उनके लिए धर्म-परिवर्तन कराने की भूमिका अत्यंत पेचीदी थी और संघर्षशील थी।

13 अक्टूबर की रात। सूरज जल्दी ढल गया था और रात को आमंत्रित करता गया था। हवा में हलकी-सी ठंडक थी जिसका अनुभव सड़क पर आ-जा रहे लोगों को हो रहा था। भीमराव अंबेडकर ने अपने निकट-साथियों को आमंत्रित किया था क्योंकि उनमें धर्म-परिवर्तन को लेकर कुछ-न-कुछ आशंका बनी हुई थी।

भीमराव अंबेडकर एक ही बात सोच रहे थे कि उनके लोगों में धर्म के प्रति चेतना कम है और जीवन जगत् के प्रति स्वार्थता अधिक। कमजोर मन के लोग स्वयं को कष्टों में डालते ही हैं साथ ही राष्ट्र को भी कमजोर करते हैं। कमजोर नेतृत्व के कारण ही कोई राष्ट्र टूटता है, विपत्ति में पड़ता है और अपनी अस्मिता को जलता हुआ देखकर मुंह फेर लेता है। नेता बनना बहुत मुश्किल है। हर कोई नेता नहीं हो सकता। एक नेता को सौम्य चरित्र, चट्टान जैसे इरादे, सर्वस्व त्यागने की भावना में प्रसन्नता और डटकर टक्कर लेने का इन्कलाबी हौसला आवश्यक है।

भीमराव अंबेडकर अनुभव कर रहे थे कि स्वाधीनता के बाद का भारत, विशेषकर उसके नेतृत्व की दमखम टूटी और क्षतिग्रस्त हुई है। वे लोग बाहर हो गए हैं, जिनके भगीरथ प्रयत्नों से आजादी मिली थी। आजादी एक दिशा है जो व्यक्ति और समाज को उसके गंतव्य तक ले जा सकती है, बशर्ते उसके अनुयायियों पर उसमें श्रद्धा-भक्ति हो और निर्भयता, संकल्प-साधना तथा उत्सर्ग-समर्पण हो। आज रात को अर्थात् धर्म-परिवर्तन के कुछ घण्टे पूर्व यह विचार उठा कि क्या यह समय यानी दिनांक ठीक रहेगा ?

''चुनाव सिर पर हैं।'' करलीकार का विचार था।

''वो तो हैं ही।...फिर... ?'' भीमराव अंबेडकर ने उन पर आग्नेय प्रश्न-दृष्टि डालते हुए पूछा।

''आरक्षण सुविधा... !''

''धर्म-परिवर्तन से वह मिट जाएगी।''

"शायद....।"

दूसरे ने कहा, "हां।...हम...।" वह आगे कुछ नहीं कह सका।

भीमराव अंबेडकर को ताव आ गया। वे कड़ककर बोले, "आखिर तुमने क्या सोच रखा है ? क्या चाहते हो तुम लोग ?...जो भी मन हो, कह डालो ताकि पाप शांत हो।"

"सुरक्षित सीट्स हाथ से जाती रहेंगी, बाबा साहिब !" रेवती रमण का स्वर था।

"तुम्हें सुरक्षित सीट्स चाहिए या जीवन-धर्म ?...क्या तुम हमेशा-हमेशा के लिए जैसे हो वैसे ही बने रहना चाहते हो ?...अपने को जाति-धर्म की दलदल से बाहर लाना नहीं चाहते क्या ?" भीमराव अंबेडकर में आक्रोश ऐंठने लगा था। उनकी मुट्ठियां भिंचने लगी थीं। उनके होंठ कांप रहे थे।

"वह तो चाहते हैं लेकिन...।"

"लेकिन क्या... ?"

"चुनाव सिर पर हैं।"

"तो... ?"

"चुनाव के बाद...।" करलीकर ने साहस जुटाकर बहुत धीमे से कहा।

"यह कार्य रखें...यही ना !"

"हां...तो....।"

"तो क्या होगा ?...तुम लोग जीतकर संसद में आ बैठोगे ! क्या यही है तुम्हारी सोच ?" भीमराव अंबेडकर का स्वर मद्धिम पड़ गया था।

करलीकर ने तपाक से कहा, "केवल मेरी यही नहीं, सबकी यही प्रार्थना है।"

"बहुत अच्छी प्रार्थना है।...मुझे नहीं पता था कि प्रार्थना का अर्थ तुमसे बेहतर कोई नहीं जानता।...मुझे अपने प्रिय साथियों से अभी बहुत सीखना है। मुझे कांग्रेसियों ने बहुत कुछ सिखाया था। पं. जवाहर लाल नेहरू से भी मुझे बहुत कुछ सीखने का मौका मिला था।...मुझे उसका दुःख नहीं है। मैं कांग्रेसी नहीं था। फिर भी कांग्रेसी मंत्रिमण्डल में मुझे उन्होंने स्थान दिया था और यह जानते हुए कि मैं कभी किसी कीमत पर कांग्रेसी नहीं हो सकता। वे यह भी बखूबी समझ गये थे कि मैं हिन्दू-धर्म में रहते नहीं मरूंगा और उनकी भाषा नहीं बोलूंगा। उस समय उनको मेरी बहुत जरूरत थी, देश के लिए संविधान बनना था। मैं जानता था कि उसके बाद बहुत जल्दी परिस्थितियां बदलेंगी और मुझे कांग्रेस मंत्रिमंडल से बाहर आना पड़ेगा।" वे एक-एक शब्द तौल-तौलकर कह रहे थे। सब साथी उनकी ओर मुंह बाए देख रहे थे।

कुछ देर तक सन्नाटा तना रहा। वातावरण मुजरिम बना न्यायाधीश के फैसले को सुनने के लिए उतावला बना रहा। भीमराव अंबेडकर ने पानी-भरा गिलास गटगट चढ़ाया और आगे कहा, "श्रद्धानंद पेरू के सन्निकट चौदह एकड़ जमीन में एक विशाल पंडाल खड़ा किया गया था जो अब दुल्हन-सा जगमगा रहा था। उसके उत्तरी ध्रुव की ओर सांचीस्तूप जैसा द्वार बनाया गया था। उसका मुंह द्वार के दोनों ओर था। दीक्षास्थल की ओर जाने वाले सभी द्वारों को अत्यंत सुंदर ढंग से सजाया गया था। उसे देखकर लगता था कि वह प्राचीन भारत का कोई भव्यतम बौद्ध शहर हो।...श्रद्धालुओं के आने का तांता लगा हुआ था। जानते हो वह किसलिए ?" उनकी दृष्टि अपने साथियों की ओर घूम गई। वे उस भव्य पंडाल की मुक्त कंठ से प्रशंसा कर रहे थे।

"हमने चुनाव को ध्यान में रखकर निवेदन किया है। कहीं इससे हमारे योग्यतम

व्यक्ति संसद में पहुंचने से वंचित न रह जाएं।'' करलीकर ने पुनः साहस कर धीमे स्वर में कहा।

जनमत केवल संसद तक सीमित नहीं है। भय पराधीनता की बेड़ियां, हाथ-पांव में डाल देता है।...हम लोग मुक्ति दिवस मनाने के लिए धर्मान्तर करने जा रहे हैं। इसका चुनाव से कोई संबंध नहीं है। मुझे नहीं ज्ञात था कि जो लोग मेरे साथ हैं, उनमें से कुछ ऐसे भी हैं, जिनकी निगाहें सत्ताभिमुख हैं !'' भीमराव अंबेडकर ने करारी चोट करते हुए आगे कहा, ''धर्मान्तर आप लोगों के लिए कतई जरूरी नहीं है। मेरी ओर से आप स्वतन्त्र हैं। अच्छा हुआ जो आप लोगों ने वक्त रहते हुए यह निर्णय प्रकट कर दिया अन्यथा आपको सारी उम्र पछतावा बना रहता।''

''आप अन्यथा न लीजिए।''

''अब आप लोग अधिक कुछ न कहें।...मेरे भाग्य में साथी नहीं हैं।...फिर भी मैं अकेले ही आगे बढ़ूंगा। मुझे किसी की आवश्यकता नहीं है।'' इतना कहकर वे उठने लगे तो सोटा उनके हाथ से छूट गया। नानकचंद रत्तू ने आगे बढ़कर उन्हें संभाला। वह उन्हें नहीं संभालता तो शायद वे गिर जाते। उनके हाथ-पांव कांप रहे थे। उनके मुख-मण्डल पर पसीना आ गया था। सबने उन्हें समझाया। वे नहीं माने। एक ही बात उन्होंने उन सबसे कही, ''आप लोग जा सकते हैं।...और साथियों को तोड़ना चाहें तो तोड़ सकते हैं।''

''हमारी पूरी बात तो सुनें।''

''नहीं। अब मुझे कुछ नहीं सुनना। आप जा सकते हैं। मैं जान गया कि...ओह ! ...कृपा कर चले जाइए।'' भीमराव अंबेडकर का गला भर्राने लगा था और उनकी आंखों से आंसू बहने लगे थे। नानकचंद रत्तू ने उन्हें तसल्ली दी, ''बाबा साहब... !''

''नहीं रत्तू...अभी कुछ नहीं। आदमी का जमीर बिक गया है।...उसका खून सफेद पड़ गया है।...किसी पर विश्वास करना धोखा देना है।'' वह इस प्रकार रुक-रुककर बड़बड़ाते रहे। उनके आंसू बहने बंद नहीं हुआ। पत्नी भी उनके पास नहीं आई। रत्तू ने उन्हें पलंग पर लिटाया और उनका सिर दबाने लगा।

कुछ देर तक अत्यंत संवेदनशील वातावरण बना रहा। कुछ भी नहीं कह सका कोई—न भीमराव अंबेडकर और न रत्तू। रत्तू कहना चाहत था। परंतु वह कैसे, क्या कहे, यह उसे नहीं सूझ रहा था। वह अन्यमनस्क-सा उनकी ओर डबडबायी आंखों से देखे जा रहा था। उनमें अजीब-सा सन्नाटा टूट रहा था—निःशब्द ! उसकी आंखें भी बह पड़ीं। आंसू की एक-दो बूंद भीमराव अंबेडकर के माथे पर गिर पड़ीं।

भीमराव अंबेडकर ने अति मद्धिम स्वर में कहा, ''मैंने तुझे भी रुला दिया।...पगला हुआ है क्या ! जा,, मुंह हाथ धोकर आ।'' उनका हृदय तेजी से धड़क उठा था। उन्होंने अपने आंसू रुमाल से पोंछ लिए थे।

''बाबा... !'' उसने इतना ही कहा।

''फिर रुलाएगा क्या !'' भीमराव अंबेडकर ने धीरे से कहा।

''ना बाबा, ना।...आपको देखता हूं तो...।'' आगे कहता-कहता रुक गया वह।

''तो... ? रुक क्यों गया ?''

''सोचता हूं....कि....।''

''कुछ कहेगा भी या.... !''

''दुनिया विश्वास के योग्य नहीं रही। सब मतलबी हैं—उन्हें किसी के दुःख से कोई

मतलब नहीं। उनका तो अपना उल्लू सीधा होना चाहिए।'' नानकचंद रत्तू कहता जा रहा था कि बीच में ही भीमराव अंबेडकर ने उसे रोक दिया और बोले, ''हमें लोगों से क्या ? ...वे जैसे हों, हों। हमें चुपचाप अपना काम करते जाना है।...दीपक खुद जलता परंतु वह रोशनी सबको देता है।''

''जी हां, बाबा साहब !''

''फिर पछतावा क्यों ?...कभी दूसरों से आशा मत करो। आशा-अपेक्षा करने से व्यक्ति दुःखी होता है।'' भीमराव अंबेडकर ने कहा।

''वह ठीक है।''

''फिर ?''

''पत्थरदिल होना मुश्किल है। आखिर अपना भी कोई फर्ज है कि नहीं।''

''है या नहीं, यह हम क्यों सोचें, रत्तू ?'' भीमराव अंबेडकर ने कहा, ''इस विषय पर चुप रहना चाहिए। इसी में कल्याण है।''

''पर आप रोये क्यों ?''

''महात्मा बुद्ध की याद आने से।''

''वह क्यों ?''

''उनका मानना है बौद्ध धर्म दुःख पर आधारित है। स्वयं बुद्ध ने बौद्ध धर्म में अपने आपको कोई स्थान या दर्जा नहीं दिया केवल मात्र दर्शक माना।...उन्होंने माना कि—अत्ता कि अत्तनो नाचो।...अकतं दुक्कटं सेटयो।...क्या समझा ?'' भीमराव अंबेडकर ने पूछा।

''कुछ नहीं।'' नानकचंद रत्तू ने जवाब दिया।

''इसका अभिप्राय है कि मनुष्य अपना स्वामी आप है।...दोषयुक्त कर्म नहीं करना चाहिए।...नत्थि रागसमो आगी...यानी राग के समान मनुष्य को जलाने वाली दूसरी अग्नि नहीं और नत्थि तण्हा समा नदी...अर्थात् तृष्णा के समान डुबोने वाली कोई दूसरी नदी नहीं।'' यह कहते-कहते उनका मुखमंडल तमतमा उठा था। उससे तेज का प्रादुर्भाव हो रहा था। वे अंत में बोले, ''ये महात्मा बुद्ध ने कहा है—कितना सच कहा !''

''हां, बाबा !''

''कितनी शांति मिली !''

''बहुत, बाबा !''

''वह दुखियारों का मुक्तिदाता था और आज भी है।'' भीमराव अंबेडकर ने कहा।

''आप जो भी कुछ कर रहे हैं, वह बहुत सोच-समझकर कर रहे हैं और अछूत वर्ग ही नहीं, सारी मानव-जाति के हित में कर रहे हैं।'' नानकचंद रत्तू ने धीरे-धीरे कहा।

''यह सच है, रत्तू ! मैंने भारत के सबसे वयोवृद्ध, 83 वर्षीय बौद्ध भिक्षु चंद्रमणि को इस पावन कार्य हेतु विशेष आग्रह किया। उन्हें कुशीनारा (गोरखपुर, उत्तर प्रदेश) से वायुयान से बुलाया।...मैंने उन्हें लिखा था, हमारी यह बहुत इच्छा है कि आप ही हमें दीक्षा दें, क्योंकि भारत में आप ही सबसे वयोवृद्ध भिक्षु हैं।'' उन्होंने हमारी प्रार्थना स्वीकार कर ली। वे अन्य भिक्षुओं के साथ यहां आ चुके हैं। सारे अखबारों में छप चुका है। दुनिया नागपुर में घिरी आ रही है और वे बंधु कहते हैं कि धर्मान्तर की तिथि चुनाव के बाद की रखें।...अब, इस समय...उनकी मत मारी गई है।...इतने स्वार्थी हैं वे लोग।... छिः-छिः-छिः !'' भीमराव अंबेडकर उनकी बातों को याद कर तड़प उठे।

''जाने भी दो, बाबा साहब, यह दुनिया ऐसी ही है। इसमें स्वार्थी लोग मौज में हैं।''

नानकचंद रत्तू ने कहा।

"यह भी अजीब विडंबना है। फिर किस पर विश्वास करें ?" भीमराव अंबेडकर ने अत्यन्त धीरे से कहा।

"किसी का नहीं।"

"विश्वास तो करना होगा !"

"तो अपना कीजिए।"

"अब तू भी मंत्रदाता हो चला है, रत्तू !"

"आपके साथ रहता हूं।"

"तो ?"

"उसी का प्रभाव है, बाबा साहब !" नानकचंद रत्तू ने कहा, "अब आप सो जाएं, सुबह जल्दी भी उठना है।"

"भीमराव अंबेडकर ने घड़ी की ओर देखा और रत्तू से कहा, "अब तुम भी जाकर सो जाओ, तुम्हें भी जल्दी उठना है।"

"नींद आने तक सिर दबाता रहूं ?"

"नहीं, तुम जाओ, मुझे नींद आ जाएगी।" भीमराव अंबेडकर ने कहा और पलंग पर पांव पसारकर लेट गए। रत्तू 'लाइट ऑफ' कर चला गया। पास में पानी भरकर रख गया था लेकिन आज थर्मस नहीं था और न मिठाई भरी प्लेट। सुदामा की याद आई।

घड़ी पौने ग्यारह बजा रही थी। सारा दिन मिलने वालों का तांता लगा रहा। वे स्वयं नहीं समझ पा रहे थे कि जनता का अपार प्रेम उन्हें कैसे मिल रहा है जबकि विरोधी शक्तियां उनके इस कार्यक्रम को असफल और फीका होता देखना चाहती हैं। यहां मेला कहां से भर उठा ? लाखों की संख्या में जनता नागपुर आ चुकी थी। जिधर देखिए, उधर जनता। गरीब और उपेक्षित जनता।

आखिर धर्मांतर हो जाने के बाद सम्मान और स्वाभिमान से जीने का हक उन्हें हासिल हो जाएगा। एक प्रकार से यह उनका नया जन्म होगा, जब वे अपने पुराने रूप से बाहर आएंगे। न तब उनके लिए भगवान का अस्तित्व रह जाएगा और न आत्मा का। न उनको छुआछूत का डर मारेगा और न ऊंच-नीच का। उनको पूर्व से अलग और एक नयी दुनिया में प्रवेश करने का अवसर मिलेगा। कैसा होगा यह मुक्ति-दिवस और उसका आंतरिक सौंदर्य !

धन्य है महान् बौद्ध विद्वान नागार्जुन, जिसके नाम पर नागपुर प्रसिद्ध हुआ। कल की सर्वथा नयी सुबह उनके नाम।

वे स्वयं रोमांचित हो रहे थे यह सोच-सोचकर कि धर्मांतर से एक पुरानी, अंधकूप में पड़ी और सड़ी जिंदगी अचानक किरणों के संसार में, समता के धरातल पर और सम्मान से जीने से जुड़ जाएगी। न तब कोई उनसे परहेज कर सकेगा और न कोई उनकी उपेक्षा करने का दुस्साहस कर सकेगा। यह सोचते-सोचते उन्हें नींद आ गई।

एक नयी सुबह का स्वागत करने की तैयारी में सुबह से पूर्व भीमराव अंबेडकर की आंख खुल गई। वे तकिये का सहारा लेकर उठ गए। उन्होंने महात्मा बुद्ध का स्मरण किया और कहा, "जीवन-जगत् के मार्गदर्शक, हम तेरी शरण में आ रहे हैं। तू हमारा मार्ग प्रशस्त करेगा। तू ही करोड़-करोड़ उपेक्षित और गुलामों से बदतर जीवन जीने वालों का उद्धार

करेगा। हे महान् शक्ति, जन-मन के प्राण, दिव्य प्रतिभा के उद्गार, तुझे कोटिशः नमन और प्रणाम।"

इसके बाद उन्होंने नानकचंद रत्तू से गर्म पानी का प्रबंध करने के लिए कहा। वे चाहते थे आज वे सबसे पहले तैयार हों। जब रत्तू उनके सामने आया तब उन्हें अनुभव हुआ कि सुबह हो रही है, रत्तू उनसे पहले तैयार हो चुका था। वह पूछ रहे थे, "रत्तू, तुझे नींद तो आयी थी न ?"

"क्यों नहीं, बाबा ! मैं लेटते ही सो गया था।"

"सच रे ?"

"हां बाबा !"

"हां बाबा !"

"तू मेरी तरह जागता नहीं रहा क्या ?"

"नहीं, बाबा !"

"क्या तूने सुबह इतनी जल्दी तैयार होने का निर्णय लिया था रे ?" भीमराव अंबेडकर के मन से जिज्ञासाएं महकना चाहती थीं। नानकचंद रत्तू कह रहा था, "नहीं, बाबा !"

"तो इतनी जल्दी तू तैयार कैसे हो गया ?"

"आंख खुली कि...।"

"तू तैयार होने लगा।"

"सच कहा, बाबा !...एक नयी सुबह का नये मन से स्वागत करने के लिए मैंने अपने को बदल डाला। नये सिले सफेद कपड़े पहन लिए।" नानकचंद रत्तू खुश होता हुआ कह रहा था। भीमराव अंबेडकर को लग रहा था कि सफेद पक्षियों का कोई दल अपने पंखों में आनंद भरकर चहचहा उठा है।

एक नयी कविता जन्म ले रही है।
एक नया गीत गुनगन कर उठा है।
एक नयी कहानी की यात्रा शुरू हो रही है।

अनेकानेक इंद्रधनुष हृदय-आकाश पर उपन्यास के अध्याय बनकर मुस्करा रहे हैं। चतुर्दिक शोर हो गया है, नयी सुबह के नव अभिनंदन-स्वागत का। सारा आकाश लुभावने रंगों में स्नान कर नव स्फूर्त और मंगलमय हो गया है। "उठो, भीमराव, आज तुम्हारा अभिनंदन है।" उनके हृदय में एक भावोल्लास का झोंका डोल गया किसी सामर्थ्यवान् नवीन राजनर्तकी के प्रथम बार थिरकने के मनचले उद्गार-सा !

एक स्वप्न सच होने ज़ा रहा था। एक ऐतिहासिक घटना अमर होने के लिए उत्सुकता से उन भाव-विह्वल क्षणों की प्रतीक्षा कर रही थी, जिन क्षणों में एक धर्म को तिलांजलि देकर दूसरे धर्म की शरण में जाना था। धर्मांतर का इतना महत्त्व। वह धर्म जिसे उन्होंने अपने जन्म के साथ अपने मां-बाप से पाया था, आज वह अपनी समझ और हौसले से छोड़ा जा रहा था।

भीमराव अंबेडकर स्नान कर नये कपड़े पहन रहे थे। नानकचंद रत्तू उनकी कपड़े पहनने में मदद कर रहा था। उन्होंने सिल्क की सफेद धोती और सफेद कोट पहना था। वह शांत चित्त थे, उनकी आंखों में चमक थी। उनके मन में अपने पुरखाओं का धर्म छोड़ने के प्रति तनिक भी पछतावा नहीं था। उनमें बांसुरी के स्वर-से घुल रहे थे मन्थर-मन्थर, लय-ताल के साथ, पुष्प सुवास बिखरते हुए और--

'बुद्धं शरणं गच्छामि'

इसी समय सविता भी उनके कक्ष में आ गई—सफेद साड़ी और सफेद ब्लाउज पहने। वह भी पहले से अधिक प्रसन्न और ताजा लग रही थी।

"सविता, कैसा लग रहा है ?" भीमराव अंबेडकर ने सहज ढंग से पूछा।

"आपको... ?" सविता कबीर ने प्रतिप्रश्न किया। भीमराव अंबेडकर जानते थे कि हिंदू धर्म में वह विशेष अधिकारों से सुसज्जित वर्ग से संबद्ध थी। वे कहने लगे, "सविता, ...एक कर्ज उतर रहा है।"

"कैसा कर्ज ?"

"वह तुम नहीं अनुभव कर सकतीं।"

"क्यों ?"

"तुमने कभी उस कर्ज की कल्पना भी नहीं की होगी, सविता !" भीमराव अंबेडकर ने कहा।

"कैसे कर्ज की ?"

"जो हमारे पुरखों ने लिया था और जिसे हमारी पीढ़ियां चुका-चुका कर थक गईं लेकिन उसे कभी चुका नहीं सकीं। वह कर्ज सिर उठाने की बात तक नहीं सोचने देता था। ....मनुष्य को मनुष्य एक धर्म में इतना गुलाम बना सकता है कि गुलामी भी उससे मुंह फेर ले, यह कभी सोचा नहीं था, जिसे मैंने शुरू से अंत तक भोगा-सहा है।" भीमराव अंबेडकर का व्रण हरा होने लगा था। उनमें बिच्छू-डंक की वेदना उभर उठी थी और अतीत के दुखद और यातनामय चित्र तांडव करने लगे थे। आज उस त्रासद अतीत को रद्दी के कागज की तरह वे फाड़ने के लिए तत्पर हो चुके थे। उनमें एक भीमराव जन्म लेने वाला था, जिसके स्वागत-अभिनंदन में वे सब तैयार हुए थे।

वातायन पर से पर्दा हटाकर सविता कबीर ने झांका। चारों ओर भीड़ नजर आई। यह कैसा अभिनव प्रयोग हो रहा था ! वह सोच भी नहीं सकती थी कि ऐसा भी संभव हो सकता है। इससे पहले वह भी धर्मान्तर के प्रति उत्सुक नहीं थी और उसे अनुभव हो रहा था, जैसा उसके इर्द-गिर्द मंडराने वालों ने उसे अनुभव कराया था कि धर्मान्तर-प्रयोग एक हारे-थके इंसान का चिड़चिड़ा आक्रोश है, उससे अधिक कुछ नहीं है। वही क्या कर सका अपने लोगों के लिए, जिसने महात्मा को बुरा-भला कहा था और उन पर करारे व्यंग्य-ताने कसे थे ? लेकिन नहीं, उसके पति का यह सार्थक प्रयोग मृतप्रायः लोगों में नया जीवन-मंत्र घोल रहा था। अपनी स्वतन्त्रता किसे प्यारी नहीं होती है ! आज जो कुछ वह देख और अनुभव कर पा रही है, वह उसके लिए अत्यन्त आश्चर्यजनक और सुखद था। जो किन्हीं कारणों से या दबावों से इस महोत्सव में भाग लेने से कतरा रहे थे, वे उन पालतू कबूतरों के समान थे, जिन्हें उनका मालिक स्वतन्त्र आकाश में हमेशा-हमेशा के लिए उड़ जाने को प्रेरित कर रहा है परंतु जो मुक्त गगन में उड़ान भरना भूल चुके हैं। वे उड़ते थे और स्वतः अपने स्थान पर लौटकर पिंजडे के द्वार पर चोंच मारने लगते थे। उनके मालिक ने पिंजड़े का द्वार बंद कर दिया था ताकि वे उड़ सकें और उसका पिंजड़ा खाली कर सकें। लेकिन वे बराबर द्वार पर तेज आक्रमण कर अपनी चोंचों को लहूलुहान कर चुके थे। वे भूल चुके थे कि आजादी का भी कोई अर्थ होता है और कभी वे भी आजाद थे। उन्हें हमसफर पक्षियों को मुक्त उड़ान भरते हुए देखकर भी यह विचार नहीं आता था कि वे भी उनके साथी हैं।"

सविता कबीर ने कहा, "हमें चलना चाहिए। साढ़े आठ बजने वाले हैं।"

"चलें।" भीमराव अंबेडकर ने कहा।

"आपका दर्द आज पहली बार अनुभव हो रहा है।" सविता कबीर ने आर्द्र कंठ से कहा।

भीमराव अंबेडकर ने कुछ नहीं कहा, सिर्फ हलका-सा मुस्कराए और अपना सोटा एक हाथ में ले लिया। दूसरा हाथ रत्तू के कंधे पर रख दिया।

जैसे ही उनको बाहर आते भीड़ ने देखा वैसे ही असंख्य स्वर गूंज उठे, "भीमराव अंबेडकर की जय....बाबा साहब की जय...महात्मा बुद्ध की जय...आकाश-पाताल एक करो, बौद्ध धर्म ग्रहण करो।"

पुलिस भीड़ पर काबू नहीं रख सकी। चतुर्दिक नारों की गूंज थी और उत्साहवर्धक वातावरण था। बड़ी कठिनाई से भीड़ में से रास्ता बनाते हुए भीमराव, सविता और रत्तू कार में बैठ सके। वे कार से दीक्षा-भूमि के लिए रवाना हो गए। मुख्य द्वार के पास जैसे ही कार रुकी वैसे ही भीड़ ने अपने प्रिय भीमराव अंबेडकर का हार्दिक अभिनंदन-स्वागत किया। बमुश्किल उनको दीक्षा-स्थल पहुंचाया गया।

भीमराव अंबेडकर का हर पल महात्मा बुद्ध के साथ गुजर रहा था। वह पंडाल में पहुंच चुके थे। वे रत्तू के कंधे पर हाथ रखकर सबका अभिवादन स्वीकार कर रहे थे। पंडाल बाबा साहब और महात्मा बुद्ध की जय से गूंज उठा। वे एक हाथ में सोटा लिए हुए थे। पंडाल जोरदार तालियों की गड़गड़ाहट से गूंज रहा था।

नौ बजकर पन्द्रह मिनट हो रहे थे। फोटोग्राफर धड़ाधड़ उनके चित्र (फोटो) ले रहे थे। मंच पर महात्मा बुद्ध की तांबे की मूर्ति रखी हुई थी। मूर्ति के दोनों ओर दो शेरों के चित्र थे। मूर्ति के सामने जल रही थीं अनेक मोमबत्तियां ओर सुगंध बिखेर रही थीं ढेर सारी अगरबत्तियां व धूपबत्तियां। सारा पर्यावरण जगमगा रहा था और आनंद-हर्ष से उल्लसित हो रहा था। कैसा पावन दृश्य था चहुं ओर !

मंच पर भिक्षु सिद्धातिस्स थेरो, भिक्षु परमानंद, भिक्षु एम. संघरत्न और डी. बाली सिन्हा विराजमान थे। एक आभालोक जगमगा रहा था। बौद्ध-ध्वज हजारों की संख्या में चहुं ओर लहरा रहे थे।

धीरे-धीरे पांच लाख लोगों की वह बड़ी सभा एकदम शांत हो गई। एक महिला कोकिल कंठ से अत्यन्त भावमय गीत गा उठी थी, डॉ. भीमराव अंबेडकर की प्रशंसा में। वह गीत मराठी में था परंतु हर एक व्यक्ति के प्राणतंत्र को झंकृत करने वाला था।

मराठी गीत के बाद माइक से आदेश मिला, सब खड़े हो गए। भीमराव अंबेडकर पूज्य पिता रामजी सकपाल की स्मृति में सम्मानार्थ दो मिनट मौन रहे।

अब वयोवृद्ध बौद्ध महास्थविर चन्द्रमणि और उनके साथ चारों बौद्ध भिक्षु भी खड़े हुए थे। महास्थविर चन्द्रमणि और अन्य चार भिक्षुओं ने भीमराव अंबेडकर और उनकी पत्नी सविता कबीर को त्रिशरण का उच्चारण (पाली भाषा का) मराठी भाषा में उच्चरित करवाया—

"बुद्धं शरणमं गच्छामि"
"धम्मं शरणं गच्छामि"
"संघं शरणं गच्छामि"

तदुपरांत पंचशील का उच्चारण करवाया—

पाणातिपाता वेरमणि-सिक्खापदं समादियामि।।1।।

अदिन्नादाना वेरमणि सिक्खा पदं समादियामि।।2।।
कामेस् भिच्छाचारा वेरमणि सक्खा पद समादियामि।।3।।
मसावादा वेरमणि सिक्खा पदं समादियामि।।4।।
सुरा-मेरथ-मज्ज-पमादठ्ठाना वेरमणि सिक्खा पदं समादियामि।।5।।[1]

इसके बाद डॉ. भीमराव अंबेडकर और उनकी पत्नी सविता कबीर ने हाथ जोड़े और तीन बार महात्मा बुद्ध धर्म की प्रतिमा के सामने झुके और उन्हें सफेद गुलाब के फूल भेंट किए। अब वे दोनों बौद्ध धर्म स्वीकार कर चुके थे। पल-भर में सारा पंडाल महात्मा बुद्ध और बाबा साहब की जय-जयकार से गूंज उठा।

इस समय नौ बजकर पैंतालीस मिनट हो रहे थे। भीमराव अंबेडकर को फूलमालाओं से लाद दिया गया। मि. डी. बाली सिन्हा, महाबोधि सोसाइटी के महामंत्री, ने उन्हें बुद्ध की एक प्रतिमा भेंट की।

उनके साथ हरिदास आवड़े, सी. एन. मोहिते, बी. सी. कांबले, भा. कृ. गायकवाड़, डी. जी. जाधव आदि ने भी बौद्ध धर्म में दीक्षा ली। इस अवसर पर भीमराव अंबेडकर ने पुरजोर शब्दों में उद्घोषणा की–

"अपने पुराने धर्म को त्यागकर, जो असमानता और दमन पर आधारित है, मैं आज पुनः जन्मा हूं। अवतारों के दर्शन में मेरा कतई विश्वास नहीं है और यह कहना भी गलत एवं शरारतपूर्ण है कि महात्मा बुद्ध विष्णु के अवतार थे। मैं अब किसी भी हिंदू देवी-देवता का पुजारी नहीं हूं। मैं श्राद्ध की क्रिया नहीं करूंगा। मैं महात्मा बुद्ध के अष्टांग-मार्ग का पूर्णतः अनुसरण करूंगा। बौद्ध धर्म एक सच्चा धर्म है और मैं अपने जीवन का ज्ञान सम्यक् मार्ग और दया के सिद्धान्तों के अनुसार संचालित करूंगा।"

15 अक्टूबर को भीमराव अंबेडकर ने अपने लाखों अनुयायियों को बौद्ध धर्म में दीक्षित किया। उनके अनुयायी कतार में खड़े हुए। उन्होंने उन्हें त्रिशरण और पंचशील का उच्चारण भी कराया। इसके बाद उन्हें उन्होंने बौद्ध धर्म की बाईस प्रतिज्ञाएं भी दिलाईं। इन बाईस प्रतिज्ञाओं के अनुसार नव बौद्धों को यह स्मरण कराया कि वे ईश्वर को नहीं मानेंगे, राम-कृष्ण की पूजा नहीं करेंगे, गौरी, गणपति आदि किसी देवता को नहीं स्वीकारेंगे, ब्राह्मण के हाथों से क्रिया-कर्म नहीं कराएंगे, प्राणिमात्र पर दया करेंगे, झूठ नहीं बोलेंगे, चोरी नहीं करेंगे, व्यभिचार नहीं करेंगे आदि।

एक लम्बे अर्से से चल रही लड़ाई का पटापेक्ष हो गया। धर्मांतर हो गया। एक सन्नाटा तन गया। आसमान सिर्फ तटस्थ बना देखता रहा। धरती पल-भर के लिए अवसन्न रह गई। मात्र आधे घण्टे में धर्म बदल गया, विश्वास बदल गया, श्रद्धा बदल गई, आचरण बदल गया और भक्ति बदल गई।

भीमराव अंबेडकर जानते थे कि आस्था, कर्म, श्रद्धा, भक्ति को बदलना इतना आसान नहीं है। एक प्रक्रिया से गुजरकर दूसरी प्रक्रिया से गुजरने की तैयारी मात्र शाब्दिक क्रीड़ा

---

1. मैं जीव हत्या न करने की शिक्षा ग्रहण करता हूं।
मैं चोरी न करने की शिक्षा ग्रहण करता हूं।
मैं विषय-विकारों से दूर रहने की शिक्षा ग्रहण करता हूं।
मैं असत्य नहीं बोलने की शिक्षा ग्रहण करता हूं।
मैं मदिरा, अफीम, भांग और हर प्रकार के मादक द्रव्यों का सेवन न करने की शिक्षा ग्रहण करता हूं।

नहीं है। आखिर बदला क्या ? वास्तव में बदलने की क्रिया तो अब शुरू होगी। अभी तो मात्र बौद्ध स्कूल में नाम लिखाया गया है। इसके लिए उन्हें बहुत प्रयास करना होगा।

वहां से डॉ. भीमराव अंबेडकर, पत्नी सविता कबीर और नानकचंद रत्तू के साथ हवाई जहाज से दिल्ली लौट रहे थे। वे बहुत थक गए थे। उन्होंने सविता से कहा, "अब हमारा उत्तरदायित्व बहुत बढ़ गया है। जो लोग बौद्ध धर्म में दीक्षित हुए हैं, वे वही हैं जो कुछ क्षण पहले थे, उनमें अभी कोई बदलाव या परिवर्तन नहीं आया है। हमें उनमें परिवर्तन लाना है, उनके आचरण और उनकी जीवनशैली को बदलना है।" वह हां-हूं करती रही। रत्तू ने जाना कि बाबा की चिंता अभी वहीं हैं, जहां पहले थी। अब जहाज उतर रहा था और सब बेल्ट कसे चुपचाप एक-दूसरे को अवलोक रहे थे।

बयालीस

भीमराव अंबेडकर आज बड़े ध्यान से अस्ताचल की ओर जाते हुए सूर्य को वातायन से अपलक देखे जा रहे थे। सूर्य का रंग एकदम सुर्ख था। जिससे सारा आकाश और सारी धरती सुर्ख हो उठी थी। यह कैसा अद्भुत जादू था कि 'लाली मेरे लाल की जित देखो तित लाल' मंत्र साकार हो उठा।

सूर्य डूब गया परंतु हल्का सुर्ख रंग अभी तक कायम था। भीमराव अंबेडकर के मुखमण्डल पर मुस्कान तैर गई। वे मधुमेह रोग के भीषण प्रहार को भूलकर सूर्यमय हो गए। कितनी देर तक बाहर निहारते रहे। अब लालिमा अदृश्य हो चुकी थी। हवा में तीखापन लहरा उठा था और शीत का एक तेज झोंका उनको हिला गया था। उन्होंने तत्काल सुदामा को पुकारा। सुदामा आया। उसने खिड़कियां बन्द कीं।

"क्या रत्तू अभी तक नहीं आया ?" भीमराव अंबेडकर ने धीरे से कहा।

"नहीं, बाबा साहब...पर आता ही होगा।" सुदामा ने धीरे से कहा।

भीमराव अंबेडकर कुछ क्षणों तक सोचते रहे। वे अत्यन्त दुर्बल हो गए थे। इस बार वे कुशीनगर से क्या लौटे कि अपने में उदास और टूटते सूर्य को आत्मसात् कर बैठे।

"तुम्हारी माईजी लौटीं क्या ?" भीमराब अंबेडकर ने दरवाजे की ओर झांकते हुए पूछा।

सुदामा सकपका गया। वह जाति से महार था। उसके मां-बाप नहीं थे। वह बाबा साहब का खाना बनाता था। सविता कबीर को उसका वहां रहना अच्छा नहीं लगता था। वह चुप रहा। वह जान चुका था कि बाबा साहब अपनी पत्नी से असंतुष्ट हैं। कई बार तकरार हो चुकी है, लेकिन उनकी पत्नी ने उनकी परवाह नहीं की।

सुदामा का ध्यान अंधेरे की ओर गया। उसने 'लाइट ऑन' की। कमरा सहमे-सहमे प्रकाश से भर गया। उन्हें सहारा देकर उठाया और स्नानागार की ओर ले गया।

वह कई महीनों से देख रहा था कि बाबा साहब और उनकी पत्नी में बिल्कुल नहीं बन रही है। उनकी पत्नी निरंतर उनके प्रति उपेक्षा भाव दर्शाती जा रही है।

सुदामा वह दृश्य कैसे भूल सकता था, जब बाबा साहब मंत्री थे। उस दिन माईजी ने उसे बहुत झाड़ा था। वह खामोश रहा था—पत्थर की खंडित मूर्ति की तरह। बाबा साहब को यह बर्दाश्त नहीं हुआ और वे उन पर उबल पड़े थे। वे कह रहे थे, 'तुम मेरे दफ्तर या पार्लियामेंट चले जाने के बाद सारे दिन कार में घूमती रहती हो और बामण अफसरों

और मंत्रियों के घर चक्कर लगाती फिरती हो। तुम यहां कुंभ का मेला देखने आई हो या मेरी सेवा करने के लिए ! तुमने मेरे साथ वायदा किया था कि तुम मेरी किताबों को झाड़-पोंछकर मेरे सामने तिपाइयों पर रखोगी। तुमने वायदा किया कि तुम मेरे खाने-पीने की देखभाल करोगी; किंतु तुम्हें मेरी गैरहाजिरी में सारा दिन आवारागर्दी से फुरसत नहीं मिलती। क्या मैंने शादी से पहले साफ-साफ नहीं कहा था कि मेरे अन्दर काम-वासना समाप्त हो चुकी है ? मेरी सेवा का बहाना करके साले-बदमाशों ने मेरे साथ धोखा किया है। तुम्हें न तो पढ़ने-लिखने का शौक है और न ही मेरी किसी प्रकार की सेवा का समय है। तुम तो मौज करने आई हो। मैंने पिछले साल से तुम्हें अच्छी तरह परख लिया है।'

उस पर बाबा साहब की तीखी बात का कोई प्रभाव नहीं हुआ। वह उलटे पांव पटकती हुई कमरे से बाहर चली गई।

अब बाबा साहब स्नानागार से निकल आए थे। वे पुनः पूछ रहे थे, "तुम्हारी माईजी आई या... ?"

"नहीं।" सुदामा ने कठोरता से कहा।

"नमस्ते बाबा साहब," कहते हुए नानकचंद रत्तू ने प्रवेश किया।

"वे कागज... !"

"सब टाइप हो चुके हैं।" नानकचंद रत्तू ने उत्तर दिया।

"बहुत काम बाकी है।...'रिवोल्यूशन इन एनशिएंट इंडिया', 'द बुद्ध एण्ड हिज धम्म' 'द रिडल्स ऑफ हिंदूइज्म' और...।" भीमराव अंबेडकर सोचते जाते और बड़बड़ाते जाते। उनका चित्त अस्थिर हो उठा था।

"सब टाइप हो चुके हैं, बाबा साहब !" नानकचंद रत्तू ने उन्हें तसल्ली दिलाते हुए कहा।

"अभी और शेष है...बहुत काम है...इस देश को उसकी जरूरत है, बहुत जरूरत है। फिर जब हम नहीं रहेंगे तब सारा अधूरा काम पूरा कौन करेगा ?" कोई भी नहीं, रत्तू, कोई भी नहीं।" भीमराव अंबेडकर धीरे-धीरे छत की ओर देखते हुए कहते जाते। उनके स्वरों में पछतावा होता और उनके सामने गहरा अंधकार।

"माईजी... !" अचानक नानकचंद रत्तू के मुंह से निकल गया।

"वह...तुम्हारी माईजी डॉ. मावलंकर के साथ डेढ़ बजे से गई हुई है और अब...सात से ऊपर हो रहे हैं। उसे परवाह है क्या ?...जब वह जीते-जी कुछ मदद नहीं कर सकी तब मरने के बाद...ओह नो रत्तू, नो।...तुम वे पत्र टाइप करो।"

"भीमराव के मन के व्रण छिल उठते और वे तड़पकर मन मसोसकर रह जाते। उनको शादी की ज़रूरत नहीं थी। तेरह-चौदह वर्ष बीत रहे थे प्रथम पत्नी रामाबाई को गुज़रे हुए। तब कभी शादी का ख्याल नहीं आया। अचानक शादी का भूत सिर पर सवार हुआ और चारों ओर के विरोध के बाद भी किसी की एक नहीं सुनी। मंत्री पद की गरिमा की भी चिन्ता नहीं की।...ये चंद साल...शादी के बाद के साल उनके जी का जंजाल बन गए। उनकी आंतरिक प्रसन्नता रफूचक्कर हो गई और संशय उनके व्यक्तित्व-क्षितिज पर किसी नये ग्रह-सा तेजी से उभरता हुआ आया। एक अंधकार-पिण्ड उन्हें धीरे-धीरे निगलने लगा।

भीमराव अंबेडकर का मन पश्चाताप से भर उठा। क्या पागलपन सूझा था उन्हें ! रोजाना इन्सुलिन टीका लग ही रहा था। स्वास्थ्य की देखभाल हो ही रही थी।..डॉ. मावलंकर का बॉम्बे क्लीनिक ! एक सप्ताह उसकी शरण में रहना पड़ा था। वहीं मिली थी डॉ. शारदा कबीर जो उसी क्लीनिक में डॉक्टर नर्स थी और अविवाहित। तब यही डॉक्टर था जिसने

सप्ताह-भर में उनके दिलोदिमाग पर चालीस वर्षीय अधेड़ा को किसी पेशेवर चित्रकार की भांति एक संवेदनशील गृहिणी के रूप में चित्रित कर दिया था।

कैसा फटकारा था उन्होंने गुरुकुल कांगड़ी के आयुर्वेदाचार्य श्री सुधन्ना को ! सुधन्वा ने उन्हें सलाह दी थी कि उनकी टांगों में पीड़ा मधुमेह रोग के कारण है, अतः विवाह कर लें क्योंकि स्त्री-संगम से वे ठीक हो जाएंगे। इतना सुनना था कि वे आपे से बाहर हो गए और शालीनता को ताक में रखकर उन्होंने उस वैद्यराज को बुरी तरह झाड़ा।

श्री बी. के. गायकवाड़ ने प्रस्ताव किया था कि वह उनकी सेवा-सुश्रूषा के लिए अपनी साली शांता को नियुक्त कर सकते हैं। चाहें तो उससे शादी भी कर सकते हैं। वह महार जाति की थी। सुशील थी। लेकिन वह भीमराव अंबेडकर को बाबा साहब कहकर संबोधित करती थी, अतः वे उससे शादी कैसे कर सकते थे ! उनके दिलोदिमाग पर तो डॉ. शारदा की सेवा का भूत चढ़ चुका था। क्लीनिक में रहते हुए उन्हें जो भोजन मिला, वह होटल से आता था, लेकिन बताया यह जाता था कि वह भोजन डॉ. शारदा (डॉ. सविता का शादी के बाद का नाम) ने स्वयं बनाया है। कैसा छल किया गया था उनके साथ ! आज वह उसी डॉक्टर मावलंकर को लेकर दोपहर से गायब है। ओह ! उनका सिर इस पीड़ा से फटने लगा था।

रामाबाई सहसा उनके सामने आ खड़ी हुई। वह तड़पकर कह उठे, 'तू...रामू... !'

"अपने आपको क्यों मार रहे हो, स्वामी ? आपको लाखों-लाख लोगों के लिए काम करना है—उनको दलदल में से उबारना है। याद है, जब आप सिडेनहम कॉलिज में चार सौ रुपये के प्रोफेसर बने थे तब मैंने कहा था कि अब जीवन-निर्वाह सहज हो सकेगा। तब आपने कहा था, रामू, हमें अपने लिए नहीं, उन करोड़ों उपेक्षित, दरिद्र और अभागों के लिए जीना है, जिन्हें ऊंची जाति वालों ने बंधक बना रखा है।...इसके लिए मुझे पुनः इंग्लैंड जाकर पढ़ना होगा। हमें उसके लिए पैसा जोड़ना होगा। बोलो, इस नेक काम में हाथ बंटाओगी या...।"

"हां-हां...सब याद है। तूने एक-एक पाई जोड़ी थी और जब-तब जोड़े हुए पैसों को रात में गिनने बैठ जाया करती थी।...गिनने में गलती हो जाया करती थी तब कहती थी—क्योंजी आप इतना पढ़-लिख गये हो, थोड़ा-सा मुझे भी पढ़ा-लिखा दो...मैं कुछ जान-समझ सकूं।..." भीमराव अंबेडकर का हृदय भर आया। कहां रामाबाई और कहां डॉ. सविता (शारदा) ! दोनों में जमीन-आसमान का अंतर !

वे यह जान गए थे कि सविता कबीर के कारण उन पर उंगली उठाई जाती है। कायदे आजम जिन्ना की युवा पारसी पत्नी की तरह वे भी समाज में व्यंग्य के पात्र हैं।

नानकचंद रत्तू टाइप कर रहा था और सुदामा रसोईघर में चला गया था। इस समय वे बिलकुल अकेले रह गए थे अपने कक्ष में। स्मृतियों की पवन उन्हें अंदर तक हिला गई थी। उनको वर्तमान की अपेक्षा अपना इतिहास सम्मोहित करने लगा।

घड़ी ने आठ बजा दिए थे। इसी के साथ सविता कबीर ने घर में प्रवेश किया। उसके पीछे-पीछे डॉ. मावलंकर आए। दोनों के चेहरे पर मुस्कान थी, जिसे दोनों छिपा लेने की चेष्टा कर रहे थे। भीमराव अंबेडकर यह बर्दाश्त नहीं कर सके। वे तेज स्वर में बोले, "यह तुम्हारे लौटने का वक्त है, सविता ?"

सविता कबीर चुप रही। डॉ. मावलंकर अंदर वाले कमरे में खिसक गए।

"घर में कोई मरीज है, तुम्हें इसकी कोई चिन्ता है क्या ?...क्या पत्नी-धर्म यही होता है ?" भीमराव अंबेडकर का स्वर तेज कोठी में गूंज रहा था।

"वह क्या मुझे रोज-रोज आपसे इस तरह सीखना होगा !...कल ही मेरे पिता, भाई और...।" सविता कबीर ने इतना ही कहा था कि भीमराव अंबेडकर उसके इस तेवर से उछल पड़े। उसके इतने कहने ने आग में घी का काम किया। वह तेज आवाज में कहने लगे, "...और वह मिस्टर जाधव...यही ना ?"

"उनके सामने भी तमाशा खड़ा किया था।...बीमार होने का यह अर्थ तो नहीं कि जीवनसंगिनी की मर्यादा का ध्यान भी नहीं रखा जाए।...पत्नी होना कोई गुनाह तो नहीं। ...मुझसे यह अपेक्षा करना कि मैं दिन-रात तुम्हारी परछाईं बन, तुम्हारे आगे-पीछे घूमूं, मुझसे संभव नहीं होगा—चाहे चीखो या चिल्लाओ।" इस बार सविता कबीर की दृष्टि असहाय, अस्वस्थ और कमजोर व्यक्ति पर थी।

"सविता ऽ ऽ ऽ... !" भीमराव अंबेडकर चीख पड़े।

"चीखो मत।...तुमने मनु के इन सिद्धांतों की धज्जियां उड़ाकर रख दीं...स्त्रियां निम्न होती हैं।[1] उनमें अशुद्ध कामनाएं, कुविचार, बेवफाई और कुआचरण का निवास होता है।[2] ...और स्त्री पर चाहे कितनी चौकसी क्यों न रखी जाए, वह अपने पति के प्रति बेवफा हो सकती है।[3] स्त्री मूर्ख को ही नहीं, विद्वान को भी जला सकती है...।" सविता कबीर कहे जा रही थी। बीच में भीमराव अंबेडकर ने टोक दिया, "आखिर तुम कहना क्या चाहती हो ?"

"यही कि आलोचना कर किन्हीं सिद्धांतों की भर्त्सना करना, उनकी होली जलवाना और मसीहा बन जाना अलग बात है, उसे स्वयं कर दिखाना, जी लेना एकदम अलग बात है।" सविता आज अपने को रोक नहीं पा रही थी। वह कहे जा रही थी, "मसीहाओं की पत्नियों से जाकर कोई पूछे कि वे कैसे जी रही हैं तो पता चल जाएगा कि..."

"इसका अर्थ हुआ कि मैंने तुम्हें दुःख दिए हैं ?" भीमराव अंबेडकर कह रहे थे, "तुम्हारे साथ अन्याय किया है...तुम पर अत्याचार किए हैं ?...आखिर तुम चाहती क्या हो ?"

सविता कबीर ने उपेक्षा-भरी दृष्टि भीमराव अंबेडकर पर डाली। मधुमेह ने उनके शरीर को एकदम पंगु बना दिया था। वे ठीक तरह चल-फिर नहीं सकते। वे रत्तू और सोटे के सहारे चलते-फिरते थे। वे गुमसुम रह गए। सविता भी पास वाले कमरे की ओर मुड़ गई।

सविता कबीर के भाई बालू कबीर ने तीनेक दिन पहले भीमराव अंबेडकर, सविता अंबेडकर और उनके पिता के. बी. कबीर के ग्रुप फोटो लिए थे। उनमें कहीं-कहीं भीमराव अंबेडकर की गहरी खामोशी उभरकर सामने आई थी। किसी-किसी चित्र में उनकी आकर्षक आंखें कहीं गहरे में खोई हुई अनुभूत होती थीं। जिन फोटोज में डॉ. मावलंकर उनके परिवार के साथ थे, उनमें वे तलखी-भरी निगाहों से कुछ तलाश करते नजर आ रहे थे। बालू कबीर को उनकी गहरी खामोशी के पीछे पीड़ा की लहरें आपस में टकराती हुई प्रतीत हुईं। वह पूछ बैठा, "जीजाजी यह क्या है ?"

"कहां, क्या है बालू ?" भीमराव अंबेडकर ने कहा और भोलेपन से उसे निहारा।

"आप छिपाना चाहते हैं तो...मुझे कुछ नहीं पूछना। लेकिन आप खुश नहीं हैं।" बालू कबीर ने बहुत धीमे स्वर में कहा।

---

1. द्रष्टव्य : मनुस्मृति 9:17

2. वही 9:15

3. वही 2:214

"खुश हूं।" भीमराव अंबेडकर ने धीरे से कहा और खुश होने की कोशिश की।

"मेरा मन नहीं मानता।" बालू कबीर ने आगे जोर देकर पूछा, "चेहरा मन का दर्पण है, वह छिपाए नहीं छिप सकता।...क्या मैं कुछ कर सकता हूं, जीजाजी ?"

"कुछ है ही नहीं।" भीमराव अंबेडकर यह जानते थे कि वह किसी से छिपा नहीं है और किसी के कुछ करने से कुछ होने वाला भी नहीं है, क्योंकि सविता जिद्दी स्वभाव की है और खुले आसमान में उड़ने वाली है। उसके लिए परंपराएं बेमानी हैं।

सविता जाति से ब्राह्मण है। उसने अछूत जाति के भीमराव अंबेडकर का चुनाव इसलिए किया था कि ताकि उसे उनके हिस्से की शोहरत, वैभव, राजलिप्सा और ऊंचे दर्जे के लोगों से जान-पहचान का लाभ मिल सके। तब भीमराव अंबेडकर नेहरू मंत्रिमण्डल में विधिमंत्री थे और हार्डिंग एवेन्यू स्थित कोठी में रहा करते थे। बंबई में दादर कॉलोनी में 'राजगृह' नाम का उनका विशाल और आलीशान भवन था। समाज में उनकी इज्जत थी और देश-विदेश में वे जाने-पहचाने जाते थे। उसकी दृष्टि भीमराव अंबेडकर पर नहीं, उनके वैभवमय संसार पर थी।

अब जो होना था सो हो चुका था। उन्होंने 'द बुद्ध एण्ड कार्ल मार्क्स' के पूरे किए अंतिम अध्याय के पृष्ठों को पुनः पलटा। मार्क्स से बुद्ध कहीं श्रेष्ठ थे। बालू कबीर समझ गया कि वह कुछ बोलेंगे नहीं। जड़ता टूटेगी नहीं। दीदी कुछ समझेंगी नहीं। उनकी जीवनधारा दूसरी है। फिर यह विवाह ! सारे लांछन सहते हुए वे सिविल मैरेज एक्ट के अनुसार प्रणयसूत्र में बंधे थे। तब उन पर कैसा सम्मोहन छाया था कि सविता कबीर के अतिरिक्त उन्हें कुछ दीखता-सूझता नहीं था।

जिंदगी की हर चाल में जूझकर सफलता प्राप्त करने वाला वह दिव्यपुरुष अपनी ही चाल पर चारों खाने चित आ पड़ा। अब किससे शिकायत करे ? किसको दोष दे ?

परसों या तरसों वे अशोक विहार पर दलाई लामा का स्वागत-सत्कार करने पहुंचे थे। दलाई लामा बुद्ध गया में आयोजित पच्चीस सौंवी बुद्ध जयंती के उपलक्ष्य में भारत आए थे। उसी दिन वे अपने वृद्ध माली को देखने गए थे वह ज्वर से पीड़ित था। वह उसी कोठी के आउट-हाउस में रहता था।

रात चढ़ चुकी थी। अचानक उनके मन में आया कि अपने बीमार माली के हालचाल पता करूं। वे सोटा हाथ में लेकर रत्तू के कंधों पर हाथ रखे, उसके घर जा पहुंचे। माली की पत्नी घूंघट निकालकर अलग खड़ी हो गई।

वृद्ध माली ज्वर और कफ से पीड़ित होकर दिन-रात एक ही बात सोचता था कि वह मर गया तो उसकी पत्नी का क्या होगा ? संपत्ति के नाम पर उसके पास कुछ था नहीं। उसकी विधवा उसकी पलक झपकते ही सड़क पर आ जायेगी।

"कहो, कैसे हो ?"

माली बैठने का प्रयास करते हुए उनके हाथ जोड़े ज्यों-का-त्यों पड़ा रह गया।

उसके सामने गहरा अंधेरा छा गया था। वह उत्तर में कुछ नहीं कह पाया; केवल फूट-फूटकर रोने लगा।

भीमराव अंबेडकर ने उसे समझाया। वह कहने लगा, "भगवान् स्वयं मेरे घर पधारे हैं। परंतु मेरे जीवन का कोई भरोसा नहीं है। कब आंख बदल दे जिंदगी।...तब मेरी वृद्ध पत्नी का क्या होगा ?...वह जगह-जगह ठोकर खाती फिरेगी, कोई उसकी मदद नहीं करेगा।" माली का हृदय, इतना ही कहकर पुनः रो उठा और वह उसे समझाने लगे, "रोना बंद करो।

हर इंसान को एक-न-एक दिन मरना है। यहां कोई अमर नहीं है।...मैं भी किसी दिन मरूंगा। तनिक धैर्य से काम लो। उन दवाइयों को ले लो जो मैं अभी भिजवा रहा हूं। उनसे तुम जल्दी ठीक हो जाओगे।''

''जैसे मेरे प्रभु का आदेश !'' कहकर उसने दोनों हाथ जोड़कर कातर दृष्टि से उनकी ओर देखा—उस दृष्टि में श्रद्धा थी और समर्पण भी।

भीमराव अंबेडकर का मन भर आया था। उनकी वाणी मौन हो गई थी। उनका हृदय गंगातट पर खड़ा प्रार्थना कर रहा था। प्रार्थना गूंगी थी। उसमें निराकार से संबोधन था—हृदय का, हृदय की भावाभिव्यक्ति का। रात के वे पल किसी कागज पर स्केच पेन से खींची गई लकीर के समान स्थिर और अवाक् थे।

मौत स्वाभाविक है। जन्म और मृत्यु तट से बंधा मनुष्य अपने आपमें कितना दयनीय, पंगु, विवश और असहाय है ! फिर भी, वह दूसरों की उपेक्षा, अपमान और पराजय के अवसरों की तलाश में बाज दृष्टि गड़ाए सावधान और सतर्क बना रहता है। वह शोषण, दमन, अत्याचार, अन्याय आदि के दुष्चक्र में डूबा अंत में मौत की देहरी पर खड़ा होकर अपनी निस्सहायता से भयभीत होकर और भागने की लाख कोशिश करता है, लेकिन उससे कुछ नहीं बनता। व्यक्ति जीने के सुहावने और आनंददायक पलों को क्यों खोना चाहता है ? किस के लिए खोना चाहता है ? यह सोचते हुए वे लौट आए थे।

व्यक्ति मौत से डरता है।...वह कैसा कांप रहा था।...बेचारा गरीब मौत से भयभीत था। लेकिन वे तो मौत से नहीं डरते। उसका किसी भी पल आगमन हो सकता है। चुपचाप और अनाहट किए वह आती है।

मथुरा रोड पर लगी बुद्धिस्ट आर्ट गैलरी देखते हुए वे सोच रहे थे कि महात्मा बुद्ध ने जीवन की जटिलताओं और क्रूरताओं के जंजाल से मनुष्य को बाहर लाने का कितना सुंदर और सहज उपाय बताया था और जीवन का अमर शृंगार किया था। संशय की मेचक छायाओं से घिरे मन को उन्होंने एक दिव्य आभा के सामने ला खड़ा किया था। धम्म मानव की चेतना है, उसका आत्मसंवाद है। उसकी सामाजिक धरोहर है।...वह और कहां है ? किसी और धर्म में आचरण-शील का व्यवहार कहां है ? धम्म, दुकान नहीं, न बाजार है और न कुरुक्षेत्र का मैदान।

ओह ! वे कहां से कहां तक सोच गए ! एक चित्ताकर्षक दुनिया की तस्वीर बनाते-बनाते वे कहां पहुंच गए ! कितना चाहा, कितना समझाया, कितना पढ़ाकर बताया और कितना समर्पण दिया, लेकिन सविता कबीर उनकी वैचारिक दुनिया की साथी बनने के लिए तैयार नहीं हुई। वे इस स्त्री को अपनी पसंद की सहयात्री नहीं बना सके !

तब ?...तलाक ?...और रास्ता ही नहीं बचा था। वह दरिद्रनारायणों से घृणा करती है। उन्हें उनसे मिलने नहीं देती है। अछूतों से उसे परहेज है। वह उन्हें फटकार देती है। बहुत बुरा-भला कहती है। वह कुछ जानने-समझने का प्रयास नहीं करती है।...उसका व्यवहार नारी-सुलभ संवेदना से परे है।...उसकी दिशा अलग है। फिर, तलाक क्यों नहीं ? कदाचित अब एकमात्र यही रास्ता बचता है। रत्तू है, सुदामा है उनके लिए,...और क्या चाहिए ?

रात गहरा रही थी। उनके ध्यान में वह जैन शिष्टमंडल गहरा रहा था जो कुछ समय पूर्व उनसे मिलकर गया था और जिसने अगले दिन जैन सम्मेलन में भाग लेने के लिए विशेष आग्रह किया था। उन्होंने उनका आग्रह मान लिया था।

अभी कुछ समय पूर्व जो कुछ घटा था, वह पश्चात्ताप के पास आ बैठा था। रत्तू

उनकी टांगें दबा रहा था। उनकी टांगें बहुत कमजोर हो चुकी थीं। वे उनके भारी शरीर का बोझ उठाने में असमर्थ थीं। दिखलाई भी उन्हें कम देता था। वे अपने असाध्य मधुमेह रोग से अंदर-ही-अंदर यदा-कदा घबरा उठते थे। एक फ्रेंच महिला डॉक्टर ने 'कॉस्मिक रेडियेशन थ्योरी' से उनका इलाज करना चाहा लेकिन सविता कबीर ने उसके प्रस्ताव को ठुकरा दिया।

भीमराव अंबेडकर झल्ला पड़े। कष्ट उन्हें था। वे अपना ज्यादा-से-ज्यादा समय पीड़ित मानव जाति के कल्याण के लिए देना चाहते थे, मधुमेह का भयावह प्रकोप उनका रास्ता रोक लेता था। वे छटपटाने लगते थे। उन्होंने कहा था, ''सविता, यह सब क्या है ? आठ साल से तुम्हारे डॉक्टर मुझे ठीक नहीं कर पाए। वह विदेशी महिला डॉक्टर कुछ करना चाहती है तो उसे करने दो—तुम्हें उस पर एतराज क्या है ?''

''डॉ. उस पद्धति के इलाज को ठीक नहीं समझते।'' सविता कबीर ने ऊंचे स्वर में कहा।

''लेकिन मुझे कोई एतराज़ नहीं है।'' भीमराव अंबेडकर ने कहा।

''आप समझते नहीं हैं।...कुछ हो गया तो लोग सवाल मुझसे करेंगे।...उन्हें जवाब मुझे देना होगा।...तब ?'' सविता कबीर ने कहना जारी रखा, ''आपने डॉक्टर की दवा जमकर कहां ली ? जब-तब वैद्य-हकीम की दवाएं शुरू कर दीं।...यह असाध्य रोग है। दवाएं लेते रहने से ही काम चलेगा। अन्य कोई रास्ता नहीं है।''

''लेकिन वो फ्रेंच महिला डॉक्टर...।'' भीमराव अंबेडकर इतना ही कह पाए थे कि वह बीच में बोल पड़ी, ''हमारे डॉक्टर की सलाह नहीं।...फिर मैं क्या आपकी दुश्मन हूं। मैं भी आपको अच्छा होते देखना चाहती हूं।''

भीमराव चुप रह गए, लेकिन उन्हें यह बात कभी समझ में नहीं आई कि उस फ्रेंच महिला डॉक्टर को इलाज करने से क्यों रोका? वे यह जान गए थे कि उनमें सविता कबीर की रुचि नहीं है और वह यह अच्छी तरह जानती है कि वे कुछ दिनों के मेहमान हैं।

भीमराव अंबेडकर की संकल्प-शक्ति अत्यंत सुदृढ़ थी। उन्हें बहुत कुछ करना था। वे कितने भी कमजोर क्यों न हो जाएं परंतु बराबर अपने लक्ष्य की ओर बढ़ते रहेंगे और जो कुछ करना चाहते हैं, वह अवश्य करेंगे। यह जानते हुए कि वे जो कुछ करना चाहते हैं, वह बहुत मुश्किल है क्योंकि समाज जटिलताओं से घिरा हुआ है और समाज-विरोधी शक्तियों का आतंक लोगों के दिलोदिमाग पर छाया हुआ है। वे अपने मन की बात यदाकदा नानकचंद रत्तू से प्रकट करते थे। वे उससे कह रहे थे, ''ऐसे देश में जन्म लेना बहुत बड़ा पाप है, जहां के लोग इतने पक्षपाती हों। मेरे ऊपर चारों ओर से लगातार गालियों की बौछार होती रहती है। मुझ पर शंकाएं उठाई जाती हैं। फिर भी, मैं कर रहा हूं...वही कर रहा हूं जो मुझे करना चाहिए। मैं उनसे तनिक भी विचलित नहीं होता क्योंकि मैं जानता हूं कि जो कुछ मैं कर रहा हूं, वही उचित है, करणीय है।''

''जी, बाबा साहब, यह सच है।'' नानकचंद रत्तू ने धीरे से कहा, ''वर्तमान सदा सच का विरोध करता आया है।''

''पर क्यों, रत्तू ! हम जिस समय को जी रहे हैं, जिस समय से हमें शिकायत है और जिस समय से हमारे वर्तमान को अपमान भोगना पड़ रहा है, अत्याचार-अन्याय सहना पड़ा है और जीना दूभर हो चला है, उसी समय के लिए तो हमारा संघर्ष है। उसे ही तो मोड़ना चाहते हैं। ऐसा सबके लिए सबकी सुविधाओं के लिए और एक सुंदर समाज के लिए कर

रहे हैं...फिर विरोध क्यों ?...यह बड़ा विकट समाज है जो अपने सौभाग्य का विरोध कर रहा है।'' भीमराव अंबेडकर का हृदय उद्वेलित हो उठा। कर्म-धर्म का सरोकार उनके सामने आ खड़ा हुआ।

''यह सच है, बाबा साहब !'' नानकचंद रत्तू ने कहा।

''पर क्यों ?'' भीमराव अंबेडकर ने मानो यह प्रश्न अपने आपसे किया हो, नानकचंद रत्तू को ऐसा लगा और वह इस कारण चुप रहा।

सोचते-सोचते समय जैसे उनकी आंखों के सामने ठहर गया। नानकचंद रत्तू स्पष्ट देख रहा था कि भीमराव अंबेडकर की आंखों में आंसू छलछला आए हैं और उनका हृदय भर आया है। कुछ समय के बाद वह अत्यंत आत्मीयता के स्वर में कहने लगे, ''मैं अपना मूल्यांकन करता हूं और पाता हूं कि...।''

''क्या पाते हैं, बाबा साहब ?'' नानकचंद रत्तू ने भीमराव अंबेडकर को चुप पाकर कहा।

भीमराव अंबेडकर में चेतना लौटी। वे धीमे स्वर में, कुछ रुकते हुए कहने लगे, ''मैंने जो कुछ किया है, वह अनेक कठिनाइयों और संकटों के बीच आजीवन अपने विरोधियों से जूझते रहने के बाद किया है। बड़ी मुश्किल से मैं उस कारवां को यहां ले आया हूं, जहां आज तुम उसे देखते हो। अनेक संकटों के आने पर भी इस कारवां को बराबर आगे बढ़ाते जाना है। यदि मेरे अनुयायी इस कारवां को आगे बढ़ाने में सफल न हो पाए तो उसे जहां वह है, वही छोड़ दें परंतु किसी भी सूरत में उसे पीछे न जाने दें। मेरे लोगों को यही मेरा संदेश है, यही आशीर्वाद है।''

इस समय उनकी आंखों से आंसू ढलक रहे थे और वे एकदम शांत चित्त होकर चारपाई पर लेट गए थे। उनकी आंखों के सामने उदास आसमान था और उस पर मटमैला रंग छाया हुआ था। वह किसी थके-हारे यायावर-से प्रतीत हो रहे थे।

नानकचंद रत्तू उनसे कुछ नहीं पूछ सका। मात्र उन्हें सोच के समुद्र में डुबकी लगाए देखता रह गया। वह आश्चर्यचकित था कि इतने नेक, सभ्य और निरभिमानी व्यक्ति के मन को चैन क्यों नहीं ? वे किसी का बुरा नहीं सोचते। सबका भला चाहते हैं।

आज अचानक ऐसे अनेक प्रसंग उनके मानस में नवमेघ-से तैरने लगे थे। इस समय एकांत था और उनका चित्त भी सहज हो गया था।

नानकचंद रत्तू उनके सिर में तेल डालकर मालिश करने लगा। सुदामा उनके पांव दबाने लगा। वे कहने लगे, ''सुदामा, पांव बहुत दुखते हैं।...मन भर आता है। कितनों ने इन पांवों की सेवा की थी, लेकिन...।'' वह आगे कुछ नहीं कह पाए। वे कहना चाहते थे सविता कबीर ने नहीं की। उसे सैर-सपाटे से फुरसत ही कहां है ? फिर शादी...किसलिए ? इससे तो अकेला विधुर होकर जी लेना अच्छा था।

आज दोपहर में भीमराव अंबेडकर गा रहे थे—''बुद्धम् शरणम् गच्छामि।...'' फिर रेडियोग्राम पर गीत उभरा। वह भी गा उठे। सोफे को ढोलकी बना बैठे। कितना आनंद-उल्लास भर उठा था ! अब रेडियोग्राम चुप था। वे गा रहे थे—''चल कबीरा, तेरा भवसागर डेरा...।'' वे अत्यंत तन्मय हो गए थे। उन्हें कुछ भी सुधबुध नहीं थी। कितना सुख मचल उठा था उस कोठी में ! कितना मंगल महक उठा उस वातावरण में !

वहां से वह अपने शयन-कक्ष में लौट आए। अपने कमरे में रखी पुस्तकों को अत्यंत ममतामयी दृष्टि से निहारा। कुछ पुस्तकों को उन्होंने पास में खींच लिया। कुछ पृष्ठ बदले।

इसी बीच में उन्हें नींद का झोंका आ गया, वे सो गए।

नानकचंद रत्तू उनकी पुस्तकों को यथास्थान रख रहा था। भीमराव अंबेडकर सो चुके थे। रत्तू भी अपने घर करौल बाग लौटने के लिए चुपचाप कमरे से बाहर आ गया। नीचे पहुंचकर उसने अपनी साइकिल उठाई। उसे जोर की भूख लगी हुई थी। उसे अपनी पत्नी का भी ख्याल हो आया था जो उसकी प्रतीक्षा में भूखी बैठी हुई होगी। अभी वह गेट तक ही पहुंच था कि उसने सुना कोई पुकार रहा है। उसने साइकिल से उतरकर पीछे मुड़कर देखा–सुदामा भागता हुआ उसकी तरफ आ रहा था। पास आकर सुदामा बोला, "बाबा साहिब बुला रहे हैं।"

"क्यों ?...वे तो सो गए थे।" नानकचंद रत्तू ने कुछ सोचकर कहा।

"उनका क्या सोना, क्या जागना ? पता नहीं, कब सोते हैं, कब जागते हैं...।" सुदामा ने धीरे-धीरे कहा, "माईजी ने उनका सुख-चैन छीन लिया है। दिन में कई बार घंटी बजाकर एक ही सवाल पूछते रहते हैं–तुम्हारी माईजी आईं या नहीं...आएं तो बता देना। भूल मत जाना।"

"फिर ?" नानकचंद रत्तू पूछता।

"फिर क्या...वे आतीं। कुछ कहता तो वे बिगड़कर मुझे जी भर डांटती। अपने कमरे में घुसकर भीतर से दरवाजा बंद कर लेतीं। किसकी शामत आई है जो कोई दरवाजा खटखटाता !"

वे दोनों बात करते हुए अंदर आ गए। भीमराव अंबेडकर ने कहा, "द बुद्ध एण्ड हिज धम्म" की भूमिका की टाइप प्रति और आचार्य अत्रे तथा एस. एम. जोशी को लिखवाए पत्र यहां टेबुल पर रखते जाओ...और हां, वे पत्र भी जो बर्मा सरकार को लिखवाया है।"

नानकचंद रत्तू ने भूमिका और तीनों पत्र मेज पर रखकर पूछा, "और... ?"

"अब तुम जा सकते हो, तुम्हारी पत्नी तुम्हारी राह देख रही होगी।" भीमराव अंबेडकर का गला यह कहते हुए भर्राने लगा था। वह अपने को संभालते हुए बोले, "सुबह जल्दी आना।...बहुत सारे पत्र भेजने हैं।...और भी कई जरूरी काम हैं।...जैनी लोग आए थे...जैन शिष्टमण्डल। उनका भी विशेषाग्रह था।...जाना शायद बने नहीं...फिर भी...। कोशिश करना जल्दी सुबह आ सको।"

नानकचंद रत्तू आज्ञा पाकर जा चुका था। भीमराव अंबेडकर ने रत्तू की आंखों में उतावलापन देखा था। उन दोनों पति-पत्नी में बहुत प्यार है। अपना-अपना भाग्य है।...कैसा भाग्य ! जो ठान ली, वही किया। हिंदू धर्म त्यागना था, सो त्यागा। मंत्री पद छोड़ना था सो छोड़ा।...किसी की परवाह नहीं की। न कभी अपने विरोधियों के आगे वे झुके।

सुदामा उसी मेज पर रोज की तरह आज भी कॉफी भरा एक थरमस और मिठाइयों की एक प्लेट रख गया। ताकि जब उनकी इच्छा हो तब वे उनका सेवन कर सकें।

अब सब जा चुके थे। रात झपकी ले रही थी। लेकिन वे जग रहे थे। इस समय उनकी इच्छा हुई कि काश, उनकी पत्नी रामाबाई आज जीवित होती तो वह उनके पास होतीं और उनके काम में हाथ बंटाती होती। रामाबाई ने एक बार उनसे पूछा था, "इतना पढ़-लिखकर भी व्यक्ति अनपढ़ों जैसा व्यवहार क्यों करता है ? क्यों छल-बल का सहारा लेता है ? क्यों पाप का केन्द्र बनता है ?"

भीमराव अंबेडकर इन प्रश्नों को सुनकर आश्चर्य में पड़ गए थे। क्या उत्तर दें वह ? बात कितनी सच्ची और पक्की थी। उन्होंने होंठों पर जीभ फेरी। हाथ की पुस्तक को मेज

पर रखा और कहा, "तूने बहुत ठीक कहा है, रामू ! पढ़ने का अर्थ है अपेक्षाकृत पहले के और सेवा करना, छोड़ने के लिए तत्पर रहना और अपना हिस्सा दिन पर दिन कम करते जाना।...लेकिन आज अधिकांशतः इसका उलटा होता हुआ नजर आ रहा है।"

"पर क्यों ? रामाबाई ने उन पर भरपूर दृष्टि डालते हुए पूछा और धोती का पल्ला ठीक करती रही।

"मैं भारत का पहला व्यक्ति था जो अर्थशास्त्र में विदेश से डिग्री लेकर आया था। बंबई पहुंचते ही बंबई सरकार ने मुझे अर्थशास्त्र का प्रोफेसर बनाना चाहा था।" भीमराव अंबेडकर धीरे-धीरे कह रहे थे।

"और मुझे प्रसन्नता हुई थी क्योंकि तब तुम्हें वेतन अधिक मिलता और मुझे घर चलाने में सुविधा मिलती।" रामाबाई ने एक सांस में कह डाला।

"मैंने प्रस्ताव स्वीकार नहीं किया।" भीमराव अंबेडकर ने आहिस्ता से कहा।

"मुझे दुःख हुआ।...मैं तो दोबारा विदेश जाकर पढ़ाई करने के पक्ष में भी नहीं थी। मेरे सामने था परिस्थितियों की मार से घिरा परिवार। मुझे कुछ राहत चाहिए थी। मैं इतना ही जानती थी कि पढ़-लिखकर पैसा खूब कमाया जा सकता है।...मैंने जिद भी की थी।" रामाबाई कह रही थी।

"मैंने डांट दिया था क्योंकि तब मैं शासकीय सेवक बनकर अपने लोगों को ऊपर उठाने के कार्य को पूरे मन से नहीं कर पाता। मेरे सामने तब प्रतिबंध होते जो मेरी इच्छाओं और सेवाव्रत को बौना बना जाते और मैं ऊंचे पद पर होते हुए भी निरंतर अपने छोटे होते कद का एहसास करता रहता।...पढ़ना-लिखना व्यक्ति को दूसरे के लिए जीना सिखाता है।...सुख मिट्टी हैं। सब सुखी हों, चेष्टा बराबर यह होनी चाहिए।...छोटे सदा सुख की ओर दौड़ते हैं और बड़े सदा छोटों के लिए अपने अपने सुख छोड़ते हैं।" भीमराव अंबेडकर रामाबाई को सोच-सोचकर सरल तरीके से समझा रहे थे। लेकिन रामाबाई कुछ नहीं समझ पा रही थी। वह कह रही थी, "मुझे तो अनपढ़ कबीर समझ में आता है। लगता है कि वह तमाम पोथीधारियों से बहुत ऊपर था। उससे ऊपर कोई पढ़ाई नहीं।...पता नहीं, यह मेरा विश्वास है अथवा अंधविश्वास। खैर, जो कुछ भी हो, मेरे लिए वही सब कुछ है। ...वही सर्वेश्वर है।"

भीमराव अंबेडकर जान गए कि रामाबाई उनकी थकान मिटाना चाहती है। आखिर लगातार सातेक घंटे से पढ़ रहा था, आंखों और चित्त को पोथियों में डुबोए हुआ था। कबीर का नाम सुनते ही उनको अपने पिताजी और माताजी की याद आ घेरती थी। उनकी तो अकेली वह पूंजी थी। कितने तन्मय होकर वे दोनों गा उठे थे कबीर के दोहे और भजन (पद) वही बात रामाबाई में थी। वे बोले थे, 'रामू, हो जाए कुछ।'

"क्या कुछ !" रामाबाई आंखों ही आंखों में मुस्कराकर पूछती।

"कबीर का कोई दोहा या पद अथवा...।"

"दोनों।" वह बीच में बोल पड़ी थी।

"हां...कुछ ऐसा ही।"

"अच्छा लगेगा ?"

"बहुत अच्छा।"

रामाबाई लजा गई थी। उसका चित्त गद्गद हो उठा था। वे क्षण भावुक बन जाते। भीमराव अंबेडकर कनखियों से देखते कि रामाबाई का चेहरा गुलाबी होने लगता। वे उसकी

कलाई पकड़ लेते।

"यह क्या जी ?" रामाबाई गुदगुदी से भरकर सिर्फ इतना ही कह पाती।

भीमराव अंबेडकर का हृदय मचल उठता। प्यार की एक लहर दोनों किनारों को भिगो जाती। स्पर्श-सुख सागर लहरा उठता। वे कहते, 'रामू, मैं क्यों भटक जाता हूं जिंदगी के मरुस्थल में यह नहीं जान पाता ?" वे उसे पास खींच लेते। रामाबाई नाह-नूंह करती रह जाती। ज़िंदगी किसी पहाड़ी झरने-सी खिलखिला पड़ती।

"सुनोगे नहीं ना, अपने कबीर को !" रामाबाई ने ऊपर से रूठते हुए कहा था परंतु अंदर ही अंदर समर्पण से गद्‌गद् हो रही थी। भीमराव अंबेडकर ने कहा, "वही तो सुन रहा हूं।" और इसी के साथ उसे और पास खींच लिया था। सारी देह में चपला दौड़ गई थी। सपने जवान हो उठे थे।

रामाबाई गा उठी, "तुम कत बामन, हम कत सूद...हम कत लोहू तुम कत दूध...।" वह तन्मय हो जाती। उसके रुकने पर भीमराव अंबेडकर भी गा उठते, "गरभवास नाहिं, कुल नहिं जाति...ब्रह्म बिंदु से प्रभु उपजाति।"

फिर दोनों गा उठते, "कह रे पंडित बामन कब के होय, बामन कह-कह जन्म मत खोय...।"

रामाबाई तनिक ऊंचे स्वर में गा उठती, "भारी कहुं तो बहू डराऊं...हलका कहूं तो झूठ...मैं का जानूं राम को...नैनूं कबहुं न दीठ...।"

कैसा क्या आनंद गमक उठा था ! कैसा सुख महक उठा था ! वह पगला गया था दोनों को। दोनों बेसुध थे। दोनों समर्पित थे। दोनों दो शरीर एक प्राण हो गए थे।...

भीमराव अंबेडकर की आंखें छलछला आई थीं। वहां कहां थी रामाबाई ? वहां तो अकेले वह थे अपनी पीड़ा को सहलाते हुए।

घड़ी रात के ग्यारह बजा रही थी। सन्नाटा उन्हें खिजा रहा था। कोई नहीं था उनके पास। रामाबाई का सपना उन्हें अंदर-बाहर से भिगो गया था। वह सुख चाहते हुए और घर को सुविधा से चलाने का सपना देखते हुए चुपचाप महाप्रयाण कर गई। अब वे किसको अपना मन दिखाएं और किससे अपने हृदय का दर्द कहें ? कौन है उनका ?

अकेली रामाबाई थी जो उनको समझती थी और उनके दर्द को हंसते-हंसते बांट लेती थी। वह थी जिसने उनकी गरीबी और कष्टों को स्वयं झेला था, संघर्ष किया था और उन्हें टूटने नहीं दिया। वह कह उठती थी, "आप पर मुझे गर्व है।"

"लेकिन मैं तुम्हें दुःख और कष्टों के अलावा क्या दे पाता हूं !" भीमराव अंबेडकर कहते।

"ऐसा तुम सोचते हो क्योंकि तुम केवल पुरुष हो, मैं नहीं। मेरे लिए तुम परमेश्वर हो।...तुम वही काम तो कर रहे हो जो भगवान राम ने किए थे।...क्या पाया था राम ने अपने लिए ?...तुम्हारी साधना बराबर चलती रहे, तुम्हारा अभियान बराबर आगे बढ़ता रहे और तुम जन-जन के हृदय में वास करते रहो, मेरी यही मनोकामना है। यही मेरा सुख है।" रामाबाई कहती गई थी। वह अनुभव कर रही थी कि वे कितनी पवित्रता से, सब प्रलोभनों और लोभों से दूर रहते हुए कंटक-पथ पर अकेले परंतु दृढ़ता से चलते जा रहे हैं।

रामाबाई को यह भी अनुभव हो रहा था कि अछूत जाति के योग्यतम व्यक्ति को जीने में किन-किन कठिनाइयों का सामना करना पड़ता है। कैसे वह तिल-मिल कर अपमान, उपेक्षा और अभिशाप झेलता शिव-शंभु की तरह जीता है।...कौन है उनका ? दिन-रात

अथक परिश्रम किसके लिए ?

भीमराव अंबेडकर कह रहे थे, "रामू, तुम्हारा यह साहस ही मेरे को विचलित नहीं होने देता।...तुमसे मुझे ऊर्जा मिलती है और मैं चुपचाप खतरों के बीच में से निकल जाता हूं।"

"सच बोलो जी !"

"क्या मतलब ?" भीमराव अंबेडकर ने पलटकर उसकी ओर देखा था।

"सब कुछ है, आप हैं।"

"वो तो हूं।"

"फिर ?"

"लेकिन तुम्हारे से।"

"अपनी मेहनत-लगन से।"

"वह भी तुम से है।"

"हम तो अनपढ़ हैं।"

"कबीर भी अनपढ़ था।"

"कहां कबीर और कहां हम ?...छि...छि...कबीर को हमसे मत जोड़ो।...वह तो महात्मा था...देवता था।...उसके बराबर कौन ?...कोई नहीं।...है ना।" रामाबाई ने कहा था।

"हमारी कबीर तुम हो, तुम रामू !" भीमराव अंबेडकर सहज ही कह गए थे।

"हमें पाप में मत ढकेलो जी ! हम आपके हाथ जोड़ते हैं।...वह महापुरुष था...सच्चा संत था...अवतार था।" रामाबाई ने आर्द्र कंठ से कहा और कबीर की फोटो के आगे हाथ जोड़ लिए थे।

"तुम नहीं जानते रामू, कि हम तुम्हारे बिना कितने अकेले और अधूरे रह जाते हैं। ...तुम...।" वह आगे कुछ बोलते कि रामाबाई ने उनके मुख पर अपना हाथ रख दिया था। उसने कहा था, "तुम्हारी बातें सुन-सुनकर हम पगला जाएंगे।...तुम्हें हमारी सौगन्ध...।" उसका हृदय भर आया था। उसकी आंखें छलछला आई थीं। भीमराव अंबेडकर ने उसे अपनी बांहों में भर लिया था और एक हलका-सा स्पर्श उसके माथे पर अपने रक्ताभ होंठों से अंकित कर दिया था। वह निढाल हो उठी थी। उसकी सांसें तेज चलने लगी थीं। उसके गुलाबी अधर कांप गए थे। उसकी आंखें व्रीड़ानत हो गई थीं। उसकी कल्पना सिहर उठी थी।...

भीमराब अंबेडकर यह सब याद कर रो पड़े। उनकी आंखों से टप-टप आंसू गिरने लगे। एक युग गुजर गया उनके सामने से अनजाना एहसास देते हुए। उन्होंने कितनी बड़ी गलती की थी पुनर्विवाह करके ! क्या रामाबाई की यादों की ऊष्मा के साथ जहां उन्होंने तेरह-चौदह साल गुजार दिए थे, वहां कुछेक साल क्या और नहीं गुजार सकते थे ?

क्या कभी कुछ मांगा था रामाबाई ने उनसे ? क्या कभी कोई चाह प्रकट की थी उन पर उसने ? वह कुछ नहीं चाहती थी एकमात्र उनके सुंदर भविष्य के। यही उसकी पूजा-आराधना थी। यही उसका विश्वास-धर्म।

कितनी बीमार रही, लेकिन घर-गृहस्थी का काम करना नहीं छोड़ा। वे उसे धारवाड़ भी हवा परिवर्तन के लिए ले गए परंतु व्यर्थ रहा। वह अंत तक एक ही बात दोहराती रही, "वह पत्नी सौभाग्यशाली होती है, जिसे अपने पति का कंधा मिलता है।"

"रामू ऽऽ... !" भीमराव अंबेडकर चीख पड़ते। रामाबाई आंखों में मुस्कान भरकर कहती, "चीख-चिल्ला लो, जितना चीखना-चिल्लाना है, फिर...फिर...।" वह आगे कुछ नहीं

कहती।

"फिर क्या ?" भीमराव अंबेडकर ने विचलित होकर पूछा था। उसका जवाब था, "फिर...फिर...अपना ख्याल रखना।...बच्चों का भी...यह तुम्हारे उस बड़े संसार का एक छोटा-सा लेकिन महत्त्वपूर्ण हिस्सा है, यह कभी न भूलना।" उसका चेहरा प्रातःकालीन किरणों से आलोकित हो उठा था।

"चुप भी करो, रामा !"

"डरते हो ?"

"किससे ?"

"अपने से।"

"नहीं तो।"

"झूठ बोलते हो।"

"नहीं तो।" भीमराव ने चकित होकर कहा था।

"प्यार की यही तो एक कमजोरी है कि वह प्यार में कुछ भी कर गुजरता है।... उसे मालूम ही नहीं होता कि वह क्या कर गुजरा। उसे इसकी चिंता भी नहीं होती। आखिर क्यों हो ?" रामाबाई ने कातर दृष्टि से भीमराव की ओर देखा था। उसे लगा था कि अब वे रो पड़ेंगे। वह कहने लगी थी, "मन छोटा मत करो।"

"कृपया चुप हो जा रामू !"

रामाबाई मुस्करायी थी और अत्यंत सहज होकर बोली थी, "उसी की तैयारी है स्वामी !"

"नहीं ऽऽ...नहीं ऽ...।" भीमराव अंबेडकर इसी के साथ तड़प उठे थे।

"सच का सामना करो, स्वामी !"

"नहीं, यह सच नहीं।"

"यही सच है—अंतिम सच। जो आया है, उसे एक दिन जाना है।...जाना आगे-पीछे हो सकता है, परंतु जाना अवश्य हैं। मानव होने की यही तो एक सुविधा है जो देवता को नहीं...मानव अमरता की कैद में नहीं सड़ता। वह आजाद पंछी है, खुले आकाश में उड़ता है और जब जी भर उठता है तब वह मानव-देह को त्याग देता है।...क्यों है न ?"

"ऐसी बातें मत करो, रामू ! तुम्हें कुछ नहीं होगा।" भीमराव अंबेडकर ने भारी मन से कहा था।

"जानती हूं कि मुझे कुछ नहीं होने का।...चाहती हूं कि तुम्हें भी कुछ न हो...इसलिए तो...।" रामाबाई ने धीरे-धीरे कहा था।

"इसलिए क्या ?" भीमराव अंबेडकर ने तड़प कर पूछा।

"क्या मेरी एक प्रार्थना स्वीकार करोगे ?" रामाबाई ने भोलेपन से पूछा था।

भीमराव अंबेडकर डरे, लेकिन अपने को संभालकर उन्होंने पूछा था, "क्या ?"

"एक बार वह भजन सुना दो।"

"कौन-सा भजन ?"

"वही...चल कबीरा, तेरा भव-सागर डेरा। सुना सकोगे क्या ?" रामाबाई ने भारी कंठ से कहा था।

भीमराव अंबेडकर सकपका गए थे। रामाबाई का मुखमण्डल पीला-सा पड़ चुका था। उसकी आंखों के नीचे कालापन गहरा उठा था। लगा उन्हें कि उसकी देह से मानो किसी

ने रक्त निचोड़ लिया हो और मांस-मज्जा को अंदर ही अंदर कुतर लिया हो वह नर-कंकाल को अपने से दोहरा रही थी। ऐसे में कैसे गा सकेगें वह गीत ! आज 'चल कबीरा' से उनका मन कांप रहा था। यह वही गीत था जिसे अनेक बार तन्मय होकर उन्होंने गाया था। उसके बारे में कभी नहीं सोचा था और न उसके भाव का कभी ध्यान किया था। कभी आवश्यकता ही नहीं पड़ी थी उस गीत की गहराइयों में उतरने की। गीत इतना अच्छा था कि मन बांध लेता था। बस, उनके लिए इतना ही काफी था।

"क्या सोच रहे हो जी ?"

"कुछ भी नहीं।"

"मन न करे तो रहने दो—कोई जरूरी नहीं। बस यों ही मन हो आया था।...मन का क्या वह तो पागल है।...रहने दो जी...सब बेकार है।..." रामाबाई रुक-रुककर कह रही थी मानो अपने आप से संवाद कर रही हो उसकी दृष्टि सामने दीवार पर थी और उसके चेहरे पर सौम्यता मुखर हो रही थी।

भीमराव अंबेडकर अंदर से विचलित हो उठे थे। क्या होने वाला है ? उनके अंदर समय का पंछी कुलबुला उठा था। वातायन से बाहर स्थिर आ खड़े आसमान के फीके होते रंग से वह रामाबाई की तुलना अनचाहे कर रहे थे। क्षितिज उन्हें नज़र नहीं आ रहा था।

उनकी आंखें स्वतः ही धीरे-धीरे बंद होने लगीं और वे अपने अधरों को खोलने की कोशिश करने लगे। पूरी शक्ति लगाकर उन्होंने स्वरों की अंतःसलिला को बह जाने दिया। जब वेदना स्वरों का माध्यम पाकर गीत बनने लगती है तब उस वेदना से जन्म होता है आत्मा के मुखर होने का।

'चल' पर आकर भीमराव अंबेडकर रुक जाते थे।...क...ब...ी...र...आ...क...बी...रा ...च...ल...चल...कबीरा...कितने घुमावों से बना-फूटा था। उनका स्वर स्खलित हो रहा था। अपने मन-तारों की वीणा से वे गाते जा रहे थे।...गीत खतम हो रहा था। वे गा रहे थे—चल कबीरा, तेरा भव सागर डेरा...।...तुम भी गुनगुनाओ, रामू ! तुम कितना अच्छा गाती हो...चलो मेरे साथ गाओ...चल कबीरा...।"

वे गाने लगे थे, रामाबाई ने उनका साथ नहीं दिया था। गाते-गाते उन्होंने देखा। पुकारा। कोई प्रतिध्वनि नहीं। कोई उत्तर नहीं। भीमराव अंबेडकर ने घबराकर देखा—रामाबाई आंखें खोले उनकी तरफ अपलक देख रही थी। उसने पलकें नहीं झपकीं। वे चौंक पड़े। वे कह उठे, "रामू...रामू...रामू... !"

प्रत्युत्तर मौन। वे तड़प उठे थे। वे जोर से बोले थे, "रामू ऽऽ... ! उन्होंने उसे छुआ। छूते ही उसकी गरदन एक ओर लुढ़क गई। वे सकपका गए। अब क्या करें ? किसे बुलाएं ?...यह क्या हो गया ?

काफी देर तक वह सुबकते रहे थे अंदर ही अंदर। अन्ततोगत्वा वे चीख पड़े थे, "राऽऽमूऽ...।" मानो सारा आकाश चीख पड़ा हो। निःस्वनता का हृदय मानो फट पड़ा था। पक्षी उड़ गया था।

यह सब कैसे हो गया ? क्यों हो गया ? रामाबाई अभी तक आंखें खोले सोई पड़ी हुई थी और वह उसके जागने की प्रतीक्षा में गुमसुम बैठे हुए थे। उन्हें कुछ सूझ नहीं रहा था।

पक्षी कब उड़ गया, उन्हें पता ही नहीं चला था। जबकि कितनी ही रातें उन्होंने जागकर काटी थीं। पिंजरा खुला पड़ा था। अंधेरा दहशत पैदा कर रहा था। दिन के उजाले

में धुआं-सा उठता कसैला अंधेरा उनकी सांस-सांस में समाता गया था।

ऐसा कैसे होता है कि यायावर बिना बताए, दबे पांव चुपचाप चला जाता है, सिर्फ बिस्तर पर पड़ा रह जाता है ! यह सोचते हुए वे तड़प उठे थे।...

सब कुछ ज्यों-का-त्यों। सविता कबीर उठी। साढ़े छह बजे थे। भीमराव अंबेडकर के कमरे में गई। पाया कि वे इतमीनान से सोए हुए हैं, उनके पांव तकिये पर हैं।

सूर्य आंख खोलना चाहता है लेकिन उनका उठने का मन नहीं हो रहा था।

आज सविता कबीर का मन कुछ उदास था और वह अपनी कोठी के बगीचे में टहलकर जल्दी लौट पड़ी थी। रोजाना की भांति वह भीमराव अंबेडकर के कमरे में उन्हें जगाने गई। वे अभी सोए पड़े थे। दोनों पांव तकिये पर थे। उसने धीरे से कहा, "सुबह हो रही है, उठिये।"

कोई सुगबुगाहट नहीं हुई। शायद रात को देर से सोए थे। सोने दें—एक बार उसके मन में आया। पता नहीं क्या हुआ कि वह बजाय बाहर जाने के उनके पलंग की ओर बढ़ गई।

भीमराव शान्त सोए हुए थे। टेबुल पर पत्र व पुस्तकें खुली हुई थीं। भूमिका जहां-तहां कुछ ठीक की हुई थी।

रात उन्होंने कॉफी नहीं ली थी और न मिठाई। सब कुछ ज्यों-का-त्यों रखा हुआ था।

बहुत दिनों बाद सविता कबीर के मन में उनके प्रति प्रेम उमड़ा। उसे लगा कि वह कहीं खो गई थी, आज और अभी उसने अपने आपको पकड़ा है।

कैसा सौम्य मुखमंडल ! एकदम शांत और आकर्षक। बिलकुल बालकों जैसा भोलापन। शादी से पूर्व सब कुछ तो स्पष्ट कर दिया था। उनसे जुड़ने का अर्थ है, पूर्णतया समर्पण। दरअसल उन्हें शादी की नहीं एक ऐसे मददगार की आवश्यकता थी जो उन्हें संभाल सके, उनकी देखभाल कर सके। कितने भोलेपन से कहा था, "सविता, यह शादी नहीं, एक दायित्व है—एक समझौता, जिसमें एकपक्षीय अपेक्षाएं।...तुम्हारे मन में इससे अधिक कुछ हो तो यह बात यहीं समाप्त हो सकती है। कितना बवंडर अलग उठ रहा है ! कोई इस रिश्ते को स्वीकारने के पक्ष में नहीं है। मेरा पुत्र यशवंत भी इसी कारण नाराज है। मैं नहीं चाहता हूं कि विवशता हम दोनों को एक करने वाली बने।"

सविता का हृदय आर्द्र हो उठा। उसने धीरे से उनकी ओर हाथ बढ़ाया। उनका स्पर्श करते हुए कहा, "उठिएगा, सूर्य सिर पर आ खड़ा हुआ है।...शायद अभी तक आपकी नाराजगी मिटी नहीं। चलिए, उठिए भी।"

सविता ने उनको झकझोर दिया। उनका सिर एक ओर लुढ़क गया। वह चौंक पड़ी। उसने उनकी नब्ज टटोली। उनके सीने पर कान रखकर सुना। सांस नहीं थी—धड़कन-शून्य थी देह।

वह घबरा गई—यह क्या हुआ ? सब कुछ इतना जल्दी हो जाएगा, यह उसने सोचा भी नहीं था। उनकी ऐसी तबीयत भी खराब नहीं थी। फिर उसमें हल्की-सी हिम्मत लौटी। उसने उनके मुख में एक चम्मच ब्राण्डी डाली। सीने को दबाया।...मुंह से सांस दी। सब बेकार। वह चीख पड़ी, "हे राम !...यह क्या हुआ ! बाबा साहेब नहीं रहे !"

सविता ने कार भेजकर देवनगर, करौलबाग से नानकचंद रत्तू को बुलवाया। वह मृतदेह को देखकर बिलख पड़ा। उसको जैसे-तैसे सविता ने संभाला। सारे देश में यह समाचार फूस में लगी आग की तरह चारों फैल गया।

26 अलीपुर रोड़ पर पं. नेहरू, जगजीवनराम, राजकुमारी अमृत कौर, गोविंद बल्लभ पंत आदि अनेक मंत्री पहुंच गए। दर्शनार्थियों की वहां भीड़ लग गई।

डेकोटा विमान से रात के साढ़े दस बजे उनके पार्थिव शरीर को बंबई ले जाया गया। उस हवाई जहाज में सविता कबीर के अलावा रत्तू, संत तुलादास, सोहनलाल शास्त्री, डॉ. भदंत आनंद कौशल्यायन, पूरनचंद, रामकिशन और सुदामा भी थे। सफदरजंग तक उनकी शवयात्रा को लगभग पांच घंटे लगे। सुबह तीन बजे सांताक्रुज हवाई अड्डे पर उनका शव उतारा गया और वहां से 'राजगृह' ले जाया गया। देखते ही देखते वहां सारा बंबई शहर उमड़ आया।

वहां से उनका शव ट्रक में रखकर श्मशान घाट पहुंचाया गया। पूरे पांच घंटे की लंबी यात्रा थी वह। लाखों लोग इकट्ठे हुए थे।

उनके पुत्र यशवंतराव ने चिता में आग दी। भदंत आनंद कौशल्यायन ने बौद्ध रीति से अंतिम संस्कार कराया। बंबई पुलिस के एक दस्ते ने सलामी दी। उनके भक्त-श्रद्धालु रो पड़े।

सविता सन्नाटे में रह गई। उसे कुछ आभास ही नहीं रहा। सब कुछ यंत्रवत् हो गया था। हवा थम गई। आसमान उदास हो गया। समंदर खामोश रह गया।

कल तक जो था, आज अतीत हो गया और एक सपना बन रह गया, समय-प्रवाह के बीचोंबीच अनदेखा और अनपहचाना।

□□